HEYNE BÜCHER

W0209570

SCIENCE FICTION

Herausgegeben
von Wolfgang Jeschke

Von **Mike Resnick** erschien in der Reihe
HEYNE SCIENCE FICTION & FANTASY:

Santiago · 06/5038
Elfenbein · 06/5244

Mike Resnick

Elfenbein

Roman

Aus dem Amerikanischen übersetzt
von
Alfons Winkelmann

Deutsche Erstausgabe

WILHELM HEYNE VERLAG
MÜNCHEN

HEYNE SCIENCE FICTION & FANTASY
Band 0605244

Titel der amerikanischen Originalausgabe
IVORY
Deutsche Übersetzung von Alfons Winkelmann
Das Umschlagbild malte Dieter Rottermund

Redaktion: Wolfgang Jeschke

Copyright © 1988 by Mike Resnick
Erstausgabe by TOR Books/Tom Doherty Associates, New York
Copyright © 1995 der deutschen Ausgabe und der Übersetzung
by Wilhelm Heyne Verlag GmbH & Co. KG, München
Printed in Germany 1995
Umschlaggestaltung: Atelier Ingrid Schütz, München
Technische Betreuung: Manfred Spinola
Satz: Schaber Satz- und Datentechnik, Wels
Druck und Bindung: Elsnerdruck, Berlin

ISBN 3-453-07966-3

Für Carol, wie stets

Und für Perry Mason, den verdammt noch mal besten Führer in Ostafrika

Danksagungen

Der Autor möchte folgenden Personen seinen Dank aussprechen:

Dr. Juliet Jewell vom Britischen Naturhistorischen Museum, Abteilung Zoologie, der mir gestattete, in den geheimen Lagerräumen die Stoßzähne des Kilimandscharo-Elefanten zu untersuchen;
Peter Capstick, weißer Jäger und literarischer *Raconteur,* der mich auf eine Anzahl Quellen hinwies, die ich übersehen hatte;
den Direktoren der East African Wildlife Society, und insbesondere Shereen Karmali, Herausgeber von *Swara,* für ihre Unterstützung;
Stephen Kimmel und Dr. Dean R. Lambe für die Benutzung ihres *World Builder* Computer-Programms;
Beth Meachum, meine Verlegerin, für ihren Enthusiasmus und ihre Unterstützung vom allersten Augenblick an, da ich dieses Projekt erwähnte;
und, ganz besonders, meinem guten Freund Perry Mason dafür, daß er seine Zeit, sein Wissen und sein Land mit mir geteilt hat und daß er mir dabei geholfen hat, ›Jumbos‹ letzte Reise von den Ufern des Tanta-Flusses bis zu den Hängen des Kilimandscharo zurückzuverfolgen.

Inhalt

1. **Der Glücksspieler** (3042 G.A.) 9
Erstes Zwischenspiel (6303 G.A.) 41
2. **Der Grabräuber** (4375 G.A.) 61
Zweites Zwischenspiel (6303 G.A.) 93
3. **Der Kriegsfürst** (5521 G.A.) 113
Drittes Zwischenspiel (6303 G.A.) 145
4. **Die Diebin** (5730 G.A.) 157
Viertes Zwischenspiel (6303 G.A.) 185
5. **Der Politiker** (2057 A.D.) 205
Fünftes Zwischenspiel (6303 G.A.) 228
6. **Die Kuratorin** (16 G.A.) 243
Sechstes Zwischenspiel (6303 G.A.) 263
7. **Der Jäger** (1885 A.D.) 279
Siebtes Zwischenspiel (6303 G.A.) 314
8. **Der Potentat** (882 G.A.) 331
Achtes Zwischenspiel (6303 G.A.) 349
9. **Die Künstlerin** (1701 G.A.) 363
Neuntes Zwischenspiel (6303 G.A.) 378
10. **Er Selbst** (1898 A.D.) 393
Zehntes Zwischenspiel (6303 G.A.) 410
11. **Der Massai** (6304 G.A.) 423
Elftes Zwischenspiel (6404 G.A.) 441
12. **Elfenbein** (6304 G.A.) 445

Anmerkung des Autors 447

Die Stoßzähne des Kilimandscharo-Elefanten,
fotografiert 1898 auf Sansibar,
mit freundlicher Genehmigung von CAMERAPIX, Nairobi

1

Der Glücksspieler

(3042 G.A.)

Ich hatte viele Namen.

Die Samburu nannten mich Malima Temboz, *Den Gehenden Berg, denn ich überragte alle anderen meiner Art, und stets erklomm ich den nächsten Hügel oder durchquerte das nächste Tal, um zu sehen, was jenseits davon lag.*

Für die Kikuyu war ich Mrefu Kulika Twiga, *Größer Als Giraffen, denn ich vermochte, saftige Leckereien zu pflücken, die unerreichbar für die größten Tiere hingen, und kein Schatten war so lang wie der meine.*

Die Makonde kannten mich als Bwana Mutaro, *Den Herrn Der Furchen, denn wo ich auch immer ging, da rissen meine Stoßzähne zwei Furchen in die harte afrikanische Scholle, und unverwechselbar war meine Spur.*

Im Lande der Massai war ich Fezi Nyupi, *Das Weiße Gold, denn mir ragte wahrhaftig ein Vermögen aus dem Maul, und kein anderes Mitglied meiner Rasse hat jemals einen derartigen Reichtum getragen.*

Und jetzt weiß man von mir nur noch als dem Kilimandscharo-Elefanten, mein wahrer Name ist verloren in den Winden, mein Körper vermodert, meine Knochen sind zerfallen zu Staub. Nur mein Geist ist geblieben, ruhelos und unvollständig.

Es war eine typische Nacht auf Athenia.

Der Sturm hatte Orkanstärke erreicht. Dunkle Methanwolken wirbelten am Himmel, während Flutwellen von Ammoniak über die Meere jagten und laut klatschend gegen die zerklüfteten Klippen schlugen. Blaues Blitzlicht verlieh den Wolken einen unheimlichen Glanz, und die endlosen Donnerschläge schienen einen nahe bevorstehenden und wenig angenehmen Tag des Gerichts zu verkünden.

Einst, vor vielen Jahrhunderten, hatte die Demokratie eine Schürfkolonie auf Athenia besessen, und als Hinterlassenschaft jenes vergangenen Zeitalters durchzogen den höchsten Berg des Planeten, der den nicht gerade originellen Namen Olymp erhalten hatte, noch immer wabenartig Hunderte Kilometer von Tunneln und Schächten. Dann waren andere Welten erschlossen worden, reichere Welten mit leichter auszubeutenden Ressourcen, und die Schürfer waren weitergezogen, hatten den Berg – und den Planeten – völlig verödet zurückgelassen.

Fast ein ganzes Jahrtausend über hatte er verlassen dagelegen, bis hin zu jenem Tag, da Tembo Laibon ihn zu seinem Eigentum erklärte, eine Kuppel auf der allerhöchsten Spitze des Bergs errichtete und sie das Haus der Blauen Lichter nannte – Zugeständnis an das ewige Sturmgewitter, das darüber hinwegtobte. Das Haus der Blauen Lichter war vorgeblich eine Taverne, aber natürlich kam niemand nur zum Trinken auf den neunten Planeten der fernen Beta Greco. Im Grunde genommen war das Haus der Blauen Lichter als Treffpunkt für Gesetzlose und Flüchtlinge aller Rassen eine Goldgrube und nicht so sehr als Bar, denn Athenia befand sich weit draußen an der galaktischen Grenze – und weit entfernt von den Machtzentren der Menschen. Die vielgliedrigen Kreboi, die Beta Greco III bewohnten und für die Demokratie nichts übrig hatten, erlaubten Tembo Laibon, sein Geschäft zu betreiben, und erweiterten ihre Schirmherrschaft über seine Welt.

Und jetzt saßen zwei Dutzend Menschen und neun Nicht-Menschen im Gastraum der Taverne und kümmerten sich nicht um die leuchtend blauen Explosionen, welche die Atmosphäre außerhalb der Kuppel erhellten. Zwei Männer hatten die Köpfe mit einem Trio hochaufgeschossener schlitzäugiger Canphoriten von purpurroter Hautfarbe zusammengesteckt und handelten den Preis für ein geheimes Versteck Laserwaffen aus; ein protzig gekleideter silberhaariger Mann erzählte zwei leicht gelangweilten Gefährten phantastische Geschichten vom Traumwunscher sowie andere Raumfahrer-Mythen; ein zerbrechliches kristallines Wesen vom Atrian-System in einem Anzug, der unter Umständen gefährliche Geräusche abdämpfte, saß bewegungslos in einer Ecke und starrte aus unerfindlichen Gründen finster auf die Luftschleuse; zwei elegante, schick frisierte Frauen boten ihre Dienste einem Quartett von Männern an, die offensichtlich keinen Grund zum Schachern hatten, es jedoch nichtsdestoweniger genossen; zwei pelzige dreibeinige Lodiniten verhandelten mit einem korpulenten und offenbar unsympathischen Mann über den Preis einer seltenen Doradusianischen Schnitzerei, die vor ihm auf dem Tisch stand.

In einer Ecke spielten vier Männer, ein weiterer Canphorite und ein Kreboi *Jabob,* ein Kartenspiel, das eine halbe Galaxis entfernt erfunden worden war. Das Spiel ging jetzt in den siebten Monat und hatte insgesamt 403 Teilnehmer gehabt. Wenn ein Spieler pleite ging oder ermüdete, hungrig wurde oder meinte, er habe sonstwo etwas zu erledigen, übergab er seinen Sitz an den nächsten Spieler, der an der Reihe war. Gegenwärtig saßen drei Männer an einem benachbarten Tisch und warteten darauf, am Spiel teilnehmen zu können.

Trotz dieses regen Treibens wußte jedoch ein jeder, daß in Tembo Laibons Hinterzimmer hinter verschlossenen Türen ein weiteres Spiel ablief – *das* Spiel.

Das Zimmer selbst war stets Objekt vielfältiger Spekulationen gewesen, denn hier bewahrte Tembo Laibon seine persönlichen Schätze auf. Oberhalb der handgeschnitzten Bar hingen vier Köpfe schrecklicher fleischfressender Raubtiere von der Erde selbst, während Felle weiterer Tiere die gesamte Rückwand bedeckten. Etwa zwanzig lange metallene Speere waren ausgestellt, ebenso wie eine Anzahl kleiner Holzschnitzereien in einer verschlossenen Glasvitrine. Und schließlich standen da die beiden Stoßzähne aus leicht geschwungenem Elfenbein, die den Raum beherrschten und jeden, Mensch wie Fremdwesen, überragten, dem es erlaubt war, sie zu betrachten.

Dort war Tembo Laibon höchstselbst, mit seinen Zweimeterzehn, dessen schwarze Haut wie poliertes Ebenholz schimmerte und der wie stets in Felle fremdartiger Tiere gekleidet war. Er trank ein grünliches Gebräu aus einem hohen Glas, wischte sich den Mund und schaute sich am Tisch um, während er damit anfing, die Karten zu mischen.

Unmittelbar ihm zur Linken saß das lediglich als Gorgo bekannte Alien, eine riesige karminhäutige Ungeheuerlichkeit, die von sich behauptete, aus dem Neuen Roanoke-System zu stammen. Jeder wußte, daß das Neue Roanoke-System unbewohnt war, aber ein Blick auf die schwellenden Muskeln und die vorspringenden Fänge reichte gemeinhin aus, daß man den Unglauben lieber unterdrückte und keine weiteren Fragen über Herkunft und Vergangenheit stellte. Niemandem war bekannt, wie viele intelligente Wesen Gorgo getötet hatte, aber es ging das Gerücht, es seien insgesamt wohl weit über hundert gewesen.

Gorgo hatte während der vergangenen zwei Stunden mächtig verloren und war – schon zu Beginn kein großer Redner – immer einsilbiger geworden.

Nicht so die Eiserne Herzogin. Mehr Maschine als Frau, waren ihre metallenen Hände damit beschäftigt, die Gewinne zu ordentlichen kleinen Haufen zu stapeln, und ihre Titanzähne reflektieren die Blitze, wenn sie lächelte, das künstliche Herz pumpte chemisch angereichertes Blut durch Plastikvenen, und die mechanische Stimme erfüllte das Zimmer mit der seltsamen Melodie ihres fröhlichen Geplauders. Tembo Laibon musterte sie aus dem Augenwinkel und fragte sich dabei, wieviel von ihr wirklich lebendig war.

Einer war unzweifelhaft lebendig und fühlte sich dabei pudelwohl, und das war das Wesen zu Tembo Laibons Rechter. Niemand wußte, was es ursprünglich gewesen war, aber irgendwie, irgendwo während der Wanderung durch die Höhen und Tiefen seines Lebens hatte es sich dazu entschlossen, daß es zur Abwechslung einmal auf der Gewinnerseite stehen wollte, und es hatte sich einer Reihe chirurgischer Veränderungen unterzogen, die es nun wie ein mißgebildeter Mensch aussehen ließen. Die Augen waren orangefarben, die Nasenlöcher standen zu weit voneinander entfernt, die Ohren lagen zu flach am Kopf an, man konnte noch immer erkennen, wo zusätzliche Finger und einander gegenüberliegende Daumen von jeder Hand entfernt worden waren, und es wechselte beständig seine Position im Stuhl, denn es hatte sich noch nicht ganz daran gewöhnt, wie sich sein neuer Körper verhielt.

Es sprach ein ausgezeichnetes Terranisch, als habe es die Jahre seines Heranwachsens in einer hervorragenden Schule auf Deluros VIII oder sogar der Erde selbst verbracht, es wischte sich Locken falschen Haars aus der nachgebildeten Stirn, es trank trockene Martinis und versuchte dabei, den Ausdruck von Widerwillen zu unterdrücken, und wenn es das Gefühl hatte, daß niemand hinsah, bewunderte es sein Spiegelbild im verstärkten Glas der Aussichtsfenster, die Tembo Laibon in einer Wand des Raums eingebaut hatte.

Es nannte sich Menschensohn, und es hatte bislang an diesem Abend so gespielt, als blickte ihm ein etwas verehrterer Menschensohn über die Schulter und brächte ihm Glück.

Tembo Laibon unmittelbar gegenüber saß Buko, das rote Alien von Sigma Silani IV. Die echsenähnliche Haut wirkte glitschig und feucht, sie glänzte im schwachen Licht der Aussichtsfenster, und das Gesicht, das keinen Ausdruck zu zeigen vermochte, war den Drachen verblüffend ähnlich, von denen Tembo Laibon als kleines Kind gelesen hatte. Buko war völlig nackt, und seine Haut verströmte einen allzu süßen Geruch nach fremdartigen Ölen. Bewegungslos zwischen seinen Schulterblättern, die durchsichtigen Klauen und den langen Schnabel tief im Körper verborgen, thronte eine winzige federlose und vogelähnliche Kreatur, die in irgendeiner bizarren Symbiose mit ihm lebte.

Schließlich legte Tembo Laibon die Karten auf den Tisch und rückte sich im Stuhl zurecht, der ein paar Zentimeter über dem Fußboden schwebte. Das Schiff mit den letzten beiden Mitspielern hatte gerade angedockt, und er zögerte das Spiel hinaus, bis sie am Tisch angekommen waren.

»Ich hätte gern einen Drink, bitte!« sagte Menschensohn und schenkte ihm ein Lächeln, das ein Mundvoll sorgfältig gemeißelter karminroter Zähne zeigte.

»'selbe wie letztesmal?« fragte Tembo Laibon.

»Aber natürlich«, entgegnete das Ding, das aussah wie ein Mann. »Fremdartige Drinks sind so… so *geschmacklos.*« Es rümpfte angewidert die künstliche Nase.

»Sonst noch wer?« fragte Tembo Laibon, während er eine außergewöhnlich heftige blaue Entladung durch die Aussichtsfenster beobachtete. Er fragte sich müßig, ob die Blitze über den Ebenen der Serengeti ebenso gefährlich seien, und kam zu der Auffassung, daß das nicht sein konnte.

»Letzte Bestellung!«

Es erfolgte keine Antwort, und Tembo Laibon tippte

eine Bestellung auf das Paneel vor sich. Einen Augenblick später betrat ein Roboter den Raum, der ein einzelnes Glas auf einem polierten Silbertablett trug.

»Danke sehr!« sagte Menschensohn, als der Roboter den Drink auf den Tisch stellte.

»Gern geschehen, geehrter Sir«, krächzte der Roboter monoton zur Antwort.

»Er sieht so grotesk aus!« kicherte Menschensohn, als der Roboter davonging. »Eine metallene Ungeheuerlichkeit in Gestalt eines Menschen!«

»Was ist denn an Metall so falsch?« fragte die Eiserne Herzogin, und ein blauer Blitz schimmerte auf ihren Platinnägeln und den Titanzähnen. »Es hält bedeutend länger als Fleisch.«

»Aber meine geschätzte Dame!« sagte Menschensohn. »Ich wollte Sie nicht beleidigen, ganz bestimmt nicht. Bitte glauben Sie mir!«

Sie starrte ihn kalt an, und die Pupillen zogen sich leicht zusammen, während sich die winzigen Mikrochips in jedem Auge sofort dem Licht der Entladungen außerhalb der Aussichtsfenster anpaßten.

»Ich vergebe Ihnen«, sagte sie schließlich.

»Danke sehr. Ich versichere Ihnen, daß ...«

»Ich vergebe Ihnen«, wiederholte sie. »Was nicht bedeutet, daß ich Ihnen glaube.«

»Genug geredet«, polterte Gorgo. »Zeit fürs Spiel!«

»Gleich«, sagte Tembo Laibon und rief das Bewußtsein von den grünen afrikanischen Savannen zurück, wo es die meiste Zeit über verbrachte. »Zwei weitere Teilnehmer sind angekommen!«

»Können sie sich das Spiel leisten?«

»Diesen Raum betritt niemand ohne Einladung«, versicherte ihm Tembo Laibon. »Sie können sich's leisten.«

Es folgte eine kurzzeitige Stille, und dann blitzte auf dem Paneel vor Tembo Laibon eine stumme Botschaft auf. Er runzelte die Stirn und sah auf.

»Meine Roboter sagen mir, daß drei dort draußen stehen.«

»Wer ist der Dritte?« fragte die Eiserne Herzogin.

»Sie sind sich nicht sicher. Sie sieht aus wie eine menschliche Frau, aber die Anzeigen stimmen überhaupt nicht.«

»Hoffentlich ist sie hübsch«, sagte Menschensohn mit – seiner Ansicht nach – wildem maskulinen Enthusiasmus.

Tembo Laibon tippte eine Botschaft auf das Paneel. »Lassen wir sie herein und finden wir's raus!«

Einen Augenblick später glitt die Tür zurück, und zwei Männer und eine Frau betraten den Raum. Einer der Männer war kräftig gebaut, breit und stämmig, mit gelocktem schwarzen Haar und kleinen dunklen Augen; er war Ajax der Erste, der ›Muskel‹ des Paares. Das ›Gehirn‹ war klein und drahtig und trug stolz einen buschigen roten Bart; es war Ajax der Zweite. Mehr als zwanzig Außenposten-Welten hatten eine Belohnung auf die Ergreifung der beiden ausgesetzt, und dennoch bewegten sie sich ungehindert quer durch die äußere Grenze und den Rand, und mehr als ein Kopfjäger, der sie verfolgt hatte, hatte sich gewünscht, er hätte sich ein leichteres Opfer ausgesucht.

Die Frau, gekleidet in ein glitzerndes metallischblaues Gewand, hatte lange, auf dem Kopf aufgetürmte blonde Haare und trug ein Halsband schimmernder Blutsteine aus den Minen von Altair III.

»Meine Herren, würden Sie uns bitte Ihre Begleiterin vorstellen?« bat Tembo Laibon stirnrunzelnd.

»Ich bin Helen«, warf die blonde Frau von sich aus ein.

»Sie ist unsere Frau«, erklärte Ajax der Zweite.

»*Unsere* Frau?« wiederholte die Eiserne Herzogin und hob eine künstliche Augenbraue.

»Seine und meine.«

»Sie ist mit euch beiden verheiratet?«

»Positiv.«

»Sie war nicht eingeladen worden teilzunehmen«, sagte Tembo Laibon. »Sie muß den Raum verlassen.«

»Sie ist eine Androide«, erklärte Ajax der Erste. »Sie wird niemanden belästigen.«

»Bitte deaktiviere sie!« sagte Tembo Laibon.

»Ich möchte gern zuschauen«, meinte Helen.

Tembo Laibon sah sie an. »Es geht bei diesem Spiel um dermaßen hohe Einsätze, daß es auch nicht den leisesten Anschein von Unehrlichkeit geben darf«, erklärte er. »Du mußt deaktiviert werden.«

»Wie kann etwas daran unehrlich sein, wenn sie nur hinter mir sitzt und zusieht?« fragte Ajax der Erste.

»Keine Ahnung«, entgegnete Tembo Laibon. »Vielleicht kann sie durch die Kartenrücken hindurchsehen. Vielleicht kann sie die Punkte speichern und sie dir auf irgendeine Weise zuspielen. Das ist doch gleichgültig. Bei einem Spiel wie diesem hier können sich die Gemüter reichlich erhitzen, und ich möchte um deines eigenen Wohlergehens willen nicht, daß man dir nachsagt, du würdest einen unfairen Vorteil vor deinen Mitspielern herausschlagen.«

»Was ist dann mit dem kleinen Tier auf *seinem* Rücken?« wollte Ajax der Erste wissen und zeigte auf Buko. »Woher weiß ich, daß es ihm nicht hilft?«

»Es ist eine symbiotische Lebensform, die mein Blut mit Sauerstoff versorgt, wenn ich mich auf Welten mit geringer Schwerkraft aufhalte«, entgegnete Buko.

»Dies hier ist keine Welt mit geringer Schwerkraft.«

»Für *mich* ja.«

»Wenn ihr mit eurer Diskussion fertig seid«, sagte Tembo Laibon geduldig, »könntet ihr vielleicht den Androiden deaktivieren.«

Ajax der Erste hob die Schultern und sah dann direkt die Androide an.

»Geh in die Ecke, Helen!« befahl er, und prompt ging sie in die entfernteste Ecke des Raums. Dann stieß er einen kurzen Befehl in einer Sprache aus, die Tembo Laibon unbekannt war. Helen schloß die Augen, und der Kopf sank ihr auf die Brust.

»Zufrieden?« fragte Ajax der Erste und wandte sich zum Tisch zurück.

»Woher wissen wir, daß sie nicht noch immer arbeitet?« fragte Gorgo mißtrauisch.

»Wähle einen Test nach deinen Wünschen und probier's aus«, sagte Ajax der Zweite.

»Das wird nicht nötig sein«, sagte Tembo Laibon. »Das Haus bestimmt, daß sie deaktiviert worden ist.« Er wandte sich an Ajax den Zweiten. »Sie ist neu«, bemerkte er.

»Wir haben sie vor etwa einem Jahr in Auftrag gegeben. Vergangenen Monat ist sie fertiggestellt worden, und seitdem ist sie bei uns.«

»Warum sollte jemand einen Androiden heiraten wollen?« fragte Menschensohn neugierig.

»Warum nicht?« gab Ajax der Zweite zurück. »Von Zeit zu Zeit mögen wir 'ne kleine Zeremonie mit etwas Pomp.«

»Äußerst interessant«, sagte das Ding, das aussah wie ein Mann. »Übrigens sind wir einander noch nicht vorgestellt worden. Ich bin Menschensohn.«

»Wir sind die Ajanter«, sagte Ajax der Zweite.

»Wie bitte?« fragte Menschensohn.

Ajax der Zweite lächelte. »Du hast deinen Homer nicht gelesen, stimmt's?«

»Wer ist Homer?«

»*Ich* habe ihn gelesen«, warf die Eiserne Herzogin ein. »Und wenn ich mich recht entsinne, gab's im Trojanischen Krieg nur einen Ajax.«

»Dann trügt dich dein Gedächtnis«, entgegnete Ajax der Zweite. »Es gab Ajax, den Sohn des Telamonian, einen riesigen Krieger, der Schulter an Schulter mit Odysseus kämpfte. Das ist *der*. Aber es gab gleichfalls einen Ajax, den Sohn des Oileus, der klein, schmächtig und der zielsicherste Speerwerfer war. Das bin *ich*. Gemeinsam waren sie als die Ajanter bekannt.«

»Ich bin völlig fasziniert von Namen«, sagte Menschensohn enthusiastisch. »Wie habt ihr die euren ausgesucht?«

»Athenia bietet uns einen sicheren Hafen, also nehmen wir jedesmal dann, wenn wir uns in diesem Sektor befinden, aus Dankbarkeit attische Namen an«, sagte Ajax der Zweite.

»Aber warum zweimal denselben Namen?«

»Warum nicht?«

»Das ist sehr verwirrend.«

»Nicht für uns, überhaupt nicht«, entgegnete Ajax der Zweite.

»Welche Namen gebraucht ihr in anderen Sektoren der Galaxis?« fragte Menschensohn.

»Das geht dich einen feuchten Kehricht an.«

»Ich mache ja nur Konversation«, sagte Menschensohn verdrießlich. »Es besteht keinerlei Veranlassung, grob zu werden.«

»Ich war nicht grob, nur vorsichtig«, entgegnete Ajax der Zweite. »Warum fragst du dann nicht die anderen, wenn du dermaßen an der Genesis von Namen interessiert bist?«

»Das ist nicht nötig«, sagte Menschensohn. »Buko und Tembo Laibon sind angemessene Namen, und die Ursprünge der beiden übrigen sind offensichtlich.«

Ajax der Zweite lächelte. »Hier draußen benutzt kein Mensch seinen richtigen Namen.«

Menschensohn wandte sich an Tembo Laibon. »Stimmt das?«

»Ja.«

»Was bedeutet dann also Tembo Laibon?« fragte Menschensohn.

»In einem uralten Dialekt, Suaheli genannt, bedeutet er ›Herr des Elefanten‹.«

»Was ist ein Elefant?« fragte Menschensohn.

Tembo Laibon lächelte. »Siehst du diese beiden weißen Säulen?« fragte er und wies auf das Elfenbein.

»Welche Beziehung haben sie zu dir?« fragte Menschensohn.

»Sie gehörten dem größten aller Elefanten«, sagte Tembo Laibon. »Ich stamme von einer Rasse ab, die Massai genannt wurde. Sie jagten den Elefanten mit Speeren wie jenen, die du an der Rückwand siehst.« Er hielt inne. »Der letzte Elefant wurde vor Jahrtausenden getötet.«

Menschensohn stand auf und ging zu dem Elfenbein hinüber.

»Sie sehen aus wie weißes Holz«, sagte er schließlich.

»Einstmals waren sie weiß und schimmerten im hellen Licht wie Silber.«

»Dies muß ein sehr großes Tier gewesen sein«, fuhr Menschensohn offensichtlich beeindruckt fort. »Sind dies die Rippen?«

»Dies sind die Zähne.«

Menschensohn warf den Kopf zurück und lachte. »Du hast einen bemerkenswerten Sinn für Humor.«

»Dies sind die Zähne«, wiederholte Tembo Laibon.

»Kein Tier, das jemals gelebt hat, hatte auch nur halb so große Zähne«, gab Menschensohn zurück. »Du machst dich über meine Unwissenheit lustig!«

»Ich genieße deine Unwissenheit«, entgegnete Tembo Laibon. »Aber ich sage dir die Wahrheit.«

»Lächerlich!« brummte Menschensohn, während er zu seinem Platz zurückging. Einen langen Augenblick richtete er die orangefarbenen Augen auf Tembo Laibon. »Warum bist du der Herr des Elefanten? Deine Zähne sind nicht länger als meine.«

»Ich bin der Herr des Elefanten, weil ich sage, daß ich's bin«, antwortete Tembo Laibon leicht verärgert. »Hast du etwa vor, den Rest der Nacht mit einem Disput darüber zu verbringen, ob ich das Recht habe, mich so zu nennen, wie ich es wünsche, oder willst du jetzt endlich Karten spielen?«

»Karten, aber ja«, sagte Menschensohn. »Dabei habe ich mehr Glück als damit, dich zu einer höflichen Antwort auf eine höfliche Frage zu bewegen.«

»Gleiche Regeln wie stets?« fragte Ajax der Zweite.

Tembo Laibon nickte. »Es wird kein Zahlungsmittel akzeptiert, das gegenwärtig in der Demokratie in Umlauf ist.«

»Noch nicht einmal Stalin-Rubel?«

»Nichts.«

»Letztesmal durften wir sie benutzen«, beklagte sich Ajax der Zweite.

»Was anderes hattet ihr letztens nicht«, entgegnete Tembo Laibon. »Und ich sagte euch, daß ich sie ein weiteres Mal nicht akzeptieren würde.«

Ajax der Zweite runzelte die Stirn. »Was ist mit Maria-Theresia-Talers?«

»Nur bis zum Wert des darin enthaltenen Goldes.«

Ajax der Zweite brummte etwas vor sich hin. »Das könnte eine kurze Nacht werden«, sagte er ein wenig verständlicher.

»Da ich keinen Einsatz mache, sondern lediglich die Karten verteile«, sagte Tembo Laibon, »werde ich nachgeben, wenn eure Gegner euer Zahlungsmittel akzeptieren.« Er sah sich am Tisch um.

»Ist nicht«, sagte die Eiserne Herzogin. »Die meiste Zeit verbringe ich damit, die Demokratie zu meiden.«

»Tun wir alle«, mischte sich Buko ein.

»Und einige von uns«, polterte Gorgo mit der tiefen knurrenden Stimme, »haben sehr wenig Zutrauen zur Langlebigkeit der Demokratie und damit also auch zum Wert ihrer Währung.«

»Es gefällt mir gar nicht, gegen meinen Mitstreiter zu stimmen«, sagte Menschensohn mit falschem Bedauern, »aber diese Währung läßt sich zu leicht zurückverfolgen.«

Tembo Laibon sah Ajax den Zweiten an. »Da siehst du's«, sagte er.

Der kleine Mann nickte. »Na gut«, sagte er. »Du hast erreicht, was du wolltest.«

»Buko«, sagte Tembo Laibon. »Dein Spiel, dein Einsatz.«

Buko ließ die Hand in einen Beutel mit einer Hülle schlüpfen, die eine bemerkenswerte Ähnlichkeit mit menschlicher Haut hatte, und holte einen kleinen glitzernden Edelstein heraus. Er starrte ihn einen Augenblick lang an und schob ihn dann in die Mitte des Tischs. *»Krinjaat«*, verkündete er.

»Bitte frische doch kurz mein Gedächtnis auf!« bat die Eiserne Herzogin, und Buko ließ eine kurze Erklärung der *Krinjaat*-Regeln vom Stapel, einem Kartenspiel, dessen Ursprünge sich auf Binder X an der Inneren Grenze zurückverfolgen ließen, tief im Herzen der Galaxis. Nachdem er seine Rede beendet hatte, sah sie völlig verwirrt aus und entschied sich dafür, den Einsatz nicht zu zahlen.

Menschensohn durchsuchte seinen Haufen Gewinne und zog schließlich eine ausgefallene Goldfigurine hervor. Er hielt sie hoch, so daß Buko sie sehen konnte, und warf sie dann neben den Edelstein, nachdem das rote Alien zum Einverständnis genickt hatte. Gorgo und die Ajanter folgten, ersterer mit einem ungeschliffenen Diamanten, letztere mit einer zierlichen Kristallskulptur, und schließlich gab Tembo Laibon jedem Spieler sechs Karten, drei mit dem Bild nach oben, drei mit Bild nach unten. Es folgte das Bieten und der Austausch der Karten, und schließlich gewann Gorgo den Einsatz.

Tembo Laibon nahm einen kleinen Kristallanhänger aus dem Einsatz, hielt ihn hoch, so daß Gorgo zustimmen konnte, und nahm ihn als Vermittlungsgebühr des Hauses in Besitz. Dann sah er über den Tisch hinweg die Eiserne Herzogin an.

»Dein Spiel, dein Einsatz«, verkündete er.

»Zieh-Poker«, sagte sie und ließ ein Diamanthalsband auf den Tisch fallen.

Das Spiel ging weitere neunzig Minuten dahin, wobei Menschensohn und Gorgo das meiste gewannen, die Eiserne Herzogin weder gewann noch verlor, und die Ajanter dermaßen viel verloren, daß sie gegen Ende den Einsatz nur noch für Kartenspiele menschlichen Ursprungs bezahlten.

Dann, während der Sturm weiterhin gegen das Aussichtsfenster schlug und es mit einer Reihe geisterhaft blauer Lichter erleuchtete, verkündete Tembo Laibon eine zehnminütige Pause.

Gorgo stand sofort auf und ging schwerfällig durch die Tür in den Gastraum der Taverne.

»Aber wir sind gerade erst angekommen«, beklagte sich Ajax der Erste.

»Einige von uns sitzen bereits seit vier Stunden an diesem Tisch«, sagte Buko, stand auf und streckte die Reptilarme.

»Stimmt«, warf die Eiserne Herzogin ein. »Wenn Tembo Laibon keine Pause verkündet hätte, hätte ich das selbst getan.« Sie streckte die Finger einen nach dem anderen und musterte sie dabei mit dem Interesse eines Mechanikermeisters.

»Ich könnte selbst einen Drink gebrauchen«, sagte Ajax der Zweite. »Ich werd' wohl mal der Bar einen Besuch abstatten.«

»Teufel noch mal«, sagte sein Partner. »Da kann ich dich genausogut begleiten.«

Die Ajanter gingen zum Eingang, der sich lang genug öffnete, um sie durchzulassen.

»Sie sind seit dem letzten Mal überhaupt nicht besser geworden«, bemerkte Buko lächelnd.

»Du hast schon gegen sie gespielt?« fragte die Eiserne Herzogin.

»Zweimal«, sagte Buko. »Man hätte glauben sollen,

daß sie sich ihrer Grenzen mittlerweile bewußt geworden wären.«

»Der größere Ajax ist der schlechtere Spieler von beiden«, fügte Menschensohn hinzu. »Er blufft, wenn er passen sollte, und er paßt, wenn er bluffen sollte.«

»Vielleicht sollte ich nur Kartenspieler einladen, die besser sind als du«, schlug Tembo Laibon sarkastisch vor.

»Das ist nicht nötig«, sagte die Eiserne Herzogin. »Halt sie nur dumm und reich, und wir werden prima zurechtkommen.«

»Wenn sie noch zwei oder drei Spiele verlieren, werden sie pleite sein«, bemerkte Menschensohn, stand auf ging hinüber, um das Elfenbein etwas näher in Augenschein zu nehmen.

»Dann werden sie eine weitere Bank ausrauben und ihren Fundus wieder auffüllen«, sagte Buko.

»Das tun sie also?« fragte Menschensohn.

»Wenn sie nicht gerade beim Kartenspiel verlieren«, entgegnete Tembo Laibon.

»Ich schätz mal, daß es kein unverbrüchliches Gesetz gibt, wonach fähige Kriminelle gleichzeitig fähige Spieler sein müssen«, sagte Menschensohn nachdenklich. Er wandte sich an Tembo Laibon. »Handelst du deshalb bloß und bist niemals aktiver Teilnehmer?«

»Ich nehme von jedem Einsatz zehn Prozent«, gab Tembo Laibon zur Antwort. »Warum sollte ich spielen?«

»Natürlich wegen des Kitzels«, sagte Menschensohn.

»Ich finde andere Dinge weit erregender.«

Menschensohn wies auf die vier Köpfe. »Wie zum Beispiel das Töten von Tieren?«

»Wenn es auf ehrbare Weise geschieht«, meinte Tembo Laibon.

»Ich glaube, daß im Töten wesentlich mehr Ehre steckt als in deiner offensichtlich übertriebenen Erzählung davon«, sagte Menschensohn. »Stell dir mal vor, so was mit Zähnen wie *denen* hier zu jagen« – er legte eine Hand auf das Elfenbein – »und nur mit einem Speer bewaffnet!«

»Du wärst überrascht davon, was ein Speer anrichten kann«, sagte Tembo Laibon ruhig.

»Hast du jemals mit einem Speer gejagt?«

»Nein.«

»Woher weißt du das dann?« wollte Menschensohn wissen.

»Ist mein Erbe.«

»Ich schätz mal, diese Zähne sind gleichfalls Teil deines Erbes?«

»Sind sie.«

Menschensohn starrte das Elfenbein an. »Wo hat man diese Elefanten gefunden?«

»In Afrika«, sagte Tembo Laibon.

»Ah, Afrika!« sagte Menschensohn mit breitem Lächeln. »Der geheimnisvolle Dunkle Kontinent, der zwanzig Prozent der Erdoberfläche bedeckt. Die Heimat des Kilimandscharo und der Wüste Sahara.«

»Du hast deine Hausaufgaben gemacht«, bemerkte Tembo Laibon.

»Aber natürlich«, stimmte Menschensohn zu. »Ist gleichfalls *mein* Erbe!«

»Afrika?«

»Die Erde.«

»Bist du jemals dort gewesen?« fragte Tembo Laibon.

»Sicherlich«, sagte Menschensohn. »Du etwa nicht?«

Tembo Laibon schüttelte den Kopf. »Gibt's nicht viel zu sehen.«

»Mein lieber Freund, da liegst du völlig falsch! Die Erde ist ein echtes Paradies!«

»Und warum hat sie dann fast jeder verlassen?« fragte Tembo Laibon spöttisch.

»Weil sich der Mensch stets Herausforderungen

entgegenstellt«, antwortete Menschensohn. »Ich täte nichts anderes.«

»Nehme ich an.«

»Du mußt mal irgendwann hin, wirklich!«

»Glaube ich kaum«, entgegnete Tembo Laibon. »Wo meine Leute früher lebten, haben sie 'ne Stadt hingebaut.«

»Wo war das?«

»Am Fuß des Kilimandscharo.«

»Ah, ja«, sagte Menschensohn, glücklich darüber, mit seinem Wissen protzen zu können. »Die Stadt Nyerere, die sich den halben Berg hinaufzieht; Bevölkerung: zwei Millionen, vier Flughäfen, ein Raumhafen; und die Heimat der bemerkenswerten Wegekreuz-Skulptur.« Er hielt inne. »Ein solches Wunderwerk würde dir sicherlich gefallen!«

»Nein.«

»Aber weshalb nicht?«

In Tembo Laibons dunklen Augen blitzte jäh das Feuer eines uralten Hasses. »Weil Julius Nyerere ein Zanake war, und die Stadt, die seinen Namen trägt, wurde auf Massai-Land errichtet!«

»Die Stadt Nyerere wurde vor mehr als dreitausend Jahren errichtet«, gab Menschensohn zu bedenken. »Was kann das heutzutage für jemanden bedeuten, besonders für jemanden, der die Erde niemals betreten hat?«

»Ich bin Massai«, sagte Tembo Laibon fest. »Das ist etwas völlig anderes.«

»Du bist ein Mensch, und alle Menschen sind Brüder«, sagte Menschensohn. »Wir müssen uns um die Alien Sorgen machen, nicht um einander!«

»Na, das mußt du ja wissen«, erwiderte Tembo Laibon mit einem Hauch von Ironie.

Gorgo betrat wieder den Raum und stapfte zu seinem Platz, und einen Augenblick später kehrten, alkoholbestärkt, auch die Ajanter zurück.

»Sind wir so weit?« fragte die Eiserne Herzogin, nachdem sie jeden künstlichen Knochen und jede mechanische Gliedmaße überprüft hatte.

Tembo Laibon nickte und nahm Platz.

»Wir sind so weit«, pflichtete er bei und wandte sich an Ajax den Ersten. »Dein Spiel, dein Einsatz.«

»Fünf-Karten-Stud-Poker«, erklärte Ajax der Erste, während er einen Diamantring vom Finger nahm und ihn in die Mitte des Tischs legte.

Tembo Laibon verteilte die Karten und lehnte sich zurück, um die Spieler zu betrachten.

Gorgo, sagte er sich, war wie das ausgestorbene Rhinozeros: riesig, heißblütig, jähen Wutanfällen unterworfen, aber zu dumm, um gegen solche Krieger wie den Menschensohn und die Eiserne Herzogin zu überleben. Er war ein Überbleibsel jener vergangenen Tage, da ein direktes Vorgehen das einzig möglich Sinnvolle und Nutzbringende war: er bluffte niemals, versuchte niemals, seine Verluste abzuschreiben, sondern ging einfach weiter drauflos. Wenn ihm das Glück zur Seite stand, wenn die Sonne dem Krieger in die Augen schien oder wenn der Krieger ihm im hohen Gras nicht auszuweichen vermochte, wäre der Tag der seine, und er würde den Kampf gewinnen, wie es Gorgo früher am Abend bereits getan hatte – aber er würde niemals den Krieg gewinnen.

Ajax der Zweite studierte seine Karten, schüttelte daraufhin den Kopf und zog sich aus dem Spiel zurück. Er ist der Schakal mit dem Silberrücken, dachte Tembo Laibon; eine Auseinandersetzung liegt einfach nicht im Bereich seiner Möglichkeiten. Er umkreist, er versteckt sich, er täuscht, er umschmeichelt, aber er sieht den größeren Räubern niemals in die Augen, während er darauf wartet, daß die Reihe beim Töten an ihn kommt. Dennoch reicht Gerissenheit manchmal nicht aus, und der Schakal würde an diesem Abend leer ausgehen.

Menschensohn konnte das hämische Grinsen auf dem fast menschlichen Gesicht kaum verbergen, als er einen großen Saphir in die Mitte des Tischs stieß. Tembo Laibon blickte den großen Haufen Beute vor sich an und entschied, daß dies die Hyäne in der kleinen Menagerie des Hauses der Blauen Lichter war: ein grinsendes, gackerndes Gefäß für die Geister des Todes – und der erfolgreichste der Räuber. Aber wegen des schrillen, irritierenden Gelächters und des schrecklich mißgebildeten Körpers der Hyäne mied und haßte man sie mehr als alle anderen Tiere, wie Menschensohn von allen menschlichen und fremdartigen Gesellschaften gemieden und gehaßt wurde. Das Ding, das aussah wie ein Mann, kicherte zufrieden, als Buko seinem Einsatz etwas entgegensetzte, drehte sich dann um und blinzelte Tembo Laibon zu. Ja, dachte Tembo Laibon angewidert; ganz bestimmt eine Hyäne.

Er richtete den Blick als nächstes auf den reptilhaften Buko. Eine Schlange, vielleicht eine Mamba? Nein, die Schlange war zu gerissen und falsch. Buko war das Krokodil, rasch und behende, wenn es darauf ankam, und seine schuppige Haut glitzerte im Sonnenlicht, wie Bukos Haut unter den blauen Entladungen der Atmosphäre von Athenia glitzerte. Verborgen unter der trüben Oberfläche näherte sich das Krokodil ungesehen und schlug zu, genauso wie es Buko den ganzen Abend über bei den Ajantern getan hatte, indem er sich zurückhielt, niemals dazulegte und sie so tiefer und tiefer in seinen Fluß der Zerstörung zog, dann den furchterregenden Rachen öffnete, wenn sie zu weit vom Ufer entfernt waren, um sich zurückziehen zu können.

Ajax der Erste sah erneut in seine Karten, runzelte die Stirn, löste daraufhin eine juwelenbesetzte Platinschließe vom Hals und warf sie auf den anschwellenden Haufen in der Mitte des Tischs. Tembo Laibon musterte ihn gründlich. Ein Löwe, entschied er. Kein riesiger Patriarch mit schwarzer Mähne, wie ihm die *Elmoran* der Massai beim Ritual der Mannwerdung nur mit Speeren und Schilden bewaffnet im tödlichen Kampf gegenüberträten, sondern ein junges Männchen, das die Jagd noch nicht bemeistert hatte, das sich mit dem Wind im Rücken zu seinem Opfer aufstellte, das auf trockene Äste träte und ein erwartungsvolles Knurren über die Lippen treten ließe. Er hatte das meiste aus dem beschränkten Vorrat an Schätzen der Ajanter verloren, er hatte Ajax dem Zweiten die Jagd doppelt schwer gemacht, er hatte seinem Opfer stets eine Chance zum Entkommen gegeben, indem er seine Kräfte zu rasch gezeigt hatte. Ja, entschied Tembo Laibon, ein junger Löwe – und jemand, der wie der Schakal dazu bestimmt war, an diesem Abend hungrig davonzugehen.

Schließlich ruhte sein Blick auf der Eisernen Herzogin. Sie war eine Leopardin, klein, schlank, wild, intelligent, viel gefährlicher als Tiere, die doppelt so groß waren wie sie. Und sie paßte sich, wie der Leopard, jeder Umgebung an. Sie würde den beeinflußbaren Menschensohn und den vorsichtigen Ajax den Zweiten bluffen; sie würde dem geradeheraus gehenden Gorgo und dem hungrigen Ajax dem Ersten ausweichen. An diesem Abend hatte sie keine guten Karten – auch Leoparden töteten nicht immer fette und saftige Antilopen –, aber selbst so war sie die Gewinnerin des Spiels, wie Leoparden stets die Gewinner ihres Spiels waren.

Tembo Laibon seufzte und lehnte sich im Stuhl zurück und betrachtete sein Spiegelbild zwischen den blitzenden blauen Explosionen im Aussichtsfenster.

Und welches Tier bist du, König der Elefanten, der sich niemals auch nur auf fünfzigtausend Lichtjahre der Savanne genähert hatte, die deine Leute hervorbrachte? Bist du wirklich dein Namensvetter, das stärkste und klügste aller Lebewesen?

Tembo Laibon starrte sich selbst einen langen Augenblick an. Nein, entschied er. Ich bin weder der Elefant noch ein anderes Tier. Ich bin der Hüter der Massai, der die Zwillingsflammen unseres einstigen Ruhmes bewahrt, der sie hin bis zu jenem Tag bewahrt, da die Prophezeiungen sich erfüllen und Götter auf der Erde wandeln werden und der verdorrte Stamm der Massai wieder aufblühen wird. Nackt und wild sind wir auf den Ebenen der weiten Serengeti aufgewachsen, sind wie Heuschrecken ausgeschwärmt zu den Sternen, und wir werden der Spur des Schicksals folgen, wohin es uns auch führen mag – und es muß uns schließlich wieder heimführen.

In der Zwischenzeit jedoch ist es sehr angenehm, hier zu sitzen, sicher und geborgen vor den wütenden Stürmen von Athenia, reich zu werden durch die Dummheiten anderer Leute und von der heißen afrikanischen Sonne zu träumen, die mir auf den Rücken brennt, und vom beißenden Gestank des Wildes in der Nase.

Er sah erneut das Elfenbein an. Ich muß dich säubern und polieren, dich wieder in weißes Gold verwandeln, dich für den Tag vorbereiten, der kommen wird, wenngleich ich nicht weiß, wann er kommen wird. Ich werde gleich morgen damit beginnen.

Aber dann erinnerte sich Tembo Laibon daran, daß er morgen nicht beginnen konnte, denn morgen gäbe es ein weiteres Spiel, und am Tag danach noch ein weiteres. Also würde er die Karten austeilen und sein Bewußtsein vor den Anblicken und Gerüchen der Spieler abschotten, und er würde damit fortfahren, seinen Anteil von jedem Einsatz einzustreichen, bis hin zu jenem Tag, da er der wahre Tembo Laibon der Massai wäre.

»Wirst du jetzt endlich die Karten verteilen, oder willst du die ganze Nacht über hier sitzen und in den Raum hinausstarren?« fragte Ajax der Erste, und Tembo Laibon bemerkte überrascht, daß das Spiel vorüber war. Er sammelte sofort die Karten ein und begann zu mischen.

Tembo Laibon wandte sich an Ajax den Zweiten. »Dein Spiel, dein Einsatz.«

»Zieh-Poker«, kündigte Ajax der Zweite an. Er fischte in seinen Taschen herum, runzelte die Stirn und zog schließlich ein goldenes Chronometer hervor.

»Nicht genug!« polterte Gorgo.

»Laß sehen!« sagte Tembo Laibon. Er untersuchte das Chronometer und stieß es dann zurück. »Das Haus bestimmt, daß es nicht ausreicht.«

»Dann wirst du die hier akzeptieren müssen«, sagte Ajax der Zweite und warf eine Handvoll goldener Münzen auf den Tisch.

Tembo Laibon sah sich am Tisch um und nickte dann.

»Das Haus wird sie nur für diese Runde akzeptieren.«

Ajax der Erste wollte gerade einen ungeschliffenen Diamanten in den Topf legen, als ihn Ajax der Zweite an der Hand packte.

»Bleib diese Runde draußen«, sagte er.

»Warum?« fragte Ajax der Erste verwirrt.

»Ich brauch ihn, wenn ich mitbieten muß.«

»Warum kannst nicht *du* diese Runde draußen bleiben und *mich* spielen lassen?« wollte Ajax der Erste wissen.

»Regel des Hauses«, unterbrach Tembo Laibon. »Spiel wählen, Spiel spielen.«

»Tu, was ich dir sage!« befahl Ajax der Zweite, und sein Partner hob schließlich die Schultern und steckte den Diamanten in die Tasche zurück.

Buko, Gorgo, Menschensohn und die Eiserne Herzogin legten ihre Einsätze in die Mitte des Tischs, und Tembo Laibon verteilte die Karten.

»Wer eröffnet?« fragte er, nachdem jeder Spieler Gelegenheit gehabt hatte, seine Karten abzuschätzen.

»Wirf den Diamanten rein«, sagte Ajax der Zweite, und Ajax der Erste legte den ungeschliffenen Diamanten auf den Tisch. »Was hast du sonst noch?«

Ajax der Erste durchwühlte seine Taschen und förderte einen weiteren ungeschliffenen Diamanten zutage.

»Leg ihn rein!« sagte Ajax der Zweite.

Buko studierte seine Karten, schüttelte daraufhin den Kopf und warf sie auf den Tisch. Die übrigen Drei hielten mit.

»Karten?« fragte Tembo Laibon.

»Drei«, polterte Gorgo.

»Zwei«, sagte die Eiserne Herzogin.

»Keine«, entgegnete Menschensohn.

Jeder hielt inne und starrte Menschensohn lang an. Er lächelte schief zurück.

»Keine«, wiederholte Ajax der Zweite.

Tembo Laibon nahm die abgelegten Karten und gab dann drei Karten Gorgo und zwei der Eisernen Herzogin.

»Wer bietet?« fragte Tembo Laibon.

»Was haben wir noch übrig?« fragte der kleinere Ajax.

»Nichts.« Plötzlich wandte sich Ajax der Erste dem deaktivierten Androiden zu. »Augenblick mal! Wir haben noch immer ihre Halskette!«

»Hol sie und leg sie dazu!«

»Du bist dir sicher?« fragte Ajax der Erste.

»Ich bin mir sicher.«

Der größere Ajax stand auf, löste Helens Halskette und legte sie mitten auf den Tisch.

Gorgo knurrte und lehnte es ab mitzuhalten.

Die Eiserne Herzogin hielt einen großen Rubin in einer feingearbeiteten Platineinfassung hoch, die von Smaragden und Sternsaphiren strotzte. Ajax der zweite nickte, und sie legte ihn zu dem anschwellenden Haufen.

»Ich halte mit«, sagte Menschensohn und rollte beiläufig einen großen Smaragd über den Tisch, »und ich erhöhe.« Er durchwühlte seinen Gewinn, zog eine feine Kristallskulptur aus dem Ariansystem hervor und stellte sie sanft neben den Smaragd.

»Ich hab' nichts mehr«, sagte Ajax der Zweite.

»Finde was«, sagte Tembo Laibon.

»Du hast deine Frau«, bemerkte Menschensohn nebenbei.

»Und ich behalte sie!« fauchte Ajax der Zweite.

»Du mußt seinen Einsatz mithalten oder das Blatt niederlegen«, sagte Tembo Laibon.

»*Dieses* Blatt lege ich nicht nieder! Laß mir eine Minute, um was zu finden.« Er winkte Ajax dem Ersten, der um den Tisch herumging, ihm die Karten abnahm, gerade genug auffächerte, daß er sie sehen konnte, und sie dann zurückgab. Einen Augenblick lang unterhielten sie sich unterdrückt; daraufhin nickte Ajax der Erste. »In Ordnung«, sagte Ajax der Zweite.

»Was?« fragte Menschensohn.

»Unser Schiff. Wenn wir verlieren, übergeben wir dir die Papiere.«

»Wie wollt ihr Athenia verlassen?« fragte Tembo Laibon.

»Ich habe nicht die Absicht zu verlieren.«

»Wie hoch ist das Schiff registriert?« fragte die Eiserne Herzogin.

»Ich würde sagen, so ungefähr achthunderttausend Kredits!«

Die Eiserne Herzogin lächelte. »Ich fürchte, wir können die Einschätzung der Besitzer nicht akzeptieren.«

Tembo Laibon schaltete sein Paneel an und stellte die Frage. Wenige Sekunden später erschien die Antwort auf einem kleinen Bildschirm.

»Fünfhundertundfünfzigtausend Kredits«, verkündete er.

»Deine Maschine ist übergeschnappt!« fauchte Ajax der Zweite. »Es ist – absolutes Minimum – wenigstens siebenhunderttausend wert!«

»Nicht in diesem Spiel, o nein!« entgegnete Tembo Laibon ruhig. Er hielt inne. »Bietest du mit oder paßt du?«

»Ich biete«, knurrte Ajax der Zweite und funkelte ihn an.

Die Eiserne Herzogin stieß drei Edelsteine über den Tisch.

»Mehr«, befahl Tembo Laibon, nachdem er sie untersucht hatte.

Sie seufzte, drückte eine kleine Goldfigurine an die Lippen und fügte sie den Steinen hinzu.

»Ich halte mit«, sagte Menschensohn und schob einen gewichtigen Teil seines Gewinns in den Topf, »und erhöhe.«

»Verdammt!« rief Ajax der Zweite. »Du weißt, daß ich nichts mehr übrig habe!«

»Das ist kaum mein Problem, stimmt's?« sagte Menschensohn hochnäsig.

Tembo Laibon wartete, bis sich Ajax der Zweite wieder beruhigt hatte. »Bietest du, oder paßt du?« fragte er schließlich.

»Ich passe nicht. Du wirst einen Schuldschein nehmen müssen.«

»Schuldscheine sind nicht gestattet.«

»Wir bürgen dafür«, sagte Ajax der Zweite. »Das weißt du.«

Tembo Laibon wandte sich an die Eiserne Herzogin. »Wirst du seinen Schuldschein annehmen?«

»Ich kenne ihn noch nicht mal«, entgegnete sie.

»Und du?« fragte er Menschensohn.

»Ich will ja nicht unnötig pessimistisch erscheinen«, entgegnete er, »aber wozu ist ein Schuldschein gut, wenn der Aussteller von der Polizei geschnappt wird, ehe er Gelegenheit erhält, ihn einzulösen?«

Tembo Laibon wandte sich an Ajax den Zweiten zurück. »Da siehst du's!«

Ajax der Zweite studierte seine Karten. »Du hast Helen erwähnt«, sagte er schließlich.

»Das war'n Witz, Alter«, sagte Menschensohn.

»Und *ich* habe sie nicht erwähnt«, fügte die Eiserne Herzogin angewidert hinzu.

»Ich will *nicht* passen«, sagte Ajax der Zweite fest. »Wieviel Zeit habe ich, um einige Mittel heranzuschaffen?«

»Du darfst diesen Raum nicht verlassen«, sagte Tembo Laibon. »Das ist die Regel des Hauses, die ich bereits strapaziert habe, als ich dir erlaubte, dein Schiff einzusetzen und du die Papiere nicht bei dir getragen hast. Du setzt das ein, womit du den Raum betreten hast, und wenn du nichts mehr übrig hast, ist das Spiel für dich beendet.«

Ajax der Zweite starrte ihn einen Augenblick lang an. »Du hast einen schönen großen Haufen angesammelt. Ich möchte etwas ausleihen.«

»Ich bin nicht zum Ausleihen da.«

»Du kennst mich seit acht Jahren«, sagte Ajax der Zweite. »Du weißt, daß ich dafür geradestehe.«

»Nichtsdestotrotz.«

»Ich möchte es nur für zehn Minuten, und ich bezahle dir zwanzig Prozent Zinsen.«

»Du bietest keine Sicherheit«, sagte Tembo Laibon.

Ajax der Zweite gab seine Karten Tembo Laibon. »*Das hier* ist meine Sicherheit.«

»Ich erhebe Einspruch!« sagte Menschensohn.

»Niemand gibt mir in meinem eigenen Zuhause Befehle«, sagte Tembo Laibon, nahm die Karten auf und studierte sie.

Ajax der Zweite hatte einen Herz-Flash, von der Sieben bis zum Buben.

»Nun?« fragte Ajax der Zweite.

Tembo Laibon starrte den kleineren Ajax nachdenklich an und traf seine Entscheidung. Schließlich tun die Massai dem Schakal niemals einen Gefallen; sie töten ihn, oder sie werfen ihm, wenn sie in spendabler Laune sind, einen Knochen hin.

»Ich werde dir das Geld nicht leihen«, sagte Tembo Laibon.

»Aber ...«

»Ich bin noch nicht fertig«, sagte Tembo Laibon. »Ich werde dir das Geld nicht leihen – aber ich werde dir deine Karten abkaufen.«

»Für wieviel?«

»Die Hälfte dessen, was ich vor mir habe.«

»Du nimmst es besser«, drängte Ajax der Erste. »Sieht aus wie das beste Angebot, das wir je erhalten werden.«

»Und was ist mit meinem Schiff?«

»Wenn ich gewinne, werde ich's dir zurückverkaufen.«

»Zum Preis wie in den Papieren?«

Tembo Laibon nickte.

»Gut«, sagte Ajax der Zweite bitter. »Abgemacht.«

»Ich erhebe Einspruch!« sagte Menschensohn.

»Aus welchem Grund?« fragte Tembo Laibon.

»Du hast selbst festgelegt, daß derjenige, der das Spiel benennt, es auch zu spielen hat!«

»Und er hat es so weit gespielt, wie er konnte«, antwortete Tembo Laibon. »Wenn ich sein Spiel nicht kaufe, ist er so oder so fertig mit dem Spiel.«

»Was sagst *du* dazu?« fragte Menschensohn die Eiserne Herzogin.

»Mir ist das egal«, entgegnete sie achselzuckend. »Nur die Spieler werden wechseln – nicht die Karten.«

Menschensohn überlegte einen Augenblick lang, dann nickte er zustimmend. »Ich ziehe meinen Einspruch zurück«, sagte er.

Tembo Laibon teilte seinen Schatzhaufen in zwei Hälften und schob einen der beiden neuen Haufen hinüber zu Ajax dem Zweiten. »Für heute nacht ist das Spiel für dich beendet«, sagte er. »Dein Geld und deine Schätze werden an diesem Tisch nicht mehr akzeptiert, bis du sie wieder ergänzt hast.«

»Von mir aus«, sagte Ajax der Zweite. »Bring nur das Spiel durch, so daß wir verschwinden können.«

Tembo Laibon schätzte ab, wieviel er hinzufügen mußte, um Menschensohns Gebot aufzuwiegen, und legte eine Anzahl Juwelen, Anhänger sowie Schnitzwerk in die Mitte des Tischs. »Ich will sehen«, kündigte er an.

Und dann schlug die Leopardin zu.

»Und ich erhöhe«, sagte die Eiserne Herzogin, während Menschensohn überrascht aussah und Tembo Laibon sich daran zu erinnern versuchte, wie viele Karten sie genommen hatte.

Menschensohn erhöhte erneut, und nachdem Tembo Laibon die beiden Gebote abgeschätzt hatte, schob er seine restlichen Schätze in den Topf.

»Und ich erhöhe erneut«, sagte die Eiserne Herzogin, während sie einen vollkommenen blauweißen Diamanten hinzufügte.

Menschensohn, der seiner selbst etwas weniger sicher zu sein schien, hielt lediglich das Gebot und wandte sich dann erwartungsvoll an Tembo Laibon.

»Ich will sehen«, kündigte Tembo Laibon an.

»Womit?« fragte die Eiserne Herzogin.

Er winkte mit der Hand über die Wände. »Jedes der Kunstwerke hier ist ein seltenes und wertvolles Sammlerstück, Hunderttausende von Kredits auf dem offenen Markt wert. Wähle zwei davon nach deinen Wünschen – außer dem Elfenbein.«

»Ich wähle das Elfenbein«, sagte die Eiserne Herzogin, die mit jeder verstreichenden Sekunde mechanischer und weniger menschlich aussah.

Tembo Laibon schüttelte den Kopf. »Andere Stücke sind wertvoller.«

»Nicht für dich«, sagte sie. »Ich will das Elfenbein.«

»Ich bin sein Hüter. Ich kann mich nicht davon trennen.«

»Ich bin der Hüter des Blauen Diamanten«, entgegnete die Eiserne Herzogin. »Ich wähle das Elfenbein, Tembo Laibon.«

»Du kannst es noch nicht einmal anheben. Was willst du damit tun?«

»Ich werd' mir was einfallen lassen.«

»Wähle irgendwelche drei anderen Kunstwerke«, bot Tembo Laibon an.

Sie schüttelte den Kopf. »Wenn du dich davon trennen willst – sie sind nichts gegen meinen Diamanten.«

»Ich bestimme, daß sie's sind.«

»Du hast dir das Recht abgesprochen, dergleichen Regeln aufzustellen, als du Ajax dem Zweiten die Karten abgekauft hast«, fügte sie hinzu, »und zwar durch deine zuvor aufgestellte Regel, daß es dir verboten ist, den Raum zu verlassen, um weitere Schätze zu holen.«

»Mir gefällt es gar nicht, gegen meinen Gastgeber zu stimmen«, sagte Menschensohn liebenswürdig, »aber sie hat völlig recht, weißt du?«

Tembo Laibon lehnte sich zurück und studierte erneut nachdenklich die Karten. Schließlich nickte er sein Einverständnis; die Massai ziehen sich nicht vor einer drohenden Gefahr zurück.

»Das Elfenbein«, pflichtete er bei.

»Also«, sagte Ajax der Zweite. »Dann laßt doch mal 'n paar Karten sehen!«

Menschensohn legte die seinen als erster nieder: Vier Asse und Kreuz-Drei.

»Reicht nicht«, sagte Tembo Laibon, während er seinen Flash niederlegte.

Aller Augen richteten sich auf die Eisernen Herzogin. Ihre Kunststofflippen teilen sich zu einem Lächeln, das die Titanzähne zeigte, als sie ihre Karten eine nach der anderen auf den Tisch legte: Pik-Neun, Pik-Zehn, Pik-Bube, Pik-Dame, Pik-König.

Tembo Laibon saß eine volle Minute lang wie betäubt da, während die Eiserne Herzogin ihre Gewinne einstrich.

»Ich werde die Stoßzähne von dir zurückkaufen«, sagte er.

»Sie sind nicht zu verkaufen«, entgegnete sie.

»Sie haben keinen Nutzen für dich.«

»Sie werden eine wunderschöne Trophäe sein.«

»Wozu brauchst du eine Trophäe?« wollte Tembo Laibon wissen. »Du hast niemals den Elefanten über die afrikanischen Ebenen verfolgt!«

»Aber ich habe Tembo Laibon bis in seinen eigenen Bau verfolgt, und ich habe ihn in einem fairen und ehrbaren Kampf geschlagen«, entgegnete sie lächelnd. »Wann immer ich *sie* ansehen werde, werde ich mich *daran* erinnern.« Sie stand auf. »Ich werde morgen mit zwei Helfern zurückkehren. Halte bitte das Elfenbein bereit!«

»Was ist mit meinem Schiff?« wollte Ajax der Zweite wissen.

»Ich werde mich glücklich schätzen, es dir zu verkaufen«, sagte die Eiserne Herzogin.

»Wert wie in den Papieren?«

»*Plus* fünfzigtausend Kredits«, entgegnete sie lächelnd.

»Das ist Diebstahl!« schnappte Ajax der Zweite.

»Nein«, verbesserte sie ihn. »Das ist Geschäft.«

»Du weißt, daß ich das Geld nicht dabei habe.«

»Für weitere fünfzigtausend Kredits werde ich dich dahin mitnehmen, wo du dein Geld hast, und dich dann auf dein Schiff zurückbringen.«

Er brummte unterdrückt ein paar Worte und wandte sich dann an Tembo Laibon. »Leih mir sechshunderttausend Kredits. Ich werd' sie dir in vierundzwanzig Stunden zurückbringen.«

»Verschwinde!« sagte Tembo Laibon.

»Ich *kann* nicht verschwinden!« sagte Ajax der Zweite aufgebracht. »Ich brauche mein Schiff!«

»Verschwinde!« wiederholte Tembo Laibon tonlos. »Ich habe weit mehr als ein Schiff verloren.«

Schließlich fügten sich die Ajanter den Bedingungen der Eisernen Herzogin und verschwanden mit ihr. Sie hielt ihr Wort und kehrte am kommenden Morgen zurück, und zum erstenmal seit mehr als einem Jahrtausend verließ das Elfenbein den Besitz der Massai.

Vierzehn Tage später durchbrach ein riesiger Meteorit das Kraftfeld, das den Olymp umgab, und zerschmetterte das Haus der Blauen Lichter, wobei er jeden darin tötete. Tembo Laibon war überrascht davon, daß die Götter seiner Vorfahren zwei ganze Wochen gebraucht hatten, ihn zu finden.

Erstes Zwischenspiel

(6303 G.A.)

Ich saß an meinem Schreibtisch und untersuchte das Hologramm eines rekordverdächtigen Horndämons von Ansard IV, anhand dessen er für echt erklärt werden sollte, als mir plötzlich auffiel, daß ich nicht mehr allein war.

Ein großer, muskulöser Mann stand auf der Schwelle und starrte mich an. Seine Haut war schwarz, das Haar kurz, die Kleidung elegant und gutgeschnitten. Da mich außer den Seniorchefs so gut wie nie jemand aufsucht, nahm ich an, er habe zufällig das falsche Büro erwischt.

»Guten Tag«, sagte ich. »Haben Sie sich verlaufen?«

»Ich glaube nicht«, entgegnete er mit voller tiefer Stimme. »Dies hier ist die Abteilung für Recherchen, nicht wahr?«

»Ja.«

»Und Sie sind Duncan Rojas?«

»Der bin ich«, antwortete ich und musterte ihn neugierig. »Kenne ich Sie?«

»Noch nicht, Mr. Rojas – aber Sie werden mich kennenlernen. Mein Name ist Bukoba Mandaka.«

Er streckte die Hand aus, und ich nahm sie. Sein Griff war stark und fest.

»Es freut mich, Sie zu sehen, Mr. Mandaka«, sagte ich. »Wie kann ich Ihnen behilflich sein?«

»An der Rezeption sagte man mir, es sei Ihre Aufgabe, Recherchen anzustellen. Trifft das zu?«

»Recherchieren und für echt erklären«, entgegnete ich.

»Dann sind Sie der Mann, den ich brauche. Darf ich mich setzen?«

»Aber bitte«, sagte ich und wies auf einen Sessel unter einem alten Hologramm des legendären Jägers Nicobar Lane, der neben einem gerade von ihm erlegten riesigen Bafflediver posierte.

»Komm her!« befahl er dem Sessel und wartete, bis er herangetrieben war, dann drehte er ihn so, daß er sich mir zuwandte, und setzte sich.

»Ich benötige Ihre Hilfe, Mr. Rojas«, sagte er ruhig, »und ich bin bereit, anständig dafür zu bezahlen.«

»Ich bin mit meiner Arbeit hier bei Wilford Braxton's ganz zufrieden, Mr. Mandaka«, sagte ich.

»Das weiß ich. Genau darum habe ich Sie aufgesucht.«

»Ich habe mich wohl nicht klar ausgedrückt«, sagte ich. »Ich bin mit meiner Arbeit und meiner Stellung sehr glücklich; ich habe nicht die Absicht zu gehen.«

»Sie wären für mich nichts wert, wenn Sie gingen«, versicherte er mir. »Sie müssen Zugriff zu allen Daten von Braxton's haben, das ist wesentlich.« Er beugte sich entschlossen vor. »Ich möchte, daß Sie für mich arbeiten, eben hier in Ihrem Büro, während Ihrer Freizeit und Ihrer freien Tage. Mit ein wenig Glück wird das nicht mehr als ein paar Abende beanspruchen.«

»Darüber brauche ich gar nicht erst nachzudenken, ehe ich nicht zuvor die Erlaubnis der Firma eingeholt habe.«

»Ich habe sie bereits erhalten«, sagte Mandaka.

»Tatsächlich?« fragte ich überrascht.

»Ja.«

»Was soll ich für Sie tun?«

»Sie sollen etwas für mich finden, Mr. Rojas«, entgegnete er ernst. »Etwas, das seit langer Zeit verschollen ist.«

»Wie lange?« fragte ich.

»Mehr als dreitausend Jahre.«

»Dreitausend Jahre?« antwortete ich ungläubig. »Ist das etwa ein Witz? Weil nämlich, wenn's einer ist – ich bin ein sehr beschäftigter Mann, und ...«

Er legte mir einen Holo-Scheck über zwanzigtausend Kredits auf den Schreibtisch.

»Er ist auf Ihren Namen ausgestellt, und er kann bei jeder Zweigstelle meiner Bank eingelöst werden, sobald Ihr Retinagramm, Ihre Knochenstruktur und Ihr Daumenabdruck bestätigt sind«, sagte er. »Sieht das wie ein Witz aus, Mr. Rojas?«

Ich nahm den Scheck und untersuchte ihn. Er sah echt aus.

»Nein«, gab ich zu. »Das tut's nicht. Bitte fahren Sie fort.«

»Das ist nur ein Vorschuß«, sagte er. »Wenn Sie finden, was ich suche, werde ich weitere dreißigtausend Kredits auf jedes von Ihnen gewünschte Konto überweisen.«

Ich versuchte, meine Überraschung zu verbergen, starrte einen langen Augenblick nachdenklich auf meine ineinander verschränkten Finger und ertappte mich bei der Frage, welchen Dienst ich in vielleicht zwei oder drei Abenden leisten könne, der das viele Geld wert sei.

»Wonach suchen Sie, Mr. Mandaka?« fragte ich schließlich. »Und warum glauben Sie, ich könne Ihnen helfen?«

»Ich suche die Stoßzähne des Kilimandscharo-Elefanten«, erwiderte er.

»Ich habe Fotografien von Elefanten in Büchern und Museen gesehen«, sagte ich. »Aber über jenes besondere Tier, das man als den Kilimandscharo-Elefanten kennt, ist mir nichts bekannt.«

»Doch, ist Ihnen.«

»Was?« fragte ich überrascht.

»Vielmehr, Wilford Braxton's *Records of Big Game*«, verbesserte er. »Sie haben vierhundertundneun terranische Auflagen herausgebracht – zweiundachtzig mit Erlaubnis von Rowland Ward, und dreihundertundsiebenundzwanzig, seitdem Braxton's Ward erworben hatte –, und seit der dritten Auflage führt jede einzelne davon den Kilimandscharo-Elefanten auf.«

»Nun, da haben Sie das Problem, Mr. Mandaka«, sagte ich. »Unsere letzte terranische Auflage wurde vor nahezu siebenhundert Jahren herausgebracht, als der letzte Vogel getötet wurde. Ohne die Möglichkeit, die verschiedenen Rekorde zu überbieten, bestand keinerlei Notwendigkeit dafür, mit einer neuen Auflage herauszukommen. Heutzutage liegt unsere Hauptaufgabe in den Quinellus- und Albion-Sammlungen.«

»Aber Museen und Sammler aus dem gesamten Commonwealth benutzen den Braxton's, um ihre Ausstellungsstücke auf Echtheit zu überprüfen, oder etwa nicht?«

»Ja«, gab ich zu, »aber unsere Informationen über jene Stoßzähne werden siebenhundert Jahre veraltet sein.«

»In Wirklichkeit ist Wilford Braxton's Information mehr als drei Jahrtausende veraltet«, sagte er. »Wenn es irgendwelche aktuellen Informationen gäbe, böte ich Ihnen nicht fünfzigtausend Kredits für Ihre Hilfe dabei, sie ausfindig zu machen.« Er hielt inne und starrte mich ernst an. »Werden Sie mein Angebot annehmen? Ich werde natürlich für die gesamte Rechenzeit und die Zugriffsgebühren aufkommen.«

»Lassen Sie uns doch die Karten offen auf den Tisch legen und dann weitersehen, ob wir beide noch immer interessiert sind«, schlug ich vorsichtig vor.

»Das ist annehmbar«, sagte er. »Aber ich muß Ihnen sagen, daß ich einen Ihrer Assistenten anheuern werde, wenn Sie nicht für mich arbeiten wollen.« Seine Augen schienen plötzlich in einem unheiligen Feuer zu glänzen. »Ich möchte nicht hintergangen werden, Mr. Rojas.«

»Ich verstehe«, sagte ich, obgleich ich in Wahrheit nichts verstand. »Ich werde einige grundlegende Informationen benötigen«, fügte ich beschwichtigend hinzu. »Zunächst einmal listen wir die zweihundert größten Trophäen von jeder Art auf. Woher werde ich wissen, welche davon Ihr Kilimandscharo-Elefant ist?«

»Er war der größte von allen.«

»Sie meinen, die größte Trophäe?«

Mandaka nickte.

»Wie ich mich entsinne, gab es zwei getrennte und voneinander verschiedene Unterarten der Elefanten. Welche davon war die Ihre?«

»Afrikanisch.«

»Einen Augenblick«, sagte ich und wandte mich an den kleinen schimmernden Kristall auf meinem Schreibtisch. »Computer?«

»Ich warte ...« entgegnete der Kristall.

»Überprüfe die 409. terranische Auflage, Oberbegriff *Elefant*, Unterbegriff *afrikanisch.*«

»Fertig.«

»Wie lauten die Daten der größten Trophäe?«

»Linker Stoßzahn: zweihundertundsechsundzwanzig Pfund; rechter Stoßzahn: zweihundertundvierzehn Pfund.« Er fuhr damit fort, Länge und Umfang der beiden aufzulisten.

»Ist das Ihr Elefant, Mr. Mandaka?« fragte ich.

»Ja«, entgegnete er.

»Computer, wer besaß zur Zeit der 409. terranischen Auflage die Trophäe?«

»Unbekannt«, antwortete der Computer.

»Hat irgendein Sammler oder ein Museum seit der Veröffentlichung der 409. terranischen Auflage darum gebeten, Trophäen von identischer oder zumindest ähnlicher Größe und ähnlichem Gewicht auf Echtheit zu überprüfen?«

»Ich suche... Nein.«

»Durchsuche die vorhergehenden Auflagen nach dem allerletzten Besitzer der Stoßzähne.«

»Ich suche... Der allerletzte verzeichnete Besitzer war Tembo Laibon von Beta Greco IX, auch als Athenia bekannt. In der 322. Auflage, die 3042 G.A. erschienen ist. Die 323. Auflage, herausgebracht 3057 G.A., führt keinen Besitzer auf.«

»Danke. Abschalten!« Ich wandte mich wieder an Mandaka. »Ich nehme Ihr Angebot an, Mr. Mandaka«, sagte ich. »Ich nähme Ihr Geld jedoch unter falschen Voraussetzungen, wenn ich Ihnen nicht sagte, daß es nur eine minimale Erfolgschance gibt. Schließlich reden wir über ein Paar Stoßzähne, das vor mehr als dreitausendzweihundert Jahren verschwunden ist.«

»Ich habe alle übrigen Möglichkeiten ausgeschöpft«, erwiderte er. »Irgendwo in den Datenbanken oder Gedächtnisspeichern Ihres Computers oder Ihrer Korrespondenz *muß* es einen Hinweis geben, eine Spur, die Sie verfolgen können, bis Sie die Stoßzähne finden.«

»Lassen Sie mich sicherstellen, daß ich Sie recht verstehe«, sagte ich. »Sie boten mir zwanzigtausend Kredits für den Versuch, die Stoßzähne aufzufinden. Falls ich keinen Erfolg habe: wird dann von mir erwartet, das Geld zurückzuzahlen?«

»Nicht, wenn Sie sich ehrlich Mühe gegeben haben.«

»Und ich werde weitere dreißigtausend Kredits erhalten, falls ich sie wirklich finde?«

Er nickte.

»Ihnen ist bewußt, daß ich an diesem Projekt nur des Nachts und während meiner freien Zeit arbeite?«

»Ja.«

»Dann«, sagte ich und lehnte mich in den Sessel zurück, »bin ich damit einverstanden, für Sie zu arbeiten. Ich benötige jegliche Information, mit der Sie mich versorgen können. Computer, zeichne diesen Teil des Gesprächs auf!«

»Ich zeichne auf ...«

»Nun, Mr. Mandaka«, sagte ich, »was können Sie mir über die Stoßzähne berichten?«

»Nur sehr wenig mehr als Ihr Computer«, entgegnete er. »Ich weiß, daß Tembo Laibon sie bei einem Kartenspiel an einen Cyborg verlor, der lediglich als die Eiserne Herzogin bekannt war, und die ihrerseits hat sich anscheinend im Jahr 3043 G.A. in Luft aufgelöst und ist aus der menschlichen Geschichte verschwunden.«

»Es existiert keinerlei Aufzeichnung darüber, was ihr zugestoßen ist?«

»Sie war eine Kriminelle«, sagte Mandaka achselzuckend. »Zweifellos hatte sie Feinde.« Er hielt inne. »Wenn sich die Stoßzähne nicht in einem Museum befinden, und soviel legt Ihr Computer nahe, mögen sie hunderte von Malen den Besitzer gewechselt haben, seitdem die Eiserne Herzogin sie in ihrem Besitz hatte. Meiner Ansicht nach ist es sinnlos herauszufinden, was jedem Besitzer im einzelnen zugestoßen ist, insbesondere, da viele von ihnen auf der Inneren und Äußeren Grenze lebten, wo die Aufzeichnungen bestenfalls unvollständig sind. Abgesehen davon«, fügte er hinzu, »sind sie alle tot; die Stoßzähne existieren jedoch noch immer. Die Spur des Elfenbeins selbst zu verfolgen, ist die einzig sinnvolle Vorgehensweise.«

»Was macht Sie so sicher, daß die Stoßzähne noch immer existieren?«

»Ich wüßte es, wenn sie's nicht täten«, sagte er mit absoluter Überzeugung.

»Wie?«

»Ich wüßte es«, wiederholte er auf eine Weise, die jede weitere Diskussion über dieses Thema von vornherein verbot.

»Meine nächste Frage hat nichts mit meinen Nachforschungen zu tun, aber ich bin einfach neugierig: was beabsichtigen Sie zu tun, falls ich die Stoßzähne finde?«

»Sie zu kaufen«, sagte er prompt.

»Und falls sie der Besitzer nicht verkaufen will?«

»Er wird verkaufen«, sagte Mandaka mit solcher Sicherheit, daß ich es für das beste hielt, nicht nachzufragen, warum er das glaubte.

»Wie hoch ist ihr Schätzwert?« fragte ich.

»Ich dachte, Sie seien der Experte!«

»Wilford Braxton's ist lediglich eine Registratur für Trophäen, kein Käufer oder Verkäufer«, erklärte ich.

»Ich habe keine Ahnung, was sie für ein Museum oder einen Sammler wert wären – aber ich persönlich bin bereit, zwei Millionen Kredits für sie zu zahlen.«

»Das ist 'ne Menge Geld«, sagte ich beeindruckt.

»Sie sind mir sehr wichtig«, entgegnete er.

»Das ist meine abschließende Frage«, sagte ich. »Der Elefant selbst ist seit fast siebentausend Jahren tot. Die Stoßzähne sind seit fast dreitausend Jahren verschollen. Warum sind Sie dermaßen daran interessiert? Was ist daran, daß Sie gewillt sind, ein wahres Vermögen auszugeben, um sie zu bekommen?«

»Sie würden mir wohl kaum glauben, wenn ich es Ihnen sagte«, meinte Mandaka.

»Das ist schon möglich«, erwiderte ich. »Aber warum erzählen Sie's mir nicht und lassen's mich selbst entscheiden?«

»Wenn wir einander besser kennen, Mr. Rojas.«

»Ist das die einzige Antwort, die ich erhalte?« fragte ich.

»Für den Augenblick«, sagte er, erhob sich und befahl dem Sessel, an seinen ursprünglichen Standort zurückzukehren. »Ich möchte Sie nicht länger von der Arbeit abhalten, Mr. Rojas. Sie sollen sich frisch und munter fühlen, wenn Sie am heutigen Abend mit der Suche nach den Stoßzähnen beginnen.«

»Wie werde ich mit Ihnen in Verbindung treten, wenn ich sie finde?« fragte ich.

»*Ich* werde mit *Ihnen* in Verbindung treten«, erwiderte er. Er ging zur Tür und wandte sich dann zu mir um. »Ich kann überhaupt nicht genug betonen, wie wichtig es ist, sie zu finden, Mr. Rojas. Sie könnten sehr wohl die letzte Hoffnung für die Zukunft meiner Rasse werden.«

»Ihrer Rasse?« wiederholte ich verwirrt. »Aber Sie sind doch ein Mensch!«

»Ich bin auch ein Massai«, erwiderte er sowohl mit Stolz als auch mit Trauer. »Um es genauer zu sagen: Ich bin *der letzte* Massai.«

Dann war er verschwunden.

Es vergingen etliche Minuten, ehe ich wieder daranging, das Hologramm des Horndämons zu untersuchen.

Nach dem Essen kehrte ich ins Büro zurück, verschloß die Tür, befahl dem Sofa, sich meinen Körperformen anzupassen, und streckte mich darauf aus.

»Bitte sanft vibrieren!« sagte ich.

»Erledigt«, entgegnete das Sofa, und mir ging ein angenehmes Prickeln durch den Körper.

»Und im Kreuz ein bißchen Wärme.«

»Erledigt.«

»Und ich möchte wohl auch eine Aussicht.«

Plötzlich wurde die Wand des Büros durchsichtig, und die Lichter der Stadt fluteten in den Raum. Auf der Stelle paßte sich die Farbe meiner Kleidung an, und die leuchtenden Farben, die sie im Haus zeigten, wurden zu einem gedämpften Braun.

»Danke«, sagte ich. »Computer?«

Der Kristall auf meinem Schreibtisch leuchtete hell auf. »Bereit«, entgegnete er.

»Bitte hole dir zur Erinnerung meine Unterhaltung vom heutigen Nachmittag mit Bukoba Mandaka ins Gedächtnis zurück.«

»Zurückgeholt.«

»Verstehst du, wozu ich angeheuert worden bin?«

»Sie sind dazu angeheuert worden, die Stoßzähne eines Tieres ausfindig zu machen, das als der Kilimandscharo-Elefant bekannt ist.«

»Korrekt. Um mir zu helfen, wirst du Zugriff zu einer zweiten Quelle nehmen müssen, da deine eigenen Aufzeichnung bei der 409. Auflage enden. Welche Quelle würdest du auf der Grundlage deines Wissens um dieses Problem vorschlagen?«

»Wenn die Stoßzähne zur Zeit aufgezeichnet sind, werden sie im Steuerfile des Hautgrundbuchs von Deluros VIII registriert sein«, antwortete der Computer.

»Selbst wenn sie Eigentum einer von der Steuer befreiten Institution wie eines Museums sind?«

»Selbst steuerbefreite Institutionen sind laut Gesetz verpflichtet, ihr Eigentum registrieren zu lassen.«

Ich dachte einen Augenblick lang darüber nach und schüttelte dann den Kopf. »Mandaka sagte, ich sei seine letzte Zuflucht. Wenn es so einfach wäre, sie aufzufinden, hätte er sie bereits gefunden.«

»Ich werde weniger als zwei Minuten benötigen, Ihren Schluß zu verifizieren.«

»Dann los, aber ich halte es für verschwendete Zeit.«

»Ich überprüfe ...«

»In der Zwischenzeit werde ich wohl besser genau herausfinden, wie diese Stoßzähne aussehen, so daß ich sie wiedererkenne, wenn ich sie sehe. Hast du irgendwelche Hologramme auf einem File?«

»Nein. Aber ich habe zwei Fotografien, beide vor der Galaktischen Ära aufgenommen.«

»Laß sehen!«

Plötzlich erschien das Abbild einer kleinen Schwarzweiß-Fotografie in der Luft unmittelbar vor mir.

»Richte meinen Blickwinkel aus, bitte«, sagte ich.

Mein Sessel richtete sich langsam auf.

»Ich brauche ein größeres Abbild, bitte!«

Die Größe der Fotografie verdreifachte sich. Es war ein Bild zweier weißgewandeter Männer, von denen ein jeder einen der Stoßzähne hielt, der ihn weit überragte. Das Foto verschwand und wurde von einem anderen ersetzt, das sie in einem Museum zeigte, wo sie ausgestellt wurden.

»Er muß ein Ungeheuer gewesen sein«, sagte ich, von Ehrfurcht ergriffen angesichts der Ausmaße des Elfenbeins.

»Er war ein Elefant«, entgegnete mein sehr prosaischer Computer.

»Ich meine, er muß riesig gewesen sein«, erklärte ich.

»Unbekannt.«

»Unbekannt?« wiederholte ich verwirrt. »Wie kann das unbekannt sein?«

»Die Aufzeichnungen sind unvollständig«, antwortete der Computer. Das zweite Foto verschwand und wurde von der Seite *Elefanten, afrikanische* der 409. terranischen Auflage von *Records of Big Game* ersetzt. »Beachten Sie bitte«, fuhr er fort, »daß weder das Jahr des Todes noch die Identität des Jägers aufgezeichnet wurden. Weiterhin wurden von jedem aufgeführten Elefanten die Schulterhöhe und die Länge des Körpers von der Schwanzspitze bis zum Rumpf vermessen; für den Kilimandscharo-Elefanten existieren jedoch keine derartigen Messungen.«

»Was ist mit früheren Auflagen?« fragte ich.

»Die Daten fehlen in allen Auflagen.«

»Inklusive der Auflage, die zeitgleich mit dem Elefanten herauskam?«

»Korrekt.«

Ich überdachte die Bemerkungen des Computers einen Augenblick lang. »Also wußte niemand etwas über den Elefanten, selbst als wir noch immer Erdlinge waren, und das Elfenbein verschwand spurlos vor dreitausend Jahren«, sagte ich mit einem Seufzer. »Ich hoffe, daß ich für diesen Job ausreichend bezahlt werde.«

»Ich berichte ... Das Steuerfile des Hauptgrundbuchs von Deluros VIII besitzt keine Aufzeichnung von den Stoßzähnen des Kilimandscharo-Elefanten.«

»Hatte ich auch nicht angenommen«, sagte ich. Ein privates Luftmobil leuchtete mit seinen Scheinwerfern ins Büro und blendete mich ein wenig, und die Wand wurde auf der Stelle milchig, während sich die Farbe meiner Kleidung entsprechend anpaßte. »Also gut«, sagte ich schließlich, »dann wollen wir mit dem anfangen, was wir über das Elfenbein wissen. Bitte erzähl mir seine Geschichte, seitdem sie zum erstenmal auftauchten.«

»Die Stoßzähne wurden von einer amerikanischen Gesellschaft bei einer Auktion auf einer Insel erworben, die 1898 A.D. Sansibar genannt wurde. Sie wurden per Schiff nach England gebracht, wo das Britische Museum den größeren Stoßzahn A.D. 1899 aufkaufte. Der kleinere wurde viele Male gekauft und wieder verkauft, ehe ihn das Britische Museum A.D. 1932 erwarb. Sie blieben bis A.D. 2057 im Britischen Museum, bis sie der Republik Kenia geschenkt und im Nationalmuseum von Nairobi aufbewahrt wurden. A.D. 2845 wurden sie von der Erde in das Naturgeschichtliche Museum auf Neu-Kenia transportiert. Sie verschwanden 16 G.A., tauchten 882 G.A. kurz auf Alpha Bednari auf, verschwanden erneut für acht Jahrhunderte und tauchten 1701 G.A. auf der Äußeren Grenze erneut auf, und zwar in der persönlichen Sammlung des Massai Laibon. Sie blieben Eigentum der Nachkommen des Massai Laibon bis 3042 G.A., als sie Tembo Laibon aus dem Besitz verlor und unsere Aufzeichnungen enden. Bukoba Mandaka zufolge verlor Tembo Laibon sie während eines Kartenspiels an eine Frau, die als die Eiserne Herzogin bekannt ist, aber das kann ich nicht verifizieren.«

»Das ist sehr merkwürdig«, grübelte ich. »Ich frage mich, ob's da eine Verbindung gibt?«

»Ich verstehe nicht«, sagte der Computer.

»Sagte Bukoba Mandaka nicht, er sei ein Massai?«

»Ich überprüfe … verifiziert.«

»Und einer der Besitzer der Stoßzähne war der Massai Laibon. Könnten sie miteinander verwandt sein?«

»Ich muß eine Sekundärquelle benutzen, um das zu verifizieren.«

»Tu das, bitte! Und wo du schon dabei bist, finde doch bitte heraus, was ein Massai genau ist.«

»Ich überprüfe …« Es folgte eine Pause von beinahe zwei Minuten. »Laut unserer unvollständigen Aufzeichnung kann ich die Verbindung nicht definitiv verifizieren. Es besteht jedoch eine 98,37%ige Wahrscheinlichkeit dafür, daß Bukoba Mandaka ein Nachkömmling des Massai Laibon ist.«

»Erkläre bitte!«

»Zur Zeit des Massai Laibon gab es weniger als zweitausendfünfhundert Massai, und ihre Anzahl hat während der vergangenen vier Jahrtausende drastisch abgenommen. Da es ein strenger Brauch bei den Massai ist, sich nur mit anderen Massai zu verbinden, ist die Wahrscheinlichkeit einer erblichen Verwandtschaft zwischen Massai Laibon und Bukoba Mandaka 98,73%ig.«

»Was *ist* ein Massai?« fragte ich.

»Vor der Galaktischen Ära war die Menschheit in zahlreiche gesellschaftliche oder politische Gruppierungen gespalten, jede mit eigenen Gebräuchen und Identitäten. Die Massai waren eine von zweitausendeinhundertunddrei solcher Gruppierungen, die den Kontinent Afrika bewohnten.«

»Mir fällt gleichfalls auf, daß der Massai Laibon und

Tembo Laibon den selben Familiennamen tragen, Bukoba Mandaka jedoch nicht«, bemerkte ich.

»Laibon ist kein Name, sondern eher ein Titel. In dem ausgestorbenen terranischen Dialekt Suaheli bedeutet Massai Laibon König oder Herrscher der Massai, und Tembo Laibon bedeutet König oder Herrscher der Elefanten.«

»Bedeutet Bukoba Mandaka irgend etwas auf Suaheli?«

»Nein.«

Ich dachte über die mir gegebenen Informationen nach.

»Also«, sagte ich, »wenn Bukoba Mandaka ein Nachkömmling von Massai Laibon und Tembo Laibon ist – können wir dann mit Sicherheit annehmen, daß die Massai für mehr als viertausendfünfhundert Jahre an dem Elfenbein interessiert gewesen sind?«

»Nein«, antwortete der Computer. »Sie können eine derartige Schlußfolgerung nur bei jenen Massai ziehen, die das Elfenbein tatsächlich zwischen 1701 G.A. und 3042 G.A. besaßen.«

»Aber du hast auf ihre geringe Anzahl hingewiesen. Sieht es da nicht so aus, als seien die Massai eng mit der Geschichte des Elfenbeins verbunden?«

»Nicht notwendigerweise. Wir wissen nicht, wie oder warum Massai Laibon in seinen Besitz kam, aber es hat großen Marktwert. Es ist möglich, daß die Familie in seinem Besitz blieb, nur um diesen Marktwert zu steigern.«

»Da bin ich anderer Meinung«, sagte ich. »Mandaka will es nicht verkaufen; er will es *kaufen*.« Ich hielt inne und runzelte die Stirn. »Ich wünschte, ich wüßte, warum.«

»Ich habe nicht genügend Daten, um eine Antwort anzubieten.«

»Das weiß ich«, sagte ich mit einem Seufzer. »O ja, das ist alles sehr interessant, aber es bringt uns nicht im geringsten näher an das Elfenbein. Ich glaube, wir machen uns besser an die Arbeit. Ich möchte etwas Musik, bitte; vielleicht wird sie mir beim Denken helfen.«

»Bevorzugen Sie etwas Bestimmtes?«

»Greddharrz, bitte!«

Plötzlich war der Raum von den atonalen Rhythmen und den komplizierten Lichtmustern von Greddharrz' fälschlicherweise so genannter Vierzehnter Symphonie erfüllt – ihre ersten zwölf waren niemals aufgeführt worden –, und ich befahl meinem Sessel, sich erneut meinen Körperkonturen anzupassen. Gewöhnlich mag ich keine fremdartige Musik, ausgenommen die aus dem Canphor-System, aber dieses Stück war eine Ausnahme. Das unaufhörliche Schlagwerk und die sorgfältig kontrollierten Dissonanzen schienen stets mein Adrenalin zu stimulieren, und es war das Stück, das ich unausweichlich wählte, wenn ich einen Angriffsplan für ein einzigartiges Suchproblem ausbrütete.

Für vielleicht fünf Minuten saß ich bewegungslos da und sortierte alle möglichen Vorgehensweisen auseinander, dann befahl ich dem Sessel, auf dem sanft schwingenden Teppich zur Ruhe zu kommen.

»Halt!« sagte ich, und Musik und Lichtmuster verschwanden augenblicklich. »Wieviel deiner Kapazität steht bis zum Morgen unter meiner Kontrolle?«

»Im Augenblick 83,97 %. Wenn ich die Verifizierung der Daten aus der 36. Ausgabe von Sigma Draconis beendet habe, was weitere fünfunddreißig Minuten benötigen wird, werden 85,22 % meiner Kapazität bis 9 Uhr morgens Ihnen zur Verfügung stehen.«

»Gut«, sagte ich. »Wir werden jedes Bit davon benötigen. Zuallererst möchte ich, daß du Zugriff nimmst auf den Hauptbücherei-Computer von Deluros VIII.«

»Im Hauptbücherei-Computer gibt es einhundertundsiebenundzwanzig Milliarden Bände«, bemerkte er. »Es wird mich siebzehn Tage benötigen, die gesamte Sammlung zu durchsuchen.«

»Das weiß ich«, entgegnete ich. »Aber wir haben keine Anhaltspunkte, daher werden wir eine sehr allgemeine Quelle benötigen. Es könnte einen Bezug auf das Elfenbein in einer persönlichen Erinnerung, in einem Auktionskatalog, einer Museumsbroschüre geben, einen ...«

»Heute nachmittag stellte ich sicher, daß uns seit dem Erscheinen der 409. Auflage kein Museum gebeten hat, die Echtheit der Stoßzähne festzustellen«, unterbrach der Computer.

»Nicht jedes Museum bittet uns, die Echtheit ihrer Ausstellungsstücke festzustellen«, stellte ich klar. »Auch registrieren nicht alle Außenwelten ihre Besitztümer im Steuerfile des Hauptgrundbuchs. Das Büro für Eigentumssteuern wurde überhaupt erst vor vier Jahrhunderten auf Deluros VIII eingerichtet, so daß selbst Museen der Menschen den Besitz des Elfenbeins vor 5900 G.A. nicht gemeldet hätten.«

»Festgehalten.«

»Ich möchte, daß du damit anfängst, Zugriff zu allen Listen von Kunstwerken und biologischen Sammlungen des letzten Jahrtausends zu nehmen, und dann, in dieser Reihenfolge, zu allen Auktionskatalogen, allen Geschichtswerken und Untersuchungen der Massai, von Afrika und der terranischen Fauna. Wenn du das nicht findest, wonach wir suchen, greife zu jedem dieser Subjekte in Fünfhundertjahr-Schritten bis zu 3042 G.A. zu. Ich möchte gleichzeitig, daß du jede Erwähnung von Tembo Laibon und der Eisernen Herzogin suchst, was bedeutet, daß du alle Aufzeichnungen der Äußeren Grenze durchsuchst, beginnend mit – laß mich überlegen – oh, ich denke, ungefähr 3030 G.A. Wenn du dazu erfolglos Zugriff genommen hast, beginne eine etwas breitere Suche durch alle nichtfiktionalen Bände im Hauptbücherei-Computer.« Ich hielt inne. »Ich möchte gleichfalls, daß du alle kürzlich erschienen Nachrichtenbänder und elektronischen Medien auf eine Erwähnung des Hologramms des Elfenbeins hin durchsuchst.«

»Bitte definieren Sie ›kürzlich‹.«

»Innerhalb der vergangenen drei Jahre«, sagte ich. »Alles, was älter als das ist, liegt bereits auf den Files im Hauptbücherei-Computer.«

»Haben Sie weitere Befehle, oder soll ich beginnen?«

»Noch nicht«, sagte ich. »Wir haben erst den Breitband-Zugriff abgedeckt. Jetzt wollen wir sehen, ob wir nicht ein wenig spezifischer werden können.« Ich hielt inne, um die Gedanken klarzubekommen. »Wir wissen, daß sich das Elfenbein 3042 G.A. auf der Äußeren Grenze befand. Wir haben keine Vorstellung davon, wie viele Leute es während der zwischenzeitlichen Jahrtausende besessen haben, aber wir können wohl mit Sicherheit annehmen, daß es früher oder später in Besitz von jemandem geraten sein muß, der seinen wahren Wert begriffen hat. Deshalb möchte ich, daß du alle Versicherungsaufzeichnung seit 3042 G.A. durchsuchst; irgend jemand *muß* irgendwo die Stoßzähne versichert haben. Jetzt«, fügte ich hinzu, »ist das Elfenbein ein einzigartiger Besitz, also beginne deine Suche mit jenen Versicherungsgesellschaften, die bevorzugt derlei Besitztümer abdecken. Wenn du damit erfolglos bleibst, durchsuche die Aufzeichnung aller übrigen Versicherungsgesellschaften.«

»Nicht alle Versicherungsaufzeichnungen sind mir zugänglich«, sagte der Computer.

»Alles während der Zeit der Demokratie und der Oligarchie sollte eine Sache der Öffentlichkeit sein«, entgegnete ich. »Wenn du bei der Monarchie erfolglos bleibst, laß es mich wissen, und ich versuche, den Zugriff zu arrangieren.«

»Berichtigung.«

»Ja? Was ist?«

»Sie gebrauchten das Wort Monarchie. Der angemessene Ausdruck lautet Commonwealth.«

»Da hast du wohl recht«, sagte ich. »Jedoch sollte ich dich auf die Tatsache hinweisen, daß ›Monarchie‹ ein Ausdruck ist, der sehr häufig in den elektronischen Medien verwendet wird, und er ist für praktische Zwecke ein Synonym für Commonwealth.«

»Registriert.«

»Das ist alles. Bitte, beginne mit dem Zugriff und durchsuche diese Quellen gleichzeitig.«

»Wenn ich das tue, wird sich das merklich zu der Zeit addieren, die es mich kostet, jede einzelne davon abzuschließen«, bemerkte der Computer.

»Da kann man nichts machen«, sagte ich. »Fang an!«

»Ich arbeite ...«

Der Kristall verdunkelte sich, als der Computer damit beschäftigt war, Zugriff zu den verschiedenen Quellen zu nehmen, und ich verließ das Büro und ging hinunter in die Kantine, wo ich eine Tasse Tee trank und die Abendzeitungen durchblätterte. Ich kehrte fast zwei Stunden später zurück, sah, daß der Kristall noch immer dunkel war und entschloß mich, ein Nickerchen zu halten.

Der Computer weckte mich um fünf Uhr morgens.

»Duncan Rojas«, wiederholte er immer und immer wieder, jedesmal weniger sanft.

Ich setzte mich auf, rieb mir die Augen und sah den Kristall wieder schimmern.

»Ja?«

»Ich habe das Elfenbein lokalisiert, circa 4735 G.A.«

»Welche Quelle?« fragte ich neugierig.

»Es war auf einem Versicherungsbeitrag aufgeführt, den Euphrates Pym von Szandor II an die Blessbull Agentur zahlte.«

»Szandor II? Das ist an der Inneren Grenze, stimmt's?«

»Ja.«

»Wie ist das Elfenbein den ganzen Weg vom Rand zum Kern gelangt?«

»Ich besitze nur ungenügend Daten, um diese Frage zu beantworten.«

»Dann hole alle Daten heraus, die der Hauptbücherei-Computer von Euphrates Pym besitzt«, wies ich ihn an. »Ich möchte wissen, wer er war, was er getan hat, wo er lebte und wie er in den Besitz des Elfenbeins kam.«

»Ich arbeite ...«

2

Der Grabräuber

(4375 G.A.)

Während meines langen Lebens war ich an vielen Orten gewesen und hatte viele Dinge getan. Ich hatte die Victoria-Fälle gesehen, welche die Menschen Mosi-o-Tunya nannten, Den-Rauch-der-donnert, und ich hatte auf den Hängen des Mount Kenia geweidet, wo Gott wohnt. Ich war in den Ngorongoro-Krater hinabgestiegen, und ich hatte die Mondberge überquert. Ich hatte mich stets von den Orten ferngehalten, wo die Menschen wohnten, und ich entbehrte selten der Nahrung, und selten dürstete mich nach Wasser.

Ich hatte sechs Dürren überlebt, und als die langen Regen nicht kamen, durchforschte ich zehn Tage hintereinander den Wind und konnte keine Feuchtigkeit darin finden. Anders als andere Tiere war mir bewußt, daß das Gras verdorrte und stürbe und daß der Uaso Nyiro-Fluß austrocknete, ehe die Regen wiederkämen, und also wandte ich mich gen Süden und begann meine Wanderung, um dem Zorn der hochstehenden afrikanischen Sonne zu entrinnen.

Der holographische Bildschirm flackerte und wurde lebendig.

»Sir«, sagte Fletcher, »sind Sie sich wirklich sicher, daß Sie das sehen wollen?«

»Ich bin mir ziemlich sicher, daß ich's *nicht* sehen will«, knurrte Boris Jablonski gereizt.

»Dann ...«

»Ich muß wissen, woran er arbeitet, stimmt's?«

»Wir haben drei Spione unter seinen Angestellten«, gab Fletcher geduldig zu bedenken. »Wir wissen von allem, was er tut, und von allem, was er zu tun plant.«

»Aber ich weiß nicht, was er angesichts von zweihundert Millionen Leuten über mich zu sagen gedenkt.«

»Was sollte Sie das kümmern?«

»Verdammt!« schnauzte Jablonski. »Wenn du nicht stillhalten und mich zuhören lassen kannst, dann verschwinde!«

Fletcher seufzte und konzentrierte sich auf das vor ihnen schwebende Bild.

Ein kleiner adretter Mann mit sorgfältig geschnittenem Bart und dichtem grauen Haarschopf hatte es sich auf einem schimmernden Stuhl einer ernst dreinschauenden jungen Frau gegenüber bequem gemacht.

»Und jetzt«, sagte die Stimme eines unsichtbaren Ansagers, »kommen wir zu unserer Wissenschaftssendung. Unsere Mitarbeiterin Elizabeth Keen hat die weite Reise nach Bellini VI unternommen, um Ihnen ein Exklusivinterview mit dem berühmten Schreibtisch-Archäologen Euphrates Pym zu präsentieren.«

»Dies ist wirklich ein seltenes Vergnügen, Dr. Pym«, schwärmte Elizabeth Keene, »ich weiß, wie selten Sie sich dazu bereit erklären, mit der Presse zu sprechen.«

»Nicht öfter als einmal die Woche«, grummelte Jablonski und funkelte dabei das Bild vor sich an.

»Es stimmt, daß ich ein sehr beschäftigter Mann bin«, sagte Pym locker, »da ich jedoch zum Wohle der Menschheit arbeite, bin ich mir der Verpflichtung wohl bewußt, die Öffentlichkeit über meine Fortschritte auf dem laufenden zu halten.«

»Sie sind noch immer mit der Erforschung des Rhiseanischen Imperiums beschäftigt, nicht wahr?«

Er nickte. »Richtig. Es ist eine faszinierende Kultur. Wir sind erst dabei, sie zu verstehen, und ich habe das

Gefühl, daß wir uns an der Schwelle zu einigen größeren Durchbrüchen befinden.«

»Waren Sie auf ihrem Heimatplaneten?« fragte sie.

»Rhise Primus? Natürlich. Ich bin ja gerade erst von dort zurückgekehrt.«

»Ich wollte Sie nicht beleidigen«, sagte Elizabeth Keene hastig. »Ich habe nur gefragt, weil jeder weiß, wie Sie den Planeten entdeckt haben.«

»Wie du ihn *gestohlen* hast!« knurrte Jablonski.

»Ich hatte sehr viel Glück«, sagte Pym. »Eine Menge Grundlagenarbeit ist vor mir geleistet worden.«

»Dennoch waren immer noch Sie derjenige, der alles zusammengefügt und die vielleicht wichtigste archäologische Entdeckung seit der Dämmerung der Galaktischen Ära getan hat«, sagte Elizabeth Keene, während Jablonski etwas Obszönes vor sich hinbrummte.

»Nun, wie wichtig es ist, wird sich noch zeigen müssen«, protestierte Pym, obgleich sein Gesichtsausdruck in den Augen seiner Zuschauer keinen Zweifel darüber ließ, daß er mit ihr einer Meinung war.

»Vielleicht würden Sie unseren Zuschauern genau erklären, wie sie Existenz und Lage von Rhise Primus herleiteten?«

»Aber gerne«, sagte Pym mit einem Lächeln. »Vor etwa zehn Jahren las ich einen Artikel, der meine Neugier anstachelte. Professor Boris Jablonski von Spectra III hatte anscheinend etwa ein Vierteljahrhundert damit verbracht, verschiedene Kulturen jenes Spiralarms der Galaxis zu erforschen, der die Erde einschließt, und er hatte einige merkwürdige, obgleich vorläufige und fragmentarische Schlüsse gezogen.«

»An denen war nichts *vorläufig*!« schnauzte Jablonski in Richtung auf Pyms Bild.

»Er hatte entdeckt, daß acht verschiedene planetarische Kulturen dieses Armes etwa fünfzehn Worte gemeinsam hatten«, fuhr Pym fort. »Nicht jedes der fünfzehn Worte trat auf jedem der Planeten gleichzeitig auf, aber jeder Planet besaß zumindest vier dieser Worte mit sechs oder mehr weiteren der übrigen Planeten gemeinsam.«

»Sie wollen sagen, daß die Wort gleich klangen?«

»Innerhalb der Grenzen einer jeden Rasse, gleichklingende Laute hervorzubringen. Ums genauer auf den Punkt zu bringen: Sie *bedeuteten* auf jedem Planeten dasselbe. Das war ein ausgezeichnetes Stück Vorarbeit, und ich spreche Professor Jablonski hierfür meine Anerkennung aus.«

»Nichts zu danken!« brummte Jablonski.

»Mir waren die Arbeiten von Professor Jablonski überhaupt nicht bekannt gewesen, bis ich seinen Aufsatz las. Darin stellte er fest, daß jene Worte, jenes Gebräu von Klängen, gleichzeitig aufgetreten waren, und daß es sich hierbei sehr gut um eine instinktive Reaktion auf verschiedene Objekte gehandelt haben konnte, die intelligentes Leben dazu veranlaßte, sie mit annähernd gleichen Lauten zu beschreiben.«

»Das war nur ein Vorschlag!« brüllte Jablonski. »Ich erwähnte das als eine von *vielen* Möglichkeiten!«

»Nun«, fuhr Pym fort, »ich war mit einer der von ihm erwähnten Kulturen vertraut, den Boroni von Beta Kamos IV, und ich wußte, daß ihre Stimmerzeugungsapparate so verschieden von den eher menschlichen Rassen waren, die Professor Jablonski erwähnt hatte, daß es buchstäblich schmerzhaft für sie gewesen wäre, einige der beschriebenen Klänge hervorzubringen.«

»Darauf habe *ich* hingewiesen!« knurrte Jablonski wütend, während er den Arm aus Fletchers sanft zurückhaltendem Griff riß.

»Je länger ich darüber nachdachte«, sagte Pym, »desto mehr kam ich zu der Überzeugung, daß diese Worte ihren Ursprung *außerhalb* der Boronianischen Kultur hatten. Das brachte mich dazu, die übrigen Rassen zu untersuchen. Eine Anzahl von Exobiologen waren sich darin einig, daß die Lippen der Ptree von

Phoenix II so geformt waren, daß sich zumindest einer dieser Klänge nicht innerhalb ihrer Kultur entwickelt haben konnte, mithin von außen eingebracht worden sein mußte. Mit dieser Information bewaffnet traf ich mich mit Boris Jablonski auf dessen Heimatwelt, und wir brachten einen gemeinsamen Aufsatz heraus, worin wir zum Schluß kamen, daß eine Rasse, von der wir bis jetzt noch nichts wissen, einstmals ein Imperium draußen im Spiralarm errichtet hatte, und daß *darum* jene Worte auf so vielen Welten in Gebrauch waren.«

»Und Ihre Kollegen fielen allesamt über sie beide her, weil Sie eine derartige Schlußfolgerung in Betracht zogen«, bemerkte Elizabeth Keene.

»Landläufig heißt es, Wissenschaftler seien die ersten, die neue Ideen aufgreifen«, sagte Pym mit überlegenem Lächeln. »Glauben Sie's nicht!«

»Was geschah als nächstes?«

»Professor Jablonski fuhr mit seiner Feldforschung fort, und ich kehrte nach Hause zurück und dachte darüber nach.«

»Und fanden die richtige Antwort«, sagte Elizabeth Keene.

»Wir wollen Professor Jablonskis Beitrag nicht herabsetzen«, sagte Pym. »Er folgte der üblichen Vorgehensweise.«

»Herablassung!« schnauzte Jablonski. »Was ich an diesem Mann am meisten hasse, ist seine Herablassung!«

»Ich entschied, mich Professor Jablonskis Interpretation nicht anzuschließen. Ich war der Meinung, daß wir die Existenz einer Rasse im Arm bereits bewiesen hatten, welche die Sterne fürchtete, und …«

»Obgleich nicht zur Zufriedenheit Ihrer Kollegen«, unterbrach sie.

»Zu *meiner* Zufriedenheit«, entgegnete Pym. »Man muß sich selbst an die erste Stelle setzen.«

»Gottverdammter Egomane!« murrte Jablonski.

»Wie dem auch sei, ich fuhr nach Hause, ließ meinen Computer eine Karte des Arms projizieren, markierte jene Planeten, auf denen die gemeinsamen Worte aufgetreten waren, und versuchte, einige Schlüsse zu ziehen.« Er legte um des dramatischen Effekts willen eine Pause ein. »Und je mehr ich sie studierte, desto mehr kam ich zur Überzeugung, daß irgend etwas überhaupt nicht stimmte, betrachtete man die Ausbreitungsrichtung, die notwendigen Nachschublinien im Falle einer militärischen Auseinandersetzung, die Tatsache, daß sie eine sauerstoffatmende Rasse waren – denn alle in Frage kommenden Planeten wurden von Sauerstoffatmern auf Kohlenstoffbasis bewohnt.« Er hielt inne. »Sehen Sie, es braucht einen bestimmten Sternentypus, um einen Sauerstoffplaneten hervorzubringen, der in der Lage ist, Leben auf Kohlenstoffbasis zu versorgen – aber ich konnte den richtigen Sternentypus nirgendwo in der Nähe davon finden, wo er logischerweise hätte sein sollen. Der nächstgelegene Sauerstoffplanet hatte eine zu hohe Strahlungsintensität, um *irgendeine* Lebensform zu ermöglichen, und der nächstgelegene Planet, der Leben trug, war mehr als achthundert Lichtjahre entfernt.«

»Das war Prinzipia, nicht wahr?« fragte sie.

»Ja.«

»Und jene wenigen Wissenschaftler, die ihren Standpunkt teilten, hielten allgemein Prinzipia logischerweise für den Heimatplaneten jener Rasse, welche die Sterne fürchtete, und die Sie suchten.«

»Ja, und zwar insbesondere nach der Entdeckung der Ruinen einer zivilisierten Rasse dort, einer humanoiden Rasse, die sich selbst während einer Reihe von vernichtenden Kriegen vor fast sechzig Jahrtausenden ausgelöscht hatte.« Er hob die Schultern. »Ich wies das augenblicklich zurück.«

»Warum?«

»Zunächst einmal: Im Umkreis von zweihundert Lichtjahren um Prinzipia herum gab es sechs bewohnte Sauerstoffwelten. Wenn die Prinzipianer ein Imperium hätten errichten wollen – warum übersahen sie jene Welten und breiteten sich in einer Richtung aus, die es ihnen so viel schwerer machte? Selbst wenn sie schließlich planten, den gesamten Spiralarm zu beherrschen und jene Welten zu erobern, die ihrer Heimat am nächsten lagen, ehe sie sich über achthundert und schließlich vierzehnhundert Lichtjahre in den Arm ausbreiteten.« Er hielt inne. »Der zweite Grund war noch fundamentaler: auf keiner von Professor Jablonskis Welten gab es Spuren der Prinzipianischen Zivilisation. Sicherlich konnten sie nicht alle heimgekehrt und auf schreckliche Weise gestorben sein.«

»Aber es gibt keinerlei Überreste *irgendeiner* Fremdrasse auf einer jener Welten«, gab sie zu bedenken.

»Das ist der hauptsächliche Grund, weswegen die meisten unserer Kollegen unsere Hypothese zurückwiesen«, entgegnete er. »Dennoch wurde sie zum Schlüssel des Ganzen.«

»Wie?«

»Ich studierte weiterhin die Karte, wobei ich versuchte, die Dinge logisch zu durchdenken. Ich ließ meinen Computer eine Anzahl militärischer Simulationen durchspielen, und schließlich gab es für mich nur eine einzige annehmbare Möglichkeit, daß Prinzipia der Ursprung unserer gesuchten Rasse sein könne: der Planet mußte in der Nachbarschaft von Adhara existieren, was natürlich nicht der Fall war. Adhara ist ein sehr junger, sehr großer blauer Stern, der schließlich als schwarzes Loch enden wird. Er hat lediglich einen Planeten, eine Welt mit einer Atmosphäre, die fast zu 85% aus Helium besteht. Der Planet könnte kaum Leben auf Kohlenstoffbasis tragen, auch nicht Chlor- oder Methanatmer. Er war in der Tat sogar zu jung dafür, irgendeine uns bekannte Lebensform zu entwickeln.«

Er starrte nachdenklich in die Kamera, als zöge er erneut all die verschiedenerlei Aspekte des Problems in Betracht.

»Er legt hier stets eine Pause ein«, beklagte sich Jablonski, »so daß die Zuhörerschaft Zeit genug hat, die Größe seines belanglosen kleinen Durchbruchs zu verstehen.«

»Also verbrachte ich einen weiteren Monat mit dem Versuch, den Daten einen Sinn abzugewinnen«, fuhr Pym schließlich fort, »und je länger ich sie studierte, desto mehr kam ich auf Adhara zurück. Logistisch gesehen war er weit entfernt davon, eine angenehme Heimat für eine Rasse zu sein, die jene Planeten erobert hatte – und plötzlich wurde mir klar, warum wir keinerlei Überreste jener Rasse gefunden hatten. Wenn sie keine Sauerstoffatmer waren, dann waren Jablonskis Planeten vielleicht lediglich Außenposten, gewöhnliche Tankstellen und dergleichen, und sie hätten sich in der Hauptsache bei den Heliumwelten ausgedehnt. Möglicherweise stationierten sie nur eine sehr kleine Anzahl Techniker auf den Sauerstoffwelten, und als sich ihr Imperium zusammenzog oder zusammenbrach – aus welchen Gründen auch immer –, wären dies die ersten Welten gewesen, die sie aufgegeben hätten.«

Pym lächelte ironisch. »Sie müssen sich darüber im klaren sein, daß wir bis zu jenem Augenblick weder einer Rasse begegnet sind, die sich auf einem Heliumplaneten entwickelt hat, noch *einem* Planeten, der Leben trug und einen blauen Riesen umkreiste. Beides schien jenseits aller Möglichkeiten zu liegen.« Er legte eine Pause ein. »Ich verlor meine Stelle an der Universität, als ich diese Hypothese veröffentlichte.«

»Und was geschah dann?«

»Mir blieb nur noch ein Weg. Ich kratzte meine Ersparnisse zusammen sowie jeden Kredit, den ich mir erbetteln oder borgen konnte, und schickte eine Expedition zum Planeten von Adhara. Mir standen lediglich die Mittel zur Verfügung, ein Team von sechs Männern für dreiundzwanzig Tage auszurüsten – und da ich mir kurz zuvor das Bein gebrochen hatte, blieb ich selbst zu Hause. Ich schlug die geeignetsten Orte vor, wo man suchen sollte, blieb über einen gebündelten Strahl durch den Subraum in ständigem Kontakt – und der Rest ist Geschichte. Neunzehn Tage später stießen sie auf die ersten Bauwerke der Rhiseanischen Zivilisation, und der Planet wurde offiziell Rhise Primus.« Er lächelte bescheiden. »Man wollte ihn nach mir benennen, aber das wollte ich nicht zulassen.« Er hielt inne. »Genau wie ich hergeleitet hatte, bestand ihr Imperium in der Hauptsache aus Heliumplaneten. Jene Planeten, die Professor Jablonski in Zusammenhang gebracht hatte, waren einfach logistisch geeignet, nichts weiter.«

»Und so wurden Sie der Schreibtisch-Archäologe«, schloß sie bewundernd.

»So hat er meine Arbeit benutzt und den ganzen Rahm abgeschöpft!« brummelte Jablonski.

»Diesen Titel hat mir die Presse verliehen«, entgegnete er. »In Wirklichkeit gehe ich bei jeder sich bietenden Gelegenheit hinaus ins Feld.«

»Da Sie die anerkannte Autorität sind, wenn es um Rhise Primus und das Rhiseanische Imperium geht: können Sie uns vielleicht sagen, was wir bislang über die Bewohner von Rhise in Erfahrung gebracht haben?«

»Wir wissen noch immer nicht sehr viel über sie«, gab Pym zu. »Sie sind natürlich eine sehr ungewöhnliche Lebensform, und jetzt, da wir in der Lage sind, die Linie ihrer Ausbreitung zu rekonstruieren, haben wir festgestellt, daß es wenigstens drei weitere heliumatmende Rassen gegeben hat; meine eigene Vermutung geht dahin, daß wir schließlich mehr als ein Dutzend nur innerhalb des Spiralarms entdecken werden.« Er hielt inne. »Unglücklicherweise gibt es keine Überlebenden jener Rassen, und da die Rhiseaner offenbar eher Ausrottungs- als Eroberungskriege führten, waren wir kaum imstande, etwas über ihre Opfer in Erfahrung zu bringen. Ich selbst vermute folgendes: als den Rhiseanern klar wurde, daß Adhara bald zur Supernova werden und ihren Planeten zerstören würde, suchten sie eher Lebensraum als ein Herrschaftsgebiet im traditionellen Sinne des Wortes; daher rotteten sie einfach jede Rasse aus, die sie auf jenen Planeten vorfanden, welche sie zu kolonialisieren wünschten. Möglicherweise ist das auch der Grund dafür, warum sie die Bevölkerung der eroberten Sauerstoffwelten nicht auslöschten; diese Welten waren ihnen einfach zu nichts nutze.«

»Elementar«, sagte Jablonski. »Darauf habe ich schon vor fünf Jahren hingewiesen.«

»Was wurde denn aus den Rhiseanern?« fragte Elizabeth Keene.

»Das wissen wir nicht«, gab Pym zu. »Aber da alle jene Heliumplaneten verlassen worden sind, die sie kolonialisiert hatten, liegt die Möglichkeit nicht fern, daß sie schließlich ihr Utopia fanden und sich noch immer irgendwo dort draußen aufhalten und darauf warten, daß wir sie entdecken.«

»Ist das wirklich möglich?« fragte sie.

»Sicherlich. Der Mensch hat sich stets zum Herzen der Galaxis hin ausgebreitet und dabei die Innere Grenze weiter hinausgeschoben. In Wirklichkeit haben wir erst wenig unternommen, die Welten des Spiralarms zu erforschen.«

»Und das ist alles, was wir über die Rhiseanische Zivilisation in Erfahrung gebracht haben?«

»Sie müssen sich daran erinnern, daß ich ihre Existenz erst vor fünf Jahren postulierte«, sagte Pym, bescheiden lächelnd. »Wir hatten wirklich Glück gehabt, das zu entdecken, was vor zwei Jahren das Rhiseanische Dokument genannt wurde.«

»Das Rhiseanische Dokument?« wiederholte sie.

»Man könnte es als das Rhiseanische Äquivalent zum Stein von Rosette betrachten, aber«, fügte er unglücklich hinzu, »unsere linguistischen Experten haben da bislang wenig Fortschritte gemacht.«

»Es geht das Gerücht, daß sie binnen kurzem etwas weit Wichtigeres enthüllen werden, als die Entdeckung des Rhiseanischen Dokuments«, sagte Elizabeth Keene. »Können Sie unseren Zuschauern einen Hinweis darauf geben, was das sein wird?«

»Meiner Ansicht nach besteht eine außerordentlich große Wahrscheinlichkeit für einen Besuch der Erde durch die Rhiseaner etliche Jahrtausende vor jener Zeit, da der Mensch die Raumfahrt entwickelte.«

»Sie fanden Spuren des Rhiseanischen Imperiums auf der Erde?« fragte sie aufgeregt. »Waren sie etwa jene alten Astronauten, die noch immer in einigen Legenden auftauchen?«

Er lächelte und schüttelte den Kopf. »Nein zu beiden Fragen. Wir haben bislang keinerlei Hinweise auf einen Besuch der Erde durch Rhiseaner oder andere Fremdwesen gefunden.«

»Warum haben Sie dann das Gefühl, daß wir von ihnen besucht wurden?«

»Gewisse Epochen der irdischen Vergangenheit – gewisse Vorfälle, gewisse Bauwerke – können am besten durch einen Besuch fremder Wesen erklärt werden. Und die Erde lag direkt in der Ausbreitungslinie des Rhiseanischen Imperiums.«

»Und das hoffen Sie, bekanntgeben zu können?« fragte sie triumphierend. »Es sieht doch so aus, als hätten Sie es gerade bekanntgegeben, Dr. Pym.«

»Es gibt einen Unterschied zwischen dem Ausdruck einer Hoffnung und der Präsentation eines unwiderleglichen Beweises«, entgegnete er. »Wie ich bereits sagte, haben wir wenig Fortschritte dabei gemacht, das Rhiseanische Dokument zu übersetzen, aber das wenige, was wir erfahren *haben,* führt mich zu der Annahme, daß die Überreste eines von uns kürzlich auf Rhise Primus entdeckten großen Bauwerks vielleicht einmal ein Museum gewesen waren. Falls dies in der Tat der Fall ist, und falls wir irgendwelche Artefakte finden, die ihren Ursprung auf der Erde haben, werden wir meine Theorie ebenso sicher bewiesen haben, als ob wir ein Rhiseanisches Artefakt auf der Erde gefunden hätten.«

»Und der Schreibtisch-Archäologe wird seiner Karriere einen weiteren brillanten Erfolg hinzugefügt haben«, sagte sie bewundernd.

»Wenn ja, dann ist's ein Erfolg, den ich mit meinen Feldforschern teilen muß«, sagte Pym großzügig. »Und lassen Sie uns nicht Professor Jablonski vergessen, dessen ursprüngliche Arbeit die ganze Angelegenheit in Schwung gebracht hat.«

»O Gott!« grummelte Jablonski. »Ich hasse ihn wohl am meisten, wenn er mir dankt!«

»Und welchen Ratschlag geben Sie einem jedem jungen Menschen unter unseren Zuschauern, der die Hoffnung auf eine Karriere in ...«

»Genug!« brüllte Jablonski, und Fletcher schaltete den Computer ab.

Jablonski sprang auf und ging wütend in seinem Büro hin und her.

»Dieser Schurke von einem Mann!« kochte er. »Hockt da auf dem Lehrstuhl des Archäologischen Instituts von Selica II – jenem Lehrstuhl, der eigentlich *mir* gehören sollte! Veranlaßt die Stiftungen, die stets mich unterstützten, dazu, statt dessen *ihn* zu unterstützen! Und warum? Nur wegen einer glücklichen Hypothese!«

»Sie regen sich zu sehr auf, Sir!« sagte Fletcher beruhigend. »Warum setzen Sie sich nicht hin und versuchen, sich zu entspannen?«

»Wohin setzen?« donnerte Jablonski. »Er ist der Schreibtisch-Archäologe, nicht ich!«

»Bitte, Professor!«

»Dieser selbstgefällige, aufgeblasene Hurensohn!« fuhr Jablonski fort. »Er kann noch nicht mal einen richtigen wissenschaftlichen Artikel verfassen!«

»Das weiß ich, Sir.«

»Und was geschieht? Irgendein Verlagsmensch zahlt ihm fünf Million Kredits für einen völlig unzutreffenden, völlig unwissenschaftlichen Bericht über die Rhiseanische Zivilisation, und die Arbeiten besserer, weit ernstzunehmenderer Männer landen ungelesen in Computer-Büchereien!«

»Das ist schon lange Zeit her, Sir«, sagte Fletcher. »Und Sie sind von einem Erfolg zum nächsten geeilt!«

»Und wurde von einer glücklichen Hypothese an die Wand gedrückt!« schnauzte Jablonski. »Und er sackt immer noch deswegen ein! Sieh doch mal, was geschieht, wenn sie einen wissenschaftlichen Beitrag für die Öffentlichkeit bringen! Fragen sie etwa Wanamaker, dessen Arbeiten an der Grenze sogar diejenigen von Rosenschweig übertrafen? Fragen sie etwa Hajakawa, der auf der Erde selbst arbeitet und einen eventuell unversehrten Inkatempel entdeckte? Fragen sie etwa mich? Nein! Sie fragen diesen verrückten Hypothesen-Heini!«

Plötzlich geriet er außer Atem und ging zu seinem Stuhl hinüber, der sich zu ihm erhob, brach darin zusammen und funkelte benommen dort hinüber, wo sich Pyms Abbild befunden hatte.

»Sir, bitte«, sagte Fletcher. »Sie dürfen sich nicht auf Dauer derart quälen! Sie wissen, was Ihnen der Arzt gesagt hat!«

»Mein Arzt muß nicht jenen Mann sehen, der ihm die Karriere jede Woche im Holo zerstört!«

»Nun, das ist einfach keine zutreffende Feststellung, Sir«, sagte Fletcher. »Sie hatten eine erfolgreiche Karriere. Sie sind einer der angesehensten Archäologen der Oligarchie. Ihre Arbeiten sind Standardlektüre in fast jedem akademischem Institut.«

Jablonski schüttelte den Kopf. »Das tut nichts zur Sache. Jener Mann hat mich ruiniert. Achtzehn Jahre verbrachte ich im Arm, tat die entscheidenden Entdeckungen, korrelierte meine Daten, überprüfte meine Schlußfolgerungen. Ich war lediglich fünf Jahre davon entfernt zu *beweisen,* daß die Rhiseaner Heliumatmer waren – zu beweisen, und zwar mit rigoroser wissenschaftlicher Logik und nicht mit Vermutungen, weil ich etwa zu faul und eitel gewesen wäre, mir draußen die Hände schmutzig zu machen –, und dann kam er dahergelaufen. Er zwang mich zu veröffentlichen, ehe ich bereit war, und er machte uns beide bei unseren Kollegen zu Zielscheiben des Spotts – und als er dann seine Vermutung anstellte, als bewiesen wurde, daß wir recht gehabt hatten, wurde lediglich *sein* Ruf wiederhergestellt.« Jablonski hielt inne, um Atem zu holen. »Wenn ich nicht die Relikte der Korbb-Kultur im Wisnasystem entdeckt hätte, müßte ich *noch immer* einen Kollegen suchen, der Vertrauen genug in mich hätte, seine archäologische Abteilung zu leiten.«

»Aber Sie *haben* sie entdeckt«, sagte Fletcher beschwichtigend. »Warum lassen Sie sich dann dermaßen von Euphrates Pym aus der Fassung bringen?«

»Weil sie noch immer glauben, daß er weiß, was er tut!« schnauzte Jablonski. »Sie glauben *noch immer,* Intuition sei ein annehmbarer Ersatz für harte Arbeit!«

»Nicht jeder denkt so, Sir.«

Jablonski stand wieder auf und ging zu einem Kristallregal hinüber, das neben seinem Schreibtisch über dem Boden schwebte.

»Sieh dir die an!« sagte er und wies auf die acht dicken ledergebundenen Bände auf dem Regal. »Das sind vierunddreißig Jahre sorgfältiger, methodischer Arbeit. Das ist das Ergebnis von Feldforschung, das Ergebnis davon, daß ich die Dinge selbst erforscht und nicht zu Hause herumgesessen und theoretisiert habe. Das ist die Summe meines ganzes Lebens.« Er hielt inne. »Pym verkauft mehr Bücher und Disketten pro Woche, als ich in nahezu einem halben Jahrhundert verkauft habe.«

»Popularität ist nicht notwendigerweise ein Barometer des Wertes«, stellte Fletcher klar. »Dr. Pym weiß, wie man die Medien bearbeiten muß, daher spiegeln seine Verkaufsziffern natürlich seine Popularität wider. Das heißt nicht unbedingt, daß er irgendeinen dauerhaften Beitrag auf dem Gebiet der Archäologie geleistet hat.«

»Blödmann!« brummelte Jablonski. Er ging zu einem Bullauge hinüber, das den von Stahl und Glas umgebenen Campus überblickte, und starrte hinab auf die vorüberflanierenden Studenten. »Du verstehst überhaupt nichts.«

»Wie bitte, Sir?«

»Er *hat* einen Beitrag geleistet!« sagte Jablonski verzweifelt. »Die Entdeckung von Rhise Primus und der Rhiseanischen Dokumente waren die wichtigsten archäologischen Ereignisse dieses Jahrhunderts. *Deshalb* ist der Mann so gefährlich!«

»Ich kann Ihnen nicht folgen, glaube ich, Sir.«

»Er hat praktisch die wissenschaftliche Methode in Verruf gebracht«, erklärte Jablonski und wandte sich erneut seinem Assistenten zu. »Wir schweben in der Gefahr, von einer waschechten Horde selbsternannter intuitiver Archäologen überrannt zu werden.« Er verzog angewidert das Gesicht. »Das ist so viel *sauberer,* als sich durch den Dreck einer Chlorwelt zu wühlen, und so viel *einfacher,* als Jahre damit zu verbringen, ein einziges fremdes Artefakt zu analysieren und zu rekonstruieren. Pym hat auf jene andere Art gearbeitet, und er hat Rhise Primus entdeckt, also muß es die wirkungsvollste Methode sein.« Sein Gesicht wurde zu einer Maske unsinniger Wut. »Wir *müssen* diesen Mann um seinen Ruf bringen, ehe es zu spät ist!«

»Ich glaube wirklich, daß Sie seine Bedeutung überschätzen, Sir«, sagte Fletcher.

»Tu ich nicht!« schrie Jablonski. Sein Gesicht wurde rot, der Atem ging rauh und mühselig, und Fletcher half ihm auf den Sessel zurück.

»Geht's Ihnen gut, Sir?«

»Schon gut, schon gut«, sagte Jablonski schwach. »Siehst du, Fletcher? Er hat nicht nur meinen Ruf ruiniert, sondern sogar meine Gesundheit.«

»Soll ich den Arzt rufen?«

Jablonski schüttelte den Kopf. »Ich muß nur einen Augenblick lang zur Ruhe kommen.« Er holte tief Atem und ließ ihn langsam entströmen. »Ich weiß, daß es sich hierbei deiner Ansicht nach um eine persönliche Vendetta handelt«, sagte er schließlich, »aber es ist bedeutend mehr als das. Wenn Euphrates Pym nicht in Mißkredit gebracht wird, wird er implizit alles zunichte machen, was wir anderen zu tun beabsichtigen.«

»Er wird sich blamieren, wenn sich herausstellt, daß das Rhiseanische Museum keinerlei menschliche Artefakte enthält«, sagte Fletcher voraus.

»Nein«, meinte Jablonski. »Er war mit dieser Vermutung sehr vorsichtig. Er *hoffte*, beweisen zu können, daß die Rhiseaner die Erde besucht hatten; er sagte niemals, er *habe* dafür einen positiven Beweis.«

»Dennoch wird's das erste Mal sein, daß er etwas Falsches von ihnen angenommen hat«, sagte Fletcher. »Vielleicht wird das sein Bild beflecken.«

»*Falls* er sich irrt.«

»Heute morgen ließ ich alle Daten durch den Computer laufen, wie Sie mir aufgetragen hatten, und der Computer gibt ihm lediglich eine 2,3%ige Chance, daß er recht behält.«

»Er hätte ihm noch weniger Chancen für die Entdeckung von Rhise Primus gegeben«, meinte Jablonski.

»Sie haben doch sicherlich Ihre Meinung nicht geändert!«

»Daß die Erde niemals besucht wurde? Natürlich nicht. Fünftausendjährige Forschung hätte *irgend etwas* entdeckt, wenn die Erde ein Rhiseanischer Außenposten gewesen wäre.«

»Dann wird sich beweisen, daß er unrecht hat«, sagte Fletcher überzeugt.

»Er wird sich irgendwie herauswinden«, entgegnete Jablonski mit gleicher Überzeugung. »Er wird lächeln, auf die Unlogik grundlosen Theoretisierens hinweisen, und dann wird er mit einer brandheißen, grundlosen Theorie aufwarten, warum sich die Rhiseaner niemals die Mühe gaben, auf der Erde zu landen. Und sie werden ihn mit weiteren Ehren überschütten, und er wird das mir zugesagte Menesco-Stipendium bekommen, und er wird es dazu verwenden, meinen Expeditionsleiter abzuwerben.« Jablonski schnaubte geringschätzig. »Über kurz oder lang wird er sogar *dir* ein Angebot machen.«

»Ihnen ist meine völlig Loyalität gewiß, Sir«, sagte Fletcher prompt.

»So lange ich dich zu meinem Nachfolger mache«, sagte Jablonski. »Nein, gib dir keine Mühe, es abzustreiten. Ein Mann muß sich um sich selbst kümmern – und du bist der beste Assistent, den ich jemals gehabt habe. Du verdienst es, mein Nachfolger zu werden.«

»Vielen Dank, Sir. Es schmeichelt mir sehr, daß Sie so denken.«

»Ich hoffe nur, daß es diese verdammte Abteilung wert ist, sie zu leiten, wenn du mal so weit bist, sie zu übernehmen. Nur – man braucht soviel Geld draußen im Feld, und je mehr Pym in die Finger bekommt, desto weniger bleibt für uns übrig.« Er hielt inne. »Verdammt! Wenn ich mir bloß sicher sein könnte!«

»Sicher? – Wessen, Sir?«

»Sicher, daß er mit der Erde unrecht hat.«

»Aber Sie haben doch schon darauf hingewiesen, daß das völlig gleichgültig ist. Er hat einen Besuch der Erde durch die Rhiseaner nicht wirklich *festgestellt;* er hat ihn lediglich angedeutet.«

»Aber wenn ich's *wüßte,* ganz sicher wüßte...« Jablonskis Stimme erstarb, und Fletcher starrte ihn nur an, unfähig, seinem Gedankengang zu folgen.

Jablonski setzte sich jäh auf; er war offenbar von irgendeinem inneren Haß auf seinen Rivalen aufgeputscht worden. »Sag Modell, ich wünsche ihn zu sprechen.«

»Er könnte unabkömmlich sein«, wandte Fletcher ein.

»Ich bezahle ihn nicht dafür, unabkömmlich zu sein!« schnauzte Jablonski.

»Soll ich die Nachricht zerhacken?«

»Mir egal, was du tust. Sorg nur für eine Verbindung mit ihm!«

Fletcher schaltete den Computer ein. »Code Blau-Vier«, sagte er. »Modell soll Heimatbasis kontaktieren!«

»Agentengeschwätz!« schnaubte Jablonski. »Sag ihm nur, ich will ihn sprechen!«

»Es ist exakt aus dem Grunde Agentengeschwätz, weil er ein Agent *ist*«, entgegnete Fletcher geduldig. »Und falls unsere Nachricht abgehört wird, möchten wir doch nicht, daß die Pym'sche Expedition weiß, wer sie sendet.«

»Sie werden's wissen.«

»Nichtsdestoweniger ist es eine begründete Vorsichtsmaßnahme.«

Jablonski brummte etwas in sich hinein und setzte sich zurück, um auf die Übertragung zu warten. Zwanzig Minuten später erschien das Bild eines runzeligen unrasierten Gesichts in der Luft über dem Computer.

»Modell hier.«

»Hier ist...«, begann Jablonski, hielt jedoch angesichts Fletchers verzweifelter Geste inne. »Sie wissen, wer hier ist.«

»Bitte verstärken Sie Ihre Sendung«, sagte Modell. »Ich befinde mich in einem Sektor etwa zwanzig Meter unter der Oberfläche. Oben peitscht ein höllischer Sturm über den Grund, und er ruft 'ne Menge statischer Elektrizität hervor.«

»Wie weit seid ihr?« fragte Jablonski, nachdem er dem Computer den Befehl gegeben hatte, das Signal zu verstärken.

»Wir haben vielleicht noch eine Woche oder zehn Tage vor uns, bis wir das Gebäude betreten.«

»Wieviele Türen?«

»Sechs, alle versiegelt – und die Siegel ähneln nichts, das ich je zuvor gesehen hätte. Es könnte eine weitere Woche kosten, nur eines davon zu erbrechen.«

Jablonski runzelte die Stirn. »Sind die Wände intakt?«

Modell schüttelte den Kopf. »Es hat im landläufigen Sinn des Wortes gar keine Wände.«

»Was hat es dann?«

Modell sah unschlüssig drein. »Ich bin mir nicht sicher, ob ich's erklären kann, Sir.«

»Geben Sie sich Mühe. Dafür bezahle ich Sie!«

»Sieht aus wie ein Tesserakt, wenn das überhaupt Sinn macht.«

»Ein Tesserakt?« wiederholte Jablonski.

»Eine hypothetische vierdimensionale Struktur.«

»Weiß ich«, schnauzte Jablonski. »Ich versuche nur, mir so was vorzustellen.«

»Ist ziemlich seltsam«, meinte Modell.

»Ist das Gebäude intakt?« fragte Jablonski.

»Ja.«

»Und es ist ganz bestimmt ein Museum?«

»Scheint fast sicher zu sein.«

»Ich schätz mal, Pym wird mit der Presse dort sein, wenn ihr die Siegel schließlich aufbrecht?«

»Das ist mir gesagt worden.«

»Und niemand geht vorher rein?«

»Es ist seine Expedition«, entgegnete Modell mit einem Achselzucken.

»Gibt es noch einen anderen Weg hinein als durch die Türen?«

»Es gibt keine weiteren Öffnungen, falls Sie das meinen. Keine Fenster, keine Laderampen, nichts dergleichen.« Er hielt inne. »Ein paar Leute hier halten einen Umweg für möglich, um die Türsiegel zu durchbrechen, indem man die Struktur des Tesseraktes selbst benutzt, aber sie haben nicht herausbekommen, wie das funktionieren könnte.«

»Warum fragen sie nicht ihren Computer?«

»Meines Wissens nach haben sie das schon getan«, antwortete Modell. »Entweder hat er keine Antwort zustandegebracht, oder es gefiel ihnen nicht, was sie erhielten.« Er hielt inne. »Ist so oder so egal. Es heißt, Pym plane, die Siegel zu erbrechen und durch die Türen zu gehen; ich schätze mal, sie werden davon ein Dokumentarholo aufnehmen.«

»Ich möchte, daß Sie mir sofort ein Hologramm der Struktur senden«, sagte Jablonski. »Ist das möglich?«

»Ja.«

»Gut«, sagte Jablonski. Er unterbrach die Verbindung und wandte sich an Fletcher. »Kannst du morgen wegfahren?«

»Wohin?«

»Rhise Primus, natürlich.«

»Glaube schon«, entgegnete Fletcher verwirrt.

»Gut.«

»Können Sie mir bitte sagen, was das ganze soll?« fragte Fletcher.

»Dieses pompöse Arschloch in Verruf bringen!«

schnauzte Jablonski. »Hast du nicht zugehört, was ich gesagt habe? Computer!« schnarrte er.

»Ja?« fragte der Computer.

»Heute morgen hast du, basierend auf den Daten, die Fletcher dir eingegeben hat, die Wahrscheinlichkeit für einen Besuch der Rhiseaner auf der Erde auf 2,3 % geschätzt, stimmt das?«

»2,302 %, um präzise zu sein.«

»Wie groß wird diese Zahl, wenn die Museen von Rhise Primus die Erde nicht erwähnen und keinerlei terranische Artefakte enthalten?«

»Die Zahl lautet 0,73 %«, entgegnete der Computer.

»Gut. Hast du während der vergangenen sechzig Sekunden die Sendung eines Hologramms von Rhise Primus erhalten?«

»Ich erhalte gerade eine.«

»Nimm Zugriff auf die Bibliothek der mathematischen Abteilung!«

»Ich nehme Zugriff ... fertig.«

»Stellt das Hologramm ein Gebäude in Form eines Tesserakts dar?«

»Das ist korrekt.«

»Ich möchte, daß du über unsere Bibliothek herausfindest, welches Institut die am weitesten fortgeschrittenen Arbeiten über Tesserakte durchführt. Dann nimm Zugriff zu *dessen* mathematischen und physikalischen Bibliotheken sowie allem unklassifiziertem Untersuchungsmaterial und entscheide dann, ob es eine Möglichkeit gibt, das Gebäude des Hologramms zu betreten, ohne die Siegel der Türen zu erbrechen.«

»Ich arbeite ... nehme Zugriff ...« Der Computer schwieg fast neunzig Sekunden lang. »Es besteht eine theoretische Möglichkeit des Eindringens.«

»Erläutere bitte das Wort ›theoretisch‹ in diesem Zusammenhang!«

»Es bedeutet, daß – theoretisch – ein Zugang möglich ist. Praktisch kann ich jedoch nicht sicherstellen, daß ein derartiger Zugang für lebende Materie nicht tödlich wäre, wenn man es, wie hier, mit einem interdimensionalen Zugang zu tun hat.«

»Könnte ein Roboter Zugang erhalten und funktionsfähig bleiben?«

»Ich arbeite … wahrscheinlich.«

»Wie hoch ist die Wahrscheinlichkeit dafür, daß ein derartiger Roboter funktionsfähig bleibt?«

»86,241 %.«

»Und die Wahrscheinlichkeit einer unbeschädigten Rückkehr?«

»86,241 %«, wiederholte der Computer. »Wenn das Eindringen ins Gebäude ihn nicht außer Funktion setzt, dann wird das Verlassen auf die gleiche Weise dies ebenfalls nicht tun.«

»Abschalten!« sagte Jablonski. Er wandte sich an Fletcher, und seine Augen waren wild vor Erregung. »Mein Gott, jetzt hab' ich ihn! Endlich hab' ich ihn, diesen Hurensohn!«

Jablonski und Fletcher betraten den Komplex von Lagerräumen des Museums, wo es wie üblich vor Energie und Geschäftigkeit nur so schwirrte. Der ältere Mann führte seinen Assistenten an jenen Räumen vorüber, die den Kulturen der Inneren und Äußeren Grenze gewidmet waren, schlug einen Bogen um das komplizierte Labyrinth miteinander verbundener kleiner Räume, die für das Studium der stärker bevölkerten Gegenden der Galaxis abgetrennt worden waren, und erreichte schließlich den großen Raum, der die ganz frisch eingetroffenen Fundstücke des Spiralarms beherbergte.

Jablonski ging sofort die langen Gänge des Lagerraums auf und ab, nickte gelegentlich den Mitarbeitern einen Gruß zu, die damit beschäftigt waren, buchstäblich Hunderte von Fundstücken zu bürsten, zu säubern, zu rekonstruieren oder sonstwie zu bearbeiten; Stücke, welche die Universität noch nicht katalogisiert hatte.

Sie kamen an der Mystischen Vase von Valerium VII vorüber – unmittelbare Ursache dreier größerer Kriege in der dunklen Vergangenheit jenes fernen Planeten – und drückten sich an den fünf Steinen vorbei, die das Museum aus der Moschee der Ehrenwerten Toten von Neu Paraguay erhalten hatte. Jablonski blieb stehen, um ein Stück Töpferware einen Augenblick lang zu untersuchen, hielt es daraufhin an die Nase und inhalierte tief. Er liebte den Geruch und das Gefühl des Alters, liebte die Aufregung, wenn man eine ganze Zivilisation aus den winzigsten Fragmenten rekonstruierte, liebte den Anblick verstreuter Teile und Teilchen auf den Tischen, die auf ihre Katalogisierung warteten. Zurecht war er ein wenig stolz auf die öffentlich zugängliche Ausstellung des Museums, aber hier wurde die *wirkliche* Arbeit getan, und hier befand er sich wirklich in seinem Element.

»Wonach suchen wir eigentlich genau?« fragte Fletcher, als Jablonski stehenblieb, um in eine kleine zylinderförmige Skulptur von Aldebaran XIII zu blikken.

»Etwas von der Erde«, entgegnete Jablonski.

»Im Ostflügel ist eine Gasmaske aus dem Ersten Weltkrieg ausgestellt«, bot Fletcher an. »Und wir besitzen gleichfalls ein zusammenpassendes Paar Kopfschmuck der Eskimos, ebenso …«

Jablonski schüttelte den Kopf. »Ich *weiß*, was wir haben!« sagte er grob.

»Dann muß ich Sie darum ersuchen, etwas genauer zu sein«, sagte Fletcher.

»Ich möchte etwas von *hier*«, sagte Jablonski.

»Von hier?« wiederholte Fletcher.

»Etwas noch nicht Katalogisiertes.«

»Woran denken Sie?«

»Ist Wurscht, so lange es nur von der Erde stammt

und der Computer des Museums davon noch keine Aufzeichnung besitzt.«

Fletchers Augen öffneten sich jäh. »Jetzt verstehe ich!« rief er aus.

»Da hast du aber lang genug für gebraucht«, sagte Jablonski gereizt. »Versuche jetzt bitte, ein wenig leiser zu sprechen.«

»Sie beabsichtigen, Rhise Primus zu spicken!« flüsterte Fletcher aufgeregt.

»Nicht den Planeten«, antwortete Jablonski. »Nur das Museum.«

»Damit werden Sie nie durchkommen!«

»Ich nicht – aber *du*!«

»Ich?« fragte Fletcher überrascht.

»Genau«, sagte Jablonski ungeduldig. »Laß uns jetzt an die Arbeit zurückgehen. Du wirst morgen fahren.«

Ohne eine Antwort abzuwarten, ging Jablonski in den Gängen auf und ab, wühlte in den Behältern, suchte nach seinem Artefakt. Nach einer halben Stunde hatte er's noch immer nicht gefunden.

»Verdammt!« brummte er. »Ich *weiß*, daß wir vor zwei Wochen eine Schnitzerei der Azteken aufgegabelt hatten.«

»Ist Anfang der Woche in die Ausstellung gewandert«, sagte Fletcher.

Jablonski stieß ein bitter-ironisches Gelächter aus. »Wenn ich *verlangt* hätte, sie mögen sich beeilen, läg's noch immer hier herum und verstaubte.« Er schnaubte verächtlich. »Nun, hier ist offenbar nichts. Wollen wir mal im Erdgeschoß nachsehen.«

Er ging hinüber zum Abstiegsschacht, schaltete das Luftkissen ein, trat mitten darauf, wartete, bis sich Fletcher zu ihm gesellt hatte, und befahl daraufhin dem Mechanismus, sie auf die Ebene des Erdgeschosses zu bringen. Sie stiegen sanft ab, während das unsichtbare Kissen in sich zusammensackte, und fanden sich schließlich in den riesigen Lagergeschoß wieder, das unterhalb des gesamten Museums verlief.

Das Erdgeschoß wurde von einem diffusen Licht erhellt, das aus einer unsichtbaren Quelle stammte, und die langen Schatten, die es warf, verliehen dem Ort eine leicht bedrohliche Atmosphäre. Fremde Geister schienen sich hinter jedem Artefakt zu verbergen, bereit, sich auf all jene zu stürzen, die ihre alte Heimat entheiligt hatten, und wenn die Wartungsmannschaft den Raum auch makellos sauber hielt, so *fühlte* es sich doch so an, als enthielte er Lage um Lage äonenalten Staubs und Schutts.

Eine nahezu vollendete Korbb-Kapelle nahm fast ein Viertel des Raums ein. Jablonski hatte sie aus dem Wisna-System mitgebracht. Die entfernteste Ecke beherrschte die Große Schlange von Dorillion, worauf die gesamte Geschichte der alten Rasse von Dorillion in derart winzigen Bildern geschnitzt war, daß viele davon ohne künstliche Vergrößerung nicht erkennbar waren.

Statuen und andere Artefakte, die im Restaurierungskomplex oben zuviel Platz eingenommen hätten, wurden darum hier aufbewahrt, bis Studenten und Angestellte sie für eine öffentliche Ausstellung präparieren konnten.

Jablonski ging von Statue zu Statue, von Ausstellungsvitrine zu Ausstellungsvitrine, von Tisch zu Tisch, immer auf der Suche nach seinem terranischen Artefakt. Schließlich blieb er abrupt vor einem langen Tisch stehen.

»Was ist das hier?« fragte er. »Daran kann ich mich nicht erinnern.«

Fletcher sah die beiden krummen Säulen an.

»Ich bin mir nicht ganz sicher, Sir. Sie wurden von Bromheld Sherrinford draußen an der Grenze entdeckt. Sie sind vor weniger als einer Woche hier eingetroffen.«

»Sherrinford?« überlegte Jablonski. »Dieser Name sagt mir nichts.«

»Seine Expedition wurde gemeinsam von zwanzig akademischen Instituten gesponsort, inklusive unserem«, erläuterte Fletcher. »Er hatte die Gauvere-Kultur auf Melima IV erforscht, wobei er auf etwas stieß, das offenbar Schlupfwinkel eines Gesetzlosen war, der vor mehr als einem Jahrtausend draußen an der Grenze lebte.« Er hielt inne. »Laut irgendwelcher Legenden, die Sherrinford zusammenbasteln konnte, handelte sich bei dem Gesetzlosen um einen riesigen Cyborg, der entweder die ›Eiserne Herzogin‹ oder der ›Eiserne Prinz‹ genannt wurde. Wie dem auch sei – das berührte Sherrinfords Hauptinteresse auch nur am Rande, denn sobald er entdeckt hatte, daß nichts in dem Versteck von den Gauavereanern stammte, trennte er den Fund willkürlich in zwanzig Teile von gleichem Wert und sandte jedem Institut eines davon.« Er wies auf die krummen Säulen. »Das ist unser Anteil.«

»Was ist das?«

Fletcher hob die Schultern. »Ich habe keine Ahnung.«

»Dann sorge dafür, daß jemand sie molekular überprüft und herausfindet, was sie sind und woher sie stammen«, sagte Jablonski gereizt.

Fletcher verließ das Erdgeschoß und kehrte einige Augenblicke später mit einem höchst komplizierten Instrument unterm Arm zurück.

»Ich dachte, es wäre wohl das beste, wenn ich's selbst täte, Sir«, erklärte er. »Es besteht kein Grund, jemand anderen mit in unsere Verschwörung einzubeziehen, und es bestehen mehrere ausgezeichnete Gründe dafür, einen anderen nicht hineinzuziehen.«

»Gut überlegt«, sagte Jablonski barsch. »Jetzt an die Arbeit!«

Fletcher schaltete das Gerät ein, verband es mit der größeren Säule und analysierte die Anzeigen.

»Ich glaube, wir haben Glück, Sir!« verkündete er nach einem Augenblick. »Es ist anscheinend terranischen Ursprungs.«

»Organisch?«

Fletcher spähte auf seine Anzeigen und nickte. »Ganz bestimmt auf Kohlenstoffbasis.«

»Kratz einen Span ab und analysiere ihn etwas gründlicher«, befahl Jablonski. »Ich muß mir sicher sein können.«

Fletcher tat, was ihm aufgetragen worden war, und fünf Minuten später gab ihm das Gerät eine vollständige Molekular-Anzeige.

»Definitiv terranisch«, versicherte Fletcher. »Das steht außer Frage.«

»Gib jetzt das DNS-Muster durch den Biolab-Computer und sieh nach, worum es sich handelt.«

Fletcher schaltete einen nahegelegenen Terminal an, fütterte die Daten ein, befahl, auf den Computer im Biologischen Labor Zugriff zu nehmen und wartete auf das Ergebnis.

»Es sind die Stoßzähne eines Elefanten, Sir«, sagte Fletcher, nachdem der Biolab-Computer seinen Bericht abgegeben hatte, »was immer das auch sein mag.«

»Eines Elefanten?« wiederholte Jablonski. »Ist das nicht irgendein ausgestorbenes Landtier?«

»Ja, Sir«, sagte Fletcher. Er starrte das Elfenbein nachdenklich an. »Ich frag mich, wie sie hier hinaus an die Grenze geraten sind?«

»Wichtig ist lediglich, *daß* sie hier sind«, sagte Jablonski. Er warf einen Blick in die Schatten des leeren Erdgeschosses und senkte verschwörerisch die Stimme. »Laß den Computer heute nachmittag einen unserer AG-203 Roboter programmieren, so daß er das Tesserakt betreten und wieder verlassen kann. Dann möchte ich, daß du spät in der Nacht hierher zurückkehrst und diese ... ah ... Stoßzähne mit auf dein Schiff nimmst.«

»Aber ich kann nicht einfach so auf Rhise Primus landen!« protestierte Fletcher.

»Sei ruhig und hör zu!« schnauzte Jablonski. »Ich weise Modell an, einen Vorwand zu finden, den Planeten für einige Tage zu verlassen. Du wirst es so arrangieren, daß du mit ihm im Peritan-System koppelst und die Stoßzähne sowie den Roboter in sein Schiff hinüberbringst. Sag ihm, er solle sich vergewissern, daß der Roboter die Stoßzähne auch richtig plaziert; man darf sie nicht weiß und glänzend obendrauf liegend finden, wenn alles übrige vergraben ist. Er wird wissen, was zu tun ist.«

»Und ich kehre hierher zurück?«

»Genau.«

»Was ist mit dem Roboter?« fragte Fletcher. »Wir können ihn nicht auf Rhise Primus herumwandern lassen.«

»Sag Modell, er soll dem Roboter befehlen, fünfhundert Kilometer wegzugehen und sich dann zu zerstören.«

»Früher oder später wird er gefunden werden.«

»Ich kümmere mich nicht um später«, knurrte Jablonski. »Es ist meine Mission, Pym in Verruf zu bringen. Allein das zählt!«

Vier Monate waren verstrichen. Euphrates Pym war holographiert, fotografiert, gefilmt und aufgezeichnet worden, wie er die Tore des Rhiseanischen Museums öffnete. Er war eine Woche später hervorgekommen und hatte sich sofort in Klausur begeben, um die Daten zu analysieren und seine Schlüsse zu ziehen.

Schließlich hatte er eine Pressekonferenz einberufen, und Jablonski hatte im voraus die Holo-Zugriffsgebühr bezahlt, weil er selbst sehen und nicht auf eine redigierte Version warten wollte, die später am Tag gesendet werden würde.

Jetzt stand Pym, gewandt und selbstsicher wie stets,

vor einer bemerkenswerten Batterie von Kameras, räusperte sich und fing an zu sprechen.

»Meine Damen und Herren, ich möchte nur eine kurze Erklärung abgeben, und dann werde ich auf Ihre Fragen eingehen.« Er blickte direkt in die größte der holographischen Kameras. »Jene von Ihnen, die unsere Fortschritte im Verständnis der Rhiseanischen Zivilisation mitverfolgt haben, werden von meiner kürzlich erfolgten Andeutung wissen, die Erde hätte an einem bestimmten Punkt der fernen Vergangenheit sehr wohl ein Außenposten des Rhiseanischen Imperiums gewesen sein können. Diese Theorie«, fügte er hinzu, »hatte etwas erregt, was man zurecht einen Aufstand unter meinen Kollegen nennen kann; und die meisten haben mir heftig widersprochen.«

Er hielt für einen Augenblick inne, dann fuhr er fort: »Ich muß Ihnen berichten, daß in diesem Fall meine Kollegen recht gehabt hatten. Basierend auf meinen Entdeckungen im Museum von Rhise Primus kann ich kategorisch feststellen: die Erde war definitiv *kein* Außenposten des Rhiseanischen Imperiums gewesen.«

»*Was?*« bellte Jablonski.

»Wissenschaftler suchen lediglich die Wahrheit, und daher bin ich hocherfreut darüber, daß meine Arbeit imstande ist, alle Diskussionen um dieses Thema beenden und durch Tatsachen ersetzen zu können.« Pym legte eine Pause ein, als in der Runde spontaner Applaus ausbrach, und als dieser abgeebbt war, fuhr er fort: »Was die weitere Untersuchung der Rhiseanischen Zivilisation betrifft, so bin ich damit zufrieden, sie in den fähigen Händen meines leitenden Assistenten Hilbert Nieswand zu lassen. Ich beabsichtige, mich einige Monate zurückzuziehen, um mich von den Strapazen zu erholen, und dann werde ich das sehr großzügige Angebot annehmen, das mir seitens der Molton-Stiftung unterbreitet wurde, und die nächsten paar Jahre auf Szandor II verbringen, wo ich ihr Expertenteam leiten und versuchen werde, einigen Sinn in die Überreste einer sehr bizarren Zivilisation zu bringen. Ich sehe dieser Herausforderung mit großer Vorfreude entgegen. Und jetzt, gibt es irgendwelche Fragen?«

»Was ist geschehen?« brummelte Jablonski verständnislos. »Ich *weiß*, daß du diese Stoßzähne gefunden hast, du Sauhund!«

Plötzlich begann Pyms Abbild zu blinken.

»Was ist los?« fragte Jablonski.

»Sie haben gerade eine private Mitteilung von Euphrates Pym erhalten«, verkündete der Computer. »Soll ich sie holographisch bringen, oder würden Sie es vorziehen zu warten, bis die Sendung beendet ist?«

»Sie ist beendet!« fuhr ihn Jablonski an. »Laß mich die Botschaft sehen!«

Pyms Gesicht erschien erneut, diesmal jedoch trug er andere Kleidung und saß in einem Büro mit Plüschmobiliar.

»Hallo Boris«, sagte er. »Dies ist eine Aufzeichnung, also versuche nicht, mich in ein Gespräch zu verwikkeln. Lehn dich nur zurück und hör zu!«

Er hielt lange genug inne, um eine große Antarreanische Zigarre zu entzünden.

»Ich bin dir wirklich dankbar, mein alter Freund. Du hast mir *Jahre* ermüdender Feldarbeit erspart.« Er erlaubte sich den Luxus eines kleinen triumphierenden Lächelns. »Das hattest du natürlich nicht beabsichtigt, aber es war schließlich nicht *irgendwer*, den du hereinzulegen versuchtest. Ich bin Euphrates Pym!«

Jablonski stieß etwas Obszönes hervor, während ihn Pyms Bild blasiert ansah.

»Ich weiß nicht, woher du diese Stoßzähne hattest, Boris, aber wie stets war deine Methodik deiner Intuition überlegen. Es gelang dir, sie trotz unserer Sicherheitsvorkehrungen in das Museum zu bringen, und dafür gratuliere ich dir. Aber ich habe den Verdacht, daß du die Analyse nicht vervollständigt hattest, sobald dir ihre irdische Abstammung klar wurde.« Er hielt inne, offensichtlich amüsiert von Jablonskis Vorhersagbarkeit. »Wir analysierten sie subnuklear. Sie datieren lediglich aus dem 19. Jahrhundert A.D., und es ist unvorstellbar, daß die Rhiseaner zu diesem späten Zeitpunkt auf der Erde hätten landen können, ohne bemerkt und aufgezeichnet zu werden.«

Pym tat einen tiefen Zug an der Zigarre und stieß eine Wolke blauen Rauchs aus, die genau über seinem Kopf schwebte.

»Das ganze Unternehmen spiegelte deine charakteristische Vorgehensweise wider, Boris«, fuhr er fort. »Die sorgfältige Planung, die methodische Ausführung, das völlige Fehlen jeglicher Voraussicht und Vorstellungskraft. Ich wußte in dem Augenblick, daß du dafür verantwortlich warst, als ich das Elfenbein datiert hatte, aber da ich von dir ein wenig von der wissenschaftlichen Vorgehensweise erlernt hatte, entschloß ich mich, einen positiven Beweis zu erbringen, ehe ich mich dir stellte. Daher bestand ich darauf, daß jedes der Expeditionsmitglieder meine Fragen beantwortete, während es an die Lüg-nie-Maschine angeschlossen war.« Er amüsierte sich deutlich. »Offenbar hat dein Mann Modell gesehen, was geschieht, wenn man die Maschine belügt; er gab seine Mittäterschaft zu, noch ehe wir ihn am Haken hatten.« Ein selbstgefälliges Grinsen. »Oh, nur nebenbei: er ist jetzt *mein* Mann, Modell.«

Eine weitere Rauchwolke.

»Wie dem auch sei, wenn du gewillt warst, dich von derart wertvollen Artefakten zu trennen, nur um mich davon zu überzeugen, daß die Erde ein Außenposten des Rhiseanischen Imperiums gewesen war, dann ist das Beweis genug für mich, daß das Rhiseanische Imperium niemals unseren Mutterplaneten erreichte. Du magst nicht brillant oder intuitiv begabt sein, Boris, aber du bist aufrichtig – daher bin ich mehr als glücklich, meine ursprüngliche Annahme verwerfen zu können.« Er lachte jäh. »Ich hatte gerade einen lustigen Einfall. Wäre es nicht sehr spaßig, wenn wir jetzt ein echtes Artefakt von der Erde fänden, nachdem ich der Öffentlichkeit erzählt habe, daß die beiden Rassen einander niemals begegnet sind?« Er hielt inne. »Ich schätz mal, ich müßte ihnen einfach sagen, der arme Boris Jablonski habe sich aufgrund neuer Beweise, die ich ausgegraben habe, wiederum geirrt.«

Er kicherte einen weiteren Augenblick lang und sprach weiter.

»Schließlich, mein Freund, will ich dir für das Geschenk des Elfenbeins danken. Ich beabsichtige, es mit mir nach Szandor II zu nehmen, wo ihm ein Ehrenplatz unter meiner Sammlung irdischer Artefakte bereitgestellt werden wird. Und, nebenbei, mach dir keine Sorgen darum, daß ich diese kleine Verschwörung deiner Universität entdeckte. Ich ziehe weit mehr Vergnügen daraus, sie als Anekdote nach dem Essen zu präsentieren.«

Die Übertragung endete, und Boris Jablonski stand langsam auf, ging ins Bad und öffnete die Venen in beiden Handgelenken.

Als ihn Fletcher fand, war er bereits seit zwei Stunden tot.

Zweites Zwischenspiel

(6303 G.A.)

Ich schlief im Büro, und als ich am nächsten Morgen erwachte, überprüfte ich sofort, ob der Computer weitere Fortschritte beim Aufstöbern des Elfenbeins gemacht hatte. Dies war nicht der Fall, und da er bis sehr viel später am Tag nur sehr wenig seiner Kapazität diesem Problem widmen würde können, wollte ich keine weitere Zeit damit verschwenden, Antworten aus ihm herauszuquetschen. Ich wies ihn an, zwei Papierabzüge der beiden bekannten Fotografien anzufertigen, und verbrachte die nächsten paar Minuten damit, sie müßig anzustarren, während ich versuchte, die Größe des Wesens zu begreifen, dem sie abgenommen worden waren. Schließlich legte ich sie endgültig beiseite und kehrte etwas halbherzig an meine morgendliche Arbeit zurück, die darin bestand, einen Horndämon von Ansard IV zu beglaubigen. Der Abstand zwischen den Hörnern betrug 108,3 Zentimeter – was ihn auf Platz 193 der Liste setzte –, aber es gab bei den Taxidermisten einigen Streit darüber, welche Methode anzuwenden war, was vier oder fünf Zentimeter zusätzlich gebracht hätte, und unglücklicherweise war das einzige direkt genommene Hologramm etwas verschwommen.

Ich übergab das Hologramm einer Computer-Analyse, was jedoch, wie ich erwartet hatte, erfolglos blieb. Daraufhin untersuchte ich die beeideten Aussagen sowohl des Jägers als auch des Taxidermisten, versuchte vergebens, mit dem Leiter der Expedition Kontakt aufzunehmen – er führte zur Zeit eine Suchexpedition nach Glockenläutern auf Dädalus VII an – und entschloß mich am Ende, das Problem an unseren eigenen Taxidermisten im Ansard-System weiterzuleiten, wobei ich ihm eine Notiz im Computer zurückließ, daß ich bis Ende der Woche eine Entscheidung benötigte.

Ich blickte auf meinen Zeitgeber und sah, daß mir weniger als eine Stunde bis zu meiner Verabredung im Naturhistorischen Museum blieb, und anstatt eine weitere Bestimmung in Angriff zu nehmen, widmete ich mich erneut den beiden Fotografien und studierte sie, wobei ich die Größe des Elfenbeins bewunderte und mich fragte, wie jemand den Besitzer derartiger Zähne hatte töten können; damals, in jenen Tagen, ehe die Jäger auf Laser- oder Schall- oder molekulare Implosionswaffen zurückgreifen konnten.

Ich weiß nicht, wie lange ich die Fotos untersucht hatte, als der Kristall zu glimmen begann und jäh ein Hologramm von Hilda Dorians Gesicht aufflackerte.

»Sieht nach einem geschäftigen Nachmittag aus«, sagte sie. »Können wir das Mittagessen um eine Stunde vorverlegen?«

»Wie bitte?« entgegnete ich zerstreut.

»Mittagessen, Duncan«, erklärte sie geduldig. »Du weißt schon – liegt zwischen Frühstück und Abendessen. Wir essen seit neun Jahren jeden Mittwoch zusammen zu Mittag.«

»Was ist damit?«

»O Gott, es fängt schon wieder an, stimmt's?«

»Was ist los?«

»Du hängst wieder an der Angel«, sagte sie grimmig.

»Ich weiß nicht, wovon du redest.«

»Das ist eines der Symptome«, entgegnete sie. »Ich schätz mal, ich darf mich jetzt auf einen Monat mit leeren Blicken, irgendwo in der Mitte abgebrochenen Sätzen und nicht eingehaltenen Verabredungen zum Essen freuen.« Sie hielt inne. »Vor zwei Jahren hattest du dich zum letztenmal so benommen. Da hattest du zwei Monate damit verbracht zu beweisen, daß die Himmelsstelzer ausgestorben sind und ein Jäger draußen an der Grenze falsche Behauptungen aufgestellt hatte.« Sie seufzte. »Und jetzt hat dir jemand ein neues Rätsel gestellt, und es wird unmöglich sein, mit dir zu reden, ehe du's nicht gelöst hast.«

»Quatsch«, sagte ich unbehaglich, wobei ich versuchte, mich auf das Bild vor mir zu konzentrieren.

»Vor welche Herausforderung hat dich dieser mysteriöse Mr. Mandaka denn gestellt?« drängte sie.

»Was weißt du von Mandaka?« fragte ich.

»Ich *bin* für die Sicherheit verantwortlich, Duncan. Was bedeutet, ich weiß, wer kommt und wer geht und wer besucht wird. Das bedeutet gleichfalls, daß ich weiß, du hast die Nacht im Büro verbracht und den Computer dazu veranlaßt, die ganze Nacht über für dich zu arbeiten.« Sie lächelte. »Und du hast jene schreckliche fremdartige Musik gehört, die du immer dann hörst, wenn du in ein Problem verstrickt bist.«

»Du hast meine Frage nicht beantwortet.«

»Welche Frage?«

»Was weißt du von Mandaka?« wiederholte ich.

»Ich weiß von seinem gestrigen Besuch bei dir, und daß nach seinem Weggang das Gerücht umging, du habest die Erlaubnis, den Computer des Nachts und an den Wochenenden zu benutzen.«

Ich hob die Schultern. »Nun, ich nehme nicht an, daß es sich hierbei um ein großes Geheimnis handelt, da Mandaka das mit der Firma abgeklärt hat. Er sucht ein Paar Elefanten-Stoßzähne.«

»Du meinst von der *Erde*?«

»Stimmt.«

»Er wird eine Enttäuschung erleben.«

»Nein, wird er nicht«, antwortete ich fest. »Ich werde sie für ihn finden.«

»Korrigiere mich, falls ich danebenliegen sollte«, sagte Hilda, »aber ist der letzte Elefant nicht gestorben, als wir noch erdgebunden waren?«

»Er sucht ein bestimmtes Paar, das bereits existiert.«

»Aha«, sagte sie. »Nun, da ich von dir nichts weiter zu hören bekommen werde, bis du sie gefunden hast, kannst du genausogut hier in die Cafeteria hinunterkommen und alles erzählen.«

»Kann ich nicht«, sagte ich. »Ich habe eine offizielle Vermessung im Naturhistorischen Museum.«

»Ach?« sagte sie und fing an zu strahlen. »Wird Prudence Ashe dort sein?«

»Ja.«

»Seitdem sie Braxton's verließ, habe ich sie nicht mehr gesehen. Hättest du etwas dagegen, wenn ich mitkäme?«

»Tu, was du nicht lassen kannst!«

»Immer der Gentleman«, sagte sie sardonisch. »Ich treff dich in fünfzehn Minuten im Foyer.«

Sie war pünktlich, wie stets.

Als ich auf der Ebene des Foyers eintraf, wartete sie bereits auf mich, mit frisch aufgelegtem Make-up und einem Überwurf aus ineinander verschwimmenden Farben, der die langweilige Uniform des Sicherheitsdienstes bedeckte.

»Wir sollten uns nicht mehr so treffen«, sagte sie lächelnd. »Harold wird allmählich argwöhnisch.«

»Wirklich?« fragte ich.

Sie schnaubte verächtlich. »Natürlich nicht. Er weiß, daß das einzige, was du je geliebt hast, eine unvollständige Gleichung ist.«

»Ich bin kein Mathematiker.«

»Na gut – dann eben ein ungelöstes Problem.«

Die Eingangstür öffnete sich, um uns durchzulassen,

und wir traten hinaus auf einen in nördliche Richtung führenden Rollsteig.

»Warum erzählst du mir nichts davon?« schlug sie vor.

»Wovon?«

»Von diesem Problem, Duncan«, sagte sie geduldig, als spräche sie mit einem kleinen begriffsstutzigen Kind. »Was ist an diesen Elefanten-Stoßzähnen, das deine Vorstellungskraft so angefeuert hat?«

»Eine Reihe von Dingen«, entgegnete ich. »Zunächst einmal hat mich noch nie zuvor jemand gebeten, eine verschollene Trophäe aufzuspüren. Das ist was Neues.«

»Und du findest das aufregend?«

»Nun, jedenfalls interessant«, erwiderte ich. »Und es wäre eine der ältesten Trophäen der Galaxis – vielleicht *die* älteste.«

»Aha«, sagte sie unverbindlich.

»Aber es ist noch mehr dran«, fuhr ich fort, während wir die Ecke erreichten und der Rollsteig sich allmählich hob, um dem Verkehr an der Kreuzung auszuweichen.

»Irgendwie hab' ich mir das gedacht.«

»Ich versuchte, sie zurückzuverfolgen – und sie verschwindet für Hunderte von Jahren, um dann Tausende von Lichtjahren entfernt jäh wieder aufzutauchen.«

»Ist das nicht bei jeder wertvollen Trophäe üblicherweise der Fall?«

»Nein«, sagte ich. »Je wertvoller sie sind, desto rascher tauchen sie in Museen auf.«

»Und diese sind offenbar in keinem Museum.«

»Nicht, soweit ich feststellen kann«, sagte ich aufseufzend. »Sie waren der Einsatz in einem Kartenspiel, wurden räuberisch erworben von einem gesetzlosen Cyborg, waren Werkzeuge in einem Machtspiel, das von gewissenlosen Wissenschaftlern gespielt wurde –

alles, nur eben *nicht* Museumsstücke.« Ich hielt inne. »Nun, nicht ganz. Alles begann in einem Museum, aber dann sind sie irgendwie in private Hände gelangt. Genau das Gegenteil des üblichen Wegs.«

»Interessant«, sagte sie. »Aber ungenügend.«

»Was meinst du damit?«

»Es muß mehr dran sein. Was du mir erzählt hast, reicht nicht dazu aus, daß du mit leerem Blick vor dich hinstarrst und vergißt, nach Hause zu gehen«, sagte Hilda. »Was ist sonst noch so faszinierend an jenen speziellen Stoßzähnen?«

»Also gut«, sagte ich und wandte mich ihr zu. »Warum ist ein privater Sammler gewillt, zwei Millionen Kredits dafür zu bezahlen?«

»Wieviel?« fragte sie überrascht.

»Zwei Millionen Kredits«, entgegnete ich.

»Könnten sie wirklich soviel wert sein?«

»Nicht für irgendein Museum«, sagte ich. »Und warum ausgerechnet *diese* Stoßzähne? Darin war er ganz schön penibel: es sollen keine anderen Stoßzähne sein. Es müssen *diese* sein.«

»Hast du dafür einen Grund gefunden?« fragte sie, gegen ihren Willen beeindruckt.

Ich schüttelte den Kopf. »Nur eine vage Verbindung: die Stoßzähne waren einstmals im Besitz eines sozialen Clans.«

»Ein Familien-Erbstück?« schlug sie vor.

»Höchst unwahrscheinlich«, entgegnete ich. »Niemandem sind die Todesumstände jenes Elefanten bekannt, aber die Stoßzähne wurden sofort auf einer Auktion verkauft. Anfangs waren sie nicht Besitz der Massai, und es sind nahezu zwei Jahrtausende her, seitdem sie sich zuletzt im Besitz eines Massai befanden.«

»Was ist ein Massai?«

»Mandakas soziale Gruppierung.«

»Zwei Millionen Kredits, sagtest du?«

»Plus dem, was er bereits ausgegeben hat, sie zu finden«, antwortete ich. »Weiterhin habe ich den bestimmten Eindruck, daß Mandaka – falls die Gesellschaft, die sie besitzt, nicht gewillt ist, sich von ihnen zu trennen – sehr wohl gewillt ist, so viele Gesetze zu brechen wie nötig, um sie in Besitz zu bekommen.«

»Mord eingeschlossen?« fragte sie neugierig.

Ich erinnerte mich an das Leuchten von Fanatismus auf Mandakas Gesicht, als er mir sagte, ihm solle bei seinem Vorhaben niemand einen Strich durch die Rechnung machen. »Es würde mich nicht überraschen.«

»Interessant«, war Hildas einziger Kommentar.

Der Rollsteig hielt an einer Kreuzung mit vier Ebenen, und wir betraten den Abwärtssteig und trieben zurück auf Straßenniveau, betraten daraufhin den Expreßsteig, stellten uns hinter den transparenten Windschutz, sicherten uns mit den Füßen und warteten, während der unausweichliche unentschlossene Passagier uns für fast eine volle Minute aufhielt, weil er sich nicht entscheiden konnte, hinter welchen Windschutz er sich stellen wollte. Schließlich nahmen wir Geschwindigkeit auf, und sowohl Gebäude als auch Fußgänger wurden zu verwischten Flecken, während wir durch das Zentrum der Stadt sausten, um den Großen Schwenk herummanövriert wurden, der an den örtlichen Geschäftszentren verlief, und erreichten die Höchstgeschwindigkeit an der Gerade, die hinaus in die Vorstädte führte. Nachdem wir etwa zehn Kilometer hinter uns gebracht hatten, wurden wir wieder langsamer, und einen Augenblick später hielt der Expreßsteig am Verkehrszentrum. Wir stiegen hinüber auf einen Rollsteig, fuhren hinter dem Observatorium, dem Wissenschaftszentrum, dem Institut für Fremdkunst, dem Aquarium und den Sauerstoff- und Chlorzoos vorüber und erreichten schließlich das Naturhistorische Museum.

»Insgesamt neun Minuten«, sagte Hilda, die auf ihren Zeitgeber sah. »Nicht schlecht für diese Tageszeit. Ich wünschte dennoch, sie würden diese Route neu verlegen. Jedesmal, wenn's durch den Schwenk geht, werde ich schmerzlich daran erinnert, daß ich nicht mehr so jung bin, wie ich's mal gewesen war.«

»Oh!«

Sie starrte mich an. »Duncan, ich find's wirklich nicht toll, wenn du so wirst. Gewöhnlich bist du ein ganz höflicher Mann.«

»Was hab' ich denn gesagt?«

»Es geht um das, was du nicht gesagt hast«, erklärte sie. »Du könntest mir sagen, daß ich eine ganz gutaussehende Frau bin und nicht einen Tag älter als dreißig aussehe.«

»Du bist eine ganz gutaussehende Frau und siehst keinen Tag älter als dreißig aus«, sagte ich mechanisch.

»Danke sehr«, meinte sie ätzend. »Ich frag mich, warum ich mich darüber aufrege.«

Vor uns erblickte ich eine große Gruppe Kinder, die aufs Museum zustrebte. Da ich sie um jeden Preis umgehen wollte, nahm ich lieber den Schwerkraftlift als den riesigen Aufzug, der so aussah wie eine steinerne Treppe, und einen Augenblick später hatten wir das riesenhafte Hauptportal erreicht.

Wir durchquerten das Foyer, einen großen Raum, der von wirklich beeindruckenden, umlaufenden Hologrammen der Galaxis beherrscht wurde. Jede einzelne der Millionen von Welten der Monarchie hob sich lebhaft glänzend gegen den etwas dunkleren Hintergrund jener Welten ab, die die menschliche Rasse noch nicht eingegliedert hatte. Ein Hologramm über unseren Köpfen, das genau über dem nähergelegenen Spiralarm schwebte, kündigte die Anfangszeiten von Wiederholungen einiger der berühmteren militärischen Aktionen unserer Geschichte an: die Eroberung von Beta Santori, die Schlacht um Spica, der Sett-Krieg, die Schlacht an der Äußeren Grenze sowie drei der Schlachten, die wir gegen Canphor VI und VII und die Zwillingssterne von Canphor gefochten hatten.

Wir gingen um die Ausstellung herum, bis wir auf den Informationsbereich stießen.

»Wie kann ich Ihnen helfen?« fragte der Computer.

»Mein Name ist Duncan Rojas. Ich bin Chef der Forschungsabteilung von Wilford Braxton's.«

Er registrierte mein Retinagramm und die Knochenstruktur in weniger als einer Sekunde.

»Fahren Sie fort.«

»Bitte bestätige meinen Termin mit Prudence Ashe in der neuen Pfeilhorn-Ausstellung.«

Der Computer verfiel einen Augenblick lang in Schweigen, dann wurde er wieder lebendig.

»Bestätigt. Die Pfeilhorn-Ausstellung befindet sich im Centivarus-Flügel der Albion-Halle.«

»Wie finde ich die?«

»Ich habe eine rote Führungslinie eingeschaltet. Sie wird Sie zur Ausstellung führen. Während die neue Ausstellung eingerichtet wird, ist der Centivarus-Flügel für die Öffentlichkeit geschlossen, daher werden Sie sich bei Ihrer Ankunft dort einer Sicherheitsüberprüfung unterziehen müssen.«

»Ich weiß«, sagte ich. »Meine Begleiterin ist Hilda Dorian, die gleichfalls für Braxton's arbeitet. Gib ihr bitte die Bescheinigung, daß sie Zutritt zum Centivarus-Flügel erhält.«

»Bescheinigung erteilt.«

»Danke«, sagte ich und blickte auf das Gewirr farbiger Linien auf dem Fußboden, bis eine davon rot aufblinkte. Wir folgten ihr, und sie führte uns durch die Halle der Intelligenten Wesen, wo Abbildungen von etwa zweihundert der intelligenten Spezies der Galaxis ausgestellt waren, und gingen daraufhin links um eine Biegung. Dort zogen sich die multimedialen holographischen Schaubilder der Serengeti entlang, jener Zoowelt, die am Rand der Inneren Grenze errichtet worden war. Während wir von einer Halle zur nächsten gingen, begegneten wir einer Reihe dreidimensionaler Bilder, auf denen nicht nur die aktuellen Daten über die Ausstellungsstücke des Museums flackerten, sondern auch der Stand von mehr als einem Dutzend Forschungsexpeditionen. Andere Bilder kündigten Vorlesungen an, listeten Schenkungen von Mitgliedern auf, wiesen auf demnächst erscheinende, vom Museum finanzierte Veröffentlichungen hin – und sogar auf neue Stücke in den reichlich bestückten Andenkenläden im Erdgeschoß.

Schließlich erreichten wir die Albion-Halle, durchquerten einen riesigen Raum, der der Vorgeschichte des Planeten Darbeena gewidmet war, und standen dann vor der verschlossenen Tür zum Centivarus-Flügel. Wir warteten, bis der Computer unsere Retinagramme bestätigt hatte, woraufhin sich der Eingang gerade weit genug öffnete, daß wir hindurchschlüpfen konnten.

Es war eine beeindruckende Ausstellung, eine Reihe großer Dioramen, welche die schier unglaubliche Vielfalt der Lebensformen auf Centivarus III zeigten. Das gesamte nördliche Ende der Halle erfüllte eine Polarszenerie von blendendem Weiß, mit Schnee und Eis – so real, daß man die Kälte fast spüren konnte.

Es waren zwei tropische Szenerien vorhanden – die eine ein dichter Dschungel, die andere ein Wasserloch am Mittag – sowie ein Berggipfel, ein spärlicher Wald funkelnder blaugrüner Bäume, die zu seltsam verwinkelten Formen verdreht waren, und eine flache Hochland-Savanne.

Über die Savanne waren etwa ein Dutzend Arbeiter verstreut, welche Tiere und Gestrüpp aufstellten, und schließlich erblickte ich die dünne drahtige Gestalt von Prudence Ashe, wie sie rittlings auf einem riesigen Fleischfresser saß und gerade letzte Hand an das Fell hinter dessen Ohr legte.

»Hallo Duncan!« rief sie und kletterte mit einer Behendigkeit von dem Fleischfresser herab, die ihre Jahre Lügen strafte. Dann fiel ihr Blick auf Hilda. »Und Sie haben Hilda mitgebracht! Was für eine angenehme Überraschung! Wie geht's Harold?«

»Gut«, entgegnete Hilda. »Und Ihren Kindern?«

»Geoffrey ist wieder in der Schule, und die Mädels sind noch immer bei der Raummarine. Diedre ist draußen in der Nähe des Binder-Systems, und ich soll nicht wissen, wo sich Carolyn aufhält, obwohl ich das Gefühl habe, daß sie sich irgendwo in der Nähe von Lodin befindet.« Prudence lächelte. »Sie schickte mir ein Hologramm der örtlichen Flora, und ich hab's zur Analyse in unsere botanischen Abteilung gebracht.«

»Es sieht so aus, als hielte man Sie auf Trab«, meinte Hilda, während sie sich in der Halle umsah.

»Ich kann mich nicht beklagen«, sagte Prudence mit einem Anflug von Zufriedenheit. »Man hat mir die gesamte Centivarus-Ausstellung anvertraut.« Sie wandte sich an mich. »Ich möchte Ihnen erneut für Ihre Empfehlung danken.«

»Danken Sie mir jetzt noch nicht«, sagte ich. »Sie haben hier einige ökologische Schnitzer gemacht.«

»Sie meinen die Anderssen'sche blaue Gazelle?« fragte sie.

»Ist ein Nachttier«, entgegnete ich. »Sie haben sie ins Sonnenlicht gestellt.«

»Ich weiß«, meinte sie. »Aber wir haben nicht genügend Nachttiere, um ein weiteres Diorama zu rechtfertigen. Im Computer-Begleittext gibt's dazu eine Anmerkung. Noch etwas?«

»Ja«, sagte ich. »Sie ersetzen besser jenen gelb-purpurfarbenen Vogel in der Waldabteilung; den mit dem hakenförmigen Schnabel.« Ich wies auf ein kleines, vogelähnliches Wesen, das auf einem Zweig gerade über einem großen rötlichen Pflanzenfresser kauerte.

»Was stimmt mit dem nicht?« fragte Prudence.

»Es stammt nicht von Centivarus III«, erwiderte ich.

»Woher stammt er *dann*?« fragte Hilda.

»Ich hab' keine Ahnung«, antwortete ich.

»Wenn du nicht weißt, woher es stammt – was macht dich dann so sicher, daß es nicht von Centivarus stammt?« beharrte Hilda.

»Es hat vier Zehen. Alle Flugtiere von Centivarus haben drei.«

Prudence ging zu dem Diorama hinüber, stellte sich davor und stemmte die Hände in die Hüften. »Ich muß herausbekommen, wer daran gearbeitet hat und warum es für die Centivarus-Ausstellung vorgesehen worden ist.« Sie starrte das Flugtier einen weiteren Augenblick lang an, schüttelte dann den Kopf und seufzte tief. »Danke, Duncan. Da ich jetzt weiß, daß es fehl am Platz ist, werde ich wohl besser einen meiner Assistenten beauftragen, es zu entfernen.« Sie wandte sich wieder mir zu. »Ich zögere fast zu fragen, aber stimmt sonst noch etwas nicht?«

»Ich kann nichts weiter sehen«, erwiderte ich. »Ich kenne die Flora überhaupt nicht; an Ihrer Stelle würde ich sie von einem Experten des Museums überprüfen lassen.«

»Das werde ich tun«, versprach sie. »Würden Sie jetzt bitte den Pfeilhorner untersuchen?«

»Wenn es nicht ungelegen kommt«, sagte ich.

»Natürlich nicht. Darum sind Sie ja hier.« Sie führte mich hinüber zur Savanne und rief eine schwebende Leiter heran. »Ein wundervolles Exemplar, stimmt's?«

Ich sah den Pfeilhorner an, ein groteskes Wesen, dessen ursprüngliche Art der Verteidigung gegen große Raubtiere in seiner Fähigkeit bestand, den Kopf zu senken, die scharfen und giftigen Hörner zu lösen und sie mit unglaublicher Kraft und Genauigkeit bis hin zu einer Entfernung von einem Dutzend Meter zu schleudern. Ich hatte zu Beginn der Woche einiges über diese Spezies nachgelesen und dabei erfahren, daß die Hörner fast sechs Wochen benötigten, bis sie wieder nachgewachsen waren. Sobald die Hörner einmal benutzt worden waren, erschien innerhalb eines Tages ein Paar fleischiger Pseudo-Hörner, eine sehr erfolgreiche Finte gegenüber Raubtieren, die es bestimmt angegriffen hätten, wäre das nicht der Fall gewesen. Die Pseudo-Hörner trockneten aus und fielen ab, sobald dem Tier die echten Hörner nachgewachsen waren.

»Sehr beeindruckend«, sagte ich. »Wer hat es erlegt?«

»Ein Jäger mit Namen Demosthenes.«

Ich schüttelte den Kopf. »Nie gehört.«

»Er fängt gerade erst an.«

»Hat er für einen Sachverständigen gesorgt?« fragte ich.

»Nein. Er hat es auf Kommission für das Museum geschossen.«

»Dann hat das Museum einen Sachverständigen?«

»Nein.«

»Ihnen ist klar, daß Sie meine Entscheidung nicht anfechten können, falls Sie keinen Sachverständigen haben, der Sie vertreten kann?«

»Wir wollten lediglich einen Pfeilhorner. Wenn's ein Rekord ist – und ich glaube, daß es einer ist –, desto besser!«

»Tja«, sagte ich, als die Leiter ankam, »dann werde ich mich wohl mal besser dranmachen.«

Während Prudence Hilda die übrige Ausstellung zeigte und die Entfernung des Flugtiers aus dem Diorama anordnete, verbrachte ich die nächsten zwanzig Minuten damit, den Pfeilhorner zu vermessen, und ich untersuchte ihn sorgfältig, um sicherzustellen, daß Prudence nicht versehentlich die Maße des Wesens zu groß angegeben hätte. Schließlich überprüfte ich nochmals meine Zahlen und holte die aktuelle Auflage des Braxton's auf meinen Computer.

»370,5 Zentimeter Schulterhöhe«, sagte ich. »Damit liegt er an 118. Stelle.«

»Gut!« sagte Prudence, und ihre Züge erhellten sich. »Wir haben's geschafft!« Sie hielt inne. »Was ist mit den Hörnern?«

»155. Stelle in der Länge, 183. Stelle in der Breite«, entgegnete ich. »Ihr Jäger hätte mit dem Erlegen eine oder zwei Wochen warten sollen.«

»183. Stelle in der Breite?« wiederholte Prudence überrascht. »Ich hätte angenommen, daß er etwas mehr als das gebracht hätte. Wie lautet Ihre Messung?«

»170,7 Zentimeter«, sagte ich.

»Ich hatte 173 Zentimeter.«

»Sie haben vielleicht vom äußersten Punkt aus gemessen«, erklärte ich. »Die Breite eines Pfeilhorners wird von Spitze zu Spitze gemessen, und Sie werden bemerken, daß das rechte Horn an der Spitze ganz leicht nach innen gebogen ist.«

Sie starrte die Stelle an, auf die ich zeigte, und nickte.

Ich fuhr fort: »Länge von der Nasenspitze bis zur Schwanzspitze 397,5 Zentimeter. Das reicht nicht ganz.« Ich wandte mich Prudence zu. »Ihr Pfeilhorner bringt's auf drei von vier Punkten von der Liste.«

»Na ja«, meinte Prudence. »Ich schätz mal, das ist nicht so ganz übel, wenn man bedenkt, daß sie während der vergangenen vierzig Jahre ganz schön bejagt wurden.«

»Ich sollte vielleicht hinzufügen, daß Sie mit ihm eine ausgezeichnete Arbeit geleistet haben.«

»Vielen Dank.«

Ich hielt einen Augenblick lang inne. »Darf ich Ihnen vielleicht eine Frage stellen?«

»Über Pfeilhorner?«

»Nein.«

Sie lächelte. »Dann vielleicht über Elefanten?«

»Warum gerade darüber?«

»Hilda hat mir von Ihrem neuesten Steckenpferd erzählt.«

»Meinem neuesten *Auftrag*«, korrigierte ich sie. »Ich nehme an, daß Mandaka Sie aufgesucht hat?«

»Ja«, erwiderte Prudence. »Ich war außerstande, ihm weiterzuhelfen.«

»Was halten Sie von ihm?«

Sie runzelte die Stirn. »Ich weiß nicht recht. Er ist sehr höflich, aber es ist etwas fast Unheimliches an ihm.«

»Meine ich auch«, sagte ich.

Prudence schwieg einen Augenblick lang, als dächte sie an ihr Zusammentreffen mit Mandaka. Schließlich schaute sie zu mir auf.

»Nun, was Ihre Frage betrifft ...«

»Einfach genug«, sagte ich. »Sie wissen, hinter was ich her bin. Sehen sie noch immer wie Stoßzähne aus?«

»Ich versteh' nicht«, warf Hilda ein. »Ich dachte, wir seien hier alle einer Meinung, daß du ein Paar Elefantenstoßzähne suchst.«

»Aber Stoßzähne bestehen aus Elfenbein, und Elfenbein ist über die Jahrtausende hinweg auf mancherlei Arten verwendet worden«, erwiderte ich. »4400 G.A. waren sie noch immer unversehrt, aber seitdem könnten sie zerfressen worden sein.«

»Das bezweifle ich«, meinte Prudence nachdenklich. »Man hat sie mit Sicherheit mit einem Konservierungsmittel behandelt; über die Jahrhunderte hinweg vielleicht sogar mehrmals. Ungeschnitztes Elfenbein tendiert dazu, Feuchtigkeit zu verlieren, und wenn das geschieht, beginnt es allmählich zu zerbröckeln.« Sie hielt einen Augenblick lang inne. »Wußte der Besitzer – derjenige, welcher sie 4400 G.A. hatte – von ihrem Wert?«

»Ihrem exakten Wert?« entgegnete ich. »Es gibt für mich keine Möglichkeit, das festzustellen. Aber er wußte genügend von ihnen, um sie versichern zu lassen.«

Sie lächelte. »Da haben Sie Ihre Antwort. Keine Versicherungsgesellschaft hätte sie angerührt, wenn sie nicht behandelt worden wären, und wir behandeln Elfenbein durch molekulare Stabilisierung seit 3100 G.A.«

»Also sehen sie noch immer wie Stoßzähne aus?« fragte Hilda.

»Wenn sie stabilisiert worden sind, gibt es kein Schnitzwerkzeug, das auch nur eine Kerbe in sie hineinbrächte«, entgegnete Prudence.

»Tja, das erleichtert mir das Leben ein wenig«, meinte ich.

»Kann ich Ihnen mit sonst noch etwas helfen?« fragte Prudence.

»So lange nicht, bis sie mir nicht erzählen können, warum ein offensichtlich wohlhabender moderner Mann von einem Tier besessen sein sollte, das vor mehr als siebentausend Jahren starb.«

»Das ist eine gute Frage«, pflichtete sie bei.

»Ich habe noch mehr davon«, sagte ich.

»Zum Beispiel?«

»Warum *nur* der Kilimandscharo-Elefant? Und woher weiß Mandaka, daß sein Elfenbein noch immer existiert? Das ist mehr, als *ich* weiß, und ich habe den Computer die ganze Nacht über daran arbeiten lassen.«

»Du hattest doch gerade gesagt, es könne nicht geschnitzt werden, dachte ich«, sagte Hilda verwirrt.

»Daß sie nicht geschnitzt werden können, heißt noch lange nicht, daß sie nicht zerstört werden könnten«, erwiderte ich. »Was macht ihn so sicher, daß sie nicht zerstört worden sind?« Ich hielt inne. »Was mich unmittelbar zur Hauptfrage zurückführt: Was will ein Mann, der im 64. Jahrhundert der Galaktischen Ära lebt, mit einem Tier, das mehr als tausend Jahre vor der Zeit starb, als es eine Galaktische Ära gab?«

»Meiner Ansicht nach war die Hauptfrage doch: wo ist das Elfenbein?« bemerkte Hilda.

»Das ist kein Problem«, sagte ich. »Ich nagele sie innerhalb einiger weiterer Tage fest. Das ist lediglich Kleinarbeit.«

»Er verfolgt etwas, das mehr als dreitausend Jahre nicht mehr aufgetaucht ist und sich überall in der Galaxis befinden könnte, und er sagt, es sei nur Kleinarbeit«, sagte Prudence ungläubig.

»*Sie* sprachen mit ihm«, gab ich zurück. »Sie behielten den gleichen Eindruck zurück wie ich: daß er gewillt ist, buchstäblich alles zu tun, um die Hände auf jenes Elfenbein legen zu können. Macht Sie das nicht neugierig?«

»Das läßt mich lediglich wünschen, mich möglichst weit von ihm entfernt aufzuhalten«, meinte Prudence inbrünstig.

»Nicht der Problemlöser hier«, sagte Hilda. »Mandaka ist die Unbekannte in der Gleichung.«

»Apropos Mandaka«, sagte ich, mich an Hilda wendend, »kannst du mir bitte einen Gefallen tun?«

»Ich hab' das Gefühl, daß ich das besser nicht hören sollte«, sagte Prudence und machte sich auf. »Bis später!«

»Du kannst bleiben«, meinte Hilda. »Er wird mich zu nichts überreden ...«

»Ich muß sowieso zurück an die Arbeit«, sagte Prudence und ging zur Savanne hinüber, rief die treibende Leiter zurück und machte sich erneut an die Arbeit am Ohr des Fleischfressers.

»Nun?« fragte Hilda.

»Nun?« entgegnete ich. »Du weißt, was ich will.«

»Wir haben beide das gleiche Computersystem«, sagte sie. »Find's selbst raus!«

Ich schüttelte ungeduldig den Kopf. »Kann ich nicht«, sagte ich. »Ich sitze nur in der Forschung. Ehe mir der Computer jene Informationen gibt, werde ich alle möglichen Genehmigungen von der Exekutive benötigen, und das kann Tage dauern. Sie kann sogar die Erlaubnis rückgängig machen, wenn sie der Ansicht ist, daß an ihm etwas merkwürdig sei.«

»Na, na!« sagte Hilda nachdrücklich. »Deiner und Prudences Aussagen zufolge ist an ihm *eine Menge* merkwürdig.«

»Wir beide wissen, daß ich die Informationen früher oder später bekomme«, erklärte ich geduldig. »Aber du bist in der Sicherheitsabteilung, Hilda – du kannst heute nachmittag alles über Mandaka herausfinden, was ich wissen muß.«

»Nicht *heute* nachmittag, das geht nicht«, gab sie zurück. »Ich habe dir gesagt: vor mir liegt ein geschäftiger Tag.«

»Ein persönlicher Gefallen, mir zu liebe?«

»Warum landen wir eigentlich jedesmal dann, wenn du dich in ein Problem verliebst, beim persönlichen Gefallen? Habe ich dich je darum gebeten, *mir* einen persönlichen Gefallen zu tun?«

»Ich führe dich und Harold in der Stadt aus, wohin ihr wollt, wenn das alles erledigt ist«, sagte ich.

»Ich bitte nicht um eine Bestechung, verdammt noch mal!« sagte sie hitzig.

»Das ist ein Dankeschön, keine Bestechung«, erklärte ich.

»Ein subtiler Unterschied – insbesondere bei dir.«

»Ich brauch' das wirklich, Hilda«, drängte ich. »Verspäte dich nur um fünf Minuten und grabe seine Biographie für mich aus. Nur fünf Minuten, länger wird's nicht brauchen.«

»Harold und ich gehen heute abend miteinander essen.«

»Also lies die Karte fünf Minuten weniger lang.«

Einen Augenblick lang sah sie nachdenklich drein, dann schüttelte sie den Kopf. »Wenn ich das nach den Bürostunden erledige, wird jemand wissen wollen, weshalb«, sagte sie. »Ich tu's als erstes morgen früh, dann wird's wie eine routinemäßige Sicherheitsüberprüfung aussehen.«

»Als erstes?« wiederholte ich. »Du versprichst es?«

»Ich verspreche es, ich verspreche es«, sagte sie schwach.

»Fein! Es muß etwas in seinem Dossier geben, das mir sagen wird, warum er diese speziellen Stoßzähne haben muß.«

»Vielleicht ist er lediglich besessen.«

»Niemand ist *derart* besessen«, sagte ich fest.

»Oh, ich weiß nicht«, entgegnete sie bedeutungsvoll, während sie mich direkt anstarrte.

Wir fuhren den Expreßsteig ins Büro schweigend zurück, da ich versuchte, die Teile des Puzzles zusammenzuhalten. Bei Einbruch der Nacht erwachte der Computer zum Leben und informierte mich darüber, daß er noch ein weiteres Teilchen für mich entdeckt habe.

3

Der Kriegsfürst

(5521 G.A.)

Die Löwen wichen von meinem Pfad, und die wenigen Samburu, an denen ich vorüberkam, starrten mich voll Ehrfurcht an.

Ich bewegte mich gen Süden, niemals in Eile, blieb stets in Reichweite von Wasser, sicher in meiner Kraft und meinem Wissen über das Land. Mich hungerte niemals, denn ich vermochte die kleinste Beere zu pflücken oder den festesten Baum umzulegen. Viele Male blies ich mir Staub über den Rücken, um meine Haut gegen Parasiten und die sengenden Strahlen der Sonne zu schützen, und so mächtig war ich, daß lange, nachdem ich meine Fahrt fortgesetzt hatte, noch Wolken von Staub in der Luft zurückblieben.

Von Zeit zu Zeit traf ich andere meiner Art, und sie wußten, daß ich mich irgendwie von ihnen unterschied, und stets zogen sie sich zurück und trompeteten voll Furcht.

Es war einsam, König der ganzen Welt zu sein, aber mein ganzes Leben hatte ich in Einsamkeit verbracht, und ich trug den Mantel des Königtums mit Würde, während der Boden unter meinen Füßen bebte.

Sein offizieller Name war Alexander Korindus Kragan Gamma Sigma Philobus Nelson Nimbus Radilles Procyon Alioth Baaskarda Brakke Asterion New Holland Delta Hydra Galaheen Zeta Piscium, und er wurde mit jedem eroberten System länger.

Für die Geschichtsbücher und seine zahllosen Biographen wählte er den weniger formellen Namen Ghengis Marcus Alexander Rex.

Seine Armeen und Flotten kannten ihn wesentlich einfacher als ›Der Kriegsfürst‹.

Er hatte eine Frau, die er seit neun Jahren nicht mehr gesehen hatte, zwei Konkubinen, deren Gesellschaft er nicht mehr länger ertragen konnte, einen Majordomus, dem er mißtraute, einen politischen Ratgeber, den er auf die Welten der Oligarchie verbannt hatte, und einen Hohen Priester, der unermüdlich seinen Tod forderte.

Er besaß einen Schatz mit mehr Geld, als er hätte zählen oder allein während einer Lebensspanne ausgeben können. Ihm waren Völkerschaften ganzer Planeten untertan, die ihm Tribut zahlten und auf seinen Befehl hin lebten oder starben. Auf Asterion V hatte er einen luxuriösen Palast, der genau nach seinen Angaben errichtet worden war, und tief im Innern dieses Palastes hatte er seinen eigenen schauerlichen Trophäenraum, in dem die präparierten Köpfe von sieben rivalisierenden Kriegsfürsten zur Schau gestellt wurden.

Jetzt saß er im riesigen Thronsaal seines Palastes, umgeben von seiner Elitetruppe aus handverlesenen Leibwächtern. Der Thron selbst war ein großer Stuhl, hergestellt aus den weißen Knochen der großen Polartiere, die in den nördlichen Regionen von Asterion jagten. Mit einstudierter Achtlosigkeit war der Pelz eines Staubdämons aus New Holland über die Rückenlehne geworfen worden, den er selbst auf einem Jagdausflug erlegt hatte. Den Thron rahmten zwei riesige Säulen aus Elfenbein ein, Stoßzähne eines legendären Elefanten (zumindest hieß es so), die er auf einem Raubzug durch die Innere Grenze erbeutet hatte. Unmittelbar vor dem Stuhl lag eine böse aussehende ausgestopfte, etwa dreißig Zentimeter hohe Echse, die als Kniekissen diente. An den Wänden hingen Kunstwerke und Artefakte aus all den vielen Zeitaltern der Galaxis, und jedes einzelne Teil war während seiner Eroberungszüge erbeutet worden.

Der Kriegsfürst selbst verachtete die glatten blauen Uniformen seiner Truppen. Statt dessen hüllte er sich in die Felle jener Tiere, die er im tödlichen Zweikampf besiegt hatte, und lediglich die mächtigen Arme blieben nackt bis zu den Schultern. Auf dem Gesicht trug er voller Stolz zwei große Narben, und das gelockte schwarze Haar zeigte erst eben einen Anflug von Grau. Die blauen Augen funkelten in die Welt hinaus, sie blinzelten kaum einmal, ihnen entging keine Kleinigkeit, sie zeigten kein Erbarmen.

Neben ihm zur Linken stand ein schlanker junger Mann, gekleidet in einen formellen einteiligen Anzug von dunklem Grau. Ein ganzes Leben mit hängenden Schultern dazustehen, hatte seinen Tribut gefordert, und er wirkte darum kleiner, als er war.

Zur Rechten des Kriegsfürsten stand ein Mann in schnittiger Uniform, dessen Rangabzeichen ihn als Kapitän der Elitewache auswiesen. Er stand in Habacht-Stellung, wie er es schon fast eine halbe Stunde getan hatte, murmelte: »Hier ist er, Sir!«, und ging zum Eingang.

Auf der Schwelle zum Thronsaal stand ein hochgewachsener, glattrasierter Mann, der keinerlei Anzeichen von Unsicherheit oder Anspannung zeigte. Er war mit der farbenfrohen Seide und dem farbenfrohen Satin des alten Piraten gekleidet. An den langen mageren Fingern funkelten die Juwelen, der Anzug wechselte beständig die Farben, als besäße er eigenes Leben, und selbst die Stiefel glitzerten im künstlichen Licht des Thronsaals.

Er präsentierte auffällig seine leeren Halfter, öffnete daraufhin den Umhang, lächelte, als er ihn dem Kriegsfürsten zur Musterung hinhielt, streckte schließlich die Arme aus und drehte sich langsam um sich selbst.

»Das ist nicht notwendig«, sagte der Kriegsfürst gelangweilt. »Du hättest nicht soweit kommen können, wenn du bewaffnet gewesen wärst.«

»Ein Sache der Form, nichts weiter«, sagte der Mann glatt. »Ich möchte Euch wissen lassen, daß ich in Frieden komme.«

»In Wirklichkeit kommst du in Armut«, sagte der Kriegsfürst.

»Wenn es Euch beliebt, das so auszudrücken«, entgegnete der Mann ungerührt. »Sind bereits einige der anderen eingetroffen?«

»Nur das Fremdwesen.«

Der Mann runzelte die Stirn. »Noch nicht einmal die Blaue Prinzessin?«

»Noch nicht einmal die Blaue Prinzessin.«

»Wann werden sie erwartet?«

»Gar nicht«, entgegnete der Kriegsfürst.

»Aber ich sagte ihnen, sie sollten hier sein!«

»Offenbar sind sie nicht so zuverlässig wie du, Bellano.«

»Das ist keine Sache der Zuverlässigkeit«, erwiderte Bellano. »Ich habe etwas zu sagen, von dem ich nicht will, daß es abgehört wird, und jedes Übertragungssignal, das verschlüsselt werden kann, kann auch entschlüsselt werden.«

»Dann sind sie vielleicht nicht so verzweifelt auf meine Hilfe angewiesen wie du.«

»Es sind Narren, und wir, Ihr und ich, werden besser ohne sie zurechtkommen«, sagte Bellano, und mit einem Achselzucken schüttelte er jedes weitere Wort über sie ab. »Wenn alles gesagt und getan ist, wird der einzige, den wir wirklich benötigen, das Fremdwesen sein.«

»Soll ich jetzt nach ihm schicken lassen, oder würdest du es vorziehen, dich eine Weile zu entspannen?« fragte der Kriegsfürst.

»Vielleicht einen Drink zwischen zwei alten Freunden, ehe wir zum Geschäft kommen«, schlug Bellano vor.

Der Kriegsfürst nickte seinem Sohn zu, der zu einer versteckten Bar ging und zwei Drinks eingoß. »Ehe du dich zu weit gehen läßt, sollte ich, glaube ich, deutlich darauf hinweisen, daß wir keine alten Freunde sind, geschweige denn neue.«

»Dann eben freundschaftliche Rivalen.«

»Noch nicht einmal das«, sagte der Kriegsfürst. »Vergangenes Jahr zerstörtest du zwei meiner Schiffe. Das habe ich nicht vergessen.«

»Ein simples Mißverständnis«, sagte Bellano glatt. »Da seid Ihr offenbar mit mir einer Meinung, andernfalls hättet Ihr mir nicht freies Geleit hierher angeboten.«

»Das war Geschäft; so sieht's aus. Aber wir wollen uns keine Illusionen über eine Freundschaft machen. Ich bin mir sicher, daß es später genügend Lügen geben wird; es ist also sinnlos, so früh damit zu beginnen.«

Der junge Mann kehrte mit zwei Drinks auf einem Tablett zurück. Bellano nahm einen und wandte sich dann an den Kriegsfürsten.

»Auf Euer Wohl«, sagte er.

»Vielen Dank.«

»Und auf eine erfolgreiche, wenn auch zeitlich begrenzte Allianz«, fuhr Bellano fort.

»Auf unsere Allianz«, wiederholte der Kriegsfürst, während er ihn amüsiert ansah.

»Stimmt etwas nicht?«

»Mir fällt auf, daß du nicht trinkst«, bemerkte der Kriegsfürst. »Ich dachte, du seist durstig.«

»Es ist unhöflich zu trinken, ehe der Gastgeber getrunken hat«, sagte Bellano und neigte den Kopf.

»Um nicht zu sagen gefährlich«, stimmte der Kriegsfürst zu. Er hob das Glas an die Lippen und leerte es mit einem einzigen Zug. »Zufrieden?«

Bellano verbeugte sich höflich und leerte daraufhin sein Glas.

»Euer Sohn?« fragte er und wies dabei auf den jungen Mann.

»Ja.«

»Ich bemerkte eine Ähnlichkeit.«

»Wirklich?« fragte der Kriegsfürst trocken. »Ich bemerkte keinerlei Ähnlichkeit. Justin, erweise Bellano, dem König des Wintergrün-Systems, deinen Respekt.«

»Es freut mich sehr, Euch zu sehen«, sagte Justin und streckte förmlich die Hand aus.

»Ich habe das Gefühl, dich zuvor schon einmal gesehen zu haben«, sagte Bellano und starrte ihn neugierig an.

»Das ist möglich«, entgegnete Justin. »Ich war auf Margate IV, gerade nachdem Ihr Eure Flagge dort aufgepflanzt hattet.«

»Du hättest dich vorstellen sollen.«

»Eure Truppen hatten gerade wahllos ein Viertel der Bevölkerung des Planeten ermordet. Der Zeitpunkt erschien irgendwie unangemessen.«

Bellano lachte herzlich. »Ich bewundere deine Wortwahl, junger Mann.«

Justin hob leicht den Kopf. »Danke sehr, Sir.«

»Laßt ihn bei der Besprechung dabei sein!« sagte Bellano zum Kriegsfürsten.

»Gibt es dafür irgendeinen bestimmten Grund?« fragte der Kriegsfürst.

»Ich mag ihn. Abgesehen davon könnte ich eines Tages mit ihm statt mit Euch zu tun haben.«

»Noch lange, lange Zeit nicht«, versprach der Kriegsfürst. »Aber ich besitze vor ihm keine Geheimnisse, und daher habe ich nichts dagegen, wenn er bei der Besprechung anwesend ist.« Er sah seinen Sohn scharf an. »Solange er sich daran erinnert, daß er Zuschauer und nicht Teilnehmer ist.«

Justin nickte sein Einverständnis.

»Fein!« sagte Bellano. »Ihr könntet jetzt ebensogut nach unserem fremden Freund schicken lassen.«

»Möchtest du nicht lieber erst essen?«

»Warum essen wir nicht und reden dabei gleichzeitig?«

»Du würdest deinen Appetit recht bald verlieren, wenn du mit dem Fremdwesen am selben Tisch essen müßtest«, sagte der Kriegsfürst.

»Ach? Was ißt er denn?«

»Das möchtest du lieber nicht wissen«, versicherte ihm der Kriegsfürst.

»Zweifellos nicht«, gab ihm Bellano recht. Er schwieg. »Ist es lebendig?«

»Nicht, wenn er damit fertig ist.«

Bellano schnitt eine Grimasse. »Laßt uns auf alle Fälle erst einmal reden. Wenn ich ihm beim Essen zusehen muß, ist mir vielleicht überhaupt nicht mehr nach Reden zumute.«

Der Kriegsfürst nickte dem Kapitän der Wache zu. Der ging zu zweien der Leibwächter hinüber und redete unterdrückt mit ihnen. Sie verließen sofort den Thronsaal.

»Da Ihr wißt, daß ich unbewaffnet bin, nehme ich an, Ihr erachtet es nicht mehr für notwendig, die übrige Wache während unserer Unterredung hierzubehalten«, bemerkte Bellano.

Der Kriegsfürst nickte. »Kein Problem. Sie werden uns verlassen, ehe wir beginnen.«

»Ich versichere Euch, Euch nicht anzugreifen«, fügte Bellano mit einem Lächeln hinzu.

»Versuch's doch«, bot der Kriegsfürst mit einer Spur Ernsthaftigkeit an.

»Später einmal«, antwortete Bellano, ebenso ernsthaft. Er ging im Thronsaal umher, hielt dabei die Hände in die Hüften gestützt und bewunderte die Artefakte und Gemälde. »Ihr habt es Euch gutgehen lassen«, sagte er schließlich.

»Raub ist ein gewinnbringender Beruf«, meinte der Kriegsfürst lächelnd.

»Wie wahr«, entgegnete Bellano, während er einen kleinen Denebianischen Kristall in Form eines Raubvogels zur Hand nahm. »Ich gehe nicht davon aus, daß Ihr etwas verkaufen wollt?«

»Nicht im geringsten«, antwortete der Kriegsfürst. »Ich bin Eroberer, nicht Kaufmann.« Er hielt inne. »Aber wenn du die kleine Nippesfigur haben willst – bitte sehr, sie ist dein.«

»Wirklich?«

»Zu Ehren unseres Waffenstillstands«, sagte der Kriegsfürst. »Und es wird dir die Mühe ersparen, sie zu stehlen«, fügte er ätzend hinzu.

»Was sagt Ihr da Furchtbares über Euren zukünftigen Verbündeten!« bemerkte Bellano amüsiert. »Ich bin Kriegsherr, kein Dieb.«

Der Kriegsfürst hob die Schultern. »Dann leg ihn zurück!«

Bellano schüttelte den Kopf und steckte den Kristall in einen Lederbeutel, der ihm von einer Schärpe um den Bauch herabhing. »Ich behalte ihn lieber als Erinnerung an Euch.«

»Irgendwie dachte ich mir, daß du das tätest.«

»Habt Ihr irgend etwas dagegen, wenn ich Eure Sammlung weiter betrachte?«

»Es wird keine weiteren Geschenke geben.«

»Ich sehe mich dennoch um.«

»Wie du willst«, sagte der Kriegsfürst.

»Übrigens, was sind das für Dinger hinter Eurem Thron?«

»Stoßzähne von Elefanten.«

»Echte?« fragte Bellano und ging hin, sie zu untersuchen.

Der Kriegsfürst nickte.

»Ich bin beeindruckt«, sagte Bellano. »Wann ist denn der letzte Elefant überhaupt gestorben?«

»Vor fünf- oder sechstausend Jahren.«

»Woher habt Ihr diese hier?« fragte er und deutete auf die Stoßzähne.

»Von einer meiner Exkursionen in die Innere Grenze.«

Bellano tätschelte zärtlich einen der beiden Stoßzähne, nickte zustimmend und machte sich wieder daran, die Kunstwerke zu untersuchen.

»Übrigens«, bemerkte er, während er den Kopf zu einer Seite reckte und versuchte, einem unauffälligen blauen und grünen Hologramm einen Sinn zu entnehmen, »nehme ich an, Ihr werdet nicht versuchen, mich zu behindern, wenn Ihr meinen Vorschlag zurückweist.«

»Das werde ich nicht tun müssen«, sagte der Kriegsfürst ruhig. »Wenn du glaubtest, du könntest dein Ziel ohne meine Hilfe erreichen, wärst du nicht hier.«

»Oder mit mir konkurrieren.«

»Warten wir doch ab, bis ich deinen Vorschlag gehört habe, ehe wir uns Sorgen darum machen, was ich tun werde und was nicht«, sagte der Kriegsfürst.

»Sir …«, sagte ein Wächter von der Schwelle zum Thronsaal.

Der Kriegsfürst wandte sich gerade rechtzeitig um, daß er eine geschmeidige dunkle Gestalt von entfernt menschlichem Aussehen und einer Haut von der Farbe und Zusammensetzung gegrillten Fleischs sehen konnte, die behende auf ein etwa vier Meter über dem Boden liegendes Fensterbrett sprang und sich dort in einem 45°-Winkel niederkauerte.

»Findest du es nicht unbequem dort oben?« fragte der Kriegsfürst.

»Hier ist es bequem«, entgegnete das Fremdwesen. »Hier werde ich bleiben.«

»Du bist Mylarrr?« fragte Bellano und sah dabei zu ihm hinauf.

»Mylarrr bin ich.«

»Danke für dein Kommen.«

»Ich erwarte mehr als ein Danke-für-dein-Kommen«, sagte das Fremdwesen und entblößte dabei die gelben Fänge zu einem blitzenden Grinsen mit viel zu vielen Zähnen.

»Und du wirst mehr bekommen, keine Angst«, versprach Bellano. »Sollen wir anfangen?«

»Beginne und starte und fange an«, pflichtete Mylarrr bei und schnurrte wie eine riesige Katze.

Bellano wandte sich an den Kriegsfürsten. »Ich bin mir sicher, daß wir überwacht und aufgezeichnet werden, aber ich persönlich würde mich etwas wohler fühlen, wenn Ihr die Türen schließen ließet.«

Der Kriegsfürst wandte sich an Justin und nickte, und der junge Mann ging zum Haupteingang, wies die Wachen an zu gehen und schloß die massiven Türen, danach schloß er nacheinander verschiedene andere Türen zum Thronsaal.

»Du bist dir völlig *sicher*, daß du nicht doch herabkommen möchtest?« schlug Bellano vor.

»Zufrieden, geborgen, sicher, glücklich«, entgegnete das Fremdwesen und änderte leicht seine Position, so daß der kugelförmige Kopf nach unten hing und Bellano jetzt ein Paar rudimentärer Schwingen erkennen konnte, fadenscheinige Dinger, die niemals zum Fliegen gedacht waren, die dem Wesen jedoch offenbar dabei halfen, im Gleichgewicht zu bleiben.

»Dürfen wir dir etwas zu trinken anbieten, ehe wir beginnen?« fragte Bellano.

»Fliegen-bei-Nacht trinken niemals menschliche Rauschgetränke, nein«, entgegnete Mylarrr.

»Wie du willst«, meinte Bellano.

»Ich will anfangen und beginnen.«

»Und das werden wir auch«, sagte Bellano. Er hielt inne. »Ich weiß aus einwandfreier Quelle, daß die Oligarchie eine Ladung Goldbarren nach Denivarus II zu verschiffen gedenkt, und zwar heute in zehn Tagen.«

Der Fliegt-bei-Nacht stieß ein hohes Gekreisch aus, das sich anhörte wie eine Dampfpfeife.

»Gold ist gut«, sagte er. »Gold ist ehrbar. Gold ist wertvoll. Gold ist hübsch. Gold ist verformbar. Gold ist...«

»Gold ist gut geschützt«, unterbrach der Kriegsfürst.

»Nicht diesmal«, sagte Bellano zuversichtlich.

»Warum benötigst du dann meine Hilfe?«

»Es wird einen Raummarine-Konvoi von dreihundert Schiffen geben.«

»Und du bist nicht der Ansicht, daß das einen Schutz darstellt?« fragte der Kriegsfürst mit einem Lächeln.

»Gemeinsam besitzen wir weit mehr Feuerkraft, und das wird der gesamte vorhandene Schutz sein.«

»Es sei denn, sie orten uns, wenn wir noch immer zwei Tage entfernt sind, und schicken nach Verstärkung von der 12. und 14. Flotte«, sagte der Kriegsfürst.

Bellano lächelte triumphierend. »Es wird keine Verstärkung geben, gleich, was geschieht.«

Der Kriegsfürst starrte ihn durchdringend an. »Warum bist du da so sicher?«

»Es ist nicht allgemein bekannt, aber die 12. Flotte ist für absehbare Zeit zum Anderson-Haufen abkommandiert. Dort versucht ein Konsortium von neununddreißig Bergbauwelten, sich von der Oligarchie loszusagen, und die 12. Flotte ist dort, um sicherzustellen, daß so etwas nicht geschieht.«

»Worauf beruht deine Annahme, daß sie nicht auf jeden Fall Verstärkung schicken können?« fragte der Kriegsfürst.

»Weil diese neununddreißig Welten für die Oligarchie viel wertvoller sind als ein Schiff voll Barren«, sagte Bellano. Er senkte verschwörerisch die Stimme. »Und sie sind besser bewaffnet, als die Marine erwartet. Tatsächlich wartet die 12. Flotte selbst auf Verstärkung. Die Bergbauwelten haben sie in Wirklichkeit zum Stillstand gebracht.«

»Und die 14. Flotte?« fragte der Kriegsfürst.

»Besitzt nach dem Volarianischen Krieg erst wieder die Hälfte ihrer Schlagkraft. Sie befindet sich in einer Lage, worin sie für weitere vier Monate niemanden unterstützen kann.«

Fliegt-bei-Nacht stieß erneut ein schrilles Pfeifen aus. »Du glaubst das zu wissen. Du weißt nichts. Drei Monate ist alles. Vielleicht. Zwei Komma neun. Vielleicht zwei Komma acht fünf. Vielleicht zwei Komma acht acht. Du weißt nichts.«

Bellano sah zu dem Fremdwesen auf. »Wie hast du das herausgefunden?«

Mylarrr grinste ihn an. »Bin ich nicht das schönste und intelligenteste aller Wesen? Kenne ich nicht das Sterben des Tages und den Anbruch der Nacht?«

»Was hat das mit der 14. Flotte zu tun?« fragte Bellano.

»Das ist nur etwas weiteres, was ich weiß«, antwortete Fliegt-bei-Nacht fest. »Drei Monate. Vielleicht zwei Komma neun.«

Bellano wandte sich wieder an den Kriegsfürsten. »Drei Monate, vier Monate, wo liegt da der Unterschied? Letzten Endes bestätigt er nur das, was ich sagte. Die Flotte wird für wenigstens drei weitere Monate nicht bereit sein, und wir planen, in acht Tagen zuzuschlagen.«

»Ich dachte, du sagtest zehn.«

»Ich sagte, es sei richtig, in zehn Tagen auf Denivarus II zu landen. Ich plane, in acht Tagen anzugreifen. Warum sollte man sie den Nutzen aus der Bewaffnung und den Polizeischiffen von Denivarus ziehen lassen?« Er hielt inne. »Nun?«

Der Kriegsfürst schüttelte den Kopf. »Zu einfach.«

»Manchmal sind die guten Dinge einfach.«

»Gold ist ein gutes Ding«, pflichtete Mylarrr bei.

»Wie kann ich mich vergewissern, daß die 12. Flotte unten im Anderson-Haufen festgenagelt ist?« fragte der Kriegsfürst.

»Ihr müßt Quellen besitzen«, sagte Bellano. »Benutzt sie!«

»Ich ziehe es vor, die deinen zu kennen.«

Bellano lächelte. »Das glaube ich gerne.«

»Wenn ich das nicht bestätigen kann, werde ich mich nicht beteiligen«, warnte der Kriegsfürst. »Bist du dir sicher, daß du mir nicht sagen willst, mit wem ich Kontakt aufnehmen soll?«

Bellano schüttelte den Kopf. »Ich habe Diskretion versprochen.«

»Wann hat dich das jemals an etwas gehindert?«

»Touché«, sagte Bellano. »Wir wollen dann einfach sagen, Eure Analyse ihrer Daten wäre von der Tatsache getrübt, daß ich Euch ihre Namen gegeben hätte. Wie ich weiß, besitzt Ihr innerhalb der Oligarchie Eure Quellen; Ihr werdet sie anzapfen müssen, oder Ihr werdet niemals wirklich meinen Informationen glauben.«

»Und die 14. Flotte?«

»Das ist einfach«, sagte Bellano und wies auf den Fliegt-bei-Nacht. »*Seine* Quellen müssen von den meinen verschieden sein, und er hat dieselbe Information erhalten.«

»Warum verschifft die Oligarchie Goldbarren hinaus nach Denivarus II?« fragte der Kriegsfürst. »Gewöhnliches Frachtgut geht in die entgegengesetzte Richtung, von der Grenze zum Kern. Was ist diesmal anders?«

»Ich glaube, das kann ich beantworten, Vater«, sagte Justin.

»Ich glaube, das kann *ich* gleichfalls beantworten«, sagte der Kriegsfürst, verärgert über die Unterbrechung. »Aber ich möchte *seine* Antwort hören.«

»Die Marine ist zu dünn gesät«, sagte Bellano. »Die Menschheit mag in der Galaxis Oberhand gewonnen haben, aber die Oligarchie muß eine Million Welten sowie alle Reise- und Frachtrouten permanent überwachen. Ich nehme an, daß die 12. Flotte unabhängige Söldnertruppen für die nächsten Jahre anheuern wird, und sie wird sie in Gold bezahlen.«

Der Kriegsfürst nickte. »Wenn das stimmt – und ich glaube, daß es stimmt –, dann wirst du dort die Blaue Prinzessin finden.«

»Ihr glaubt, sie hat sich an sie verkauft?« fragte Bellano.

»Zumindest vermietet. Sie weiß, es gibt da eine Menge Gold zu holen; das ist ihre Art, etwas näher heranzukommen.«

»Dann macht sie einen großen Fehler«, entgegnete Bellano prompt. »Es ist klar, daß Denivarus II ihre Bank werden wird. Selbst wenn sie sich eine Möglichkeit vorstellen kann, das Gold während des Transits von Denivarus zum Zahlmeister zu rauben, wird sie nur so viel bekommen, wie die Marine für eine bestimmte Aktion bereitgestellt hat. Wir schießen uns auf die gesamte Bank ein, wenn man's so ausdrücken will.«

Der Kriegsfürst sah ihn nachdenklich an. »Wer sollte deiner Meinung nach unsere Kräfte kommandieren?« fragte er schließlich.

»Ihr seid der schützende Kriegsfürst der Grenze«, sagte Bellano mit einer höflichen Verbeugung. »Ich werde mich Euch unterwerfen.«

»Deine Flotte würde die volle Wucht des Angriffs abbekommen«, sagte der Kriegsfürst.

»Sind bloß Männer und Schiffe«, sagte Bellano mit einem Achselzucken. »Beides ist leicht zu ersetzen – besonders die Männer.« Er hielt inne. »Die Beute wird unter uns Dreien aufgeteilt. Wie wir sie auf unsere Truppen zu verteilen gedenken, geht niemanden etwas an.«

»Einverstanden«, sagte der Kriegsfürst. »Ich muß dir

gleichfalls noch sagen, daß meine Schiffe unter keinen Umständen unter meinen eigenen Farben in die Schlacht fliegen werden.«

»Ich denke, wir sollten lieber ganz ohne Farben losziehen.«

Der Kriegsfürst schüttelte den Kopf. »Wenn ich mich dazu entschließe, das durchzuziehen, werden wir unter den Farben der Prinzessin starten.« Er hielt inne. »Die Marine möchte einen Feind haben, den sie verfolgen kann; und wenn nicht sofort, dann doch, wenn sie ihre Stärke zurückerlangt haben wird. Wir können ihnen ebensogut einen Feind verschaffen.«

»Ausgezeichnet!« sagte Bellano mit einem Lächeln.

»Nächste Frage: Die Fliegen-bei-Nacht besitzen keine Flotte. Warum benötigen wir sie?«

»Wir müssen in Windeseile siebenundzwanzig Tonnen Goldbarren loswerden«, sagte Bellano. »Sie wissen, was sie wert sind. Was gibt es für einen besseren Ort, das Gold loszuwerden, als ein Reich von elf Fremdplaneten, die keinerlei politische Verbindung zur Oligarchie besitzen? Neun Zehntel davon wird in den Tresoren bleiben, während der Rest als Schmuck und Kunstobjekt über die nächsten zehn Jahre oder so auf den Markt kommt.«

»Vielleicht nur ein Zwölftel, vielleicht, möglicherweise«, bekräftige Mylarrr, während er kopfüber hin- und herschwang.

»Und was werden sie damit kaufen?«

»Kredits.«

»Rückverfolgbar?«

Bellano schüttelte den Kopf. »Papiere. Und wir werden sie nicht fragen, wo sie darangekommen sind.«

»Preis?« fragte der Kriegsfürst scharf.

»Zwanzig Prozent des Marktpreises.«

Der Kriegsfürst sah zu dem Fremdwesen hinauf. »Die Konferenz ist vorüber. Du kannst dort in alle

Ewigkeit hin- und herschwingen, das kümmert mich einen Bockmist.«

»Sechsundzwanzig Komma zwei zwei drei eins«, sagte Mylarrr.

Der Kriegsfürst lächelte wider Willen. »Woher hast du so rasch diese Zahl?«

»Nicht rasch oder schnell oder prompt«, versicherte ihm Mylarrr. »Es ist unser absolut letztes, endgültiges, unüberschreitbares Angebot, ganz sicher.«

»Dreißig Prozent, oder wir hören gleich auf«, sagte der Kriegsfürst.

»Okay, dreißig«, stimmte Mylarrr erfreut bei, schwang sich zu einem angrenzenden Fensterbrett und landete mit einem perfekten Handstand.

Der Kriegsfürst wandte sich an Bellano zurück. »Wie viele Schiffe kannst du zu diesem kleinen Unternehmen beisteuern?«

»Einhundertundfünfunddreißig, vielleicht einhundertundvierzig.«

Der Kriegsfürst lächelte. »Einhundertundsiebenundfünfzig.«

»So viele habe ich nicht.«

»Siehst du? Ich sagte dir, es würde später noch genügend Zeit zum Lügen geben.«

»Ich kann mein Territorium nicht völlig schutzlos zurücklassen«, protestierte Bellano.

»Das wirst du auch nicht«, sagte der Kriegsfürst. »Wenn du einhundertundsiebenundfünfzig Schiffe beisteuerst, hast du noch immer siebenundzwanzig in Reserve.«

»Neunundzwanzig«, korrigierte Bellano ohne jedes Anzeichen von Verlegenheit.

»Ich muß mit meinen Spionen ein Wörtchen reden«, sagte der Kriegsfürst, wobei ihm ein amüsierter Ausdruck übers Gesicht glitt.

Es folgte ein kurzzeitiges Schweigen.

»Tja, ich schätze, wir machen uns besser mal daran,

die Details des Angriffs auszuarbeiten«, sagte Bellano schließlich.

»Wir wollen nicht verfrüht handeln«, sagte der Kriegsfürst. »Ich habe bislang noch nicht zugestimmt, daran teilzunehmen.«

»Ach?«

»Stimmt«, fuhr der Kriegsfürst fort. »Zum Beispiel haben du und ich noch nicht entschieden, wie wir das Gold untereinander aufteilen.«

»Ich nahm an, Halbe-Halbe«, sagte Bellano.

»Stellst du die Hälfte der Feuerkraft bereit?«

»Ich stelle die notwendigen Informationen bereit.«

»Die ich dann durch meine eigenen Quellen absichern werde.«

»Nun, ich nehme an, wir können es auf der Basis der Anzahl von Schiffen teilen«, bot Bellano an.

»Können wir, werden wir jedoch nicht«, sagte der Kriegsfürst.

»Warum nicht?«

»Weil ich nicht Dreiviertel der Schiffe beisteuern werde.«

»Ihr wollt fünfundsiebzig Prozent des Goldes?« fragte Bellano. »Auf gar keinen Fall!«

Der Kriegsfürst hob die Schultern. »Wie du willst.«

»Vierundsechzig«, hielt Bellano entgegen.

»Der Prozentsatz steht nicht zur Debatte.«

»Aber Ihr verhandeltet mit dem Fremdwesen.«

»Wenn ich an diesem Unternehmen teilnehme, brauche ich ihn, um das Gold loszuwerden. Aber ich werde nicht für sechzig Prozent teilnehmen.«

»Sechzig Prozent von siebenundzwanzig Tonnen Gold ist besser als fünfundsiebzig Prozent von gar nichts«, sagte Bellano.

»*Ich* suchte nicht *dich* auf«, erwiderte der Kriegsfürst. »Du brauchst mich für dieses Unternehmen – aber wenn wir keine annehmbare Übereinkunft erzielen, brauche ich dich nicht unbedingt.« Er lächelte. »Es gibt eine endlose Anzahl kleinerer Partner, die sich nur zu glücklich schätzten, mir bei diesem Unternehmen beizustehen.«

»Schließt mich aus, und ich warne die Marine!«

»Wenn deine Informationen zutreffen – und ich werde nichts unternehmen, bis ich sie nicht bestätigt habe –, brächte das nicht besonders viel«, sagte der Kriegsfürst. »Aber *einen* Erfolg hätte das: es wird uns beide in Gefahr bringen, und ich glaube nicht, daß einer von uns das möchte, und ich glaube auch, daß ich das viel leichter überstehen könnte als du. Beantworte jetzt also meine Frage: Wirst du fünfundsiebzig Prozent annehmen, oder ist diese Konferenz vorüber?«

Bellano funkelte ihn einen langen Augenblick an. »Ich werde mir's überlegen müssen. Ich werde es Euch wissen lassen, ehe wir fertig sind.«

»Laß es mich gleich jetzt wissen, oder wir *sind* fertig«, erwiderte der Kriegsfürst.

Bellano seufzte und nickte. »Also gut.«

»Gut. Ich weiß, daß du ein vernünftiger Mann bist.«

»Was bleibt sonst noch zu tun, ehe wir den Angriff planen?«

»Ich werde jetzt deine Informationen überprüfen sowie die Fähigkeit der Fliegen-bei-Nacht, eine solche Menge Gold ohne sichtbare Spuren zu übernehmen, und dann werde ich entscheiden, ob wir mit dem Unternehmen fortfahren oder nicht.« Er nickte seinem Sohn zu, der quer durch den riesigen Raum schritt und die Hauptportale öffnete. »Ihr werdet beide zu euren Quartieren eskortiert, wo ihr essen und euch ausruhen könnt. Wir werden uns hier in drei Stunden wieder treffen.«

»Wo, zum Teufel, bist du gewesen?« wollte der Kriegsfürst wissen, als Justin seine Privaträume betrat.

»Habe mit Fliegt-bei-Nacht gesprochen«, entgegnete Justin, schritt über den glänzenden Fußboden zu einem handgeschnitzten Stuhl aus Doradusianischem Hartholz und ließ sich darin nieder.

»Du mußt wohl begierig auf eine Strafe sein«, sagte der Kriegsfürst, schwenkte mit dem Stuhl herum, damit er seinem Sohn besser ins Gesicht sehen konnte, und befahl der Tür, sich zu schließen.

»Er kann sich verständlich machen, wenn er etwas findet, das er haben möchte.«

»Ach? Und was möchte er haben?«

»Die Stoßzähne des Elefanten.«

»Sie sind bloß eine Trophäe«, sagte der Kriegsfürst. »Sie haben keinen Wert auf dem Markt. Wofür kann er sie nur haben wollen?«

Justin hob die Schultern. »Ich nehme mal an, die Fliegen-bei-Nacht praktizieren eine Art animistischer Religion. Sie beten Größe und Macht an, und dies sind die größten Zähne, die er je gesehen hat. Er glaubt, sie machen ihn allmächtig.«

Der Kriegsfürst kicherte. »Es braucht 'ne Menge mehr als ein Paar Elfenbeinzähne, um das zu erreichen.«

»Ich weiß«, fuhr Justin fort. »Aber er bot an, vierzig Prozent vom Marktwert des Goldes zu zahlen, wenn wir damit einverstanden sind, ihm das Elfenbein zu überlassen.«

»Interessant«, sagte der Kriegsfürst unverbindlich.

»Was soll ich ihm sagen?«

»Sag ihm natürlich nein. Das ist nur ein erstes Angebot. Wollen wir doch mal sehen, wie hoch er gehen wird!« Der Kriegsfürst hielt inne. »Nebenbei, wir haben wichtigere Dinge zu besprechen. Während du deine Zeit damit verbracht hast, mit Fliegt-bei-Nacht zu reden, habe ich Bellanos Daten bestätigt.« Er wies auf seinen privaten Computer, der sein persönliches Siegel trug. »Es stimmt alles.«

»Überrascht dich das?« fragte Justin. »Schließlich ist er praktisch unsere Geisel. Er mußte wissen, daß du versuchen würdest, seine Geschichte zu bestätigen, ehe du dich selbst beteiligen würdest.«

»Was ist deine Meinung?«

»Worüber, Vater?«

»Über Bellano. Was soll ich deiner Ansicht nach tun?«

»Du hast mich niemals zuvor nach meiner Meinung gefragt«, sagte Justin.

»Und ich werde mich von ihr auch nicht beeinflussen lassen«, sagte der Kriegsfürst. »Aber du warst während des gesamten Treffens anwesend. Ich möchte sehen, wieviel du gelernt hast. Was tätest *du*?«

»Ich würde ihn nach Hause schicken und das Ganze vergessen«, sagte Justin.

»Weshalb?«

»Wir haben's nicht nötig.«

»Meiner Ansicht nach hat wohl jeder siebenundzwanzig Tonnen Goldbarren nötig«, sagte der Kriegsfürst spöttisch.

»Diese Gefährdung brauchen wir nicht«, fuhr Justin fort.

»Erkläre!« sagte der Kriegsfürst, während er einem juwelenbesetzten Befeuchter eine große Zigarre entnahm und sie entzündete.

»Meiner Ansicht nach ist der Grund dafür, daß uns die Marine in Ruhe gelassen hat, darin zu suchen, daß wir uns so weit draußen an der Grenze befinden. Es gibt hier draußen zu wenige Welten der Oligarchie, so daß es mehr Umstände erforderte, uns zu vernichten, als wir es wert sind.« Er hielt inne. »Greife einen Marinekonvoi an, und du bist es plötzlich wert, angegriffen zu werden.«

»Das ist eine Möglichkeit«, sagte der Kriegsfürst zurückhaltend.

»Aber du glaubst nicht daran.«

Der Kriegsfürst schüttelte den Kopf. »Bellanos Informationen bestätigen nur, was ich lange Jahre geglaubt habe. Die Marine ist zu dünn gesät, um sich darum zu kümmern, was hier draußen geschieht.« Er hielt inne. »Sie sind in Wirklichkeit vielleicht sogar erfreut darüber, daß wir hier draußen operieren. Es ist uns gelungen, mehr als hundert Systeme zu befrieden und sie wirtschaftlich in Schwung zu bringen; irgendwann, in zwei oder drei Jahrhunderten, werden sie vielleicht kommen, um die Zinsen dessen einzukassieren, was wir erworben haben.«

»Warum haben sie dann auf deinen Kopf eine Belohnung ausgesetzt?« forderte ihn Justin heraus.

»Oh, wenn es irgendeinem Kopfjäger gelänge, mich auszuschalten, weinten sie mir kaum bittere Tränen nach«, sagte der Kriegsfürst. »Aber sie werden ebenso glücklich sein, wenn die Kriegsfürsten hier draußen weiterhin bis zu jenem Tag funktionieren, da sie herkommen und sie in die Oligarchie einverleiben können.«

»Wärst du gewillt, dein Leben darauf zu verwetten?« wollte Justin wissen.

Der Kriegsfürst war offensichtlich belustigt. »Natürlich nicht. Aber ich bin gewillt, *Bellanos* Leben darauf zu verwetten.«

»Ich bin mir nicht sicher, ob ich dir folgen kann«, sagte Justin.

»Dann *lerne,* es zu tun«, sagte der Kriegsfürst grob. »Eines Tages wird das hier alles dein sein, und dann wirst du besser gelernt haben, dein Hirn zu gebrauchen!«

»Es besteht keinerlei Grund, mich zu beleidigen, Vater.«

»Darüber wäre zu diskutieren«, sagte der Kriegsfürst noch immer verärgert. Schließlich hob er die Schultern. »Also gut«, meinte er. »Ich glaube auch, daß die Marine davon alarmiert sein wird, wenn sie dreihundert Schiffe verliert. Wenn wir mit allem fertig sind, werden wir ihnen einen Bösewicht liefern müssen, andernfalls werden sie sich selbst auf einen einschießen.«

»Und der Bösewicht ist Bellano?«

»Muß er sein«, sagte der Kriegsfürst. »Sie würden niemals an die Fliegen-bei-Nacht glauben.« Er blickte seinen Sohn scharf an. »Oder?«

»Ich weiß nicht«, entgegnete Justin. »Vielleicht, wenn ich sie besser verstünde ...«

»Der Oligarchie geht es nicht darum, Fremdwesen zu verstehen, sondern nur, sie zu beherrschen – oder sie auszulöschen«, fügte der Kriegsfürst hinzu. »Sie werden sich nach einem menschlichen Feind umsehen, und wenn wir auch mit den Farben der Blauen Prinzessin fliegen, so wird sie das nicht länger als zehn Sekunden täuschen können.«

»Wie planst du, sie davon zu überzeugen, daß Bellano derjenige ist, den sie haben wollen?«

»Ehe der Konvoi völlig dezimiert ist, gestatte ich ihnen, eine verschlüsselte Botschaft eines Untergebenen an Bellano aufzufangen. Sie werden sie zur Dechiffrier-Sektion der 12. Flotte hinüberschicken, und innerhalb weniger Stunden werden sie wissen, wonach sie suchen müssen.«

»Wie kannst du sicherstellen, daß er dich nicht mit hineinzieht, wenn sie ihn gefunden haben?«

»Weil sie nur finden werden, was von ihm übriggeblieben ist«, sagte der Kriegsfürst. »Sein Schiff wird bedauerlicherweise in der Schlacht zerstört werden. Der arme Kerl wird tatsächlich fast seine gesamte Flotte verlieren.« Der Kriegsfürst lächelte. »Er stellt eine Bedrohung meiner Sicherheit dar; ich sehe keinen Grund, warum sich die Marine nicht bemüßigt fühlen sollte, ihn aus dem Weg zu räumen.«

»Warum sollte er nicht den Verdacht haben, daß du ihn hintergehst, und seinerseits Schritte zu seinem Schutz unternehmen?« fragte Justin.

»Oh, das wird er«, versicherte ihm der Kriegsfürst.

»Er wird jede nur erdenkliche Vorsichtsmaßnahme treffen, auch wenn's ihm nichts nutzt.« Er lehnte sich in seinen Sessel zurück und verschränkte die großen Finger hinter dem massigen Kopf, während sein Blick auf das überlebensgroße Hologramm seiner allerneuesten Konkubine fixiert war, das die jenseitige Wand des Zimmers beherrschte und genau über einem Bildschirm hing, der ihm gestattete, alle Räume seines Palastes zu überwachen. »Bellanos Flotte wird den Hauptstoß des Marinefeuers abbekommen. Sobald der Konvoi erst einmal zerstört ist, sollte es nicht allzu schwierig sein, den Rest mit unserer eigenen Flotte wegzuwischen – zusammen mit denjenigen Schiffen, von denen wir ihm weisgemacht haben, sie lägen anderswo.« Er hielt inne. »Wir hinterlassen gleichfalls vier oder fünf Tonnen Barren in den Überbleibseln seines Flaggschiffs. Warum sollte daher die Marine ihre Zeit damit verschwenden, die Grenze nach dem Gold abzusuchen? Wir überlassen ihnen genügend, daß sie annehmen können, der Rest davon sei vernichtet.«

»Du bist dir sicher, daß sie das glauben werden?« fragte Justin zweifelnd.

»Ich wette um jeden Preis, daß sie's tun werden – wenngleich ich beabsichtige, gewisse Vorsichtsmaßnahmen zu ergreifen, nur für den Fall, daß sie's nicht tun.« Er hielt inne. »Auf jeden Fall: wenn das Unternehmen beendet ist, wird er noch etwa fünfzig Schiffe übrig haben, um achtzehn Systeme zu verteidigen; wahrscheinlich können wir alle achtzehn innerhalb eines Jahres nehmen, glaube ich.« Er hielt nachdenklich inne. »Und wenn ich, was die Blaue Prinzessin angeht, recht habe, kann sie gleichfalls nicht sehr viele Schiffe übrig haben, um ihr Territorium zu verteidigen.« Der Kriegsfürst lächelte. »Die Lage wird sich rundherum zu unserem Vorteil kehren.«

»Dann tust du das ganze letztlich nicht wegen des Goldes.«

»Das Gold ist sicherlich eine hübsche Dreingabe«, entgegnete der Kriegsfürst paffend. »Aber den Gegner auszuschalten, ist mein oberstes Motiv.«

»Ich kann nicht glauben, daß es so einfach werden wird, wie's sich bei dir anhört«, sagte Justin.

»Daran ist überhaupt nichts einfach«, antwortete der Kriegsfürst. »Eine Menge guter Männer und Frauen werden bei dieser Aktion das Leben verlieren.«

»Du weißt, was ich meine.«

»Ich bin nicht aufgrund meiner Zaghaftigkeit Ghengis Marcus Alexander Augustus Rex geworden«, sagte der Kriegsfürst. »Flotten und Planeten sind wie die Menschen; sie reagieren am besten auf entschiedene Aktionen ihrer Anführer.« Er starrte seinen Sohn an. »Das mußt du lernen, ehe du hoffen kannst, das zu halten, was ich zusammengefügt habe. Sobald du einmal eine Entscheidung getroffen hast, gibt es keine Halbheiten mehr. Du kannst die Marine nicht eines Teils ihres Goldes berauben, du kannst Bellano nicht nur ein wenig bemogeln, du kannst nicht nur die Hälfte des Territoriums der Blauen Prinzessin nehmen. Du mußt die Achillesferse suchen, und sobald du sie gefunden hast, mußt du entschlossen und mit aller Kraft zuschlagen.« Der Kriegsfürst hielt inne und versuchte, seine Überlegungen in einem einzigen Satz zusammenzufassen. »Du mußt mehr wollen, und du mußt die Geschicklichkeit dafür entwickeln, es zu erhalten.«

»Was ›mehr‹, Vater?« fragte Justin.

»Einfach *mehr*.«

»Ich werde versuchen, mich daran zu erinnern, Vater«, sagte Justin.

»Du muß dich gleichfalls daran erinnern, daß ein Kriegsfürst keine Freunde und keine Verbündeten hat. Er hat nichts außer Untergebenen und Feinden, und jeder der ersteren ist möglicherweise einer der letzteren.«

»Das hast du mir schon gesagt.«

»Und ich werde es dir *immer wieder* sagen, bis du's so gut im Schädel hast wie deinen Namen.« Er beugte sich vor und starrte seinen Sohn durchdringend an. »Und was die Fliegen-bei-Nacht angeht...« Er hielt inne. »Dreißig Prozent des Marktpreises ist lächerlich.«

»Dann sollten wir ihm das Elfenbein geben und vierzig Prozent nehmen?«

»Nein.«

»Warum nicht?«

»Weil ich nicht verstehe, was er mit dem Elfenbein will, und ich habe kein Vertrauen zu dem, was ich nicht verstehe.« Der Kriegsfürst hielt inne. »Wir werden ihnen fünf Tonnen verkaufen, nicht mehr.«

»Wenn dir ihre Preisvorstellung nicht gefällt: warum überhaupt etwas an sie verkaufen?« fragte Justin. »Da werden lediglich sechzehn oder siebzehn Tonnen für uns bleiben.«

»Weil das Gold einfach ein Mittel zum Zweck ist. Es besteht immer die Möglichkeit, daß die Marine unseren kleinen Bluff durchschauen wird – und falls sie sich dazu entschließt, daß Bellano nicht das gesamte Gold besitzt und die Grenze nach dem restlichen Gold absucht, möchte ich sicherstellen, daß sie wissen, wo sie danach suchen müssen – und wenn es fünf Tonnen wert ist, Bellano auszuschalten, ist's allemal fünf weitere Tonnen wert, sicherzustellen, daß die Marine niemals herausfindet, was geschehen ist.«

»Aber die Fliegen-bei-Nacht werden der Marine sagen, daß *wir* das restliche Gold besitzen.«

»Dann wird mein Wort gegen das von Mylarrr stehen – und die Oligarchie ist eher geneigt, Menschen zu glauben und Fremdwesen zu mißtrauen«, sagte der Kriegsfürst. »Und ganz nebenbei haben wir uns unseres Anteils vom Gold entledigt, ehe sie damit beginnen, deswegen Fragen zu stellen.« Der Kriegsfürst hielt inne. »Du siehst aus, als bezweifeltest du das.«

»Ich persönlich wäre sehr vorsichtig damit, eine Rasse zu betrügen, die ich nicht verstehe.«

»Aber ich verstehe sie«, knurrte sein Vater. »Darum bin *ich* der Kriegsfürst.«

»Ja, Vater«, sagte Justin schwach.

Elf Tage waren vergangen, und der Überfall auf den Konvoi war genauso verlaufen wie geplant. Bellano war tot; die Marine glaubte – zumindest offiziell –, daß sie jene Menge Goldes geborgen hatte, die nicht vernichtet worden war; der Kriegsfürst hatte lediglich dreiundsechzig eigene Schiffe verloren; und die Oligarchie war davon überzeugt, daß Bellano für den Überfall verantwortlich war.

Jetzt saß der Kriegsfürst auf seinem Thron, hielt ein Kristallglas in Händen, hatte einen Fuß auf die ausgestopfte Echse gesetzt und genoß die angenehmen Nachwirkungen des Sieges, während Mylarrr in bedenklicher Weise auf einem Fensterbrett kauerte, das sich einige Meter über dem Boden befand.

»Das ging glatter, als ich erwartet habe«, sagte der Kriegsfürst gerade. »Ich war mir nicht sicher, ob es ausreichte, etwas von dem Gold auf Bellanos Flaggschiff zurückzulassen, um sie zu täuschen.«

»Man muß dir gratulieren, Vater«, sagte Justin. »Darf ich dir noch etwas Wein nachgießen?«

Der Kriegsfürst nickte und hielt das Glas hin. »Danke sehr. Frag deinen Freund, ob er etwas haben möchte.«

»Nein nein nein nein!« sagte Mylarrr prompt. »Niemals trinke ich jemals Rauschmittel.«

»Können wir dir irgend etwas anbieten?« fragte der Kriegsfürst.

»O ja, o ja!« rief der Fliegt-bei-Nacht aus, ließ sich leichtfüßig auf den Boden herab und ging hinüber zu dem Elfenbein. »*Das* ist das wahre Rauschmittel!« sagte er und legte die klauenbewehrte Hand auf den größeren der beiden Stoßzähne.

»Du genießt es, ihn zu berühren?« fragte der Kriegsfürst erheitert.

»Es glänzt vor Kraft, es leuchtet, es funkelt«, erklärte Mylarrr.

»Und es überträgt deiner Ansicht nach seine Kraft auf dich?«

Das Fremdwesen lächelte. »Wenn wir es berühren, bin ich unsterblich.«

»Und das ist alles, was dich glücklich macht«, sagte der Kriegsfürst achselzuckend.

»Elfenbein macht mich glücklich und zufrieden und unsterblich.«

»Schön für dich.«

»Fünfzig Prozent«, sagte Mylarrr.

»Nein.«

»Kann sein einundfünfzig, vielleicht, möglicherweise.«

»Das werde ich mir überlegen.«

»Gut! Du überlegst, grübelst, meditierst, ziehst es in Betracht, denkst nach, dann werden wir reden und feilschen und handeln und verhandeln.«

Der Kriegsfürst leerte den Kelch bis zur Neige. »Laß uns unterdessen das Thema wechseln.« Er wandte sich an seinen Sohn. »Hast du die Position von Bellanos restlichen Schiffen festgestellt?«

Justin nickte. »Ja, Vater. Seine Streitkräfte besitzen noch dreiundfünfzig Schiffe; ihre Koordinaten sind alle in unseren Computern.«

»Wir werden uns einige Tage lang neu formieren und dann zuschlagen, ehe ein neuer Anführer die Möglichkeit erhält, seine Kräfte zusammenzuziehen.« Der Kriegsfürst hielt den Kelch hin. »Das ist ein ausgezeichneter Wein. Ich möchte noch etwas davon.«

Justin schüttelte nachdenklich den Kopf. »Ich glaube kaum, daß du noch etwas davon brauchst, Vater.«

»Seit wann entscheidest *du*, wieviel ich trinke?« wollte der Kriegsfürst wissen, während er versuchte, sich auf die Beine zu stellen und zu seiner Überraschung herausfand, daß sie ihn nicht tragen wollten.

»Du hast bereits genug getrunken, um dich umzubringen«, sagte Justin ruhig.

»Bist du von Sinnen?« rief der Kriegsfürst. »Weißt du überhaupt, was du sagst?«

»Es wirkt völlig schmerzlos, versichere ich dir«, sagte Justin. »Der Verlust des Gefühls in den Extremitäten, das Gefühl von Kälte, und dann nichts.«

»Wächter!« brüllte der Kriegsfürst.

»Sie werden nicht kommen, Vater«, sagte Justin freundlich. »Sie arbeiten jetzt für *mich*.«

»Aber weshalb?« fragte der Kriegsfürst, der darum kämpfte, das alles zu verstehen.

»Deine Zeit ist vorüber, Vater. Die Tage des Kriegsfürsten sind vorbei.« Justin hielt inne. »Die bloße Tatsache, daß du all die falschen Informationen geglaubt hast, die es mir gelungen ist, in Bellanos und deine anderen Quellen hineinzubugsieren, bedeutete, daß deine Tage gezählt sind. Glaubst du *wirklich*, die mächtigste militärische Streitmacht der Galaxis gibt sich damit zufrieden, einen Kriegsfürsten ganze Sonnensysteme regieren und Tribut von ihnen erheben zu lassen? Ist es eine vernünftige Annahme, die Marine würde die Verschiffung des Goldes nicht mit genügend Feuerkraft schützen, um jeden Angriff zurückzuweisen?«

»Aber wir haben gewonnen!« protestierte der Kriegsfürst. »Wir haben sie zerstört!«

Justin schüttelte den Kopf. »Du hast eine unterbemannte Flotte vernichtet, die lediglich ihrem Zweck diente: sie zerstörte Bellanos Kräfte, ehe sie kapitulierte. Ich hatte erwogen, der Marine zu erlauben, eintausend Versorgungsschiffe einzubringen, aber das hätte unsere eigene Flotte dezimiert, und ich habe noch immer etwas damit vor, ehe sie aufgelöst wird.«

»Aufgelöst? Was willst du...«

»Spar deine Kräfte, Vater«, sagte Justin. »Dir bleiben nicht mehr viel.« Er lächelte. »Während du damit beschäftigt warst, Schutzherr für die Grenze zu werden, habe ich durch meine eigenen Kanäle sichergestellt, daß die Marine sich wesentlich glücklicher schätzte, wenn sie es mit einem einzigen Herrscher anstelle eines Dutzend Kriegsfürsten zu tun hätte.«

»Du?« krächzte der Kriegsfürst.

»Aber sicher«, sagte Justin. »Hast du mir nicht immer gesagt, ich solle selbst die Initiative ergreifen? Als eine Geste des guten Willens habe ich ihnen Bellano samt dessen Flotte ausgeliefert, und in einem oder zwei Tagen werden sie die Blaue Prinzessin in Gewahrsam nehmen. Und dann bist natürlich du da, Vater; ich glaube, das hat mich davon überzeugt, mit ihnen ins Geschäft zu kommen. Du bist derjenige, den sie am meisten von allen haben möchten.«

»Du hast alles zerstört«, flüsterte der Kriegsfürst.

»Unsinn«, sagte Justin leichthin. »Am Ende hättest du dein Reich an einen größeren Kriegsfürsten verloren... oder, falls nicht du, hätte *ich* es verloren. Auf jeden Fall war es niemals mein Ehrgeiz, General zu sein; darin bin ich nicht sehr gut, und ich finde es viel zu einengend. Du hast niemals mehr als dreißig Systeme besessen; morgen werde ich der Gouverneur von mehr als einhundertundsiebenundsechzig Systemen sein. Natürlich müssen wir einige der kleineren Kriegsfürsten loswerden, aber die Marine wird sich mehr als glücklich schätzen, das zu tun, also sollte das kein weiteres Problem darstellen.«

»Und das Gold?«

»Nun, ich werde eine Tonne davon für meine eigenen Bemühungen erhalten, aber der Rest wird zum Tresor-Planetoiden im Deluros-System zurückgebracht werden. Sie haben hier draußen dafür natürlich niemals Verwendung gehabt; und jene, die sie gebraucht haben, werden in Kredits ausgezahlt. Wir haben die Verschiffung lediglich deshalb arrangiert, um Bellano dazu zu bringen, seine Kräfte mit den deinen zu vereinigen.«

»Sehr schlau«, sagte der Kriegsfürst fast unhörbar.

»Das dachte *ich* auch«, pflichtete Justin bei. »Wie dem auch sei, ich habe auf einen Streich die Größe deines Reichs verfünffacht, und ich habe gleichfalls die Legitimität der Oligarchie erhalten.« Er hielt einen Augenblick lang inne. »Hab' ich das nicht gut gemacht, Vater? Bist du schließlich stolz auf mich?«

Der Kriegsfürst sprach erneut, und Justin vermochte ihn kaum zu hören.

»Du hast einen Fehler begangen.«

»Ach?« entgegnete Justin. »Was meinst du damit?«

»Du hättest das Fremdwesen töten sollen. Du hast kein Gold für ihn.«

»Mylarrr?« erwiderte Justin. »Er stellt kein Problem dar. Er wird sich mit dem Elfenbein zufrieden geben.«

»Du bist ein Narr«, flüsterte der Kriegsfürst und starb.

Justin erhob sich und wandte sich an den Fliegt-bei-Nacht.

»Er ist tot.«

»Traurig und tragisch und herzzerreißend und unvermeidlich«, sagte das Fremdwesen, das noch immer den größeren der beiden Stoßzähne streichelte. »Jetzt werden wir über das Gold sprechen, das gut und glänzend und gewinnbringend ist.«

»Es wird kein Gold geben«, sagte Justin.

»Kein Gold? Kein Gold? Aber ich sah das Gold!«

»Nur eine einzige Tonne, und dafür habe ich bereits Verwendung.«

»Aber hier stehe ich!«

»Ich weiß, daß du wegen des Goldes hier stehst, aber ich bin mir sicher, wir werden zu einer vernünftigen Regelung kommen.«

»Vernünftig und weise und gerecht«, sagte Mylarrr nachdrücklich. »Du schlägst vor, ich bestimme.«

»Als Geste des guten Willens würde ich dir gern das Elfenbein überlassen.«

»Das Elfenbein!« rief Mylarrr aus, sprang auf und kauerte sich auf den größeren der beiden Stoßzähne. »Unsterblich und unbesiegbar bin ich!«

»Das ist richtig.«

Plötzlich starrte Mylarrr Justin an. »Jetzt das Gold.«

»Es gibt kein Gold für dich.«

»Ich weiß, wo es ist und kenne seinen Ort«, sagte Fliegt-bei-Nacht.

»Dann werde ich es beiseiteschaffen, sobald du uns verlassen hast.«

»Ich werde es mitnehmen.«

»Du wirst gar nichts tun«, sagte Justin ärgerlich. Er wandte sich zur Tür. »Wache!«

»O weh und tut mir leid, sie wird nicht kommen.«

»Warum nicht?« wollte Justin wissen.

»Weil ich sie tötete.«

»Du? Wie?«

»Ich, genauso einfach wie so.«

Mylarrr stieß blitzschnell mit der klauenbewehrten Hand zu, und Justin fiel jäh auf die Knie, während er mit den Fingern den Nacken umklammerte.

»Ich habe das Elfenbein«, wiederholte Mylarrr beruhigend. »Ich bin unsterblich. Ich kann nicht geschlagen werden. Ich werde für alle Ewigkeit und Unendlichkeit herrschen. Sogar die Oligarchie kann mir jetzt nichts mehr anhaben.«

»Du bist verrückt! Sie werden meinen Leichnam finden und dich zur Strecke bringen!« versprach Justin mit allmählich verschwimmendem Blick.

»Sie können mich nicht zur Strecke bringen«, versicherte ihm Mylarrr. »Ich bin der größte der Kriegsfürsten. Ich habe das Elfenbein!«

»Mein Vater hatte es, und es machte *ihn* nicht unsterblich!« krächzte Justin.

»Da gibt es einen Unterschied«, sagte Mylarrr zuversichtlich, als er sich hurtig zu Boden ließ.

»Und der wäre?« fragte Justin mit seinem letzten Atemzug.

»Ich habe keinen Sohn.«

Drittes Zwischenspiel

(6303 G.A.)

Duncan?«

Ich brummelte etwas Unverständliches und wälzte mich auf die Seite.

»Duncan!«

Diesmal war die Stimme lauter, und einen Augenblick später rüttelte mich eine Hand heftig an der Schulter.

»Was ist los?« fragte ich, setzte mich abrupt auf und stieß um ein Haar mit meinem Kopf gegen den Kopf von Hilda Dorian. »Hab' ich verschlafen?«

»Nein.«

»Oh!« Ich fühlte mich noch immer durcheinander, und das Herz klopfte mir so heftig, daß ich davon überrascht war, daß sie's nicht hören konnte. »Wie spät ist es?«

»Sieben Uhr.« Sie schaute grimmig drein.

»Abends? Morgens?«

»Morgens.« Sie hielt inne. »Du hast also offensichtlich *wieder* die Nacht im Büro verbracht!«

Schließlich begann mein Gehirn zu funktionieren. »Ich hab' die Stoßzähne erneut ausgemacht, fast zwölf Jahrhunderte nach ihren letzten Auftauchen.«

»Wirklich? Wann und wo?«

»Ich fand sie im Jahr 5521 G.A. draußen an der Grenze.«

»Das ist weniger als acht Jahrhunderte her«, bemerkte sie beeindruckt.

»Aber da gibt's ein Problem.«

»Es gibt mehr Probleme, als du denkst«, entgegnete sie.

»Ach?«

»Sprich du zuerst!«

»Ein Fremdwesen geriet in den Besitz der Stoßzähne, daher mußte ich den Computer anweisen, seiner Suche eine neue Richtung zu geben. Es ist sinnlos, menschliche Aufzeichnungen zu durchforsten, wenn die Stoßzähne geruhen, in der erstbesten fremden Gesellschaft aufzutauchen.« Ich ließ eine Hand durchs Haar gleiten und versuchte damit, es zu glätten. »Ich muß eingeschlafen sein, während ich die Daten sammelte.«

»Möchtest du einen Kaffee?« fragte Hilda ein wenig zu drängend.

»Jetzt nicht.«

»Du bist dir sicher?« bohrte sie.

»Ja, ich bin mir sicher«, entgegnete ich. »Warum bist du plötzlich so fürsorglich geworden?«

»Weil du dich einem größerem Problem gegenübersiehst als der Frage, ob irgendeine fremde Rasse das Elfenbein besitzt oder nicht, und ich möchte, daß du völlig wach bist, wenn ich es mit dir bespreche.«

»Ich bin wach«, sagte ich, stand auf und vollführte ein paar Dehnübungen. »Was hast du mir zu sagen?«

»Ich bin heute früh hergekommen und habe Bukoba Mandakas Dossier aufgerufen.«

»Und?«

Sie sah mich einen langen Augenblick an, als wolle sie sich vergewissern, daß ich schließlich im Besitz aller meiner Fähigkeiten sei, ehe sie antwortete.

»Er existiert nicht.«

Ich runzelte die Stirn. »Was meinst du damit: Er existiert nicht? Er war genau hier in meinem Büro. Er hat

Geld auf meinem Konto hinterlegt. Ich arbeite für den Mann!«

»Ich weiß«, sagte sie grimmig. »Aber es gibt von ihm keinerlei offizielle Aufzeichnung.«

»Computer!« befahl ich. »Hole ein Hologramm von Bukoba Mandaka hervor!«

Mandakas Bildnis erwachte schimmernd zum Leben und schwebte über dem Computer.

»Dies ist eine *private* Aufzeichnung«, sagte Hilda. »Das Commonwealth besitzt keine Aufzeichnung von ihm.«

»Hast du seine Stimmabdrücke und das Retinagramm überprüft?« fragte ich. »Vielleicht ist Mandaka ein Pseudonym.«

»Ich hab' den Computer drangesetzt. Bislang jedenfalls hatte er keinen Erfolg.«

»Ist 'ne große Galaxis«, sagte ich. »Ich werd ihn früher oder später finden.« Ich hielt inne, während ich mir die weitere Vorgehensweise überlegte. »Was hast du sonst noch erfahren?«

»Seine Paßnummer ist gefälscht, sein Ausweis desgleichen, und das Vorfahren-Programm kann seine Eltern nicht auffinden.«

»Das ist verrückt!« sagte ich. »Haben wir seine Kreditwürdigkeit überprüft, ehe mir erlaubt wurde, für ihn zu arbeiten, oder haben wir's nicht?«

»Haben wir«, entgegnete sie stirnrunzelnd. »Er hat Zugriff zu mehr als fünf Millionen Kredits bei zwei verschiedenen Banken, und er hält einer Level-III-Überprüfung seines Kredits locker stand – ebenso hoch, wie ich selbst bevollmächtigt bin zu gehen –, aber ich kann die Quelle seines Vermögens nicht bestimmen.«

»Was ist mit seiner Adresse?«

»Ein Computerterminal im City-Center, das Nachrichten im Empfang nimmt.«

»Zahlt er Steuern?«

»Ich habe keine Vollmacht für den staatlichen Haushalts-Computer.«

»Kannst du sie nicht erhalten?« fragte ich.

»Nicht ohne die Aufmerksamkeit einer Menge Leute auf die Tatsache zu lenken, daß ich Mandaka überprüfe. Darum habe ich mich entschlossen, zunächst mit dir zu reden.«

»Gut überlegt«, pflichtete ich bei. »Wenn du jemandem weiter oben das erzählt hättest, was du mir erzählt hast, hätten sie dafür gesorgt, daß ich den Job sausen lasse.«

»Meinst du nicht, du solltest das tun – zumindest bis du etwas mehr über ihn in Erfahrung gebracht hast?«

»Was ist denn los mit dir?« wollte ich wissen. »Du hast selbst gesagt, sein Geld sei in Ordnung.«

»Aber du weißt nichts über ihn. Er könnte ein Krimineller sein.«

»Er könnte ebensogut das sein, was zu sein er behauptet«, schoß ich zurück. »Wenn ich das Elfenbein nicht finde, werden wir niemals herauskriegen, *was* er ist. Er wird einfach verschwinden und jemand anderen für die Suche anheuern.«

»Ich hätte wissen sollen, daß du so reagieren würdest«, sagte sie und hob angewidert die Hände in die Höhe. »Du kümmerst dich einfach nur darum, dieses verdammte Elfenbein zu finden.«

»Sobald ich's gefunden habe, werde ich darauf bestehen, daß er mir erzählt, wer er ist und was er damit will«, sagte ich beschwichtigend. »Aber ohne das Elfenbein habe ich keinerlei Handhabe.«

»Deine Lebenserwartung wird *mit* dem Elfenbein vielleicht nicht allzu hoch sein«, meinte sie.

Ich schnaubte geringschätzig. »Niemand wird mich umbringen, so lange mein Computer alles überwacht, was geschieht.«

»Ein Mann ohne Vergangenheit, ohne Gegenwart,

ohne Zukunft und ohne Identität mag sich sehr wohl imstande fühlen, dich umzubringen.«

»Er hat ein Gesicht und eine Knochenstruktur und Fingerabdrücke und Retinae«, erwiderte ich. »Selbst wenn die Polizei seinen Namen nicht kennt, wird sie wissen, nach wem sie zu suchen hat.« Ich lächelte sie an. »Ich bedanke mich für deine Sorge, Hilda, aber das ist wirklich nicht nötig. In zwei oder drei weiteren Tagen werde ich das Elfenbein gefunden haben – schließlich habe ich in gerade eben zwei Abenden seine Geschichte durch zweieinhalb Jahrtausende verfolgt –, und sobald ich seinen Aufenthaltsort entdeckt habe, werden wir genau herausfinden, wer dieser Mister Mandaka ist und warum er so verzweifelt eine Trophäe in die Hände bekommen möchte, die niemand sonst kennt oder um die sich sonst niemand schert.«

»Und wenn er sich weigert, dir etwas zu erzählen?«

»Er wird's mir erzählen«, sagte ich zuversichtlich.

»Was macht dich da so sicher?«

»Du hast sein Gesicht nicht gesehen, als er das Elfenbein erwähnte; ich ja. Er wird alles in seiner Macht Stehende tun, um in seinen Besitz zu kommen.«

»Mord eingeschlossen?«

»Das habe ich bereits zuvor gesagt«, entgegnete ich. »Aber in diesem speziellen Fall wird ihm ein Mord das Elfenbein nicht verschaffen. Die Wahrheit jedoch wird's.«

Einen langen Augenblick starrte mich Hilda nachdenklich an. »Offensichtlich legst du Wert darauf, daß meine Entdeckungen dieses Büro nicht verlassen?«

»Absolut nicht!«

»Wenn ich mich bereiterkläre, darüber den Mund zu halten«, sagte sie, während sie mich noch immer durchdringend anblickte, »werde ich das nur unter zwei Bedingungen tun.«

»Was für Bedingungen?«

»Zunächst einmal werde ich alle zukünftigen Treffen

oder Unterhaltungen, die du mit Mandaka haben wirst, persönlich überwachen.«

»Einverstanden – solange du nicht unterbrichst oder ihn wissen läßt, daß du ihn überwachst.«

»Zweitens: Wenn das ganze nicht innerhalb von drei Tagen über die Bühne gegangen ist, werde ich mit dem, was ich habe, zum Aufsichtsrat und zur Polizei gehen.«

»Du *hast* nichts«, meinte ich aufgebracht.

»Ich habe einen Mann, der theoretisch nicht existiert, der jedoch sofortigen Zugriff zu fünf Millionen Kredits hat. Ich habe einen Mann ohne Identität in einer Gesellschaft, wo seine Identität auf fünf Millionen Speichermodulen aufgezeichnet sein sollte. Ich habe einen Mann, den du eines Mordes für fähig hältst. Meinst du nicht, daß ich damit *irgend jemandes* Interesse für meine Daten wecken könnte?«

»Aber was, wenn es mich fünf Tage kostet, das Elfenbein zurückzuverfolgen? Oder sieben Tage? Was, wenn die Fremdwesen über keine schriftlichen Aufzeichnungen verfügen? Sie haben sich niemals der Oligarchie oder dem Commonwealth angeschlossen; meines Wissens nach sind sie ausgestorben. Du *kannst* meine Suche nicht auf drei Tage beschränken.«

Sie zögerte, um zu durchdenken, was ich gesagt hatte.

»Gut«, entgegnete sie vorsichtig. »Ich bin soweit gegangen. Wenn du das Elfenbein nicht innerhalb von drei Tagen gefunden hast, werde ich dir die Chance geben, deinen Fall neu darzulegen – aber ich verspreche nichts.«

»Das ist unannehmbar!« versetzte ich empört.

»Die Alternative besteht darin, meine Informationen gleich jetzt zu veröffentlichen.«

Ich funkelte sie an, und sie funkelte zurück.

»Also gut«, brummte ich. »Abgemacht.«

Sie wollte offensichtlich noch etwas sagen, änderte dann jedoch ihre Meinung und verließ das Büro.

Ich stand auf, befahl der Tür, keine Besucher einzulassen, entledigte mich meiner zerknitterten Kleidung und betrat den kleinen Duschtrockner neben dem WC.

»Anschalten!« befahl ich.

»Erledigt.«

»Computer?«

»Ja?«

»Ist es dir gelungen, die Stoßzähne weiterzuverfolgen?«

»Nein. Es gibt nur wenige aufgezeichnete Daten über die Fremdrasse, die als Fliegen-bei-Nacht bekannt ist.«

»Wieviel Zeit bleibt mir, bis Braxton's offiziell öffnet?«

»Eine Stunde, einundfünfzig Minuten und neunzehn Sekunden.«

»Wieviel deiner Kapazität steht mir momentan zur Verfügung?«

»63,278 %.«

»Das ist alles?«

»Ich bereite das Gebäude für die menschlichen Bewohner vor, und ich arbeite für eine Anzahl Frühankömmlinge.«

»Also gut«, sagte ich. »Ich möchte, daß du von diesem Prozentsatz die Hälfte auf die Fliegen-bei-Nacht ansetzt, um zu sehen, ob du herausfindest, was mit dem Elfenbein geschehen ist, nachdem es Mylarrr in Besitz genommen hatte.«

»Verstanden. Ich arbeite ...«

»Und jetzt mach mein Fenster undurchsichtig, bis ich mich angekleidet habe!«

»Erledigt.«

Ich verließ den Duschtrockner und stellte mich vor den schimmernden Kristall. »Ich möchte, daß du die restliche Hälfte deiner Kapazität dazu verwendest, alles in Erfahrung zu bringen, was du über Bukoba Mandaka herausbekommen kannst.«

»Es gibt keine offizielle Aufzeichnung über Bukoba Mandaka.«

»Wie ich weiß, hast du seine Kreditwürdigkeit anhand der Aufzeichnungen der Monarchie überprüft«, sagte ich. »Aber es gibt andere Stellen, wo du suchen kannst.«

»Ich warte ...«

»Als erstes könntest du Zugriff zu allen Aufzeichnungen nehmen, die sich auf die Massai beziehen, falls diese existieren.«

»Verstanden. Ich arbeite ...«

»Dann«, sagte ich, »sieh nach, ob die Worte Bukoba oder Mandaka im Dialekt der Massai eine bestimmte Bedeutung besitzen.«

»Verstanden. Ich arbeite ...«

»Dann möchte ich etwas Musik hören.«

»Bevorzugen Sie etwas Bestimmtes?« fragte der Computer.

»Barjeenans Concerto in b-Moll.«

»Wird erledigt«, versicherte der Computer, und das Büro wurde von der atonalen fremdartigen Musik durchflutet.

»Das ist schon besser«, sagte ich und setzte mich – noch immer nackt – auf meinen Kontursessel. »Bitte sanft vibrieren!«

»Erledigt«, versicherte der Sessel.

»Und etwas Wärme im Kreuz. Ich bin ein wenig steif.«

»Ich erwärme«, sagte der Sessel.

»Vielen Dank.« Ich wandte dem schimmernden Kristall den Rücken zu. »Mag er nun offiziell existent sein oder nicht – Mandaka muß etwas getan haben, das wir rückverfolgen können. Uns ist bekannt, daß er Prudence Ashe im Naturhistorischen Museum einen Besuch abstattete, ehe er zu mir kam, also möchte ich, daß du alle Museen und Privatsammlungen überprüfst, die eine große Sammlung irdischer Tiere besitzen. Beginne in diesem Sternensystem, dann überprüfe alle Nachbarsysteme, und überprüfe schließlich den gesamten Sternhaufen. Ich möchte wissen, ob er sie alle besucht hat.«

»Verstanden. Ich arbeite …«

Ich hielt inne, ließ mich von Barjeenans Musik überströmen und versuchte, meine Gedanken mit den exotischen intimen Rhythmen zu verschmelzen.

»Dann«, fügte ich hinzu, »möchte ich, daß du die Makler und alle Mitwohnzentralen und Hotels überprüfst und herausfindest, ob ein Bukoba Mandaka – oder jemand, der auf seine Beschreibung paßt – kürzlich irgendwo auf dem Planeten eine Wohneinheit gemietet oder erworben hat.«

»Verstanden. Ich arbeite… Ich habe alle Wörterbücher der Massai in meinen Sprachbanken überprüft, ebenso wie jene auf Deluros VIII. Mandaka ist ein traditioneller ostafrikanischer Name und wurde von den Massai, den Kikuyu, den Luo, den Wakamba und den Samburu benutzt. Keiner der Namen hat eine bestimmte Bedeutung.«

»Na ja, war nur so 'n Gedanke«, sagte ich seufzend.

»Haben Sie weitere Instruktionen?«

»Ja«, sagte ich. »Wollen wir einmal sehen, wie gut er organisiert ist. Ich möchte, daß du eine Kleinanzeige aufgibst mit dem Inhalt, der Inserent habe eine Trophäensammlung geerbt, die er nicht haben möchte, und er wolle sie gegen Höchstgebot vergeben. Die Sammlung soll einen Bafflediver, eine Dämonenkatze, eine Anzahl kleiner ausgestopfter Fleischfresser und ein Paar Elefantenstoßzähne umfassen, das ist mir wichtig.«

»Wo soll diese Anzeige erscheinen?«

»Mindestens dreißigtausend Lichtjahre von hier.«

Über dem Kristall erschien ein Querschnitt durch die Galaxis. Sieben Planeten blinkten in einem leuchtenden Blau.

»Die blinkenden Planeten sind alle Mitglieder der Oligarchie, und zwar in einer Entfernung zwischen 30,346 und 31,112 Lichtjahren.«

»Welcher ist der nächststehende?«

»Nelson dreiundzwanzig.«

»Auf dem dreiundzwanzigsten Planeten der Sonne leben Menschen?« fragte ich überrascht.

»Nein. Dieser Planet ist der einzige im System.«

»Wie hat er dann einen derartigen Namen erhalten?«

»Es war der dreiundzwanzigste Planet, der von einem Mitglied des Pioniercorps namens Nelson terraformt wurde. Nelson lebte und starb im zweiten Jahrhundert G.A. Die Bewohner des Planeten nennen ihn Wiesengrün.«

»Einwohnerzahl?«

»72 349.«

»Gut«, sagte ich. »Gib die Anzeige in jedem Medium auf, das sie annimmt. Leite alle Antworten zu unserem Büro auf Genovaith II und dann zu mir.«

»Ich arbeite ...«

Ich zog mich an. Ich hatte kurz in Betracht gezogen, nach Hause zu gehen und frische Kleidung zu besorgen, aber ich wollte nicht die Zeit dafür opfern, also befahl ich ihr, ein anderes Muster in Orange und Braun anzunehmen, wobei sich jede Farbe um meine Gliedmaßen schlang, bis sie schließlich sanft ineinanderflossen.

»Gib mir ein 360°-Bild meiner selbst!« befahl ich.

Plötzlich stand in Armeslänge eine holographische Kopie meiner selbst vor mir, die sich sehr langsam um die eigene Achse drehte. Ich musterte sie sorgfältig und entschied, daß Hilda die Kleidung möglicherweise nicht für dieselbe halten würde, die ich tags zuvor getragen hatte. Abgesehen davon hatte sie so viele andere Dinge im Kopf, daß ich eine Chance hatte, mir nicht ihre übliche Standardpredigt über die Bedeutung des persönlichen Erscheinungsbildes und der Hygiene bei einem Auftritt vor den Abteilungsleitern anhören zu müssen, selbst wenn sie meine kleine Schwindelei durchschaute.

»Danke sehr«, sagte ich, und das Abbild verschwand.

»Gibt es sonst noch etwas?« fragte der Computer.

»Ja«, sagte ich. »Noch eine letzte Bitte.«

»Ich warte ...«

»Ich möchte, daß du Zugriff zum Polizeicomputer nimmst und nachsiehst, ob während der vergangenen zwanzig Jahre irgend jemand aufgrund irgendeiner Anklage festgenommen wurde, der Mandakas Beschreibung entspricht.«

»Das Ergebnis wird negativ sein«, entgegnete der Computer. »Falls er eingesperrt worden wäre, besäße das Commonwealth eine Aufzeichnung seines Stimmabdrucks und des Retinagramms.«

»Also gut«, sagte ich seufzend. »Keine weiteren Anweisungen.«

»Ich arbeite ...«

Ich kehrte zum Sessel zurück und befahl ihm, seine Konturen meiner Lage anzupassen. Ich fühlte mich ein wenig unwohl und erinnerte mich schließlich daran, den Stuhl angewiesen zu haben, mir etwas Wärme ins Kreuz zu geben, und ich befahl ihm, zur Normaltemperatur zurückzukehren.

Ich zog in Betracht, ein Frühstück zu bestellen, beschloß statt dessen jedoch, mir noch eine weitere Stunde Schlaf zu gönnen, ehe der Arbeitstag begann. Ich hatte anscheinend gerade die Augen geschlossen, als mich der Computer zurück ins Bewußtsein rief.

»Duncan Rojas?«

»Ja?« sagte ich, auf der Stelle hellwach.

»Ich habe mit absoluter Sicherheit festgestellt, was den Stoßzähnen zugestoßen ist, nachdem sie in den Besitz von Mylarrr gerieten.«

»Ausgezeichnet!«

Der Computer gab keine Antwort.

»Also?« wollte ich wissen.

»Ich muß darauf hinweisen, daß Wilford Braxton's in zwei Minuten und sieben Sekunden öffnet«, entgegnete der Computer, »und in einer derart kurzen Zeitspanne kann ich nicht die nächste Phase ihrer Geschichte erzählen.«

»Dann werde ich ein wenig später mit der Arbeit beginnen.«

»Ich bin lediglich dafür programmiert, Ihnen während der Zeit zu helfen, da Sie nicht aktiv für Wilford Braxton's tätig sind.«

»Ich mache im Verlauf des Morgens stets eine Pause«, sagte ich. »Heute werde ich sie in dem Augenblick machen, da das Büro öffnet. Reicht dir das aus?«

»Ich muß eine Abschätzung der Prioritäten vornehmen«, kündete der Computer an. Er funkelte einen kurzen Augenblick lang in einem unheimlichen Rot und wurde dann wieder normal. »Ja, das reicht mir aus.«

Ich beugte mich vor, als der Computer eine weitere Station der bemerkenswerten Odyssee des Elfenbeins enthüllte.

4

Die Diebin

(5730 G.A.)

Es war früher Morgen, als ich den Steilhang in das Rift-Tal hinabstieg, und der Bogoriasee lag verborgen unter Schichten von Dampf und Nebel. Ich trank in tiefen Zügen und schenkte den beiden Büffeln, die mich mürrisch anstarrten, keinerlei Beachtung.

Von Zeit zu Zeit wünschte ich mir, ich könnte einige Askaris – junge Bullen, die erst kürzlich aus ihrer Herde ausgestoßen worden waren – in Obhut nehmen, könnte sie lehren, was ich wußte, denn auf diese Weise geben wir die angesammelte Weisheit eines gesamten Lebens von einer Generation an die nächste weiter, aber obgleich mich viele erblickten, getraute sich doch keiner, sich mir zu nähern, so groß und ehrfurchtgebietend war ich.

Obgleich mein Magen gefüllt war und der See nahebei lag, fühlte ich mich dennoch getrieben, dem Pfad zu folgen, den ich vor so vielen Dekaden aufgenommen hatte. Während ich mit den Ohren schlug, um mein Blut kühl zu halten, brachen Tausende von Vögeln kreischend aus den nahen Büschen. Ich sah ihnen einen Augenblick lang nach und richtete dann den Blick wieder gen Süden.

Tahiti Benoit schenkte sich einen Alphard-Brandy ein, setzte sich in ihren Stuhl zurück und untersuchte das Hologramm der beiden riesigen Stoßzähne, die in der Schwebe von Zeit und Raum oberhalb ihres Computers hingen.

»Dreihundertsechzig Grad, bitte!« befahl sie, und das Bild rotierte langsam.

»Gib mir bitte erneut das Gewicht!« sagte sie.

»237 und 225 Pfund, als sie das erste Mal im Jahre 1898 A.D. versteigert wurden, 226 und 214 Pfund, als sie im Jahre 1932 A.D. offiziell ausgewogen wurden, 487,22 und 459,48 galaktische Standard-Kilos, als sie kurz vor der molekularen Stabilisierung im Jahre 3218 G.A. gewogen wurden.«

Sie starrte die Stoßzähne an und nahm erneut einen Schluck Brandy. »Zeig mir ihren Eigentümer!«

Die Stoßzähne verschwanden und wurde vom Bild eines dünnen, drahtigen Fliegt-bei-Nacht ersetzt.

»Das ist Meglannn«, verkündete der Computer. »Er behauptet, der ordnungsgemäß gewählte Premierminister von Winox IV zu sein, ist jedoch in Wahrheit ein untergeordneter Offizier, der vor elf Standardjahren durch einen Militärputsch die Macht ergriffen hat.«

»Elf Jahre«, überlegte sie. »Hat es irgendwelche Versuche gegeben, ihn zu stürzen?«

»Drei. Alle drei erfolglos.«

»Was ist mit den Tätern geschehen?«

»Sie wurden exekutiert.«

»Wie gut geschützt ist er?«

»Er hat eine persönliche Leibgarde von fünfundsiebzig Fliegen-bei-Nacht, die ihn schichtweise rund um die Uhr bewachen. Er ist niemals in der Begleitung von weniger als neun Leibwächtern, selbst wenn er sich in seinen eigenen Räumen aufhält.«

»Wo bewahrt er die Stoßzähne auf?«

»Sie werden im Gebäude der Materialsammlung der Regierung ausgestellt.«

»Was ist das – so was wie ein Museum?«

»Es ist das Zentrum der Bürokratie von Winox IV.«

»Ich nehme an, sie stehen gleichfalls unter ständiger Bewachung?«

»Das Gebäude steht unter ständiger Bewachung. Ich habe keinerlei Informationen über die Stoßzähne.«

»Hat das Gebäude der Materialsammlung der Regierung jemals um menschliche Hilfe ersucht?«

»Ich prüfe ... – niemals.«

»Haben sie irgendein Austauschprogramm mit der Oligarchie?«

»Nein.«

Sie überlegte einen Augenblick lang. »Also gut. Zeig mir jetzt das Restaurierungsteam, das sie zur Reparatur des Risses im größeren der Stoßzähne angefordert haben.«

Eine Gruppe Aliens, alle sehr hochgewachsen, sehr blau und sehr kahl, erschien oberhalb des Computers.

»Sie nehmen niemals Menschen ins Team auf?« fragte sie.

»Niemals«, entgegnete der Computer.

»Wer ist der Leiter?«

Das Team verschwand und wurde durch ein Hologramm einer großen schlanken blauen Frau ersetzt.

»Dies ist Tsasvos Tvisir, einhundertundsechs galaktische Standardjahre alt. Sie hat Diplome in der Restaurierung von Artefakten von Lodin XI und Canphor VI und war mehr als sechzig Jahre lang unabhängige Geschäftsfrau.«

»Sie hat ihr eigenes Schiff?«

»Ja«, antwortete der Computer.

»Gut«, sagte Tahiti. »Soweit keine Schwachpunkte. Machen wir weiter. Wer ist auf Winox IV der Botschafter der Oligarchie?«

Das Fremdwesen verschwand, um durch einen etwas übergewichtigen menschlichen Mann mittleren Alters ersetzt zu werden.

»Dies ist Ambrose Seaton, siebenundvierzig Jahre alt, ehemaliger Botschafter von Golden, ehemaliger Adjutant von Admiral Issac Kindlemeier.«

»Golden?« wiederholte sie. »Ist das nicht eine größere Handelswelt an der Inneren Grenze?«

»Das ist korrekt.«

»Und das Winox-System ist noch nicht einmal Mitglied der Oligarchie«, grübelte sie. »Diese Position stellt wohl kaum eine Beförderung dar.« Sie starrte das Bild nachdenklich an. »Warum verließ er Kindlemeiers Dienste?«

»Diese Information ist zensiert. Ich kann keinen Zugriff dazu nehmen.«

»Könnte man die Versetzung hierher als eine Degradierung betrachten?«

»Was die Bezahlung betrifft, nein.«

»Aber in puncto Macht und Autorität?«

»Ja.«

Sie gestattete sich den Luxus eines kleinen Lächelns. »Ich glaube, wir haben unsere Schwachstelle gefunden. Computer, wechsle zum subjektiven Modus.«

»Erledigt.«

»Gib mir eine subjektive Analyse des Charakters von Ambrose Seaton.«

»Er ist ein korrekter, wenngleich phantasieloser Diener der Öffentlichkeit, der Oligarchie völlig ergeben. Aus seinen ständigen Botschaften an Deluros VIII mit der Bitte um Instruktionen fürs Protokoll muß ich schließen, daß er sehr unsicher ist und vielleicht jener menschlichen Charakterzüge von Selbstvertrauen, Intuition und Kreativität entbehrt, die für einen Botschafter so weit draußen an der galaktischen Grenze unentbehrlich sind, wo ständig Entscheidungen ohne die Genehmigung der Oligarchie getroffen werden müssen.«

»Was genau hat er getan, daß es ihn die letzten beiden Stellungen gekostet hat?«

»Diese Information ist geheim.«

»Ist er mit seiner gegenwärtigen Stellung glücklich?«

»Er hat zweimal um Versetzung auf andere Welten

der Oligarchie gebeten, also muß ich daraus schließen, daß er mit seiner gegenwärtigen Stellung nicht glücklich ist.«

»Das wird ja immer besser«, sagte Tahiti. »Verlasse den subjektiven Modus.«

»Verlassen.«

»Du weißt natürlich, warum ich diese Fragen stelle?«

»Sie sind von einem Sammler namens Leeyo Nelion dafür angeheuert worden, den Fliegen-bei-Nacht auf Winox IV die Stoßzähne zu stehlen.«

»Mir ist dieser Job angeboten worden«, korrigierte sie ihn. »Ich habe ihn noch nicht angenommen.« Sie hielt inne. »Laß mich noch einmal die Stoßzähne sehen.«

Das Elfenbein erschien auf der Stelle.

»Wieviel sind sie auf dem offenen Markt wert?«

»Elfenbein wird in keinem kommerziellen oder künstlerischen Prozeß mehr benötigt«, entgegnete der Computer. »Daher ist es lediglich für Sammler und Museen wertvoll, und dieser Wert hängt völlig davon ab, wieviel der jeweilige Sammler oder das jeweilige Museum gewillt ist zu bezahlen. Die letzte kommerzielle Transaktion fand für vierhundertundfünfundzwanzig Kredits pro Standardkilo statt, im Jahre 5409 G.A.; seitdem sind die beiden Stoßzähne ohne Gegenleistung Museen vermacht worden.«

»Gut«, sagte sie. »Dann wollen wir erneut in die Details gehen.«

»Ich warte ...«

»Nelion hat seit Jahren auf das Elfenbein Jagd gemacht, ohne Erfolg. Dann ist es ihm mittels privater Quellen gelungen herauszufinden, daß die Fliegen-bei-Nacht ein Restauratoren-Team angefordert haben, um einen der Stoßzähne zu reparieren, der einen frischen Riß hat. Er hat alle nötigen Untersuchungen angestellt und ist zu dem Ergebnis gekommen, daß der Stoßzahn einer des Paares war, das er gesucht hatte.« Sie hielt inne. »Das klingt vernünftig genug.«

»Haben Sie einen Grund dafür, seine Ergebnisse anzuzweifeln?«

»Den besten Grund überhaupt: Selbstschutz. Ehe ich mich auf das Unternehmen einlasse, möchte ich mir sicher sein, daß seine Behauptungen genau das sind, was sie zu sein scheinen. Schließlich ist nicht er derjenige, der ins Kittchen wandert, wenn irgend etwas schiefgeht.« Sie hielt erneut inne. »Falls er lügt, kann ich nicht erkennen, welchem Zweck das dienen sollte; er wäre nicht imstande, das Elfenbein in Besitz zu nehmen, bis ich sicher vom Planeten weggekommen wäre.« Sie starrte das Elfenbein lange und hart an. »Er muß 'nen verdammten Jipper darauf haben; er bietet eine riesige Summe Geld dafür.«

Sie nippte erneut an ihrem Brandy, während sie mehrere Szenarien überdachte und verwarf, bis sie schließlich eines aufgebaut hatte, das ihr gefiel. Sie analysierte es, entschied, es würde funktionieren, und machte sich daran, die Details auszuarbeiten. Eine Stunde später schaltete sie schließlich den Computer wieder an.

»Schicke Herrn Nelion eine Nachricht!« befahl sie. »Sag ihm, ich sei mit seinen Bedingungen einverstanden. Sobald meine Bank auf Binder X mitteilt, daß die erste Hälfte des Geldes zu meinen Gunsten dort deponiert worden ist, werde ich meinen Teil des Vertrags erfüllen.«

Tahiti, in streng geschnittener Geschäftskleidung, betrat das kleine, ziemlich spartanisch eingerichtete Büro von Botschafter Seaton und setzte sich sofort auf einen Stuhl dem Schreibtisch des Botschafters gegenüber. Die Wände mit Holzpaneelen waren von Hologrammen bedeckt, die Seaton in der Gesellschaft wichtiger Leute und Aliens zeigten, welche alle in die Kamera lächelten.

Seaton, in vollem militärischen Wichs, der von einer imponierenden Zahl glänzender Orden vervollständigt wurde, erhob sich, um sie zu begrüßen. Er wirkte größer als die Beschreibung, die der Computer von ihm gegeben hatte, und sie schloß daraus, daß er irgendeine Art von Erhöhung in seinen glänzend polierten Schuhen trug. Sein Haar zeigte einen attraktiven, wenngleich unnatürlichen silbrigen Schimmer, und sein dicker Schnauzbart war einen jeden Zentimeter seiner Länge gewachst und gezwirbelt worden.

»Ich vertraue Ihnen darin, daß Sie diese Umgebung entschuldigen werden, meine Liebe«, sagte er und deutete vage über sein Büro.

»Es wirkt sehr elegant«, versicherte sie.

»Das ist es«, bestätigte er. »Was man jedoch in einer Botschaft wirklich möchte, ist nicht Eleganz, sondern Prunk.« Er rümpfte die Nase, um seinen Ekel zu demonstrieren. »Man *muß* die Einheimischen beeindrucken, oder man kann ganz einfach einpacken. Dennoch will die Regierung einfach nicht das bereitstellen, was auf Winox IV nötig wäre, es sei denn, Winox IV träte der Oligarchie bei – wobei sie gleichzeitig mit dafür sorgt, daß so etwas mit fast absoluter Sicherheit niemals geschehen wird.«

»Wir haben schon zuvor widerspenstige Welten zur Vernunft gebracht«, sagte Tahiti. »Ich bin mir sicher, wir werden's wieder tun.«

»Stimmt«, pflichtete er bei und verschränkte die pinkfarbenen Wurstfinger auf dem Tisch, »aber jene Welten besaßen etwas, das die Oligarchie haben wollte – Bodenschätze, Ackerland, spaltbares Material und dergleichen. Winox IV ist zu arm und zu weit draußen an der Grenze, als daß irgend jemand an den zuständigen Stellen von Deluros ihm groß Beachtung schenkte.«

»Sie haben *Sie* hierher geschickt, nicht wahr?« fragte sie bewundernd.

»Ich bin Berufsdiplomat«, entgegnete er mit falscher Verlegenheit. »Ich gehe dorthin, wohin man mich schickt.«

»Sie sind viel zu bescheiden«, protestierte sie. »Einer Ihrer Mitarbeiter sagte mir, daß Sie unter Admiral Kindlemeier dienten.«

»Das stimmt«, gab er zu. »Ein ausgezeichneter Befehlshaber. Ich vermisse unsere gemeinsamen Nachmittage wirklich, wenn wir Portwein tranken und Schach spielten.« Er lächelte. »Er wurde immer so wütend, wenn er verlor...«

»Sie waren gleichfalls Botschafter auf Golden«, fuhr Tahiti fort. »Die Oligarchie würde sicherlich keinen Mann ohne Ihren Ruf hierher geschickt haben, wenn sie nicht an Winox IV interessiert wäre.«

»Sie sind eine scharfsichtige Frau«, sagte er selbstzufrieden. »Und natürlich *sind* sie interessiert an Winox. Manchmal gerate ich einfach nur in Rage – nicht ohne Grund – über die Schwerfälligkeit der Bürokratie.«

»Nun, ich zum Beispiel bin beeindruckt davon, daß ein Mann Ihrer Statur immer noch so zugänglich bleibt. Ich kann Ihnen nicht sagen, wie sehr ich diese Audienz würdige, Botschafter Seaton.«

»Ein Teil meines Jobs ist es, menschlichen Besuchern in jeder Weise zu helfen, wie es mir möglich ist, meine Liebe«, entgegnete er glatt. »Und wie kann ich Ihnen nun helfen, Miss Benoit?«

»Nennen Sie mich bitte Tahiti!«

»Also gut – Tahiti«, verbesserte er sich. »Wie lange beabsichtigen Sie, auf Winox zu bleiben?«

»Ich bin mir nicht sicher. Vielleicht eine Woche, vielleicht zwei.«

»Wie mir mein Assistent mitteilte, sind Sie hier, um ein Gefängnis zu errichten?«

Sie lächelte. »In diesem Falle würde ich ein Jahr lang hierbleiben. Nein, mein Job besteht darin, eine praktisch umsetzbare Studie für ein Haftcenter zu erstellen.«

»Es ist mir ein Rätsel, wen wir verhaften sollten«, sagte Seaton verwirrt, »da wir hier jenseits des Botschaftsgeländes keine wirkliche Autorität haben.«

»Wir wollen hier draußen an der Grenze ein interessantes Experiment durchführen«, sagte Tahiti. »Wir haben herausgefunden, wie wir maximale Sicherheit erreichen können – wir errichten Chlorgefängnisse auf Sauerstoffwelten und umgekehrt. Das schließt augenscheinlich die Möglichkeit einer widerrechtlichen Flucht aus, da der jeweilige Flüchtling nicht imstande wäre, die Luft jenseits der Gefängniswände zu atmen.« Sie hielt inne. »Somit wird auch jede mögliche Furcht unter der örtlichen Bevölkerung zerstreut, daß sie durch die Errichtung eines Gefängnisses in Gefahr geriete.«

»Davon habe ich bislang noch nichts gehört!« rief Seaton aus. »Das ist eine ausgezeichnete Idee!«

»Vielen Dank«, sagte sie bescheiden. »Dafür war ich zumindest zum Teil verantwortlich.«

»Sie sind eine sehr interessante junge Dame.«

»Und Sie«, erwiderte sie mit einem Lächeln, »sind ein professioneller Diplomat.«

Er kicherte. »Stimmt. Aber selbst Diplomaten lügen nicht immer, meine Liebe.«

»Da Sie mich also nun von Ihrer Aufrichtigkeit überzeugt haben, frage ich mich, ob ich Sie um einen weiteren Gefallen bitten darf?«

»Aber sicher.«

»Ich möchte eine Stadtrundfahrt unternehmen. Können Sie dafür sorgen, daß jemand von Ihren Mitarbeitern mich begleitet?«

»Ich würde mich glücklich schätzen, Sie selbst zu begleiten.«

»Oh, das ist wirklich nicht nötig«, protestierte sie. »Ich bin mir sicher, daß Sie viel zu viel zu tun haben.«

»Für einen Mitmenschen kann ich mir stets die Zeit freimachen«, versicherte er ihr. »Besonders für einen so liebenswürdigen und charmanten Besucher wie Sie.«

»Dann bedanke ich mich.«

Er zögerte. »Sie müssen jedoch verstehen, daß es wirklich nicht viel zu sehen gibt. Dies ist nicht der Heimatplanet der Fliegen-bei-Nacht. In erster Linie ist es eine Bergbauwelt und versorgt ihr Reich mit bestimmten Metallen und spaltbaren Materialien, die auf ihren übrigen Welten zur Neige gegangen sind. Es gibt einfach nur diese Stadt hier, und sie ist kaum so großartig wie die Städte der Oligarchie.«

»Nichtsdestoweniger bin ich stets daran interessiert, neue Welten zu sehen.«

»Dann sollen Sie heute nachmittag mein Gast sein«, beharrte er.

»Vielen Dank, Botschafter. Ich weiß das wahrhaftig zu würdigen.«

»Wenn das so ist, können Sie mir als Gegenleistung gleichfalls einen Gefallen tun.«

»Aber sicher. Um was handelt es sich?«

»Bitte nennen Sie mich Ambrose.«

»Ich bin hocherfreut, Ambrose.«

»Wirklich: was für ein glücklicher Umstand ist es, daß Sie hierher gekommen sind!« sagte Seaton. »Sie haben keine Vorstellung davon, wie langweilig es ist, nur mit anderen Diplomaten und Militärs zu reden!«

»Um die Wahrheit zu sagen: ich zögerte ein wenig, mich Ihnen gleich am allerersten Tag meines Aufenthalts auf diesem Planeten aufzudrängen.«

»Unsinn!« erwiderte Seaton belustigt. »Sie hatten Empfehlungsschreiben von Admiral Nakashima und Botschafter Craig. Welche besseren Empfehlungen könnte man brauchen?«

Plötzlich runzelte sie die Stirn.

»Was ist los, meine Liebe?« fragte Seaton.

»Mein Schreiben von Botschafter Craig«, entgegnete

sie. »Ich frage mich, ob ich's zurückbekommen kann? Ich möchte ihm ein kleines persönliches Dankschreiben senden, und dazu benötige ich die Anschrift seiner Botschaft.«

»Aber sicher«, sagte Seaton und stand auf. »Es ist zweifellos zusammen mit Ihrem Dossier draußen im Büro. Ich werde es Ihnen gleich holen.«

»Sie brauchen sich nicht zu bemühen«, sagte sie und erhob sich halb. »Ich kann es mir selbst besorgen.«

»Es macht keinerlei Umstände«, entgegnete er. »Abgesehen davon wüßten Sie auch nicht, wen vom Personal Sie zu fragen hätten.«

»Ich danke Ihnen ganz herzlich«, sagte sie, während sie ihm zusah, wie er aus dem Büro stolzierte.

In dem Augenblick, da sich die Tür hinter ihm schloß, erhob sich Tahiti und ging rasch hinüber zu seinem Computer. Sie musterte ihn kurz und professionell – führte eine kurze, fast unaufspürbare Einstellung durch und saß gute zwanzig Sekunden später wieder in ihrem Sessel, ehe Seaton zurückkehrte und ihr den Brief aushändigte.

»Jetzt«, sagte er, »bestehe ich darauf, daß Sie mit mir zusammen essen, und anschließend werden wir die Rundfahrt unternehmen.«

»Ich möchte Ihnen nicht weiter Ihre kostbare Zeit stehlen«, sagte sie zögernd. »Ich kann im Hotel essen und dann zurückkehren.«

»Unsinn!« entgegnete er unnachgiebig. »Betrachten Sie das als offizielle Anweisung.«

Sie lächelte ihn an. »In diesem Fall ...«

Abgeschottet von der dünnen trockenen Luft des Planeten durchquerten sie im Wagen des Botschafters, der von einem Chauffeur gelenkt wurde, neunzig Minuten später vorsichtig die wie verrückt gewundenen Straßen der Stadt, wobei sie die überhängenden Pfosten mieden, an die sich die Fliegen-bei-Nacht zu Tausenden klammerten; sie fuhren an den nadelähnlichen Behausungen vorüber, die mehr Einwohner an der Außenseite als im Innern zu beherbergen schienen.

»Faszinierend!« rief Tahiti aus. »Sind alle Gebäude in solch merkwürdigen Winkeln errichtet?«

»Die meisten davon«, entgegnete Seaton. »Die Fliegen-bei-Nacht fühlen sich offensichtlich unwohl, wenn sie senkrecht stehen müssen. Sie mögen es, sich von irgend etwas herabhängen zu lassen oder daran zu schwingen – je bedenklicher die Lage, desto besser.«

»Und mir fällt auf, daß sie keine Straßenbeleuchtung haben. Sind es Nachtwesen?«

»Ich habe keine Ahnung. Nach bestem Wissen und Gewissen kann ich nur sagen, daß niemand sie je schlafen gesehen hat. Vor einigen Monaten hatten wir hier draußen einen Exobiologen, der die Fliegen-bei-Nacht studieren sollte; er kam zu dem Ergebnis, daß sie ihre Energien wieder aufladen, wenn sie kopfüber herabhängen, und daß ihre Muskeln dann völlig entspannt sind.« Er hielt inne. »Ich neige dazu, das zu bezweifeln.«

»Ach? Warum?«

»Weil ich anwesend war, als ein Handelsabkommen zwischen Winox IV und Roosevelt III unterzeichnet wurde, und Meglannn – ihr Premierminister – hing während der gesamten Zeremonie kopfüber herab, und es gelang ihm dennoch, fünf oder sechs Änderungen im Abkommen zu fordern.«

»Ich habe von Meglannn gehört«, sagte Tahiti. »Wie ist er so?«

»Kalt und grausam, wie es ein Alien nur sein kann«, sagte Seaton. »Ich fühle mich unbehaglich, wenn ich mich im gleichen Raum mit ihm aufhalte – wenngleich ich mir das natürlich niemals anmerken lasse. Es geht nicht an, einen von *denen* auch nur daran denken zu lassen, die Oberhand zu gewinnen.« Er hielt inne. »Ich habe keine Ahnung, warum er sich dazu entschlossen hat, auf Winox zu leben statt auf einer der dichter bevölkerten Welten der Fliegen-bei-Nacht.«

»Vielleicht fürchtet er sich vor Anschlägen«, schlug Tahiti vor.

»Vielleicht«, sagte Seaton. »Vermutlich zieht er jedoch einfach nur das Klima vor, oder die Annehmlichkeiten – soweit vorhanden. Sie müssen sich daran erinnern, daß es sich bei den Aliens nicht gerade um sonderlich logische Wesen handelt – und gewöhnlich sind sie recht kriegerisch veranlagt. Meiner Schätzung nach hat Meglannn rund ein Zehntel der Bevölkerung der Fliegen-bei-Nacht bei seinem Aufstieg zur Macht umgebracht – und seitdem er die Stoßzähne in Besitz gebracht hat, ist er weniger denn je gewillt, einen Zusammenstoß zu riskieren.«

»Stoßzähne?« fragte sie unschuldig. »Was für Stoßzähne?«

»Die Stoßzähne eines Elefanten.«

»Von der Erde?«

»Das klingt lächerlich, ich weiß; aber die Fliegen-bei-Nacht halten sie seit Jahrhunderten in Besitz, und der Tradition zufolge ist der Eigentümer derselben unsterblich und unbesiegbar.«

»Würde die Tatsache, daß Meglannn sie einem vorherigen Besitzer abgenommen hat, eine solche Vorstellung nicht ad absurdum führen?«

Er lächelte. »Würde es für *mich*. Ich weigere mich, über die Wunderlichkeiten eines fremdartigen Bewußtseins Spekulationen anzustellen.«

»Ist das nicht Ihr Job?«

»Der Job eines Botschafters hier draußen an der Grenze besteht darin, die Festung zu halten, bis die Oligarchie schließlich kommt.«

Sie fuhren weiter durch die Stadt, kamen gelegentlich an einem Fremdwesen vorüber, das unter den Fliegen-bei-Nacht dahinging, unternahmen einen kurzen Abstecher, um die neu errichteten Botschaften von

Canphor und Lodin zu besichtigen, und hielten schließlich vor einem Gebäude, das viel größer als alle übrigen war.

»Wo sind wir jetzt?« fragte Tahiti, als sich die Türen öffneten und der seltsame, fast muffige Geruch der Aliens erneut ihre Nase belästigte.

»Das Regierungsgebäude«, entgegnete Seaton, entstieg dem Wagen und half ihr hinaus. »Riecht scheußlich, stimmt's? Hier erledigen die Fliegen-bei-Nacht die wenige Arbeit, die hier zu erledigen ist.« Er befahl seinem Chauffeur, im Wagen zu warten, nahm sie beim Arm und führte sie ins Innere.

Sie fand sich in einem siebeneckigen Foyer wieder, dessen Höhe sich von einem Ende zum anderen um mindestens zwei Meter unterschied. An den Wänden hingen zahlreiche Gedenktafeln, alle in einer fremdartigen Schrift, sowie einige wenige nichtrepräsentative Kunstwerke, die meisten davon in Blau und Violett; und sie fragte sich dabei, ob die Fliegen-bei-Nacht so weit ins Infrarot sehen konnten wie die Menschen. Den Raum dominierte die goldene Statue eines weiblichen Fliegt-bei-Nacht.

»Myvesss«, erklärte Seaton. »Sie war eine ihrer größten Kriegsfürstinnen – wurde mir zumindest gesagt.«

»Ist das pures Gold oder lediglich vergoldet?« fragte Tahiti mit professioneller Neugier.

»Keine Ahnung«, entgegnete Seaton. »Das kann ich für Sie herausfinden, wenn Sie möchten.«

Sie schüttelte den Kopf. »Nein, ich habe mich nur gerade gefragt.«

Er führte sie durch ein Labyrinth unregelmäßig geformter Räume, an deren Wänden und Decken überall Fliegen-bei-Nacht kauerten, und schließlich erreichten sie einen riesigen hellerleuchteten Saal.

»Ah, wir sind da!« sagte Seaton und wandte sich auf der Stelle nach links. »An dieser Wand hier sehen wir so etwas ähnliches wie Kronjuwelen, wenngleich sie –

wie Sie sehen – alle aus Quarz bestehen. Dennoch sind einige davon recht einzigartig.«

»Einzigartig, weiß Gott«, sagte Tahiti, während sie die Auslage musterte. »Ich sehe eine Menge Dinge, die Halsketten sein könnten, und vielleicht auch eine Krone rechts dort drüben, aber ich kann noch nicht mal damit beginnen zu überlegen, welche Funktion die übrigen Dinge haben.«

»Ich fürchte, daß ich Ihnen nicht weiterhelfen kann.«

»Wie kleidet sich Meglannn bei zeremoniellen Anlässen?«

»Er zeigt sich ebenso oft nackt wie bekleidet«, sagte Seaton angewidert. »Ich habe ihn das einzige Mal in vollem Ornat gesehen, als er gut zehn Minuten lang mit fünf oder sechs von diesen Steinen da spielte« – er deutete auf eine Anzahl abgerundeter Quarzstücke – »und sie dann einem Untergebenen hinwarf, als handele es sich dabei um Abfall.«

»Hatte das Spiel rassische oder religiöse Bedeutung?« fragte sie.

»Ich habe wirklich keinerlei Ahnung«, sagte Seaton gelangweilt. »Ich schätz mal, daß es möglich ist.« Er führte sie zu einem weiteren Schaukasten.

»Nun, das hier wird als der Gipfelpunkt der religiösen Kunst der Fliegen-bei-Nacht angesehen.«

Es handelte sich um etwa vierzig Holz- und Steinschnitzereien, deren jede an ein stacheliges Unterwasserwesen erinnerte, wenngleich Tahiti nicht Besonderes daran festmachen konnte, außer den Auswüchsen.

»Soll das hier eine bestimmte Lebensform repräsentieren?« fragte sie schließlich.

»In gewisser Weise«, antwortete er. »Es ist ihre Gottheit.«

»Ihr Gott sieht aus wie eine Kugel mit Stacheln?«

»*Sie* glauben das«, entgegnete er herablassend.

»Die Schnitzereien sehen ziemlich primitiv aus«, bemerkte sie.

Er hob die Schultern. »Sie gelten als die besten, die die Rasse über die Jahrtausende hinweg jemals hervorgebracht hat – was nicht sehr für den Kunstgeschmack der Fliegen-bei-Nacht spricht.«

»Und *dies hier*«, sagte sie, als sie sich umwandte und auf die beiden riesigen Elfenbeinsäulen deutete, »müssen die Stoßzähne sein.« Sie musterte sie einen Augenblick lang. »Ich frage mich, wie die Fliegen-bei-Nacht jemals in den Besitz von Elefantenstoßzähnen gerieten?«

»Ich weiß wirklich nichts über ihre Geschichte«, erwiderte Seaton. »Ich schätze, sie befinden sich seit etwa zweihundert Jahren hier.«

Sie untersuchte den kleineren der beiden Stoßzähne genau und ging dann zu dem größeren.

»Wonach suchen Sie?« fragte er.

»Ich hab' noch nie zuvor Stoßzähne gesehen«, entgegnete sie. »Ich bin neugierig.« Plötzlich wies sie auf die Basis eines der Stoßzähne. »Da ist ein Riß.«

»Ja, tatsächlich«, erwiderte er. »Er ist so klein, daß es mich überrascht, daß Sie ihn gesehen haben.«

»Wann werden die Restaurateure eintreffen?«

»Welche Restaurateure?« fragte er scharf.

»Ich nehme an, die Fliegen-bei-Nacht wollen den Riß repariert haben, wenn die Stoßzähne schon eine derartige Bedeutung für sie haben – und wenn er bis jetzt noch nicht repariert worden ist, so ist offenbar niemand von den Fliegen-bei-Nacht dafür qualifiziert, also haben sie vielleicht Restaurateure angefordert.«

»Warum Restaurateure?« Er blieb hartnäckig. »Warum nicht nur einen?«

»Ist doch gleich«, entgegnete sie achselzuckend. »Ich schätz mal, es könnte ebensogut ein Mensch oder Alien sein.«

Er beugte sich vor und starrte den größeren der beiden Stoßzähne an, und war noch immer nicht imstande, den winzigen Riß zu erkennen, dann richtete er sich auf. Er sah sie einen langen Augenblick an, führte sie daraufhin durch das übrige Gebäude und fuhr sie zum Hotel zurück.

»Wir sehen uns zum Abendessen?« fragte er.

»Ich wäre entzückt«, entgegnete sie.

Tahiti seufzte, als eine weitere verschlüsselte Botschaft aus Seatons Büro ohne dessen Wissen durch ihren Computer geschleust wurde; bei dieser hier ging es um Massenprodukte für die Menschen auf Winox IV.

»Schick sie zu ihrem Ziel«, wies sie den Computer durch ihren Miniaturkommunikator an.

»Erledigt.«

»Was ist los mit ihm?« murmelte sie, während sie sich in den übergroßen Sessel zurücklehnte, den das Hotel für humanoide (aber nicht notwendigerweise menschliche) Gäste bereitgestellt hatte, und starrte die nicht allzu saubere Wand ihres Zimmers an. »Wie groß muß der Zaunpfahl sein, mit dem man winken muß?«

»Eine weitere durchkommende Nachricht«, verkündete ihr Computer.

Bei dieser ging es um zwei nicht funktionierende Handfeuerwaffen.

»Verflucht! Wenn er noch nicht mal argwöhnisch ist, kann er ebensogut *zu* dumm sein, als daß man mit ihm umgehen könnte.«

»Was soll ich mit dieser Nachricht anfangen?« fragte der Computer.

»Los zu ihrem Ziel!«

Sie saß schweigend auf ihrem Zimmer, funkelte ihren Kommunikator weitere zehn Minuten lang an und spielte daraufhin eine Anzahl Alternativpläne im Kopf durch – und keiner davon gefiel ihr besonders.

»Eine weitere Nachricht«, verkündete der Computer. »Diese trägt den persönlichen Code von Botschafter Seaton.«

»Auf die haben wir gewartet!« sagte sie. »Höre sie ab!«

»Erledigt.«

»Und was besagt sie?«

»Eine persönliche Anfrage von Botschafter Seaton an Pietre Kobernykov, dem Geheimdienstchef der Oligarchie für diesen Sektor.«

»Ambrose, ich könnte dich küssen!« sagte sie glücklich. »Ich *wußte* einfach, daß du nicht so dumm sein könntest!« Sie hielt inne. »Was möchte er wissen?«

»Er fordert Ihr Dossier an, und er möchte gleichfalls, daß Pietre Kobernykov die Standard-Sicherheitsüberprüfung bei Ihrer Person durchführt. Er fordert darüberhinaus, die Information innerhalb der nächsten drei Stunden zu bekommen, falls möglich.«

»Dann kann er mich also beim Abendessen verhaften«, sagte sie nickend. »Erwidere bitte im militärischen Standard-Code, daß ich direkt für Kobernykov arbeite, daß meine Mission und mein Dossier Geheimsache sind, daß Botschafter Seaton mir jedoch jede Hilfe bereitstellen soll, die ich erbitte!«

»Wie soll ich sie signieren?« fragte der Computer.

Einen Augenblick lang hielt sie nachdenklich inne. »Benutze überhaupt keinen Namen; benutze lediglich Kobernykovs Dienstnummer.«

»Ich muß darauf hinweisen, daß es ungewöhnlich ist, eine verschlüsselte Botschaft nicht zu unterzeichnen«, bemerkte der Computer.

»Ich weiß, aber solange ich nicht weiß, ob sie befreundet sind, weiß ich auch nicht, ob Kobernykov sie formell oder informell unterzeichnen würde. Schick sie unter ›nur für Sie bestimmt‹ und stufe sie unter ›Top Secret‹ ein. Auf diese Weise wird sie wenigstens etwas nach Intrige riechen, und ein gelangweilter Bürokrat auf einem langweiligen kleinen Planeten mag sich zum erstenmal so vorkommen, als mische er mit.«

»Was soll ich mit der Nachricht des Botschafters anfangen?«

»Vernichte sie!«

»Ein ausgezeichneter Wein«, bemerkte Tahiti. Sie nahm einen weiteren Schluck, setzte das Glas auf den Tisch zurück und lächelte den Botschafter an, der ihr in seinem Privatspeisezimmer gegenübersaß.

»Er wurde von Kalimar II importiert.«

»Kalimar II?« wiederholte sie. »Davon habe ich noch nie gehört.«

»Eine Agrarwelt auf der Äußeren Grenze.«

»Da muß ich irgendwann mal hin«, sagte Tahiti. »Stellen Sie sich vor, wieviel Spaß ich da hätte«, fügte sie lächelnd hinzu, »während ich die Weingärten besuche und dabei nach Grundstücken für Chlor-Gefängnisse Ausschau halte!«

»So was haben Sie noch nie in Ihrem Leben gesehen«, sagte Seaton mit blasiertem Lächeln.

»Einen Weingarten?«

»Ein Chlor-Gefängnis«, entgegnete er. »Oh, das ist eine ausgezeichnete Idee, und meines Wissens nach hat die Oligarchie bereits damit angefangen, sie zu errichten – aber Sie haben nichts damit zu tun, nicht wahr, meine Liebe?«

»Das hab' ich Ihnen bereits gesagt: darum bin ich auf Winox IV.«

»Ich weiß, was Sie mir gesagt haben.«

»Worin besteht dann das Problem, Ambrose?« fragte sie.

»Sie sind nicht im geringsten das, was zu sein Sie vorgeben, stimmt's?« sagte Seaton.

»Sie haben meine Zeugnisse und meine Empfehlungsschreiben gesehen.«

»Weiß ich – aber ich erhielt am heutigen Nachmittag gleichfalls ein Communiqué von Pietre Kobernykov.«

»Verflucht noch mal!« fauchte sie wütend. »Ich hab' ihm gesagt, daß ich diesen Job allein erledigen kann!«

»Dann arbeiten Sie *wirklich* für den Geheimdienst«, sagte er triumphierend.

»Das hab' ich nicht gesagt.«

»Das brauchen Sie auch nicht.«

Einen langen Augenblick musterte sie sorgfältig sein Gesicht. »Also gut«, meinte sie schließlich. »Ich befinde mich hier auf einer äußerst heiklen und möglicherweise gefährlichen Mission. Da Sie jetzt Bescheid wissen, *müssen* Sie mir dabei helfen, meine Tarnung aufrechtzuerhalten. Davon hängt mein Leben ab.«

»Ihr Leben?« wiederholte er überrascht.

»Das ist gut möglich«, sagte sie grimmig. »Also, habe ich Ihre Zusage?«

»Natürlich«, entgegnete er. »Aber ich habe dennoch eine Frage: wenn sich hier eine gefährliche Lage entwickelt – warum wurde ich nicht davon verständigt? Schließlich bin *ich* der Botschafter.«

»Weil ich mich auf einer Mission befinde, die nicht direkt etwas mit den Menschen oder der Bevölkerung der Fliegen-bei-Nacht von Winox zu tun hat.«

»Warum also sind Sie hier?«

»Das werde ich Ihnen sagen, wenn ich's für notwendig halte«, erwiderte sie und winkte einem Robotdiener, er möge ihr das Weinglas füllen.

»Ich glaube bereits, das zu wissen.«

»Das möchte ich doch sehr bezweifeln«, entgegnete Tahiti.

»Es hat etwas mit den Stoßzähnen zu tun, stimmt's?«

»Wie kommen Sie darauf?«

»Sie haben *Ihre* Geheimnisse«, erwiderte er blasiert. »Ich habe die *meinen*.«

»Da irren Sie sich«, sagte sie unsicher.

»Nein, tu ich nicht«, entgegnete er mit wachsender Zuversicht. »Aber es mag Sie beruhigen, daß meine Lippen versiegelt bleiben werden. Ich möchte Ihnen lediglich helfen.« Er stockte. »Ihre Mission *betrifft* die Stoßzähne, stimmt's?«

Sie starrte ihn an, erwiderte jedoch nichts.

»Na, na, meine Liebe. Wenn Sie Ihrem eigenen Botschafter nicht vertrauen können – wem *dann*?«

Schließlich seufzte sie und nickte. »Sie hatten recht.«

»Das hatte ich angenommen.«

Ein langes Schweigen.

»Haben Sie mir nichts weiter zu sagen?« fragte Seaton.

»Ich versuche zu entscheiden, ob ich Ihnen trauen kann«, erwiderte Tahiti.

»Wir beiden stehen auf der gleichen Seite«, sagte er. »Ich werde Ihnen auf jede mir mögliche Weise helfen.«

»Deshalb bin ich in Sorge«, sagte sie. »Ihnen ist bereits bekannt, daß meine Mission möglicherweise gefährlich ist und daß sie nicht direkt mit dem menschlichen Kontingent von Winox IV in Zusammenhang steht. Warum legen Sie so viel Wert darauf, daß ich Ihre Hilfe in Anspruch nehme?«

Er lächelte sarkastisch. »Wenn wir Erfolg haben, kann ich dieser langweiligen kleinen Welt am Ende vielleicht entrinnen.« Er hielt inne. »Im Verlaufe meiner Karriere war ich manchmal nicht besonders glücklich«, fuhr er fort, »aber ich verdiene etwas Besseres als Winox IV. Ich bin zu viel mehr fähig. Ich brauche eine Position, die meinen Fähigkeiten entspricht.« Er sah plötzlich sehr unbehaglich drein. »Mir fällt auf, wie sich so etwas für Sie anhören muß, aber ich bin für etwas Besseres als das hier bestimmt! Sie können mir einfach dadurch helfen, daß Sie mich Ihnen helfen lassen.«

Sie musterte ihn einen weiteren Augenblick.

»Also gut«, sagte sie schließlich.

»Schön!«

Der Robotdiener brachte ihr ein weiteres Glas Wein und setzte es vorsichtig auf dem Tisch ab. Es schaukelte leicht, und der Roboter hielt es an, ehe Tahiti danach greifen konnte.

»Der Geheimdienst hat vergangene Woche davon

Kenntnis erhalten, daß von Aliens, die sich als Restaurierungsteam verkaufen, der Versuch unternommen werden soll, die Stoßzähne zu entwenden.«

»Und?« fragte Seaton. »Sieht nicht so aus, als seien sie etwas wert. Sind bloß alte Jagdtrophäen von der Erde.«

»Mag sein, aber Meglannn glaubt an sie, und seine Gefolgsleute tun desgleichen. Wenn die Aliens sie entwenden, sind sie imstande, ein enormes Lösegeld zu verlangen.«

»Meglannn ist ein Barbar«, sagte Seaton. »Warum sollte sich die Oligarchie darum sorgen, was mit den Stoßzähnen geschieht?«

»Barbar oder nicht, er ist der Anführer der Fliegen-bei-Nacht, und wir haben seit mehr als fünf Jahrhunderten erfolglos versucht, sie dazu zu überreden, sich der Oligarchie anzuschließen. Wenn wir unsere ausgezeichnete Bürokratie dazu benutzten, den Diebstahl zu verhindern, könnte das der Hebel sein, den wir benötigen.«

»Dann werde ich dafür sorgen, daß wir morgen eine Audienz bei ihm erhalten«, sagte Seaton. »Die Restaurateure sollen erst in einer Woche landen. Wir können ihn, weiß Gott, rechtzeitig warnen.«

»Nein«, sagte Tahiti fest.

»Warum nicht?«

»Wir wollen das so arrangieren, daß wir sie auf frischer Tat ertappen. Wenn Meglannns Truppen die Stoßzähne schützen, könnte er weniger denn je gewillt sein, auf die Anfragen der Oligarchie einzugehen – und ganz abgesehen davon: Wenn wir sie einfach abschrecken, werden sie anderswo zuschlagen, und all unsere Pläne wären für die Katz' gewesen.«

»Aber welchen Vorschlag haben Sie dann, sie daran zu hindern?« fragte Seaton. »Für mich arbeiten insgesamt sechsunddreißig Militär- und dreiundfünfzig Zivilpersonen. Wir sind kaum für einen offenen Schlagabtausch ausgerüstet.«

»Wir halten Winox IV unter Beobachtung. Sobald ich unsere Leute darüber informiere, daß die Stoßzähne entwendet worden sind, werden wir gegen die Diebe vorgehen.«

»Was ist, wenn die Fremdwesen dennoch entkommen? Wenn sie Lichtgeschwindigkeit erreichen, ehe Sie sie aufhalten, sind sie futsch. Oder was ist, wenn ihr Schiff zerstört wird, während sich die Stoßzähne darauf befinden?«

Tahiti lächelte. »Auf meinem Schiff befindet sich ein Duplikat der Stoßzähne, in fast jeder Hinsicht identisch, bis hinab zu dem winzigen Riß an der Basis. Mein Job besteht darin, die echten Stoßzähne mit den Falsifikaten zu vertauschen und dann unsere Schiffe in dem Augenblick zu alarmieren, da die Duplikate gestohlen werden.«

»Aha!« sagte Seaton nachdenklich. »Was werden Sie in der Zwischenzeit mit den echten Stoßzähnen anfangen?«

»Ich muß einen sicheren Aufbewahrungsort finden«, erwiderte sie. »Deshalb werde ich wohl imstande sein, Ihre Hilfe in Anspruch zu nehmen.«

»Ich habe keinen Ort, um sie zu verstecken«, sagte Seaton. »Den Fliegen-bei-Nacht ist stets voller Zugang zur Botschaft gestattet worden. Sie würden argwöhnisch werden, falls wir ihnen das plötzlich verwehrten.« Er hielt inne. »Könnte nicht eines Ihrer Schiffe die Stoßzähne für eine Woche lang übernehmen?«

»Nein«, sagte sie kopfschüttelnd.

»Aber warum nicht?«

»Zunächst einmal, wir möchten nicht, daß irgend jemand erfährt, unsere Schiffe hielten sich in unmittelbarer Nähe auf. Dann, noch wichtiger, weil es die Fliegen-bei-Nacht niemals erlaubten. Sie halten *uns* für die Feinde.«

»Was schlagen Sie dann vor?« fragte er.

Sie hob die Schultern. »Ich bin mir nicht sicher – aber

mir bleiben noch fünf Tage, mir etwas einfallen zu lassen.« Sie hielt inne und fügte sarkastisch hinzu: »Es mag durchaus sein, daß ich die echten Stoßzähne stehlen muß, um die Aliens zu veranlassen, die falschen zu stehlen.«

»Ein interessanter Plan«, sagte er.

»Ein gefährlicher Plan«, entgegnete sie grimmig. »Falls man mich erwischt, werde ich schlicht und einfach von den Fliegen-bei-Nacht hingerichtet, und Sie werden völlig außerstande sein, mir zu helfen.«

»Ja, stimmt«, sagte er stirnrunzelnd. »Was würden Sie mit ihnen anfangen, falls es Ihnen gelänge, sie zu stehlen?«

»Ich hatte beabsichtigt, sie für diese eine Woche in der Botschaft zu lassen.«

»Ich sagte Ihnen bereits – die Botschaft ist nicht sicher.«

»Dann muß ich mir etwas anderes einfallen lassen.«

»Was ist mit Ihrem Schiff?«

»Ich habe nicht die Autorität, sie vom Planeten herunterzunehmen.«

»Das sollte kein Problem sein«, meinte Seaton. »Holen Sie sich einfach Kobernykos Erlaubnis.«

Sie schüttelte den Kopf. »Ich habe keine Erlaubnis, mit ihm Kontakt aufzunehmen, ehe die Mission beendet ist. Wir wissen nicht, wie ausgeklügelt die Decodierungsapparate der Fremdwesen sind.« Sie seufzte. »Es ist eine Schande. Ich bin mir völlig sicher, daß er mir die Erlaubnis gäbe, falls ich mit ihm Kontakt aufnehmen könnte.«

»Vielleicht könnte der Computer der Botschaft …«, schlug Seaton vor.

Sie schüttelte den Kopf. »Wir dürfen kein Risiko eingehen.«

Seaton neigte einen Augenblick nachdenklich den Kopf und sah sie dann quer über den Tisch an. »Das wird immer noch kein Problem sein. *Sie* mögen nicht die Autorität haben, sie zu entfernen, aber *ich* habe sie.«

»Sind Sie sich da sicher?« fragte sie zweifelnd.

»In meiner Eigenschaft als Gouverneur habe ich die Autorität, im besten Interesse der Bevölkerung des Planeten völlig autonom zu handeln – und meiner Meinung nach liegt der Schutz der Stoßzähne im besten Interesse sowohl der Menschen als auch der Fliegen-bei-Nacht. Ich kann Ihnen schriftlich die Erlaubnis geben, sie zu entfernen.«

»Dann werden wir genau das tun!« sagte sie entschlossen. »Ich bin so froh, Sie ins Vertrauen gezogen zu haben! Jetzt ist's lediglich noch eine Frage der Planung, wie wir die Stoßzähne aus dem Regierungssitz auf mein Schiff bekommen.«

»Und sie durch die Falsifikate ersetzen«, ergänzte Seaton.

»Haben Sie einen Vorschlag?« fragte sie.

»Lassen mich heute abend darüber nachdenken, und dann wollen wir sehen, was ich ausklamüsert habe.«

»Also gut«, sagte Seaton und wies seinen Computer an, ein Bild über seinen Schreibtisch zu werfen. »Dies ist eine Blaupause vom Hauptkorridor des Regierungssitzes.«

»Wie ist es Ihnen bloß gelungen, sie in Besitz zu bekommen?« fragte Tahiti, die in ihrem Schiffscomputer einen identischen Plan hatte.

»Ich bin nicht ohne eigene Quellen, meine Liebe«, entgegnete er überheblich. »Nun, *hier* bewahrt er die Stoßzähne auf ...« – er wies auf einen der Säle –, »und *hier* befindet sich der nächste Ausgang.«

»Wie viele Wachen?«

»Zwei am Ausgang. Im Raum selbst keine – wenigstens nicht regulär. In den Korridoren und darum herum irgend etwas zwischen fünfzehn und fünfunddreißig.«

»Und im Gebäude arbeiten keine Menschen?«

»Das stimmt.«

Sie studierte die Pläne wie zum erstenmal. »Das wird schwierig werden«, sagte sie schließlich. »Ich bin mir sicher, daß ich sie nicht anheben kann, und selbst wenn ich einen Heber benutze, um sie zum nächsten Ausgang zu bringen, bin ich mir doch sicher, gehört oder gesehen zu werden.«

»Ich schätze mal, der Trick dürfte darin bestehen, die Wachen aus dem Gebäude herauszubringen«, schlug Seaton vor.

Tahiti stieß einen Seufzer der Erleichterung aus, dankbar darum, ihm nicht *jedes* Detail auf einem Silbertablett servieren zu müssen. Je mehr es ihm wie der eigene Plan erschiene, desto mehr wäre er gewillt, ihn bis zum Ende durchzuführen.

»Das erleichterte es in der Tat«, stimmte sie zu. »Aber wie können wir sie dazu bringen, ihren Posten zu verlassen?«

»Ein plötzlicher Luftangriff?« überlegte Seaton. »Nein, das ist nicht so gut. Sie liegen mit niemandem im Krieg.« Er hielt einen Augenblick lang inne. »Ich frage mich, ob es eine Möglichkeit gibt, sie davon zu überzeugen, das Gebäude sei strukturell beschädigt?«

Sie schüttelte den Kopf. »Es ist bislang nicht zusammengestürzt, also werden sie vielleicht alles darin entfernen, ehe sie es verlassen, selbst wenn sie Ihnen Glauben schenkten.«

»Stimmt«, pflichtete er bei.

»Abgesehen davon«, fügte sie hinzu, »müssen wir sie nicht nur davon überzeugen, daß sie verschwinden müssen, sondern wir müssen ihnen gleichfalls verständlich machen, daß *ich* das Recht habe, dort zu sein.«

»Sie werden Hilfe benötigen.«

»Nicht für diesen Teil des Jobs. Ich benötige lediglich

Ihre Erlaubnis, die echten Stoßzähne vom Planeten zu entfernen.«

»Meine Liebe, Sie haben bereits zugegeben, die Stoßzähne nicht anheben zu können«, sagte Seaton geduldig. »Ich gehe mal davon aus, daß ich meine eigenen Männer vorbeischicken muß, nur um einen reibungslosen Ablauf sicherzustellen.«

»Wie können wir es möglicherweise rechtfertigen, wenn wir menschliche Soldaten heranschaffen?« fragte sie und hoffte dabei, er käme mit der Antwort herüber, ehe sie ihn mit der Nase darauf stoßen müßte.

Plötzlich lächelte Seaton triumphierend. »Ich hab's!«

»Und?« fragte sie aufgeregt.

»Was die Fliegen-bei-Nacht betrifft, so sind Sie doch Spezialistin für Chlor-Umgebungen, stimmt's?«

»So bin ich erfaßt worden, als ich den Zoll passierte«, versicherte sie ihn.

»Dann ist das die Lösung!« fuhr er enthusiastisch fort. »Wir erklären ihnen, es habe ein Chlor-Leck gegeben und sie müßten das Gebäude verlassen, während wir die Ursache herausfinden und sie beseitigen.«

»Das ist sehr gut, Ambrose!« sagte sie, und er strahlte förmlich vor Befriedigung. »Sehr gut, wirklich. Mir *gefällt* die Vorstellung, daß wir sie dazu bringen, das Gebäude zu verlassen.«

»Es *ist* ein guter Plan, nicht wahr?« sagte er stolz.

»Er ist ausgezeichnet«, erwiderte sie. »Wenn Sie sich je dazu entschließen sollten, die Diplomaten-Karriere aufzugeben, wartet eine Karriere im Geheimdienst auf Sie. Jetzt müssen wir lediglich noch die Details ausarbeiten.« Sie hielt inne. »Ich bin nicht hier, um am Regierungssitz selbst zu arbeiten, daher können wir nicht behaupten, daß gerade dort und nirgendwo sonst ein Chlor-Leck aufgetreten ist.« Sie hielt wie in Gedanken inne. »Vielleicht ist es das beste, ein wenig Chlor ins Abwassersystem zu leiten; auf diese Weise wird es in alle Gebäude dieses Gebiets eindringen. Wir können uns in Multi-Schutzanzügen zeigen und erklären, es handele sich um ein außer Kontrolle geratenes Experiment. So werden sie sich nicht auf ein bestimmtes Gebäude konzentrieren. Wir können ihnen sagen, es bestünde unter Umständen Gefahr; andererseits jedoch hätten wir's ziemlich gut unter Kontrolle und seien lediglich auf der Suche nach größeren Lecks im Abwassersystem.«

»Das gefällt mir!« rief Seaton aus. »Wir können sogar unsere Anwesenheit im Regierungssitz erklären, indem wir sagen, wir sicherten die eher wichtigen Gebäude als erstes und wollten uns dann erst den kleineren Gebäuden zuwenden. Wir können ihn abriegeln, die Stoßzähne ersetzen und innerhalb von fünf Minuten wieder draußen sein!«

»Haben Sie irgendeinen Zugang zu Chlor?« fragte sie.

»Zu mehr als genug für unsere Zwecke«, entgegnete er. »Die Botschaft hat zwei Mehrzweck-Konferenzräume. Ich kann das benötigte Chlor dem System entnehmen und es ersetzen, nachdem die Krise vorüber ist.«

»Und Sie sind sich *sicher,* daß ich Sie nicht in eine unangenehme Lage bringen werde?« fragte sie besorgt. »Ich meine, die Leute, welche die Stoßzähne stehlen werden, unterstehen direkt Ihnen, nicht mir.«

»Nicht im geringsten«, antwortete er glücklich. »Sie tun mir wirklich einen Gefallen! Sobald die Oligarchie herausfindet, daß ich ihnen geholfen habe, erwarte ich neunundneunzig zu eins, auf einen anderen Planeten versetzt zu werden.«

»Dafür kann ich fast garantieren«, sagte Tahiti schmeichelnd.

Viertes Zwischenspiel

(6303 G.A.)

»Also hat sie wirklich den Botschafter dazu gebracht, die Stoßzähne für sie zu stehlen!« murmelte Hilda, und ich wurde mir plötzlich ihres Hologramms bewußt, das über dem schimmernden Kristall schwebte. Sie saß an ihrem Schreibtisch, nippte an einer Tasse Tee und knabberte an einem Keks.

»Das ist korrekt«, entgegnete der Computer.

»Computer«, sagte ich, »laß frische Luft und Sonnenlicht herein!«

»Ich arbeite … erledigt.« Die östliche Wand meines Büros wurde durchscheinend, ließ die Morgensonne herein, und die schalen Gerüche verschwanden aus dem Zimmer.

»Also gut«, sagte ich. »Wir wissen jetzt wenigstens, daß die Stoßzähne vor fünfhundertunddreiundsiebzig Jahren Leeyo Nelion gehörten.«

»Inkorrekt.«

»Das versteh ich nicht«, sagte ich.

»Nelion ist an *Eplasia* gestorben – eine seltene Krankheit, die von einem mutierten Virus hervorgerufen wird –, während sich Tahiti Benoit auf Winox IV aufhielt.«

»Was ist dann mit dem Elfenbein geschehen?«

»Ich habe nur ungenügende Daten, um die Frage zu diesem Zeitpunkt zu beantworten«, erwiderte der Computer.

»Dann werden wir uns auf andere Weise annähern«, sagte ich ruhig. »Was ist mit Tahiti Benoit geschehen, nachdem sie das Winoxsystem mit den Stoßzähnen verlassen hatte?«

»Während der nächsten beiden Jahre beging sie drei größere Diebstähle; danach kann ich keine weiteren Aufzeichnungen über ihren Aufenthaltsort mehr finden.«

»Die Stoßzähne waren für sie wertlos«, fuhr ich fort. »Sie muß sie irgendwann einmal versucht haben zu verkaufen.«

»Das ist wahrscheinlich, aber ich bin außerstande, das zum gegenwärtigen Zeitpunkt zu verifizieren.«

»Na ja, zumindest sind wir wieder soweit, daß wir sie bei den menschlichen Aufzeichnungen verfolgen können«, sagte ich. »Das muß einfacher sein als der Versuch, sie durch die Archive der Fliegen-bei-Nacht zu verfolgen.«

»Hättest du etwas dagegen, wenn *ich* eine Frage stelle?« schaltete sich Hilda ein.

»Nicht im geringsten«, erwiderte ich.

»Computer, warum hat Leeyo Nelion die Stoßzähne haben wollen?«

»Zum gegenwärtigen Zeitpunkt habe ich nur ungenügende Daten, um diese Frage zu beantworten.«

»Hat Leeyo Nelion irgend etwas mit all den anderen Menschen gemeinsam, die die Stoßzähne entweder besaßen oder versuchten, sie in Besitz zu bekommen?«

»Ich arbeite … erledigt. Leeyo und Nelion sind beides Massai-Namen.«

Hilda sah ungewöhnlich selbstzufrieden drein.

»Nelion war also ein Massai?« fragte ich, merkwürdigerweise nicht überrascht von der Enthüllung.

»Zum gegenwärtigen Zeitpunkt bin ich außerstande, das zu verifizieren«, sagte der Computer. »Ich kann lediglich bestätigen, daß sein Vor- und Zuname beides Namen der Massai sind.«

»Überprüfe die statistischen Datenbanken vor fünfhundertundfünfzig Jahren und sieh nach, ob du das bestätigen kannst!« befahl ich.

»Ich arbeite... erledigt. Ich kann bestätigen, daß Leeyo Nelion ein Massai war.«

»Warum laufen wir ständig Massai über den Weg, wo auch immer wir das Elfenbein finden?« fragte ich mich laut.

Die Sonne hob sich über ein nahes Gebäude, und ich wies den Computer an, die Wand wieder undurchsichtig werden zu lassen.

»Ich habe eine weitere Frage«, sagte Hilda. »Nur um die eigene Neugier zu befriedigen: was wurde aus Ambrose Seaton?«

»Er wurde aller Ämter enthoben, des Diebstahls und der Spionage angeklagt und für schuldig befunden. Seine Strafe wurde zur Bewährung ausgesetzt, und er verbrachte den Rest seines Lebens in Einsamkeit.«

»Armer Kerl«, murmelte Hilda.

»Er war ein Dummkopf«, sagte ich.

»Wo liegt *da* der Unterschied?« gab sie zurück. »Reservierst du deine Sympathien lediglich für Genies?«

»Er ließ sich von einer völlig Fremden dahin bringen, einen kriminellen Akt zu begehen«, sagte ich.

»Ach so. *Ich* kenne einen Mann, der sich von einem völlig Fremden dazu überreden ließ, seine Firma zu belügen und seinen Sicherheitschef zu veranlassen, mit ihm zusammenzuarbeiten. Ist *er* gleichfalls ein Dummkopf?«

»Mandaka hat mich zu nichts überredet«, erklärte ich geduldig. »Er hat mich für einen Job angeheuert. Wie ich ihn erledige, ist *meine* Angelegenheit.«

»Wie du ihn erledigst, ist *unsere* Angelegenheit«, korrigierte sie mich. »Oder hast du unser kleines Abkommen vergessen?«

Plötzlich erinnerte ich mich daran, daß wir nicht allein waren.

»Warum sagst du das vor dem Computer?« wollte ich wissen. »Er wird davon eine Aufzeichnung anfertigen.«

»Er wird keinerlei wertende Urteile abgeben, ehe wir ihm nicht befehlen, auf subjektiven Modus zu gehen«, erwiderte sie gelassen. »Und nur der Sicherheitschef wird wissen, wo diese Aufzeichnung zu finden ist. Ich kann sie löschen, wenn ich's möchte.«

»Gut«, sagte ich. »Wann willst du sie also löschen?«

»Oh, ich werde sie wohl einige Tage lang liegen lassen, denk ich mir mal, bis ich mir sicher bin, daß ich sie nicht mehr benötige, um dich wieder zur Vernunft zu bringen.«

»Ich hab' nichts Falsches getan«, sagte ich störrisch. »Ich tu bloß das, wofür ich bezahlt bin.«

»Von einem Mann, der nicht existiert?«

»Sein Geld existiert, und das Elfenbein existiert«, entgegnete ich. »Mehr braucht mich nicht zu kümmern.«

»Nun, *mich* bekümmert sehr wohl mehr«, sagte Hilda. »Du hast drei Tage weniger etwa zwei Stunden, um die Lösung zu finden.«

»Ich habe drei Tage, und falls ich die Stoßzähne bis dahin nicht gefunden habe, hast du versprochen, neu zu verhandeln«, erinnerte ich sie.

»Ich sagte, ich würde *in Betracht ziehen,* die Zeitspanne zu verlängern«, korrigierte sie mich. »Leg mir keine Versprechen in den Mund, Duncan!«

Sie beendete die Verbindung, und ich verbrachte die nächsten Stunden damit, einen Dummwurm von der Inneren Grenze zu beglaubigen. Ich ließ mir das Essen aufs Büro bringen, aß rasch und schweigend und begann daraufhin, die Erwiderung eines unzufriedenen Leiters zu einem meiner Urteile zu studieren. Die Teufelseule seines Klienten war nicht zur Aufnahme in die Liste zugelassen worden.

»Duncan Rojas, für Sie ist ein Anruf auf der Leitung«, verkündete der Computer.

»Schick ihn jemand anderem!« sagte ich. »Ich bin beschäftigt.«

»Das kann ich nicht.«

»Ach? Warum?«

»Weil er von Bukoba Mandaka ist, der eher mit ihnen als mit der Firma von Wilford Braxton's zu tun hat. Meine Programmierung zwingt mich dazu...«

»Schon gut«, sagte ich rasch. »Stell ihn durch!«

»Verbal oder visuell?«

»Visuell.«

Einen Augenblick später erschien Bukoba Mandakas Gesicht über dem schimmernden Kristall.

»Mister Rojas? Ich rufe an, um herauszufinden, welche Fortschritte Sie machen.«

»Mir ist es gelungen, die Stoßzähne bis auf sechshundert Jahre zur Gegenwart zu verfolgen«, erwiderte ich. »Ihre Geschichte nimmt einen ganz schön in Anspruch.«

»Wann kann ich damit rechnen zu erfahren, wo sie sich jetzt befinden?« wollte er wissen, während er keinerlei Interesse an der letzten Bemerkung zeigte.

»Schwer zu sagen«, antwortete ich. »Vielleicht in zwei oder drei Tagen, sicherlich nicht in mehr als einer Standardwoche.«

Er nickte zustimmend. »Das ist ausreichend.«

»In der Zwischenzeit, Mister Mandaka, wäre es mir ganz lieb, mit ihnen sprechen zu können.«

»Wir sprechen gerade jetzt miteinander«, sagte er.

»Aber ich bin jetzt nicht Herr meiner Zeit«, meinte ich. »Ich fragte mich, ob wir uns irgendwo zum Abendessen treffen könnten?«

»Ist das nötig?«

»Es könnte sich für mich als äußerst nützlich erweisen.«

Er überdachte diesen Vorschlag einen Augenblick lang und nickte dann.

Plötzlich erschien Hildas Bild unmittelbar über dem Bild von Mandaka. Sie signalisierte schweigend, daß sie mich begleiten wollte.

»Sind Ihnen die ›Alten Tage‹ bekannt?« fragte Mandaka.

»Ich hab' von ihnen gehört«, sagte ich, während Hildas Gesten immer drängender wurden, »bin jedoch niemals dort gewesen.«

»Sind im Programmverzeichnis zu finden«, sagte Mandaka. »Ich werde heute abend um acht Uhr dort sein.«

»Darf ich eine Freundin mitbringen?«

»Ich würde es vorziehen, wenn Sie es nicht täten.«

»Sie arbeitet für Braxton's und ist mit meiner Forschungsarbeit vertraut.«

»Ich bezahle nur Sie; ich will nur mit Ihnen sprechen.«

»Sie sind sich völlig sicher?« fragte ich.

»Das sind meine Bedingungen.«

»Sehr schön, Mister Mandaka«, sagte ich achselzuckend und schoß ein fast entschuldigendes Lächeln in Richtung auf Hildas Hologramm. »Ich werde allein kommen.«

»Acht Uhr, Mister Rojas«, wiederholte er, und die Verbindung brach ab.

»Duncan«, sagte Hilda scharf. »Ich dachte, wir hätten eine Abmachung!«

»Was hätte ich tun sollen?« fragte ich. »Du hast selbst gehört.«

»Du hast nicht sehr nachdrücklich verhandelt.«

»Ich hatte Angst, er würde alles rückgängig machen.«

»Ich werd' mich daran erinnern, wenn du die Stoßzähne nicht innerhalb von drei Tagen gefunden hast«, versprach sie.

»Da bin ich mir völlig sicher«, sagte ich grimmig.

»Ich erwarte gleichfalls einen vollständigen Bericht über alles, was er gesagt hat, wenn ich heute nacht aus dem Theater zurückkomme.«

»Heute nacht?« beklagte ich mich. »Reicht's nicht bis morgen?«

»Ich sagte *heute nacht*«, wiederholte sie grimmig, während ihr Bild allmählich verblaßte.

Ich kam zehn Minuten zu früh; aus Furcht, Mandaka nicht mehr anzutreffen, falls ich die gleiche Anzahl Minuten zu spät käme. Die Adresse im Programmverzeichnis wies auf einen wohlhabenden Teil der Stadt hin, aber als mich der Rollsteig schließlich absetzte, fand ich lediglich ein großes Bürohaus vor, dessen Glaswände die untergehende Sonne reflektierten, daß man fast erblindete.

Ich ging zu einem elegant gekleideten Portier hinauf und sagte ihm, daß ich die ›Alten Tage‹ suchte. Er lächelte und bat mich zu einer kleinen Tür gleich links neben dem Haupteingang, wartete, bis ich ihm etwas in die Finger gedrückt hatte und fummelte dann an einem kleinen Apparat am Handgelenk herum. Die Tür öffnete sich, ich trat auf ein großes Luftkissen, und einen Augenblick später war ich etwa zwanzig Meter sanft hinabgeschwebt, wo mich ein tadellos gekleideter Ober begrüßte, mich nach dem Namen fragte, mir mitteilte, ein Tisch sei reserviert, und mich zu ihm führte.

Ich hatte den bestimmten Eindruck, in einen Teil der menschlichen Geschichte geraten zu sein, denn statt der beengenden Wände eines Restaurants blickte ich auf endlose bebaute Felder am Ufer eines großen Stroms. Über mir türmte sich eine riesige Steinsphinx, und in der Ferne sah ich eine Anzahl Sklaven, die Blöcke den Hang zu einer halbvollendeten Pyramide hinaufzogen.

»Sind Sie zum erstenmal hier, Sir?« fragte der Ober,

während er höflich wartete, bis ich nicht mehr länger meine Umgebung anstarrte, sondern bereit war, zu meinem Tisch zu gehen.

»Ja.«

»Diese Woche zeigen wir Panoramen aus den ägyptischen Dynastien«, erklärte er. »Wir arbeiten dabei mit verschiedenen archäologischen und historischen Gesellschaften zusammen, und wir sind stolz darauf, daß unsere Bilder dermaßen historisch akkurat sind.«

»Sie sagten *diese* Woche?« erwiderte ich.

Er nickte. »Wir wechseln alle zehn Tage das Thema. Während unserer letzten Ausstellung zum Beispiel zeigten wir das prähistorische Leben der Späten Kreideformation, und in acht Tagen werden wir Szenen von der Eroberung des amerikanischen Westens präsentieren.«

»Faszinierend«, sagte ich aufrichtig, während ich das Festspiel anstarrte, das vor mir abrollte. »Wie viele holographische Projektoren benötigt man, um einen derartigen Effekt zu erzielen?«

»Mehr als dreihundert«, entgegnete er.

»Und wie viele verschiedene Zeitalter präsentieren Sie im Verlauf eines Jahres?«

»Gegenwärtig haben wir siebenunddreißig in unserer Bibliothek, aber die Zahl wächst ständig. Wir hoffen, gegen Ende des Jahres die gesamte Kontinentaldrift der Erde abdecken zu können.«

»Wenn das Essen nur halb so gut ist wie die Vorstellung, werde ich dafür zurückkehren«, versprach ich ihm.

»Wir sind recht stolz auf unsere Küche, Mister Rojas«, erwiderte der Oberkellner. »Das feinste Ambiente in der Galaxis kann kein Restaurant halten, wenn das Essen sich nicht damit messen kann. Trotz der Tatsache, daß sich unser Ruf über den gesamten Haufen erstreckt und uns viele Touristen und Neuigkeitensucher einbringt, ist die überwiegende Zahl unserer Kunden Stammgäste.«

»Ist Mister Mandaka einer davon?« fragte ich.

»Aber ja. Er hat eine Leidenschaft für afrikanische Panoramen.«

Wir erreichten schließlich den Tisch, der nicht nur eine ledergebundene Karte – das Menü mit schimmernder blauer Handschrift geschrieben – vorzuweisen hatte, sondern auch ein kleineres Buch, das die Szenerie erklärte, die von überallher auf mich eindrang. Gedruckte Menükarten waren selten, und Bücher jeder Art noch seltener. Ich öffnete die Karte und wollte herausfinden, wieviel ein Stammgast zu zahlen hätte, um diese Verschmelzung von visuellem Erlebnis und Geschmackserlebnis zu finanzieren. Es waren keine Preise angeführt, was bedeutete, daß es *sehr* teuer war.

Nachdem ich mich jetzt niedergelassen hatte, musterte ich meine Umgebung erneut, und zwar etwas sorgfältiger. Der Raum selbst war ziemlich groß, konnte leicht dreihundert Gäste beherbergen, während eine polierte Bar an einer Wand weiteren vierzig Gästen Platz bot. Ein billigeres Unternehmen hätte sein Personal vielleicht altägyptisch gekleidet, aber die Bedienung der ›Alten Tage‹ trug makellose formale Kleidung. Es war fast unmöglich zu erkennen, wo der Raum tatsächlich aufhörte und die holographischen Bilder anfingen, denn die Bildschirme waren noch raffinierter als die meines eigenen Computers. Während ich da saß, spürte ich fast, wie mir die harte ägyptische Sonne auf den Kopf brannte, und ich roch beinahe das Sandelholz und den Weihrauch, den die hölzernen Dhaus den Nil heraufbrachten.

Als die Szenerie sich zu der Errichtung des Tempels von Karnack wandelte, setzte sich plötzlich ein großer, in konservatives Grau gekleideter Mann mir gegenüber hin, und ich starrte auf einmal Bukoba Mandaka an.

»Guten Abend, Mister Rojas.«

»Guten Abend«, erwiderte ich.

»Haben Sie seit unserem letzten Gespräch weitere Fortschritte gemacht?«

Ich schüttelte den Kopf. »Ich kann meinen Computer nur nach den Geschäftsstunden benutzen, Mister Mandaka.«

»Also schön, Mister Rojas«, sagte er und blickte mich an, und mir wurde klar, daß er noch größer und muskulöser war, als ich ihn in Erinnerung hatte, »was hat Sie dazu gedrängt, dieses Treffen zu erbitten?«

»Ich habe eine Anzahl Fragen«, entgegnete ich.

»Dann stellen Sie sie. Ich *muß* das Elfenbein des Kilimandscharo-Elefanten haben. Ich werde Ihnen jede Information geben, die Ihnen bei Ihrer Suche behilflich sein wird.«

»*Das* ist meine erste Frage«, sagte ich. »*Warum* müssen Sie das Elfenbein haben? Sie haben erwähnt, daß Sie gewillt seien, einen Preis weit jenseits seines Wertes zu bezahlen.«

»Das ist es mir wert.«

»Weshalb?«

Er zögerte einen Augenblick lang, als ob er sich seine Antwort überlegte, und sagte dann: »Mir will nicht einleuchten, warum die Beantwortung dieser Fragen Ihnen dabei helfen sollte, das Elfenbein zu finden.«

»Sie verweigern die Antwort?«

»Im Augenblick ja, Mister Rojas«, entgegnete Mandaka.

Genau in diesem Moment blieb ein Kellner an unserem Tisch stehen, um unsere Getränkebestellungen aufzunehmen, und Mandaka bat um ein Glas Milch.

»Milch?« wiederholte ich überrascht.

»Das ist das traditionelle Getränk meines Volkes«, erwiderte er. »In den alten Tagen mischten wir sie mit dem Blut unserer Rinder.«

Ich bestellte einen Alphard-Brandy, und der Kellner

ging, wobei er Mandaka aus dem Augenwinkel Blicke zuwarf, als erwartete er, daß dieser sich jeden Augenblick die Kleider vom Leib reißen und auf dem Tisch tanzen würde.

»Fahren Sie fort!« sagte Mandaka, nachdem der Kellner schließlich wieder hinter den Tresen zurückgekehrt war.

»Wie bitte?«

»Ihre nächste Frage, Mister Rojas.«

»Was veranlaßt die Massai zu glauben, sie hätten ein Eigentumsinteresse an den Stoßzähnen?«

»Warum nehmen Sie das an?« fragte Mandaka, ohne es zu verneinen.

»Während ich die Stoßzähne durch die Galaxis verfolge, stoße ich immer wieder auf Mitglieder der Massai – Massai Laibon, Tembo Laibon, Leeyo Nelion, Sie selbst.«

»Leeyo Nelion hat die Stoßzähne niemals besessen«, erwiderte er mit einem Anflug von absoluter Überzeugung.

»Obwohl er nahe daran war«, sagte ich.

»Ach?« sagte Mandaka und beugte sich gespannt vor.

Ich nickte. »Er heuerte eine Diebin namens Tahiti Benoit an, um sie einer Rasse zu stehlen, die als die Fliegen-bei-Nacht bekannt waren. Sie hatte Erfolg bei ihrer Mission, aber Nelion starb, ehe sie sie ihm liefern konnte. Das war vor fünfhundertunddreiundsiebzig Jahren.«

»Was ist aus ihnen geworden?«

»Der Computer arbeitet gerade daran«, sagte ich. Ich hielt inne und starrte ihn an. »Woher wußten Sie, daß Nelion das Elfenbein niemals erhalten hatte?«

»Ich bin nicht ohne eigene Quellen.«

»Sie könnten mir meinen Job wesentlich erleichtern, wenn Sie sie mit mir teilten«, schlug ich vor.

Er schüttelte den Kopf. »Meine Information ist insgesamt negativ, Mister Rojas. Ich weiß lediglich, welcher Massai das Elfenbein besaß und an welchem Punkt wir seiner verlustig gingen.«

»Sie meinen natürlich Tembo Laibon.«

»Das stimmt.«

»Sie leugnen nicht, daß die Massai dreitausend Jahre damit verbracht haben, das Elfenbein zurückzubekommen?«

Sein Gesicht blieb gleichmütig. »Nächste Frage.«

»Sie machen es mir sehr schwer, Mister Mandaka«, sagte ich.

»Ich mache es sehr lukrativ für Sie, Mister Rojas«, gab er zurück, »und es ist meine wohlüberlegte Meinung, daß Sie die Antwort auf diese Frage nicht benötigen.«

»Ich werde die Antwort finden, mit oder ohne Hilfe Ihrerseits«, sagte ich ernst.

Er starrte mich einen langen Augenblick schweigend an, und ich fühlte mich jäh sehr unwohl.

»Das wird Ihnen nicht gut bekommen, Mister Rojas«, sagte er, und seine Stimme war weniger bedrohlich, als ich erwartet hatte, »denn selbst wenn Sie die Antwort herausbekommen, werden Sie sie nicht glauben.«

»Sobald die Fakten einmal vor mir liegen, werde ich sie anerkennen«, versicherte ich ihn.

Er lächelte sarkastisch. »Gelegentlich sind Fakten der Feind der Wahrheit.«

In diesem Moment kehrte der Kellner mit Mandakas Milch und meinem Brandy zurück, und wir bestellten jeder ein Abendessen. Ich wählte einen mutierten Schellfisch in Weinsoße; Mandaka wählte ein schlichtes Stück Fleisch, extrem selten.

»Sie haben weitere Fragen, Mister Rojas?«

»Ja«, sagte ich, »aber wenn Sie die, die ich gestellt habe, nicht beantworten, werden Sie wohl nicht sehr gewillt sein, auch die restlichen zu beantworten.«

»Vielleicht nicht«, stimmte er zu, »Aber solange wir hier sind, mögen Sie sie ebensogut stellen.«

»Also gut«, sagte ich. »Wer sind Sie?«

Er sah mir direkt in die Augen. »Sie wissen, wer ich bin.«

»*Ich* weiß es, aber die Oligarchie weiß es nicht.«

»Ich bin Bukoba Mandaka, und ich bin der letzte der Massai.«

»Warum kann ich dann keine Aufzeichnung über Sie finden?«

Er zögerte mit der Antwort.

»Vielleicht habe ich eine Leidenschaft fürs Privatleben.«

»Viele Männer haben eine Leidenschaft fürs Privatleben«, bemerkte ich. »Sie sind der einzige, den ich kenne, dessen Existenz nicht bewiesen werden kann.«

»Sie kann bewiesen werden«, entgegnete er, »wenn Sie wissen, wo Sie suchen müssen.«

»Und wo ist das?«

»Wir kommen ziemlich vom Thema ab, Mister Rojas«, sagte er und leerte sein Glas Milch. »Nichts davon hat irgend etwas mit dem Elfenbein zu tun.« Er hielt inne. »Sie wirken auf einmal sehr nervös, Mister Rojas.«

»Bin ich«, gab ich zu. »Mir kommt es so vor, als hätte ich vielleicht eine sehr gefährliche Frage gestellt.«

»Warum haben Sie sie dann gestellt?«

»Weil ich's wissen will.«

»Ebenso wie Sie wissen möchten, warum die Massai eine derart lang andauernde Besessenheit für die Stoßzähne des Kilimandscharo-Elefanten entwickelt haben?«

Ich nickte.

Plötzlich lächelte er befriedigt. »Ich wählte den richtigen Mann für den Job, Mister Rojas«, erklärte er. »Der Aufenthaltsort des Elfenbeins wird Sie völlig in Anspruch nehmen, bis Sie es gefunden haben werden.«

»Und die übrigen Fragen?«

»Wenn Sie das Elfenbein gefunden haben, werde ich

Ihnen vielleicht einiges davon sagen, was Sie wissen wollen.«

»Vielleicht werde ich Ihnen nicht sagen, wo es sich befindet, bis Sie mir gesagt haben, was ich wissen möchte«, meinte ich.

Seine Augen wurden schmal, und er beugte sich vor, wobei er ganz leise sprach. »*Jetzt* haben Sie etwas Gefährliches gesagt, Mister Rojas«, sagte er und sprach jedes Wort sorgfältig aus. »Ein Mord ist das geringste der Verbrechen, die ich gewillt bin zu begehen, um das Elfenbein zu erhalten.«

»Aber *warum*?« fragte ich, wobei meine Neugier die Anspannung überwog.

»Ich brauche es.«

»*Wofür?*« beharrte ich. »Was könnten Sie denn damit womöglich anfangen? In den verschiedensten Museen und Sammlungen werden andere Stoßzähne ausgestellt. Warum sollten nur die Stoßzähne des Kilimandscharo-Elefanten genügen?« Ich hielt inne. »Wenn Sie gewillt sind, dafür zu töten, warum sind Sie nicht gewillt, für eine Morita-Skulptur zu töten oder für den Blasingame-Diamanten?«

»Das ist bedeutungsloser Nippes«, sagte er ungeduldig. »Das Elfenbein muß ich haben.«

»Ich wiederhole: warum?«

Er starrte mich lang und hart an.

»Weil das vor Jahrtausenden so bestimmt wurde.«

»Bestimmt?« wiederholte ich. »Wo? Von wem?«

»Ich glaube, Sie haben genügend Fragen gestellt, Mister Rojas.«

»Dann geben Sie mir einige Antworten«, beharrte ich. »Wenn das Elfenbein für die Massai derart wertvoll ist, warum hat es Tembo Laibon dann verspielt?«

»Weil er ein Dummkopf war!« fauchte Mandaka mit leidenschaftlich leuchtenden Augen. »Er wußte, was zu tun war, und er hat sich dazu nicht überwinden können.«

»Was mußte getan werden?«

Mandaka starrte derart gespannt auf die geballten Fäuste, daß er meine Frage nicht einmal hörte. Ich wartete, daß er sich wieder entspannte, so daß ich ihn erneut fragen könnte, aber dann vernahm ich von irgendwoher einen verstärkten Trommelwirbel, und plötzlich durchquerte den Raum ein älterer Mann mit langem weißen Bart und kunterbunter Robe, der einen Krummstab in der Hand hielt.

»Moses«, sagte Mandaka und lenkte meine Aufmerksamkeit auf den alten Mann, der den Stab erst in eine Schlange und dann wieder zurück in den Stab verwandelte.

»Er ist sehr gut«, kommentierte ich, während er die magischen Taten seines biblischen Gegenstücks wiederholte. »Ich habe immer schon etwas für Zauberer übrig gehabt.«

»Sie hatten schon immer etwas für *Illusionisten* übrig«, korrigierte mich Mandaka.

»Wo liegt der Unterschied?«

Er starrte mich erneut an. »Ihnen würden Zauberer nicht gefallen, Mister Rojas.«

»Ist Ihnen jemals einer begegnet?«

»Nein, niemals«, erwiderte er, während Moses eine Anrufung murmelte und sich das Wasser in einem Glas in der Nähe in Blut und wieder zurück zu Wasser verwandelte.

»Warum sind Sie sich dann so sicher, daß sie mir nicht gefallen würden?« fragte ich über den Beifall der Stammkunden hinweg.

»Meine Leute hatten Zauberer – Medizinmänner –, während wir noch immer erdgebunden waren.«

»Sie meinen Hexer?« fragte ich zweifelnd.

Er schüttelte den Kopf. »Nein. Jene Magier gaben uns die Kraft im Kampf, brachten Regen für unser Weiden und erhielten unser Vieh fruchtbar.«

»Hört sich sehr primitiv an.«

»Das ist wahr«, gab er zu. »Aber ich sage Ihnen eines, Mister Rojas: ein *Mundumugu* – ein Medizinmann – konnte einen Fluch auf einen Mann oder ein Tier in Hunderten von Kilometern Entfernung legen, und so sicher, wie Sie hier sitzen, so sicher würde dieser Mann oder dieses Tier sterben.«

»Das möchte ich sehr bezweifeln, Mister Mandaka.«

»Das überrascht mich nicht, Mister Rojas«, sagte Mandaka, während er Moses gespannt anstarrte, der eine winzige Heimsuchung von Heuschrecken, juwelengleichen glänzenden Kreaturen, erschaffen hatte, die ihm in fast hypnotischen Mustern um den Kopf kreisten.

Die Vorstellung ging über weitere fünfzig oder sechzig Minuten, und jede der Illusionen stellte eine Episode aus der Bibel dar. Schließlich hob der alte Mann die Hände und teilte das Hologramm des Roten Meers. Er ging einige Schritte über den trockengefallenen Meeresboden, wandte sich um, verbeugte sich und wurde sogleich von Millionen Tonnen Wasser verschüttet. Dies war anscheinend das Signal zum Beginn eines neuen Zeitalters, und die Hologramme zeigten jetzt eine jugendliche Kleopatra, die auf einer goldenen Kutsche ihr Königreich bereiste.

»Wunderbar!« rief ich aus und applaudierte enthusiastisch zusammen mit dem übrigen Publikum.

»Für eine Illusion«, schränkte Mandaka ein. Er wandte sich wieder mir zu. »Sind wir fertig, Mister Rojas?«

»Ich glaube, Sie waren gerade dabei mir zu sagen, wozu Tembo Laibon nicht imstande war, als Sie von dem Zauberer unterbrochen wurden.«

»Nein, war ich nicht, Mister Rojas.«

»Dann nehme ich gleichfalls an, daß wir fertig sind, zumindest für diesmal«, sagte ich. »Ich möchte dennoch gern wissen, wo ich Sie erreichen kann.«

»Das wird nicht nötig sein«, erwiderte er. »Ich werde Sie täglich kontaktieren, bis Sie das Elfenbein gefunden haben.«

Ich nippte an meinem Brandy und sah ihn quer über den Tisch an.

»Ich weiß nicht, wie ich meine nächste Frage möglichst taktvoll stellen soll…«, begann ich.

»Sie waren schon den ganzen Abend über wenig gekünstelt«, meinte Mandaka, und ich vermochte nicht zu entscheiden, ob er verärgert oder amüsiert war. »Warum sollten Sie das jetzt ändern?«

»Ich möchte Ihre Zusicherung, daß meine Handlungen nicht illegal sind.«

»Sie sind völlig legal.«

»Und daß Sie kein Rechtsbrecher sind.«

»Nein, ich bin kein Rechtsbrecher.« Mandaka hielt inne und starrte mich direkt über den Tisch hinweg an. »Jetzt habe *ich* eine Frage.«

»Ja?«

»Wenn meine Antworten anders gelautet hätten, hätten Sie dann mit der Jagd auf das Elfenbein aufgehört?«

»Nein«, sagte ich wahrheitsgemäß. »Hätte ich nicht.«

Er sah befriedigt drein. »Das hatte ich mir gedacht.«

»*Haben* Sie mir die Wahrheit gesagt?«

»Ja, Mister Rojas, habe ich.«

»Dann werde ich die Stoßzähne für Sie finden.«

»Ich weiß, daß Sie das tun wollen.«

»Ich schätze, ich sollte sie darauf hinweisen«, fügte ich hinzu, »daß sie, soweit ich das zu ermitteln vermochte, ihren verschiedenen Besitzern kein dauerhaftes Glück verschafft haben.«

»Das überrascht mich nicht.«

»Dann hoffe ich, daß Sie die Ausnahme von der Regel sein werden und daß sie Ihnen Ruhm und Glück bringen werden.«

Er lächelte wehmütig.

»Sie werden mir lediglich den Tod bringen, Mister Rojas«, sagte er mit absoluter Überzeugung. »Und falls Sie mich jetzt entschuldigen wollen…«

Er stand auf und ging hinaus, ehe ich ein weiteres

Wort hätte hervorbringen können, und er ließ mich zurück, sinnend über seine letzte fatalistische Bemerkung.

»Computer«, sagte ich, als ich eine Stunde später das Büro betrat und in meinen Sessel sank, »hast du die Stoßzähne aufgefunden, nachdem sie nicht mehr im Besitz von Tahiti Benoit waren?«

»Nein.«

»Trenne zwei Prozent deiner Kapazität für diese Unterhaltung ab und laß den Rest an dem Problem arbeiten.«

»Erledigt«, verkündete der Computer. »Was möchten Sie besprechen, Duncan Rojas?«

»Erzähl mir was von den Massai!«

Der Computer leuchtete hell, während er die Information aufrief.

»Sie waren ein extrem aggressiver Stamm von Nomaden und Hirten im südlichen Kenia und nördlichen Tansania.«

»Wie konnten sie gleichzeitig aggressiv und ein Hirtenvolk sein?« fragte ich.

»Es waren keine Militaristen wie die Zulus«, erklärte der Computer, »aber sie überfielen benachbarte Stämme, um Vieh und Frauen zu rauben, und sie waren über die Jahrhunderte hinweg sehr erfolgreich damit. Wenngleich sie niemals mehr als 300 000 Mitglieder zählten, beherrschten sie einst fast ein Drittel des Weidelandes von Kenia und Tansania.«

»Gegen welche Stämme unternahmen sie diese Raubzüge?«

»In erster Linie gegen die Kikuyu und Wakamba, wenngleich sie eine Anzahl kleinerer Kämpfe gegen die Luo, die Nandi und die Kisi führten.«

»Regierten die Massai jemals Kenia oder Tansania?«

»Nein. Vor der Kolonisierung gab es keinerlei nationale Grenzen im Sub-Saharagebiet Afrikas. Nach Kenias

Kolonialisierung wurde es von den Briten verwaltet. Nach der Entlassung in die Unabhängigkeit wurde es in erster Linie von den Kikuyu beherrscht, und, in etwas geringerem Ausmaß, von den Luo und den Wakamba.«

»Aber nicht von den Massai?«

»Nein.«

»Das ist merkwürdig«, sagte ich. »Wenn sie die übrigen Stämme beherrschten: warum haben sie dann nicht die Führung der Regierung übernommen?«

»Der Anführer der Unabhängigkeitsbewegung mit dem größten Charisma war Jomo Kenyatta, ein Kikuyu, und sein Stamm hielt die meisten Regierungsposten inne.«

»Und die Massai setzten dem nichts entgegen?«

»Die Massai blieben ein Jahrhundert lang weiter Hirtenvolk, blind gegen alle sozialen und politischen Veränderungen, und sie waren völlig ohne jede politische Kraft, bis eine Bevölkerungskrise die Regierung dazu zwang, ihre Weidegründe zu kaufen.«

»Was ist mit den Massai in Tansania? Übten sie irgendwelche Macht aus?«

»Tansania war zunächst eine deutsche Kolonie, dann ein britisches Protektorat. Die Massai waren stets eine für sich bleibende Minderheit, und sie hatten keinerlei Interesse am Unabhängigkeitsbestreben oder der Gründung einer Regierung.«

»Sehr seltsam«, sagte ich. »Das ist beinahe so, als hätten die Massai die Herrschaft über die benachbarten Stämme freiwillig und kampflos aufgegeben, nachdem sie sie errungen hatten.«

»Die Aufgabe der Herrschaft muß nicht unbedingt freiwillig erfolgt sein«, erwiderte der Computer. »Die Briten hatten ihnen verboten, ihre Waffen zu gebrauchen oder mit den benachbarten Stämmen Krieg zu führen.«

»Wann war das?«

»Ungefähr um 1900 A.D.«

»Könnte das im Jahre 1898 A.D. gewesen sein?« fragte ich.

»Das ist möglich«, antwortete der Computer. »Die Kommunikation war sehr primitiv, besonders in Afrika, und die Befehle kamen oft zu langsam, um wirksam sein zu können.«

»1898 war nämlich das Jahr, in dem der Kilimandscharo-Elefant getötet wurde«, bemerkte ich.

»Das wissen wir nicht«, widersprach der Computer. »Wir wissen lediglich, daß das Elfenbein des Kilimandscharo-Elefanten zum erstenmal im Jahre 1898 A.D. versteigert wurde.«

»Dennoch frage ich mich, ob es da eine Verbindung gibt?«

»Was für eine Art von Verbindung?«

Ich runzelte die Stirn. »Das weiß ich noch nicht.« Ich hielt inne. »Haben ursprünglich die Massai das Elfenbein versteigern lassen?«

»Die Aufzeichnungen sind unvollständig und widersprüchlich, aber es liegt nirgendwo eine Bemerkung vor, daß ein Massai mit der Versteigerung der Stoßzähne in Verbindung gebracht wurde.«

Ich neigte nachdenklich den Kopf und war mir gewiß, einem Verbindungsglied ganz nahe zu sein, einer Entdeckung, die die Verbindung zwischen dem Elfenbein und den Massai erklärte, aber ich wußte nicht, was das hätte sein können oder wo ich danach hätte suchen sollen.

»Das Britische Museum für Naturgeschichte kam im Jahre 1932 A.D. in Besitz des Elfenbeins. Stimmt das?«

»Ja.«

»Wie lang hat das Museum das Elfenbein behalten?«

»Einhundertundfünfundzwanzig Jahre.«

»Und was ist dann damit geschehen?«

»Ich arbeite ...«

5

Der Politiker

(2057 A.D.)

Während ich langsam am Ufer des Nakuru-Sees entlangging, flogen Millionen von Flamingos um mich her. Ich stillte meinen Durst nicht dort, denn das Wasser war faulig und bitter, sondern schaufelte in einer nahen Lichtung eine Grube und wartete geduldig, daß sie sich mit frischem Wasser füllte.

Ich aß die Rinde eines Baobab und die hohen Gräser und die Schoten der Acacia, und ich blies mir Staub über den Rücken, um die Parasiten loszuwerden und ihn vor der Sonne zu schützen. Dann las ich im Wind und fand darin, fast verborgen unter den anderen Botschaften, den stechenden Geruch von Zitrusfrüchten. Ich folgte ihm zu seinem Ursprung, einem kleinen Dorf, und weidete in den Plantagen, denn mein Appetit war riesig wie mein Körper. Die Eingeborenen kamen heraus, um mich mit Speeren und Pfeilen zu vertreiben, aber sobald sie mich erblickten, senkten sie die Waffen; neigten den Kopf und klatschten in die Hände, als wäre ich ein lang verschollener Gott, der nun zurückkehrte, um von seiner Heimat Besitz zu ergreifen.

Drei Tage lang blieb ich dort, unbelästigt, und ich hätte durchaus länger dort bleiben können, denn ich war alt und steif von den Kämpfen meiner Jugend, dem Stich eines Rhinozeros-Horns oberhalb des Knies und den drei Musketenkugeln, die mir noch immer im Fleisch steckten. Statt dessen jedoch wandte ich mich wieder gen Süden, und so, wie der Honigdachs dem Honigvogel zum Nest der Biene folgt, so folgte ich dem riesigen Spalt in der Erdkruste, um meinem Schicksal zu begegnen.

Matthew Kibo, dem eine starke kenianische Zigarette im Mundwinkel baumelte, dessen Ärmel über die Ellbogen aufgekrempelt waren, dessen Schädel unter dem dünn werdenden grauen Haar schimmerte, stand vom Computer auf, ging durch das kleine vollgestopfte Büro, holte ein Getränk aus dem tragbaren Kühlschrank und drückte auf einen Schalter, der die Geschwindigkeit des Ventilators über seinem Kopf erhöhte.

Es war Februar in Nairobi – das Wetter heiß und träge. Kibo seufzte und versuchte, nicht an den Strand von Malindi zu denken oder an sein kühles geräumiges Landhaus in den Bergen von Uganda. Er kehrte zum Stuhl zurück, nahm einen langen Schluck und blickte durch das schmutzige Fenster hinaus auf den großen Platz, wo sich eine Handvoll Leute im Schneckentempo über den heißen Bürgersteig vor der Statue von Jomo Kenyatta bewegte.

Er leerte die Flasche, warf sie auf einen überquellenden Papierkorb und wollte sich gerade wieder dem Computer zuwenden, als sich die Tür öffnete und ein junger Mann in einem farbenfrohen *Kikoi* das Büro betrat.

»Du scheinst es dir hier gemütlich zu machen«, bemerkte Tom Njomo.

»Ein Büro ist genausogut wie das andere«, erwiderte Kibo sarkastisch. »Wie sieht's denn aus im Nakuru-Distrikt?«

»Heiß und trocken, genau wie sonst überall.« Njomo grinste. »Ich glaub, wir haben da draußen mehr Staubteufel als Wähler.«

»Hat uns Baroti seine Zustimmung erteilt?«

»Er denkt noch immer drüber nach, sagt er«, erwiderte Njomo.

»Er lügt«, sagte Kibo bestimmt.

»Vielleicht«, pflichtete Njomo bei. »Er versprach, innerhalb der nächsten drei oder vier Wochen seine Entscheidung zu treffen.«

»Das wird für uns viel zu spät sein, selbst wenn er die Wahrheit gesagt hätte.«

»Sieht's so schlimm aus?«

»Es sieht nicht gut aus«, gab Kibo zu und wies auf die Zahlen auf seinem Bildschirm. »Jacob Thiku, zweiundsiebzig Prozent; John Edward Kimathi, einundzwanzig Prozent; unentschieden, sechs Prozent; und die drei weiteren Kandidaten teilen sich den restlichen Prozentpunkt.«

»Nun, was hast du erwartet?« fragte Njomo achselzuckend. »Thiku ist der populärste Präsident, den wir seit Jomo Kenyatta hatten. Sieh mal, was er alles getan hat: nahezu Vollbeschäftigung, weniger als zehn Prozent Analphabeten, wenig Schulden; er baute die Lake-Turkana-Pipeline, der Westen mag ihn, der Osten hält bei ihm Hof, und die Konservativen haben ihn praktisch zur Gottheit gemacht – ganz zu schweigen von der Beilegung des Kriegs zwischen Sambia und Zaire.« Er hielt inne. »Wie kann man eine Wahl gewinnen, wenn man gegen einen Gott antreten muß?«

»Niemand hat behauptet, daß es leicht werden würde«, entgegnete Kibo mit einem sarkastischen Lächeln. »Dennoch werde ich dafür bezahlt, Kimathis Wahlkampf zu führen.«

»So ist es«, sagte Njomo ätzend.

»Kimathi muß ganz besonders angefaßt werden«, antwortete Kibo. »Die Leute haben eine Scheißangst vor ihm – mich selbst eingeschlossen. Es wäre ihm verdammt schwer gefallen, einen *normalen* Kandidaten zu schlagen, geschweige denn Jacob Thiku.«

»Warum arbeitest du dann für ihn?«

»Weil er seinen Wahlkampf-Manager gefeuert und seinen gesamten Stab entlassen hat, und weil die andere Seite mich nicht gleich zu Beginn angeheuert hat«, sagte Kibo sardonisch. »Mein Job besteht darin, daß sie sich wünschen sollen, sie hätten's getan – und dann schnell wie der Teufel aus Kenia rauszukommen, ehe Kimathi dieses verdammte Land in einen Trümmerhaufen verwandelt.«

»Da nur noch elf Wochen bis zur Wahl bleiben, sieht das wenig hoffnungsvoll aus«, kommentierte Njomo, ging zum Kühlschrank und öffnete eine eiskalte Flasche Bier.

»Oh, ich weiß nicht«, sagte Kibo. »In elf Wochen kann eine ganze Menge geschehen.«

»Was zum Beispiel?«

Kibo hob die Schultern. »Das weiß ich noch nicht; ich arbeite erst seit drei Tagen in diesem Job. Aber unsere erste Aufgabe liegt klar vor uns: wir müssen einen strittigen Punkt finden.«

»Darauf hat Thiku ein Monopol, und er steht bei jedem einzelnen davon auf der richtigen Seite.«

»Dann werden wir einen finden, den er übersehen hat.«

»Ich wünsche dir viel Glück.«

»Du wünschst *uns* Glück«, korrigierte Kibo.

»Ich meine, was ich gesagt habe«, erwiderte Njomo ernsthaft. »Ich bin lediglich ein Student der Politikwissenschaften, der einige praktische Erfahrungen für seine Habilitation sammelt. Ich weiß nichts von dir, aber ich liebe nun einmal zufälligerweise dieses Land, und ich möchte nicht erleben, wie es von einem Demagogen wie Kimathi regiert wird. Ich möchte lediglich, daß er sein Ansehen verliert, so daß ich das nächste Mal bei einem besseren Kandidaten anheuern kann.«

»Ich darf wohl darauf vertrauen, daß du mir vergibst, wenn ich mein Bestes gebe?«

»Mach weiter, wenn's dir gut bekommt«, sagte Njomo. »Wie du weißt, war Kimathi sogar gegen die Turkana-Pipeline. Wenn es nach ihm gegangen wäre,

wäre der nördliche Grenzbereich noch immer eine Wüste.« Er hielt inne. »Hast du jemals darüber nachgedacht, was geschähe, falls du tatsächlich gewinnen würdest?«

»Für Wahlkampf-Manager stellt es ein Sakrileg dar, auch nur eine Minute über die Wahl hinauszudenken«, antwortete Kibo. »Und in dem Augenblick, da die Wahl vorüber ist, denken sie sofort an die nächste. Oder haben sie dir das auf der Universität nicht beigebracht?«

»Allmählich glaube ich, daß sie mir völlig falsche Sachen beigebracht haben«, sagte Njomo sarkastisch. »Da habe ich also meine Zeit damit vergeudet, die Kniffligkeiten unseres politischen Systems zu studieren, während ich doch die ganze Zeit über Machiavelli hätte lesen sollen.«

»Das hätte nicht geschadet«, erwiderte Kibo ernsthaft.

»So sammle ich Erfahrungen.«

»Und es hätte dem Job eines politischen Organisators einiges an Mystik genommen«, fuhr Kibo fort. »Du machst deine Hausaufgaben, du studierst deine Opposition, du analysierst deinen Markt, und du setzt dir deine Ziele. Nur ein Job, wie jeder andere – und, in aller Bescheidenheit, ich tu' ihn verdammt gut!«

»Das weiß ich«, sagte Njomo. »Darum ist Malawis Ökonomie ein Scherbenhaufen.«

»Ich muß dafür sorgen, daß mein Mann gewählt wird«, sagte Kibo. »Es ist *sein* Job, dieses verdammte Land zu regieren.« Er zündete die nächste Zigarette an und musterte Njomo nachdenklich. »Laß dir von mir einen Ratschlag geben, falls ich darf.«

»Nur zu!«

»Es ist der Job eines politischen Führers, moralische und ethische Standpunkte zu hüten. Wenn du so was tun willst, bist du hier auf dem falschen Dampfer. Wahlkampf-Manager arbeiten im Hintergrund und schließen einen Pakt mit dem Teufel, so daß ihre Bosse da vors Publikum treten und Gott anrufen können.«

»Und wenn es sich bei dem politischen Führer um John Edward Kimathi handelt?«

»Gleich, was du denkst: die Leute tendieren dazu, die Führer zu bekommen, die sie verdienen. Wenn du verrückt genug bist, Jacob Thiku abzuwählen, dann hast du Kimathi verdient.«

»Und es ist dein Job, ihnen gerade dazu die Möglichkeit zu bieten.«

»Genau«, sagte Kibo. »Oder meinst du etwa, daß es nur Kandidaten erlaubt sein dürfte, sich um das Amt zu bewerben, die deine persönliche Zuneigung besitzen?«

»Das hab' ich nie behauptet«, erwiderte Njomo verteidigend.

»Gut. Dann erwarte ich deine Unterstützung ohne wenn und aber. Und ganz nebenbei«, fügte Kibo ernsthaft hinzu, »wenn du auf diesem Gebiet hier eine Zukunft haben möchtest, unternimmst du besser ernsthafte Anstrengungen zugunsten von Kimathi. Die *Leute* mögen vielleicht Thiku und Kimathi beobachten, die *Politicos* beobachten dich und mich und unsere Gegenspieler.«

Njomo äußerte sich nicht weiter.

»Dann also los«, sagte Kibo und stand auf. »Wenn du dein Bier ausgetrunken hast, möchte ich, daß du mit unseren Sponsoren Kontakt aufnimmst, besonders mit denen im Tsavo-Distrikt, und sie sanft, aber bestimmt, dahin drängst, ein wenig spendabler zu werden. Ich gehe hinüber in die Bibliothek.«

»Wozu?« fragte Njomo.

»Weil wir keinen Wahlkampf ohne Geld durchführen können, und unsere Kasse ist nahezu leer.«

»Nein, ich meinte, was willst du in der Bibliothek?«

»Sagte ich doch – ich suche nach einem Thema.«

»Und du glaubst wirklich, da eins zu finden?« fragte Njomo zweifelnd.

»Wer weiß?« erwiderte Kibo. »Ich habe mit Sicherheit nirgendwo sonst eines gefunden.«

Er zog das Jackett an, setzte den Hut auf und ging in die heiße äquatoriale Sonne hinaus, und er versuchte, den Lärm und die Gerüche der Innenstadt zu verdrängen, während er die Moi-Avenue hinabging. Als er die Biashara-Straße erreichte, wandte er sich nach links, ging an einer Anzahl Andenkenläden vorüber und erreichte schließlich die eben renovierte und ausgebaute MacMillan-Bibliothek. Er war sich nicht ganz sicher, wonach er suchte, aber er forderte einen Stapel Bücher und Disketten an, trug sie in den Lesesaal, ging zu einem kleinen Schreibtisch mit Computer an einem Fenster, das hinaus auf die goldene Kuppel der wunderschönen Jamia-Moschee führte, und machte sich an die Arbeit.

Er wußte, daß es kein zeitgenössisches Thema sein durfte; Thiku war auf allen Gebieten up-to-date. Wirtschaftliche Angelegenheiten kamen gleichfalls nicht infrage; dem gewöhnlichen Kenianer war es niemals besser gegangen. Dito die Außenpolitik; Thiku war Afrikas Friedensbringer.

Er entschloß sich, daß es ein emotionales Thema sein müsse, eines, das die Leidenschaften zu erregen vermochte, da der Intellekt dermaßen sicher in Jacob Thikus Händen lag. Was bedeutete, daß Kimathi ein Feindbild benötigte – nicht Thiku, der beinahe eine Gottvatergestalt war –, sondern einen berührbaren, sichtbaren Feind, einen, den Thiku übersehen hatte, einen, gegen den er wüten und toben und die Bevölkerung entflammen konnte.

Kibo lehnte sich zurück, verschränkte die Hände hinterm Kopf und blickte hinaus auf die Moschee. Es dürfte kein Nachbarland sein; die Presse fürchtete Kimathi bereits, und sie würden überzeugt davon sein, daß er den Krieg wollte.

Daher wäre es besser ein großes Land, ein derart

mächtiges Land, daß der Gedanke an einen Krieg überhaupt nicht in Betracht käme, gleich, welche Leidenschaften Kimathi erregte. Die Vereinigten Staaten? Nein, sie hatten ein Jahrhundert lang Geld nach Kenia gepumpt; es fiele zu schwer, von ihnen ein Feindbild zu malen. Rußland? Nein, es hatte mit Ostafrika nichts zu tun; hatte niemals etwas damit zu tun gehabt und würde niemals etwas damit zu tun haben. China oder Indien? Nein, deren afrikanische Verbündete befanden sich allesamt an der Westküste, Tausende von Kilometern entfernt.

Also liefe alles, wie er bereits gewußt hatte, auf Großbritannien hinaus. Großbritannien hatte Kenia kolonialisiert, hatte es mit der eigenen Kultur und den eigenen Gesetzen überzogen, hatte sich krummgelegt, um Kenia im Commonwealth zu halten. Irgendwo in der Vergangenheit, vor dreißig oder siebzig oder neunzig oder hundertfünfzig Jahren, mußte es *irgend etwas* geben, das er benutzen konnte, irgend etwas derart Triviales, daß Thiku es übersehen hatte, irgend etwas derart Bedeutungsloses, daß sich kein vorheriger Präsident darum gekümmert hatte, irgend etwas derart Mächtiges, daß Kimathi, wenn er's nur richtig anpackte, eine gesamte Nation unter seinem Banner versammeln konnte.

Und sieben Stunden später hatte er es gefunden.

»Du machst 'n Witz, stimmt's?« fragte Njomo unbehaglich.

»Übers Geschäft reiße ich niemals Witze«, erwiderte Kibo.

»Du glaubst ernsthaft, daß wir für Kimathi die Wahl gewinnen können, weil irgendein Elefant seit mehr als einem Jahrhundert tot ist?«

Sie saßen auf der Terrasse eines Restaurants in Muthaiga, einem Vorort etwa zwölf Kilometer von der Stadt entfernt, an einem Tisch neben einem großen runden Grill. Kellner in weißen Jacken eilten von Tisch zu Tisch, boten eine Auswahl frischgebratenen Fleischs an, und eine riesige Menge geschäftsmäßig gekleideter Männer und Frauen hatte sich an der hufeisenförmigen Bar am anderen Ende des Restaurants versammelt. Die Sonne war untergegangen, und es lag die übliche Kühle in der abendlichen Luft.

»Das ist korrekt«, sagte Kibo ruhig, während er einen Gewürzstreuer über seinem Antilopenkotelett schüttelte.

»Dann bist du ebenso verrückt wie er!«

»Sie haben dir auf der Universität nicht gerade viel beigebracht, stimmt's?« fragte Kibo und unternahm keinen Versuch, seine Erheiterung zu verbergen.

»Sie brachten mir genügend bei, daß ich weiß, wann ein Politiker nach dem letzten Strohhalm greift«, schoß Njomo zurück.

»Quatsch«, sagte Kibo vertraulich. »Ich habe lediglich ein Thema gefunden, das Kimathi zu seinem eigenen machen kann.«

»Ein Nicht-Thema, meinst du«, sagte Njomo.

»Es wird morgen Abend ein Thema sein«, entgegnete Kibo, »und darauf allein kommt's an.« Er hielt inne. »Weißt du, die meisten Wahlen werden nicht deshalb gewonnen oder verloren, weil der eine Kandidat eine bessere Wirtschaftspolitik macht als der andere, oder weil er sein Parlament besser beherrscht. Gewöhnlich läuft alles darauf hinaus, wer die besten Witze erzählt oder die meisten Babies abknutscht.«

»Oder wer ein Thema aus einem toten Elefanten machen kann?« fragte Njomo ätzend.

»Exakt«, stimmte Kibo zu. »Kimathi braucht ein Motiv; dies gibt ihm eins. Er benötigt ein Feindbild; dies nagelt eines fest. Da er ein Kandidat mit einem Thema sein wird, benötigt er ein derart einfaches Thema, daß es jeder auf Anhieb verstehen kann; dies ist ein derartiges Thema. Er muß an den nationalen

Stolz appellieren; dies ist ein Thema, das jenseits aller Stammesquerelen liegt und alle Kenianer betrifft. Selbst sein Name wird helfen: Deedan Kimathi war der erfolgreichste General beim Mau-Mau-Aufstand vor einem Jahrhundert. Ich werde sicherstellen, daß die Presse sich dessen bewußt ist.« Kibo nahm einen Schluck Wein und lehnte sich mit zufriedenem Lächeln zurück. »Es ist vollkommen.«

»Du glaubst *wirklich,* was du da sagst, nicht wahr?« fragte Njomo.

»Aber natürlich. Und von heute an in einer Woche wird es ein jeder in diesem Land gleichfalls tun.«

»Es wird niemals funktionieren.«

»Doch, es wird! Es gibt Präzedenzfälle.«

»Jemand anderer wurde wegen eines toten Elefanten Präsident?« höhnte Njomo.

»Nein«, erwiderte Kibo geduldig. »Aber Hassin wurde im Jahre 2023 mit der gleichen Art von Thema Präsident von Ägypten.«

»Hassin? Er gewann, weil er mit Jordanien Frieden schloß.«

»Das war, *nachdem* er gewählt worden war. Sein gesamter Wahlkampf beruhte lediglich auf der Anschuldigung, daß Großbritannien sich eine Anzahl ägyptischer Kulturschätze angeeignet hätte; er versprach, sie zurückzugeben, falls er zum Präsidenten gewählt würde.«

»Und, hat er?«

»Nein. Alle Schätze befinden sich noch immer im Britischen Museum – aber es *gelang* ihm, gewählt zu werden. Er war dann noch nicht einmal ein so schlechter Präsident.«

»Selbst wenn er die Forderung erhoben hatte, seine nationalen Schätze zurückzugeben, so sprach er doch von Mumien und Gold und Edelsteinen«, protestierte Njomo. »*Du* sprichst von den Stoßzähnen eines Elefanten.«

»Ich spreche von der Ehre der Nation«, erwiderte Kibo. »Es ist nicht Kenias Schuld, daß wir keine Tempel oder Pyramiden besitzen, die die Briten plündern konnten. Sie nahmen, was sie fanden, und wir wollen es zurück.«

»Aber *Stoßzähne,* um Gottes willen!«

»Die Stoßzähne sind ein Symbol, nichts weiter«, sagte Kibo. »Es spielt keine Rolle, ob sie einen Marktwert besitzen oder nicht. Sie stellen die größte jemals erbeutete Trophäe dar. Sie gehören gerade hier im Nairobi-Museum ausgestellt, nicht im Britischen Naturgeschichtlichen Museum.« Er hielt inne. »Soweit man überhaupt etwas darüber sagen kann, wurde der Elefant noch nicht einmal von einem Europäer getötet, sondern von einem Afrikaner.«

»Wen interessiert's?«

»*Jeden* wird es nach Kimathis nächster Ansprache interessieren. Dies ist das letzte Überbleibsel des Kolonialismus, und es muß ausgetilgt werden. Jene Stoßzähne sind Teil des kenianischen Erbes, nicht des britischen.« Er hielt inne und beugte sich dann vor. »Möchtest du noch etwas wissen? Sie werden noch nicht einmal ausgestellt. Sie sind in irgendeinem Tresor im Keller des Museums unter Verschluß und verstauben, wo sie doch hier sein sollten, damit jeder Kenianer sie sehen kann.«

»Sie werden nicht ausgestellt?«

Kibo schüttelte den Kopf. »Klingt respektlos, nicht wahr?«

»Das könnte so ausgelegt werden, weißt du?« gab Njomo zu.

»Besonders wenn es aus dem Munde unseres feuerspeienden politischen Drachen kommt.«

»Laß mich einen Augenblick lang darüber nachdenken«, sagte Njomo.

»Aber bitte«, meinte Kibo und leerte das Weinglas. Als der Kellner vorüberging, gab ihm Kibo ein Zeichen.

»Bitte, Mister Kibo?«

»Bringen Sie mir das köstlichste Dessert, was sie da haben«, sagte er.

»Ich glaubte, du achtest auf deine Linie«, bemerkte Njomo, als der Kellner davoneilte.

»Ich verdiene es«, sagte Kibo überschwenglich. »Ein guter Politiker hat während seines Lebens vielleicht drei oder vier brillante Einfälle. Dieser hier sollte mich während der kommenden fünf Jahre beschäftigt halten.«

Am folgenden Abend ging Kimathis Rede durch den Äther. Er strengte die Stimme bis zum Äußersten an, die Augen waren wild vor Leidenschaft, die Adern auf der Stirn schwollen, als wollten sie platzen, er tobte und wütete gegen die Briten. Er beschwor den Doppelaspekt von Rassismus und Kolonialismus herauf, er drohte mit ein paar unbestimmten Aktionen, falls die Stoßzähne des Kilimandscharo-Elefanten nicht auf der Stelle zurückkehrten, und er forderte die Kenianer auf, alle britischen Erzeugnisse zu boykottieren.

Es waren die Briten, kreischte er, die Kenias Wildbestand dezimiert hatten, die schändlicherweise eine Spezies nach der anderen abgeschlachtet hatten und die sich jetzt weigerten, das Symbol von Kenias verschwundenem Wildleben zurückzugeben, nämlich das Elfenbein des sagenhaftesten Tieres überhaupt.

Es waren die Briten, die von all ihren früheren Kolonien reiche Schätze angesammelt hatten, und die sich nicht nur weigerten, sie zurückzugeben, sondern sie darüber hinaus vor der Öffentlichkeit verborgen hielten, womit sie offenkundigst ihre Verachtung für ihre früheren Schützlinge zeigten.

Und es war Jacob Thiku, fügte er scharf hinzu, der sich weigerte, die Rückgabe des Elfenbeins zu fordern, der einstmals ein brillanter Führer gewesen war, der jedoch seinen Mut verloren hatte und sich den Briten nicht furchtlos entgegenstellen wollte.

Was wollten die Briten überhaupt mit den Stoßzähnen, wollte Kimathi wissen. Sie weigerten sich, sie auszustellen, sie weigerten sich, sie zu veräußern, und sie weigerten sich, sie zurückzugeben. Wann würde diese Herablassung enden?

Nur dann, schloß er, wenn Kenia einen Präsidenten wählte, der die Briten nicht fürchtete und der diese letzte Beleidigung der Würde des schwarzes Afrikas austilgte.

»Nicht schlecht«, sagte Kibo, während er sich die Umfrageergebnisse am nächsten Tag ansah. »Gar nicht schlecht!«

»Du meinst, es funktioniert tatsächlich?« fragte Njomo verächtlich. »Ich glaubte fast, du müßtest ihm während seiner Rede mittendrin eine Zwangsjacke anziehen, so, wie er auf- und niedergesprungen ist und gekreischt und die Fäuste geschüttelt hat.«

»Er hat vier Prozent wettgemacht«, entgegnete Kibo mit einem blasierten Lächeln. »Nicht gerade schlecht für 'nen Bekloppten.«

»Das will ich sehen!« sagte Njomo ungläubig und ging zum Computer hinüber. Einen Augenblick lang musterte er den Bildschirm, dann richtete er sich mit überraschtem Gesichtsausdruck auf. »Das ist unglaublich!«

»Warte nur bis morgen nachmittag, wenn er an der Universität seine Rede hält«, versprach Kibo. »Ich garantierte dir, er wird weitere zwei Prozent aufholen.«

»Ich frage mich, wie die Briten darauf reagieren?« grübelte Njomo.

»Sie fragen sich vielleicht, warum wir soviel Wind um ein Paar Stoßzähne machen.«

»Werden sie sie zurückgeben?«

»Nicht, während er seine Drohungen ausstößt«, erwiderte Kibo. »Das sähe zu sehr nach Erpressung aus. Und er wird bis nach der Wahl nicht aufhören zu drohen.«

»Was ist mit Thiku?«

»Was soll mit ihm sein?«

»Was wird er unternehmen?« drängte Njomo.

»Das einzig Vernünftige.«

»Und das wäre?«

Kibo hob die Schultern. »Wer weiß? Aber es wird nichts nutzen. Das ist ein emotionales Thema; Vernunft hat damit nichts zu tun.«

Kimathi hielt weitere vier Reden – und holte neun weitere Prozentpunkte bei den Wählern auf –, ehe Jacob Thiku sich schließlich einverstanden erklärte, das Thema der Stoßzähne anzusprechen.

Er wies darauf hin, daß der Elefant weder von den Briten noch sonst von einem Europäer getötet worden war.

Der Elefant, bemerkte er, sei auf den Hängen des Kilimandscharos getötet worden, der sich gänzlich innerhalb der Grenzen von Tansania befände, und daher habe Kenia überhaupt kein Recht, sie für sich zu beanspruchen.

Die Stoßzähne des Elefanten, erinnerte er, seien völlig legal in Sansibar versteigert worden, das damals ein unabhängiges Land war, nicht in Mombasa.

Es seien immerhin etwa vierundreißig Jahre *nach* der ursprünglichen Auktion gewesen, erklärte er, als das Britische Museum für Naturgeschichte schließlich das Elfenbein erworben habe.

Während er es natürlich begrüßen würde, wenn die Briten die Stoßzähne des Kilimandscharo-Elefanten als Geschenk zurückgäben, sei es offensichtlich, daß Kenia keinerlei legales oder moralisches Recht auf sie besäße. Wenn denn *irgend jemand* nun wirklich ein Recht hätte, die Rückgabe des Elfenbeins zu fordern, dann sei es Tansania.

Kimathi, schloß er vernünftigerweise, versuche, Leidenschaften zu erregen und politisches Kapital aus einem bedeutungslosen Thema zu schlagen, während er gleichzeitig Kenias Verbindungen zu Großbritannien, seinem ältesten Verbündeten, arg strapaziere. Sobald die Leute einmal verstünden, was Kimathi da tue, wiesen sie seine feurigen Rufe nach den Waffen sicherlich zurück.

Es war eine glänzende, begründete Antwort, und sie wurde in allen britischen Zeitungen abgedruckt und in den meisten internationalen Videonetzwerken gebracht.

Und am folgenden Morgen hatte Kimathi die Kluft zwischen ihnen beiden um weitere drei Prozentpunkte verringert.

»Für einen Mann, dessen Kandidat dem lieben Gott nur noch um sechs Prozent hinterherhinkt, siehst du reichlich verdrossen aus«, sagte Njomo einen Monat später, als er Kibos Büro betrat.

»Fünf, wenn du die *Nation* liest«, korrigierte ihn Kibo.

»Warum dann das lange Gesicht?« beharrte Njomo. »Du kriegst das Geld schneller rein, als du's zählen kannst, Kimathi prangt auf den Titelblättern von *Stern* und *Time*, und der arme alte Jacob Thiku sieht vielleicht Elefanten im Schlaf.«

»Der britische Botschafter möchte mit ihm reden.«

»Mit Kimathi?«

Kibo nickte grimmig. »Ich hab' ihn zwei Wochen lang hinhalten können, aber ich kann die beiden jetzt nicht mehr länger einander aus dem Weg gehen lassen.«

»Was ist daran so falsch, ihn mit Kimathi reden zu lassen?«

»Alles.«

»Dafür sehe ich keinen Grund. Kimathi wird so lange warten, bis alle Kameras auf sie beide gerichtet sind, und dann wird er den Botschafter mit dem Tod oder noch Schlimmerem drohen, wenn der nicht ins nächste Flugzeug nach Großbritannien steigt und die Stoßzähne zurückbringt.«

»Genau davor habe ich Angst«, sagte Kibo.

Njomo blinzelte. »Ich verstehe dich einfach nicht«, sagte er.

»Du bist eben sehr jung und sehr naiv«, sagte Kibo. »Glaub mir einfach – unser allerletzter Wunsch ist es, daß sich Kimathi direkt mit irgendeinem Repräsentanten der britischen Regierung trifft.«

»Du hast mehr als einen Monat damit zugebracht, diesen Mythos aufzubauen, daß Kimathi der einzige Verteidiger der Ehre Kenias sei«, sagte Njomo. »Jetzt hat er endlich die Möglichkeit, sich von Angesicht zu Angesicht mit dem Feind zu treffen, und du versuchst, das zu verhindern. Warum?«

Kibo seufzte tief. »Was sehen deiner Meinung nach die Briten oder die Amerikaner oder die Russen, wenn sie Kimathi sehen?«

»Weiß nicht. Vielleicht sehen sie einen schillernden Politiker, der mit einem ungewöhnlichen Thema in die Schlagzeilen gerät.«

»Sie sehen einen Clown«, erwiderte Kibo. »Einen großen, herumstolpernden Clown, dessen Land seine Spielzeuge hergab und der sie nun zurückhaben will.« Er hielt inne. »Die Hälfte von ihnen glaubt vielleicht, daß er ein Lendentuch trägt und in einer Lehmhütte haust.«

»Mir ist nicht klar, worauf du hinauswillst«, sagte Njomo.

»Er amüsiert sie, genauso, wie sie Idi Amin vor einem Jahrhundert amüsiert hat. Wenn sie ihm jemals wirklich zuhörten, wenn sie sähen, wie er eine Zuhörerschaft manipulieren kann, wenn ihnen klarwürde, daß er seinen Abschluß an der Sorbonne als erster seiner Klasse absolviert hatte, wären sie nicht mehr länger amüsiert. Sie wären erschrokken.«

»Was ist daran falsch, wenn man den britischen Botschafter erschreckt?« fragte Njomo. »Das wäre lediglich ein weiterer Nagel zu Jacob Thikus politischem Sarg.«

»Mag sein«, meinte Kibo. »Aber ich bezweifle es.« Er hielt lange genug inne, um sich eine weitere Zigarette anzuzünden. »Mit der Geschwindigkeit, wie Kimathi Unterstützung erhält, wird er Thiku zwei Wochen vor der Wahl eingeholt haben und ihn mit mindestens zwei Millionen Stimmen Vorsprung schlagen. Nur eines kann ihn aufhalten.«

»Was?«

»Wenn er sein Thema verliert. Mir bleibt keine Zeit, ein weiteres hervorzuzaubern – und falls der Botschafter sich persönlich mit ihm trifft und selbst erkennt, daß Kimathi wirklich verrückt genug ist, einen Krieg wegen der Stoßzähne zu entfachen, ist er sehr wohl imstande, seiner Regierung zu empfehlen, sie zurückzugeben.« Er sah Njomo über den Tisch hinweg an. »Das ist die Quintessenz von allem: kein Thema, kein Wahlsieg.«

»Aha«, sagte Njomo, in dessen Gesicht allmählich Verständnis dämmerte.

»Noch etwas, das sie dir auf der Schule nicht beigebracht haben«, bemerkte Kibo ätzend.

Njomo holte ein Bier aus dem Kühlschrank. »Was tust du jetzt also?«

»Ich tu, verdammt noch mal, alles, um Kimathi davon zu überzeugen, daß es unter seiner Würde ist, sich mit dem Gegner zu treffen.«

»Ich dachte, Jacob Thiku sei der Gegner.«

»Niemand wäre imstande gewesen, so weit zu kommen, wenn es gegen Thiku geht; Kimathi geht gegen die Briten. Ich hoffe bloß, daß er auf mich hört.«

»Wenn's mit Vernunft nicht hinhaut, appelliere an seine Eitelkeit«, schlug Njomo vor. »Das hat bislang noch nie seine Wirkung verfehlt.«

»Du lernst«, kommentierte Kibo.

»Ach?«

Kibo nickte. »Wenn alles gesagt und getan ist, ist es für einen Wahlkampf-Manager bei weitem wichtiger, die Menschen zu verstehen, als die Politik.«

»Das glaube ich mittlerweile auch«, gab Njomo zu.

»Solange du dich daran erinnerst, hast du in der Politik eine Zukunft«, meinte Kibo. Plötzlich lächelte er. »Und falls du's vergißt, kannst du dich immer noch damit durchschlagen, daß du an der Universität Politik lehrst.«

Kimathis nächster Auftritt fand in Malindi statt, wurde jedoch im ganzen Land gesendet. Fünf Minuten danach klingelte bei Kibo das Telefon.

»Ja?«

»Mister Kibo?«

»Am Apparat.«

»Hier ist Sir Robert Peake.«

»Was kann ich für Sie tun, Botschafter?« fragte Kibo und zündete sich eine Zigarette an.

»Hörten Sie John Edward Kimathis Rede heute abend?«

»Ja.«

»Diese Diffamierung meiner Regierung kann wirklich nicht mehr so weitergehen, Mister Kibo«, sagte Peake.

»Der Kandidat schreibt sich seine eigenen Reden, Botschafter«, erwiderte Kibo. »Was soll *ich* da Ihrer Erwartung nach unternehmen?«

»Ich erwarte, daß Sie ihn dazu bringen, sich etwas Zurückhaltung bei seinen Angriffen aufzuerlegen,

Mister Kibo«, sagte Peake. »Die Regierung Ihrer Majestät würde eine Wiederholung der Tirade wie die vom heutigen Abend mit äußerstem Mißfallen zur Kenntnis nehmen.«

»Dann sprechen Sie besser direkt mit Kimathi«, entgegnete Kibo.

»Das habe ich wiederholt versucht, und Sie haben mich wiederholt daran gehindert, Mister Kibo.«

»Das ist einfach nicht wahr, Botschafter«, log Kibo. »Kimathis Terminkalender ist sehr voll, aber ich versuche noch immer, ein Treffen zwischen Ihnen beiden zu arrangieren.«

»Geben Sie sich keine Mühe dabei, Mister Kibo.«

Kibo runzelte die Stirn. »Sie wünschen nicht mehr länger mit ihm zu sprechen?«

»Nein.«

Kibo analysierte rasch seine Möglichkeiten und Alternativen. »Ich kann morgen abend ein Essen mit ihm arrangieren«, sagte er nach einer kurzen Pause.

»Ich fürchte, ich bin morgen abend sehr beschäftigt«, sagte Peake. »Erinnern Sie sich nur daran, was ich Ihnen gesagt habe, Mister Kibo. Wir werden einen weiteren derartigen Angriff nicht tolerieren.«

Kibo vernahm das Klicken, mit dem die Verbindung unterbrochen wurde, und er versuchte sofort, Kimathi an den Apparat zu bekommen. Der Kandidat war unabkömmlich, und es gelang ihm schließlich, Njomo zu erreichen.

»Was gibt's?« fragte der junge Mann, nachdem er Kibos Stimme erkannt hatte.

»Schwierigkeiten«, sagte Kibo. »Ich möchte, daß du alle Auftritte Kimathis in den nächsten beiden Tagen absagst, bis ich ihn erreichen kann.«

»Was ist geschehen?«

»Ein Anruf des britischen Botschafters. Er besteht darauf, Kimathi solle damit aufhören, sein Land zu attackieren.«

»Und?«

»Tu, was ich dir gesagt habe!« schnauzte Kibo, unterbrach die Verbindung und versuchte erneut, Kimathi zu erreichen. Schließlich, eine Stunde nach Mitternacht, nahm der Kandidat in seiner Suite den Hörer ab.

»John, hier spricht Matthew Kibo.«

»Wie gefiel dir meine Rede von heute abend?«

»Sie war ausgezeichnet.« Kibo stockte. »John, wir haben ein Problem. Ich habe für die nächsten zwei Tage Ihre Termine storniert. Können Sie eine Krankheit vortäuschen?«

»Weshalb?«

»Das ist sehr kompliziert«, antwortete Kibo. »Aber bis zur Wahl sind's nur noch zwanzig Tage hin. Es ist an der Zeit, seinen Ruf wiederherzustellen.«

»Bei Thiku?« sagte der Kandidat geringschätzig. »Er ist ein kraftloser alter Mann.«

»Bei den Briten.«

»Nicht ohne das Elfenbein!«

»John, Sie sprechen mit *mir. Ich* gab Ihnen dieses verdammte Thema.«

»Ich werde niemals nachgeben, bis die Stoßzähne zurückgegeben worden sind.«

»John, ich war niemals ein schlechter Ratgeber, stimmt's?« wollte Kibo wissen. »Sie müssen mir einfach glauben. Die Leute wissen, wofür Sie stehen. Wenn Sie gleich jetzt damit aufhören, die Briten zu attackieren, können Sie diese Wahl noch immer gewinnen. Wenn Sie's nicht tun, dann verspreche ich Ihnen, daß Sie sie verlieren werden.«

»Niemand gibt John Edward Kimathi Befehle!« erwiderte der Kandidat heftig. »Ich fürchte weder Mensch noch Nation, und ich lasse mich nicht zum Schweigen bringen! Sollen sie doch ihre Gewehre aufstellen: Ich stehe bereit!«

»Sie werden keine Gewehre aufstellen«, sagte Kibo.

»Können Sie einfach dort bleiben, wo Sie sind, bis ich zu Ihnen hinüberfliege und mit Ihnen rede?«

»Auf meinem Terminplan steht, daß ich morgen in Lamu sprechen werde«, erwiderte der Kandidat. »Wenn du mit mir reden willst, kannst du es dort tun.«

»Die Rede ist abgesagt worden!«

»Dann werde ich mich auf die Straße stellen und dort meine Botschaft verkünden. Ich lasse mir den Mund nicht verbieten, es sei denn, das Elfenbein wird zurückgegeben!«

Kibo knallte den Hörer auf die Gabel, versuchte daraufhin erneut, Kimathi zu erreichen, erhielt jedoch nichts weiter als ein geschäftiges Signal.

Er verbrachte eine weitere Stunde damit, Kimathi an den Apparat zu holen, und ging dann nach Hause, um seine letzte Nacht als Wahlkampf-Manager des potentiellen Präsidenten zu genießen.

Njomo ging quer durchs Büro und stellte den Fernseher ab.

»Ich würde es eine seiner besten Reden nennen«, sagte er.

»Ich würde es eine seiner letzten Reden nennen«, erwiderte Kibo. »Und schalt den Fernseher wieder ein!«

»Warum?«

»Weil ich den Unterschied zwischen einer Drohung und einem Bluff kenne.«

»Du meinst den britischen Botschafter?« fragte Njomo. »Was kann er tun? Je mehr er protestiert, desto besser sieht Kimathi aus.«

»Du mußt noch immer 'ne Menge lernen«, sagte Kibo, lehnte sich im Sessel zurück und starrte auf das historische Drama im Apparat.

Njomo saß weitere zwanzig Minuten lang auf seinem Stuhl und ging dann hinüber zum Computer auf Kibos Schreibtisch.

»Hast du was dagegen?« fragte er. »Ich möchte lediglich die Hochrechnungen im Netz nach der Rede überprüfen.«

»Aber gerne«, sagte Kibo, während er durchs Fenster die Statue von Jomo Kenyatta anstarrte, die den zentralen Platz der Stadt dominierte. Ein Krankenwagen raste heran, die Sirenen heulten, und zweihundert Vögel flogen erschrocken auf, nur um sich dann wieder auf dem Bürgersteig niederzulassen, nachdem das Fahrzeug vorübergebraust war.

»Nicht schlecht«, kommentierte Njomo, nachdem die Zahlen auf dem Bildschirm auftauchten. »Besonders an der Küste haben wir uns gut gemacht.«

»An der Küste ist es 45 Grad heiß«, entgegnete Kibo. »Da haben sie nichts besseres zu tun, als herumzusitzen und fernzusehen.«

Er setzte sich jäh auf, und seine Aufmerksamkeit war auf den Fernsehapparat gerichtet.

»Da ... da!« verkündete er.

Njomo schaltete den Computer ab und wandte das Gesicht dem Bildschirm zu.

»Und jetzt«, sagte eine sanfte glatte Stimme, »unterbrechen wir unser reguläres Programm für eine Sondermeldung.«

Die Szenerie wechselte zur Privatresidenz von Jacob Thiku in Muthaiga. Thiku und Sir Robert Peake standen auf den Steinstufen, die zum Haus führten, umgeben von Reportern.

»Ich habe eine kurze Ankündigung zu machen«, sagte Thiku.

Die Presse drängte näher.

»Heute morgen um 11 Uhr 30, vor weniger als fünfzehn Minuten, festigte die Regierung von Kenia ihre freundschaftlichen und friedlichen Beziehungen zur Regierung von Großbritannien, die durch den Botschafter Sir Robert Peake repräsentiert wird. Als Ergebnis dessen wird das Elfenbein des Kilimandscharo-Elefanten morgen mittag im Nationalmuseum von Nairobi der Öffentlichkeit präsentiert.«

Der alte Präsident schüttelte Peake die Hand und schoß daraufhin den Kameras ein triumphierendes Lächeln zu. Kibo spürte, daß er unmittelbar *ihm* zulächelte.

»Nun«, sagte Kibo schwach, »hier kommt deine letzte Lektion: sei niemals Manager für einen Kandidaten mit einem Thema, bis du dir nicht sicher bist, daß das Thema bis zum Wahltag reichen wird.«

»Was tun wir jetzt?« fragte Njomo, von Thikus Ankündigung noch immer wie betäubt.

»Jetzt?« wiederholte Kibo. »Jetzt gehen wir nach Hause und entspannen uns. Und übermorgen werden wir versuchen herauszufinden, was Kimathi während der letzten drei Wochen des Wahlkampfs sagen kann, so daß er respektabel verliert und nicht erdrutschartig.«

»Und was ist mit morgen?«

»Ich weiß nicht, was du tun wirst«, sagte Kibo und erhob sich, ging zur Garderobe und zog sein Jackett an, »aber ich geh hinüber zum Museum und werde mir ansehen, worum es bei diesem ganzen Durcheinander eigentlich ging.«

Fünftes Zwischenspiel

(6303 G.A.)

Kurz nach Mitternacht kehrte ich in mein Appartement zurück, eher zu einem Kleiderwechsel als aus irgendeinem Wunsch heraus, die Nacht dort zu verbringen. Ich nickte dem dreifüßigen Pförtner vom fernen Hesporite III freundlich zu, wartete darauf, daß der Luftaufzug meine Retina- und Knochenstruktur überprüfte und glitt sanft ins siebzehnte Stockwerk empor. Als der Gang vor meiner Tür anhielt, trat ich herab, legte die Handfläche auf den Scanner, murmelte den Zugangscode und trat ein.

Und fand mich Auge in Auge mit Bukoba Mandaka.

»Was tun Sie denn hier?« wollte ich wissen.

»Ich warte auf Sie«, sagte er ruhig, während er sich aus dem Sessel erhob, in dem er es sich gemütlich gemacht hatte.

»Wie sind Sie hereingekommen?«

»Ich habe meine eigenen Methoden.«

Ich starrte ihn an, wie er mich da riesig und muskelbepackt überragte, und entschloß mich, das Thema nicht weiter zu verfolgen.

»Na gut«, sagte ich. »Warum sind Sie hier?«

»Ich bin zum Reden gekommen.«

»Ich dachte, das hätten wir beim Abendessen getan.«

Er schüttelte den Kopf. »Beim Essen *kämpften* wir miteinander, Herr Rojas. Jetzt werden wir *reden*.«

»Das wäre mir lieb«, meinte ich. »Würde es Ihnen

etwas ausmachen, wenn ich mir erst einen Drink bereite?«

»Nicht im geringsten«, versicherte er. »Ihre Getränke befinden sich in der Küche.«

»Das weiß ich«, erwiderte ich trocken.

»Sie haben ein interessantes Zuhause, Herr Rojas«, bemerkte Mandaka, während er mir durch das Speisezimmer folgte.

»Es ist im Grunde ziemlich gewöhnlich«, entgegnete ich achselzuckend.

»Ich habe nicht gesagt, es sei außergewöhnlich«, korrigierte er mich. »Ich habe gesagt, es sei interessant.«

Ich sah mich um: sterile weiße Wände und unbenutztes Mobiliar. »Ach? Was ist daran denn so interessant? Ich selbst find's ziemlich langweilig.«

»Es ist interessant, weil es mir absolut nichts über Sie mitteilt«, antwortete er. »Und das wiederum sagt mir alles über Sie.«

»Sie drücken sich nicht gerade klar aus«, sagte ich, ging zum Getränkefach und befahl der Tür, sich zu öffnen.

»Wie lange leben Sie schon hier, Herr Rojas?« fragte Mandaka.

»Etwa sieben Jahre.«

»Während sieben Jahre haben Sie diesen Ort nicht zu ihrem eigenen gemacht. Das finde ich interessant.«

»Ich verstehe Sie noch immer nicht«, sagte ich, griff ins Fach und zog einen Behälter hervor.

»Das Mobiliar ist funktionell, jedoch ohne Charakter«, bemerkte er. »Die Gemälde sind unverbindlich und spiegeln nichts vom Geschmack des Eigentümers wider. Der Teppich ist alt, zeigt jedoch keinerlei Abnutzungserscheinungen, noch zeigen die Küchengeräte Anzeichen von Gebrauch. Es gibt keine Frau, keine Familie, kein Anzeichen für die Gegenwart einer Geliebten. Sie zahlen für ein Appartement, Mister Rojas, benutzen es aber wie ein Hotel: hier befindet sich nichts von *Ihnen persönlich.* Selbst die Bücher und Bänder sind nichts weiter als seichte Unterhaltung, von einem Mann ausgewählt, der gelegentlich einige Minuten der Zerstreuung sucht, nichts weiter.« Er hielt inne. »Und die Puzzles, Mister Rojas« – er schüttelte traurig den Kopf –, »die Puzzles!«

»Was ist damit?«

»Was für ein Mann hat Hunderte von Puzzles in seinem Schlaf- und Arbeitszimmer? Nur ein Mann, der die leeren Stunden zwischen den Dingen zu füllen sucht, die ihm wichtig sind.«

Ich starrte ihn an, gab jedoch keine Antwort.

»Ich vergleiche dies hier mit Ihrem Büro, Mister Rojas«, fuhr er fort. »Überall Bücher, die Wände bedeckt mit Fotografien und Hologrammen der seltensten Tiere der Galaxis, Essen und Kaffee stets in Reichweite, Mobiliar, das eher ausgewählt wurde, damit man es bequem hat, als deshalb, um anonym zu bleiben, eine gewisse Menge Krempel, der nahe daran scheint, außer Kontrolle zu geraten – *dort* leben Sie, Mister Rojas, und *dafür* leben Sie.«

»Sie sind hierher gekommen, nur um mir das zu sagen?« fragte ich verärgert darüber, daß er mein Leben nur auf der Grundlage einiger Räume mit altem Mobiliar so genau analysiert hatte.

»Nein«, entgegnete er. »Ich bin hierher gekommen, um Ihnen mitzuteilen, daß ich ernstlich mit Ihnen unzufrieden bin, Mister Rojas.«

»Ach? Weshalb?«

»Sagt Ihnen die Welt Nelson Dreiundzwanzig etwas?«

»Sie verfolgten die Anzeige so rasch hierher?« fragte ich.

»Natürlich.«

»Ich bin beeindruckt.«

»*Ich* bin verärgert«, erwiderte er. »Warum haben Sie sie aufgegeben?«

»Ich war einfach neugierig zu erfahren, wie weit Ihre Quellen reichen.«

»Weder meine Quellen noch meine Person schätzen es, Experiment für die Befriedigung Ihrer Neugier zu sein, Mister Rojas«, sagte er hart. »Sie haben mich eine beträchtliche Summe Geldes gekostet, indem ich jene Anzeige nach Genovaith II und daraufhin zu Ihrem Büro zurückverfolgte.«

»Vielleicht hätte ich das nicht tun sollen«, gab ich zu. »Sie können mir's vom Honorar abziehen.«

»Das könnte sehr leicht ein Drittel dessen werden, was ich Ihnen zahlen werde.«

»Das ist mir egal«, sagte ich achselzuckend. »Es war mein Fehler.«

»War's das wert, Mister Rojas?« fragte er und musterte dabei meinen Gesichtsausdruck.

»Nicht wirklich«, antwortete ich. »Ich wäre wirklich sehr überrascht gewesen, wenn Sie oder Ihre Quellen die Anzeige nicht bemerkt hätten.«

»Das ist eine Menge Geld, nur um Ihre Theorie zu überprüfen, Mister Rojas«, bemerkte er. »Oder möchten Sie das Geld gar nicht?«

»Jeder möchte Geld«, erwiderte ich.

»Aber nicht jeder *benötigt* es«, schloß Mandaka. Er starrte mich einen Augenblick lang nachdenklich an, daraufhin nickte er. »Geld kann Ihnen lediglich sterile Apartments und triviale kleine Puzzles verschaffen, wie Sie sie hier haben. Nur Leute wie ich können Ihnen Aufgaben geben wie jene, die Stoßzähne des Kilimandscharo-Elefanten aufzufinden.« Er lächelte ironisch. »Ich denke, Mister Rojas, daß Sie mich vielleicht ebensosehr benötigen, wie ich das Elfenbein benötige.«

»Wie lange brauchen die Massai eigentlich schon das Elfenbein?« fragte ich.

»Eine lange Zeit.«

»Seit 1898 A.D.?«

»Nicht ganz.«

»Aber sicher vor 1914 A.D.?« schlug ich vor.

»Ja, Mister Rojas«, gab er zu.

Ich lächelte zufrieden. »Das dachte ich mir.«

»Vielleicht sollte ich Ihre kleinen Spiele und Puzzles nicht so abqualifizieren«, sagte Mandaka sarkastisch. »Sie ließen Ihr Bewußtsein sehr beweglich werden.«

»Vielen Dank.«

Er starrte mich wieder an. »Ich nehme an, daß Sie etwas mehr von Ihrem Computer erfahren haben, seitdem wir ein wenig früher am Abend zusammen gespeist haben.«

»Ein wenig«, erwiderte ich, holte schließlich ein Glas und goß mir den Drink ein. »Zumeist hat sich das bestätigt, was ich bereits erwartet hatte.« Ich wandte mich ihm zu. »Darf ich Ihnen gleichfalls einen Drink bereiten?«

»Ich habe ihnen bereits zuvor schon einmal gesagt, daß ich nur Milch trinke, glaube ich«, antwortete er.

»Ich fürchte, ich habe keine. Wollen wir uns nicht setzen, Mister Mandaka?«

»In Ihrer Küche gibt es nur einen Stuhl«, meinte er.

»Wir gehen ins Wohnzimmer«, sagte ich und zeigte ihm den Weg.

Er ging in eine Ecke hinüber und setzte sich in einen großen Sessel, der mehr federte, als er offensichtlich erwartet hatte; wie dem auch sei, er schien darin zu versinken, rutschte ungemütlich hin und her, bis er schließlich aufrecht dasaß. Ich befahl meinem Sofa heranzukommen, erinnerte mich plötzlich daran, daß das Mobiliar meines Appartements nicht auf verbale Befehle reagierte und ging hinüber. Ich stellte es so ein, daß es etwa fünfzehn Zentimeter über dem Boden schwebte, dabei sanft schwang, und ließ mich darauf nieder.

»Was sagte Ihnen Ihr Computer heute abend?« fragte er, nachdem ich einen Schluck von meinem Drink genommen und ihn auf einen Beistelltisch abgesetzt hatte.

»Wie und warum die Briten Kenia das Elfenbein zurückgegeben haben.«

»Das geschah im 21. Jahrhundert A.D.«, bemerkte er hart. »Ich dachte, Sie verfolgten die Geschichte der Stoßzähne *nach vorn*.«

»Tu ich«, entgegnete ich. »Das hat nur einen kleinen Teil der Kapazität des Computers in Anspruch genommen, und ich war neugierig, ein wenig mehr über ihre Geschichte zu erfahren.«

Ich erwartete halb, daß er mit Anzeichen von Ärger reagierte; statt dessen nickte er bloß. »John Edward Kimathi«, grübelte er leise. »Er hat sie uns fast vor die Nase gesetzt, und wir haben dennoch nichts unternommen!«

»Was *hätte* unternommen werden sollen, Mister Rojas?«

»Wir hätten sie aus dem Museum holen und tun müssen, was getan werden mußte«, erwiderte er. Er schwieg kurz und fügte daraufhin grimmig hinzu: »Was *immer noch* getan werden muß.«

»Und was ist das?«

Er sah mich nachdenklich an. »Wenn es auch nur die geringste Möglichkeit gäbe, daß Sie mir glaubten, würde ich es Ihnen, denke ich, erzählen, Mister Rojas.«

»Warum erzählen Sie's mir nicht trotzdem und überlassen es mir, mir eine Meinung zu bilden?« schlug ich vor.

Er schüttelte den Kopf. »Ich kann nicht von Ihnen erwarten, daß Sie Ihr Bestes geben, wenn Sie glauben, Sie arbeiteten für einen Verrückten.«

»Ich glaube bereits, für einen Kriminellen zu arbeiten, und das hat mein Arbeitstempo nicht verlangsamt«, bemerkte ich.

Er war anscheinend amüsiert. »Ein Krimineller? Warum? Weil ich weiß, wie man das Sicherheitssystem Ihres Apartments umgeht?«

»Und weil Sie offensichtlich nicht Bukoba Mandaka sind.«

»Ich sagte Ihnen bereits, daß ich's bin.«

»Aber die Regierung besitzt keinerlei Aufzeichnungen über Sie«, bemerkte ich.

»Beim Abendessen haben Sie meine Antwort geschluckt.«

»Es war völlig in meinem Interesse, sie zu schlucken: Ich bin ebenso besorgt darum, die Stoßzähne zu finden, wie Sie.« Ich hielt inne. »Körperlich gesehen sind Sie eine imposante Gestalt, Mister Mandaka. Daher werde ich's erneut schlucken, wenn Sie darauf bestehen – aber ich wüßte doch lieber die Wahrheit.«

Er lächelte. »Eine intelligente Entscheidung, Mister Rojas. Ich muß jedoch wiederholen – auch wenn ich dabei das Risiko eingehe, Sie zu enttäuschen –, daß ich wirklich Bukoba Mandaka bin.«

»Wann und wo wurden Sie geboren?«

»Auf der Erde, vor dreiundfünfzig Jahren.«

»Auf der Erde?« wiederholte ich überrascht, denn ich hatte noch nie jemanden getroffen, der auf unserem Mutterplaneten geboren wurde.

»Das ist korrekt.«

»Warum gibt es dann keine Aufzeichnung über Sie?« fragte ich.

»Die Erde ist praktisch gesehen verödet, Mister Rojas; lediglich fünfzig Millionen Menschen blieben dort zurück, und die Meldebehörde befand sich eine halbe Welt entfernt. Es war für meine Eltern nicht sehr schwierig, meine Geburtsurkunde zu verbergen.«

»Warum hätten sie das tun wollen?«

»Weil sie wußten, daß der Tag käme, da ich völlige Bewegungsfreiheit in Anspruch nehmen müßte, und sie vermuteten völlig zurecht, daß ich desgleichen Freiheit von der Überwachung durch die Regierung wünschen könnte.«

»Warum sollten Sie Freiheit von der Überwachung

durch die Regierung wünschen, wenn Sie innerhalb des gesetzlichen Rahmens handeln?«

Er zögerte, als überlegte er, wieviel er mir sagen solle. »Von mir werden Dinge verlangt, die die Regierung nicht verziehe«, gab er schließlich zur Antwort. »Und während ich auch bislang keine Verbrechen begangen habe, so werde ich doch ohne zu zögern jedes Gesetz brechen, das sich zwischen mich und den Besitz des Elfenbeins schiebt.«

»Reisen mit einem falschen Paß ist ein Verbrechen«, bemerkte ich.

»Nicht, soweit es mich betrifft«, erwiderte er fest und beendet damit das Thema.

Genau in diesem Augenblick wurde der Computer lebendig.

»Eine Nachricht für Duncan Rojas«, verkündete er.

»Gib sie durch«, befahl ich.

»Wünschen Sie Videokontakt, oder reicht verbaler Kontakt?«

»Video.«

Plötzlich erschien Hilda Dorians Abbild über dem Kaffeetisch.

»Weißt du, wie spät es ist?« wollte sie wissen.

»Ein wenig nach Mitternacht«, erwiderte ich.

»Du solltest in dem Augenblick mit mir Kontakt aufnehmen, da du vom Essen zurückkehrtest!« fauchte sie. »Ich überprüfte dein Büro, nachdem Harold und ich vom Theater zurückgekehrt waren, und der Computer sagte mir, du seist nach Hause gegangen. Warum hast du mir nicht Bericht erstattet?«

»Ich habe Besuch« erwiderte ich und wies auf Mandaka. Sie stellte an ihrem Ende etwas ein, so daß sie ihr Abbild drehen und ihn sehen konnte.

»Bist du in Schwierigkeiten?« fragte sie prompt.

»Nicht im geringsten.«

»Ganz bestimmt?« beharrte sie.

»Ganz bestimmt, Hilda«, sagte ich. »Hör auf, mich wie ein Kind zu behandeln.«

»Ich werde an jenem Tag damit aufhören, da du damit aufhörst, dich wie eines zu benehmen«, sagte sie scharf. »Du weißt über diesen Mann hier lediglich, daß das Commonwealth keine Aufzeichnung von ihm besitzt, und du hast ihn dennoch in dein Apartment eingeladen.«

»Genau genommen habe ich ihn nicht eingeladen«, sagte ich ätzend.

»Was soll das heißen?« wollte sie wissen.

»Nichts weiter, Hilda«, sagte ich rasch. »Ich versichere dir, daß ich mich nicht in Gefahr befinde, und ich schätze mich glücklich, ihn hierzuhaben.«

Sie sah von einem zum andren, zögerte dann und räusperte sich. »Mandaka, ich warne Sie: er wird morgen früh besser heil und gesund zur Arbeit erscheinen.«

Ehe der Massai zu antworten vermochte, hatte sie die Verbindung unterbrochen.

Mandaka starrte einen langen Augenblick die Stelle an, wo sich ihr Bild befunden hatte.

»Wer war denn *das*?« fragte er schließlich.

»Hilda Dorian«, erwiderte ich. Dann fiel mir ein, daß ihm der Name nichts bedeutete, und so fügte ich hinzu: »Sie ist Sicherheitschefin bei Braxton's.«

»Die Frau, die sie zum Abendessen mitnehmen wollten?«

»Ja«, sagte ich unbehaglich und rutschte auf dem Sofa hin und her.

»Das wäre ein interessantes Mahl geworden«, sagte er mit ironischem Lächeln.

»Tut mir leid – manchmal kann sie über-beschützend sein. Ich hoffe, sie hat Sie nicht beleidigt.«

»Hat sie nicht«, erwiderte er. »Im Gegenteil, ich wünschte, daß jemand mir gegenüber so empfände.«

»Ich wünschte mir, daß sie's nicht täte«, sagte ich mit einer Grimasse.

»Sie sagen das bloß, weil Sie sich über sie ärgern. Wenn Sie jemals allein wären, *wirklich* allein, würden Sie sie schätzen.«

»Sind Sie wirklich allein?«

Er nickte düster. »So allein, wie es ein menschliches Wesen je gewesen ist.«

»Sie haben keine Frau?«

»Keine.«

»Oder Kinder?«

Er schüttelte den Kopf. »Sie sind mir nicht gestattet.«

»Freunde?«

»Keine.«

Ich hielt verlegen inne und wußte nicht, was ich als nächstes sagen sollte. »Nun, es gibt Schlimmeres«, wagte ich schließlich zu bemerken. »Viele Menschen wählen das Leben in Einsamkeit.«

»Ich habe mir dieses Leben nicht erwählt, Mister Rojas«, sagte er ernst. »Ich würde all meinen Besitz für die Behaglichkeit einer Familie hingeben, oder sogar für eine Person, die sich um mich in der gleichen Weise sorgt, wie sich Ihre Sicherheitschefin um Sie sorgt.«

»Was hat Sie dann davon abgehalten, eine Familie zu gründen?« fragte ich.

»Es ist mein *Schicksal,* allein zu leben und allein zu sterben.« Er hielt inne. »Wie es scheint, sind sich unser beider Leben ähnlich, Mister Rojas – kalt, steril und einsam.«

»Ich finde überhaupt keine Ähnlichkeit«, sagte ich verteidigend.

»Wenn es einen Unterschied gibt, dann den, daß Sie sich diese Lebensweise selbst gewählt haben.«

»Bei Ihnen hört es sich an, als sei ich ein Einsiedler«, widersprach ich. »Ich habe die ganze Zeit über mit Leuten zu tun.«

»Das habe ich auch.«

»Und ich habe meine Arbeit«, fügte ich hinzu.

Mir war unbehaglich bei der Richtung, die unser Gespräch eingeschlagen hatte, und ich entschloß mich, sie zu ändern.

»Das Elfenbein in Besitz zu bekommen, ist erst der erste Schritt jener Mission, stimmt's?« fragte ich.

Er nickte.

»Sie haben sicherlich nicht dreiundfünfzig Jahre lang danach gesucht, sonst hätten Sie's schon gefunden.«

»Sie sind ein guter Beobachter, Mister Rojas«, sagte er. »Ich habe das Elfenbein wirklich erst seit sieben Jahren gesucht.«

»Was ist vor sieben Jahren geschehen?« fragte ich unverblümt.

Er starrte mich nachdenklich an und hob dann die Schultern.

»Ich entdeckte schließlich, daß ich ohne jeden Zweifel der letzte existierende Massai war.«

»Wenn dies etwas ist, das der letzte Massai tun muß, warum hat Leeyo Nelion dann die Stoßzähne gesucht?« fragte ich.

»Es ist etwas, das *jeder* Massai hätte tun können«, erwiderte er, und tief in seiner Stimme schwang eine Spur von Ärger mit. »Es ist etwas, das der letzte Massai tun *muß*.«

»Und Sie wollen mir nicht sagen, was es ist?«

»Sie hielten mich für wahnsinnig.«

»All das hat etwas damit zu tun, daß die Massai ihre Stärke verloren haben, stimmt's?«

»Stärke ist ein sehr dehnbarer Begriff«, entgegnete Mandaka. »Als wir der gefürchtetste Stamm im östlichen Afrika waren – wissen Sie, wie viele wir damals zählten?«

»Nein.«

»Fünfundzwanzigtausend, Mister Rojas – verglichen mit vielleicht zwei Millionen Kikuyu.«

»Fünfundzwanzigtausend?« wiederholte ich ungläubig. »Und es ist Ihnen dennoch gelungen, mehr als ein Drittel des Staates zu beherrschen?«

»Es *gab* keinen Staat, bis die europäischen Staatsoberhäupter künstlich einen schufen«, erwiderte er. »Da war das Land, wo die Massai stets gelebt haben, und wir unternahmen keinen Versuch, andere Stammesländer in Besitz zu nehmen.« Er hielt inne und zwang ein Lächeln auf die Lippen. »Und dann, im Jahre 1880 A.D., sah der größte unserer Medizinmänner, der *Mundumugu* Mbatian, drei unmittelbar bevorstehende Plagen aus dem Norden voraus, welche das Volk der Massai zerstören würden. 1881 trafen uns die Blattern, und fast neunzig Prozent von uns starben, und 1882 traf unsere Viehherden die Rinderpest und tötete bis auf eine Handvoll alle davon.«

»Und die dritte Plage?« fragte ich.

»Im Jahre 1883 kam ein 29 Jahre alter Schotte namens Joseph Thomson vom Westen aus Mombasa ins Land der Massai.«

»Thomson war die dritte Plage?« fragte ich stirnrunzelnd.

»Nicht Thomson selbst, sondern der weiße Mann, der unsere Länder in Besitz nahm und versuchte, uns unserer Kultur zu berauben«, antwortete Mandaka. Er zögerte. »Alle Voraussagen von Mbatian trafen ein, und dennoch trotzten wir allen drei Plagen und blieben die größten Krieger im östlichen Afrika. Kein junger Mann konnte ein *Elmoran* werden, ein Erwachsener, ehe er nicht einen Löwen mit seinem Speer getötet hatte.« Er hielt stirnrunzelnd inne. »Und dann nahmen uns die Briten die Speere ab und erklärten es sogar für illegal, wenn wir einen Schild trugen. Wir konnten nicht mehr länger den Löwen töten, selbst wenn er unsere Herden angriff. Wir waren Krieger gewesen, und sie machten uns zu wehrlosen Kuhhirten.« Er kicherte plötzlich, wie in Gedanken verloren. »Wir sind mit den Briten niemals gut zurechtgekommen. Wußten Sie, daß die Massai der einzige Stamm waren, der nicht im Ersten Weltkrieg der Menschheit kämpfte? Die Briten verlangten von jedem wehrfähigen Mann, sich zum Dienst zu melden, und wir sagten: o nein, wir sind nicht länger mehr Krieger. Wir besitzen keine Waffen, mit denen wir kämpfen können. Ihr habt uns zu Viehzüchtern und Kuhhirten gemacht; und so wir werden hierbleiben auf unserem Weiden bei unseren Rindern.«

»Entschuldigen Sie meine Frage«, sagte ich, während ich zu verstehen versuchte, »aber was hat das mit den Stoßzähnen zu tun?«

»Mehr, als Sie sich vorstellen können«, sagte er mit einer Stimme, die jäh getränkt war von Bitterkeit. »Am meisten bringt mich in Rage, daß sie jahrhundertelang dort waren, in Nairobi, und daß wir sie dennoch niemals den Kikuyu abnahmen. Meines Wissens nach haben wir's nicht einmal versucht.« Er hielt nachdenklich inne. »*Damals*, ehe das Elfenbein Objekt privater Interessen wurde, hätten wir es uns nehmen sollen.«

»Ich bin überrascht davon, daß die Regierung sich davon trennte«, sagte ich. »Wenn man an die Emotionen während des Wahlkampfs zwischen Thiku und Kimathi denkt, hätte ich angenommen, es sei ein Nationalschatz.«

»War es auch.«

»Warum dann sollte sich die Regierung von seinem Besitz getrennt haben?«

»Irgendein Kikuyu- oder Luo-Bürokrat wurde zweifellos bestochen«, meinte Mandaka verächtlich.

»Kennen Sie nicht die Details?« fragte ich überrascht.

»Nein. Nur daß zu irgendeinem Punkt im ersten Jahrtausend der Galaktischen Ära die Stoßzähne in privaten Besitz übergingen.« Er hielt inne. »Ich war stets weniger mit ihrer Geschichte als ihrem gegenwärtigen Aufenthaltsort beschäftigt.«

»Dann interessiert es Sie nicht, wie es geschehen ist?« fragte ich enttäuscht, denn ich war jäh ganz wild auf die Antwort.

»Offensichtlich sind *Sie* daran interessiert«, erwiderte er. »Wie lang werden Sie dazu benötigen, die Fakten auszugraben?«

»Ich bin mir sicher, daß das öffentlich aufgezeichnet wurde«, sagte ich. »Und falls das zutrifft, wird mein Computer bei Braxton's nicht mehr als drei oder vier Minuten benötigen, um das herauszubringen, was wir wissen wollen.« Ich sah ihn hoffnungsvoll an. »Ich kann gleich Verbindung aufnehmen, wenn Sie wollen.«

Er nickte zustimmend, und einige Minuten später leuchtete der Computer auf und gab uns seine Informationen weiter.

6

Die Kuratorin

(16 G.A.)

Schwer lagen mir die Jahre auf dem massigen Körper, als ich die Böschung des Rift-Tales hinaufstieg, und es zog mich noch immer gen Süden. Einmal krochen mir während des Schlafes Ameisen in den Rüssel; ich wurde vor Schmerz fast wahnsinnig, ehe ich auf Wasser traf und sie ertränken konnte. Andere meiner Art hatte ich durch eine solche Invasion sterben sehen, oder ich hatte gesehen, wie sie verhungerten, wenn sie die Stoßzähne restlos abgescheuert hatten, oder wie sie von Raubtieren getötet wurden, wenn sie darniederlagen, zu schwach und erschöpft, um sich zu verteidigen – aber ich wußte, daß mir ein derartiges Schicksal nicht zugedacht war.

Die Zeit drückte mich schwer, verbrannte mich im Innern, während die Sonne mir auf dem Rücken brannte und mich weitertrieb. Eine Löwin, die gerade an einem Wasserbock fraß, knurrte mich an, war bereit, die Stellung zu halten; da hob ich den Rüssel und trompetete ihr zu, und sie zog sich zurück und getraute sich noch nicht einmal, mich anzuknurren, während ich an ihr vorüberlief. Ein Krokodil schnappte nach meinem Bein, als ich einen seichten Strom durchquerte; ich faßte es, zog es hoch und zerbrach es in zwei Teile. Eine Herde Antilopen versperrte mir den Weg; ich eilte auf sie zu, machte mein Recht geltend, dort zu sein; und sie flohen schreckerfüllt. Meine Stimmung wurde gereizt, und mein Geist wurde wund, während ich meinen überalterten Körper dahinschleppte. Ich litt nicht schwei-

gend, sondern durchbrach die Stille der afrikanischen Luft mit schrillen, hohen Trompetentönen der Wut, womit ich sowohl Mensch als auch Getier davor warnte, sich mir in den Weg zu stellen, wenn ich weitereilte, um meinem Schicksal entgegenzutreten.

Das Museum der Afrikanischen Altertümer war ein großartiges Gebäude, obgleich es den falschen Namen trug. Zum einen umfaßte es lediglich eine Periode von dreihundert Jahren, von 1780 bis 2080 A.D.; zum anderen befaßte es sich nicht mit ganz Afrika, noch nicht einmal mit Ostafrika, sondern einzig und allein mit den Hinterlassenschaften von Kenias Vergangenheit, wie es sich für eine Institution schickte, die als Ganzes von Nairobi zu ihrer neuen Behausung auf dem kolonisierten Planeten Neu-Kenia gebracht worden war.

Neu-Kenia selbst war eine reiche, von Leben wimmelnde Welt, von Hunderten klarer Flüsse durchzogen, mit fruchtbarer Erde gesegnet. Es war der übervölkerten Nation Kenia unmittelbar nach der Dämmerung der Galaktischen Ära im 30. Jahrhundert A.D. von der Republik übergeben worden. Eine Menge Gefühlsregungen hatten dafür gesprochen, die Hauptstadt Neu-Nairobi zu nennen; am Ende trug sie jedoch den Namen Kenyatta-City, zu Ehren des *Mzee*, des Weisen Alten Mannes, der Kenias Unabhängigkeit von den Briten erreicht und es durch die ersten unsicheren Jahre dieser Unabhängigkeit geführt hatte. Kenyatta-City zählte eine halbe Million Einwohner, und eine weitere Million bewohnte die Fürstentümer von Neu-Mombasa, Klein-Naivasha, Nyerere-City und Kericho. Die restlichen zweihunderttausend Menschen lebten und arbeiteten auf den Höfen, welche mächtige Anstrengungen unternahmen, sich rund um den Äquator der kolonisierten Welt auszudehnen.

Wie alle erfolgreich kolonisierten Planeten hatte auch Neu Kenia einige kleinere Rückschläge, einige größere Einwanderer-Zuströme sowie einige ernsthafte politische Veränderungen überlebt, ehe es ein funktionsfähiges Mitglied der noch jungen, wenngleich stetig wachsenden Republik der Menschheit wurde. Neuen bakteriellen Heimsuchungen begegnete man mit neuen Medikamenten, neuen Bodenbedingungen mit neuen Getreidesorten, neuen Verantwortlichkeiten als Mitglied einer galaktischen Gemeinschaft mit neuen Regierungsbereichen und neuen Schulden mit neuen Steuerquellen.

Und als die Steuern jene Grenze erreichten, welche sich die Regierung nicht zu überschreiten getraute, wurden die Gürtel enger geschnallt und die Ausgaben beschnitten. Eine jener Ausgaben war das Budget für das Museum für afrikanische Altertümer.

»Die Lage stellt sich wie folgt dar«, verkündete Joshua Kijano, Chefkurator des Museums, seinen Abteilungsleitern. »Von nun an werden wir an vier Tagen pro Woche drei Stunden pro Tag öffnen. Das gesamte Personal des Museums ist ersucht worden, eine fünfzehnprozentige Kürzung des Gehalts hinzunehmen. Ihre neue Gehälter bleiben eingefroren, und für die absehbare Zukunft wird es keinerlei Anpassung an die gestiegenen Lebenshaltungskosten geben. Wenn jemand von Ihnen meint, unter derlei Bedingungen nicht arbeiten zu können, kann ich das gewiß verstehen, und ich werde mich glücklich schätzen, ihm ein ausgezeichnetes Zeugnis zu schreiben.« Er hielt inne, blickte seine sechs dienstältesten Untergebenen an und seufzte daraufhin. »Nun, wir wußten alle, daß das auf uns zukäme. Ich bin mir sicher, daß Sie alle Zeit dafür benötigen, Ihre Wahl zu überdenken. Den Rest des Tages bin ich in meinem Büro zu erreichen, ebenso morgen früh.« Er sah eine plumpe, weißhaarige Frau direkt an. »Esther, ich würde mich glücklich schätzen, wenn Sie einige Minuten hierblieben.«

Die übrigen verließen das Büro, wobei sie unterdrückt und besorgt miteinander flüsterten. Esther Kamau blieb in Kijanos merkwürdig kargen Büro zurück. Darin befanden sich die üblichen Diplome und Empfehlungsschreiben, aber es fehlten völlig die Kunstwerke und Merkwürdigkeiten, die gewöhnlich das Büro eines Kurators bis zum Überquellen füllten.

»Bitte setzen Sie sich, Esther«, sagte er, während er hinüber zu seinem eigenen Sessel hinter einem schmalen polierten Schreibtisch ging.

»Wie schlimm sieht's aus, Joshua?« fragte sie und ließ sich ihm gegenüber nieder.

»Schrecklich«, antwortete er. »Wie viele Jahre haben wir beide hier im Museum gemeinsam verbracht – fünfundsiebzig? Achtzig?«

»Dreiundachtzig«, erwiderte sie. »Und jetzt wollen sie's umbringen, stimmt's?«

»Nicht alles.«

»Nur die wichtigen Teile«, sagte sie.

»Es sind *alles* wichtige Teile.«

»Dann eben jene Teile, womit Sie und ich unser ganzes Leben verbrachten«, gab sie zu.

Er nickte. »Sie sind sich zweifelsohne bewußt, daß wir ein Angebot für unsere Schmetterlingssammlung vorliegen haben.«

»Es hat damals auf der Erde mehr als fünf Jahrhunderte gebraucht, jene Sammlung zusammenzubekommen«, sagte sie. »Bedeutet ihnen das irgend etwas?«

»Offensichtlich nicht«, entgegnete er. »Wie dem auch sei, das naturgeschichtliche Museum auf Far-London hat ein äußerst ansprechendes Gebot gemacht.«

»Wir können unmöglich einen Schätzpreis für die Schmetterlingssammlung angeben. Es ist die umfassendste derartige Sammlung, die es je gegeben hat.«

»Wir *haben* keinen Schätzpreis angegeben«, erwiderte er unglücklich. »*Sie* haben das getan. Und sie haben ihr Gebot unglücklicherweise direkt der Regierung unterbreitet.«

»Das sind keine Dummköpfe«, sagte sie. »Sie wissen, daß wir ablehnen würden.«

»Sie wissen gleichfalls, daß irgendein netter Bürokrat das Museum plötzlich als eine ungeahnte Einnahmequelle betrachten wird«, entgegnete Kijano. Er sah sie über den Tisch an. »Darum habe ich während der vergangenen zwei Wochen gekämpft.«

»Ich dachte, Sie kämpften um unser Budget.«

Er schüttelte grimmig den Kopf. »Das habe ich nur den anderen gesagt. Um die Wahrheit zu sagen: *jenen* Kampf habe ich während der ersten zwanzig Minuten verloren.« Er hielt inne. »Ich kämpfte darum, das Museum zu retten.«

»Und?«

»Wir haben einen Kompromiß erreicht.«

»Die Schmetterlinge?«

»Die Schmetterlinge sind erst der Anfang«, sagte er bitter.

»Was denn noch?« wollte sie besorgt wissen.

»Sie stimmten zu, daß alle Abteilungen, die unmittelbar Neu-Kenias kulturelles Erbe betreffen, unbehelligt bleiben sollen.« Er hielt inne. »Ich nahm an, daß ich Sie warnen sollte, ehe Sie irgendwelche ernsthaften Pläne in der Richtung hegen, hier als Kuratorin der tierischen Ausstellungsstücke zu verbleiben. *Ihre* Abteilung vermochte ich nicht zu halten.«

»Das ahnte ich«, entgegnete sie tonlos.

»Aus Protest habe ich meinen Rücktritt erklärt, in genau zwei Wochen«, sagte er. »Warum überlegen Sie nicht, das gleiche zu tun, Esther? In der Republik gibt es eine Anzahl von Museen, die sich glücklich schätzen würden, zwei Kuratoren mit unserer Erfahrung zu haben.«

»Und irgendeinen Bürokraten, der ein Mammut nicht von einem Reptil unterscheiden kann, das zerstören zu lassen, was Sie und ich während eines Lebens aufgebaut haben?« fragte sie. »Jedes einzelne

Tier in freier Wildbahn ist ebensogut Teil unseres Erbes wie unsere Kunstwerke und Stammeskleidungen, Joshua. Unsere Beziehung dazu half uns dabei, das zu werden, was wir sind!«

Kijano seufzte tief. »Das wissen Sie, und das weiß ich, aber ich konnte die Regierung nicht dahin bringen, es auf diese Weise zu sehen.« Er fummelte nervös mit den Händen und verschränkte schließlich die Finger ineinander. »Ihre Position ist die folgende: die übrigen Abteilungen stellen Geschichte und kulturelles Erbe der Menschen zur Schau, die hier auf Neu-Kenia lebten, während die Abteilung der Tiere in freier Wildbahn nur Dinge zur Schau stellt, die einem naturgeschichtlichen Museum angemessener wären, das sich auf der Erde selbst befindet.«

»Das ist ausgesprochen lächerlich!«

»Weiß ich«, sagte er erschöpft. »Aber sie waren dazu entschlossen, *irgend etwas* zu verkaufen, und das war das beste, was ich tun konnte.«

»Sind sie sich bewußt, daß diese Ausstellungsstücke unersetzlich sind?« wollte Esther Kamau hitzig wissen. »Sobald man die Schmetterlinge und Muscheln einmal verkauft hat, wird es unmöglich sein, eine derartige Sammlung wieder zusammenzubekommen!«

»Natürlich wissen sie das«, erwiderte Kijano. »Aber es besteht ein Unterschied zwischen Wissen und sich um etwas sorgen. Hier handelt es sich um Politiker: im Augenblick sorgen sie sich um eine 29%ige Inflationsrate und den miserablen Wechselkurs des Shillings gegenüber dem Kredit der Republik.«

»Die ökonomische Lage wird sich bessern, ob nun eine Sammlung von wertlosen Ausstellungsstücken verkauft wird, für deren Zusammenstellung man mehr als ein Jahrtausend benötigte, oder nicht.«

»Es ist ihnen *gleichgültig,* in welchem Zustand sich die Wirtschaft in fünf oder zehn Jahren befinden wird«, erklärte er geduldig. »Sie stehen allesamt im nächsten oder in den nächsten zwei Jahren wieder zur Wahl.«

»Eine Schmetterlingssammlung wird ihnen nicht dabei helfen, ihre Probleme zu lösen«, sagte sie eisern.

»Wir reden über mehr als eine Schmetterlingssammlung«, sagte er.

»Wird denn *irgend etwas* übrigbleiben, wenn sie ihre Versteigerung beendet haben, Joshua?«

»Das hoffe ich. Sie haben zugestimmt, daß wir einige der größeren Ausstellungsstücke behalten dürfen: die Bongo und das Okapi, Ahmed von Marsabit, das größte Flußpferd, das letzte Impala, den letzten Cheetah...«

»Wir stellen mehr als sechstausend Gegenstände aus, und Sie wollen mir erzählen, daß es einen Kompromiß bedeutet, *sechs* davon zu behalten?«

»Nein«, erwiderte er. »Weitere fünf Abteilungen unbehelligt zu lassen, das ist der Kompromiß.«

»Nun, meiner Ansicht nach stinkt das gewaltig!«

»Meiner Ansicht nach auch, aber die Alternative wäre schlimmer gewesen.«

Sie hielt inne, während sie ihre Möglichkeiten durchdachte. »Können wir nicht die Presse auf unsere Seite bekommen?« fragte sie schließlich.

»Das habe ich bereits versucht«, sagte Kijano. »Die Netze sind desinteressiert, und diejenigen Zeitungen, die daran interessiert sind, erreichen vielleicht zwei Prozent der Bevölkerung, und die waren bereits von Anfang an auf unserer Seite.«

»Sie haben's nicht gründlich genug probiert«, sagte sie anklagend.

»Das ist nicht fair«, sagte Kijano vorwurfsvoll. »Sie sind mit Ihrer Abteilung beschäftigt; ich kämpfte für das gesamte Museum.«

»Tut mir leid«, sagte sie etwas versöhnlicher. »Ich weiß, daß Sie Ihr Bestes gaben.« Sie hielt inne. »Aber das war nicht gut genug. Wir müssen weiter denken.

Wir können es nicht zulassen, daß eine Bande von egozentrischen, kurzsichtigen, ignoranten, unmoralischen Politikern eine Sammlung zerstreut, deren Aufbau fünfzehn Jahrhunderte benötigte!«

»Was sollen wir sonst tun«, sagte er hilflos.

»Es gibt immer einen Weg.«

»Ich darf Ihnen nicht gestatten, etwas zu tun, das das übrige Museum gefährdet«, warnte er sie.

Sie starrte ihn eine Minute lang an. »Sie sind ein netter Mann, Joshua, aber Sie sind sehr naiv«, sagte sie schließlich. »Ist Ihnen denn nicht klar, daß der Rest der Abteilungen, wenn Sie ihnen das zugeben, als nächstes den Bach hinuntergehen wird? Sie sitzen auf Gemmen, die eine Million Shilling wert sind. Wie lange, glauben Sie, können Sie sie behalten, sobald ihnen die Muscheln und ausgestopften Löwen ausgegangen sind?«

»Ich habe ihre Zusage ...«, begann er.

Sie schnaubte verächtlich. »Wieviel sind jene Zusagen Ihrer Ansicht nach wert, sobald sie erst einmal die Tierabteilung zusammengestrichen haben?«

»Nicht viel«, gab er zu. »Darum habe ich meinen Rücktritt erklärt. Zuviel meines Lebens habe ich dem Museum gewidmet, als daß ich ihnen dabei zusehen könnte, wie sie es Stück für Stück verscherbeln.« Er hielt inne. »Sind Sie sicher, daß Sie Ihren Rücktritt nicht gleichfalls in Betracht ziehen?«

Sie schüttelte den Kopf. »Wir können nicht alle weglaufen, oder es wird keiner zurückbleiben, um ihnen die Stirn zu bieten. Man muß ihnen Einhalt gebieten, Joshua.«

»Sie sind die Regierung«, sagte er. »Sie *können* ihnen nicht Einhalt gebieten.«

»Ich kann's versuchen«, erwiderte sie.

Der Aufsichtsrat des Museums, unter dem sich eine Anzahl Inhaber politischer Ämter befanden, weigerte sich, Joshua Kijanos Rücktritt anzunehmen, sondern bestand vielmehr darauf, daß er seinen Vertrag erfüllen und die Zersplitterung der Tierabteilung überwachen solle. Er ließ ihre Entscheidung gerichtlich überprüfen, verlor, und stimmte widerstrebend zu, die restlichen vierzehn Monate seines Vertrags zu verbleiben.

Die Sammlung von Schmetterlingen sollte als erste gehen. Der Vertrag war geschlossen worden, und Esther Kamau war machtlos, das zu verhindern.

Danach wurde es ein Grabenkampf, ein Zermürbungskrieg in der Hoffnung, daß sich die Wirtschaftslage vor dem Entscheidungskampf wieder erholte.

Das Museum von Binder X wollte die Sammlung von Tieren der Savanne. Sie trat mit ihrem Gegenspieler über einen Mittelsmann in Verbindung, erklärte die Lage, und es gelang ihr, den Büffel und die Fleischfresser zu retten, während sie die Gazellen und die Antilopen aufgab.

Die Universität auf Sirius V wollte die Fossilien des Turkana-Sees. Sie fälschte das Inventar und behielt neunzehn der schönsten Exemplare, während sie die übrigen 236 Exemplare ausschiffen ließ und das Ganze so lang hinauszögerte, wie sie's vermochte.

Die Sammlung von Muscheln, etwa 18 000 Stück, ging gleich in die Nachbarschaft, wobei sowohl Greenveldt als auch Pollux IV für sie boten. Sie hatte einen verständnisvollen Freund im Greenveldt-Museum, nahm deren Gebot an, und es gelang ihr mit dem geheimen Einverständnis ihres Freundes, zweihundert der seltensten Muscheln zurückzubehalten.

Und dann verkündete Gregory Rousseau, Gouverneur von Dädalus II – ein Milliardär, der sein Vermögen damit gemacht hatte, Raumschiffe fürs Militär zu bauen und der den Großteil seiner Freizeit damit verbracht hatte, auf der Inneren Grenze zu jagen –, daß er die Stoßzähne des sagenhaften Kilimandscharo-Elefanten für seine private Sammlung haben wolle.

Sie wartete zwei Wochen und schickte ihm daraufhin eine Botschaft, worin sie ihm erklärte, die Stoßzähne befänden nicht unter den Gegenständen, die das Museum zum Verkauf freigegeben habe.

Als sie nichts weiter mehr von ihm hörte, nahm sie an, daß die Angelegenheit damit erledigt sei – einen Monat später wurde sie jedoch in Joshua Kijanos Büro gerufen.

Er wartete, bis sie Platz genommen hatte, ehe er ein persönliches Schreiben von Rousseau hervorholte, das er ihr über den Tisch zuschob. Sie warf einen kurzen Blick darauf und legte es auf den Tisch zurück.

»Haben Sie Gouverneur Rousseau mitgeteilt, daß die Stoßzähne des Kilimandscharo-Elefanten nicht verkäuflich seien?« fragte er.

»Ja, habe ich.«

»Sie besitzen eine Liste derjenigen Ausstellungsgegenstände, die ich der Regierung abgehandelt habe und die somit nicht verkauft werden, Esther – und die Stoßzähne stehen nicht darauf.«

»Das ist ein ganz besonderer Fall«, erwiderte sie. »Die Stoßzähne des Kilimandscharo-Elefanten sind nicht nur die größte je genommene Trophäe; sie haben gleichfalls historische Bedeutung.«

»Was für eine Bedeutung?«

»Sie waren im Jahre 2057 A.D. der bedeutendste Gegenstand eines Präsidentschaftswahlkampfs in Kenia.«

»Wirklich?« fragte er überrascht. »Davon wußte ich nichts.«

»Dann gestatten Sie mir, Ihnen einige Geschichtsbücher und -bänder zukommen zu lassen«, erwiderte sie. »Sie sind die bedeutendsten Ausstellungsgegenstände, die das Museum je besaß.«

»Diese Bücher möchte ich gern sehen«, sagte er ernst. »Wenn es stimmt, was Sie sagen, kann ich zur Regierung gehen und den Grund dafür liefern, die

Stoßzähne zu behalten.« Plötzlich schwand der Enthusiasmus aus seinem Gesicht.

»Was ist los, Joshua?«

»Sie werden's niemals akzeptieren«, sagte er mit einem Seufzer. »Gouverneur Rousseau hat uns dreihunderttausend Kredits geboten. Das sind mehr als zwei Millionen Neue Kenia-Shilling.«

»Aber wenn ich's recht verstehe, war bislang doch davon gesprochen worden, unsere Sammlung an Museen zu verkaufen, so daß die Leute stets Zugang dazu erhielten. Dieser Mann ist nicht einmal Kenianer, Joshua, und er möchte sie für seine Privatsammlung.«

»Auf dem Auge wird die Regierung blind sein«, sagte Kijano. »Sie werden einzig und allein Blick für seine dreihunderttausend Kredits haben, und sie werden sich auf sein Angebot förmlich stürzen.«

»Wir können ihm für dieses Gebot unsere letzten beiden Nashörner verkaufen.«

»Er will kein Nashorn«, sagte Kijano. »Er will die Stoßzähne. Darin war er sehr genau.«

»Wenn er die Stoßzähne haben will, teilen Sie ihm mit, er soll sein Gebot verdreifachen, und er kann Ahmed bekommen«, sagte sie. »Aber die Stoßzähne des Kilimandscharo-Elefanten müssen hierbleiben.«

»Ahmed von Marsabit ist der berühmteste Elefant unserer Geschichte«, erwiderte Kijano, »das einzige Tier, das je durch eine Order des Präsidenten geschützt wurde – und nicht irgendeines Präsidenten, sondern vom *Mzee* selbst. Die Regierung hat bereits zugestimmt, daß wir ihn behalten können.«

»Das Elfenbein des Kilimandscharo-Elefanten ist bedeutender«, beharrte sie.

»Aber es steht nicht auf der Liste.«

»Was kümmert mich die Liste!« fauchte sie. »Ich bin Kuratorin der Abteilung tierischer Ausstellungsgegenstände, und ich sage, daß die Stoßzähne wichtiger sind als alle Gegenstände zusammen, die wir besitzen!«

Er starrte sie einen langen Augenblick an und seufzte dann schwach.

»Esther, wenn ich ihn abweise, wird er lediglich die Regierung kontaktieren, und sie werden sein Gebot annehmen. Eine Weigerung wird das Unausweichliche lediglich hinauszögern.«

»Dann lassen Sie's uns hinauszögern«, sagte sie. »Was können sie Ihnen anhaben – Sie rauswerfen? Sie haben bereits versucht zu gehen, und sie wollten es nicht gestatten!«

Er lächelte. »Das ist ein Argument.« Das Lächeln schwand. »Aber er *wird* zur Regierung gehen, nachdem ich ihn abgewiesen habe. Schließlich ist er Gouverneur eines Planeten; er hat Freunde in hohen Positionen.«

»Dessen bin ich mir sicher«, erwiderte sie. »Aber Sie und ich sind nicht gerade eine Armee. Wir können eine solche Schlacht nur mit der Salamitaktik führen.«

Drei Wochen später wandte sich ein Stellvertreter Rousseaus direkt an die Regierung Neu-Kenias, Geld wechselte seinen Besitzer, und Esther Kamau drängte ihren Kummer und ihre Wut lange genug zurück, um sich ihr letztes Schlachtfeld zu wählen.

Siebzehn Tage später, fast auf die Minute, piepte der Computer, und Esther schaute von ihrem überfüllten Schreibtisch auf.

»Ja?«

»Joshua hier«, sagte Kijano. »Er ist da.«

»Wer ist da?«

»Gouverneur Rousseau.« Kijano hielt verlegen inne. »Wenn dies für Sie zu schmerzlich ist, kann ich ihn zu den Stoßzähnen bringen.«

»Nein«, erwiderte sie und erhob sich. »Ich treff' Sie da.«

Sie ging durch die verlassenen Gänge, an den leeren Schaukästen und den hölzernen Podesten vorüber und betrat schließlich den kleinen Raum, der in einem riesigen Glaskasten die beiden Elfenbeinsäulen beherbergte.

Einige Minuten später betrat Kijano den Raum, begleitet von einem großen, gebräunten, muskulösen Mann mittleren Alters, mit buschigem grauen Haar. In respektvoller Entfernung folgte ihnen ein Quartett jüngerer Männer.

»Esther«, sagte Kijano, »dies ist Gouverneur Gregory Rousseau von Dädalus II.«

»Ich weiß«, sagte sie, wobei sie die ausgestreckte Hand des Gouverneurs übersah, während sie in durchdringend anstarrte.

»Stimmt etwas nicht?« fragte Rousseau neugierig.

»Ich möchte lediglich sehen, was für eine Sorte Mann dic Trophäe eines anderen Jägers kauft«, sagte sie grob.

»Ich bin nicht nur Jäger«, antwortete Rousseau glatt. »Ich bin gleichfalls Sammler.« Er hielt inne. »Mir ist klar, daß Sie wenig glücklich darüber sind, die Stoßzähne zu verkaufen. Lassen Sie mich Ihnen versichern, daß sie vom besten Sicherheitssystem geschützt werden, das man mit Geld kaufen kann.«

»Dessen bin ich mir sicher«, sagte sie. »Und ich bin mir gleichfalls sicher, daß niemand außer Ihnen und Ihren Freunden sie jemals wieder zu Gesicht bekommen wird.«

»Von Zeit zu Zeit gebe ich meinen Landsitz für die Öffentlichkeit frei«, entgegnete er beiläufig.

»Unser Museum steht der Öffentlichkeit jeden Tag zur Verfügung«, sagte sie.

»Aber Ihre Öffentlichkeit sorgt sich mehr um die nationalen Schulden als um die nationalen Schätze«, bemerkte er mit einem Lächeln. »Glauben Sie mir, so wird's für alle Beteiligten am besten sein.«

»Ich glaube Ihnen *nicht*, Gouverneur Rousseau«, sagte sie.

Er schien drauf und dran, ihr zu antworten, hob dann die Schultern und wandte sich fragend an Kijano.

»Der Gouverneur hat Leute mitgebracht, die das Elfenbein auf sein Privatschiff bringen sollen«, informierte sie Kijano.

»Ich habe lange über diese Angelegenheit nachgedacht«, meinte Esther, »und ich kann es nicht zulassen.«

»Was?« wollte Rousseau wissen.

»Die ökonomische Krise ist etwas Vorübergehendes«, sagte sie langsam. »Die Stoßzähne des Kilimandscharo-Elefanten gehören der Ewigkeit. Es tut mir leid, daß Sie die Rolle des Bösewichts übernehmen müssen, aber ich habe mein ganzes Leben dafür hingegeben, Altertümer für die Öffentlichkeit zu bewahren. Ich tat das, weil sie, sobald sie einmal verloren sind, niemals ersetzt oder wiedererschaffen werden können, und ich kann nicht zulassen, daß irgendeine saudumme Entscheidung eines ignoranten Politikers uns eines unserer kostbarsten Kunstwerke beraubt.«

»Sie verstehen anscheinend die Lage nicht«, sagte Rousseau. »Ich sympathisiere mit ihrem Standpunkt, aber die Stoßzähne gehören mir. Sie sind bereits bezahlt.«

»Dann bitte ich Sie dringend, als Mann, der den größten Teil seines Lebens im Dienste der Öffentlichkeit verbracht hat, dieser Öffentlichkeit ein weiteres Mal zu dienen und sie dem Museum zurückzuschenken«, sagte Esther.

»Das kommt überhaupt nicht in Frage«, sagte er grob. »Ich habe für sie bezahlt, sie gehören mir, und ich stehe hier, um sie mit mir ins Dädalus-System zu nehmen.«

»Sie werden nirgendwohin gehen«, erwiderte sie ruhig.

»Wovon reden Sie eigentlich?« wollte Rousseau wissen.

»Esther, was geht hier vor?« fügte Kijano hinzu, der sehr besorgt aussah.

»Joshua«, sagte sie, sich an ihn wendend, »irgendwo müssen wir eine Grenze ziehen. Wir können sie nicht zerstören lassen, was es nahezu fünfzehnhundert Jahre benötigte, um aufgebaut werden.«

»Das hört sich bemerkenswert nach einer Drohung an«, sagte Rousseau, nicht mehr amüsiert oder besorgt.

»Ganz genau so ist es, Gouverneur«, entgegnete sie.

»Und wie wird eine unbewaffnete Frau meine Leute davon abhalten, die Stoßzähne mitzunehmen?« fragte er.

»Eine unbewaffnete Frau könnte sie weiß Gott nicht abhalten«, sagte sie. »Darum habe ich die Basis eines der Stoßzähne mit einem Explosivstoff präpariert. In dem Augenblick, da ihn jemand berührt, wird es diesen Flügel des Museum mit allem, was sich darin befindet, zerstören.«

»Welcher Stoßzahn?« fragte Rousseau stirnrunzelnd.

»Ich glaube kaum, daß ich Ihnen das sagen werde.«

»Das ist lächerlich!« schnauzte er. »Ich werde einfach ein Team von Sprengmeistern anfordern und den Apparat entschärfen lassen, und die einzige Veränderung wird darin bestehen, daß Sie die nächsten paar Jahre im Gefängnis zubringen werden.«

»Es ist ein sehr sensibler Apparat«, sagte sie ruhig. »Die geringste Erschütterung wird den Explosivmechanismus auslösen.«

Rousseau wandte sich erneut an Kijano. »Sagt sie die Wahrheit?«

»Ich habe keine Ahnung«, gab Kijano zu.

»Was meinen Sie?«

»Ich meine«, sagte Kijano und wägte seine Antwort sorgfältig ab, »daß ich mich nicht gern innerhalb des

Museums aufhielte, falls Sie sich dazu entschlössen, die Stoßzähne zu bewegen.«

Rousseau befahl seinen Männern, draußen zu warten, und richtete daraufhin seine Aufmerksamkeit wieder auf Esther Kamau.

»Also gut«, sagte er. »Was wollen Sie? Mehr Geld?«

»Wenn ich Geld haben wollte, wäre Ihr Angebot mehr als ausreichend gewesen«, entgegnete sie.

»Was wollen Sie denn *dann*?«

»Vielleicht sollte ich Ihnen sagen, was ich *nicht* will.«

»Bitte sehr«, meinte Rousseau.

»Dieses Museum – nicht das Gebäude, das ist neu, sondern die Ausstellungsstücke, die uralt sind – ist mein ganzes Leben gewesen. Genauer gesagt, nahezu zweitausend hingebungsvoller Wissenschaftler haben es während der vergangenen fünfzehnhundert Jahre zu ihrer Lebensarbeit gemacht. Sie taten das um des persönlichen Ruhmes willen und aufgrund drängender Neugier, um das klarzustellen – aber sie taten es auch für die Menschen von Kenia, und jetzt setzen wir ihre Arbeit für die Menschen von Neu-Kenia fort. Dies ist unsere Geschichte, unsere Vergangenheit; es ist alles, was wir gewesen sind, und alles, was wir gegenwärtig sind, und als solches gehört es den Menschen. Was ich nicht will und nicht zulassen kann, ist die tagtägliche langsame Kastration des Museums.« Sie hielt inne. »Ich würde es lieber insgesamt zerstören.«

»Aber sicherlich ist der Verkauf der Schätze ihrer Vernichtung vorzuziehen«, meinte Rousseau. »Ich zum Beispiel bin gewillt, eine Übereinkunft zu treffen, die Ihnen die Option läßt, daß Sie die Stoßzähne zurückkaufen können, falls ich oder meine Nachkommen sie jemals zurückverkaufen werden, und ich bin mir sicher, daß alle anderen Käufer gewillt sind, ein gleiches Abkommen zu treffen.«

»Wozu ist ein derartiges Abkommen gut, wenn die

in Frage kommenden Gegenstände über zweihunderttausend Lichtjahre verstreut sein werden, wenn einige davon für Tausende von Jahren nicht wieder auf den Markt kommen werden?« hielt sie entgegen.

»Das Abkommen hält Ihnen die Möglichkeit offen, schließlich das zu korrigieren, was Sie für einen katastrophalen Mißgriff seitens Ihrer Regierung halten«, sagte Rousseau. »Die Zerstörung der Stoßzähne und der übrigen Ausstellungsstücke würde sogar diese Möglichkeit vernichten.«

»Es gibt eine dritte Möglichkeit«, sagte sie.

»Ach?«

»Lassen Sie die Stoßzähne hier, wohin sie gehören.«

Er schüttelte – nicht ohne Mitleid – den Kopf. »Ich darf mich von Ihnen nicht erpressen lassen.«

»Dann hören Sie sich an, was ich Ihnen über das Museum und nicht über den Apparat sage, und lassen Sie mich mit Ihnen diskutieren.«

»Entschärfen Sie erst den Apparat, und dann werde ich zuhören.«

»Ich habe kein Vertrauen in Sie, Gouverneur.«

»Daß ich zuhöre?«

»Daß Sie die richtige Entscheidung treffen, *nachdem* Sie zugehört haben.«

Er schwieg eine Zeitlang, während er die beiden Elfenbeinsäulen anstarrte; daraufhin wandte er sich wieder an sie.

»Warum die Stoßzähne?« fragte er schließlich.

»Ich verstehe nicht.«

»Mir ist die Tatsache bekannt, daß Sie den größten Teil Ihrer ausgestopften Tiere verkauft haben, genauso wie Ihre Muschel- und Schmetterlingssammlung. Was ist an diesen Stoßzähnen, daß Sie sich dazu entschlossen haben, diesen Standpunkt einzunehmen?«

»Sie repräsentieren alles, was Kenias Größe ausmacht«, sagte sie.

»Was meinen Sie damit?« fragte er. »Mir ist ihre Geschichte nicht sehr vertraut, aber ich hielt sie für die Trophäe einer Jagdexpedition.«

Sie schüttelte den Kopf und blickte das Elfenbein durchdringend an.

»Sie *sind* Kenia«, sagte sie leidenschaftlich. »Kenia war die wilden Tiere, und sie gehörten dem größten aller Tiere. Kenia war Umschlagplatz für Elfenbein, und sie wurden bei einer Versteigerung verkauft. Kenia war eine Kolonie, die ihre Unabhängigkeit von Großbritannien ertrotzt hatte, und sie waren das letzte Überbleibsel des britischen Kolonialismus. Kenia hat große Männer hervorgebracht, und sie trugen dazu bei, das Werk zu beenden, das einer der größten, Jacob Thiku, begonnen hatte. Kenia hat sich zu den Sternen ausgebreitet, und sie haben die Reise mit uns getan. Kenia ist der Mikrokosmos der menschlichen Evolution, vom primitiven Menschen über den Stadtbewohner bis hin zum Sternenfahrer, und sie haben jedes Zeitalter überlebt. Sie sind der Archetyp von Kenias Geschichte.« Sie hielt inne und starrte ihn an. »Alles, was wir sind, wohnt in ihnen.«

»Aha«, sagte Rousseau und musterte sie sorgfältig. »Sie müssen eine enorme Bedeutung für Sie haben.«

»Für alle Kenianer«, korrigierte sie ihn.

»Aber besonders für ihre Kuratorin.«

»Es ist meine Aufgabe, sie für die Zeitalter zu schützen«, sagte sie. »Darum kann ich Ihnen nicht gestatten, sie mitzunehmen. Verstehen Sie jetzt?«

»O ja«, erwiderte er lächelnd. »Jetzt verstehe ich völlig.« Er wandte sich an Kijano. »Sie haben die Schlüssel zum Kasten?«

»Er hat kein Schloß«, sagte Kijano. »Er öffnete sich auf die Daumenabdrücke der dienstältesten Mitglieder des Personals hin.«

»Bitte öffnen Sie ihn«, befahl Rousseau.

»Aber der Apparat ...«

»Es gibt keinen Apparat«, sagte Rousseau zuversichtlich.

Kijano näherte sich behutsam dem Kasten und drückte den Daumen auf den Abtaster, und die Glastüre schwang auf.

Rousseau ging hinüber und berührte jeden der Stoßzähne, dann wandte er sich an Esther Kamau.

»Ich werde keine Anklage gegen Sie erheben«, sagte er. »Das wäre genauso, als sperrte man einen Priester dafür ein, daß er den Heiligen Gral beschützte.«

Er verließ den Raum, um seine Männer zu holen, und Esther wandte sich nach einem Augenblick des Schweigens an ihren alten Freund.

»Tut mir leid, Joshua«, sagte sie. »Aber ich mußte es versuchen.«

»Ich weiß«, sagte Kijano.

»Ich konnte mich einfach nicht dazu durchringen.«

»Das hätte ich auch niemals angenommen«, sagte er freundlich.

Weniger als ein Jahr später verkaufte das Museum der Afrikanischen Altertümer sein letztes Stück – einen handgefertigten Nandi-Speer. Esther Kamau war bei diesem Vorgang nicht zugegen. Sie war sieben Monate zuvor gestorben, aus keinem Grund, den die Mediziner hätten entdecken können, abgesehen vom Fehlen jeglichen Lebenswillens. Joshua stellte einen Antrag an die Regierung, eine kleine, geschmackvolle Gedenktafel für ihr Grab zu erwerben. Der Antrag kam innerhalb der nächsten sechs Jahre nicht zur Beratung, und dann war Kijano gleichfalls gestorben, und niemand wußte mehr so recht, was Esther Kamau eigentlich getan hatte; warum sie eine solche staatliche Ausgabe verdiente, daher wurde der Antrag vertagt und bald über der Nachricht vergessen, die Sparmaßnahmen der Regierung seien so erfolgreich gewesen, daß die Wirtschaft jetzt stagnierte und die Experten verzweifelt nach neuen Methoden suchten, sie wieder anzukurbeln.

Das Museum, das für ein halbes Jahrzehnt leergestanden hatte, wurde entkernt und neu gestaltet, und es kam wenige Monate später aus diesen Verschönerungsarbeiten als das Büro der Abteilung für ökonomische Entwicklung hervor. Jedes Mitglied der Regierung von Neu-Kenia war stolz auf die Tatsache, für ein altes Gebäude, das offensichtlich seine Nützlichkeit überlebt hatte, am Ende eine wichtige Funktion gefunden zu haben.

Sechstes Zwischenspiel

(6303 G.A.)

Der Computer hörte auf zu glimmen, und Mandaka sah mich quer über den Raum an.

»Ist Ihre Neugier befriedigt worden?« fragte er.

»Für den Augenblick«, erwiderte ich.

»Die Ironie der ganzen Sache liegt darin, daß die eine Kenianerin, die wirklich versucht hatte, die Stoßzähne zu retten, noch nicht einmal eine Massai war«, sagte er.

»So? Woher wissen Sie das?«

»Kamau ist ein Name der Kikuyu«, erklärte Mandaka. »Aber allein die Tatsache, daß sie eine mit Prestige und Autorität verbundene Position inne hatte, reichte aus, mir zu sagen, daß sie nicht zu den Massai gehörte«, fügte er bitter hinzu.

»Warum?« fragte ich.

»Es ist spät, und ich bin durstig, Mister Rojas«, erwiderte er, stand auf und streckte den massigen Körper. »Ich sollte wohl nach Hause gehen.«

»Ich bin überhaupt nicht schläfrig«, sagte ich. »Ich würde mich glücklich schätzen, Sie nach Hause zu begleiten, wenn Sie in der Nähe wohnen.«

»Ich wohne nicht in der Nähe«, entgegnete er. »Sind Sie noch immer gewillt, mich zu begleiten?«

»Ja.«

»Und zu sehen, wie der letzte Massai lebt?« fragte er amüsiert.

»Wie jedermann sonst auch, schätz ich«, meinte ich.

»Schon wieder diese nagende Neugier«, sagte er gelassen. »Also gut, Mister Rojas – ich werde Ihnen zeigen, was sonst noch niemand gesehen hat, seitdem ich meinen Wohnsitz auf diesem Planeten genommen habe.«

»Danke sehr.«

Er ging zur Tür, wartete, bis ich den Lichtern befohlen hatte zu erlöschen, und schritt dann in die Halle hinaus, wo er geduldig wartete, während ich das Sicherheitssystem und das Schloß reprogrammierte.

»Ich nehme nicht an, daß Sie das draußenhalten wird«, kommentierte ich, »aber es besteht immerhin die Möglichkeit, daß irgend jemand Sie beobachtet hat. Das wird sie dann wenigstens ein bißchen zusätzliche Anstrengung kosten.«

»Darüber würde ich mir keine Sorgen machen, Mister Rojas«, sagte Mandaka. »Sie besitzen nichts, das jemand haben möchte.«

Ich wollte schon eine ärgerliche Erwiderung loslassen, als mir klarwurde, daß er völlig recht hatte, also blieb ich ruhig und führte ihn zum Airlift, und wir stiegen sanft zur Hauptebene ab. Der Hesporite-Türsteher war von einem weiblichen Mendorianer ersetzt worden, ein hübsches katzengleiches Wesen mit geschmeidigen Gliedmaßen und einem wallenden gelben Fell. Ich teilte ihr mit, daß ich möglicherweise nicht vor der folgenden Nacht zurückkäme, da ich beabsichtigte, nach dem Besuch von Mandakas Appartement ins Büro zu gehen.

Wir gingen zur Vordertür hinaus, nahmen einen langsamen Rollsteig zur nächsten Kreuzung, überquerten diese und betraten einen westlich führenden Expreßsteig, der uns in weniger als fünf Minuten quer durch die Stadt trug und am westlichen Stadtrand absetzte. Wir wechselten zu drei der eher lokalen Rollsteige über und fanden uns schließlich vor einem großen Gebäude aus Glas und Chrom wieder, das im Mondlicht glitzerte.

»Meine bescheidene Strohhütte«, verkündete Mandaka mit einem sardonischen Lächeln.

Wir durchquerten ein strenges Sicherheitssystem am Haupteingang, wandten uns dann nach links und betraten einen privaten Airlift, der uns direkt zum obersten Stockwerk trug, etwa achtzig Ebenen über dem Grund. Wir betraten einen langen getäfelten Korridor, der aus irgendeiner versteckten Quelle hell erleuchtet wurde, wandten uns nach rechts und gingen den halben Flur entlang, bis wir an der ersten Tür anhielten.

Mandaka murmelte etwas in einer Sprache, die ich noch nie zuvor gehört hatte, wartete darauf, daß das Sicherheitssystem seine Retina- und Knochenstruktur identifizierte und legte dann die Handfläche auf einen Scanner, woraufhin sich die Tür lange genug öffnete, daß wir sein Appartement betreten konnten. Dann schloß sie sich ruhig, aber dicht hinter uns.

»Licht!« befahl Mandaka, und das gesamte Appartement war plötzlich in Licht gebadet.

Ich fand mich selbst auf einem kleinen schmutzigen Hof wieder, der von einer fast undurchdringlichen Dornenhecke umsäumt war. Rechts von mir lag eine strohgedeckte Hütte, deren Wände offenbar aus getrocknetem Lehm errichtet waren. Anstelle der weißen glatten Wände blickte man auf das Panorama einer öden, verdorrten Savanne.

Ich folgte ihm durch den Hof ins Innere der Hütte. Wo sich Möbel hätten befinden sollen, lagen lediglich drei primitive Matten. Ein Feuer prasselte in der Mitte, strahlte jedoch keine Hitze ab – was mir den Schlüssel gab, den ich brauchte.

»Eine holographische Projektion?« fragte ich.

Mandaka nickte. »Ja. Sie stehen in Wirklichkeit auf einem Teppich, und ich bin mir ziemlich sicher, daß die Hausverwaltung Hütten aus Kuhdung mit einiger

Mißbilligung zur Kenntnis nähme. Ich wählte dieses spezielle Appartement, weil die Decke etwa sieben Meter hoch ist, was den Projektionen etwas mehr Weite verleiht.« Er lächelte. »Ich muß mich umziehen. Ich bin gleich wieder zurück.«

Mit diesen Worten senkte er den Kopf und schritt durch den kleinen Eingang aus der imaginären Hütte hinaus, obgleich er natürlich hätte aufrecht bleiben und direkt durch die Projektionen gehen können. Während ich auf ihn wartete, musterte ich meine Umgebung etwas sorgfältiger. An der Wand lehnten zwei lange Speere; ich berührte den einen davon behutsam und entdeckte, daß er völlig real war. Ich glaubte, ein kleines Tier blöken zu hören, konnte jedoch keine Spur davon entdecken, und sagte mir, daß es eine weitere Projektion sein mußte. Über dem Feuer hing ein Topf mit irgendeiner Art zerkleinertem Gemüse, aber auch dies stellte sich lediglich als eine Illusion heraus.

»Willkommen in meinem Zuhause, Mister Rojas!« sagte Mandaka, als er die Hütte wieder betrat.

Er hatte sein Äußeres völlig verändert und trug jetzt einen roten Umhang, der lose über eine Schulter geschlungen war und bis knapp unter die Knie herabhing. In einer Hand hielt er einen altertümlichen Flaschenkürbis mit Milch, den er an die Lippen hob; nachdem er einen tiefen Zug genommen hatte, setzte er ihn sorgfältig zu Boden.

»Es ist… ungewöhnlich«, sagte ich.

»Ich bin der letzte Massai«, sagte er, während er sich mit gekreuzten Beinen auf einer Matte beim Feuer niederließ. »Sonst gibt es niemanden, der die alten Sitten ehren oder beachten könnte.«

»Das ist doch nicht nur hier, um mich zu beeindrucken«, bemerkte ich verwirrt. »Sie leben *wirklich* so!«

»Ich befolge jene alten Rituale, die mich nicht in

Konflikt mit den Behörden bringen«, erwiderte er. »Was bedeutet, daß ich weder Ziegen schlachte und deren Eingeweide lese noch meine Männlichkeit damit bewiesen habe, einen Löwen mit einem Speer getötet zu haben.«

»Das wär 'n tolles Kunststück«, sagte ich. »Der letzte Löwe starb im Jahre 2088 A.D.«

»Ja, ja – der Experte von Wilford Braxton's!« sagte er kichernd.

»Die Massai bemaßen ihren Reichtum auch anhand der Zahl des Viehs, das sie besaßen«, sagte ich. »Aber ich sehe kein holographisches Vieh draußen vor Ihrem Eingang.«

»Das liegt daran, daß mein Vieh real ist, Mister Rojas«, erwiderte er. »Ich besitze meine eigenen Herden auf elf verschiedenen Welten. Auf diese Weise machte ich mein Glück.«

»Ich nehme an, daß alle anderen Zimmer Ihres Appartements gleichermaßen ... frühere Zeiten heraufbeschwören?«

»Außer mein Büro, von wo aus ich meine Herden kaufe und verkaufe.«

Ich hielt inne und versuchte, mir einen höflichen Weg auszudenken, meine nächste Frage in Worte zu fassen. Mir fiel nichts ein, und so platzte ich einfach heraus:

»Finden Sie das nicht unbequem?«

»Ich finde es *notwendig*, Mister Rojas«, erwiderte er ernst. »Wenn ich nicht mehr bin, wird sich niemand mehr unserer Traditionen erinnern oder sie fortführen. Wir sind ein stolzes Volk, Mister Rojas; wir verachteten all die Versuchungen der Zivilisation noch lange, nachdem sich jeder andere Stamm Ihrer Kultur angepaßt hatte. Wir lebten mit unserer Umgebung in Harmonie, wir fragten niemanden um einen Gefallen, und wir taten auch niemandem einen. Wir fragten lediglich um die Erlaubnis, so zu leben, wie wir immer schon gelebt hatten …« Seine Stimme erstarb, und er schien in Gedanken verloren.

»Wußten Sie, Mister Rojas, daß wir sogar für die Erhaltung unseres eigenen Viehs sorgten? Wir mischten sein Blut mit seiner Milch, aber wir töteten es niemals.«

»Ihre ganze Rasse lebte von Milch und Blut?« fragte ich überrascht.

»Zum größten Teil.« Er hielt inne und blickte auf irgendeinen Punkt in Raum und Zeit, den nur er zu sehen vermochte, und das flackernde Feuer warf seltsame Schatten auf sein dunkles Gesicht. »Wir waren einmal ein großes Volk. Unsere *Elmorani*, unsere jungen Krieger, wurden von allen gefürchtet, die sie erblickten, unsere Frauen wurden von allen übrigen Kriegern begehrt, unsere Ländereien waren die reichsten in Ostafrika. Wir sprachen lediglich unsere eigene Sprache, und wir verachteten Suaheli und alle europäischen Sprachen.« Er sah zu mir herüber und lächelte bitter. »Und dann kamen die Veränderungen, derart langsam, daß sie nicht wahrzunehmen waren. Wir verloren einen Kampf gegen die Lumbwa. Die Nandi brachten uns zum Stillstand. Unsere jungen Männer begannen, Hemden und Shorts zu tragen. Wir gingen eher ins Krankenhaus statt zum *Mundumugu*, wenn wir krank waren. Es dauerte nicht lange, da sprachen mehr von uns Suaheli als Massai, und wir wurden dazu erniedrigt, Shilling von den Touristen im Austausch dafür zu erbetteln, daß sie uns fotografierten – und waren dennoch zahlenmäßig weit stärker als in den Jahren unserer Größe.«

Er seufzte und fuhr fort, wobei er sich meiner Gegenwart kaum bewußt war: »Und als die Unabhängigkeit kam, übergab man unsere Ländereien Männern wie Kenyatta und Nyerere, die nicht zu stolz waren, sie uns zu nehmen. Als der Mensch den Raumflug beherrschte, kolonisierte er Neu-Kenia und Uganda II und Nyerere, aber die Massai wurden ohne Land und ohne Vieh zurückgelassen, noch nicht einmal mit der Erinnerung an ihre eigene Sprache.« Er hielt inne und kehrte anscheinend in die Gegenwart zurück. »Und jetzt gibt es nur noch mich, Mister Rojas«, schloß er. »Ich allein kann die Ehre meiner Rasse wiedererlangen.«

»Wie?«

»Ich muß etwas tun, das nur ich tun *kann*.«

»Und deshalb benötigen Sie das Elfenbein?«

Er nickte. »Deshalb benötige ich das Elfenbein.«

»Wie kann das Elfenbein Ihrem Volk die Ehre wiedergeben?« beharrte ich.

»Das, Mister Rojas, werde ich Ihnen sagen, wenn Sie das Elfenbein gefunden haben und ich's in Besitz genommen habe.«

»Ich werde Sie beim Wort nehmen.«

»Ich hoffe, daß mir die Möglichkeit bleibt, es zu halten.«

»Das wird geschehen«, versicherte ich ihm. »Sogar während unseres Gesprächs sucht der Computer nach dem Elfenbein.«

»Ich weiß«, sagte er mit einem tiefen Seufzer. »Aber sogar jetzt haben Sie keine Vorstellung davon, wie wichtig es ist. Ich werde niemals heiraten, niemals ein Kind haben. Wenn ich die Ehre meines Volkes nicht wiederherstelle, wird es niemals jemand tun.«

»Warum werden Sie niemals heiraten?« fragte ich. »Wie ich weiß, war es bei den Massai üblich, Frauen anderer Stämme zu rauben, also kann es offensichtlich nicht so sein, daß Sie eine reinblütige Massaifrau finden müssen.«

»Seit dem 24. Jahrhundert A.D. hat kein Massai außerhalb des Stammes geheiratet«, erwiderte er. »Oder es sollte zumindest niemand tun; ich kann mir vorstellen, daß ein paar von uns das Gesetz gebrochen und nicht Massai-Gattinnen genommen haben.«

»Aber sie haben sich sicherlich niemals in der Situation befunden, daß es keine Massaifrauen gab, unter denen sie wählen konnten«, sagte ich. »Sicherlich kann jenes Gesetz nicht auf den letzten Massai angewendet werden.«

»Das ist auch nicht der Fall, Mister Rojas«, gab er zu.

»Dann wiederhole ich meine Frage: warum können Sie niemals heiraten?«

»Weil ich kein Mann bin.«

Ich starrte ihn an, ohne zu begreifen. »Ich versteh' nicht.«

»Kein Knabe der Massai kann ein *Elmoran,* ein Mann, werden, ehe er nicht beschnitten worden ist. Er kann seinen Platz unter seinen Gleichaltrigen nicht einnehmen, er kann den Älteren keinen Rat anbieten, und er kann nicht heiraten.« Er hielt inne, um sicherzustellen, daß ich ihm folgen konnte. »Ich bin niemals beschnitten worden, Mister Rojas. Nach dem Gesetz meines Volkes bin ich noch immer ein Knabe.«

»Eine Beschneidung ist eine sehr einfache Operation«, sagte ich. »Sicherlich kann das jeder fähige Arzt bei Ihnen vornehmen.«

»Fraglos.«

»Warum haben Sie's dann nicht getan, so daß Sie heiraten und ein normales Leben führen können?«

»Das werde ich Ihnen sagen, wenn Sie das Elfenbein gefunden haben«, sagte er. »Aber wie ich Ihnen bereits früher am Abend sagte, bin ich nicht dazu bestimmt, zu heiraten oder Kinder zu zeugen. Ich wünschte mir, dies wäre nicht der Fall, denn eine Familie wäre meine größte Freude – aber ich muß einen anderen Pfad einschlagen.«

»Was für einen Pfad?«

Er starrte mich an, und zum erstenmal zeigte sein Gesicht ganz kurz seine Gefühle.

»Einen schrecklicheren Pfad, Mister Rojas, als Sie sich vorzustellen vermögen, wie ich hoffe.«

Dann kehrte die Maske des arroganten Massai zurück, und er bot mir einen Schluck seiner Milch an. Ich hatte das Gefühl, dies war eine besondere Geste, die er nur selten, wenn überhaupt, während seines Lebens getan hatte, und ich nahm den Flaschenkürbis an.

Ehe ich ihn an die Lippen hob, spähte ich in sein dunkles Innere.

»Ist in Ordnung, Mister Rojas«, sagte er mit amüsiertem Lächeln. »Es ist kein Blut darin.«

Ich nahm einen tiefen Zug – die erste Milch, die ich trank, seitdem ich ein Knabe gewesen war – und reichte ihm den Kürbis zurück.

»Ich danke Ihnen dafür, daß Sie ihn mit mir geteilt haben«, sagte ich aufrichtig.

»Ich besitze eine große Menge Milch und niemanden, mit dem ich sie trinken kann«, sagte er mit einem nichtssagenden Achselzucken. Plötzlich sprang er auf. »Kommen Sie, Mister Rojas – ich werde Ihnen das übrige Appartement zeigen. Es wird niemals mehr eine Behausung der Massai geben, also können Sie ebensogut Ihre Neugier befriedigen.«

Ich stand auf und folgte ihm, wobei ich instinktiv den Kopf einzog, damit ich nicht gegen den imaginären Türrahmen stieße, und einen Augenblick später fand ich mich in einem weiteren Raum, der an das Innere eines Massaigebäudes gemahnte, wenn auch eines sehr großen.

Ich sah eine Anzahl Hauben aus Löwenhaar; jede davon war sorgfältig hergerichtet und etikettiert, und neben jeder einzelnen lehnte ein besonderer Speer, der die Insignien seines Besitzers trug.

»Sie sehen aus wie Museumsstücke«, sagte ich bewundernd.

»Kein Museum besitzt eine derartige Sammlung«, erwiderte er mit einer Spur von Stolz. »Diese Haube«, sagte er, während er auf ein besonders beeindruckendes Stück wies, »gehörte Nelion, nach dem sie den höchsten Gipfel des Mount Kenya benannt haben.«

Er verbrachte die nächsten paar Minuten damit, mir die Geschichte einer jeden Haube und einer jeden Waffe zu erzählen, und auf seinem Gesicht lag ein derart lebendiges Interesse, wie ich es darauf bislang nur dann gesehen hatte, wenn er über das Elfenbein sprach. Schließlich kamen wir zu einer letzten Haube – ziemlich unbedeutend im Vergleich mit den übrigen, und sie bestand lediglich aus getrocknetem Gras.

»Und was ist hiermit?« fragte ich und deutete darauf.

»Das ist meine eigene Haube«, erwiderte er. »Auf der Erde sind keine Löwen übriggeblieben, also war ich dazu gezwungen, die vorhandenen Materialen zu benutzen.«

»Wollen Sie mir sagen, daß Sie in einer derartigen Umgebung aufwuchsen?« fragte ich ungläubig. »Daß Sie in einer Hütte lebten?«

»Einer *Manyatta*«, entgegnete er. »Die Hütte ist lediglich ein Teil des Ganzen, das auch alle Nachbarhütten und die sie umgebenden Dornenmauern umfaßt.«

»Aber wie war das möglich?« fragte ich. »Die Behörden hätten Ihnen sicherlich nicht gestattet, wie … – entschuldigen Sie bitte – wie ein Wilder zu leben.«

»Ich sagte es Ihnen: die Erde ist fast eine Wüste, und die paar übriggebliebenen Behörden haben kein Interesse daran, einer Familie, die kilometerweit entfernt von jedem anderen in Kenia lebt, vorzuschreiben, wie sie wohnen und essen muß.« Er hielt inne. »Ich war dreizehn Jahre alt, ehe ich irgendein anderes menschliches Wesen außer meinen Eltern und Großeltern erblickte.«

»Sie sahen niemals andere Kinder oder spielten mit welchen?« fragte ich erstaunt.

»Niemals.«

»Und Sie lebten wirklich so wie Ihre Vorfahren?«

»Wir hielten uns an die Form, aber nicht den Buchstaben«, erwiderte er. »Es stimmt, daß ich in einer

Hütte aus Lehm und Flechtwerk lebte – aber in der Hütte standen drei Computer. Und während ich körperlich niemals eine Schule besuchte, erwarb ich fortgeschrittene Grade in Ökonomie, Betriebswirtschaft und afrikanischer Geschichte.«

»Afrikanische Geschichte kann ich verstehen«, sagte ich. »Aber warum die anderen beiden?«

»Weil ich wußte, daß ich eines Tages die Erde verlassen müßte, um herauszufinden, ob ich wirklich der letzte Massai war; und falls das zuträfe, mußte ich nach dem Elfenbein suchen. Beide Nachforschungen würden sich sicherlich als sehr kostenaufwendig erweisen.«

»Wann sind Sie schließlich gegangen?« fragte ich.

»Vor sechsundzwanzig Jahren, nachdem meine beiden Eltern gestorben waren.«

»Und Sie sind niemals zurückgekehrt?«

Er schüttelte den Kopf. »Noch nicht.«

»Das klingt so, als planten Sie, eines Tages zurückzukehren.«

»Eines Tages«, sagte er gleichgültig.

»Ich beneide Sie«, sagte ich.

»Ach ja? Weshalb?«

»Weil ich immer schon einmal den Geburtsort unserer Rasse sehen wollte«, sagte ich.

»Sie sind ein wohlhabender Mann«, sagte er. »Warum haben Sie die Reise nicht schon unternommen?«

»Ich hab's Dutzende von Malen geplant«, gab ich zu. »Aber mir kam stets etwas dazwischen.«

»Wie das Elfenbein?«

»Etwas Ähnliches«, räumte ich ein. »Probleme, die derart faszinierend waren, daß ich sie nicht im Stich lassen konnte.« Ich seufzte. »Vielleicht werde ich eines Tages wirklich die Zeit finden, dorthin zu fahren.«

»Ich wäre überhaupt nicht überrascht«, sagte er.

Einen Augenblick lang herrschte Stille.

»Vielleicht sollte ich besser gehen«, sagte ich schließlich. »Es war ein langer Tag, und ich bin müde.«

Mandaka ging zu einer weiteren Tür.

»Kommen Sie einen Augenblick lang herein, ehe Sie gehen, Mister Rojas«, sagte er. »Ich habe hier etwas, das Sie, glaube ich, interessieren könnte.«

Ich folgte ihm und betrat eine weitere holographische Projektion einer großen Hütte. Diese enthielt einige primitive Zeichnungen und Schnitzereien, und er lenkte meine Aufmerksamkeit auf eine ganz besondere Zeichnung – die eines riesenhaften Elefanten mit derart unproportionierten Stoßzähnen, daß er völlig aus dem Gleichgewicht geraten zu sein schien. Die Zeichnung war roh auf einem großen Stück Borke ausgeführt worden, und sie war peinlich genau gerahmt und konserviert.

»Was halten Sie davon, Mister Rojas?« fragte er und achtete genau auf meine Reaktionen.

Ich ging zu der Zeichnung hinüber und studierte sie genau.

»Ist das *Er*?« fragte ich.

»Ich glaube es«, erwiderte er. »Die Daten stimmen, und der Künstler zeichnete einige andere Elefanten, von denen keiner derartiges Elfenbein trägt.«

»Wie groß war er?« fragte ich und verspürte ein merkwürdiges Gefühl von Ehrfurcht.

»Wir wissen, daß jeder der Stoßzähne über dreieinhalb Meter lang ist«, antwortete er, »also hätte ein normaler Mensch bis *hierher* gereicht.« Er wies auf eine Stelle nur wenig oberhalb der halben Beinhöhe des Elefanten.

»Er muß ein Ungeheuer gewesen sein!« grübelte ich.

»Er war das größte Tier, das jemals gelebt hat«, sagte Mandaka mit Überzeugung.

Selbst auf der Zeichnung besaß er eine solche Präsenz, eine solche Vitalität, daß mir die Vorstellung schwerfiel, er trabte nicht noch immer über die Savannen und Wüsten von Ostafrika, wobei seine Fußtritte durch Kenias unruhige Geschichte dröhnten und sein Trompeten lauter war als der Donner.

»Besitzen Sie weiterer Abbilder von ihm?« fragte ich schließlich.

»Nur dieses eine hier«, erwiderte Mandaka.

»Ich danke Ihnen für die Erlaubnis, es betrachten zu dürfen«, sagte ich.

»Gern geschehen.«

»Und jetzt muß ich wirklich gehen«, verkündete ich. »Ich habe zu arbeiten.«

»Ich dachte, Sie wollten zu Bett gehen«, bemerkte er.

»Ich kann im Büro schlafen«, sagte ich. »Es gibt etwas, das ich zuerst erledigen muß.«

»Ich weiß.«

Ich starrte ihn überrascht an. »Ich dachte, Ihnen mißfiele meine Erforschung der Geschichte des Elfenbeins.«

»Ich habe mich geirrt«, sagte er. »Ich bin zu dem Entschluß gekommen, daß der Jäger niemals zuviel über den Gejagten wissen kann.«

Er führte mich durch die verschiedenen Projektionen, bis wir den Eingang erreichten.

»Ich werde morgen von Ihnen hören?« fragte ich.

Er nickte.

»Danke für Ihre Gastfreundschaft«, sagte ich, als sich die Tür öffnete.

»Ich danke Ihnen für Ihr Kommen. Sie sind der erste Gast, den ich hatte.«

»Seitdem Sie hierherzogen«, sagte ich und trat hinaus in den Korridor. »Sie sagten mir das bereits.«

»Seitdem ich die Erde verließ«, erwiderte er, während der Korridor mich zum Airlift trug. Ich schaute zurück, um zu sehen, ob er scherzte, aber die Tür hatte sich bereits geschlossen.

Das Büro war dunkel, als ich es betrat. Ich befahl dem Computer, die Beleuchtung auf ›schwach‹ einzustellen und mir eine Tasse Kaffee zuzubereiten, setzte mich dann auf meinen Sessel, richtete ihn auf den Winkel aus, in dem ich zu ruhen wünschte und verschränkte die Hände hinterm Kopf.

»Computer?«

»Ja, Duncan Rojas?«

»Wieviel Prozent deiner Kapazität benutzt du momentan für die Suche nach dem Elfenbein?«

»Zweiundsiebzig Komma drei Prozent.«

»Trenne fünf Prozent für meine nächste Frage ab und fahre mit der Suche fort.«

»Ich arbeite ... erledigt.«

»Ich sah gerade eine Zeichnung vom Kilimandscharo-Elefanten, vermutlich nach dem Leben«, sagte ich.

»Laut den Daten, die ich besitze, existiert keine derartige Zeichnung. Ich will meine Datenbank neu einstellen, damit sie mit Ihrer Beobachtung übereinstimmt.«

»Schön«, sagte ich. »Aber mir kommt es so vor, daß es vielleicht auch andere geben mag, wenn ein derartiger, wenn man so will, Augenzeuge existiert.«

»Das ist logisch.«

»Ich möchte, daß du Zugriff zur Datenbank für afrikanische Geschichte in der Hauptbücherei auf Deluros VIII nimmst und nachsiehst, ob du einen solchen Zeugen findest. Begrenze deine Suche auf Zeugen zwischen ... öh ... 1875 A.D. und 1898 A.D.« Ich hielt inne. »Sie mögen später darüber geschrieben haben, aber das ist der Zeitraum, den sie abdecken sollten.«

»Ich arbeite ...«

»Und spiele bitte Kronizes Verlorenes Concerto.«

»Erledigt.«

Der Raum wurde von Kronizes atonalen, obgleich unwiderstehlichen Rhythmen erfüllt, und einen Augenblick später nippte ich an meinem Kaffee, wobei ich unbewußt im Takt mit dem Concerto mit den Fingern gegen das Gefäß tippte.

Als ich den Kaffee ausgetrunken hatte, warf ich das Gefäß in den Atomisierer, nahm eine Trockendusche und wechselte die Kleidung. Während ich wieder im Sessel lag, wurde ich mir unangenehm einer Serie von Lichtern bewußt, die mir in die Augen schienen, bemerkte, daß ich den Fenster nicht befohlen hatte, undurchlässig zu werden, sprach den Befehl aus und lehnte mich zurück, wobei ich das durchdachte, was ich von Mandaka erfahren hatte und langsam am Rand des Schlafs entlangtrieb.

»Ich habe etwas gefunden, was sehr wie etwas aussieht, das sich auf den Kilimandscharo-Elefanten bezieht«, verkündete plötzlich der Computer.

Ich setzte mich aufrecht, hellwach.

»Schalte die Musik ab!« befahl ich.

»Erledigt.«

»In deiner Feststellung liegt etwas untypisch Unbestimmtes«, sagte ich. »Weshalb?«

»Weil es keine weiteren Augenzeugenberichte gibt, mit denen dieser hier verglichen werden kann. Ich habe ihn jedoch anhand aller bekannter Sekundärquellen überprüft, und die Zeit, der Ort und die physische Beschreibung deuten auf eine 94,32%ige Wahrscheinlichkeit dafür hin, daß dies tatsächlich jenes Tier war, welches Sie als den Kilimandscharo-Elefanten kennen.«

»Ausgezeichnet!« sagte ich begierig. »Sag mir, was du gefunden hast!«

»Ich arbeite …«

7

Der Jäger

(1885 A.D.)

Zwei Monate hatte ich damit verbracht, über die ausgedörrte Erde des Rift-Tales zu gehen, und jetzt, da die größeren Seen hinter mir lagen, war es an der Zeit, erneut auf die Hochebenen zu steigen.

Ich prüfte den Wind, nicht nur einmal, sondern viele Male, denn mit den Jahren war die Vorsicht gekommen. Von Westen fegte der Duft grünen Grases über die Loita-Ebene, und ich wußte, daß es dort im Mara-Fluß kühles Wasser gäbe, aber ich wandte mich nach Südosten, denn auf der Loita-Ebene war ich jenem einen Wesen des ganzen Universums zum erstenmal begegnet, das mir Furcht einzuflößen vermochte, ein bleicher Mann, der imstande war, mich aus weiter Entfernung zu töten, und ich war niemals mehr dorthin zurückgekehrt.

Ich blieb stehen, um mir am Stamm eines Akazienbaums die Parasiten von der Haut zu reiben, daraufhin begrub ich jene, die übriggeblieben waren, mit Staub, den ich mir mit dem Rüssel über den Leib blies. Ich warf einen letzten Blick auf den großen Riß in der Oberfläche der Erde und folgte daraufhin meinem alten Pfad die Wand des östlichen Steilhangs hinauf. Vögel und Affen kreischten und flohen vor mir, und als ich auf eine Löwin traf, die den gleichen Pfad herabkam, knurrte sie und schlug sich in die Büsche.

Dann, endlich, hatte ich die Hochebene erreicht, und es begann der letzte Abschnitt meiner Reise.

Der alte Van der Kamp sah sich im Schankraum des staubigen Schuppens um, den er den Mbogo-Handelsposten nannte, und zählte die weißen Gesichter: drei – vier, wenn er sich selbst mitrechnete –, und das war mehr, als er seiner Erinnerung zufolge jemals gleichzeitig hier gesehen hatte.

Benannt nach dem Büffel, dem der Bure sein lahmes Bein zu verdanken hatte, ehe es ihm schließlich gelungen war, ihm eine Kugel durchs Auge zu jagen, hatte der Handelsposten den besseren Teil zweier Jahrzehnte dort auf dem Sandfluß gestanden und Kunden und Termiten in gleicher Anzahl um sich versammelt. Im Hinterstübchen lagerte der alte Bure Stapel um Stapel von Häuten und Elfenbein, jeder davon sorgfältig etikettiert – sowohl der Herkunft als auch der bezahlten Menge nach –, bis zu dem Tag, da die Regen wiederkehrten und das Flußboot kommen und sie mitnehmen würde. In einem angrenzenden Keller, tief unter der Erde vergraben, die helfen sollte, sie kühl zu halten, lagen etwa zwanzig Fäßchen Bier. Van der Kamp bot keine Mahlzeiten an, aber wenn ein vorüberkommender Reisender genug für alle dabei hatte, hatte er nichts dagegen, das Essen zu kochen.

An der Wand hinter der Theke hingen die glänzenden weißen Skelette und Hörner – Van der Kamp konnte sich keinen Taxidermisten leisten – von Kudus, Zobeln, Wildpferden, Elenantilopen, einer Anzahl Gazellen sowie dem Büffel, der dem Außenposten seinen Namen gegeben hatte.

Der alte Mann zapfte sich ein weiteres Bier und beobachtete seine Kundschaft. Am einen Ende der Theke saß der Engländer, Rice, mit gebügelter Kleidung, der sorgfältig gestutzter Kinnbart fast rein weiß, die Hände stark und schwielig. Aus seinem Gesicht war fast jegliche Färbung herausgewaschen, da es zu sehr der tropischen Sonne ausgesetzt gewesen war. Es war merkwürdig, überlegte Van der Kamp, statt immer dunkler zu werden, verloren die Engländer anscheinend jegliche Färbung, die sie nach wenigen Jahren bekamen, und sie kehrten am Ende bleicher zurück, als sie hergekommen waren.

Am entgegengesetzten Ende der Theke hockte Guntermann, der Deutsche: kahl, mit Schnauzbart, blauen Augen und einem Anzug, der einmal weiß gewesen war, jetzt jedoch die Farbe ausgedörrter afrikanischer Erde hatte. Selbst hier, innerhalb des Schuppens, trug er seine Pickelhaube – mehr, um den kahlen Schädel zu verbergen, als ihn vor der Sonne zu schützen. Dennoch, so seltsam er ja aussah, er verstand sein Geschäft; zweiundvierzig Stoßzähne mit seinem Namen lagen in der Vorratskammer.

An dem einsamen Tisch im hinteren Teil des Raums saß still für sich Sloane, der erste Amerikaner, den Van der Kamp jemals zu Gesicht bekommen hatte. Amerikaner waren in Afrika selten, da ihre Regierung nirgendwo auf dem Kontinent koloniale Ambitionen hegte. Dieser hier sah mit seinem Cowboy-Stetson und der Uniform der Konföderierten sicherlich ein wenig fehl am Platz aus, aber er hatte sich bereits einen Namen als Elfenbeinjäger gemacht, und das führte den alten Buren zu dem Schluß: wenn es eine Gemeinsamkeit zwischen diesen Männer gab, die hier am Mbogo-Handelsposten haltgemacht hatten, dann war's die, daß es keine Gemeinsamkeit zwischen ihnen gab.

Außerhalb des Gebäudes saßen in einem geschützten Bereich nahe dem Wasserloch etwa zwanzig Schwarze, Träger und Fährtenleser der drei weißen Männer. Es war ihnen nicht gestattet, hereinzukommen, aber Van der Kamp achtete darauf, daß sie alle das Bier bekamen, das sie haben wollten, ein schal schmeckendes, ziemlich starkes Kisi-Gebräu, für das er ihren Herren einen seiner Ansicht nach angemessenen Preis in Rechnung stellte. Er hatte sie sorgfältig überprüft: ein Lumbwa, ein Kikuyu, neun Wakamba, ein halbes Dutzend Nandi, ein Wanderobo und zwei Bugandas. Kein Massai, Gott sei dank, was bedeutete, daß es möglicherweise kein Blutvergießen gäbe. Er steckte alle paar Minuten den Kopf aus dem Fenster und hielt ein wachsames Auge auf den großen, muskelbepackten Lumbwa, um ganz sicher zu gehen, aber der Lumbwa, der für sich allein saß, schien offensichtlich die Gegenwart der übrigen Afrikaner nicht wahrzunehmen.

»Ich möchte noch eins«, verkündete Rice, nachdem er sein Glas geleert hatte. Er sah sich im Raum um. »Meine Runde, falls mir jemand Gesellschaft leisten möchte.«

Sloane, der Amerikaner, nickte zustimmend und machte sich wieder daran, eine Zigarette zu drehen.

»Es wäre mir eine Freude«, sagte der Deutsche, zog ein Taschentuch hervor und wischte sich den Schweiß aus dem Gesicht. »Gestatten Sie mir, mich vorzustellen: ich bin Erhard Guntermann aus München.«

»Guntermann, Guntermann«, überlegte Rice. Plötzlich sah er zu dem Deutschen hinüber. »Hörte ich Ihren Namen nicht vor einigen Jahren im Zusammenhang mit einem Unternehmen, bei dem es um Sklaven ging?«

»Ich hoffe nicht«, sagte der Deutsche herzlich lachend. »Ich habe mein Bestes getan, mich von jenem speziellen Teil meiner Vergangenheit zu lösen.« Er hob die Schultern. »Darin steckte sowieso nicht sehr viel Geld«, fügte er mit verschlagenem Lächeln hinzu. »Zuviel Konkurrenz durch die Engländer.« Er hielt inne. »Abgesehen davon macht sich Elfenbein viel besser bezahlt.«

»Meine Herren, auf die Königin«, sagte Rice und hielt sein Glas hoch. Niemand tat ihm nach, was ihn anscheinend überhaupt nicht berührte. »Also sind Sie jetzt Elfenbeinjäger?«

Guntermann schüttelte den Kopf. »Ich bin Elfenbein-*händler*.«

»Ach?«

Der Deutsche nickte. »Ich gehe nach Kongo, in den Regenwald, und wenn ich Stämme finde, denen das Fleisch ausgegangen ist, versorge ich sie mit Antilopen im Austausch gegen Elfenbein.« Er hielt inne und wischte sich erneut das Gesicht. »Sehr einträglich«, fügte er befriedigt hinzu.

»Aber wenn sie Elefanten töten können, warum können sie dann nicht Fleisch für sich selbst beschaffen?« fragte Rice, während er nach einer Tse-Tse-Fliege schlug, die auf seinem Nacken gelandet war.

»Sie töten selbst ganz selten Elefanten«, erklärte der Deutsche. »Aber sie wissen, wo sie die Kadaver suchen müssen, und wenn sie sie finden, sammeln sie das Elfenbein ein.« Er hielt lange genug inne, bis eine Serie von Flußpferd-Grunzern vom nahegelegenen Fluß abklingen konnte. »Ein Pygmäendorf besaß dermaßen viel Elfenbein, daß sie's als Zaunpfähle um ihre Bomas benutzten!« Der Deutsche schüttelte in spöttischen Kummer den Kopf. »Arme Leute. Sie hatten keine Vorstellung davon, was ihr Zaun wert war.«

»Wo war dieses Dorf mit den Elfenbein-Zaunpfählen?« fragte Rice neugierig.

Guntermann lächelte. »Ja, mein Freund, Sie erwarten doch nicht wirklich von mir, daß ich Ihnen das sage, oder?«

»Nein, nicht wirklich.« Rice lächelte den Deutschen an, während das Gebell der Flußpferde erneut anhub. »Sie sind also Guntermann.«

»Das bin ich«, sagte Guntermann. »Und Sie?«

»Blaney Rice, ehemals aus Johannesburg.«

»Johannesburg«, wiederholte der Deutsche. »Sie sind in Afrika geboren?«

»Ich wurde in Manchester, England, geboren. Ich emigrierte nach Südafrika und betrieb dort eine Farm, und als ich pleite war, ging ich nach Norden.« Er hielt inne. »Zwölf Jahre später endete ich hier. Das war ... hm ... vor ungefähr zehn Jahren.«

»Sie handeln mit Elfenbein?« fragte Guntermann mit professionellem Interesse.

»Nicht mehr«, entgegnete Rice, nahm eine Nuß aus einer Schüssel auf der Theke und warf sie einem aufgeregten Affen zu, der im Fenster erschienen war. Der Affe kreischte und duckte sich, holte sie dann vom Boden und erschien einen Augenblick später erneut im Fenster, in Erwartung eines weiteren Leckerbissens.

»*Womit* handeln Sie?«

Rice lächelte. »Fotografien.«

»Fotografien?« wiederholte der Deutsche ungläubig.

Rice nickte. »Ich benutze das Fotopapier von Architekten«, erklärte er. »Ich verhandele die Fotos an Dorfvorsteher gegen Salz, verhandele das Salz gegen Kupfer, das Kupfer gegen Ziegen, die Ziegen gegen weiteres Salz und das Salz gegen Vieh. Es braucht ein halbes Jahr, diesen Kreislauf zu durchschreiten und zum Sudan zu kommen, wo ich das Vieh an die Armee verkaufe – aber wenn ich fertig bin, habe ich gewöhnlich einen Gewinn von dreitausend Pfund in der Tasche, wo ich ursprünglich sechs Shilling investierte.«

»Und was war, ehe Sie Fotografien verkauften?« fragte der Deutsche, während er ein kleines Insekt aus dem Taschentuch pickte, es müßig untersuchte und dann auf den Boden schnippte.

»Ich begann damit, mein Glück als Elfenbeinjäger zu versuchen«, erwiderte Rice, »aber wie ich gestehen muß, war ich darin nicht besonders gut. Als ich das aufgab, hatte ich mir nicht einen Pfifferling an Namen gemacht, und ich entdeckte, daß meine Patronenhülsen meinen einzigen Besitz darstellten, der den Einheimischen überhaupt etwas wert war. Ich verhandelte sie gegen Salz, verkaufte das Salz für weitere Hülsen, verhandelte sie gegen Ziegen und machte so weiter, bis ich Äthiopien erreichte und sie für fast zweitausend Maria-Theresia-Taler verkaufte. Dort oben war's zu heiß, also kam ich hier runter, wo das Klima angenehmer war und es mehr Stämme gab, mit denen man handeln konnte, kaufte etliche Kameras und stieg ins Geschäft ein.«

»*Das* nennen Sie angenehmes Klima?« fragte Sloane sardonisch.

Rice wandte sich an ihn. »Sind Sie je in Äthiopien gewesen?«

»Mehrere Male.«

»Dann wissen Sie, wie heiß es dort werden kann.«

»Den Teufel noch mal heißer als hier.«

»Da liegen Sie falsch«, sagte Rice eisern. »Kein Mensch sollte in einer derartigen Hitze leben müssen.«

Sloane hob die Schultern und richtete seine Aufmerksamkeit wieder auf das Bier.

»Mein lieber Herr, ich möchte Ihnen eine Frage stellen, falls es Ihnen nichts ausmacht«, fuhr Rice fort.

Sloane starrte ihn prüfend an. »Nur zu!« sagte er schließlich.

»Der Eingeborene, mit dem Sie ankamen«, sagte Rice. »Mir scheint, ich kenne seine Stammeszeichen nicht.«

»Er ist ein Kikuyu.«

»Ich hab' noch nie einen gesehen«, gestand Rice. »Ich hab' gehört, daß das Land der Kikuyu den Weißen verschlossen sei.«

»Ist es.«

»Wie haben Sie ihn dann angeheuert?«

»Er hat ein Gesetz gebrochen und ist geflohen, ehe sie ihn umbringen konnten«, sagte Sloane.

»Was hat er getan?«

Sloane hob die Schultern. »Ich hab' ihn nie gefragt.«

»Sind die Kikuyu gute Fährtenleser?« fragte Rice.

»Der hier ist in Ordnung«, sagte Sloane unverbindlich.

»Dennoch nichts gegen die Wanderobo«, meinte Guntermann mit einer Spur Stolz, als ein Wechsel in der Windrichtung ihnen die heiße, feuchte Luft die unmißverständlichen Gerüche von Flußpferden und Krokodilen herantrug.

»Mir ist aufgefallen, daß Sie einen Wanderobo bei sich haben«, sagte Rice, während er sich mit dem Hut Luft zufächelte, mehr, um die Gerüche des Flusses zu vertreiben als aus einer ernsthaften Annahme heraus, daß ihm die Mühe etwas Kühlung verschaffen könne. »Sind sie so gut, wie die Leute sagen?«

»Mein Wanderobo könnte einen Billardball auf der glattesten Straße in Berlin verfolgen«, entgegnete Guntermann.

Rice kicherte, trank das Bier aus und hielt das leere Glas in die Höhe. »Ich glaube, jetzt ist jemand anderer an der Reihe.«

»Angenommen«, sagte Guntermann und warf ein paar Münzen hin. »Da Sie gerade die Wanderobo ins Spiel gebracht haben: ich habe bei meiner Ankunft hinter dem Gebäude eine Wanderobo-Frau gesehen.«

»Das ist Kisi«, antwortete Van der Kamp. Er hielt inne und fügte dann verteidigend hinzu: »Und sie gehört mir.«

»Sie sind Bure, stimmt's?« fragte Guntermann.

»Ja.«

»Ich dachte, die Buren haßten die Schwarzen.«

Van der Kamp schüttelte den Kopf. »Wir hassen die Schwarzen nicht. Wir hassen bloß die Zulus; nicht, weil sie schwarz, sondern weil sie unsere Feinde sind.«

»Und während der langen Regenzeiten wird's hier draußen verdammt einsam, hm?« kicherte Guntermann und zwinkerte wissend.

»Manchmal«, meinte Van der Kamp, noch immer in der Defensive.

»Sobald die Briten dieses Land zu einem Protektorat

machen«, fuhr Guntermann fort, »werden sie Ihnen sagen, Sie sollen sich davonscheren.«

»Ich hatte schon früher Geschäfte mit den Engländern«, sagte Van der Kamp grimmig. »Sie jagen mir keine Angst ein.«

»Darf ich – bei allem Respekt – vorschlagen, die Politik aus unserer Diskussion herauszuhalten, meine Herren?« sagte Rice. »Hier draußen im Busch gibt's keinen Grund für Nationalismus.«

»Einverstanden«, sagte Guntermann. Lächelnd wies er auf Sloane. »Im Interesse der internationalen Einheit sollten wir vielleicht unseren amerikanischen Kollegen darum ersuchen, seine Uniform abzulegen.«

»Sie können ersuchen«, sagte Sloane.

Rice musterte die Kleidung.

»Ich sehe, daß Sie ein Captain waren, Sir«, bemerkte der Engländer.

Sloane schüttelte den Kopf. »Nein.«

»Aber Ihre Rangabzeichen ...«

»Ich hab' die Kleidung nach dem Krieg erstanden.«

»Dann haben Sie nichts vom Kampf mitbekommen?«

Sloane legte eine Pause ein, ehe er antwortete. »Ich hab' meinen Teil davon gesehen.«

»Auf welcher Seite standen Sie?« fragte Rice.

»Ich dachte, wir wollten die Politik aus dem Spiel lassen«, bemerkte Sloane.

Rice öffnete ein paar Knöpfe am Hemd und fächelte sich erneut Luft zu. »Hier handelt es sich nicht um Politik; das ist bloße Neugier«, beharrte der Engländer. »Warum kauften sie eine Uniform der Konföderierten? Schließlich haben die verloren.«

»Reflektiert die Sonne besser, man sieht den Staub nicht so sehr drauf«, antwortete Sloane.

»Und ist das der Hut, den ihr amerikanischen Cowboys tragt?« fragte Guntermann und deutete auf Sloanes Stetson.

»Das müssen Sie einen amerikanischen Cowboy fragen.«

Guntermann warf den Kopf zurück und lachte. »Gut gekontert, Sir! Ganz nebenbei, wir sind uns noch nicht vorgestellt worden. Ich bin Erhard Guntermann, und dieser Herr hier ist Blaney Rice.«

»Hannibal Sloane.«

»*Der* Hannibal Sloane?« fragte Rice und erhob die Stimme, weil der Chor der Flußpferde erneut angestimmt hatte.

»Es sei denn, es gibt zwei von uns.«

»Ihr Ruf eilt Ihnen voraus«, sagte Rice. »Es heißt, Sie seien einer der erfolgreichsten Elfenbeinjäger in Ostafrika.«

»Einer davon«, pflichtete Sloane bei.

»Man nennt Sie in einem Atemzug mit Selous und Karamojo Bell«, sagte der Engländer, sichtlich beeindruckt.

»Bin ihnen nie begegnet«, meinte Sloane.

»Wie viele Elefanten haben Sie getötet?« fragte Rice.

Sloane drehte seine Zigarette fertig und zündete sie an.

»Ein paar«, sagte er schließlich.

»Sie sind sehr bescheiden.«

»Vielleicht ist er der starke, schweigsame Typ«, sagte Guntermann mit amüsiertem Lächeln.

»Vielleicht«, meinte Sloane.

»Und wirklich«, fuhr der Deutsche fort, »während ich Ihre Vollkommenheit auch nicht in Zweifel ziehe, so hält sich der allerbeste aller Jäger in dieser Minute keine zwanzig Meter von hier entfernt auf.«

»Der große Lumbwa mit der Handaxt?« fragte Sloane.

Der Deutsche lächelte. »Genau der! Haben Sie je gesehen, wie ein Eingeborener einen Elefanten mit der Axt tötet?«

»Einmal«, sagte Sloane.

»Dieser hier – sein Name ist Tumo – ist der Beste«, sagte der Deutsche stolz.

»Wollen Sie damit wirklich sagen, daß er einen Elefanten mit einer Handaxt töten kann?« fragte Rice skeptisch.

»Mit Leichtigkeit.«

»Ich möchte Sie wirklich nicht gern daran erinnern müssen«, sagte der Engländer, »aber ich habe damals einige Elefanten gejagt, und ich glaube Ihnen einfach nicht.«

»Ich habe gesehen, wie er elf Elefanten mit keiner anderen Waffe als seiner Axt tötete«, sagte Guntermann.

Rice starrte nachdenklich sein Glas an. »Vielleicht im Regenwald, wo sie keinen Platz haben, sich zu bewegen«, grübelte er. »Vielleicht da – aber sicherlich nicht hier draußen auf der Savanne.«

»Überall«, sagte der Deutsche eisern.

»Sie reden nicht von Weibchen oder Jungbullen?« sagte Rice und wandte sich an Guntermann. »Sie behaupten, er kann einen voll erwachsenen Elefantenbullen umlegen?«

»Das stimmt.«

Rice schüttelte den Kopf. »Das ist unmöglich.«

»Ich hab's viele Male gesehen«, erwiderte Guntermann.

»Ein Elefant von sechs Tonnen, und mit nichts weiter als einer Handaxt?«

Der Deutsche nickte nachdrücklich.

»Ich möchte Sie nicht einen Lügner nennen«, sagte Rice, »aber ich möchte wetten, daß das unmöglich ist.«

»Nennen Sie Ihren Einsatz!« sagte der Deutsche zuversichtlich.

Der Engländer zog ein Bündel Banknoten aus der Brieftasche, zählte sie durch und legte sie auf die Theke. »Wie wär's mit fünfzig Pfund?«

»Aber ja«, stimmte Guntermann zu. Er lächelte Rice zuversichtlich an. »Was ist mit hundert Pfund?«

»Das ist schrecklich viel Geld.«

»Entweder kann er den Elefanten töten oder nicht«, sagte der Deutsche. »Der Einsatz wird das Ergebnis nicht beeinflussen.« Er hielt inne. »Natürlich, wenn Sie lieber nicht ...«

Rice zählte weitere fünfzig Pfund ab. »Abgemacht!«

»Ich nehme an!« sagte der Deutsche fröhlich. Er durchwühlte seine Taschen und zog eine entsprechende Menge Geldes in Mark und Maria-Theresia-Talern hervor. Er stieß beide Geldhaufen Van der Kamp zu. »Sie können den Einsatz aufbewahren.«

Der Bure nickte zustimmend, nahm das Geld und steckte es in eine Tasche.

»Eine Bedingung gibt's allerdings«, meinte Rice.

»Ach ja?«

»Er muß ihn morgen töten. Ich habe in fünf Tagen etwas in Kampala zu erledigen, und ich werd's niemals bis dahin schaffen, wenn ich nicht morgen nachmittag aufbreche.«

»Das war niemals Bestandteil der Wette«, sagte der Deutsche. »Was ist, wenn wir morgen keinen Elefantenbullen aufstöbern?«

Rice senkte nachdenklich den Kopf und wandte sich dann an Sloane. »Mister Sloane, wären Sie gewillt, auf der Jagd mein Stellvertreter zu sein, um sicherzustellen, daß die Bedingungen eingehalten werden?«

»Das könnte Tage dauern«, meinte Sloane. »Und ich arbeite nicht umsonst.«

»Das war niemals meine Absicht«, sagte Rice. »Ich werde Sie mit der Hälfte meines Gewinns bezahlen.«

Sloane schüttelte den Kopf. »Ich nehme das Elfenbein.«

»Aber wenn er keinen tötet, wird's kein Elfenbein geben«, bemerkte Rice.

»Er wird einen töten.«

»Was macht Sie da so sicher?« wollte Rice wissen.

»Ich sagte es Ihnen: ich habe bereits zuvor einen Lumbwa mit der Axt am Werk gesehen«, antwortete Sloane.

»Wie, zum Teufel, kann ein Mann einen Elefanten mit nichts weiter als einer Axt töten?« beharrte Rice.

»Er wird ihm die Achillessehne durchtrennen«, sagte der Amerikaner.

»Was meinen Sie damit?« drängte Rice.

Sloane wandte sich an Guntermann. »Es ist Ihr Lumbwa; *Sie* werden's ihm erklären.«

Der Deutsche lächelte bescheiden. »Wenn ich anfinge, den Leuten zu erzählen, wie er's anstellt, wer würde dann mit mir eine Wette eingehen?«

»Nun, da ich mein Geld bereits eingesetzt habe, und da ich nicht hier sein und es sehen werde, möchte ich gern, daß *irgend jemand* mir's sagt«, sagte Rice gereizt.

»Also gut«, sagte Sloane. »Der Lumbwa wird einen Elefanten verfolgen und sich ihm auf vielleicht vierzig Meter nähern. Dann wird er warten, bis der Wind richtig steht, sich hinter ihn schleichen und die Sehnen eines Hinterfußes etwa einen halben Meter über dem Boden durchtrennen.« Er wandte sich an den Deutschen. »Stimmt's?«

Guntermann lächelte nur.

»Die meisten Tiere können sehr gut auf drei Beinen fliehen«, fügte Sloane hinzu, »ein Elefant muß jedoch alle vier Füße zur Verfügung haben. Das Durchtrennen der Achillessehne nagelt ihn auf der Stelle fest.«

»Na gut«, meinte Rice widerwillig. »Das macht ihn bewegungsunfähig. Wie tötet er ihn dann?«

»Alle Elefanten sind entweder Rechts- oder Linkshänder«, sagte Sloane. »Der Lumbwa wird nicht eher zuschlagen, bis er herausgefunden hat, welche Seite der Elefant bevorzugt.«

»Was hat denn *das* mit irgendwas zu tun?« wollte Rice wissen.

»Sobald ihm einmal die Achillessehne durchtrennt ist, wird sich der Elefant mit ausgestrecktem Rüssel nach der Seite drehen, die er bevorzugt, womit er versucht, seinen Angreifer zu orten. Dann wird der Lumbwa entweder den Rüssel mit einem einzigen Schlag abtrennen, oder er wird ihm eine tiefe Wunde zufügen.«

»Und dann?«

»Wenn er sich inmitten einer Herde befindet, wird er in Deckung gehen, ansonsten wird er in etwa zehn Metern Entfernung darauf warten, bis der Elefant verblutet.«

»Klingt grauenhaft!« sagte Rice.

»Ist wirklich kein schöner Anblick«, stimmte Sloane zu. »Sobald ich herausgefunden habe, daß der Elefant erledigt ist, jage ich ihm eine Kugel durchs Ohr und erlöse ihn von seinen Qualen.«

»Und Sie sind sich sicher, daß der Lumbwa das tun kann?« fragte Rice.

»Es sei denn, er ist ungeschickt«, sagte Sloane. »Früher oder später macht jeder einen Fehler.«

»Wenn das so leicht ist, wie's sich bei Ihnen anhört, warum gibt's dann überhaupt noch Elefanten?« fragte Rice bitter.

»Ich hab' nicht gesagt, es sei einfach«, entgegnete Sloane. »Ich sagte, es sei möglich.«

»Ich schätze, ich kann die Wette gleich jetzt verlorengeben«, sagte Rice.

»Nein«, sagte Guntermann. »Wir werden morgen früh auf die Jagd gehen.«

»Warum die Mühe?« fragte der Engländer.

»Sie sind nicht der erste Mann, der gegen Tumo wettet«, antwortete der Deutsche. »Ich gebe ihm jedesmal einen brandneuen Maria-Theresia-Taler, wenn er für mich das Geld gewinnt. Warum sollte man ihn darum betrügen?«

»Warum bezahlen Sie ihn nicht einfach?« schlug Sloane vor.

»Wenn er nicht arbeitet, wird er auch nicht bezahlt«, erwiderte Guntermann fest.

»Abgesehen davon«, sagte Sloane, »besteht immer die Möglichkeit, daß die Sache danebengeht. Falls das geschieht, können Sie sich das nächste Mal, wenn Sie hier durchkommen, Ihren Gewinn bei Van der Kamp abholen.«

»Na klar, stimmt!« sagte Rice plötzlich. »Wieviel Chancen bekommt er? Ich meine, wenn er ein derart ungeschickter Jäger ist, daß er den Elefanten verscheucht, zählt das auch?«

»Er wird nur eine Chance benötigen«, sagte Guntermann. »Sobald er seine letzte Annäherung beginnt, wetten wir auf den Elefanten.«

»Sie sind gewillt, das zu einer Bedingung für die Wette zu machen?« fragte Rice.

»Bin ich.«

Rice bestellte eine weitere Runde, während das Licht verdämmerte und Millionen von Fröschen im nahegelegenen Fluß zu quaken begannen.

»Für das gesamte Elfenbein und den halben Wetteinsatz nehme ich den Lumbwa allein mit raus«, bot Sloane an. »Auf diese Weise können wir vielleicht rascher vorankommen.«

»Nein«, widersprach Guntermann. »Ich gehe gleichfalls. Ich liebe es, meinen Lumbwa in Aktion zu sehen.«

»Na gut«, sagte Sloane. »Aber nur Sie und er – kein Gefolge. Wenn wir damit anfangen, Fleisch für Ihre Jungens zu schießen, könnten wir alle Elefanten in diesem Gebiet verschrecken – und ich beabsichtige nicht, einen Monat meines Lebens auf ein einziges Paar Stoßzähne zu warten.«

»Einverstanden«, sagte der Deutsche. »Werden Sie Ihren Kikuyu mitnehmen?«

»Er geht dahin, wohin ich gehe.«

Guntermann nickte zum Einverständnis. »Gut! Wir

werden zwei Jungens brauchen, um das Elfenbein zurückzutragen.«

Am nächsten Morgen brachen alle vier auf und gingen ins Inland, weg vom Fluß. Tumo, der Lumbwa, und Karenja, Sloanes Kikuyu-Fährtensucher, übersahen einander eifrig, Guntermann litt an einem Kater, und so kam es, daß sie die ersten beiden Stunden in völligem Schweigen dahinschritten. Sie sahen riesige Herden Weißschwanzgnus und Gazellen, jedoch nichts Größeres außer einer gelegentlichen Giraffe, und nach einer weiteren Stunde setzten sie ihr Gepäck ab und rasteten im Schatten eines drei Meter hohen Termitenhügels.

»Wie lang wird's dauern, bis wir auf die Spur eines Elefanten stoßen?« fragte Guntermann, während er einen tiefen Zug aus seiner Feldflasche nahm.

»Wird noch 'ne Weile dauern«, erwiderte Sloane, zog seinen linken Schuh aus und schnitt einen Sandfloh unter dem Nagel des großen Zehs heraus. »Diese Gegend hier ist ganz schön leergeschossen. Die Elefanten haben sich östlich gewandt und möglicherweise ein wenig nördlich, und sie sind ganz schön furchtsam geworden.«

»Was meinen Sie, wird's noch heute sein?« beharrte Guntermann.

»Vielleicht erst in zwei oder drei Tagen«, erwiderte Sloane. »Wenn wir Glück haben.«

»Sie sind sich sicher?«

Sloane hob die Schultern. »Das weiß man nie. Es laufen immer ein paar einsame Bullen herum – wenn man genügend Glück hat, sie zu finden –, aber die Daumenregel für einen Jäger besagt, daß man dreißig Kilometer für jeden Schuß zu gehen hat, es sei denn, man ist der Typ, der Kühe und Kälber abknallt.« Er hielt inne und scheuchte eine Tse-Tse-Fliege davon. »Warum? Denken Sie daran, zurück zum Handelsposten zu gehen?«

»Rice hat die Wette praktisch verlorengegeben«, bemerkte Guntermann.

»Ob er sie verlorengegeben hat oder nicht, ist eine Sache zwischen Ihnen und ihm«, sagte Sloane. »Aber wenn ich das Elfenbein nicht bekomme, möchte ich die Hälfte des Geldes.«

»Dann gehen wir weiter!« fauchte Guntermann und stand auf.

»Ganz, wie Sie befehlen«, meinte Sloane und zog seinen Schuh an.

»Was tun Sie in dieser Gegend, wenn es hier so wenig Elfenbein gibt?« fragte Guntermann gereizt.

»Ich bin nach Uganda zurückgekehrt, um Träger anzuheuern«, sagte Sloane. »Mir ist's gelungen, daß der Häuptling eines Acholi-Dorfes schlecht auf mich zu sprechen kam, und mußte in aller Eile abhauen. Meine Männer sind alle desertiert, außer Karenja hier.«

»Das versteh' ich nicht«, sagte Guntermann. »Ein Stamm der Acholi will Sie umbringen, und Sie sagen, Sie gehen dorthin zurück? Warum?«

»Ich hab' drei Tonnen Elfenbein dort vergraben, ehe ich ging«, sagte Sloane. »Sobald ich einige Träger angeheuert habe, und vielleicht ein paar *Askaris,* die mit dem Gewehr umzugehen wissen, werd' ich dahin zurückgehen, um es auszugraben.«

»Ach so«, sagte Guntermann und wischte sich mit dem stets gegenwärtigen Taschentuch das Gesicht. »Aber warum sind Sie so weit für Ihre Träger gekommen?«

»Sie sind weniger gewillt zu desertieren, wenn sie nicht die örtliche Sprache sprechen und nicht wissen, wie sie nach Hause kommen«, entgegnete Sloane.

Sie gingen schweigend weiter über die Ebene, erspähten in der Ferne einige Herden von Impalas, Zebras und Elenantilopen, näherten sich jedoch bis auf fünfhundert Meter nichts weiter als einem einsamen Strauß, der davoneilte, sobald er sie erspähte. Als sie zum Essen unter einem Akazienbaum anhielten, tauchte plötzlich ein Paar Löwinnen auf, schritt weniger als dreißig Meter von ihnen entfernt vorüber und übersah sie dabei mit echter Geringschätzung. Kurz darauf näherte sich ihnen ein Rhinozeros, schnaubte wild, täuschte einen Angriff vor und trabte dann mit hocherhobenem Schwanz davon.

Bei Einbruch der Nacht hatten sie Tausende von Antilopen und Zehntausende von Vögeln gesehen, aber kein Anzeichen eines Elefanten, und sie übernachteten in einem Wäldchen von Weißdorn, während Tumo und Karenja sich bei der Wache abwechselten, umgeben von den nächtlichen Geräuschen des Buschlands: Das hohe Kichern der Hyänen, das Husten eines Löwen auf der Jagd, das ängstliche Wiehern eines Zebras.

Der nächste Morgen begann ähnlich ereignislos wie der vorhergehende, aber ehe die Sonne sehr hoch am Himmel emporgestiegen war, stießen sie auf einen Haufen Elefantendung. Karenja ging hin, ließ sich davor nieder und steckte die Hand hinein.

»*Baridi,* Bwana«, verkündete er, als der Lumbwa hinüberging, um ihn zu untersuchen.

»Was meint er?« fragte Guntermann.

»Er sagte, er sei kalt, womit er meint, daß er alt und trocken ist«, erwiderte Sloane. »Ist sinnlos, dem zu folgen.«

»Das ist lächerlich!« sagte Guntermann aufgebracht, als Tumo Karenjas Feststellung bestätigte. »Noch im vergangenen Jahr hat's hier Tausende von Elefanten gegeben!«

»Sie sind nicht seßhaft«, sagte Sloane.

»Was soll das heißen?« schnauzte der Deutsche.

»Das soll heißen, daß sie nicht dort bleiben, wo sie waren.«

Sie legten weitere zehn Kilometer zurück, kamen an mehreren Herden Weißschwanzgnus vorüber sowie einem großen Trupp von Pavianen, und ließen sich dann für ein Mahl nieder, während Tumo, der Lumbwa, für sich allein loszog. Eine halbe Stunde später kehrte er aufgeregt zurück und verkündete, daß er auf eine frische Elefantenspur getroffen sei.

»Wie viele?« fragte Sloane.

»Nur einer«, entgegnete Tumo.

»Voll ausgewachsen?«

Der Lumbwa nickte. »Großer Bulle«, sagte er.

»Also gut«, sagte Sloane. »Sieht so aus, als seien wir im Geschäft. Wo hast du ihn gefunden?«

Der Lumbwa deutete nach Osten und erklärte, sie befänden sich weniger als einen Kilometer entfernt.

»Ist sinnlos, hier herumzusitzen«, sagte Sloane, setzte seinen Rucksack auf und ergriff das Gewehr. »Bereit, Guntermann?«

Der Deutsche sprang auf. »Ja.«

»Dann los!«

Sie gingen einen Kilometer weit direkt nach Osten, wandten sich dann etwas nach Nordosten. Schließlich wies der Lumbwa auf einen frischen Haufen Elefantendung.

Karenja ging hinüber, untersuchte ihn, betrachtete daraufhin den Boden in unmittelbarer Nähe und ging mit einem Stirnrunzeln auf dem freundlichen Gesicht zu Sloane zurück.

»Es ist *Malima Temboz,* Bwana – Der-Berg-der-geht«, verkündete er so leise, daß nur Sloane ihn hören konnte.

»Du bist dir sicher?« fragte Sloane.

Karenja führte ihn hinüber zur Fährte. »Sie sehen?« sagte er und wies auf die Zwillingsfurchen, wo die Stoßzähne des Elefanten die Erde beim Gehen aufgerissen hatten. »Die Makonde nennen ihn *Bwana Mutaro,* wegen der Spuren, die er hinterläßt, und meine Leute kennen ihn als *Mrefu Kulia Twiga,* denn er ist höher als Giraffen, aber er ist wirklich *Malima Temboz.*«

Sloane rief Guntermann zu sich herüber.

»Ja, was ist?« fragte der Deutsche, der noch immer aufgeregt war über den Fund der frischen Fährte.

»Sagen Sie Ihrem Jungen, daß wir von diesem Elefanten nichts haben wollen«, sagte Sloane. »Wir werden einen anderen finden, und Sie werden noch immer Ihre Wette gewinnen.«

»Warum?« wollte Guntermann wissen. »Was stimmt nicht mit dem hier?«

»Ich kenne diesen Elefanten«, erklärte Sloane. »Er hat mehr als ein Dutzend Eingeborene getötet, einschließlich eines Wanderobo, der mit der Axt vielleicht ebensogut war wie Ihr Lumbwa.«

»Sie haben ihn wirklich gesehen?«

Sloane schüttelte den Kopf. »Nein. Aber ich habe von ihm gehört.«

»Woher können Sie wissen, daß dies derselbe Elefant ist?« höhnte Guntermann.

Sloane führte ihn zur Fährte hinüber. »Das ist der größte Fußabdruck, den ich je gesehen habe«, sagte er. »Allein aufgrund der Größe muß es derselbe sein. Und sehen Sie, wie seine Stoßzähne den Boden aufgerissen haben, wo immer er auch ging? Darum nennt man ihn *Bwana Mutaro.* Er muß auf jeder Seite zweihundert Pfund tragen.« Er hielt inne. »Das ist 'ne Menge an Elefant, der mit einer Handaxt getötet sein will. Das ist 'n alter Knabe, und er war hier in der Gegend. Ihr Junge da wird ihn kaum beschleichen oder beim Nickerchen erwischen können.«

»Wenn er soviel Elfenbein mit sich herumträgt, warum wollen Sie ihn dann nicht?« fragte Guntermann.

»Ich will ihn«, erwiderte Sloane. »Und jetzt, da ich weiß, daß er sich hier in der Gegend aufhält, werde ich ihm nachstellen, wenn diese Wette erledigt ist. Aber Sie haben keinen Vertrag darüber geschlossen, Ihren Jungen gegen *Malima Temboz* loszuschicken. Wir werden einen anderen finden.«

»Der-Berg-der-geht?« wiederholte Guntermann aufgeregt. »Ich möchte diesen Elefanten sehen!«

»Vielleicht werden Sie's eines Tages.«

»Ich meine jetzt!«

»Ich habe Ihnen bereits erklärt ...«

»Aber falls ihn Tumo *tötet,* denken Sie nur an die öffentliche Anerkennung!« sagte Guntermann.

»Welche öffentliche Anerkennung?« schnaubte Sloane. »Sie befinden sich sechshundert Kilometer von der Küste entfernt, und sechstausend Kilometer weit entfernt von jemandem, den das interessiert.«

»Ich werde ihn ausstopfen und beide nach Europa zurückbringen lassen: den größten Elefanten der Welt und den Wilden, der ihn, nur mit einer Handaxt bewaffnet, getötet hat.«

»Sie sind verrückt.«

»Wir verschwenden bloß Zeit«, sagte Guntermann, ohne weiter auf ihn zu achten. »Tumo!«

Der Lumbwa sah ihn fragend an.

»*Kwanda* – also los!«

Der Lumbwa nickte und lief neben den Zwillingsfurchen in der Erde her.

Karenja wandte sich an Sloane.

»Das ist seine Sache«, sagte der Amerikaner. »Laß *ihn* die Arbeit erledigen.« Er trabte hinter dem Lumbwa her, gefolgt von Karenja und Guntermann.

Die nächsten neun Stunden verbrachten sie damit, in einer relativ gerade Linie voranzugehen, wobei sie gelegentlich die einzigartige Fährte verloren, sie jedoch stets wiederfanden, wichen dann nach Osten ab, wo der Elefant ein kleines verschlammtes Wasserloch gefunden hatte. Da der volle Mond am Himmel stand, zog es der Lumbwa vor, lieber den Furchen zu folgen, statt zuzulassen, daß der Elefant sich von ihnen entfernte, und bei Tagesanbruch erreichten sie einen Haufen Dung, der weniger als zwanzig Minuten alt war.

»Wir kommen schrecklich nah«, sagte Sloane, nachdem er Guntermann herübergerufen hatte. »Er befindet sich vielleicht noch einen oder zwei Kilometer vor uns, und da er die ganze Nacht über weitergezogen ist, besteht jede Chance, daß er sich schlafenlegen wird, sobald die Sonne ein wenig höher steht. Und Sie wollen das hier immer noch zu Ende bringen?«

»Aber ja!« gab der Deutsche zurück.

Sloane hielt inne, starrte Guntermann einen langen Augenblick an und nickte dann. »Also gut«, sagte er. »Von jetzt an sprechen, husten, summen oder pfeifen wir nicht mehr. Achten Sie auf meine Handzeichen, und wenn ich will, daß Sie stehenbleiben, gehorchen Sie auf der Stelle. Verstanden?«

Guntermann nickte.

»Ich werde Karenja vorausschicken, nur für den Fall, daß es weitere Elefanten in der Nachbarschaft gibt, die ein Problem darstellen könnten.«

»Und falls er welche findet?«

»Falls er's tut, wird er zurückkommen und es uns wissen lassen, wo und wie viele.«

Sloane gab dem Kikuyu seine Anweisungen, der sich mit raschen Trab im rechten Winkel zu ihnen absetzte, dann nickte er dem Lumbwa zu, der erneut der Fährte folgte, obgleich diesmal wesentlich langsamer und schweigend.

Und dann, als sie eine kleine Schneise inmitten blühender Bäumen erreichten, blieb der Lumbwa stocksteif stehen, und Sloane bedeutete Guntermann, dasselbe zu tun.

Der Lumbwa holte sorgfältig seine Handaxt heraus. Daraufhin griff er in einen Haufen Dung und beschmierte sich damit den ganzen Körper, um den eigenen Geruch zu übertünchen. Er nahm eine Handvoll Gras, warf sie in die Luft und prüfte so die Windrichtung, dann betrat er schweigend die Lichtung, wobei er sich tief bückte und jeden Fuß sorgfältig vor den anderen setzte.

Sloane und Guntermann blieben fünf Minuten lang dort, wo sie angehalten hatten, dann weitere zehn Minuten.

»Warum braucht er so lange?« flüsterte Guntermann, aber Sloane winkte ihm lediglich zu schweigen und starrte weiterhin hinüber zu der Lichtung.

Dann tönte ihnen ein lautes Trompeten in die Ohren, gefolgt vom Kreischen der Vögel und der Affen, die aus der Deckung brachen, und dann war's wieder ruhig.

»Geh'n wir!« brummte Sloane und betrat die Lichtung. Er betrat die Lichtung vorsichtig, prüfte jeden Baum, jede Bewegung des Grases, jedes sich bewegende Blatt. Guntermann wollte gerade an ihm vorübergehen, als er den Arm ausstreckte und den Deutschen aufhielt.

Schließlich, nach weiteren fünf Minuten, stießen sie auf das, was von dem Lumbwa übriggeblieben war – ein blutüberströmter *Kikoi* und eine breiige Masse, die keinerlei Ähnlichkeit mehr mit einem menschlichen Wesen hatte. Fünfzig Meter entfernt fanden sie seine Handaxt. Wenngleich Sloane weitere fünf Minuten damit zubrachte, die Umgebung abzusuchen, gab es keinen Hinweis auf den Elefanten.

»Er ist verschwunden«, verkündete er, nachdem er sich sicher war, daß sie allein waren. »Die Sache mit Ihrem Jungen da tut mir leid, aber ich habe Sie gewarnt: das hier ist nicht bloß ein weiterer Elefant.«

Guntermann schüttelte traurig den Kopf.

»Was für eine Tragödie!« grummelte er. »Ich hätte eine Tour durch Europa unternehmen können!«

»Es freut mich, Sie so tief bewegt zu sehen«, sagte Sloane spöttisch.

Guntermann funkelte ihn an. »Ich habe einhundert Pfund verloren. Reicht das nicht?«

Sloane hob unverbindlich die Schultern. »Wenn Sie's so ausdrücken«, entgegnete er.

Ein Knacken ertönte in den Büschen, und Sloane hob sein Gewehr in Richtung des Geräuschs, aber es war nur Karenja, der heraneilte, um zu sehen, was geschehen war. Der Kikuyu las die Szenerie sofort.

»*Malima Temboz* wußte, daß er kam«, sagte Karenja und deutete zu Boden. »Sehen Sie, er führte ihn tiefer und tiefer in die Bäume, drehte sich dann *hier* um...« – er wies auf die Stelle – »... und kam dann lautlos von *hier*...« – er zeigte erneut – »... über diesen Pfad und legte sich auf die Lauer. Er ist wirklich der weiseste und schrecklichste aller Elefanten.«

Sloane studierte Karenjas Rekonstruktion der Szenerie und nickte dann. »Er wußte vielleicht nicht einmal, daß sich der Elefant hinter ihm befand, ehe er von ihm gepackt wurde.« Er seufzte. »Tja, nichts ist zum Beerdigen übriggeblieben. Wir können ebensogut gehen.«

»Wohin?« fragte Guntermann, während sie durch die Schneise hinausgingen. »Zurück zum Handelsposten?«

»*Sie* werden zurück zum Handelsposten gehen«, sagte Sloane. »Ich muß einen Elefanten jagen.«

»Ich komme mit Ihnen«, sagte Guntermann bestimmt.

Sloane schüttelte den Kopf. »Ihre Wette ist vorüber. Das hier ist jetzt Geschäft; Sie würden mich lediglich behindern.«

»Aber ich möchte ihn sehen!«

»Tumo hat ihn möglicherweise gesehen – für ein paar Sekunden auf jeden Fall«, sagte Sloane. »Meinen Sie etwa, das war's wert?«

Der bleiche Mann sah mich nicht, aber ich hatte ihn gesehen, während er sich den Bäumen näherte, und irgendein innerer Instinkt sagte mir, daß er – und nicht der schwarze Mann – mein wahrer Feind war. Nachdem ich den schwarzen Mann getötet hatte, eilte ich am anderen Ende Lichtung heraus und wandte mich gen Osten, über die sonnenverdorrte

Loita-Ebene. Zwei Tage und zwei Nächte lang schlief ich nicht. Ich hielt nicht eher inne, bis ich den mächtigen Kirinyaga in der Ferne erblickte, den die Menschen den Mount Kenya nennen. Dann hielt ich an einer Stelle an, wo es kühles Wasser gab, und trank in tiefen Zügen.

Sloane kniete nieder und untersuchte den Haufen Dung.

»Trocken«, murmelte er. »Man sollte annehmen, daß er allmählich langsamer geworden wäre.«

»Er ist *Malima Temboz*«, sagte Karenja, als erklärte das alles.

Sloane lehnte sich gegen den Stamm eines sterbenden Affenbrotbaums und machte sich daran, eine Zigarette zu drehen, während er den Horizont absuchte.

»Wo befindet sich das nächste Wasserloch?« fragte er.

Der Kikuyu wies nach Osten.

»Wie weit?«

»Ein halber Tag«, sagte Karenja. »Vielleicht mehr. Vielleicht weniger.«

»Nun ja, wir können uns ebensogut auf den Weg machen«, sagte Sloane mit einer Grimasse. »Kein Grund, warum er der einzige sein sollte, der heute trinkt.«

Sie machten sich unter der hochstehenden tropischen Sonne auf den Weg, hinter sich das Rift-Tal; die Küste und Mombasa einen unvorstellbaren Marsch nach Osten durch Hunderte von Meilen Weißdorn entfernt. Der Boden wurde derart hart, daß ihn die Stoßzähne des Elefanten beim Gehen nicht länger mehr aufrissen, und ihre Verfolgung verlangsamte sich, als sie zweimal seine Fährte verloren und zurück mußten, um sie wiederzufinden.

Drei Stunden später erreichten sie ein Wakamba-Dorf, fragten, ob jemand *Malima Temboz* gesehen habe und erhielten jene Art von Blicken als Antwort, die gewöhnlich für Tölpel und Narren bereitgehalten wird. Sloane zog drei Kartuschen aus dem Gürtel und bot sie jedem an, der ihm sagen konnte, vor wie langer Zeit der Elefant vorübergekommen war und in welche Richtung er sich gewandt hatte, aber niemand nahm an.

Schließlich, bei Einbruch der Nacht, erreichten sie einen schmalen, schmutzigen Fluß und stillten ihren Durst, daraufhin schlugen sie unter einem Akazienbaum ihr Lager auf.

»Schrecklicher Ort!« brummelte Sloane, der abwechselnd zitterte und nach Moskitos schlug.

»Die Massai nennen ihn *Nairobi*«, informierte ihn Karenja.

»*Nairobi?* Was bedeutet das?«

»Der Ort mit kühlem Wasser.«

»Der Ort mit einer Million Moskitos wäre passender«, knirschte Sloane.

»Wir nennen ihn den Ort der kalten Sümpfe«, fügte Karenja hinzu.

»Nun, das ist jedenfalls näher dran«, sagte Sloane und zog die Decke über den Kopf, eher, um sich vor den Insekten zu schützen. als wegen der kühlen Brise, die über die Ebene wehte.

Sloane verbrachte eine ungemütliche Nacht, stand zweimal auf, um das Feuer zu schüren, und wünschte sich, er könne diese Hyäne erwürgen, deren schrilles Kichern ihn jedesmal dann weckte, wenn er kurz vor dem Einschlafen war. Er war wirklich erleichtert, als er den Morgen kommen sah, verlor keine Zeit mit dem Abbruch des Lagers und nahm seine Suche erneut auf.

Sie waren noch keine halbe Stunde auf der Spur gewesen, als sie eine flache, staubige Ebene erreichten, wo eine Büffelherde jegliche Spur des Elefanten verwischt hatte.

»Wundervoll«, knurrte Sloane. Er stand aufrecht, stemmte die Hände in die Hüften und überblickte die

Gegend. »Welche Richtung schlägst du vor? Südlich nach Tsavo, nördlich ins Kikuyuland oder direkt geradeaus?«

»Nicht nach Tsavo, Bwana«, sagte Karenja. »Zu trocken.«

»Dennoch gehen viele Elefanten dorthin«, bemerkte Sloane.

»*Malima Temboz* ist nicht wie andere seiner Art. Er geht immer allein.«

»Na gut«, sagte Sloane. »Wir wollen uns nach Norden wenden und sehen, ob wir seine Spur wieder aufnehmen können.«

Sie gingen nach Norden, untersuchten dabei alle paar Minuten den Boden, aber nach zwei Stunden kam Sloane zu dem Schluß, daß sich der Elefant östlich oder südlich gewandt haben mußte.

»Das glaube ich nicht, Bwana«, sagte Karenja. »Er ist fast ein Gott, also ist es logisch, daß er nach *Kirinyaga* geht, wo die *Ngai* wohnen.«

»Er ist nur ein Elefant, Karenja.«

»Er ist *Malima Temboz*.«

»Selbst *Malima Temboz* hinterläßt eine Fährte«, sagte Sloane. »Du bist ihr drei Tage lang gefolgt.«

Darauf wußte Karenja keine Antwort, und darum blieb er stumm.

»Laß uns dorthin zurückgehen, wo wir ihn verloren haben«, fuhr Sloane fort.

»*Ndio,* Bwana«, pflichtete Karenja widerstrebend bei.

Sie gingen dorthin zurück, wo die Büffelherde die Spur des Elefanten verwischt hatte. An einer Stelle versperrten ihnen Löwen den Weg, die über ihrer Beute, dem Kadaver einer toten Elenantilope, kauerten, und Sloane schlug einen großen Halbkreis durch dichtes Weißdorngestrüpp um sie herum.

»*Bwana!*« flüsterte Karenja aufgeregt, als sie auf der anderen Seite des Beutetiers angelangt waren.

»Was ist los?«

Der Kikuyu deutete auf den Boden, wo zwei etwa zwei Meter auseinanderliegende Furchen schwach erkennbar waren.

Sloane runzelte die Stirn. »Warum, zum Teufel, hat er sich durch die Büsche geschlagen, wo es doch einem ebenen Weg zu folgen galt?«

»Er ist *Malima Temboz*«, erklärte Karenja geduldig. »Für ihn sind Dornen nicht anders als Blütenblätter von Blumen.«

Sie folgten der Spur und trafen einen halben Kilometer weiter auf einen Haufen Dung.

»Warm«, flüsterte Karenja, nachdem er zwei Finger hineingesteckt hatte.

»Wie alt?«

»Vielleicht zehn Minuten. Vielleicht fünfzehn. Vielleicht zwölf.«

»Verdammt nochmal!« grummelte Sloane. »Dieser Sohn einer Hure beschleicht *uns*!«

»Er weiß, daß wir hier sind, Bwana«, sagte Karenja. »Wir sind laut zurückgestapft.«

»Ich weiß auch, daß *er* hier ist«, sagte Sloane, »also sind wir quitt.«

Karenja nahm eine Handvoll Erde auf und zerrieb sie zwischen den Fingerspitzen zu Pulver, und er sah, wie er nach Norden abtrieb.

»Der Wind begünstigt *Malima Temboz*, Bwana.«

»Dann werden wir das ausgleichen«, sagte Sloane. Er wandte sich nach links, gefolgt von Kikuyu. Nachdem er so einen halben Kilometer gegangen war, wandte er sich nach rechts und schritt weiterhin rasch aus. Nach einem einstündigen Marsch durch die drückende Hitze war er sich ziemlich sicher, daß er sich erneut vor dem Elefanten befand. Er kehrte daraufhin in den Dornenbusch zurück und sah sich nach einer geeigneten Deckung um. Sobald eine gefunden war, schickte er Karenja einen nahen Baum hinauf, um Ausschau zu halten, lud sein Gewehr mit zwei Kugeln und wartete.

Eine Stunde verstrich, eine weitere, dann eine dritte.

»Schon irgendein Anzeichen von ihm?« fragte Sloane ohne große Hoffnung.

»*Hapana,* Bwana.«

»Ganz bestimmt?«

»Er ist nicht hier.«

»Also gut«, sagte Sloane mit einem Seufzer. »Komm runter.«

Karenja kletterte den Baum herab, während sich Sloane das Gewehr über die schweißnasse Schulter hängte.

»Laß uns aus dem Busch heraus zurück aufs Gras gehen«, sagte Sloane.

Sie gingen eine halbe Meile nach Osten, verließen dabei die kratzenden Dornen und kamen auf die weite Ebene – und stießen fast sofort auf die Fährte des Elefanten.

»Christus!« schnappte Sloane. »Er ist direkt an uns vorübergegangen, während wir dortdrin saßen und von Insekten aufgefressen wurden!« Er kniete nieder und untersuchte die Furchen. »Das ist ein gottverdammt schlauer Elefant!«

»Er ist *Malima Temboz*«, sagte Karenja und nickte wissend, als sei dem Bwana endlich aufgegangen, was Karenja die ganze Zeit über gesagt hatte.

Sloane gab sich nicht die Mühe zu antworten, sondern folgte einfach wieder der Fährte.

Sie erreichten bald eine trockenere, heißere Gegend, frei von Bäumen und Buschwerk, die von Gazellen und Zebras, Impalas und Weißschwanzgnus nur so wimmelte. Sloane ging zu einem nahen Termitenhügel, kletterte hinauf, griff in sein Gepäck und zog sein Fernglas hervor.

»Ich hab' ihn!« verkündete er einen Augenblick später.

»Wo?« fragte Karenja.

Sloane wies nach Nordosten.

»Es ist ganz bestimmt *Malima Temboz*?«

»Er ist zu weit entfernt, als daß ich das Elfenbein erkennen könnte«, antwortete Sloane. »Aber es ist ein großer, und er zieht allein.«

Er sprang vom Hügel herab.

»Na gut«, sagte er. »Wie wir wissen, spielt er gerne Spielchen, also wollen wir doch einmal sehen, ob wir diesmal nicht ihn übertölpeln können. Siehst du dieses Wäldchen etwa sechs Kilometer vor uns?«

»*Ndio*, Bwana«, sagte Karenja nickend.

»Wenn er glaubt, wir sind noch immer hinter ihm, wird er sich dort niederlegen und auf uns lauern.«

»Er ist kein Löwe, der auf einen lauert«, sagte Karenja.

»Er ist auch nicht dein völlig abgebrühter Elefant«, erwiderte Sloane. »Er weiß, daß er verfolgt wird, und er weiß, daß er draußen auf dem Gras verwundbarer ist. Er wird sich den Bäumen zuwenden, glaub mir.« Er hielt inne und wischte sich etwas Staub aus den Augen. »Du gehst nach rechts und umrundest jenes Wäldchen. Wenn er ausbricht, möchte ich wissen, in welche Richtung er verschwindet.«

»Und Sie, Bwana?«

»Ich gehe direkt zu den Bäumen. Etwa vier Kilometer vor uns und vielleicht einen Kilometer nach links liegt ein Wasserloch; wenn er dort anhält und ein Schlammbad nimmt, kann ich ihn wohl auf dem Weg zu den Bäumen hin erwischen.«

»Und wenn er nicht zum Trinken anhält?«

»Dann werde ich nach ihm hineingehen. Du brüllst los, wenn du ihn die Deckung verlassen siehst.«

Karenja streckte die Hand aus. »*Kwaheri*, Bwana.«

»Was meinst du damit: Ade?« sagte Sloane. »Ich werd' dich in zwei Stunden wiedersehen.«

»*Ndio*, Bwana«, sagte der Kikuyu ohne viel Überzeugung. Dann setzte er sich in Trab.

Sloane blickte über die Ebene hinweg, versuchte erfolglos, den riesigen Körper des Elefanten zu erspähen, nahm einen Schluck Wasser aus seiner Feldflasche und machte sich auf den Weg zu dem fernen Wäldchen.

Herden von Gazellen und Impalas spritzten vor ihm auseinander, und er verlangsamte den Schritt, weil er den Elefanten nicht auf seine Anwesenheit aufmerksam machen wollte. Bald fand er die richtige Geschwindigkeit heraus, und er war imstande, an den grasenden Tieren vorüberzugehen, ohne sie aufzuscheuchen. Er war gerade dabei, sich dafür zu gratulieren, wie leicht er die Ebene durchquert hatte, als ihm ein einsames Nashorn den Weg versperrte.

Es starrte ihn an, schnaubte und trabte in einem großen Kreis, bis es imstande war, seinen Wind zu erhaschen. Sloane nahm langsam des Gewehr ab und hielt es quer über der Brust, während er hoffte, daß er es nicht gebrauchen und seine Anwesenheit dem Elefanten entdecken müsse.

Das Nashorn blieb in etwa fünfzig Metern Entfernung stehen, stampfte dann auf der Erde und schnaubte heftig. Einen Augenblick später trabte es bis auf zwanzig Meter an ihn heran und drehte dann im rechten Winkel ab.

Sloane blieb reglos stehen, und das Nashorn umkreiste ihn erneut, offensichtlich von seinem Geruch beunruhigt. Erneut senkte das Tier den Kopf und griff an, und erneut drehte es in zwanzig Metern Entfernung ab. Schließlich schüttelte es wütend den Kopf, wandte ihm den Rücken zu und galoppierte davon, wobei es an beiden Enden heftig rülpste.

Sloane wartete eine weitere Minute, um sicherzugehen, daß es nicht zurückkehrte, und nahm dann seinen Weg zu dem Wäldchen wieder auf. Als er sich ihm näherte, wurden die Tiere scheuer; vielleicht, weil die Bäume Deckung für Fleischfresser boten, und sie jagten davon, wenn er sich ihnen näherte. Er prüfte den Boden auf Anzeichen für die Spur des Elefanten, sah keines und schlug langsam einen Bogen nach links, in der Hoffnung, er könne imstande sein, den Elefanten auf der offenen Ebene auszumachen.

Er hatte fast ein Drittel des Wegs um das Wäldchen vollendet, da hörte er Karenjas Stimme rufen.

»Bwana, er hat sich in die Bäume zurückgezogen!«

»*Dahinein* zurück?« brummte Sloane zu sich selbst. »Wie, zum Teufel, ist er hierhergekommen, ohne daß ich ihn gesehen habe?«

Er überprüfte seine Patronen, steckte zwei Extra-Patronen zwischen die Finger der linken Hand und betrat das Wäldchen, das seiner Schätzung zufolge etwa zweihundert Meter im Durchmesser hatte.

Nachdem er zehn Meter in das Wäldchen eingedrungen war, blieb er stehen und lauschte auf verräterische Zeichen: das Knurren eines Elefantenmagens, das Abbrechen eines Zweiges, auf irgend etwas, das dabei helfen könnte, den Aufenthaltsort des Tieres festzumachen. Er vernahm nichts, und nach ein paar weiteren Augenblicken ging er weitere zehn Meter voran. Erneut blieb er still stehen, und erneut vernahm er nichts weiter als das Tirilieren der Vögel und das Zirpen der Grillen.

Er wollte Karenja zurufen, er solle nachsehen, ob der Elefant wieder herausgekommen sei, aber er getraute sich nicht, seine Stellung aufzugeben, und daher ging er Schrittchen für Schrittchen weiter durch das Wäldchen. Er konnte kaum mehr als drei Meter weit sehen, gelegentlich fünf, und plötzlich wurde er sich der Idiotie bewußt, *Malima Temboz* durch eine derart dichte Deckung zu verfolgen. Er zog sich rasch zurück und erreichte mit einem mächtigen Gefühl der Erleichterung das Freie.

Er stand jetzt etwa fünfzig Meter entfernt und rief Karenja zu:

»Ist er noch immer im Wäldchen?«

»*Ndio*, Bwana!«

»Warte ungefähr zehn Minuten, bis er meine Anwesenheit hier vergessen hat; und dann machst du auf deiner Seite Lärm. Vielleicht können wir erreichen, daß er vor Schreck in dieser Richtung herauskommt.«

»Er fürchtet sich nicht vor Lärm, Bwana!« rief Karenja.

»Tu's trotzdem!«

Karenja gab keine Antwort; fünfzehn Minuten später begann er jedoch, auf die Äste der Bäume zu schlagen und aus voller Lunge zu brüllen, während Sloane sich mit dem Gewehr in der Hand hinkniete, den Wald durchsuchte und darauf wartete, daß der Elefant ausbräche.

Nichts geschah.

Zehn Minuten später hörte der Lärm auf, und eine halbe Stunde danach umrundete Karenja furchtsam das Wäldchen und kam zu Sloane.

»Was tust du hier?« wollte der Jäger wissen.

»Ich glaubte, Sie sind tot, Bwana, denn ich hörte keine Schüsse«, erklärte Karenja, »also kam ich her, um Ihre Leiche zu den Missionaren zu tragen.«

»Vielen Dank!« meinte Sloane sardonisch.

»Soll ich zurückgehen und wieder auf die Äste schlagen, Bwana?«

Sloane schüttelte den Kopf. »Nein, das ist anscheinend zu nichts nutze.«

»Was soll ich dann tun?«

»Warten«, sagte Sloane. Er klopfte bedeutungsvoll auf seine Feldflasche. »Wir haben mehr Wasser als er. Das Wasserloch ist eine Meile entfernt; früher oder später muß er herauskommen.«

»Früher oder später müssen Männer schlafen.«

»Wie immer der Optimist«, sagte Sloane.

»Soll ich auf die andere Seite zurückgehen, Bwana?«

»Ja, ich glaube schon. Und nimm das hier mit ...« – er übergab Karenja das Fernrohr – »... nur für den Fall, daß er sich herausgeschlichen hat, während du hier warst und mit mir geredet hast.«

Karenja nahm das Fernglas und trabte los, während Sloane sein Gepäck öffnete, ein Stück Biltongue herausnahm und eifrig darauf herumkaute. Der Tag wandelte sich zur Dämmerung, und die zur Nacht, und immer noch blieb der Elefant verborgen in dem Wäldchen.

Schließlich sagte sich Sloane, daß es zu dunkel sei, um noch etwas sehen zu können, daher errichtete er ein großes Feuer, mehr, um zielen zu können, als um die Fleischfresser abzuhalten, und er setzte sich daneben, den Rücken an das Gepäck gelehnt, das Gewehr leicht über die Beine gelegt.

In der Ferne keuchte ein Löwe, und eine Herde Weißschwanzgnus regte sich unruhig etwa einen halben Kilometer westlich. Irgendwo brüllte ein Leopard, und eine Antilope kreischte, und dann war alles wieder ruhig.

Und dann sah Sloane instinktiv auf – und dort, so schweigsam wie die Nacht, ohne jedes Kreischen, ohne warnenden Trompetenton, war *Malima Temboz*.

Der Jäger hob das Gewehr an die Schulter und starrte das riesenhafte Tier an. Die großen Ohren löschten den Mond und die Sterne aus, und der riesige Körper ließ die Erde bei jedem Schritt erzittern, und die Zwillingssäulen von Elfenbein schienen sich bis in die Ewigkeit zu erstrecken.

»Du bist alles, was man über dich gesagt hat!« murmelte Sloane, während er von Ehrfurcht ergriffen hinstarrte, als der Elefant sich auf ihn stürzte.

Im letzten möglichen Augenblick brachte er einen Schuß an. Die Kugel hob eine Staubwolke vom Schädel des Elefanten, brachte ihn jedoch nicht zum Stehen, noch nicht einmal dazu, langsamer zu werden, und Sloane hatte irgendwie gewußt, daß es so wäre.

Er starrte weiter verwundert hin, als der dicke Rüssel und das schimmernde Elfenbein nach ihm griffen. Es war, sagte er sich, ein Anblick, der einen Menschen sein ganzes Leben lang verfolgte.

Aber das war ihm nicht vergönnt.

Wenige Minuten später fand Karenja das, was von seinem Bwana übriggeblieben war. Er wartete bis zum Morgen und begrub die zerfetzte graue Kleidung, und dann – denn er hatte gesehen, wie die weißen Männer ihre Toten behandelten – pflanzte er ein Kreuz über dem Grab auf und hängte Sloanes wettergegerbten Stetson daran.

Daraufhin ging er zurück in sein Dorf, bezahlte eine große Wiedergutmachung an seinen Häuptling, kaufte sich eine Frau und verbrachte den Rest seiner Jahre damit, Ziegen zu hüten, denn sobald ein Mann einmal *Malima Temboz* gejagt hatte, blieben keine Herausforderungen mehr für ihn übrig.

Siebtes Zwischenspiel

(6303 G.A.)

»Duncan – schläfst du eigentlich *nie* zu Hause? Wach auf!«

Ich murmelte etwas und wollte mir die Decke über den Kopf ziehen, nur um festzustellen, daß ich überhaupt keine Decke hatte, und daß ich im Büro eingeschlafen war.

»Duncan!«

Ich setzte mich auf, rieb mir die Augen und gähnte.

»Wie spät ist es?« fragte ich.

»Sieben Uhr dreißig«, sagte Hilda, die vor meinem Kontursofa stand und die Arme resolut vor der Brust verschränkt hielt.

»Ich schätze mal, du möchtest nicht gern in einer Stunde wiederkommen?«

»Lieber nicht. Steh jetzt endlich auf; du wirst dich dann viel besser fühlen.«

Ich stand unsicher auf, mit steifem Rücken, mit schmerzendem rechten Bein, einem schalen Geschmack im Mund.

»Du liegst falsch«, krächzte ich.

»Womit?«

»Ich fühl' mich schlechter.«

»Dann versuch, im eigenen Bett zu schlafen, nur so zur Abwechslung«, sagte sie sarkastisch. Sie starrte mich an. »Duncan, ich habe die halbe Nacht damit verbracht, mich zu fragen, ob du heute morgen noch lebendig wärst. Ich geb' dir zwei Minuten, dich zusammenzureißen, und dann wirst du mir genauestens erzählen, was vergangene Nacht geschehen ist.«

»Der Elefant hat ihn getötet.«

»Wovon redest du?« wollte sie wissen.

»Hannibal Sloane«, sagte ich. »Er war der erste weiße Mann, der ihn gesehen hat.«

»Mir ist völlig egal, was du vom Computer erfahren hast!« fauchte sie. »Ich möchte wissen, was zwischen dir und Mandaka vorgefallen ist.«

»Öh«, sagte ich benommen und versuchte, mich zu konzentrieren. »Der Computer hat vergangene Nacht drei weitere Puzzleteile gefunden.«

»Du bist den Stoßzähnen nähergekommen?«

Ich schüttelte den Kopf. »Nicht den Stoßzähnen.«

»Was dann?« fragte sie verwirrt.

»Dem *Grund*.«

»Na, komm schon!« sagte sie. »Füllen wir ein wenig Frühstück in dich hinein, während wir reden. Du siehst schrecklich aus und hörst dich schlimmer an.«

»Vielen Dank«, sagte ich und setzte mich auf das Kontursofa zurück. »Warum kommst du nicht einfach um neun Uhr wieder?«

»Computer!« befahl sie. »Wir möchten hierdrin etwas Licht haben!«

Sofort wurde die Wand durchscheinend, und das morgendliche Sonnenlicht flutete in mein Büro.

»Also gut!« sagte ich wimmernd. »Ich komm' mit zum Frühstück! Hör nur auf!«

»Fünfzig Prozent Durchlässigkeit«, befahl Hilda, und plötzlich wurde der Raum wieder erträglich.

»Das war gemein von dir«, sagte ich mürrisch, als ich aufstand. »Ich hatte bloß ungefähr drei Stunden Schlaf.«

»Ich werd' mich später entschuldigen«, sagte sie, ging zur Tür und befahl ihr, sich zu öffnen.

»Wohin gehen wir – zweites Stockwerk oder neunzehntes?« fragte ich, ließ die Finger durchs Haar laufen und versuchte, mich daran zu erinnern, wo ich meinen Kamm gelassen hatte.

»Ins neunzehnte«, sagte sie. »Warum sollte dich das gemeine Volk so sehen?«

Wir gingen zum Airlift und stiegen zum Speisesaal des Managements auf, was nichts weiter war als eine exklusive Cafeteria, wählten dann einen Tisch, der neben einem großen Fenster in der entferntesten Ecke des Raums schwebte, und setzten uns. Ich sah zu, wie die holographische Darstellung des Menüs vorüberglitt, bestellte Kuchen und eine Tasse Kaffee, während Hilda ihr übliches kräftiges Frühstück wählte.

»Also gut«, sagte sie, nachdem die Darstellung verschwunden war und das Essen durch die Basis des Tisches heraufglitt. »Bist du jetzt wach?«

Ich nickte, wobei ich versuchte, den Anblick der erwachenden Stadt zu vermeiden, den mir das Fenster bot.

»Dann wünsche ich einen vollständigen Bericht.«

»Hilda«, begann ich, »du weißt nicht, was für ein Appartement er hat! Im ganzen Leben hab' ich etwas Ähnliches noch nicht gesehen.«

»*Sein* Appartement?« fragte sie. »Als letztes wußte ich, daß ihr euch in *deinem* Appartement aufhieltet.«

»Es gefiel ihm nicht«, sagte ich. »Zu steril.«

»Da ist was dran«, gab sie zu. »Fang von vorne an.«

»Von vorne?«

»Sag mir, was in den ›Alten Tagen‹ geschah, und warum er später in deinem Appartement war.«

Ich erzählte ihr alles, was geschehen war, einschließlich meines Besuchs in Mandakas ungewöhnlichem Quartier. Sie beendete ihr Frühstück gerade dann, als ich meinen Bericht beendete.

»Weißt du«, sagte sie, nachdem sie meinen Bericht durchdacht hatte, »ich hab' das merkwürdige Gefühl, daß du ihn *magst*.«

Ich schüttelte den Kopf. »Ich kenne ihn nicht gut genug, um ihn zu mögen. Ich kann mich in ihn *hineinversetzen.*«

»Wie kannst du dich in einen Mann hineinversetzen, der in einer Grashütte eine halbe Galaxis entfernt aufgewachsen ist, und der davon überzeugt ist, daß er sterben wird, wenn du schließlich die Stoßzähne gefunden hast?«

»Na ja, gut«, verbesserte ich mich. »Ich *sympathisiere* mit ihm.«

»Weshalb?«

Ich hob die Schultern. »Weil er lieber jemand anderer wäre.«

»Du?«

»Niemals ich«, sagte er. »Ich hab' freiwillig das Leben gewählt, das er haßt.« Ich sah sie über den Tisch an und lächelte. »Er zöge es viel lieber vor, *du* zu sein.«

»Das versteh' ich nicht.«

»Er hat offenbar immer nur einen Job und eine Familie und ein normales, geordnetes Leben haben wollen«, erklärte ich. »Statt dessen wuchs er auf, ohne je ein anderes Kind gesehen zu haben, ist beladen mit dem Wissen, der letzte seiner Rasse zu sein, und er scheint dazu gezwungen, sein Glück und sogar sein Leben dafür zu geben, die Stoßzähne eines Elefanten zu bekommen, der vor sieben Jahrtausenden gestorben ist.« Ich dachte darüber nach, während ich auf das geschäftige Treiben hinabsah, und nickte. »Ja, ich glaube, er wäre viel lieber du.«

»Warum hat er dann keinen Versuch unternommen, ein normales Leben zu führen?« fragte sie.

»Ich sagte es bereits: er kann sich nicht verheiraten.«

»Milliarden von Leuten heiraten niemals, und es gelingt ihnen dennoch, ein normales Leben zu führen«, sagte sie. »Die meisten davon«, fügte sie bedeutungsschwanger hinzu, »sind sogar im Commonwealth registriert.«

»Das hab' ich dir erklärt.«

»O ja, er hat für alles flugs eine Erklärung«, sagte sie. »Er muß ein guter Redner sein, daß du ihm alles abgekauft hast.«

»Du warst nicht in seinem Appartement«, sagte ich. »Du hast nicht gesehen, wie er lebt.«

»Aber *du* hast's gesehen«, sagte sie. »Und du glaubst noch immer, daß ihr beide das gleiche Leben lebt.«

»Ja.«

»Aber er lebt in einem teuren Penthaus, das er so hergerichtet hat, daß es wie eine primitive Hütte aussieht, und du lebst in einem Mittelklasse-Appartement, dessen Farben du mir selbst dann nicht beschreiben könntest, wenn dein Leben davon abhinge. Er durchreist die Galaxis, und du verbringst deine gesamte Zeit im Büro. Er möchte Freunde, und du tust alles, um sie zu meiden. Er wünscht sich, jemand anderer hätte das Elfenbein gefunden, so daß nicht er danach suchen müßte, und dir gelingt es nicht, an etwas anderes zu denken, als es zu finden. Und irgendwie hat er dich davon überzeugt, daß euer beider Leben identisch ist. Ich wiederhole mich: er muß ein verdammt guter Redner sein.«

»Unser beider Leben sind sich in den Dingen ähnlich, auf die es ankommt«, sagte ich verteidigend.

»Sie sind so verschieden wie Tag und Nacht.«

»Der einzige substantielle Unterschied besteht darin, daß er mit seinem Leben unzufrieden ist und ich das meine genieße.«

Sie wollte offenbar einen Kommentar dazu abgeben, entschied sich dann jedoch dagegen. Statt dessen bestellte sie Gebäck für sich selbst, starrte einen Augenblick lang auf ihre Fingernägel und sah mich daraufhin über den Tisch an.

»Nun gut, Duncan«, sagte sie. »Du hast ein paar Stunden mit ihm verbracht, du scheinst – aus Gründen, die ich mir nicht erklären kann – eine Zuneigung zu ihm gefaßt zu haben, du hast gesehen, wie und wo er lebt. Hast du irgendeine Vorstellung davon, warum er gewillt ist, Millionen von Kredits für den Besitz des Elfenbeins zu bezahlen und sogar dafür zu töten?«

»Ich habe eine *Vorstellung*«, erwiderte ich sorgfältig. »Ich habe keine *Antwort*.«

»Wo liegt der Unterschied?« fragte sie, als das Gebäck erschien.

»Ich weiß nicht den genauen Grund dafür, warum er sie braucht, aber er steht im Zusammenhang damit, daß er ein Massai ist«, sagte ich. »Genauer gesagt denke ich, er will die Stoßzähne nicht nur so verzweifelt, weil er ein Massai ist, sondern weil er der *letzte* Massai ist.«

»Was hat das damit zu tun?«

»Das weiß ich nicht«, sagte ich. »Aber verschiedenen Bemerkungen, die er gemacht hat, entnehme ich, daß etwas mit den Stoßzähnen oder dafür getan werden muß, oder daß es letztlich irgendeinen Grund dafür gibt, sie zu besitzen; etwas, das *jeder* Massai hätte tun können, was jedoch *mit Sicherheit* von Mandaka getan werden muß, und zwar genau deshalb, weil er der letzte Massai ist.«

»Hört sich für mich wie ganz schön dummes Geschwätz an«, sagte sie. »Irgendwas, das hätte getan werden können, getan werden muß.« Sie hielt inne und starrte mich ungeduldig an.

»Wenn du's so ausdrückst, klingt's für mich gleichfalls wie Geschwätz«, gab ich unbehaglich zu. »Aber irgendwo dadrin liegt eine Antwort verborgen. Ich weiß, daß sie da ist!«

»*Was* muß getan werden, um Gottes willen – und *warum* muß es getan werden?«

Ich hob hilflos die Schultern. »Ich hab' keine Ahnung.«

»Hast du ihn nicht gefragt?«

»Natürlich hab' ich das«, antwortete ich gereizt.

»Und?«

»Er wollte es mir nicht sagen«, erwiderte ich. »Er sagte, daß ich dann annehmen würde, er sei verrückt.«

Ein ätzendes Lächeln huschte ihr übers Gesicht. »Nicht du, Duncan – nicht, wenn's zum Geheimnis hinzukäme. *Ich* könnte denken, er sei verrückt, jeder andere könnte denken, er sei verrückt – aber du, du fügtest es einfach der endlosen Liste von Rätseln hinzu, an denen du arbeitest.«

Ich sagte nichts, sondern spielte einfach mit meiner leeren Kaffeetasse.

»Also schön, Duncan«, sagte sie mit einem Seufzer. »*Glaubst* du, daß er verrückt ist?«

»Nein, tu' ich nicht.«

»Würde es dir etwas ausmachen, einen Vorschlag zu riskieren, warum er die Stoßzähne haben möchte?«

»Es hängt halt damit zusammen, daß er ein Massai ist.«

Sie starrte mich durchdringend an. »Warum hab' ich nur das Gefühl, daß du mehr weißt, als du mir sagst?«

»Ich *argwöhne* mehr, als ich dir sage«, entgegnete ich. »Ich *weiß* nichts.«

»Warum sollten die Massai mehr an diesem Elefanten interessiert sein als die Kikuyus oder die Zulus?«

»Die Zulus lebten Tausende von Meilen weiter südlich«, sagte ich.

»Ich benutze lediglich Namen«, sagte sie, offensichtlich verärgert. »Ich kann einen Stamm nicht vom anderen unterscheiden. Laß es uns erneut versuchen: warum sollten die Massai mehr daran interessiert sein als jeder andere Stamm?«

»Ich weiß es nicht.«

»Hat ein Massai den Elefanten getötet?«

»Wahrscheinlich nicht. Das weiß niemand mit Sicherheit.«

»Warum sagst du dann ›wahrscheinlich nicht‹?«

»Die Massai jagten nicht nach Fleisch, und sie sammelten kein Elfenbein; sie hätten keinen Grund gehabt, ihn zu töten.« Ich hielt inne. »Zudem würde es – nach dem, was ich über ihn heute morgen erfuhr – mehr als einen nackten Krieger mit Speer erfordern, ihn zu erledigen.«

»Nun, wenn ihn dann *nicht* ein Massai getötet hat, welchen Anspruch haben sie dann auf seine Stoßzähne? Hat sie ein Massai auf einer Versteigerung erworben?«

»Soweit ich sagen kann, hat kein Massai sie jemals besessen, so lange sie auf der Erde weilten«, entgegnete ich. »Ursprünglich wurden sie von einem Araber zur Versteigerung gebracht, wurden dann von Europäern erworben, das Britische Museum übergab sie der Kenianischen Regierung, und sie blieben in Nairobi bis zur Morgendämmerung der Galaktischen Ära – und selbst dann war ich nicht imstande, einen Massai zu finden, der sie besaß, bis zur Zeit des Massai Laibon, im achtzehnten Jahrhundert G.A.«

»Welchen Anspruch könnten die Massai dann womöglich auf sie haben?«

»Ich bekomme allmählich das Gefühl, daß es weniger ein Anspruch als ein *Verlangen* ist.«

»Dann sind wir genau wieder da, wo wir begonnen haben«, sagte sie. »Ich bin dabei zu fragen, warum sie sie brauchen, und du bist dabei zu sagen, daß du's nicht weißt, daß du irgendeine vage Idee hast, daß du aber noch nicht bereit bist, sie mit mir zu teilen. Stimmt's, oder habe ich recht?«

Ich nickte. »Du hast recht. Noch etwas Kaffee?«

»Du kannst eine einzige Enttäuschung sein!« fauchte sie.

»Das ist nicht meine Absicht.«

»Zwei Tage, Duncan!« sagte sie und drohte mir mit einem Wurstfinger. »Mehr Zeit bleibt dir nicht.«

»Dann wird neu verhandelt«, erinnerte ich sie.

»Nicht, wenn du bis dann nicht ein paar bessere Antworten zu bieten hast.«

»Sobald ich die Antworten habe, werde ich die Verlängerung nicht benötigen«, versprach ich.

»Nun, du kriegst sie besser, weil du anscheinend nicht sehr viel Fortschritte mit dem Elfenbein machst.«

Ich kehrte ins Büro zurück, ging in meinen privaten Waschraum, klatschte mir etwas kaltes Wasser ins Gesicht und sah, daß ich eine Rasur nötig hatte.

»Computer?«

»Ja, Duncan Rojas?«

»Wie kommst du mit deiner Suche nach dem Elfenbein voran?«

»Ich habe kein Anzeichen davon entdeckt, seitdem es von Tahiti Benoit von Winox IV gestohlen wurde«, antwortete der Computer.

»Bitte, tu mir doch einen Gefallen!«

»Ja?«

»Stell mir doch bitte, während ich mich rasiere, einen kurzen historischen Abriß über die Massai zusammen, beginnend im Jahre 1898 A.D.!«

»Sie müssen etwas präziser sein.«

Ich runzelte die Stirn. »Du willst ein aktuelles Datum aus dem Jahr 1898 A.D.?« fragte ich.

»Ich benötige eine Definition des Begriffs ›kurz‹«, gab der Computer zurück.

»Weniger als fünfhundert Worte«, sagte ich.

»Ich arbeite ... erledigt.«

»Ich bin mit dem Rasieren noch nicht fertig.«

»Ich warte ...«

Einen Augenblick später ging ich zu meinem Schreibtisch und setzte mich dahinter. »Nun denn, Computer.«

»Der Stamm der Massai zählte im Jahre 1898 A.D. fünfundzwanzigtausend Angehörige und besaß den größten Teil des Landes im Rift-Tal Kenias, ebenso das südliche Gebiet Kenias, das Tsavo, Amboseli und das massaische Mara umfaßte, sowie die nördlichen Teile von Tanganjika, also die Ebenen der Serengeti, den Kilimandscharo und den Ngorongoro-Krater. Sie waren die gefürchtetsten Krieger in Ost- bzw. Zentralafrika und hatten einen Ruf – wenngleich nicht deren militärische Vollkommenheit – wie die Zulus in Südafrika.

Im Jahre 1910 hatten die Briten zahllose Gesetze erlassen, welche die Massai ihrer Macht beraubten, ebenso ihrer Lebensweise. Es wurde ihnen nicht mehr länger erlaubt, Speere zu tragen oder sogar nur Schilde, und Raubzüge gegen andere Stämme wurden verboten. Im Jahre 1940 wurde es ihnen nicht mehr länger erlaubt, den traditionellen Ritus der Mannwerdung abzuhalten, das Töten von Löwen mit einem Speer.

Zur Zeit der Unabhängigkeit war ihre Zahl auf zweihundertfünfzigtausend angewachsen, weit weniger als die Kikuyu, die Luo und die Wakamba. Sie beharrten auf ihrer traditionellen Lebensweise als Hirtennomaden und fielen so in puncto Alphabetentum, Gesundheit und ökonomischer Relevanz hinter die anderen Stämme zurück.

Im Jahre 2010 A.D. wurden ihre Länder von den Regierungen Kenias und Tansanias in Besitz genommen. Im Jahre 2050 A.D. war ihre Anzahl auf dreißigtausend geschrumpft. Im Jahre 2093 A.D. konnten sie nicht mehr ihre eigene Sprache sprechen, die als *Maa* bekannt war, sondern schrieben und sprachen ausschließlich Suaheli. Bei der Morgendämmerung der Galaktischen Ära und der Kolonisierung von Neu-Kenia hatte kein Massai jemals eine Stellung von größerer Verantwortung innerhalb der kenianischen oder tansanianischen Regierung inne. Der Stamm hat nichts Nennenswertes mehr hervorgebracht, seitdem die Menschheit den Raum besiedelt.«

»Eine sehr unglückliche Geschichte«, sagte ich.

»Ich bin nicht dazu programmiert, auf diesem Gebiet Urteile zu fällen«, entgegnete der Computer.

»Ich weiß«, sagte ich gedankenverloren. Wie lange ich bewegungslos dasaß, weiß ich nicht; schließlich jedoch sah ich erneut zum Computer hinüber.

»Computer?«

»Ja?« gab er zur Antwort und leuchtete hell auf.

»Ist es für dich möglich, die Lage in Ostafrika vor 1898 zu analysieren?«

»Analysieren in welcher Hinsicht?«

»Ich möchte, daß du die Situation der Stämme etwa 1897 A.D. in all ihren Aspekten einschätzt und mir die Wahrscheinlichkeit dafür sagst, daß die Geschichte der Massai sich so entwickeln würde, wie sie's getan hat: ohne jede Macht oder jedes Ansehen.«

»Ich arbeite ...«

Ich bestellte eine Tasse Kaffee, machte die Bestellung aber wieder rückgängig, als mir einfiel, daß ich während der vergangenen vierundzwanzig Stunden bereits zuviel Kaffee getrunken hatte; statt dessen bestellte ich ein Glas Fruchtsaft. Ehe es eintraf, hatte der Computer die Antwort für mich.

»Die Wahrscheinlichkeit dafür, daß die Geschichte der Massai den Kurs einschlagen würde, den sie eingeschlagen hat und den ich kalkulierte, indem ich alle Daten bis und inklusive 1897 benutzte, lag bei 1,43 %.«

»Kalkuliere sie jetzt erneut, um 1910 A.D.«

»Ich arbeite ... 51,23 %.«

»Erneut, um 1950 A.D.«

»Ich arbeite ... 93,78 %.«

»Danke, Computer«, sagte ich, während ich an meinem Fruchtsaft nippte. Plötzlich erschien Hildas Bild und schwebte über mir.

»Ich habe deinen Computer überwacht, Duncan«, verkündete sie.

»Wer gab dir die Erlaubnis?« fragte ich.

»Ich benötige keine Erlaubnis; ich bin Chef des Sicherheitsdienstes.« Sie starrte mich an. »So wütend ich auch auf dich bin – ich kann mir nicht helfen, ich bin fasziniert davon, was du den Computer gefragt hast. Darf ich die nächste Frage vorschlagen?«

»Aber bitte«, sagte ich.

»Computer«, sagte sie, »ich möchte dir eine Hypothese unterbreiten: der Verlust an Macht und Vorrangstellung der Massai war ein unmittelbares Ergebnis der Tötung des Kilimandscharo-Elefanten im Jahre 1898 A.D.« Sie hielt inne. »Analysiere, bitte!«

»Ich arbeite... Ihre Hypothese besitzt eine 0,00034%ige Wahrscheinlichkeit.«

»Sehr interessant«, sagte ich.

»Was ist daran interessant?« fragte sie. »Du hast dich geirrt.« Sie sah enttäuscht aus. »Weißt du, du hast selbst mich halb davon überzeugt, daß da eine Verbindung bestand.«

»Da besteht eine«, sagte ich.

»Aber der Computer gab dir lediglich eine 0,00034%ige Chance, daß du recht hast«, sagte sie. »Das würde ich kaum ermutigend nennen.«

»Du irrst dich«, sagte ich. »Auf der Grundlage der Informationen, die er besitzt, hätte da überhaupt keine Chance bestehen sollen.«

»Ach ja?« sagte sie, gegen ihren Willen interessiert.

Ich nickte. »Es gibt keine bekannte Verbindung zwischen dem Elefanten und den Massai. Er hätte die Geschichte des Stamms überhaupt nicht berühren dürfen.«

»Die Wahrscheinlichkeit ist hoch, daß das nicht der Fall ist.«

»Der Computer sollte in derartigen Fällen nicht mit Wahrscheinlichkeiten arbeiten, sondern mit absoluten Daten«, sagte ich.

»Dann frag ihn, warum er nicht einfach ›Null‹ gesagt hat«, drängte sie.

»Das werde ich. Ich versuche gerade, mir auszudenken, wie ich's am besten in Worte fasse.« Sie verfiel in Schweigen und erlaubte mir, einen Augenblick lang nachzudenken. »Computer«, sagte ich schließlich, »welche Faktoren haben die Wahrscheinlichkeit dafür, daß der Tod des Kilimandscharo-Elefanten die Geschichte der Massai beeinflußte, von Null auf 0,00034 % verändert?«

»Sekundäre Quellen, die sich auf gewissen Voraussagen von Sendeyo beziehen.«

»Wer war Sendeyo?«

»Ein Massai *Laibon*, der Bruder von Lenana, der im Jahre 1898 A.D. oberster Häuptling der Massai war.«

»Welche Voraussagen tat Sendeyo?« wollte ich wissen.

»Ungenügende Daten«, erwiderte der Computer.

»Wenn du nicht weißt, was er sagte, warum hat das dann deine Berechnungen beeinflußt?« drängte ich.

»Das bloße Faktum, daß er im Jahre 1898 A.D. ein größerer *Laibon* war und daß er den Kilimandscharo-Elefanten erwähnt hatte, ist ausreichend, die Wahrscheinlichkeit von Null auf 0,00034 % zu ändern.«

»Vielen Dank«, sagte ich. Dann wandte ich mich wieder an Hildas Bild. »Ich habe mich geirrt«, sagte ich mit einem Seufzer. »Ich hatte keine Ahnung, daß die bloße Erwähnung des Elefanten die Wahrscheinlichkeit beeinflussen könnte.«

»Möglicherweise hattest du unrecht«, stimmte Hilda zu. »Aber das zieht nichtsdestoweniger eine weitere Frage nach sich. Computer?«

»Ja?«

»Soweit ich es verstanden habe, gibt es keine bekannte Verbindung zwischen den Massai und dem Tod des Kilimandscharo-Elefanten. Ist das korrekt?«

»Das ist korrekt.«

»Wie wußte Sendeyo dann, daß der Elefant tot war – oder daß er überhaupt existierte?«

»Ungenügende Daten«, entgegnete der Computer.

Hildas Bild wandte sich mir zu. »Ich weiß nicht, ob das eine bedeutsame Linie ist, die man verfolgen sollte – aber es *ist* interessant, meinst du nicht?«

»*Sehr* interessant«, erwiderte ich.

Während der nächsten dreißig Minuten wurde sie weniger interessant, denn ganz gleich, wie ich versuchte, mich diesem Thema zu nähern, ich konnte den Computer nicht dahin bringen, irgendeine Verbindung zwischen Sendeyo und/oder den Massai und dem Kilimandscharo-Elefanten zu ziehen. Der *Laibon* mochte ihn möglicherweise einmal erwähnt haben – die Quelle war schließlich keine Primärquelle und konnte demnach nicht als absolute Wahrheit genommen werden –, und diese eine mögliche Erwähnung reichte hin, die Berechnungen des Computers zu beeinflussen. Er besaß keinerlei weitere Daten, und er konnte nicht dazu gebracht werden, irgendeine eigene Hypothese aufzustellen.

Schließlich unterbrach Hilda meine Befragung.

»Wir öffnen in zwanzig Minuten«, verkündete sie. »Und ich muß meine Runden drehen.«

»Na gut«, sagte ich.

»Laß es mich wissen, wenn du mit was Neuem herauskommst.«

»Werd' ich.«

Ihr Abbild verschwand, und ich wandte mich an den Computer zurück, wobei ich keine Ahnung hatte, wie ich das Thema nun in Angriff nehmen sollte. Ich schindete ein wenig Zeit, indem ich fragte, ob es ihm gelungen sei, die Stoßzähne aufzufinden, und er erwiderte erneut, daß er nicht imstande gewesen sei, irgendeine Spur von ihnen aufzufinden, seitdem Tahiti Benoit sie den Fliegen-bei-Nacht gestohlen hatte.

Ich hatte überhaupt keine Ideen mehr, und dennoch wollte ich die Befragung des Computers nicht aufgeben, denn sobald wir geöffnet hätten, würde es weitere neun Stunden dauern, bis ich das Thema wieder zur Sprache bringen könnte.

»Stell bitte eine holographische Abbildung der Stoßzähne her!« sagte ich, wobei ich hoffte, daß ihr Anblick, nur wenig entfernt von meinem Schreibtisch, mich zu einer anderen Herangehensweise inspirieren könnte.

»Erledigt«, verkündete der Computer, als das Bild der Stoßzähne unmittelbar vor mir Gestalt annahm.

Ich starrte sie an, war beeindruckt wie immer, jedoch außerstande, mir einen Weg auszudenken, wie ich den Computer dahin bringen könnte, sie mit Sendeyo oder den Massai irgendwie in Zusammenhang zu bringen. Ich lehnte mich zurück, stemmte einen Fuß gegen den Schreibtisch und seufzte.

»Sie sehen so sauber aus – aber wenn man an das Blut denkt, das daran klebt«, sagte ich.

»Es sind lediglich verlängerte Zähne«, korrigierte mich der Computer. »An ihnen klebte niemals Blut, Duncan Rojas.«

»Das war metaphorisch gemeint«, entgegnete ich. »Viele Menschen sind wegen ihnen umgekommen.«

»Sechstausend neunhundertundachtundzwanzig, basierend auf meinen Daten«, sagte der Computer.

»Das kann nicht stimmen«, sagte ich. »Da waren der Kriegsfürst und Hannibal Sloane, und Tumo, der Lumbwa, und Esther Kamau. Wir wissen nicht mit Sicherheit, daß sie den Tod der Eisernen Herzogin oder von Tahiti Benoit verursacht haben.«

»Ich meine in der Summierung nicht die Eiserne Herzogin oder Tahiti Benoit.«

»Wie bist du zu dieser Summierung gekommen?«

»Im Jahre 882 G.A. wurde ein kleinerer Krieg um den Besitz der Stoßzähne geführt.«

»Ein Krieg?« wiederholte ich überrascht.

»Eine militärische Aktion zwischen zwei Welten«,

erklärte der Computer. »Meine Datenbanken definieren eine derartige Aktion als Krieg.«

»Und er wurde um das Elfenbein ausgetragen?«

»Das ist korrekt.«

»Erzähl mir was darüber!« sagte ich begierig.

»Ich arbeite …«

8

Der Potentat

(882 G.A.)

Ich erreichte die staubigen Ebenen von Amboseli, und jetzt, zum erstenmal, vermochte ich in der Ferne den Kilimandscharo zu erblicken. Seine Hänge lagen in einem matten Blaugrau da, der schneebedeckte Gipfel war unsichtbar in den Wolken. Ich ging weiterhin nach Süden auf den Kilimandscharo zu, ich, der größte der Elefanten, denn falls der Gott der Menschen auf dem Mount Kenya wohnte, dann wohnte vielleicht der Gott der Elefanten hier.

Mir blieb nicht viel Zeit. Ich fühlte weder Furcht noch Kummer, denn der Tod kommt zu allen Dingen, und es schien besser, daß ich meinen eigenen Gott aufsuchte, als daß er mich finden sollte, wie ich schwach und verhungernd daläge, nicht imstande, vor Seiner Gegenwart zu stehen, oder verrückt vor Schmerz, wenn die Ameisen das Innere meines Rüssels auffraßen. Ich wollte Ihn fragen, warum Er mich so verschieden von allen anderen meiner Art geschaffen hatte, warum Er mir ein Leben in Einsamkeit bestimmt hatte, warum ich Kugeln und Speere und Pfeile überlebt hatte, die jedes andere lebende Wesen getötet hätten. Ich wollte wissen, zu welchem Zweck Er mich erschaffen hatte, und ob ich jenem Zweck gut und ehrenhaft gedient hätte.

Und so, indem ich nur lange genug innehielt, um zu trinken und mir Staub über die rissige, gereizte Haut zu blasen, wandte ich mich erneut dem Kilimandscharo zu und setzte meine Wanderung fort.

General Arab Chagalla, der sich ein wenig unbehaglich in seiner Paradeuniform fühlte, sah von seinem Morgentee auf, als Major Juma sein Büro betrat.

»Sir?« fragte Juma.

»Rühren, Major!« sagte Chagalla. Er gab seinem Computer einen kurzen Befehl, und die verschiedenen Karten von Schlachtfeldern, die sich an den Wänden reihten, verschwanden.

»Vielen Dank, Sir«, sagte Juma. Er zögerte und versuchte erfolglos, ruhig zu werden. Er hielt ein Blatt blaues Papier hoch. »Sir, was soll das alles?«

Arab Chagalla warf dem Papier kaum einen flüchtigen Blick zu. »Ich sollte annehmen, daß alles völlig klar ist. Uns ist befohlen worden, Plantagenet II anzugreifen.«

»Haben sie unsere Sicherheit bedroht?« fragte Juma, beugte sich vor und drückte die Fingerspitzen auf Chagallas Schreibtisch.

»Nein.«

»Haben sie eines unserer Völker angegriffen?«

»Nein.«

»Warum dann, in Allahs Namen, sollen wir einen Krieg gegen einen Planeten führen, der dreiundsiebzigtausend Lichtjahre entfernt liegt?«

»Warum unternimmt unser König etwas, das er unternimmt?« fragte Chagalla spöttisch. »Allah hat ihm ins Ohr geflüstert, daß wir Plantagenet II angreifen müssen.«

»Und das ist sein *einziger* Grund?«

»Natürlich nicht«, sagte Chagalla. »Aber es *ist* sein offizieller Grund.«

»Und was ist der wahre Zweck unseres Angriffs?«

Arab Chagalla seufzte. »Ich glaube nicht, daß Sie mir glauben würden, wenn ich's Ihnen sagte.«

»Ist das die einzige Antwort, die ich erhalte?« wollte Juma wissen.

»Nein«, sagte Chagalla. »Aber *ich* möchte zumindest

nicht derjenige sein, der's Ihnen sagt, Allah sei gepriesen. Der König hat nach dem Morgengebet eine Zusammenkunft der höheren Chargen des militärischen Personals befohlen; irgendein untergeordneter Offizier wird dumm genug sein, ihn zu fragen.« Chagalla hielt inne und sah Juma nachdenklich an. »Ich möchte Sie warnen: versuchen Sie wenigstens nicht zu lächeln, wenn er seine Gründe erläutert.«

»Wie bitte?«

»Sie haben gehört«, erwiderte Chagalla ernsthaft. »Seien Sie aufmerksam und ernst, und wir könnten's tatsächlich nach Plantagenet II schaffen, ehe uns irgend etwas dazwischenkommt. *Inshallah.*«

Sie versammelten sich in ihren besten Paradeuniformen im Thronsaal, jene siebenundachtzig ranghöchsten Offiziere, die Amin Rashid XIV, absoluter Monarch von Alpha Bednari IV, auserwählt hatte, seine Farben in den heiligen Krieg gegen die Ungläubigen des Plantagenet-System zu führen. Es waren keine Stühle zur Verfügung gestellt worden, und sie standen alle wachsam da und erwarteten die Ankunft des Königs.

Dieser war siebenundvierzig Jahre alt, und er hatte auf dem Thron gesessen, seitdem er vor drei Jahren Bruder und Onkel ermordet hatte. Während dieser Zeit hatte er sich siebenundvierzig Frauen genommen, eine für jedes seiner Lebensjahre. Er glaubte inbrünstig an eine Form des Islam, die nicht ganz mit dem Koran in Übereinstimmung stand, war ein ausschweifender Lebemann, ein zwanghafter Glücksspieler, ein Züchter mutierter Echsen und ein leidenschaftlicher Student ihrer Blutlinien, und er war ein Mann, dessen Popularität in einem völligen Mißverhältnis zu seiner geringen Macht in der weiten und stetig wachsenden Republik der Menschheit stand.

Er war extrem fremdenfeindlich, vertraute keinem Mann, der nicht auf Alpha Bednari IV geboren worden war (den er in Mohammed umbenannt hatte, zu Ehren des Propheten; in allen offiziellen Büchern und Karten tauchte der Planet jedoch noch immer als vierter Planet des Alpha Bednari-Systems auf), vertraute überhaupt keiner Frau und hatte allen fremdartigen Rassen den Heiligen Krieg erklärt – obgleich er ihn in Wirklichkeit niemals führte. Er hatte alle Bürger ihrer Rechte beraubt, die nicht seine spezielle Form des Islam praktizierten, bis die Republik eingeschritten war und ihm dort einen leichten Klaps versetzt hatte, wo es ihn seiner Einschätzung nach am meisten schmerzte, und sein Vorsatz, Frauen das Recht auf Besitz zu verweigern, nahm noch immer langsam seinen Gang durch den planetarischen Regierungsapparat.

In der linken Hand hielt er eine blaugrüne Echse und liebkoste sie abwesend, während er seine Zuhörerschaft überblickte.

»Meine Herren«, sagte er schließlich mit seiner schrillen Stimme, »es tut gut, solch tapfere Männer vor sich stehen zu sehen.« Er hielt inne und räusperte sich. »Morgen werden wir einen Heiligen Krieg gegen die Ungläubigen auf Plantagenet II beginnen, und ich werde meinen Platz an Bord des Flaggschiffs einnehmen und alle Gefahren mit euch teilen, wie es alle ehrenwerten Könige tun müssen.«

Er hielt inne, um die Echse an den Mund zu führen und ihr den Kopf zu küssen.

»Ich bin Amin Rashid XIV., König von Mohammed, Liebling Allahs. Ich kann nicht geschlagen werden, und daher könnt ihr, wenn ich mit euch bin, *selbst* nicht geschlagen werden. Kein Laser soll unsere Schiffe berühren, kein Sonarzertrümmerer soll uns erreichen, keine molekulare Implosionswaffe wird funktionieren, wenn sie gegen uns gerichtet ist. Wir sind unsterblich, denn wir befinden uns auf einer Mission, die Allah selbst verkündet hat.«

»Eine Frage, Fürst?« sagte eine junger Leutnant.

»Ja?« antwortete Rashid, sich an ihn wendend.

»Darf ich die Frage stellen, welchen strategischen Wert die Inbesitznahme von Plantagenet II hat?«

»Das darfst du nicht!« wies Rashid ihn schroff zurecht. »Reicht es nicht aus, daß ich den *Heiligen Krieg* erklärt habe?«

»Jawohl, Sir«, sagte der Leutnant rasch.

Rashid streichelte, noch immer verärgert, die kleine Echse weiter. »Wir erklären Plantagenet II den Krieg, weil Allah mir erschienen ist und mir gesagt hat, daß sie etwas besitzen, das ich haben muß. Alle, die uns im Weg stehen, werden vernichtet werden. Alle, die ihre Schwerter gegen uns erheben, werden den Zorn des Einen Wahren Gottes kennenlernen.«

»Schwerter?« flüsterte Major Juma stirnrunzelnd. »Er glaubt, daß sie mit Schwertern kämpfen werden?«

»Die Flüsse werden sich rot färben, die Geier werden sich am verkohlten Fleisch der Ungläubigen mästen, und das Gemetzel wird fortfahren, bis die letzte Stimme, die sich gegen uns erhoben hat, zum Schweigen gebracht sein wird. So hat es Allah bestimmt; so muß es sein.«

Niemand wollte derjenige sein, der die Frage stellte, was Allahs Absicht sein mochte, und daher verblieben sie alle in Schweigen und Achtsamkeit, bis Rashid selbst das Thema ansprach.

»Ein Museum in der Stadt von New Avon stellt die Stoßzähne eines Tieres aus, das bekannt ist als der Kilimandscharo-Elefant, das größte Säugetier, das je über die Erde schritt, die unsere Rasse hervorgebracht hat. Allah hat mir gesagt, daß ich jene Stoßzähne besitzen muß.« Er hielt inne und sah über die verblüfften Gesichter hinweg. »Das will ich, und das ist es, was Allah will. Jeder Mann, der nicht sein Leben zur Erfüllung dieses Ziels verpfändet, leugnet nicht nur meine eigene Souveränität, sondern die Souveränität Allahs.« Ein kaltes Lächeln gab einen ausreichenden Hinweis darauf, was sowohl Rashids als auch Allahs Reaktion auf eine derartige Handlung sein könnte.

Kurz darauf entließ sie Rashid, um sich für die Invasion vorzubereiten.

»Wir beginnen tatsächlich einen Krieg wegen eines Paars Stoßzähne?« wiederholte Major Juma in der Abgeschiedenheit von Arab Chagallas Büro. »Das kann ich nicht glauben.«

»Sie werden's glauben, wenn sie beginnen, auf Sie zu schießen«, erwiderte Chagalla grimmig.

»Aber warum?«

Der General seufzte tief, zündete sich eine Zigarre an, tat einen Zug und sah seinen untergeordneten Offizier direkt an. »Weil unser geliebter Monarch dreizehn Töchter und keine Söhne zeugte, seitdem er den Thron bestiegen hat, und er möchte ein paar männliche Erben.«

»Was hat das eine mit dem anderen zu tun?« fragte Juma, verblüfft von dieser Antwort.

»In den alten Tagen, als die Menschheit noch an die Erde gefesselt war, gab es ein Tier, einen Verwandten des Elefanten, das als Nashorn bekannt war. Es wurde wegen eines Horns, das am Ende seiner Nase wuchs, bis zum Aussterben gejagt.«

Juma starrte ihn an, sagte jedoch nichts.

Chagalla zog erneut an seiner Zigarre und fuhr fort: »Der Grund, aus dem heraus dieses Tier wegen seines Horns gejagt wurde, lag darin, daß das Horn die Form eines Phallus angenommen hatte, und verschiedene Potentaten glaubten, die Einnahme des Horns – in pulverisierter Form, natürlich – verliehe unbegrenzte Manneskraft.« Der General hielt inne, wobei er über die pure Idiotie dessen nachdachte, was er zu erklären versuchte. »Es gibt keine Nashörner mehr, ebensowenig Hörner dieser Tiere – aber es *gibt* diese beiden riesigen Stoßzähne. Wenn Sie sich ihre Form betrachten, die sich nicht von dem eines Nashorns unterscheidet, und sich daran erinnern, daß dreiundvierzig unserer geliebten siebenundvierzig Frauen des Monarchen unfruchtbar sind und daß er selbst weder jünger noch sexuell potenter wird, können Sie Ihre eigene Schlußfolgerung ziehen.«

»Wir werden Plantagenet II angreifen, damit er seine Frauen öfter vögeln kann?« fragte Juma ungläubig.

»Natürlich nicht.«

»Aber ...«

»Wir werden Plantagenet II angreifen, weil er *glaubt*, er könne seine Frauen öfter vögeln.«

»Aber das ist doch lächerlich!« rief Juma aus. »Warum *kaufen* wir die Stoßzähne nicht einfach?«

»Wir machten ein Angebot, und wir wurden abgewiesen«, erwiderte Chagalla. Er lächelte spöttisch. »Ich glaube, *da* schlug Allah vor, daß wir in den Krieg ziehen sollten.«

»*War* das Horn des Nashorns ein Aphrodisiakum?« fragte Juma.

»Natürlich nicht.«

»Dann wird's das Elfenbein gleichfalls nicht sein«, schloß er. »Warum sagt ihm das niemand?«

Chagalla starrte ihn an. »Wollen Sie's freiwillig tun?«

»Nein, aber ...«

»Tja, wenn Sie jemanden finden, der gewillt ist, unserem geliebten Monarchen zu sagen, daß es keine Hoffnung für seine schwachen Leistungen im Schlafzimmer gibt, dann lassen Sie es mich bitte wissen. Bis dahin schlage ich Ihnen vor, sich auf den Kampf vorzubereiten.«

Juma schüttelte entsetzt den Kopf. »Wir ziehen also in den Krieg, weil niemand gewillt ist, einem Verrückten zu sagen, daß ein überdimensionierter Zahn kein Aphrodisiakum ist?«

»Das ist der springende Punkt«, stimmte Chagalla grimmig zu. »Versuchen Sie, sich daran zu erinnern, daß wir unserem Planeten dienen, der ewig ist, und nicht unserem Herrscher, der vergänglich ist.«

Juma schüttelte den Kopf. »Das ist ein schlechter Krieg«, sagte er mit Überzeugung. »Allah wird uns nicht gestatten, ihn zu gewinnen.«

»Wie ich die Geschichte lese, wird Allah wie gewöhnlich diejenige Seite mit der besten Feuerkraft bevorzugen«, erwiderte Chagalla.

Die Invasion begann kläglich. (In Wirklichkeit begann sie fast überhaupt nicht, denn als Rashids persönlicher Mullah, Sherif Hassim, den Zweck des militärischen Unternehmens erfuhr, verweigerte er den Truppen Absolution dafür, daß sie Konservenrationen aßen. Rashid ließ ihn exekutieren, aber sein Nachfolger verweigerte sich gleichfalls, und bis zu dem Zeitpunkt, da der Monarch einen Mullah gefunden hatte, der erklärte, für die Dauer des Kampfes könnten die Armee und die Raummarine Fleisch essen, das nicht auf rituelle Art geschlachtet worden war, waren acht Mullahs hingerichtet oder zu Tode gefoltert worden, und die Flotte war gezwungen gewesen, zusätzliche sechsunddreißig Stunden im Raumhafen zu verbleiben.)

Dennoch nahm die Flotte schließlich Kurs auf das ferne Plantagenet-System, und nachdem Major Juma die ersten beiden Tage in seiner winzigen Kabine verbracht hatte, ersuchte er erneut um Audienz bei seinem General.

»Treten Sie ein!«, sagte Arab Chagalla, als der junge Major im Eingang seines vergleichsweise geräumigen Privatquartiers erschien.

»Vielen Dank, Sir!«

»Möchten Sie etwas ungesüßten Kaffee?« fragte Chagalla und deutete auf die Kanne auf dem Tisch unmittelbar neben ihm.

»Nein, vielen Dank, Sir.«

»Dann setzen Sie sich bitte.« Er neigte den Kopf. »Mein Haus ist das Ihre. Wie's scheint«, fügte er sarkastisch hinzu.

Juma betrat seine Kabine, und die Tür schloß sich hinter ihm.

»Ist dieser Raum sicher, Sir?« fragte Juma, während er zu einer Bank ging, die von einem Schott herabgelassen wurde.

Chagalla runzelte die Stirn. »Sicher?«

»Können wir abgehört werden?«

»Nein.«

»Gut«, sagte Juma, setzte sich und beugte sich vor. »Ich sage Ihnen das, weil ich Ihnen vertraue und weil ich's nicht allein durchführen kann.« Er hielt unbehaglich inne. »Ich habe einen Plan ausgearbeitet.«

»Plantagenet II zu erobern?« fragte Chagalla, womit er dem jungen Mann eine Chance gab, von dem Thema abzuschwenken, das er offensichtlich zu besprechen wünschte.

»Amin Rashid zu töten.«

»Ich werde vorgeben, dies nicht gehört zu haben«, sagte Chagalla, überhaupt nicht überrascht. »Und Sie, was Sie betrifft, Sie werden so etwas nicht mehr erwähnen.«

»Aber der Mann ist wahnsinnig!«

»Er ist gleichzeitig unser König, dem wir unsere Treue geschworen haben.«

»Er ist für seine Handlungen nicht verantwortlich.«

»Sagt man nicht Allah nach, daß er die Wahnsinnigen mitleidig betrachte?« fragte Chagalla und schlürfte seinen Kaffee.

»Allah vielleicht, aber das wird die zehntausend Toten und Sterbenden auf Plantagenet wenig beruhigen.«

»Genug!« sagte Chagalla scharf. »Er ist Ihr Monarch; Sie sind sein Vasall. Er ist ein unvollkommener Mensch, natürlich, aber die Vollkommenheit liegt allein in Allah. Sie müssen ihm dienen und Allah erlauben, ihn zu richten.«

Juma schürzte ungeduldig die Lippen.

»Sie glauben doch nicht etwa, daß uns die Republik das hier durchgehen läßt, oder?« beharrte er. »Bislang war Rashid lediglich ein Ärgernis. Dieser Akt der Aggression wird ihn zum Kriminellen machen – oder haben Sie vor ihn gegen die militärische Macht von zwanzigtausend Welten zu verteidigen?«

»Ich werde nicht mehr länger zuhören«, sagte Chagalla bestimmt. »Sie müssen aufhören zu reden, oder es wird meine Pflicht sein, Sie zu melden.«

»Dann melden Sie mich!« fauchte Juma. »Aber das Blut von Plantagenet II wird an Ihren Händen kleben, wenn Sie nicht zuhören! Und wegen was? Wegen eines Paares Stoßzähne, von denen ein Wahnsinnigen glaubt, daß sie ihm die Fruchtbarkeit der Echsen verleihen werden, die er züchtet!«

»Ich schlage Ihnen vor, zu Allah zu beten und um Anleitung und Vergebung zu bitten«, sagte Chagalla.

»Allah muß mit anderen Problemen beschäftigt sein, sonst hätte Amin Rashid niemals den Thron bestiegen!«

Der ältere Mann starrte ihn einen langen Augenblick nachdenklich an, als versuche er, sich über etwas klarzuwerden. Schließlich seufzte er und lehnte sich in den gepolsterten Stuhl zurück.

»Allah sieht und weiß mehr, als Sie glauben«, sagte Arab Chagalla.

»Was soll *das* heißen?« wollte Juma wissen, wobei er sich wie ein Geier auf diese Bemerkung stürzte.

Chagalla starrte ihn an, schien etwas sagen zu wollen, änderte dann jedoch seine Meinung. »Beten Sie um Anleitung, sowohl für sich selbst als auch für Ihren König«, sagte er schließlich.

»Irgend etwas geht vor!« sagte Juma aufgeregt. »Irgend etwas, das ich nicht weiß!«

»In der Galaxis und im Universum gehen eine Menge Dinge vor sich, von denen Sie nichts wissen«, entgegnete Chagalla.

»Es muß bald geschehen«, fuhr Juma fort. »Wir erreichen das Plantagenet-System in drei Tagen.«

»Sie haben *Ihren* Kalender, und Allah hat den seinen«, sagte der General.

»Darf ich helfen?« fragte Juma eifrig.

»Sicherlich«, antwortete Chagalla, dessen Gesicht eine ausdruckslose Maske war. »Beten Sie um einen raschen und unblutigen Sieg über die Ungläubigen!«

Es gab keinen Grund, warum es nicht hätte funktionieren sollen. Sie pflanzten die Bombe in eine reife Zitrusfrucht und legten diese zuunterst in eine Schale voll mit ähnlichen Früchten.

Neun Senioroffiziere der Mannschaft waren an dem Komplott beteiligt, und alle neun waren anwesend und völlig darauf vorbereitet, das eigene Leben dafür zu opfern, damit ihr Monarch mit Sicherheit ums Leben kam. Chagalla, der sich nicht auf dem Flaggschiff befand, war nichtsdestoweniger gleichfalls beteiligt, und er war bereit, das Kommando über die Flotte zu übernehmen und ihr zu befehlen, in dem Augenblick zurück nach Alpha Bednari IV zu fliegen, da er die Bestätigung für das unglückliche Dahinscheiden Amid Rashids erhielte.

Eine Versammlung war für 16.00 Uhr Schiffszeit auf dem Flaggschiff angesetzt worden, und als Rashid darauf beharrte, daran teilzunehmen, kam der Plan zur Geltung. Nachdem der Herrscher eingetroffen war und sich am einen Ende des Konferenztischs niedergelassen hatte, war die Bombe aktiviert worden, und die Offiziere hatten den Raum von all denjenigen gesäubert, die nicht direkt an dem Mordanschlag beteiligt waren.

Aber wie Chagalla bemerkt hatte: Allah hatte in Seinem Herzen eine weiche Stelle für Wahnsinnige, und die Bombe explodierte just in jenem Augenblick, als sich Rashid hinabgebeugt hatte, um eine Frucht aufzuheben, die zu Boden gefallen war. So vom Tisch geschützt, erlitt er nur kleinere Verletzungen und leichte Verätzungen der Lunge, weil er den Rauch eingeatmet hatte. Sieben von neun Offizieren starben bei der Explosion, und die beiden übrigen starben später am Abend, ehe sie hätten gefoltert werden können, um die Namen ihrer Mitverschwörer zu verraten.

Und die Flotte blieb auf Kurs nach Plantagenet II.

Als sie sich drei Stunden vor ihrem Ziel befanden, verkündete Rashid, daß die Invasion auf dem Boden ausgekämpft werden müsse; er wollte nicht das Risiko eingehen, die Stoßzähne zufällig zu zerstören, indem man aus dem Orbit auf den Feind schoß.

Chagalla, jetzt sein rangältester Offizier, erklärte, daß das Militär von Plantagenet sie zweifelsohne bereits ausgemacht habe und daß es sie fraglos mit ihrer Waffen verfolge. Wenn ihm, Chagalla, nicht gestattet würde, die Verteidigungsanlagen des Feindes außer Gefecht zu setzen, gebe es ernsthafte Zweifel daran, auch nur ein einziges Schiff sicher landen zu können.

Rashid hörte höflich zu und erklärt dann, Allah habe ihm eben an diesem Morgen zugeflüstert, daß die Invasion ein Erfolg werden würde und daß er in Kürze die mystische Kraft besäße, die in den Stoßzähne des Kilimandscharo-Elefanten eingebettet lag.

Chagalla hatte daraufhin gefordet, daß ihm zumindest gestattet würde, die Flotte in einem Orbit um Plantagenet V oder VI zu bringen, bis er die Feuerkraft des Feindes durchkalkuliert habe.

Rashid verweigerte das, denn Allah habe ihm gesagt, daß alle Feinde vor Seiner Heiligen Attacke dahinschwinden würden.

Chagallas letzter Vorschlag war, einen letzten Verhandlungsversuch zu unternehmen, da die Gegenwart der Flotte vielleicht einigen Effekt auf die ursprüngliche Entscheidung der Regierung haben könnte, sich von dem Elfenbein nicht zu trennen.

Ein sehr vernünftiger Vorschlag, stimmte Rashid zu – unter anderen Umständen. Aber die Zeit für Vernunft und Versöhnung war vorüber. Allah hatte ihm gesagt, er müsse die Ungläubigen angreifen und das Elfenbein ihrem Griff entwinden.

Chagalla, der nicht sehr viel von Rashids *oder* Allahs Verständnis von militärischer Taktik hielt, nickte nur und salutierte.

Die ersten acht Schiffe, die einen Landungsversuch unternahmen, wurden auf der Stelle in Stücke zerrissen. Ein neuntes Schiff trat, aus allen Rohren feuernd, in die Atmosphäre ein, und es gelang ihm, zwei Bauernhöfe zu zerstören sowie einen drei Kilometer langen Abschnitt einer unbefestigten Straße, ehe es seinerseits zerstört wurde.

Schließlich schaltete Chagalla seinen Kommunikator an.

»Mein Fürst«, sagte er wütend, »Sie *müssen* mir einen Schlag gegen ihre militärischen Stellungen erlauben! Wir haben neun Schiffe verloren und haben noch immer keine einzige ihrer Waffen außer Gefecht gesetzt!«

»Willst du *mir* Befehle geben?« wollte Rashid wissen. »Ich bin Der Auserwählte, das Sprachrohr Allahs! Wir werden sie nicht aus dem Raum angreifen! Ich möchte nicht zufällig die Stoßzähne zerstören!«

»Aber wir haben schon mehr als sechstausend Männer verloren!«

»Das waren bloß Männer«, sagte Rashid mit einem Achselzucken. »Sie starben für den größeren Ruhm Allahs.«

»Sie starben für Ihre Stoßzähne«, erklärte Chagalla, der sich dazu zwang, äußerlich einen ruhigen Anschein zu geben, »und unsere Chancen, an sie heranzukommen, sind genauso hoch wie zum Zeitpunkt unseres Starts.«

»Wir können nicht geschlagen werden«, erwiderte Rashid heiter. »Allah hat es so bestimmt.«

»Sir, ich möchte Ihnen wirklich nicht widersprechen, aber wenn Sie mir nicht gestatten, unsere Männer zu schützen, können und werden wir verlieren. Sie *müssen* mich den Planeten bombardieren lassen, oder wir werden eine Niederlage katastrophalen Ausmaßes erleiden!«

»Ich werde die Stoßzähne nicht zerstören!« sagte Rashid. Dann folgte einen Augenblick lang Schweigen. »Ich werde dir jedoch gestatten, chemische oder toxische Substanzen in die Atmosphäre einzubringen, wenn das deine Zweifel beruhigt, General Chagalla. *Aber*«, fügte er bedeutungsvoll hinzu, »es dürfen keine radioaktiven Materialien benutzt werden. Die Stoßzähne sind für mich nutzlos, wenn ich sie nicht … sie nicht *benutzen* kann.«

Du meinst, wenn du sie nicht zu Pulver zermahlen und sie so zum Frühstück verzehren kannst, korrigierte Chagalla schweigend. Laut sagte er nur: »Jawohl, mein Fürst«, und unterbrach rasch die Verbindung.

»Er will also die Atmosphäre vergiften und die gesamte Zivilbevölkerung umbringen?« wollte Major Juma aufgebracht wissen.

»Was er will, und was er bekommt, sind zwei verschiedene Dinge«, erwiderte Arab Chagalla seinem Untergebenen. »Ich möchte, daß Sie die verschiedenen Nervengase und chemischen Wirkstoffe überprüfen, die wir an Bord haben. Lassen Sie die Daten durch den Computer laufen; er soll mit etwas herauskommen, das außer Gefecht setzt, ohne tödlich zu wirken.« Er hielt inne. »Dann werden wir's auf New Avon und dessen Militärbasen werfen, eine Kommandoeinheit runterschicken, uns die Stoßzähne schnappen und einen sehr hastigen Rückzug antreten. *Inshallah.*«

»Und was ist mit Rashid?«

»Ich bin mir sicher, daß Allah in Seiner unendlichen Weisheit dieses Problem lösen wird. Im Augenblick versuche ich jedoch meine Kräfte davon abzuhalten, weiter dezimiert zu werden.«

»Sie sind jetzt der mächtigste Mann im Militär«, fuhr Juma fort. »Wenn Sie einen Anschlag führen wollten, hätten sie neunzig Prozent Ihrer Offiziere hinter sich stehen.«

»Das Militär ist zum Kämpfen da nicht zum Regieren«, erwiderte Arab Chagalla. »Ich habe weder den Wunsch noch die Fähigkeit, einen Planeten zu regieren.« Er schaltete die Holoschirme ein und studierte die Position seiner Flotte. »Schalten Sie jetzt den Computer an, überprüfen Sie unsere chemischen Vorräte und befehlen Sie ihm, die besprochene Verbindung zusammenzusetzen. Und, Juma?«

Der Major, der gerade hatte gehen wollen, wandte sich um und sah den General an.

»Ja?«

»Ich möchte nicht, daß weiter über einen Anschlag geredet wird. Ich werde ihn nicht führen, und sollte irgendeiner meiner Untergebenen so etwas versuchen, werde ich mich ihm entgegenstellen. Dies ist die Armee von Alpha Bednari IV, und ich erwarte von ihr ein diszipliniertes und ehrenhaftes Verhalten!«

Wenige Minuten später rief Arab Chagalla das Flaggschiff über den Kommunikator und bat darum, mit Amin Rashid sprechen zu dürfen.

»Ja?« fragte der Monarch.

»Die chemische Verbindung ist hergestellt worden und wird, während wir hier sprechen, in die Atmosphäre eingebracht.«

»Ausgezeichnet!« sagte Rashid. »Wie rasch werden sich ihre Auswirkungen zeigen?«

»In weniger als fünf Minuten, mein Fürst«, entgegnete Chagalla. »Ich bin gerade dabei, zweien meiner Schiffe zu befehlen, in New Avon zu landen und die Stoßzähne in Besitz zu nehmen.« Er hielt inne. »Belieben Sie, sie zu begleiten, mein Fürst?«

»Aber selbstverständlich! An ihrer Spitze werde ich in die Stadt einmarschieren!«

»Ich muß meinen Fürsten warnen, daß die Effekte der Verbindung nicht tödlich sind und sich innerhalb dreier Stunden verflüchtigen werden. Ich kann nicht für Ihre Sicherheit garantieren, falls sich unsere Feinde erholen, während Sie sich mitten unter ihnen befinden.«

»Drei Stunden ist weit mehr, als ich benötige«, versicherte ihm Rashid.

»Sehr schön, mein Fürst. Ein Schutzanzug wird zu Ihrer Bequemlichkeit bereitgestellt werden.«

»Das Gas ist nicht tödlich«, sagte Rashid. »Ich werde keinen Anzug tragen.«

»Aber, mein Fürst ...«

»Ich bin unsterblich«, gab Rashid bekannt. »Gewöhnliche Männer müssen Schutzanzüge tragen, aber der Gesegnete Allahs wird das nicht tun! Ich werde New Avon lediglich in meinen weißen Gewändern betreten.«

»Wie Sie wünschen, mein Fürst«, sagte Chagalla mit einem Achselzucken.

»Gut. Laß die Invasion sofort beginnen!«

Amid Rashid XIV. bahnte sich an der Spitze seiner Armee seinen Weg durch eine schlafende Bevölkerung. Als er das Museum erreicht hatte, stieg er die hohen Steinstufen in einsamer Größe empor, während sein offizieller Biograph diesen historischen Augenblick mit einer Holokamera festhielt. Daraufhin betrat der

Monarch das Gebäude, eng gefolgt von seinen bewaffneten Männern, und er zertrümmerte persönlich die Vitrine, welche die Stoßzähne des Kilimandscharo-Elefanten enthielt. Sobald er das Elfenbein in Obhut genommen hatte, führte er einen geordneten Marsch zurück zu den Schiffen an.

Nach der Rückkehr aufs Flaggschiff durchschritt er kurz den Dekontaminierungsraum, überwachte die sorgfältige Verpackung des Elfenbeins und verkündete über Intercom seinen Triumph.

Dann, genau vor dem Abendgebet, brach er zusammen.

»Wird er überleben?« fragte Major Juma.

»Er wird«, antwortete Arab Chagalla.

»Und wird er alle seine Sinne wieder beieinander haben? Diejenigen, welche er nicht schon verloren hat?« schränkte Juma ein.

Chagalla entzündete eine Zigarre und lehnte sich gemütlich in seinen Sessel zurück.

»Er wird alle seine Sinne wieder beieinander haben.«

»Dann hat uns Allah wirklich und wahrhaftig verlassen!« grummelte der junge Major bitter.

»Allah hat nichts dergleichen getan«, erwiderte Chagalla.

Juma starrte ihn gespannt an.

»Allah hat nicht nur einen Sinn für Gerechtigkeit«, fuhr der General fort, »ich glaube auch, daß Er gleichfalls einen Sinn für Ironie hat.«

»Ich verstehe nicht«, sagte Juma.

»Ich habe gerade den medizinischen Befund über den Zustand unseres Monarchen erhalten«, sagte Chagalla.

»Aber Sie sagten gerade, er würde überleben und seine Sinne zurückerhalten.«

»Das stimmt«, meinte Chagalla, wobei er sich köstlich amüsierte. »Aber eines wird er nicht zurückerhalten.« Er sog erneut an der Zigarre und lächelte. »Was war der Zweck dieser Invasion, Major Juma?«

»Das Elfenbein zu bekommen, von dem er in seinem Wahnsinn annimmt, daß es ihn mit der Potenz eines Zuchthengstes ausstattet.«

»Das ist korrekt«, sagte Chagalla. »Und laut des medizinischen Befundes wird der einzige dauerhafte Effekt dessen, daß er sich dem Gift in der Atmosphäre ausgesetzt hat, darin bestehen, daß er permanent sexuell impotent sein wird.«

Juma grinste. »Wirklich?«

Chagalla nickte. »Ich sagte Ihnen, Allah würde alles Ungerade wieder gerade richten.« Er hielt inne und tat einen langen Zug an der Zigarre. »Eine so ausgeklügelte Gerechtigkeit! Unser Gott ist ein verschlagener Gott, stimmt's?«

»Ich gäbe Ihn für keinen anderen hin«, stimmte Major Juma fröhlich zu.

Achtes Zwischenspiel

(6303 G.A.)

Nachdem ich die Geschichte von Amin Rashid XIV. erfahren hatte, machte ich mich an die Arbeit, die Maße eines Baffledivers zu bestätigen. Kurz vor dem Mittagessen nahm Mandaka mit mir Kontakt auf.

»Haben Sie weitere Informationen?« fragte er.

»Ich habe erfahren, daß im Jahre 882 G.A. ein Krieg um die Stoßzähne geführt wurde«, erwiderte ich.

Er runzelte die Stirn. »Sie wissen, was ich meine.«

Ich schüttelte den Kopf. »Der Computer war außerstande, sie aufzufinden, nachdem sie Tahiti Benoit den Fliegen-bei-Nacht gestohlen hatte.«

»Das wußten Sie schon vor zwei Tagen.«

»Sie werden auftauchen«, versicherte ich ihm. »Der Computer muß eben halt nur beharrlich und wir müssen geduldig sein.«

»Werden Sie die Nacht im Büro verbringen?« fragte er.

»Ja.«

»Ich werde mit Ihnen gegen Mitternacht wieder Kontakt aufnehmen.«

»Ersparen Sie sich die Mühe«, entgegnete ich. »Ich werd' mit Ihnen in Kontakt treten, sobald ich sie aufgefunden habe.«

»Ich werde heute nacht mit Ihnen Kontakt aufnehmen«, wiederholte er und unterbrach die Verbindung.

»Das werden Sie sicherlich tun«, sagte ich zu der leeren Stelle, wo sein Bild gewesen war.

Der Rest des Tages verstrich langsam, während ich einen Teil meiner routinemäßigen Buchführung wieder auf den neuesten Stand brachte und die Echtheitsprüfungen der kommenden Woche unter meinem Stab aufteilte. Ich traf mich kurz mit der Künstlerin, welche die Ausgabe der Quinellus-Sammlung illustrieren sollte, erklärte ihr erneut, wie unser Färbungsverfahren funktionierte und welche Angaben unsere Techniker benötigten; daraufhin, um vier Uhr, bestellte ich ein Glas Fruchtsaft und lehnte mich in den Sessel zurück, wobei ich zu überlegen versuchte, welche weiteren Vorschläge ich dem Computer machen könnte, die ihm dabei helfen würden, das Elfenbein zu finden.

»Ich hoffe, du wirst dich etwas besser als so anziehen«, sagte eine vertraute Stimme; ich blickte auf und sah Hilda Dorian in der Tür. Sie hatte seit dem Frühstück etwas mit ihrem Haar getan und trug sehr elegante pinkfarbene und grüne Kleidung, die ich noch nie zuvor gesehen hatte. Sie trug sogar den alten Verlobungsring mit den Diamanten und den Sternsteinen, den ihr Harold vor etwa zwanzig Jahren geschenkt hatte.

»Was ist los?« fragte ich, während ich sie anstarrte.

»Die Betriebsfeier.«

»War die nicht gerade erst?«

»Das war vor einem Jahr.«

»Wirklich?«

»Und du warst nicht da«, fuhr sie fort.

»Ich muß krank gewesen sein«, sagte ich.

»Haha!«

Ein langes Schweigen.

»Na, dann amüsier dich gut!« sagte ich schließlich.

»Du wirst auch kommen, Duncan.«

Ich schüttelte den Kopf. »Ich muß arbeiten.«

»Duncan, es ist vier Jahre her, seitdem du auf der Betriebsfeier gewesen bist.«

»Jeder wird betrunken und spielt dumme Spielchen«, entgegnete ich. »Mir macht das keinen Spaß.«

»Glaub mir oder glaub mir nicht, aber das ist auch nichts, was *mir* Spaß macht«, sagte sie. »Ich gehe jedoch hin, weil's von mir erwartet wird – und *dieses* Jahr wirst du auch hingehen.«

»Ausgeschlossen«, sagte ich. »Mandaka hat sich bei mir um Mitternacht angesagt.«

»Mandaka zahlt dir nicht dein Gehalt, und er besitzt nicht deinen Computer«, sagte sie geduldig. »Das tut Wilford Braxton's, und sie haben mir sehr deutlich nahegelegt, daß deine Anwesenheit erwünscht ist.«

»Ach, geh doch, Hilda – sie würden's noch nicht einmal bemerken, ob ich da bin oder nicht«, meinte ich. »Ich hab' Wichtigeres zu erledigen.«

»Du hast *nichts* Wichtigeres zu erledigen«, sagte sie fest. »Deine Arbeitgeber haben das Gefühl, daß deine ständige Abwesenheit bei den Feiern die Moral deiner Untergebenen untergräbt.«

»Meine Untergebenen sind hierhergekommen, um Trophäen von Großwildjagden zu untersuchen und zu bestätigen, nicht um Partyspielchen zu spielen und sich langweilige Reden anzuhören«, schoß ich zurück. »Wenn sie die Moral der Leute wirklich heben wollen, sag Ihnen, sie sollen eine allgemeine Lohnerhöhung ansetzen.«

Sie funkelte mich an. »Duncan, ich hab' ihnen versprochen, daß du kommen würdest, und ich laß mich von dir nicht zur Lügnerin stempeln.«

»Es war nicht deine Angelegenheit, ihnen das zu sagen«, meinte ich. »Ich habe zufälligerweise einen Termin, erinnerst du dich?«

»Ich werd' ihn um sechs Stunden verlängern.«

Ich schüttelte den Kopf. »Nichts da. Als ich das letzte Mal hingegangen bin, hat sich Hammonds Frau an mich drangehängt und mir vier Stunden lang die Ohren voll gelabert.«

»Mister Hammonds Frau ist bereits seit mehr als drei Jahren tot«, sagte sie. »Du kannst sie nicht als Ausrede benutzen.«

»So lang schon?« sagte ich überrascht.

»Du bist zum Begräbnis gegangen.«

»Ich dachte, das wär' erst ein paar Monate her.«

»Drei Jahre, Duncan.«

»Wirklich?«

»Duncan, ich weiß nicht, warum ich meine Zeit mit dir vergeude! Du bist so in deiner Arbeit vergraben, daß du kein Empfinden für Zeit oder Eigentum oder sonst etwas hast!«

»Ich weiß nicht, warum du dich überhaupt darum kümmerst«, sagte ich aufrichtig. »Vielleicht solltest du diese Sache verlorengeben und mich an die Suche nach dem Elfenbein zurückgehen lassen.«

»Duncan, du mußt damit aufhören, nur an dich und daran zu denken, was *dich* glücklich macht!« fauchte sie, und diesmal war sie wirklich wütend. »Es wird dir nicht wehtun, zur Feier zu gehen, und du wirst mir das Leben erheblich vereinfachen! Dein Arbeitgeber möchte, daß du hingehst, deine Untergebenen erwarten, daß du hingehst, und ich bestehe darauf, daß du hingehst. Da gibt's nichts mehr dran zu rütteln!«

»Ich hab' keinen Gesellschaftsanzug«, sagte ich.

Sie ging zu meinem Schrank hinüber und musterte die Kleidung, die dort hing; dann zog sie einen Anzug heraus. »Der ist doch ganz nett.«

»Jeder wird besser angezogen sein als ich«, sagte ich. »Es wird mir peinlich sein.«

»Das ist dann deine eigene Schuld«, erwiderte sie. »Du wußtest schon seit Monaten davon.«

»Ich hab' gerade erst davon gehört.«

»Blödsinn. Die Firma hat allen ihren Angestellten Einladungen geschickt.«

»Ich hab' nie eine bekommen.«

»Computer?« fragte sie.

»Eine Einladung wurde vor einhundertundacht Tagen erhalten«, sagte der Computer. »Es hat vier weitere Nachrichten gegeben, die um Antwort baten; sie wurden jedoch allesamt nicht beachtet.«

»Vielen Dank, mein Freund«, brummelte ich und funkelte den schimmernden Kristall an.

»Gern geschehen, Duncan Rojas«, gab der Computer zurück.

»Nun, wenn du jetzt mit Maulen und Protestieren fertig bist, ziehst du jetzt bitte diesen Anzug hier an und hältst dich bereit, pünktlich um fünf Uhr loszugehen.«

»Warum quälst du *mich*?« wollte ich wissen. »Du hast einen Mann. Warum läßt du dich nicht von *ihm* begleiten?«

»Harold wird uns dort erwarten.«

»Dann geh in Frieden, amüsiere dich gut mit ihm, grüße ihn von mir und laß mich in Ruhe!«

»Harold kommt, weil er erwachsen ist, und er akzeptiert die Pflichten eines Erwachsenen«, erwiderte Hilda. »Es ist allmählich an der Zeit, daß du desgleichen tust.«

»Es ist noch genug Zeit dafür, wenn ich das Elfenbein gefunden habe.«

»Das Elfenbein kann warten«, sagte sie. »Abgesehen davon wird der Computer arbeiten, während du auf der Feier bist.«

»Der Computer macht überhaupt keine Fortschritte«, sagte ich. »Er wird weitere Anweisungen benötigen.«

»Dann wirst du ihm nach der Feier Anweisungen geben.«

»Bis dahin sind's noch acht Stunden!«

»Du brichst mir das Herz, Duncan«, sagte sie sarkastisch. Dann zögerte sie. »Warum versuchst du nicht einfach, alles auf dich zukommen zu lassen?« schlug sie schließlich vor. »Vielleicht gefällt's dir.«

Ich starrte sie an, gab jedoch keine Antwort.

»Du könntest vielleicht sogar eine nette junge Frau finden«, fuhr sie fort. »Obwohl – was eine nette junge Frau an dir finden könnte, ist mir schleierhaft.«

»Was findest *du* an mir?« fragte ich.

Sie sah mich nachdenklich an und seufzte. »Wenn ich das nur wüßte«, sagte sie. »Vor langer Zeit sah ich in dir einen brillanten jungen Mann mit einigem Sinn für Humor. Du warst ein wenig exzentrisch, und ich hab' exzentrische Leute schon immer gemocht.« Sie hielt inne. »Aber als die Jahre so dahingingen, hat sich die Exzentrik zu einer monomamischen Arbeitsethik entwickelt, und der Sinn für Humor ist für gewöhnlich abwesend.«

»Und das Brillante?«

»Du bist noch immer brillant, aber das reicht nicht aus, Duncan. Du besitzt keinerlei gesellschaftlichen Anstand, und du kümmerst dich um nichts weiter als deine Arbeit. Du neigst dazu, Leute zu verletzen; und zwar eher aus Nachlässigkeit als aus Böswilligkeit, und ich bin mir überhaupt nicht sicher, ob das vorzuziehen ist; das bedeutet nämlich, es ist einem die Mühe noch nicht einmal wert zu vermeiden, daß man die Leute verletzt, oder sogar, daß man sie absichtlich verletzt.«

»Warum kümmerst du dich dann noch immer um mich?«

»Weil ich dich fast mein halbes Leben lang kenne, und du kehrst einer halben Lebensspanne nicht einfach den Rücken, selbst wenn sich alles nicht so entwickelt hat, wie man's gehofft hatte.« Sie hielt inne. »Und nebenbei: Wenn sich Harold und ich nicht um dich kümmerten – wer täte es dann?«

Ich hob die Schultern, außerstande, eine Antwort hervorzubringen.

»Vielleicht wärst du ja wirklich glücklicher, wenn sich niemand für dich interessierte«, fuhr Hilda fort,

»aber du kannst in diesem Leben nicht alles haben, was du haben möchtest. Also, wirst du jetzt diesen Anzug anziehen – oder muß ich dir den Zugriff zum Computer untersagen?«

»Das tätest du wirklich?« wollte ich wissen.

»Allerdings.«

»Ich nehme nicht an, du könntest es in Betracht ziehen, mich weitere zehn Minuten lang anzuschreien und dann alleinzulassen?«

Sie schüttelte eisern den Kopf. »Du hast deine Jugend nur um etwa dreißig Jahre hinter dir gelassen«, sagte sie. »Ich habe noch immer ein Fünkchen Hoffnung, daß du eines Tages erwachsen wirst.«

»Fünf Uhr?« fragte ich und gab mich geschlagen.

»Genau.« Sie deutete mit einem Wurstfinger auf mich. »Und du bist dann besser fertig, Duncan.«

Ich nickte zustimmend, sie verließ das Zimmer, und ich begann sofort damit, mögliche Wege der Befragung hinzukritzeln, die ich dem Computer eingeben könnte, ehe ich für den Abend aufbräche.

Um elf Uhr kehrte ich ins Büro zurück, nachdem ich eine halbe Stunde zuvor mich überzeugt hatte, daß sich Hilda prächtig amüsierte und ihr meine Abwesenheit deshalb überhaupt nicht auffiele.

Die Party war genauso langweilig und öde gewesen, wie ich befürchtet hatte. Jeder, sogar die Braxton-Erben, warf sich auf eine Gemeinschaftssingerei und schwelgte offenbar in einem Gefühl von Kameraderie und Eintracht, das sich mir irgendwie entzog, und dann tauchte eine Live-Band auf, und Hilda brachte mich tatsächlich dazu, einmal eine Runde um den Tanzboden zu drehen, trotz meiner Proteste, ich habe seit Jahren nicht mehr getanzt. Alle anderen amüsierten sich offenbar prächtig, und ich fragte mich allmählich, ob sie nicht doch recht hätte, ob mir nicht doch etwas fehlte – aber dann dachte ich an Mandaka, wie er da, in eine uralte Stammesdecke gehüllt, auf dem Fußboden seines Appartements saß und zu Gott weiß welchem Zweck das Elfenbein suchte, und ich kam zu dem Schluß, daß sich die übrigen einen Schritt neben der Realität befanden, daß sich keine noch so große Anzahl von Party-Spielchen und gesellschaftlichem Geplänkel mit dem Schauer messen konnte, den die Verfolgungsjagd des Elfenbeins durch die Äonen bei mir hervorrief. Und da wußte ich: ich hatte mehr mit diesem seltsamen schwarzen Mann gemein, der in einer Hütte aufgewachsen war und niemals ein anderes Kind gesehen hatte, als mit jedem meiner Mitarbeiter, eingeschlossen sogar Hilda. Es verlangte sie nach der Wärme der anderen, während es uns nach dem einsamen Pfad der Jagd verlangte.

Nun, gab ich mir zu, nicht *wir* suchten es. Sogar Mandaka hätte lieber das Leben eines Angestellten von Braxton's geführt, wenn er die Wahl gehabt hätte. *Ich* suchte es. Ich beobachtete Hilda und Harold, sah den Stolz und die Zärtlichkeit, die sie noch immer füreinander empfanden, nach all den Jahren, die ihnen deutlich ins Gesicht geschrieben waren; irgendwie jedoch erschien mir das alles leer. Sie würden in ihre Häuser zurückkehren, um weitere Zeit mit müßigem Geplauder zu verschwenden, und vielleicht ein Holo oder auch zwei sehen, und ein weiterer Abend wäre ihnen für immer durch die Finger geglitten, ein Abend ohne Herausforderung, ohne Erfüllung, ohne den Kitzel der Jagd. Sie würden in acht Stunden glücklich und zufrieden und erfüllt erwachen – aber *ich* würde einen weiteren Schritt näher an den Stoßzähnen erwachen, und mir wurde klar, daß ich um nichts in aller Welt den Platz mit ihnen hätte tauschen wollen.

»Computer!« sagte ich.

»Ja, Duncan Rojas?«

»Hast du die Stoßzähne schon gefunden?«

»Nein.«

»Hast du alle Daten gesammelt, die etwas mit ihnen zu tun hatten, seitdem sie von Tahiti Benoit gestohlen worden waren?«

»Nein.«

Ich setzte mich und runzelte die Stirn. »Bitte ein wenig Wärme im Kreuz«, befahl ich dem Sessel.

»Erledigt.«

»Computer, ich muß nachdenken. Spiele bitte Ghanetskis *Altairianische Rhapsodie in b-Moll* und laß die westliche Wand undurchsichtig werden.«

»Ich arbeite… erledigt«, sagte der Computer, und den Raum durchfluteten Ghanetskis leidenschaftliche Rhythmen.

Vielleicht zehn Minuten lang saß ich bewegungslos da, ließ mich von einer Welle von Tönen nach der anderen überschwemmen, leerte das Bewußtsein von allen Gedanken und begann daraufhin, das umfassende Ganze des Rätsels von Neuem aufzubauen.

»Computer?«

»Ja, Duncan Rojas?«

»Wieviel Prozent deiner Kapazität widmest du momentan der Suche nach den Stoßzähnen?«

»Dreiundsiebzig Komma zwei-drei-eins Prozent.«

»Und um viele Jahre bist du seit 5730 G.A. vorangekommen?«

»Ich habe keine Fortschritte gemacht.«

»Ich muß mich nicht klar ausgedrückt haben«, sagte ich. »Du gehst sicherlich nach einem logischen Muster vor. Du mußt die Jahre 5731, 5732 undsoweiter ausgeschieden haben. Wo bist du jetzt?«

»Ich suche nach den Stoßzähnen chronologisch, alphabetisch, bildlich, thematisch, örtlich, nach Museum, nach Versteigerungen, nach der Beschreibung und nach Vorkommen in Lebenserinnerungen. Bislang habe ich noch keine dieser Nachforschungen beendet.«

»Aha«, sagte ich. »Also gut. Ich möchte, daß du die Hälfte der Kapazität, die du für dieses Problem aufwendest, abtrennst und damit herausfindest, wo Tahiti Benoit gestorben ist. Wenn die Stoßzähne nicht wieder auftauchen, besteht noch immer die Möglichkeit, daß sie sie niemals losgeworden ist.« Ich hielt inne. »Sie starb zwei Jahre nachdem sie sie gestohlen hatte; damals gab's vielleicht keinen großen legitimen Markt dafür. Da Leeyo Nelion gewillt war, soviel für sie zu bieten, wartete sie möglicherweise auf ein vergleichbares Gebot, das natürlich nicht von Museen und Sammlern gekommen wäre, oder von sonstwem – bis eben irgend jemand von Nelions Nachkömmlingen nicht nur gewußt hätte, daß sie das Elfenbein besaß, sondern auch gewußt hätte, wie man sie aufstöbern konnte. Und wie wir wissen, haben die Massai niemals Hand darauf gelegt...«

»Ich arbeite...«

»Gut«, sagte ich, lehnte mich zurück und befahl dem Sessel, sich den Konturen meines Körpers anzupassen und leicht zu schwingen. »Computer?«

»Ja?«

»Warum will er sie *deiner* Ansicht nach haben?«

»Ich verstehe Ihre Frage nicht.«

»Die Stoßzähne – warum will Mandaka sie deiner Ansicht nach haben?«

»Ungenügende Daten.«

»Was beabsichtigt er deiner Ansicht nach, damit zu unternehmen?«

»Ungenügende Daten.«

Ich schwieg einen langen Augenblick. »Wie viele Männer meines Alters verbringen mehr Nächte im Büro als daheim?«

»Sie müssen genauer sein«, erwiderte der Computer. »Meinen Sie Männer mit Ihrem identischen Geburtstag oder diejenigen, die gegenwärtig Ihr chronologisches Alter teilen – und beziehen Sie sich auf Männer dieses Planeten, dieses Systems, des Commonwealth oder der gesamten Galaxis?«

Ich seufzte. »Schon gut, Computer.« Ich schloß die Augen und hörte einem besonders bewegenden Teil der *Rhapsodie* zu.

»Computer?«

»Ja?«

»Gibt es mehr als das?«

»Ich verstehe Ihre Frage nicht.«

»Sollte ich die Dinge wollen, die andere Leute wollen?«

»Sie müssen genauer sein«, entgegnete der Computer.

»Freunde, Familie, Kinder, eine Frau.«

»Ich bin nicht dazu programmiert, in diesem Bereich Werturteile abzugeben.«

»Erzeuge ein Unterprogramm und beantworte meine Frage!«

»Ich arbeite... Nein, Duncan Rojas, es gibt nichts weiter als die Suche nach Wissen.«

»Du bist dir sicher?«

»Nein, Duncan Rojas, ich bin mir nicht sicher. Ich habe ein Unterprogramm basierend auf meinen eigenen Prämissen geschaffen. Wenn Sie eine Maschine wären, wäre ich mir sicher.«

»Trotzdem vielen Dank, Computer«, sagte ich.

Daraufhin muß ich eingedöst sein, denn als nächstes erinnere ich mich daran, daß es zwei Uhr morgens war und daß ich einen schalen Geschmack im Mund hatte.

»Computer?«

»Ja, Duncan Rojas?«

»Hast du das Elfenbein noch nicht gefunden?«

»Nein.«

»Hast du Zeit und Ort von Tahiti Benoits Tod festgestellt?«

»Nein.«

Ich stand auf, ging ins Bad und nahm rasch eine Trockendusche. Dann rief mich der Computer.

»Bukoba Mandaka versucht gerade, Kontakt mit Ihnen aufzunehmen.«

»Schalte ihn durch, visuell!«

Mandakas Gesicht erschien über dem Computer.

»Ich versuchte, um elf Uhr mit Ihnen Kontakt aufzunehmen«, sagte er anklagend, »aber Sie waren nicht da.«

»Ich hatte unaufschiebbare Verpflichtungen«, erklärte ich.

»Hatte das etwas mit dem Elfenbein zu tun?«

»Nein.«

»Dann hatten Sie kein Recht wegzugehen«, sagte er streng. »Ich bezahle Sie für Ihre Zeit.«

»Es war eine Firmenverpflichtung«, entgegnete ich, »und mir wurde unmißverständlich klargemacht, daß man mir den Gebrauch des Computers unmöglich machen würde, falls ich nicht teilnähme.«

Er starrte mich einen Augenblick lang an und nickte dann.

»Haben Sie das Elfenbein gefunden?«

»Nein«, sagte ich. »Ich habe den Computer angewiesen, zurückzugehen und herauszufinden, wann und wo Tahiti Benoit gestorben ist. Diese Linie der Nachforschung basiert auf der Annahme, daß Leeyo Nelions Nachfahren niemals Hand – auf das Elfenbein gelegt haben. Können Sie das bestätigen?«

»Tembo Laibon war der letzte Massai, der die Stoßzähne besessen hat«, erwiderte er. Sein Ausdruck verfinsterte sich, wie er's stets tat, wenn er Tembo Laibon erwähnte. »Wir besaßen sie dreizehn Jahrhunderte lang, und dieser Narr gab sie beim Kartenspiel weg!«

»Vielleicht kannte er ihren Wert nicht«, meinte ich.

»Er kannte ihn«, sagte Mandaka mit Überzeugung. »Jeder Massai kannte ihn. Sie hätten niemals auf ihn kommen sollen, oder auf mich. Der erste Massai, der sie besaß, hätte das tun sollen, was getan werden muß.«

»Der erste?« fragte ich. »Sie meinen Massai Laibon?«

Er nickte schweigend, und sein Blick war auf einen fernen Ort und eine ferne Zeit gerichtet, den und die nur er zu sehen vermochte. Auf seinem Gesicht lag ein derartiger Schmerz, eine solch unendliche Bitterkeit, daß ich ihn irgendwie trösten wollte.

»Ich werde sie finden«, sagte ich lahm. »Sie haben mein Wort darauf, Bukoba Mandaka.«

»Ich weiß, daß Sie's tun werden«, sagte er, und sein Ausdruck änderte sich nicht.

»Ich werd' Sie in dem Augenblick anrufen, da ich weiß, wo sie sind«, fuhr ich verlegen fort.

»Ja«, sagte er leise.

Ich sah ihn eine weitere Minute lang an, wobei ich mich fragte, was ich als nächstes sagen sollte, und schließlich nahm er mir die Last von den Schultern, indem er die Verbindung unterbrach.

»Computer?« sagte ich nach einem weiteren Augenblick des Schweigens.

»Ja, Duncan Rojas?«

»*War* Massai Laibon der erste Massai, der die Stoßzähne besaß?«

»Ja.«

»Und er reichte sie an seine Nachfahren, und so ging's weiter bis zur Zeit von Tembo Laibon?«

»Das ist korrekt.«

»Ich frage mich, wie Massai Laibon ursprünglich in den Besitz des Elfenbeins gekommen ist.«

»Ist das eine direkte Frage?« fragte der Computer.

»Ja«, sagte ich. »Kennst du die Antwort?«

»Ich arbeite ... Ja, jetzt kenne ich sie.«

9

Die Künstlerin

(1701 G.A.)

Als ich mich dem Kilimandscharo näherte, hielt ich immer öfter inne, um mir den Bauch mit Wasser zu füllen, denn obgleich ich einen mächtigen Hunger hatte, so waren doch meine Zähne abgenutzt, und ich war nicht länger mehr imstande, meine Nahrung zu kauen. Mir schmerzte der Kopf, meine Gelenke waren steif, und ich mußte immer häufiger zum Ausruhen stehenbleiben.

Viele Male prüfte ich den Wind, denn am Fuß des Berges lebten die Menschen, und ich hatte kein Verlangen danach, ihnen zu begegnen. Ich besaß kaum genügend Kraft, den Gipfel des Kilimandscharo zu erklimmen und mich meinem Gott zu stellen, und ich wußte, daß ich niemals mehr herabkäme. Selbst die weißen Silberreiher, meine ständigen Begleiter, spürten offenbar, daß ich mich auf den Tod vorbereitete, denn alle außer einem hatten mich verlassen, während ich mich dem Berg näherte. Ich verweilte an einem letzten Wasserloch, bestäubte mir ein letztes Mal die Haut, und dann wandte ich mich einem Pfad zu, der zu den niedrigeren Hängen führte, die den Fuß des Berges bilden.

Er war einen Meter neunzig groß, und seine Haut war schwarz. Sie maß drei Meter fünfunddreißig von der Nasenspitze bis zur Schwanzspitze, und ihre Haut war ein kompliziertes Muster aus Blau und Grün.

Er blickte die Welt mit kalten braunen Augen an; sie

sah, was niemand sonst zu sehen vermochte, mit glühenden roten Augäpfeln.

Er war ein Mann; sie war eine Nachtkriecherin.

Sein Name war Massai Laibon; ihr Name war Feuerauge.

Sie waren sich niemals begegnet… schließlich jedoch würden sie sich begegnen, denn sie besaß etwas, das er haben wollte. Es war ihr größter Schatz und sein größtes Verlangen.

Sie lebte in einer Höhle auf Belamone VI, wo die Temperatur niemals über zehn Grad stieg, und wirbelnde Gase zerstreuten das Licht der fernen roten Sonne.

Von Geburt an war sie etwas Seltenes gewesen, ein blindes Wesen, hineingeboren in eine sehende Rasse, und dennoch irgendwie *nicht* von dieser Rasse, eine Nachtkriecherin, die nicht im normalen Sichtbereich sehen konnte, sondern weit ins ferne Infrarot hinein, die das Leben als eine Reihe elektrischer Muster sah und weniger als feste Formen. Mit den Ranken, die ihr aus dem Hals wuchsen, zeichnete sie sorgfältig und zart alles, was sie sah, und wenn der Ausführung zunächst noch der letzte Schliff fehlte, so waren die Figuren, die sie schuf, auf kaum glaubliche Weise schön.

Einige Rassen hätten einen blinden Nachkommen direkt bei der Geburt getötet. Andere hätten jede wissenschaftliche Neuheit, derer sie fähig waren, dazu benutzt, ihre normale Sehfähigkeit wieder herzustellen. Ein paar hätten sie als hilflose Invalide behandelt, um die man sich für den Rest ihres Lebens kümmern und die man verhätscheln mußte. Die Nachtkriecher taten jedoch nichts dergleichen. Statt dessen ermutigten sie sie, ihre Kunst zu vervollkommnen, von den Dingen, die ihre Instrumente erkennen konnten, sie selbst jedoch nicht, genauere Abbildungen hervorzubringen.

Als sie fünfundvierzig Jahre alt war, hielt man sie für eine der besten Künstlerinnen ihrer Generation. Als sie ihre wahre Reife erlangte, im Alter von achtzig Jahren entschied sie, daß es an der Zeit sei, das Projekt in Angriff zu nehmen, für das sie all ihr Leben lang geübt hatte. Es sollte eine Schnitzerei der Geschichte der Nachtkriecherrasse werden, und zwar gesehen aus ihrer eigenen einzigartigen Perspektive, eine komplizierte Reihe von Bildern, welche die Entwicklung ihrer Rasse von der bewußtlosen Larve bis hin zum raumfahrenden Intellekt nachzeichnen und damit der Erfahrung der Rasse eine neue Tiefe des Verständnisses bringen sollte.

Als es Zeit für den Beginn ihres Projektes war, schenkte ihr eines der größeren Handelshäuser des Planeten zwei Säulen aus Elfenbein, die sie von den Menschen erhalten hatten. Obgleich deren Republik gegenwärtig von einer Anzahl Rassen ökonomisch heftig zugesetzt wurde, blieben sie dennoch die dominierende Kraft der Galaxis. Das Elfenbein stammte vom größten Landsäugetier, das jemals über den Heimatplaneten des Menschen gewandert war, und es hatte fast 3000 Jahre überlebt. Feuerauge war gleichfalls der Meinung, daß jedes organische Material, das seine strukturelle Integrität für eine derart lange Zeit hatte wahren können, eine ideale Substanz sei, auf der sie die Geschichte darstellen könne; weiterhin hatten die Nachtkriecher Verträge mit den Menschen unterzeichnet und sich der Liste der Verbündeten des Menschen angeschlossen, daher war es nur recht und billig, daß eine Kostbarkeit der Heimatwelt des Menschen ein integraler Bestandteil der zeichnerischen Darstellung der Geschichte ihrer Rasse war.

Sie begann ihr Unternehmen an dem Tag, da Massai Laibon geboren wurde.

Sie arbeitete langsam, sorgfältig, mit unglaublicher Feinheit und Präzision, während Massai Laibon zum Manne heranwuchs, die Schule abschloß, vier Jahre bei der Raummarine der Republik diente, sich eine Frau nahm und zwei Söhne und eine Tochter zeugte. Er war ein ernsthafter junger Mann, mehr mit der Vergangenheit und der Zukunft beschäftigt als mit der Gegenwart, und nachdem er die Dreißig überschritten hatte, brachte er Frau und Kinder in das Haus seiner Eltern, während er sich selbst aufmachte, die Stoßzähne des Kilimandscharo-Elefanten zu finden.

Seine Suche umspannte die gesamte Galaxis, sie begann mit Alpha Bednari IV und führte den Spiralarm entlang bis zum Rand, zur Äußeren Grenze und zur Inneren Grenze, ebenso wie auch zu den sechsundzwanzig Welten der Republik selbst. Sie führte ihn durch Museen und Refugien von Millionären, durch schmuddelige Kneipen und fremdartige Städte, und zweimal landete er in Spitälern, weil den Leuten die Fragen nicht gefielen, die er ihnen stellte, oder auch die Weise, wie er sie stellte.

Schließlich jedoch, nach zwölf Jahren, nagelte er den Aufenthaltsort des Elfenbeins fest: es befand sich auf Belamone XI, einer eisigen kleinen Sauerstoffwelt, die von Nachtkriechern bewohnt wurde, schlangenähnlichen Wesen, die kürzlich ihre Treue zur Republik erklärt hatten.

Er flog zum Belamone-System, landete auf Belamone XI und veranlaßte den Botschafter der Republik dazu, Nachforschungen über den Verbleib des Elfenbeins anzustellen. Er erfuhr schließlich, daß es sich im Besitz einer Frau namens Feuerauge befand, und er stellte einen formellen Antrag, sich mit ihr treffen zu dürfen.

Dieser wurde nicht beachtet.

Er wartete geduldig, während ein weiterer, drängenderer Antrag abgeschickt wurde.

Dieser wurde abgelehnt.

Schließlich fand er heraus, wo sich ihre Höhle befand, und ohne jemanden von seinen Absichten in Kenntnis zu setzen, packte er einen Kälteschutzanzug aus, bestückte ihn mit Vorräten für sechs Wochen und machte sich ruhig auf den Weg, um sich mit Feuerauge zu treffen.

Er brauchte vier Tage, sie zu finden, die vier kältesten Tage seines Lebens. Am Ende jedoch betrat er ihre Behausung. Sie war vollkommen dunkel, denn sie brauchte kein Licht, und er schaltete die Batterien ein, die an der Lampe auf seinem Helm angebracht waren.

Die Höhle war anscheinend leer, aber sie zeigte Spuren eines Bewohners, und daher drang er, vorsichtig Schritt für Schritt, in das gewundene Innere ein, bis er sie, nach mehr als zweihundert Metern, erreichte.

Für seine Augen sah sie aus wie eine riesige graue Schnecke, mit zwei glühenden roten Kohlen als Augen, einem halben Dutzend langer, feiner Ranken, die ihr aus dem Hals wuchsen.

Für sie wirkte er wie ein geometrisches Muster; die Hitze seines Körpers strahlte in alle Richtung ab, der Weg seines Blutkreislaufs waren winzigkleine Flüßchen von Elektrizität, die in einer endlosen, nicht jedoch unangenehmen Prozession dahinrasten.

»Du bist diejenige, die man Feuerauge nennt?« fragte er, und seine Stimme hallte durch die Höhle.

»Ja«, entgegnete sie in zischelndem wimmernden Flüstern.

»Mein Name ist Massai Laibon.«

»Ich weiß, wer du bist«, erwiderte sie. »Zweimal habe ich mich geweigert, dich zu treffen. Du hast die Übereinkunft gebrochen, indem du ohne Erlaubnis meinen Wohnort betreten hast.«

»Ich entschuldige mich«, sagte Massai Laibon, »aber ich komme in einer Angelegenheit, die für meine Rasse von äußerster Dringlichkeit ist.«

»Ich weiß, warum du hier bist, Massai Laibon«, sagte sie und richtete die glühenden Augen auf ihn.

»Wirklich?«

»Bin ich nicht Feuerauge, die Dinge sieht, über die andere nur rätseln können?«

»Du besitzt etwas, das dir nicht gehört«, sagte Massai Laibon. »Es ist etwas, wonach meine Leute seit Jahrhunderten suchen.«

»Du meinst natürlich das Elfenbein«, sagte Feuerauge, und die Schatten flackerten auf dem riesigen unbeholfenen Körper, wenn sich ihre Flanken im Rhythmus des Atems hoben und senkten.

»Das stimmt.«

»Aber es ist nicht länger mehr das Elfenbein, das mir vor mehr als vierzig Jahren gebracht worden ist«, sagte sie. »Es ist jetzt das Gefäß für etwas, das das Heilige Kunstwerk meiner Rasse werden wird.«

»Zunächst einmal gehörte es meiner Rasse«, sagte Massai Laibon, »und wir müssen es zurückbekommen.«

Sie starrte ihn mit ihren blicklosen, jedoch sehenden roten Augen an. »Das wird dir nichts Gutes bringen, Massai Laibon«, erwiderte sie ruhig.

Er setzte sich auf den harten Boden und lehnte sich mit dem Rücken an eine steinerne Wand.

»Du weißt nicht, warum wir es brauchen«, sagte er.

»Doch, das weiß ich, Massai Laibon, denn meine blinden Augen vermögen sowohl in die Vergangenheit als auch in die Zukunft zu blicken, und ich sage dir erneut, daß der Besitz des Elfenbeins dir keine Erfüllung bringen wird.« Sie schwieg kurz. »Ich sah voraus, daß du entgegen jeder Anweisung hierherkommen würdest, um das Elfenbein zu suchen. Du bist sogar auf der Schnitzerei zu sehen, Massai Laibon.«

»Wirklich?« fragte er überrascht.

»Ja.«

»Wenn du also in die Zukunft sehen kannst: was werde ich als nächstes sagen?«

»Das weiß ich nicht.«

»Dann kannst du nicht in die Zukunft sehen.«

»Armer Mensch, der wie meine eigene Rasse nur das Hier und Jetzt zu sehen vermag«, sagte Feuerauge.

»Die Vergangenheit ist fest und unbeweglich, aber die Zukunft dreht sich um eine unbegrenzte Zahl von Möglichkeiten. Ich sah diejenigen Möglichkeiten, die du am wahrscheinlichsten ergreifen würdest, und ich sah, daß der Besitz des Elfenbeins deinen Leuten ihren ehemaligen Ruhm nicht wiedergeben würde.«

»Der Besitz ist lediglich der erste Schritt«, sagte Massai Laibon.

»Willst du tun, was getan werden muß, Massai Laibon?« fragte sie. »Wirst du deinen unbeschnittenen Sohn zu dem Berg auf der Erde bringen und deine Leute erlösen?«

»Nein«, sagte er, wobei er versuchte, die Überraschung über das Ausmaß ihres Wissens zu verbergen. »Es reicht aus, daß ich den Massai das Elfenbein zurückbringe. Andere werden von da aus weitermachen.«

»Niemand wird weitermachen, Massai Laibon«, flüsterte Feuerauge. »Und das Elfenbein wird am Ende den Massai verlorengehen.«

»Niemals!« rief er heftig. »Sobald wir's einmal haben, werden wir's niemals mehr fahrenlassen!«

»Doch, das werdet ihr, Massai Laibon«, antwortete sie ruhig. »Es gibt für das Elfenbein zwei gleichermaßen mögliche Wege in die Zukunft. Auf dem einen wird es für alle Ewigkeit auf Belamone XI bleiben, um eines Tages das Allerheiligste meiner Rasse zu werden. Auf dem anderen wird es zum fernsten Winkel der Galaxis reisen und für viele den Tod und Unglück für noch mehr bringen.«

»Es wird das Eigentum der Massai werden, und dort wird es verbleiben«, sagte er bestimmt.

Sie schüttelte den blicklosen, reptilienhaften Kopf. »Nein, Massai Laibon – dies ist nicht die Zukunft, die ich lese.«

»Dann irrst du dich.«

Ein Zucken begann bei ihrem Kopf und rutschte den

gesamten Körper hinab und sandte dabei harte Schatten aus, die durch die Höhle jagten.

»Vielleicht«, sagte sie.

»Ich muß es haben.«

»Ich kann es dir nicht überlassen«, erwiderte sie. »Mehr als vierzig Jahre lang habe ich daran gearbeitet. Der größere Stoßzahn ist vollendet, der kleinere Stoßzahn mehr als halb vollendet. Sie sind mein Leben, und ich werde mich nicht von ihnen trennen.«

»Ich bin nicht ohne Mittel«, sagte er. »Nenne deinen Preis!«

»Kein Preis ist hoch genug, Massai Laibon«, antwortete sie.

»Vielleicht können wir einen Kompromiß schließen«, schlug er vor. »Kann dein Kunstwerk in ein anderes Medium überführt werden?«

»Nein«, sagte sie. »Ich habe nirgendwo tiefer als ein tausendstel Millimeter hineingeschnitten, nirgendwo ist eine Linie so stark, daß man sie ohne Instrumente oder besondere Vergrößerung sehen kann.« Sie hielt inne. »Das Werk ist so fein, daß die Stoßzähne noch nicht einmal bewegt werden können. Die schiere Berührung deiner Hand wischte Jahrhunderte der Geschichte meiner Rasse weg. Dieser Berg soll ein Schrein werden, und alle, die das vollendete Werk zu sehen wünschen, werden sich auf eine Pilgerreise zu dieser Höhle begeben, wo sie bestimmte Instrumente benutzen werden, die es ihnen ermöglichen, mein Kunstwerk zu sehen.«

»Es tut mir sehr leid«, sagte Massai Laibon, »aber das wird niemals geschehen. Wenn ich Belamone XI verlassen werde, wird das Elfenbein den Planeten gleichfalls verlassen.«

»Du beabsichtigst noch immer, das Elfenbein mitzunehmen, selbst nach dem, was ich dir sagte?«

»Das beabsichtige ich.«

»Das darf ich nicht zulassen, Massai Laibon.«

»Und ich möchte nicht, daß man's mir verweigert, Feuerauge.«

»Du bist ohne Waffen hierhergekommen«, bemerkte sie unheilvoll.

»Ich bin zum Reden gekommen – diesmal.«

»Wenn du zurückkehrst, werde ich dich töten.«

»Wenn ich zurückkehre, werde ich dieses Risiko eingehen.«

Massai Laibon betrat das Büro des Botschafters und ging reserviert und arrogant zu einem Sessel.

»Ich komme gleich zum springenden Punkt«, sagte der Botschafter und sah von seinem Computerterminal auf. »Vor zwei Stunden war ich soweit, Sie vom Planeten zu entfernen.«

»Ach ja?« fragte Massai Laibon, dessen Gesicht wie eine ausdruckslose Maske und dessen Blick auf die endlose weiße Landschaft hinter dem Fenster des Botschafters fixiert war.

»Haben Sie die Nachtkriecherin, die man als Feuerauge kennt, besucht oder nicht?«

»Ich habe sie besucht.«

»Es wurde Ihnen ausdrücklich untersagt, dies zu tun.«

»Ich gehorche einem höheren Imperativ als dem Gesetz der Nachtkriecher«, erwiderte Massai Laibon.

»Nun, Sie gehorchen keinem höheren Imperativ als dem menschlichen Gesetz, und ich bin das gesamte menschliche Gesetz auf diesem Planeten«, sagte der Botschafter scharf. »Ich sagte Ihnen, daß Sie nicht gehen sollten, und Sie gingen dennoch. Dafür hätte ich Sie einsperren lassen können!« Der Botschafter funkelte ihn an und seufzte dann. »Jedoch vor einer halben Stunde erreichte mich eine direkte Nachricht von den Nachtkriechern.«

»So?«

»Es sieht so aus, als wolle Feuerauge nicht, daß Sie

verletzt, unter Bewachung gestellt oder gezwungen würden zu gehen, ohne daß Sie's wollten.« Er hielt inne. »Mir bleibt keine andere Wahl, als ihrer Bitte nachzukommen – aber ich wäre verdammt, sollte ich sie verstehen.« Er schüttelte enttäuscht den Kopf. »Je länger ich's mit Aliens zu tun habe, desto mehr komme ich zu der Überzeugung, daß *nichts* an ihnen irgendeinen Sinn ergibt!«

»Wenn Sie mich nicht verhaften oder mir befehlen wollen zu gehen, warum bin ich dann herbeordert worden?« fragte Massai Laibon.

»Weil ich wissen will, was überhaupt los ist«, sagte der Botschafter. »Zum Beispiel: was ist denn so verdammt wichtig an Feuerauge? Niemand außerhalb dieses Planeten hat je etwas von ihr gehört.«

»Sie hat etwas, das ihr nicht gehört.«

»Etwas, das Ihrer Ansicht nach Ihnen gehört?«

»Meinen Leuten.«

»Verdammt noch mal, Mann, *ich bin* einer Ihrer Leute, und ich versichere Ihnen, sie hat nichts, was mir gehört.«

»Meine Leute sind das Volk der Massai, und sie hat etwas, das uns zurückgegeben werden muß.«

»Was, zum Teufel, ist das Volk der Massai? Davon hab' ich noch nie etwas gehört!«

»Ein Volk der Menschen.«

»Es gibt kein Volk der Menschen, Massai Laibon«, sagte der Botschafter bestimmt. »Es gibt nur Menschen, und dann gibt's da sonst noch etwas. Es gilt uns gegen die Galaxis.«

»Wenn das stimmt, dann wird auf lange Sicht gesehen die Galaxis gewinnen.«

»Da wird sie sich aber ganz mächtig anstrengen müssen«, versicherte ihm der Botschafter zuversichtlich. Er hielt kurz inne. »Aber wir kommen vom Thema ab. Was hat sie denn, das Ihrer Meinung nach Ihnen gehört?«

»Ein Paar elfenbeinerne Stoßzähne.«

»Das Elfenbein?« fragte der Botschafter überrascht. »Sie hat fast ein halbes Jahrhundert lang daran gearbeitet.«

Massai Laibon starrte dem Botschafter ausdruckslos in die Augen. »Dazu hatte sie kein Recht«, sagte er mit Überzeugung.

»Ist ein bißchen spät, sich jetzt noch einzumischen und ihr das zu sagen. Ich schätze, sie wird ihr Vorhaben in einem weiteren Jahrzehnt beendet haben.«

Massai Laibon schüttelte den Kopf. »Ihr Vorhaben wird niemals beendet werden. Ich nehme das Elfenbein mit, wenn ich gehe.«

»Können Sie beweisen, daß es das Ihre ist?«

»Nicht zu Ihrer Zufriedenheit«, erwiderte Massai Laibon.

»Dann haben Sie darauf keinen legalen Anspruch.«

Massai Laibon schwieg. »Mein Volk hat einen Anspruch darauf«, sagte er dann.

»Keinen, den irgendein Gerichtshof anerkennen würde.«

»Darum bin ich nicht zum Gericht gegangen.«

»Warum haben Sie mehr als vierzig Jahre damit gezögert, herzukommen und Ihren Anspruch geltend zu machen?« fragte der Botschafter.

»Es hat mich viele Jahre gekostet, seine Spur zu verfolgen.«

»Warum gehört es Ihnen, Ihrer Meinung nach?«

»Ich glaube kaum, daß Sie's verstünden«, sagte Massai Laibon.

»Versuchen Sie's!«

»Nein.«

»Verdammt noch mal, Mann, ich bin Ihr einziger offizieller Repräsentant auf diesem Schneeball von Welt! Wenn Sie *mich* nicht von der Rechtmäßigkeit Ihres Anspruchs überzeugen können – wie erwarten Sie dann, daß Sie *sie* überzeugen können?«

»Feuerauge weiß, warum ich das Elfenbein haben muß.«

»Sie haben's *ihr* gesagt, und Sie wollen's *mir* nicht sagen?« wollte der Botschafter hitzig wissen.

»Ich sagte ihr's nicht; sie wußte es.«

»Sie ist ein überdimensionierter Regenwurm, der sich niemals weiter als zehn Kilometer von ihrer Höhle entfernt hat«, sagte der Botschafter. »Wie konnte sie das wissen?«

Massai Laibon hob die Schultern.

»Sind Sie noch nicht mal neugierig?« beharrte der Botschafter.

»Nein.«

»Ich will's anders ausdrücken: besagt ihr Wissen nicht, daß sie bereits Kontakt mit einem Massai hatte? Und wenn *der* gewillt war, ihr das Elfenbein zu überlassen, dann sollten Sie sich vielleicht daran ein Beispiel nehmen.«

»Sie hat niemals einen Massai gesehen.«

»Dann – wie ...?«

»Sie ist ein Mysterium«, fuhr Massai Laibon fort. »Sie sieht Dinge, die andere nicht sehen können, und sie weiß Dinge, die andere nicht wissen. Sie kennt die Geschichte der Stoßzähne, und sie kann deren Zukunft sehen. Sie wußte, daß ich ihretwegen kam.«

»Aber sie weigerte sich, sie Ihnen zu übergeben«, sagte der Botschafter. »Also weiß sie zweifelsohne, daß Sie ohne die Stoßzähne von hier verschwinden werden.«

»Wie sie mir erklärte, gibt es eine Vergangenheit, jedoch viele mögliche Zukunftswege; sie versucht, Ereignisse so zu manipulieren, daß diejenige Zukunft bevorzugt wird, die sie sich erwünscht.« Er hielt inne. »Sie ist zum Scheitern verdammt.«

Der Botschafter starrte ihn an; er war halb davon überzeugt, daß der Mann vor ihm ebenso vollkommen wahnsinnig war wie die fremde Rasse, mit der er's zu tun hatte – und um ein Beträchtliches gefährlicher. »Ich sage es Ihnen hier und jetzt, Massai Laibon: sollte Feuerauge und dem Elfenbein irgend etwas geschehen, so werde ich nicht ruhen, bis ich Sie gefaßt und bestraft habe.«

»Sie haben Ihre Pflichten«, sagte Massai Laibon, stand auf und ging zur Tür. »Und ich habe die meinen.«

Am nächsten Morgen brachte Massai Laibon sein Schiff etwa einen halben Kilometer von Feuerauges Höhle entfernt zur Landung. Er zog erneut seinen Schutzanzug an, der ihn unbeholfen werden ließ, jedoch lebensnotwendig war, überprüfte die Batterien seiner Laserpistole und des molekularen Implosivgewehrs, steckte beide Waffen in die Halterungen in seinem breiten Gürtel, wartete die Wirkung der Spritze ab, die er sich selbst erlaubt hatte, um den Adrenalinspiegel zu heben, und machte sich schließlich auf zu seinem Ziel, wobei er sich nicht um die Stürme kümmerte, die um ihn herum heulten und ihm die Sicht raubten.

Zwanzig Minuten später betrat er die Höhle, und obgleich sein Anzug die Innentemperatur auf gleicher Höhe hielt, kam es ihm wärmer vor, weil Schnee und Wind fehlten. Er ging auf die Stelle zu, wo er Feuerauge zuerst begegnet war, und die Schatten tanzten unheilvoll vor seiner Kopflampe.

Sie war dort, wo er sie zu finden erwartet hatte, und ihre glühenden roten Augen waren sichtbar, lange er ehe er das übrige ihres massigen knochenlosen Körpers erkennen konnte.

»Du bist erneut gekommen, Massai Laibon«, sagte sie in ihrem zischelnden Flüsterton.

»Ich bin erneut gekommen«, erwiderte er, wiederum überrascht von dem Echo, das seine Stimme in dem schwarzen Innern der Höhle erzeugte. »Warum sagtest du dem Botschafter, er solle mir erlauben, auf dem Planeten zu verbleiben?«

»Weil es vorherbestimmt war, daß du erneut kämest, und es war nicht notwendig, deinen Botschafter mit hineinzuziehen oder ihn darum zu ersuchen, sich gegen das Unausweichliche zu stellen.«

Er zog die Laserpistole heraus und richtete sie auf sie. »Ich möchte das Elfenbein haben«, sagte er. »Bitte – laß mich nicht dich töten, um es zu bekommen.«

»Mein Leben steht nicht zur Debatte«, erwiderte sie ruhig. »Es ist meine Kunst, die zählt.«

»Du hättest nicht das Elfenbein benutzen sollen.«

»Es war vorherbestimmt, daß ich das Elfenbein benutzen sollte«, erwiderte Feuerauge, »ebenso, wie es vorherbestimmt war, daß du und ich uns genau zu dieser Zeit und an diesem Ort begegnen sollten.«

»Bestimmt von wem?« fragte Massai Laibon.

»Vom Schöpfer aller Dinge«, sagte sie.

»Du glaubst an einen Gott?«

»An den gleichen Gott, an den du glaubst, Massai Laibon«, sagte Feuerauge. »Derselbe Gott, der den Samen der Größe von deinem Volk genommen hat und der ihn nicht deshalb zurückgeben wird, weil ein Dieb zu einer fernen Welt gereist ist, um einen Künstler seines Werkes zu berauben.«

»Ich muß dich nicht umbringen«, sagte er. »Geh zur Seite und laß mich das Elfenbein in Frieden wegnehmen.«

Sie schüttelte den Kopf, wobei sie angsterregende Schatten auf Boden und Wände warf. »Zuerst mußt du mich töten.«

»Das ist nicht notwendig.«

»Es *ist* notwendig«, erwiderte sie. »Gestern habe ich mit der Arbeit an der Schnitzerei aufgehört. Die letzte Szenerie, die ich zeichnete, war mein Tod, den ich durch deine Hände erlitt.«

»Kunst muß nicht das Leben spiegeln«, sagte er.

»Mich verlangt es nicht, dich zu töten, Feuerauge. Laß mich das Elfenbein haben und friedlich davongehen.«

»Du wirst den Frieden niemals mehr kennen, Massai Laibon«, flüsterte sie. »Deine Zahl soll sich verringern, deine Macht soll im Wind verwehen, die Enkel deiner Kinder werden die Bedeutung des Elfenbeins nicht einmal mehr kennen, und schließlich wird alles zu Staub zerfallen.«

»Du irrst.«

»Ich habe recht«, sagte sie und rutschte mit dem riesigen Körper auf ihn zu. »Und jetzt mußt du mich umbringen, Massai Laibon, oder ich werde dich töten!«

Er trat einen Schritt zurück, dann einen weiteren, aber als sie weiter auf ihn eindrang, feuerte er schließlich. Sie brach zu einem zitternden Haufen zusammen, aber es dauerte volle fünf Minuten, ehe das Licht des Lebens ihre glühenden Augen verließ, und weitere zehn Minuten, ehe er schließlich in der Lage war, um ihren Körper herumzugehen.

Er fand das Elfenbein etwa zehn Meter entfernt in einem kleinen Raum, und er schleifte es zum Landungsschiff, erst den einen Stoßzahn, dann den anderen. Lange, bevor er sein Ziel erreicht hatte, war die letzte der feinen Zeichnungen zerstört.

Neuntes Zwischenspiel

(6303 G.A.)

Der Kreis war geschlossen. Chronologisch gesehen tauchte das Elfenbein das nächste Mal während Tembo Laibons fatalem Pokerspiel auf. Ich wußte somit alles, was es über die Stoßzähne des Kilimandscharo-Elefanten zu wissen gab, außer den beiden wichtigsten Dingen: Wo sie sich derzeit befanden und was Bukoba Mandaka mit ihnen zu tun beabsichtigte.

»Computer?«

»Ja, Duncan Rojas?«

»Hast du irgendwelche Daten über den Aufenthaltsort des Elfenbeins angesammelt, seitdem es Tahiti Benoit von Winox IV gestohlen hatte?« fragte ich erschöpft.

»Nein, habe ich nicht.«

»Hast du Ort und Zeit von Tahiti Benoits Tod feststellen können?«

»Nein, habe ich nicht.«

»Na ja, dann arbeite weiter dran.«

»Ja, Duncan Rojas.«

»Ich werd ein Nickerchen machen«, sagte ich und lehnte mich in den Sessel zurück. »Weck mich in zwei Stunden!«

»Das wird um fünf Uhr dreiundfünfzig morgens sein«, verkündete der Computer.

»Von mir aus.«

»Möchten Sie etwas Musik hören?«

»Nein«, erwiderte ich. »Ich schlafe und denke nicht nach.«

Aber da hatte ich mich geirrt. Je mehr ich versuchte, einzuschlafen, desto mehr arbeitete mein Bewußtsein. Warum war das Elfenbein während der vergangenen sechs Jahrhunderte nicht mehr aufgetaucht? Warum hatte Massai Laibon dafür getötet? Warum war Bukoba Mandaka dazu bereit, jede kriminelle Handlung vom Mord bis hin zum Verrat für seinen Besitz zu begehen?

Und ganz hinten im Kopf schwebte noch ein andere Massai-Name: Der alte Laibon Sendeyo. Warum brachte die bloße Tatsache einer einmaligen Erwähnung des Elfenbeins die Möglichkeit – eine schwache, jedoch meßbare Möglichkeit – mit sich, daß das Elfenbein in irgendeiner Weise für den Niedergang der Rasse der Massai von Macht und Herrschaft zum Nichts verantwortlich war?

Ich schlug mich noch immer mit diesen Fragen herum, als mich der Computer darüber informierte, daß es fünf Uhr dreiundfünfzig morgens sei.

»Hast du die Stoßzähne jetzt gefunden?« fragte ich ohne viel Hoffnung.

»Nein. Aber ich habe erfahren, wann und wo Tahiti Benoit starb.«

»Bitte, sag's mir.«

»Sie starb im Jahre 5732 G.A. auf dem Planeten Bartus III, auch bekannt als Himmelsblau.«

»Wie starb sie?«

»Sie starb an Gehirnaneurismus. Laut dem Bericht des Coroners trat der Tod auf der Stelle ein.«

»Dann war zum Zeitpunkt ihres Ablebens Himmelsblau ihr Hauptquartier?«

»Ja.«

»Ausgezeichnet!« rief ich. »Das bedeutet also: wenn sie das Elfenbein nicht verkauft oder verhandelt hat, war es zum Zeitpunkt ihres Todes auf Himmelsblau.«

»Das klingt logisch.«

»Und falls sie's *tatsächlich* verkauft oder verhandelt hat, hättest du bis jetzt irgendeinen Hinweis darauf gefunden.«

»Zum jetzigen Zeitpunkt der Suche liegt die Wahrscheinlichkeit hierfür bei 54,231 %.«

»Dann gibt's also eine bessere als nur fünfzig-fünfzig Chance dafür, daß sich das Elfenbein auf Himmelsblau befindet.«

»Nein, Duncan Rojas«, korrigierte der Computer. »Es besteht eine größere als nur fünfzig-fünfzig Chance dafür, daß es sich zum Zeitpunkt ihres Todes dort befand.«

»Also gut«, sagte ich und stand auf. »Ich gehe jetzt frühstücken. Bitte nutze deine gesamte verfügbare Kapazität dazu herauszufinden, ob das Elfenbein Himmelsblau nach dem Jahr 5732 G.A. verlassen hat!«

»Ich arbeite ...«

Ich verließ mein Büro, nahm den Airlift hinunter zur Ebene der Eingangshalle, nickte zwei Wächtern zu und veranlaßte einen von ihnen, mir die Eingangstüre des Gebäudes zu öffnen. Ich nahm den Rollsteig zu einem nahegelegenen Restaurant, das ich aufsuchte, wenn mir danach war, außerhalb der Firma zu essen, aber als ich mich dessen Eingang näherte, merkte ich, daß ich zu aufgeregt zum Essen war. *Wenn* das Elfenbein nicht verkauft oder verhandelt war, *wenn* der Computer keine Aufzeichnung darüber fände, daß es Himmelsblau verlassen hatte, wenn Tahiti Benoit es vom Zeitpunkt des Diebstahls bis zu ihrem Tod in Besitz gehabt hatte ...

Ich war zu angespannt und aufgedreht, um passiv auf dem Rollsteig zu stehen, während er mich von einem Ort zum nächsten trug; also trat ich schließlich hinunter und ging flott durch eine größere Durchgangsstraße. Zwei Stunden später wäre mir so etwas nicht mehr möglich gewesen und hätte mir sogar vielleicht einen offiziellen Verweis eingebracht, aber jetzt erwachte die Stadt gerade erst zum Leben, die Straßen waren vergleichsweise leer, und ich fuhr damit fort, meine überschüssige Energie abzuarbeiten, bis mir allmählich dämmerte, daß ich mir schließlich einen ganz schönen Appetit angelaufen hatte.

Ich blieb beim erstbesten Restaurant stehen, das ich erreichte, nur um zu entdecken, daß es kein Frühstück servierte und erst in fünf Stunden öffnete. Ich ging ein paar Meter weiter und kam zu einem kleinen, geschäftigen Restaurant mit einer gemischten Kundschaft aus Menschen und Aliens. Ich blickte durchs Fenster, sah ein paar freie kleine Tische und ging hinein.

Der dreibeinige Manager von Hesporite III führte mich zu einem Tisch im Hintergrund, schaltete seinen Übersetzungsmechanismus ein und erklärte mir, daß ich ein Menü und eine Bestellung aufrufen müsse, während ich am Tisch säße – es sei denn, ich wäre ein regelmäßiger Kunde, dessen Speiseplan in den Dateien des Restaurant-Computers gespeichert seien.

Ich dankte ihm, befahl der Tischplatte, das Menü des Tages vorzuführen, studierte jedes Teil, das als ziemlich grobes Hologramm über dem Tisch gezeigt wurde, und gab dann meine Bestellungen durch. Meine Mahlzeit kam weniger als eine Minute später, ein wenig roh, in einer Vakuumverpackung an, die sich auf Befehl der Stimme hin öffnete.

Während ich meinen Kaffee trank und mich fragte, von was für einer Art mutierter Henne mein Omelett abstammte, erwachte die Tischplatte erneut zum Leben. Nachrichten blitzten auf, Schlagzeilen aus der Geschäftswelt und dem Sport informierten mich darüber, daß ich für zusätzliche zehn Kredits eine Aufzeichnung des Meisterschaftswettbewerbs im Freihandkampf, Mittelgewicht, der vergangenen Nacht sehen könne. Das schien ein angemessener Preis zu sein, besonders, da es meine Aufmerksamkeit vom Essen ablenken würde; als der Kampf jedoch erschien, sah ich den Grund für den Preis: der Kampf hatte lediglich zwei Minuten und dreiundvierzig Sekunden gedauert, und er war eine derartig einseitige Angelegenheit gewesen, daß mir dabei das letzte bißchen Appetit verging, das noch übriggeblieben war, nachdem ich den ersten Bissen des Omeletts geschluckt hatte.

Ich ließ die Mahlzeit von meiner Handkasse abbuchen, verließ das Restaurant und rollte zurück zum Büro, wobei meine Aufregung mächtig wuchs, als ich mich dem Braxton-Gebäude näherte.

»So rasch zurück, Mister Rojas?« fragte einer der Wächter freundlich.

»Vor mir liegt ein langer Arbeitstag«, sagte ich in der Hoffnung, daß das stimmte.

Ich wartete ungeduldig auf einen Airlift, fuhr zu meiner Büroebene hinauf und rannte förmlich den Flur hinab.

»Computer!« sagte ich, als ich die Tür öffnete.

»Ja, Duncan Rojas?«

»Hat das Elfenbein Himmelsblau je verlassen?«

»Nein, hat es nicht.«

»Dann haben wir's!«

»Himmelsblau ist eine Welt von annähernd achttausend Kilometern Durchmesser«, bemerkte der Computer, »mit einer Landmasse, die rund 28 Prozent der Oberfläche des Planeten bedeckt. Das Wissen darum, daß sich das Elfenbein dort befindet, bedeutet noch nicht, es auch gefunden zu haben.«

Ich sah auf die Uhr: es war sechs Uhr einundfünfzig. »Ich werd's finden, ehe Braxton's heute morgen seine Tore öffnet«, sagte ich zuversichtlich. »Ich möchte, daß du dich mit jedem Museum und jeder Kunstgalerie, mit jeder öffentlichen und privaten Trophäensammlung sowie mit jeder naturgeschichtlichen Gesellschaft auf dem Planeten in Verbindung setzt und nachsiehst, ob du die Stoßzähne auffinden kannst!«

»Ich arbeite ...«

»Und stelle eine Verbindung zu Bukoba Mandaka her!«

»Erledigt.«

Einen Augenblick später erschien Mandakas Bild über dem Computer. Offensichtlich hatte ich ihn aufgeweckt, denn er blinzelte verschlafen und runzelte die Stirn, als er versuchte, die Augen auf mich zu richten.

»Mister Mandaka, Duncan Rojas hier.«

»Mister Rojas!« sagte er aufgeregt. »Haben Sie die Stoßzähne gefunden?«

»Fast«, sagte ich. »Ich hab' den Planeten festgemacht, auf dem sie sich befinden.«

»Wie schnell können Sie sie präzise lokalisieren?«

Ich hob die Schultern. »Nicht mehr als eine Stunde oder zwei«, erwiderte ich. »Vielleicht weniger.«

»Ich komme gleich hinüber!«

»Das ist nicht notwendig. Ich werde Sie wieder anrufen, wenn ich ihren genauen Aufenthaltsort herausgefunden habe – oder Sie bleiben einfach mit meinem Computer verbunden.«

»Nein«, sagte er eisern. »Ich möchte dort sein, persönlich.«

»Aber ...«

»Wir müssen vielleicht einige weitere geschäftliche Dinge besprechen«, sagte er. »Privat.«

»Wie Sie wünschen.«

»Genau das wünsche ich«, sagte er und unterbrach die Verbindung.

»Computer«, sagte ich, während ich mich wieder an den schimmernden Kristall wandte, »hast du das Elfenbein schon gefunden?«

»Nein, habe ich nicht.«

»Wie hoch ist die Bevölkerungszahl von Himmelsblau?«

»Drei Millionen.«

»Wie viele Museen und Galerien und Sammler kann es dort geben?« fragte ich.

»Es gibt dort nur ein Museum«, erwiderte der Computer. »Außerdem elf Kunstgalerien und vierundzwanzig erklärte Sammler. Es gibt keine naturgeschichtliche Gesellschaft.«

»Wie viele hast du überprüft?«

»Alle bis auf eine Galerie und zwei private Sammlungen. Ich arbeite noch immer ... erledigt. Keine davon besitzt das Elfenbein.«

»Eine davon *muß* es besitzen«, brummelte ich.

»Alle Antworten waren negativ, Duncan Rojas.«

»Vielleicht gehört es einer Galerie oder einem Sammler, die oder der sich nicht davon trennen will«, sagte ich ohne viel Überzeugung.

Ich zog diese Möglichkeit in Betracht und wandte mich dann wieder an den schimmernden Kristall.

»Computer, welche Zeit ist's im Museum von Himmelsblau?«

»Es ist früher Nachmittag.«

»Verbinde mich mit dem Museumskurator für Naturgeschichte.«

»Ich arbeite ...« Er hielt inne. »Es gibt keinen Kuratoren für Naturgeschichte.«

»Dann verbinde mich mit demjenigen, der für das Museum verantwortlich ist!«

Das Bild einer Frau mittleren Alters, die männlich wirkende Ohrringe und nicht genügend Make-up trug, erschien in der Luft über dem Computer.

»Guten Tag«, sagte ich. »Ich bin Duncan Rojas, Chefforscher für Wilford Braxton's.«

»Ich bin Hazel Guthridge, Kuratorin des planetarischen Museums von Himmelsblau. Was kann ich für Sie tun, Mister Rojas?«

»Ich habe Grund zu der Annahme, daß sich die Stoßzähne eines gewissen Elefanten auf Himmelsblau befinden könnten«, begann ich. »Ich habe einen

Klienten, der bereit ist, ganz nett dafür zu bezahlen.«

»Ein Elefant?« fragte sie stirnrunzelnd. »Nein, wir stellen hier keine Elefanten aus.«

»Ich suche nicht nach einem ganzen Elefanten«, erklärte ich geduldig. »Mein Klient möchte lediglich die Stoßzähne.«

»Das verstehe ich – aber wir stellen nur Flora und Fauna aus, die auf Himmelsblau heimisch sind.«

»Ich habe praktisch unwiderlegbare Daten, daß sich die Stoßzähne vor fünfhundertfünfundsiebzig Jahren auf Himmelsblau befanden und daß sie niemals exportiert worden sind. Sie sind möglicherweise für Stoßzähne oder Hörner einer einheimischen Lebensform gehalten worden.«

Sie schüttelte den Kopf. »Soweit ich weiß, war der Elefant ein riesiges Tier. Keine unserer hiesigen Lebensformen ist auch nur annähernd so groß.« Sie hielt inne. »Warum sind diese Stoßzähne so wertvoll?«

»Sie sind ein Familienerbstück«, antwortete ich. »Um die Wahrheit zu sagen, sie sind nur für meinen Klienten wertvoll.«

»Und nicht für ein Museum, das auf irdische Tiere spezialisiert ist?« fragte sie scharf.

»Lassen Sie mich wiederholen«, sagte ich hastig. »Mein Klient ist die einzige Privatgesellschaft, die gewillt ist, weit jenseits des Standardwertes zu bezahlen, wie er bei Museumsauktionen angesetzt wird.«

»Aha«, sagte sie. »Aber ich weiß noch immer nicht, wie ich Ihnen helfen kann, Mister Rojas. Wie ich bereits sagte, wir stellen lediglich örtliche Fauna aus. Zudem ist Naturgeschichte eine unserer schwächeren Abteilungen; unsere Flora- und Faunasammlungen sind weit davon entfernt, umfassend zu sein. Ich selbst bin auf einheimische Edelsteine und seltene Mineralien spezialisiert.«

»Haben Sie je die Stoßzähne eines afrikanischen Elefanten gesehen?« beharrte ich.

»Nein«, erwiderte sie, »aber ich wüßte es mit Sicherheit, wenn sie in meinem eigenen Museum ausgestellt wären.«

»Lassen Sie mich ein Hologramm von ihnen hinübersenden«, sagte ich. »Das ist für meinen Klienten sehr wichtig.«

»Ich habe einen besseren Vorschlag«, entgegnete sie. »Ich war gerade auf dem Weg zur Aufsichtsratssitzung, als Sie mich anriefen. Warum sollte ich unseren Computer nicht anweisen, Hologramme des naturgeschichtlichen Flügels zu schicken, und wenn Sie die Stoßzähne erkennen, lassen Sie es mich wissen. Obwohl«, fügte sie hinzu, »ich Ihnen selbst dann keine große Hilfe sein könnte. Keines unserer Ausstellungsstück steht zum Verkauf.«

»Vielen Dank«, sagte ich. »Ich nehme Ihr großzügiges Angebot an.«

»Sehr gern geschehen«, erwiderte sie mit geschäftsmäßigem Lächeln. Einen Augenblick später verschwand ihr Gesicht, um von einem Hologramm der Haupthalle des naturgeschichtlichen Flügels ersetzt zu werden. Da gab es das Diorama einer Szenerie, die anscheinend von den tropischen Zonen des Planeten stammte: ein Fluß, mit zahllosen Schlangen und langen kräftigen Eidechsen. Die Kamera des Museums drehte sich langsam um 360 Grad, wobei sie mir einen völligen Überblick über die Halle verschaffte, aber ich sah nichts weiter als eine Anzahl Holz- und Knochenschnitzereien, die von einer humanoiden Eingeborenenrasse hergestellt worden waren.

Dann folgte ein Raum mit Ausstellungsstücken, die ziemlich mittelmäßig ausgestopft waren, und es wurde bald offensichtlich, daß das Museum sehr dringend einen Kuratoren für Naturgeschichte benötigte: Polartiere waren mit Fleischfressern der Savannen bunt durcheinandergewürfelt, und ein Diorama stellte sogar eine fischfressende Amphibie dar, wie sie Farnkraut graste.

Dennoch gab es noch immer kein Anzeichen des Elfenbeins, und ich wartete ungeduldig, während mich die Kamera durch zwei weitere Räume mit flügellosen Vögeln und sechsbeinigen Reptilien führte. Schließlich erreichte sie die Ausstellung der Fossilien, und ich beugte mich vor, denn dies war der Ort, wo sich das Elfenbein eventuell befinden konnte. Die Kamera verweilte liebevoll auf zahllosen Skeletten kleiner, nagetierähnlicher Fleischfresser, ein paar kräftigen Grasfressern und sogar auf einem gigantischen, acht Meter hohen Dinosaurier, aber als sie ihren Gang durch den Raum beendet hatte, hatte ich das Elfenbein noch immer nicht erblickt.

Der nächste Raum war mit Vogel- und Reptilieneiern angefüllt, und dann verschwand das Hologramm.

»Was ist geschehen?« wollte ich wissen.

»Sie haben jetzt den gesamten naturgeschichtlichen Flügel gesehen«, verkündete der Computer. »Die Sendung ist beendet.«

»Aber ich habe das Elfenbein nicht gesehen!«

»Im Katalog des Museums ist kein Elfenbein aufgelistet«, antwortete der Computer. Es folgte eine kurze Pause. »Was soll ich als nächstes tun, Duncan Rojas?«

Ich überlegte mir die Antwort. »Du hast die naheliegenderen Ort auf Himmelsblau überprüft«, sagte ich schließlich. »Beginne jetzt damit, die weniger naheliegenden zu überprüfen!«

»Ich werde Anleitung benötigen.«

Ich seufzte schwach. »Laß mir eine Minute zum Nachdenken.«

Ich saß bewegungslos da, starrte die Wand an und versuchte zu erkennen, ob es etwas gab, das ich übersehen hatte. Wenn's das gab, konnte ich mir das kaum vorstellen. Wenn Tahiti Benoit das Elfenbein nicht verkauft hatte, befand es sich noch immer auf Himmelsblau – aber falls sie es versteckt hatte, wäre es nicht unzugänglich; es hätte sich bei allen anderen Dingen befunden, die sie vor den Behörden versteckt gehalten hatte.

»Computer?«

»Ja, Duncan Rojas?«

»Als Tahiti Benoit starb – was wurde aus ihrem Besitz?«

»Ich prüfe... Ihr Haus wurde von einem James Cawthorne erworben. Ihr Schmuck wurde öffentlich versteigert, und der Erlös diente der Begleichung der Steuern. Das Geld vom Raub auf Torrance III und die Diamanten vom Raub auf Sirius V wurden ihren rechtmäßigen Besitzern zurückgegeben.«

Das war's! Das Elfenbein *konnte* nicht irgendwo vergraben sein, nicht, wenn eine ernstliche Suche alles übrige zutagegebracht hatte.

Aber wenn es gefunden worden war: wo war es? Es hatte den Planeten nicht verlassen, soviel stand fest. Und wenn es sich nicht in dem Museum oder den Kunstgalerien oder irgendeiner der privaten Sammlungen befand...

Und dann traf mich ein Gedanke.

»Computer?«

»Ja, Duncan Rojas?«

»Ich möchte eine vollständige atmosphärische, geologische und klimatologische Geschichte von Himmelsblau.«

»Ich arbeite...«

»Wenn du sie hast, fertige mir davon bitte eine Papierkopie an.«

»Verstanden.«

Ich bestellte eine Tasse Kaffee und stellte dann die Durchlässigkeit der Wände so ein, daß etwas mehr vom frühen Morgenlicht in den Raum fluten konnte. Dann zündete ich eine Zigarre an, legte die Füße auf den Schreibtisch und wartete auf Bukoba Mandakas Ankunft.

Er kam fünf Minuten später, und sein Gesicht glühte vor Erwartung.

»Haben Sie sie schon gefunden?« fragte er begierig.

»Nein.«

»Aber Sie wissen definitiv, auf welchem Planeten sie sind?«

Ich nickte. »Bartus III, gewöhnlich eher bekannt als Himmelsblau.«

Er sah völlig ausdruckslos drein. »Davon hab' ich noch nie etwas gehört.«

»Das geht den meisten Leuten so. Es ist ein Kolonialplanet etwa auf halber Strecke zur Inneren Grenze.«

»Und Sie sagten, Sie hätten den Ort, ehe Braxton's die Tore öffnet?«

»Da war ich vielleicht ein wenig zu optimistisch«, erwiderte ich. »Ich hab' das Museum überprüft, die Kunstgalerien und alle privaten Sammlungen, und bislang sind die Stoßzähne noch nicht aufgetaucht.«

Er runzelte die Stirn. »Was werden Sie als nächstes prüfen?«

»Ich arbeite an einer Idee, die ich hatte«, sagte ich. »Oder vielmehr, der Computer arbeitet gerade.«

»Er *muß* sie finden!« brummte er, mehr zu sich selbst als zu mir. »So kurz vor dem Ziel darf mir kein Strich durch die Rechnung gemacht werden.«

»Während wir auf den Computer warten«, sagte ich, »könnten Sie mir vielleicht alles über einen alten Massai namens Sendeyo berichten?«

Ihm fiel die Kinnlade herab. »Was wissen Sie von Sendeyo?«

»Nicht so viel, wie ich gerne wissen möchte«, erwiderte ich.

Er starrte mich an, sagte jedoch nichts.

Ich war dabei, meine Frage zu wiederholen, aber gerade da hatte der Computer seine Arbeit beendet und stellte eine gedruckte Ausgabe her. Ich überflog sie rasch, bis ich zu den sachdienlichen Hinweisen kam, warf sie daraufhin auf den Schreibtisch zurück und lehnte mich wieder in den Sessel.

»Mister Mandaka, ich denke, ich weiß, wo das Elfenbein ist«, sagte ich.

»Gott sei gedankt!« flüsterte er. Er ergriff den Ausdruck und prüfte ihn, wobei er immer verwirrter aussah. »*Dies hier* hat es Ihnen gesagt?«

»Ja.«

Er schüttelte verwundert den Kopf. »Ich wählte den richtigen Mann für diese Arbeit. Ich ahne noch nicht einmal entfernt, was ich aus all dem da machen soll.«

»Hätten Sie gern etwas Milch?« fragte ich.

»Nein, vielen Dank.«

»Setzen Sie sich doch«, bot ich ihm an.

»Ich bin zu aufgeregt, um mich hinzusetzen«, sagte er. »Sie wissen ja gar nicht, was das für mich bedeutet, Mister Rojas!«

»Ich *möchte* es gern wissen«, sagte ich.

Er starrte mich einen langen Augenblick an. »Und Sie werden es auch, ehe zu viele Tage verstrichen sind.«

»Ich versteh' nicht«, sagte ich. »Unser Geschäft ist in dem Augenblick erledigt, da Sie sich davon überzeugt haben, daß ich das Elfenbein gefunden habe.«

Er starrte mich weiterhin an, und schließlich ergriff er wieder das Wort. »Ich möchte einen weiteren Vertrag mit Ihnen abschließen, Mister Rojas.«

»Ach ja?« fragte ich, wobei ich mein Interesse zu verbergen suchte.

»Was ich zu tun habe, kann nicht allein getan werden«, sagte er. »Ich werde die Hilfe zumindest eines Mannes benötigen, und da ich gesehen habe, daß Sie vertrauenswürdig und tüchtig sind, sind Sie der Mann, den ich bei mir haben möchte.« Er hielt inne. »Sie werden von Ihrem Arbeitsplatz fernbleiben müssen, wofür ich Sie entschädigen werde.«

»Wie lange werde ich fernbleiben?«

Er rieb sich nachdenklich das Kinn. »Vielleicht vier Wochen.«

»Wohin werde ich gehen?« fragte ich.

»Zunächst nach Himmelsblau.«

»Und dann?«

»Zur Erde.«

»Warum?«

»Es gibt etwas, das ich dort tun muß und das ich nicht allein tun kann.«

»Und was ist das?«

Er starrte mich an. »Ich werde es Ihnen sagen, aber erst, nachdem wir die Erde erreicht haben und es keine Möglichkeit dafür gibt, daß Sie es sich anders überlegen.«

Ich schüttelte den Kopf. »Tut mir leid, Mister Mandaka, aber wenn ich meinen Arbeitsplatz verlassen und Sie zur Erde begleiten soll, muß ich wissen warum.«

»Wenn ich Ihnen sage warum«, sagte er ernst, »werden Sie nicht mitkommen.«

»Wenn Sie mir *nicht* sagen warum, werde ich nicht mitkommen«, erwiderte ich.

Er kämpfte offenbar einen inneren Kampf mit sich selbst. Schließlich seufzte er, rief einen Sessel und setzte sich, nachdem er herangetrieben war. »Also gut, Mister Rojas – ich schätze, Sie verdienen es zu wissen, warum.«

»Vielen Dank.«

»Aber ich muß es in den passenden Zusammenhang bringen; andernfalls werden Sie glauben, Sie hätten es mit einem Verrückten zu tun.«

»Exzentrisch, ja«, sagte ich. »Verrückt, nein.«

»Vielen Dank für Ihr Vertrauen«, sagte er sarkastisch, »Jetzt hätte ich gern etwas von dieser Milch.«

Ich bestellte sie für ihn, und sie traf innerhalb weniger Sekunden ein.

»Statt Champagner«, sagte er, hob mir das Glas entgegen und trank es in einem einzigen Zug aus.

»Sie werden mir von Sendeyo erzählen, stimmt's?« fragte ich.

Er nickte, rief einen Tisch und setzte das leere Glas darauf.

»Wissen Sie«, sagte ich und bemerkte dabei, daß mir die Zigarre schon seit langem ausgegangen war. Ich zündete sie wieder an. »Als ich heute morgen erwachte, fiel mir auf, daß mir nur noch zwei weitere Tatsachen zum vollen Verständnis der Geschichte des Elfenbeins fehlten: ich mußte wissen, wo es sich jetzt befindet, und ich mußte wissen, was Sie damit zu tun beabsichtigten.« Ich hielt inne. »Sendeyo war der einzige lose Faden; ich konnte mir nicht vorstellen, was er mit all dem zu tun haben mochte.«

»Das liegt daran, daß Sie in Ihrer ursprünglichen Vermutung fehlgegangen waren, Mister Rojas«, sagte Mandaka. »Es gibt etwas *Drittes*, das Sie wissen müssen, ehe Sie die vollständige Geschichte des Elfenbeins haben, eine Geschichte, die ihr letztes Kapitel noch nicht gesehen hat.«

»Ach?« fragte ich und beugte mich gespannt vor. »Und was wäre das?«

»Sie müssen wissen, wie der Kilimandscharo-Elefant starb.«

»Niemand weiß, wie er starb«, sagte ich.

»*Ich* weiß es«, erwiderte Mandaka – und dann, die Augen auf eine Stelle Trillionen von Kilometern und Tausende von Jahren entfernt gerichtet, erzählte er mir die Geschichte von Shundi und Butamo und Rakanja und Sendeyo und vom Kilimandscharo-Elefanten.

10

Er Selbst

(1898 A.D.)

Ich erreichte den Fuß des Kilimandscharo und begann den Aufstieg. Zunächst waren die Hänge sanft, von Schneisen und Lichtungen durchsetzt, und in regelmäßigen Abständen flossen eiskalte Wasserströme vom eisigen Gipfel herab.

Ich stieg ohne Hast empor, denn ich wußte, wenn mein Gott auf der Spitze des Berges anzutreffen war, würde er auf mich warten. Die unteren Hänge des Berges wimmelten vor Leben, aber außer einer neuen Schar Silberreiher, die auf meinem Rücken und meinem Kopf ritten, floh alles meine Gegenwart. Löwen knurrten, während sie sich zurückzogen, Leoparden fauchten und verschwanden in den Büschen, Nashörner grunzten und rannten davon, selbst der Mensch stand abseits und beobachtete mich voll Ehrfurcht, wenn ich an seinen Bomas vorüberging.

Seine Name war Butamo, und er war seit zwei Tagen und Nächten gerannt.

Er war von dem wohlbekannten Shundi in Uganda in die Sklaverei gebracht worden, einem Kavirondo-Händler, der in der Rangfolge der Händler mit menschlichem Fleisch nur noch dem Araber Tippu Tib den Vortritt lassen mußte. Shundi war als kleiner Junge selbst Tippu Tibs Sklave gewesen, aber als er erfuhr, daß der Koran einem Gläubigen verbot, einen anderen in Sklaverei zu halten, war er zum Islam übergetreten, und ihm war die Freiheit geschenkt worden. Er nahm daraufhin den einzigen Handel auf, den er kannte. Er hatte nicht die Absicht, irgendeinen islamischen Sklaven freizugeben, also ging er weiter ins Inland, als der Islam vorgedrungen war, und machte nach und nach sein Glück.

Shundi kannte nur zwei Regeln: man versorge seine Sklaven gut, denn kränkliche, unterernährte Körper brachten keine guten Preise bei den Auktionen in Sansibar und Mombasa; und man gestatte einem entlaufenen Sklaven niemals zu überleben, denn das ermutigte die übrigen allenfalls nur dazu, gleichfalls zu entlaufen.

Als Butamo daher während der Nacht entkommen war, übergab Shundi den Befehl über die Expedition an seinen Untergebenen und machte sich mit drei Fährtenlesern der Wanderobo in der Absicht auf den Weg, Butamo zurückzubringen oder ihn zu töten.

Es fiel schwer, der Spur zu folgen, denn Butamo war sehr geschickt im Busch, aber es gibt niemanden, der so geschickt ist wie die Wanderobo, und wenn sie auch Butamos Spur viele Male verloren, so kamen sie doch immer wieder auf sie zurück, und zu dem riesigen Berg, der unheilvoll vor ihnen aufragte.

Als die Luft kühler wurde, legte sich der Schmerz im Magen ein wenig, und ich war imstande, mich leicht in eine flache Senke zu legen und mir Schlamm über die ausgedörrte juckende Haut zu reiben. Ein anderer meiner Art näherte sich, ein junger Bulle, der sich wie an jedem Nachmittag vergnügt suhlen wollte; bei meinem Anblick jedoch wich er zurück und wartete, bis ich fertig war, auch näherte er sich nicht der Suhle, bis ich meine Wanderung wieder aufgenommen hatte und außer Sichtweite war.

Butamo erblickte ein Dorf auf den unteren Hängen des Berges und lief direkt darauf zu. Er benötigte drei Stunden, und beim Betreten wurde er auf der Stelle von bewaffneten Kriegern umringt, und ein jeder von ihnen bedrohte ihn mit einem Speer oder einem *Panga*.

»Ich brauche Hilfe!« japste Butamo. »Ich bin den Sklavenhändlern entkommen, und ich habe zwei Tage lang nichts gegessen!«

»Du bist kein Mitglied unseres Stammes«, sagte einer der Ältesten. »Warum sollten wir dir helfen?«

»Wenn ihr mir keine Nahrung gebt, werde ich sterben.«

»Wenn wir dir Nahrung geben, und die Sklavenhändler finden das heraus, werden wir *alle* sterben«, erwiderte der Ältere. »Du mußt unser Dorf verlassen.«

»Ich bin unbewaffnet«, sagte Butamo. »Gebt mir zumindest einen Speer, damit ich mir ein Tier töten kann.«

Die Ältesten beratschlagten rasch. Gewöhnlich folgten die Sklavenhändler ihrem entlaufenen Eigentum, und falls sie's taten, so hielten sie am Dorf an und fänden den alten Vorderlader, der vor Jahren dem deutschen Jäger abgenommen worden war. Sie mochten sogar damit beginnen, Fragen zu stellen über den Deutschen, und die Ältesten wegen Mordes einsperren.

Aber wenn man den Vorderlader dem entlaufenen Sklaven gäbe, wüßte niemand, woher er stammte, und wenn er wegen Mordes vor Gericht gestellt würde – nun, seine Leiden wären viel kürzer, als wenn er viele Jahre als Sklave leben mußte.

»Weißt du, wie man das Gewehr des weißen Mannes benutzt?« fragte einer der Ältesten, nachdem die Beratung vorüber war.

»Ich sah, wie die weißen Männer sie benutzen«, erwiderte Butamo.

»Weil du den Sklavenhändlern entlaufen bist und weil wir die Sklaverei hassen, werden wir dir helfen«, sagte der Älteste. »Wir werden dir keinen Speer geben, denn unsere Speere hier tragen das Symbol unseres Stammes, und wir wünschen die Feindschaft mit den Sklavenhändlern nicht. Statt dessen werden wir dir ein Gewehr geben, wenn du versprichst, niemals irgend jemandem zu erzählen, woher du es erhalten hast.«

»Ich werde niemandem etwas erzählen«, sagte Butamo.

Der Älteste schickte einen seiner Krieger weg, das Gewehr zu holen.

»Gebt ihm Wasser zu trinken!« befahl ein anderer der Ältesten, und man gab Butamo Wasser.

Der Krieger kehrte zurück und übergab Butamo den Vorderlader nebst einem Beutel.

»Der Beutel enthält die Kraft, die das Gewehr explodieren läßt«, erklärte der Älteste.

»Ich weiß«, sagte Butamo. »Ich habe gesehen, wie Shundi ein solches Gewehr benutzt hat.«

»Wer ist Shundi?«

»Er ist der Sklavenhändler, dem ich entkam.«

»Shundi klingt nicht wie der Name eines weißen Mannes.«

»Er ist schwarz«, sagte Butamo.

»Warum verkauft ein schwarzer Mann andere schwarze Männer an die weißen Männer?« fragte der Älteste.

»Des Geldes wegen.«

»Und was tut er mit diesem Geld?«

»Er kauft sich viele Kühe und Ziegen und Frauen«, sagte Butamo.

»*Wie* viele?« fragte der Älteste, und Butamo fand in der Frage ein wenig zuviel Interesse.

»Ich danke euch für eure Hilfe«, sagte er und zog sich vorsichtig zurück. »Ich muß jetzt gehen, sonst führe ich Shundi zu eurem Dorf.«

Butamo sah, wie zwei Krieger einen schmalen Pfad herabkamen, und er sagte sich, daß der sicherste Rückzug der Weg höher den Berg hinauf war.

Als ich den Berg bis zur Hälfte erstiegen hatte, begannen mir erneut Beine und Magen zu schmerzen. Ich trompetete meine Wut über die Schwäche meines Körpers hinaus; am Ende jedoch verließen mich die Kräfte, und zum erstenmal seit fast siebzig Jahren legte ich mich zum Schlaf nieder.

Butamo stieg für fast drei Stunden lang rasch hinan, bis er sich absolut sicher war, nicht von dem Stamm verfolgt zu werden, der ihm die Waffe gegeben hatte. Er sah, wie ihn ein Warzenschwein anstarrte, und einen Augenblick lang war er versucht, die Waffe zu gebrauchen, aber am Ende entschied er sich dagegen, denn er wollte nicht, daß der Knall seinen Aufenthaltsort verriete. Statt dessen pflückte er einige Früchte von einem Baum und aß sie, ging daraufhin über einen großen Fels, fand einige eßbare Wurzeln und setzte seinen Aufstieg den Berg hinan fort, wobei er stets darauf bedacht war, seine Spur zu verwischen.

Ich erwachte mit einem brennenden Schmerz in der Seite, die schlimmste Pein, die ich je gefühlt hatte, und ich stand unbeholfen auf. Ich hatte nicht länger als drei Stunden geschlafen, aber mein massiger Körper hatte meine rechte Lunge zum Teil gequetscht, und ich stand da, auf schwachen und wackeligen Beinen, und rang nach Luft. Der Schmerz wollte nicht schwinden, und ich begann schließlich, vor Pein Bäume auszureißen und sie den Hang des Berges hinabzuwerfen. Vögel kreischten und flogen schreckerfüllt davon, aber es dauerte viele Minuten, bis Wut und Schmerz genügend abgeklungen waren, daß ich erneut den Berg hinaufsteigen konnte.

Butamo verbrachte eine kalte Nacht auf dem Berg. Am Morgen fand er einen Bach, stellte sich knietief hinein und versuchte erfolglos, einen Fisch mit den Händen zu fangen. Als seine Beine taub wurden vor Kälte, stieg er aus dem Wasser, fand einige eßbare Beeren und kauerte sich auf einen herausragenden Fels, um von dort Ausschau zu halten nach Shundi und seinen drei Wanderobo-Fährtenlesern.

Es gab noch immer kein Anzeichen einer Verfolgung, aber Butamo wußte, daß die Wanderobo früher oder später auf seine Fährte stoßen und den Berg heraufkommen würden. Je länger er darüber nachdachte, desto sicherer war er, daß sie ihn wohl kaum vorwarnen würden, also entschloß er sich, den Pulverbeutel zu öffnen und das Gewehr zu laden.

Dann ging Butamo weiter voran – kalt, hungrig und voller Furcht, den Berg wieder hinabzugehen –, wobei er all seine Geschicklichkeit benutzte, die Spur vor denen zu verbergen, von denen er wußte, daß sie nach ihm suchten.

Kalt und hungrig, der Bauch erfüllt von Schmerz und Leere, die rechte Lunge berstend bei jedem Atemzug, den ich tat, hob ich die Augen und versuchte zu erkennen, wie weit ich noch klettern mußte, um den Gipfel zu erreichen, aber die dritte Spitze war in Wolken gehüllt. Ich hob den Rüssel und prüfte die Luft, wobei ich hoffte, den Duft Gottes zu erspüren, der im leichten Wind trieb.

Statt dessen fand ich den Geruch des Menschen.

Butamo ging eine steile felsige Schneise für vielleicht hundert Meter empor, fand dann seinen Weg versperrt von einem Wäldchen riesigen Kreuzkrautes, wandte sich nach links und wollte es umgehen.

Er hielt inne, wischte sich Staub und Schweiß aus den Augen, sah dann auf – und fand sich weniger als sechzig Meter entfernt vom größten Elefanten, den er je gesehen hatte, einen Elefanten von solcher Größe, daß er die Bäume überragte, mit Stoßzähnen so groß, daß sie beim Gehen Furchen in die Erde gruben.

Ich zwang den Schmerz lange genug zurück, daß ich die Augen auf etwas richten konnte. Dort stand er, weniger als sechzig Meter entfernt von mir, und er trug eine rostige Waffe und sonst nichts weiter als ein Lendentuch.

»Bist du Gott?« fragte ich und streckte ihm den Rüssel entgegen. »Bist du Er, den ich suche?«

Butamo schaute sich um, ob der Elefant irgendwelche Gefährten im nahegelegenen Wäldchen hätte, konnte jedoch keine sehen. Er sah das Elfenbein des riesigen Tieres bewundernd an, wußte jedoch, daß er nicht wagen durfte, es zu nehmen – nicht mit Shundi und seinen drei Wanderobo im Rücken, die auf jedes verräterische Geräusch lauschten, das seinen Aufenthaltsort auf dem Berg verriete.

Mit Bedauern, denn er hatte Shundi mit Elfenbein handeln sehen, und im Wissen, was diese Stoßzähne wert waren, begann er langsam mit dem Rückzug.

Er gab keine Antwort, überhaupt kein Zeichen. Er war nicht Gott; er war nur ein Mensch.

Dann kehrte der Schmerz zurück, und ich wußte, ich würde den Gipfel niemals erreichen. Nur wenn Gott direkt vor mir wäre, wenn nur dieser Mensch zwischen uns stünde, wäre ich imstande, mich Ihm zu stellen, ehe ich stürbe.

Ich ging vorwärts.

Butamo überblickte die Lichtung. Es gab keinen anderes Versteck als das Wäldchen, und er wußte nicht, was ihn dort erwarten mochte: ein Wäldchen wie jenes dort konnte leicht eine Leopardin und ihre Jungen bergen. Und dennoch vermochte er einfach nicht stillzustehen und zu beobachten, wie sich der Elefant ihm näherte, denn er war jetzt nur noch vierzig Meter entfernt und gab sich nicht den Anschein, umkehren zu wollen.

Er kreischte und winkte mit einem Arm, wobei er hoffte, das Tier so zu erschrecken, daß es davonliefe.

Der Mensch kreischte mich an, und ich hob den Rüssel und kreischte zurück. Dies ist mein Berg, donnerte ich, und ich will nicht aufgehalten werden, ehe ich nicht meinem Gott gegenüberstehe.

Bei dreißig Metern Entfernung hob Butamo den alten Vorderlader und zielte.

Bei zwanzig Metern Entfernung schoß er.

Ich spürte einen sengenden Schmerz in der linken Schulter, und Blut spritzte aus der Wunde. Ich wußte, daß es nur eine Sache von Sekunden wäre, ehe mein Herz aufhörte zu schlagen, aber jene Sekunden ließ ich nicht ungenutzt verstreichen: ich durchjagte die zwischen uns liegende Entfernung, schlang den Rüssel um den Mann und wirbelte ihn gegen einen etwa zwanzig Meter entfernten Baum.

Dann fiel ich mit einem Grunzen auf die Seite. Ich sah ein letztes Mal zum Gipfel des Kilimandscharo, weil ich hoffte, Gott sehen und Ihn fragen zu können, warum Er mir dies angetan hatte, aber der Gipfel war noch immer von den Wolken verborgen, und ich schloß die Augen, verspürte einen jähen Frieden, als mir klar wurde, daß dies stets Sein Plan gewesen war und daß ich Ihm auf der Stelle begegnen würde.

Es dauerte fünf Stunden, bis Rakanja zufällig auf den Kadaver stieß. Er hatte in der Woche zuvor sein Vieh hoch die südöstliche Seite des Berges hinaufgetrieben, und zwei Stück Vieh waren nicht zurückgekehrt, und er war daher, seine beiden jungen Söhne als Hüter der Herde zurücklassend, auf der Suche nach ihnen den Kilimandscharo erneut herabgestiegen.

Was er fand, war der Kadaver des größten Elefanten, den er je gesehen hatte, sowie den zerschmetterten Körper von Butamo, in dem noch immer ein Fünkchen Leben war.

»Wer bist du?« wollte Rakanja wissen.

»Wasser«, krächzte Butamo, kaum imstande, die ausgedörrten, blutbedeckten Lippen zu bewegen.

Rakanja gab dem sterbenden Mann Wasser.

»Wer bist du?« fragte er erneut.

»Ich verstehe dich nicht.«

Rakanja wiederholte seine Frage ein drittes Mal, wobei er von Massai zu Suaheli wechselte.

»Ich bin Butamo.«

»Warum bist du auf unserem Berg?«

»*Eurem* Berg?« flüsterte Butamo verständnislos.

»Gott hat den Massai alles Land zwischen Kirinyaga und dem Kilimandscharo gegeben«, konstatierte Rakanja mit völliger Überzeugung.

»Ich bin Sklavenhändlern entlaufen, aber der Elefant, den ich tötete, hat mich getötet«, murmelte Butamo. »Laß sie bitte meinen Leichnam nicht finden.«

»Was soll das heißen?« fragte Rakanja.

»Sie werden meinen Leichnam zusammenschnüren und ihn in mein Dorf zurückbringen, damit alle meine Brüder wissen sollen, daß Shundi niemand entkommen kann, und die Vögel werden mir die Augen auspicken, und die Ameisen werden mein Fleisch fressen, und die Hyänen werden meine Knochen verschlingen. Laß sie mir dies nicht antun. Beerdige mich, oder suche eine tiefe Schlucht und wirf mich dort hinein.«

»Es wird keinen Unterschied machen, sobald du einmal tot bist«, erwiderte Rakanja, »und ich muß mein verlorengegangenes Vieh suchen.« Er stand auf und wollte gehen.

»Warte!« schrie Butamo mit letzter Kraft.

»Was ist denn, Sklave?« fragte Rakanja.

»Wenn du meinen Leichnam versteckst, werde ich dir sagen, wie du reich werden kannst.«

»Ich bin reich«, sagte Rakanja. »Ich besitze viele Kühe und Ziegen, und ich habe drei Frauen.«

»Innerhalb eines Tages wirst du deinen Reichtum verdoppeln.«

Rakanja hockte sich neben Butamo nieder. »Wie?« wollte er wissen.

»Der Mann, der mich jagt, handelt nicht nur mit Sklaven, sondern auch mit Elfenbein. Wenn du ihm das Elfenbein des Elefanten verkaufst, den ich tötete, wird er dich mit vielen Silberstücken bezahlen, mit denen du weitere Kühe kaufen kannst.«

»Die Massai handeln nicht mit Elfenbein, und wir haben keinen Nutzen für die Silberstücke des weißen Mannes.«

»Mit dem, was er dir zahlt, kannst du dir fünfzig Kühe kaufen.«

Rakanja schätzte die Wahrscheinlichkeit dafür ein, die eigenen beiden vermißten Kühe zu finden, berechnete den Brautpreis für die junge Frau, für die er vor kurzen eine Zuneigung gefaßt hatte und sah den Kadaver des Elefanten nachdenklich an.

»Wie lautet der Name des Sklavenhändlers?« fragte er.

»Du wirst meinen Leichnam verstecken?«

Rakanja nickte. »Ich werde ihn verstecken.«

»Es ist Shundi der Kavirondo. Er wird drei Fährtenleser der Wanderobo bei sich haben.«

»Wie entferne ich die Stoßzähne?« fragte Rakanja. »Ich habe noch nie zuvor Elfenbein entfernt.«

»Wenn du drei oder vier Tage wartest, kannst du sie einfach herausziehen.«

»Soviel Zeit kann ich nicht verschwenden.«

»Dann kannst du ...« Butamos Körper wurde von einem Hustenanfall geschüttelt, und als der vorüber war, war Butamo tot.

Rakanja sah sich um, bis er einen großen gefleckten Stein fand, die Art von Stein, die er vielleicht als Axt genutzt hätte, hätte er ihn in der Nähe seiner Boma gefunden. Er näherte sich dem Kadaver, befühlte die Kieferseite, bis er das Ende des Stoßzahns erreichte, woraufhin er damit begann, Haut und Muskeln zu durchschlagen.

Es war eine lange, harte Arbeit, und es war dunkel, ehe er beide Stoßzähne entfernt hatte. Er beachtete die nahe am Gefrierpunkt liegende Temperatur nicht weiter, als er die Zähne nacheinander einen halben Kilometer den Berg hinaufschleppte und sie unter Büschen verbarg, die er herausgerissen hatte. Dann kehrte er zu Butamos Leichnam zurück, legte ihn sich über die Schulter, ging zur Kante eines nahegelegenen Vorsprungs und warf ihn hinaus, wobei er wartete, bis er den Aufprall vernahm, fast tausend Meter unter ihm. Dann kehrte er zum stoßzahnlosen Kadaver des Elefanten zurück.

Er entzündete ein Feuer und wartete.

Die Wanderobo fanden ihn am Vormittag, aber es wurde Mittag, ehe Shundi selbst eintraf. Der Sklavenhändler ging hinüber zum Kadaver des Elefanten, lächelte verhalten, als er bemerkte, daß die Stoßzähne fehlten, und wandte sich schließlich an Rakanja.

»Du bist ein Massai, stimmt's?« fragte Shundi.

Rakanja nickte.

»Ich habe einen Sklaven den Berg hinauf gejagt. Seine Spur führt zu dieser Stelle.«

»Er war hier«, sagte Rakanja.

»Wo ist er jetzt?«

»Tot.«

»Ich will seinen Leichnam.«

»Du wirst ihn nicht bekommen«, sagte Rakanja und starrte die drei Wanderobo geringschätzig an.

»Ich will ihn haben«, wiederholte Shundi.

»Du wirst davongehen, es sei denn, du wünschst eine Blutfehde mit den Massai«, sagte Rakanja.

Shundi starrte ihn an. »Du bist der einzige Massai, den ich sehe.«

»Ich allein bin genug«, erwiderte Rakanja.

»Ich mag die Arroganz der Massai nicht«, sagte Shundi. »Vielleicht benötigst du einfach nur lebenslängliches Gehorchen, denke ich mir.«

Ehe irgend jemand reagieren konnte, hatte Rakanja seinen Speer dem einen der Wanderobo durch die Brust gejagt und einen hölzernen Speer aufgehoben, den er in der Nacht zuvor angefertigt hatte.

»Das ist dein Lebenslänglich«, sagte er. »Wieviel wünschst du noch auszugeben?«

»Eines wird ausreichen«, sagte Shundi, zog eine Bolzenpistole aus dem Anzug und richtete sie auf Rakanja.

Rakanja starrte das Schießeisen ohne jedes Zeichen von Furcht an. »Wenn du mich tötest, wirst du die Stoßzähne des Elefanten niemals finden.«

»Aha!« sagte Shundi lächelnd. »Also reden wir jetzt vom Geschäft!«

»Wir reden überhaupt nicht, bis du nicht dein Gewehr weggeworfen hast.«

Shundi steckte das Schießeisen in den Anzug zurück.

»Du mußt es wegwerfen«, sagte Rakanja. »Sonst wirst du mich töten, nachdem ich dir das Elfenbein gezeigt habe.«

»Ich gebe dir mein Wort darauf, daß ich's nicht tun werde«, sagte Shundi.

»Was ist das Wort eines Sklavenhändlers wert?« fragte Rakanja geringschätzig.

Shundi zog das Schießeisen heraus, sah es liebevoll an, seufzte dann und warf es weg.

»Komm!« sagte Rakanja und stieg den Berg hinan. »Ich werde dir die Stoßzähne zeigen.«

Sie stiegen vielleicht fünfzehn Minuten lang. Dann erreichte Rakanja die Stelle, wo er sie versteckt hatte, zog die Büsche beiseite und trat zurück, während Shundi sich näherte.

»Bei Allah!« rief der Sklavenhändler aus. »Ein solches Elfenbein habe ich noch niemals gesehen!« Er hockte sich direkt neben die Stoßzähne und untersuchte sie. »Du hast schlampige Arbeit geleistet, Massai«, bemerkte er. »Du hast fünf oder zehn Pfund von der Basis eines jeden weggehackt.«

»Es sind noch immer die größten Stoßzähne, die du je gesehen hast«, sagte Rakanja.

»Ja, das sind sie.«

»Wie viele Stücke vom Silber des weißen Mannes wirst du mir dafür bezahlen?« fragte Rakanja.

»Ich werde dir vierzig Silbershilling geben«, sagte Shundi.

»Für jeden«, sagte Rakanja.

»Das ist eine Menge Geld«, sagte der Sklavenhändler.

»Das will ich haben.«

Shundi schüttelte den Kopf. »Zu viel.«

»Sie werden hier bleiben, bis sie verrotten«, erwiderte Rakanja, »und dir wird niemals mehr erlaubt werden, den Kilimandscharo zu betreten.«

Shundi sah erneut die Stoßzähne an und hob dann die Schultern. »Also gut«, sagte er schließlich. »Achtzig Shilling.«

»Du wirst sie mir hier auf der Erde hinzählen, und ich werde sie nehmen«, sagte Rakanja.

Shundi nickte, zog einen Beutel Münzen heraus und zählte achtzig Shilling hin.

»Das möchte ich auch«, sagte Rakanja und deutete auf eine große Goldmünze.

»Das ist ein Maria-Theresia-Taler«, sagte Shundi. »Er ist viele Schillinge wert.«

»Ich möchte ihn.«

»Na gut«, sagte Shundi und ließ ihn auf dem Boden zurück. »Wenn du uns den Berg hinunterführst, so daß wir uns nicht verirren, kannst du ihn haben.«

Rakanja sammelte alle Münzen auf und steckte sie in

seinen Wasserkürbis. Er wartete, bis jeder der Wanderobo einen Stoßzahn aufgehoben hatte und ging dann zu der Lichtung hinab, wo der Elefant getötet worden war.

Ein einziger Schuß ertönte, und Rakanja taumelte mit dem Gesicht zuerst nach vorn, und er war tot, ehe er auf dem Boden aufschlug.

»Arroganter Sohn einer Hure!« sagte Shundi mit einer rauchenden Pistole in der Hand. »Glaubtest du wirklich, daß der große Shundi nur mit einem Handgewehr reist und daß er es wegwirft, weil es ihm irgendein ignoranter Barbar befiehlt?«

Er ging zu Rakanjas Leiche, nahm sein Geld zurück und wandte sich dann an seine Fährtenleser.

»Folgt mir!« befahl er ihnen. »Und wehe dem, der das Elfenbein beschädigt!«

Nicht mehr länger lag ich in Qualen. Jedes Gefühl war entschwunden; selbst Hunger und Durst waren dahin – dennoch war ich ruhelos und irgendwie unvollständig, und ich kreischte meinen Kummer hinaus, lauter und lauter, und das Kreischen wurde mit jedem Augenblick stärker, bis es schließlich die Träume von Sendeyo selbst erreichte.

Das Feuer loderte hell und erleuchtete die Vorderseiten der Lehm- und Strohhütten, die den *Manyatta* bildeten, das dornengeschützte Dorf. Die Ältesten saßen in einem kleinen Kreis um das Feuer, und hinter ihnen, in einem weit größeren Kreis, standen fünfhundert *Elmorani,* stolze Massai-Krieger, mit bemalten Gesichtern, und die Speere glitzerten im Licht des Feuers.

Plötzlich tauchte die hohe dünne Gestalt von Sendeyo, dem Bruder des obersten Häuptlings aller Massai, aus der Dunkelheit auf und stellte sich in den Kreis der Ältesten.

Er starrte die Versammlung an und wartete, daß der Vornehmste der Ältesten das Wort ergriff.

»Erzähle uns deine Vision, Sendeyo.«

»Mein Schlaf wurde viele Nächte lang gestört«, sagte Sendeyo. »Heute nacht wurde alles deutlich.«

Er hielt inne und sah seine Zuhörerschaft an.

»In dieser Vision sah ich den *Laibon* aller Elefanten, wie er tot auf den Hängen des mächtigen Kilimandscharo lag.«

Er hielt erneut inne, während die Ältesten und die Krieger mit gespannter Aufmerksamkeit auf seine nächste Erklärung warteten.

»Der Elefant wurde nicht von einem Massai getötet«, fuhr Sendeyo fort, »denn die Massai töten keine Tiere um des Fleischs oder des Elfenbeins willen. Wir töten nur den Löwen, um unsere Männlichkeit zu bestätigen.«

»Wer tötete den Elefanten, o Sendeyo?«

»Der Elefant wurde von einem entlaufenen Sklaven getötet.«

Der vornehmste der Ältesten sprach erneut: »Was hat diese Vision mit den Massai zu tun, o Sendeyo?«

»In meiner Vision kam ein Massai-*Moran* mit Namen Rakanja zum Leichnam des toten Elefanten.« Sendeyo hielt erneut inne, während das Feuer hinter ihm höher loderte. »Der *Moran* hieb die Stoßzähne heraus und verkaufte sie.«

»Ich kenne Rakanja«, sagte ein andere Ältester. »Er ist seit sechs Tagen verschwunden.«

»Ihr werdet seinen Leichnam auf dem Kilimandscharo finden«, sagte Sendeyo, und ein kleines Wimmern der Furcht stieg von der Versammlung auf – keine Furcht vor dem Tod, denn die Massai fürchteten den Tod nicht, sondern Furcht vor der Macht dieses Mannes, der den Tod eines anderen auf eine derartig große Entfernung sehen konnte.

»Ich befehle euch nicht, nach dem Leichnam zu suchen«, fuhr Sendeyo fort. »Er hat Sitten und Gebräuche gebrochen und Schande über sein Volk gebracht. Er hat den *Laibon* aller Tiere entheiligt und ist in Handel mit dem weißen Mann getreten.« Sendeyo runzelte verächtlich die Stirn. »Er hat die Massai entehrt.«

Es folgten furchtsame Blicke und Gemurmel, während die Krieger auf Sendeyos nächste Verkündigung warteten.

»Von diesem Tage an«, fuhr Sendeyo fort, »wird jeglicher Besitz der Massai zu Staub werden. Dies wird nicht über Nacht geschehen, denn die Massai sind ein starkes und zahlreiches Volk, aber es hat bereits begonnen. Unsere Länder werden weniger fruchtbar, die Kikuyu und die Wakamba werden zahlreicher werden, der weiße Mann wird unsere *Elmorani* bezaubern, und im Laufe der Zeit wird sogar unsere Sprache verlorengehen, und die Massai werden nur noch Suaheli oder die Sprache des weißen Mannes sprechen. Unsere Zahl wird schrumpfen, unsere Waffen werden uns genommen werden, und unser Volk wird vergessen, was es heißt, Massai *zu sein*. Von diesem Tag an werden die Geister der Massai allein in der Leere zwischen diesem Leben und dem nächsten wandeln.«

Es folgte ein Wimmern von Kummer und Angst.

»Sag uns, was wir tun müssen, o Sendeyo!« riefen die Ältesten. »Sag uns, wie wir diesen *Thahu*, diesen schrecklichsten aller Flüche aufheben können!«

»Es gibt einen Weg«, sagte Sendeyo, und die Schatten huschten ihm übers bemalte Gesicht, und es fiel jäh ein Schweigen über die Versammlung.

»Ihr müßt das Elfenbein finden und es zum Kilimandscharo zurückbringen, genau zu jenem Ort, wo der Elefant starb. Dort müßt ihr einen Altar daraus bauen und es im reinen Blut waschen, dem Blut eines unbeschnittenen männlichen Massai. Nur dann kann die Ehre der Massai wiederhergestellt werden; nur dann können die Geister der hier Versammelten und jene, die noch ungeboren sind, von diesem *Thahu* erlöst werden; nur dann können die Geister der toten Massai endlich ihre Ruhe finden.«

Sendeyo starrte die Ältesten und die *Elmorani* an.

»Ich habe gesprochen«, schloß er. »Was ihr damit anfangt, ist eure Sache.«

Er drehte sich auf dem Absatz um und kehrte in seine Boma zurück, und seine Träume waren endlich frei vom Bildnis des Kilimandscharo-Elefanten. Er erwähnte ihn niemals mehr, und sieben Jahre später starb er.

Und so durchwanderte mein Geist die Leere, wartete und beobachtete, beobachtete und wartete, während Sendeyos Thahu sich erfüllte, und die Massai von ihrer Lebensart abfielen, und ihre Zahl schrumpfte, und ihr Wohlstand dahinschwand. Ich sah, wie Massai Laibon in den Besitz meines Elfenbeins kam, und ich sah, wie Tembo Laibon es verspielte, und ich sah Leeyo Nelion sterben, ehe er es in Besitz nehmen konnte, und schließlich blieb nur ein Massai übrig – ein hoher, umhergetriebener Mann mit Namen Bukoba Mandaka, der sich eine Trillion Meilen vom heiligen Berg Kilimandscharo entfernt befand.

Zehntes Zwischenspiel

(6303 G.A.)

Mandaka hatte seine Geschichte beendet, blickte mich nun an und beobachtete dabei meine Reaktion.

»Also *das* wollen Sie mit dem Elfenbein tun, wenn Sie es bekommen?« fragte ich schließlich.

Er nickte. »Mir bleibt keine andere Wahl.«

»Natürlich bleibt Ihnen eine andere Wahl«, sagte ich. »Sie können wählen, sich nicht selbst zu opfern.«

»Es muß getan werden.«

»Warum? Weil irgendein Medizinmann vor siebentausend Jahren einen Fluch ausgestoßen hat?«

»Er hat sich erfüllt, oder etwa nicht?« fragte Mandaka kläglich.

»Sie wissen überhaupt nicht, ob der Niedergang der Massai etwas damit zu tun hat.«

»Das ist keine Sache des Wissens, sondern des Glaubens«, sagte Mandaka.

»Nun, *ich* glaube nicht daran.«

»Das müssen Sie auch nicht.«

Wir verfielen erneut in Schweigen. Ich bemerkte, daß mir die Zigarre ausgegangen war, und ich zündete sie wieder an.

»Wann werden Sie die Fahrt nach Himmelsblau antreten?« fragte ich.

»Morgen früh. Ich hätte es gerne, wenn Sie mitkämen.«

»Das ist sehr kurzfristig«, sagte ich. »Braxton's wird mir vielleicht nicht gestatten zu fahren.«

»Sie werden es gestatten«, sagte er zuversichtlich.

»Das hört sich sehr überzeugt an«, bemerkte ich.

»Es ist ihr Geschäft, Geld zu verdienen. Ich habe Sie ihnen einmal abgekauft; ich kann Sie ihnen erneut abkaufen.«

»Sie wollen damit sagen, daß Sie ihnen über mein eigenes Honorar hinaus noch eine Zulage bezahlt haben?«

Er nickte. »Ich bin stets darauf vorbereitet, für das zu bezahlen, was ich haben möchte, Mister Rojas.«

»Und sobald Sie das Elfenbein haben, was dann? Werden Sie damit direkt zur Erde fliegen?«

»Ja.« Er hielt verlegen inne. »Noch einmal: ich hätte es gern, wenn Sie mich begleiteten.«

»Warum?«

»Dafür habe ich Gründe.«

»Dann werden Sie sie mir besser mitteilen«, sagte ich, »weil ich nicht vorhabe, in irgendeine Zeremonie verwickelt zu werden, die in Ihrem Tod ihren Höhepunkt findet.«

»Das werden Sie nicht, das versichere ich Ihnen«, sagte Mandaka.

»Was wollen Sie dann von mir?« beharrte ich.

»Wenn die Zeremonie vorüber ist, muß meine Leiche verbrannt, und die Knochen müssen in alle Winde verstreut werden. Es gibt nur wenige Menschen, denen ich zutraue, eine solche Aufgabe erfüllen zu können; Sie sind einer davon.«

»Ist es wirklich nötig?« fragte ich erneut. »Immerhin sind Sie der letzte Massai. Was Sie auch immer tun werden, es wird keinen weiteren mehr von Ihnen geben – warum dann opfern Sie Ihr Leben für die Ehre eines Volkes, das es nicht mehr länger gibt?«

»Ich tu's nicht für die Massai, die noch kommen werden, denn – wie Sie völlig richtig bemerkt haben –

ich bin der letzte.« Er hielt inne. »Ich tu's für all jene Massai seit der Zeit von Sendeyo, deren Seelen in der Vorhölle wandeln und die auf das Opfer warten, das er am Kilimandscharo befohlen hat zu vollbringen, damit sie heimgehen können.«

»Sendeyo hat ihnen 'ne Menge primitiven Hokuspokus vorgemacht, nichts weiter!«

»Das ist meine tiefste Überzeugung«, erwiderte Mandaka mit beinahe verklärter Ruhe. »Sie kann durch Ihre Argumente nicht erschüttert werden.«

Ich schaute ihn einen ausgedehnten Augenblick lang an und nickte schließlich zustimmend. »Also gut«, sagte ich. »Das Thema ist abgehakt – zumindest zum gegenwärtigen Zeitpunkt.«

»Vielen Dank«, erwiderte er. »Werden Sie mich begleiten?«

»Wenn Sie das bei Braxton's arrangieren können, werde ich zumindest bis Himmelsblau mitkommen. Ich möchte, glaube ich, das Elfenbein mit eigenen Augen sehen.«

Mandaka stand auf. »Ich muß noch einige Vorbereitungen treffen und einiges in Ordnung bringen. Wollen Sie bitte morgen früh zu mir aufs Schiff kommen?«

»Wo liegt es?«

Er nannte mir seine Hangar- und Docknummer im örtlichen Raumhafen.

»Wann werden wir abheben?« fragte ich.

»Bei Tagesanbruch. Bitte verspäten Sie sich nicht; nach all der Zeit bin ich sehr begierig darauf, die Hände auf das Elfenbein zu legen.«

Dann stand er auf und verließ das Büro und überließ es mir, die letzten Konsequenzen seiner bevorstehenden Odyssee zu durchdenken.

»Bist du verrückt geworden?«

Hilda saß mir gegenüber in der Chefkantine, und ihr rundliches Gesicht war rot vor Enttäuschung.

»Nein«, sagte ich nachdenklich. »Das glaube ich nicht.«

»Was weißt du über diesen Mann?«

»Genug«, sagte ich, während ich an einem Stück Gebäck knabberte.

»Genug?« wiederholte sie. »Was ist genug? Er kommt von nirgendwoher, er ist bei keiner Behörde der Monarchie gemeldet, er gibt freimütig zu, daß er einen Mord begehen würde, um das zu erhalten, was er haben will, er lebt wie ein Tier in seinem verrückten Appartement – und *du* …«, fügte sie wütend hinzu, »du entschließt dich, vier Wochen wegzugehen, um mit ihm zur Erde zu fahren und irgendeine heidnische Zeremonie zu vollziehen, die du mir noch nicht einmal beschreiben willst!«

»Er benötigt meine Hilfe«, sagte ich. »Und ich hab' lediglich versprochen, mit ihm bis Himmelsblau zu fahren; was die Erde betrifft, so habe ich mich noch nicht entschieden.«

»Was ist mit all jenen Zeiten, da *ich* deine Hilfe benötigt hätte und du immer zu beschäftigt mit deiner Arbeit gewesen warst?« wollte sie wissen, hieb mit einer dicklichen Faust auf den Tisch und verschüttete dabei ihren Tee.

»Das hier *ist* meine Arbeit«, erklärte ich.

»Deine Arbeit war beendet, als du das Elfenbein gefunden hattest.«

»Ich hab's noch nicht gefunden«, bemerkte ich. »Darum muß ich nach Himmelsblau.«

»Mach mir doch nichts vor, Duncan. Du hast es gefunden, schon gut. Ich ersehe das deiner selbstgefälligen Miene.«

Das konnte ich nicht abstreiten, aber ich wollte es auch nicht zugeben, also sah ich sie einfach an und sagte gar nichts.

»Sag mir die Wahrheit«, meinte Hilda nach einer langen Pause. »Glaubst *du*, daß das, was er tun wird – was es auch immer sein mag –, irgendwie die Ehre oder das Prestige der Massai wiederherstellen wird?«

»Es kommt nicht darauf, was *ich* glaube«, entgegnete ich. »*Er* glaubt, daß das der Fall sein wird, und darauf allein kommt's an.«

Sie schüttelte schwach den Kopf. »Warum will ich bloß meine Zeit mit dir verschwenden, Duncan?«

»Warum willst du's?« fragte ich mit jähem Interesse.

Sie hob die Schultern. »Ich wünschte, ich wüßte es.«

»*Du* kannst mir nicht erklären, warum du dich mit mir abgibst; *ich* kann dir nicht erklären, warum ich mich dafür entschied, Mandaka zu helfen. Warum nimmst du nicht einfach hin, daß ich letztlich das tue, was du von mir wolltest?«

»Wann hätte ich dir jemals gesagt, mit Mandaka zur Erde zu fahren?« wollte sie wissen.

»Du hast mir stets damit in den Ohren gelegen, du sähest es gerne, wenn ich mich für jemanden verantwortlich fühlte. Hier fühle ich jetzt die Verantwortung, Mandaka zu helfen, und plötzlich beklagst du dich aus heiterem Himmel heraus!«

»Duncan, Duncan«, murmelte sie. »Was soll ich mit dir bloß anfangen? Wie kannst du gleichzeitig so dumm und so klug sein?«

»Warum wünschst du mir nicht einfach eine glückliche Reise und sagst mir, was ich dir von Himmelsblau mitbringen soll?«

»Komm nur heil und gesund von der Erde zurück«, sagte sie. »Das wird ausreichen.«

»Ich hab' mich noch nicht dafür entschieden, zur Erde zu fahren«, erinnerte ich sie.

»Natürlich wirst du's tun«, sagte sie ungeduldig.

»Nun, selbst *wenn* ich's tun werde«, sagte ich, »wer sollte wohl einen Trophäenforscher umbringen wollen?«

»Soll ich dir das wirklich sagen? Wir fingen nur an, uns erneut zu streiten!«

»Dann laß es bleiben.« Ich zog meinen Taschencomputer heraus. »Wenn ich zur Erde fahre, werde ich in neunundzwanzig Tagen zurück sein. Warum reservierst du nicht für diesen Abend einen Tisch für dich, Harold und mich in den ›Alten Tagen‹? Ich werde euch einladen.«

Sie seufzte und starrte auf ihre Teetasse. »Ich werd' drüber nachdenken, Duncan.«

Wir beendeten unser Mahl in völligem Schweigen. Dann stand ich auf. »Ich möchte nicht hetzen, aber ich hab' noch eine Menge Kleinigkeiten zu klären, ehe ich fahre.«

»Duncan?«

»Ja?« fragte ich.

»Ich wünsch' dir eine gute Fahrt, verdammt noch mal!«

Wir verließen Mandakas Schiff am einzigen Raumhafen von Himmelsblau und nahmen ein kleines fahrerloses Taxi zur Stadt. Obgleich sich über und unter uns Schienen befanden, flogen wir buchstäblich durch die Luft – eine elementare Demonstration eines Supraleiters, die für mich niemals je ihre Faszination verlor, denn das Gefühl dabei war jenem nicht unähnlich, das man hatte, wenn man niedrig über der Oberfläche eines Planeten flog.

Dieser Planet hier hatte seinen Spitznamen wirklich verdient, denn er besaß den vielleicht blauesten Himmel, den ich je gesehen hatte, zweifellos aufgrund des Süßwasserozeans, der mehr als achtzig Prozent seiner Oberfläche bedeckte. Das Taxi fuhr uns mehrere Kilometer weit durch bebaute Felder. Die Bauern säten vorwiegend eine mutierte Weizenart, die weit größer und robuster war als diejenige, die auf den meisten Planeten wuchs. Die Luft roch frisch und rein, und ich lehnte mich zurück und genoß die Fahrt, wohingegen Mandaka unfähig war, still dazusitzen, und unablässig hin- und herrutschte.

Schließlich hielt das Taxi an einem riesigen Platz, dem Zentrum der Stadt, und dort bekamen wir weitere Hinweise, wo das Museum zu finden war, und wir setzten unseren Weg auf ziemlich primitiven Rollsteigen fort. Vielleicht fünf Minuten später kamen wir an und standen auf den steinernen Stufen des Museums und blickten das beeindruckende Gebäude an.

»Endlich!« murmelte Mandaka.

Ich sah mich nach einem Aufzug oder einem Lift um, aber es stand keiner zur Verfügung, also stapften wir die zwei Dutzend Steinstufen zu Fuß hinauf und betraten das Museum. Ich nannte dem Pförtner meinen Namen und bat ihn, Mandaka und mir den Weg zum naturhistorischen Flügel zu zeigen.

»Und«, fügte ich hinzu, als sich Mandaka in die angewiesene Richtung aufmachte, »würden Sie bitte Hazel Guthridge von meiner Anwesenheit benachrichtigen und sie bitten, sich mit mir bei den Fossilien zu treffen?«

»Aber sicher, Mister Rojas«, sagte er, und ich eilte Mandaka nach.

Wir gingen durch drei Kunstgalerien sowie eine Wissenschaftsausstellung, die eine ziemlich vereinfachte Darstellung der Quantenmechanik und Neimars Theorie zeigte; endlich jedoch erreichten wir die naturgeschichtliche Abteilung, und einen Augenblick später befanden wir uns im Raum der Fossilien, der von dem Dinosaurier beherrscht wurde, darüber hinaus jedoch noch etwa fünfzig weitere Skelette beherbergte.

»Kommen wir dem Elfenbein jetzt nahe?« flüsterte Mandaka.

»Näher, als Sie sich vorstellen können«, sagte ich. Ich wollte gerade das Geheimnis lüften, da betrat Hazel Guthridge den Raum.

»Mister Rojas, wie ich annehme?« fragte sie, trat näher und streckte formell die Hand aus.

»Ich bin erfreut darüber, Sie persönlich zu treffen«,

sagte ich. »Dieser Herr hier ist Bukoba Mandaka, mein Begleiter.«

»Mister Mandaka«, sagte sie, wobei sie ihn kaum ansah. »Mir war nicht klar, daß Sie nach Himmelsblau kommen würden, Mister Rojas«, fügte sie mißbilligend hinzu. »Ich hätte eine angemessene Besichtigungstour vorbereiten können, wenn Sie mich irgendwie vorgewarnt hätten.«

»Nun, wie ich Ihnen bereits sagte – ich versuchte die Stoßzähne eines bestimmten Elefanten zu finden, die, wie ich wußte, sich auf Himmelsblau befinden müssen.«

»Und wie *ich* Ihnen bereits sagte, besitzen wir hier von ihnen keine Aufzeichnung.«

»Das glaube ich Ihnen«, sagte ich. »Aber sie befinden sich nichtsdestoweniger hier.«

»Tut mir leid!« sagte sie gelassen. »Ich sagte Ihnen bereits, Mister Rojas, wir stellen sie nicht aus.«

»Sie sagten mir gleichfalls, Ihr Spezialgebiet seien die prähistorischen Knochenschnitzereien dieses Planeten und daß Sie keinen Kuratoren für Naturgeschichte haben.«

Sie runzelte die Stirn. »Wollen Sie mir etwa unterstellen, ich hätte Sie angelogen, Mister Rojas?«

Ich schüttelte den Kopf. »Ich unterstelle Ihnen nichts weiter als Ignoranz«, erwiderte ich. »Die Stoßzähne befinden sich genau in diesem Raum hier.«

»Wo?« fragten sie und Mandaka gleichzeitig.

Ich wies auf den Dinosaurier. »Dort«, sagte ich.

»Das ist das rekonstruierte Skelett eines fleischfressenden Dinosauriers«, sagte sie.

»Ich weiß«, meinte ich. »Aber Fleischfresser von derartiger Größe sind weit seltener, als Sie glauben mögen. Es gibt mehr als zwei Millionen bewohnbarer Planeten in der Galaxis, und nur siebenundzwanzig davon besaßen Fleischfresser von solchen Ausmaßen – und nur auf drei jener Planeten konnten die Fleischfresser als Dinosaurier klassifiziert werden. Ich ließ meinen Computer sowohl die Geschichte der Ökologie als auch der Geologie und des Klimas analysieren, und er ist zu dem Schluß gekommen, daß die Chance gegen die Existenz dieses speziellen Dinosauriers hier auf Himmelsblau angenähert dreihunderttausend zu eins beträgt.«

»Was wollen Sie damit sagen, Mister Rojas?« wollte Mandaka wissen, wobei er den Dinosaurier ansah.

»Ich will damit sagen, daß jemand, der weniger von der ökologischen Geschichte wußte, als er glaubte, die Stoßzähne fand, entschied, sie seien Überbleibsel eines riesigen prähistorischen Tieres, und er rekonstruierte dieses Skelett auf der Basis einer völlig falschen Voraussetzung.«

»Das ist nicht möglich, Mister Rojas!« protestierte Hazel Guthridge.

»Warum nicht?« fragte ich. »Dies ist ein sehr dünn besiedelter Kolonialplanet. Sie haben hier keinen Paläontologen, und soweit ich aus ihren Ausstellungen schließen kann, haben Sie niemals die Spur einer übergroßen Lebensform gefunden, weder Fleischfresser noch Beute.« Ich blickte das Skelett an. »Ich nehme an, es handelt sich um die beiden größten Rippen, und alles übrige wurde auf dieser Grundlage rekonstruiert.«

Mandaka kletterte über die Schutzschiene, ehe Hazel Guthridge ihn daran hindern konnte, und sah die in Frage kommenden Rippen genau an.

»Sie haben recht!« rief er triumphierend aus. »Es ist das Elfenbein des Kilimandscharo-Elefanten!«

»Das kann nicht sein!« sagte sie, etwas weniger überzeugt.

»Es ist so«, erwiderte ich. »Jemand hat einen Fehler begangen, und es gab keinen Experten, der ihn entdeckt hätte. Unter den gegebenen Umständen ist das ganz verständlich.«

»Wenn Sie recht haben, ist das nicht entschuldbar«, sagte sie bitter.

»Ich habe recht.«

»Ich werde eine unabhängige Beglaubigung anfordern.«

»Das könnte Monate dauern«, bemerkte ich.

»Möglich«, stimmte sie zu.

Ich sah zu Mandaka, der heftig den Kopf schüttelte.

»Vielleicht können wir die Sache gleich hier und jetzt erledigen«, schlug ich vor.

»Ach ja?« fragte sie und sah mich mißtrauisch an. »Wie?«

»Besitzen Sie ein Molekularscope?« fragte ich. »Das wird Ihnen sagen, ob sie von der Erde oder von Himmelsblau stammen.«

»Nein, haben wir nicht.«

Ich runzelte die Stirn. »Ich dachte, *jedes* Museum hätte ...«

»Wir haben zu wenig Personal und zu wenig Geld«, sagte sie.

»Also gut«, meinte ich. »Es gibt einen anderen Weg. Die in Frage kommenden Objekte sind entweder Rippen oder Stoßzähne. Wenn sie Rippen sind, werden sie über die ganze Länge hohl sein, weil sich in ihrem Innern Knochenmark befand. Wenn es Stoßzähne sind, werden sie über zwei Drittel ihrer Länge fest sein. Jeder akustische Analysator sollte imstande sein, uns die Antwort zu liefern.«

Sie nickte. »Ich werde sie sofort einer Analyse unterziehen.« Sie hielt inne. »Wenn Sie beide so lange in meinem Büro warten wollen, bitte! Ich werde die Ergebnisse innerhalb einer halben Stunde für Sie haben.«

»Das ist völlig ausreichend«, sagte ich, ehe Mandaka Protest anmelden konnte.

Sie rief einen Wärter herbei, der uns in ihr nüchtern eingerichtetes Büro brachte, und wir warteten schweigend vierzig Minuten lang. Schließlich konnte Mandaka nicht mehr länger stillsitzen und ging unruhig hin und her.

»Sie will uns austricksen!« sagte er.

Ich schüttelte den Kopf. »Ihr ist gerade vom Chefforscher von Wilford Braxton's gesagt worden, daß die Glaubwürdigkeit ihres Museums bei Null liegt, und sie versucht, diese Demütigung zu verbergen«, sagte ich. »Sie hat vor zwanzig Minuten herausgefunden, daß ich recht hatte, und jetzt sucht sie nach einer Möglichkeit, wie sie den Schaden so gering wie möglich halten kann.«

»Wenn Sie sie mir nicht verkauft, werde ich gleich heute nacht zurückkehren und sie mitnehmen«, sagte er.

»Sie wird sie verkaufen«, antwortete ich zuversichtlich.

Er wollte gerade etwas erwidern, da betrat Hazel Guthridge mit ziemlich bleichem Gesicht das Büro.

»Mister Rojas, Mister Mandaka«, sagte sie schlicht. »Ich muß mich bei Ihnen beiden entschuldigen. Sie hatten recht.«

»Es ist kein Schaden entstanden«, sagte ich. »Im Gegenteil, dies könnte Ihrem Etat nur nützlich sein. Mein Klient wünscht noch immer, das Elfenbein zu erwerben.«

»Wie ich Ihnen sagte, ist es unsere Politik, unsere Ausstellungsobjekte nicht zu verkaufen.«

»Aber Sie sagten mir gleichfalls, Sie stellen nur Lebensformen aus, die auf Himmelsblau beheimatet sind«, sagte ich. »Es wäre der Reputation des Museums wenig dienlich, wenn die Geschichte dieses Irrtums weitere Kreise zöge.«

»Ist das eine Drohung, Mister Rojas?«

»Aber nicht doch«, sagte ich besänftigend. »Ich meinte lediglich, je rascher das Skelett abgebaut wird, desto weniger könnte es eine mögliche Quelle der Verlegenheit für Sie werden.«

Sie starrte mich an, noch immer nicht imstande zu entscheiden, ob ich sie bedrohte oder über etwas hinwegtrösten wollte. Schließlich sackten ihre Schultern herab, und sie lehnte sich mit der Hüfte an die Schreibtischkante.

»Wieviel wollen Sie für die Stoßzähne bieten, Mister Mandaka?« fragte sie.

»Drei Millionen Kredits«, erwiderte er.

»Drei Millionen?« wiederholte sie ungläubig. »Ich hatte keine Ahnung, daß sie so viel wert waren.«

»Sind sie auch nicht, außer für Mister Mandaka«, warf ich ein.

»Der Aufsichtsrat des Museums wird im kommenden Monat zusammentreten«, sagte sie. »Ich bin mir ziemlich sicher, er wird dem Verkauf zustimmen, Mister Mandaka.«

»Mein Angebot beruht auf der Prämisse einer sofortigen Lieferung«, fügte Mandaka hinzu.

»Das ist äußerst ungewöhnlich...« sagte sie, während sie versuchte, eine Entscheidung zu treffen.

»Es ist eine äußerst ungewöhnliche Situation«, pflichtete ich bei. »Falls Sie jedoch einem sofortigen Verkauf zustimmen, gäbe es niemanden, der dem Rat mitteilte, was wir haben wollten. Was ihn betrifft, so könnten wir ein großzügiges Angebot für das gesamte Skelett gemacht haben.«

Sie überlegte sich meine Worte und nickte zustimmend.

»Wenn Sie das Elfenbein auf mein Schiff gebracht haben«, sagte Mandaka und nannte ihr seine Hangar- und Docknummer, »werde ich veranlassen, daß das Geld auf ein Konto des Museums überwiesen wird.« Er hielt inne. »Oder auf Ihr Konto, wenn Ihnen das lieber ist.«

»Auf das Museumskonto, bitte«, sagte sie hitzig. »Ich mag die Vorschriften übertreten, um die Reputation des Museums zu wahren, aber ich bin keine Diebin!«

»Niemand hat unterstellt, sie könnten eine Diebin sein«, sagte ich beruhigend. »Und was den bedauerlichen Irrtum betrifft, der zu dieser Zusammenkunft geführt hat, so will ich Ihnen versichern, daß Sie unserer Diskretion vertrauen dürfen.«

Ich verbrachte ein paar weitere Minuten damit, sie zu beruhigen und zu besänftigen, und dann befahl sie, die Stoßzähne aus dem Museum zu entfernen und zum Raumhafen zu bringen, und Mandaka machte sich daran, den Kaufpreis auf das Konto des Museums zu überweisen.

Drei Stunden später kam Mandaka, der an der Ladeluke des Schiffes stand, endlich in den Besitz des Elfenbeins des Kilimandscharo-Elefanten. Als es sicher verstaut war, wandte er sich an mich.

»Ja, Mister Rojas«, sagte er, »es sieht so aus, als sei der Augenblick der Entscheidung gekommen. Soll ich Sie zurück nach Hause bringen, oder werden Sie den letzten Schritt der Reise tun und selbst das letzte Kapitel in der Geschichte des Elfenbeins lesen?«

»Es wird von mir nicht erwartet in irgendeiner Weise an dieser Zeremonie teilzuhaben«, sagte ich, »sondern nur Ihre sterblichen Überreste zu zerstreuen, wenn alles vorüber ist. Ist das korrekt?«

Er nickte.

Ich hob die Schultern. »Na ja, dann denke ich, ich komme mit.«

»Daran habe ich niemals gezweifelt«, erwiderte er.

11

Der Massai

(6304 G.A.)

Allein, ruhelos, unvollständig, außerstande, jenen letzten Schlaf zu schlafen, nach dem es mich verlangte, prüfte ich die galaktischen Winde zum milliardsten Male – und endlich, nach vielen vergeblichen Anläufen und Äonen der Verzweiflung, trieb der Duft nach Erlösung durch Zeit und Raum zu mir herüber, stark und beißend. Ich trompetete schweigend ein Jubelgeschrei, denn es war der Mann, Mandaka, der zum Heiligen Berg zurückkehrte.

Das Neue Jahr kam und ging, während wir von Himmelsblau zur Erde flogen, obgleich sowohl Mandaka als auch ich uns zu dieser Zeit in den Tiefschlafräumen befanden. Wir erwachten steif und kalt und hungrig – der Tiefschlaf verlangsamt den Metabolismus, hält ihn jedoch nicht auf, und ich erwachte stets halb verhungert –, als das Schiff in einen Orbit um die Erde einschwenkte, und zur Morgendämmerung des folgenden Tages landeten wir zwei Kilometer südlich vom Fuß des Mount Kilimandscharo.

»Der Tradition zufolge wurde der Elefant auf der nördlichen Seite des Berges getötet«, sagte Mandaka, während wir das Elfenbein und die Vorräte sorgfältig auf zwei Antigrav-Schlitten luden. »Aber wir werden die ersten dreitausend Meter die südlichen Hänge hinaufklettern.«

»Hat das eine besondere Ursache?« fragte ich.

Er nickte.

»Die Stadt Nyerere wurde am südlichen Abhang errichtet, und wir sollten auf den ersten zweieinhalb oder dreitausend Metern benutzbare Straßen vorfinden. Sonst hätten wir es gleich von vornherein mit dichter Vegetation zu tun; sie dünnt ein wenig unterhalb von dreitausend Metern etwas aus.«

»Warum haben Sie nicht über Funk nachgesehen, ob sie einen Raumhafen besitzen?« meinte ich. »Das hätte uns eine Menge Kletterei ersparen können.«

»Sie hatten einen, aber der ist unbenutzbar«, erwiderte er. »Die Stadt ist seit mehr als acht Jahrhunderten verlassen.«

»Gibt's dafür einen besonderen Grund?«

Er hob die Schultern. »Warum verläßt irgend jemand den Garten Eden? Um nachzusehen, was jenseits davon liegt.« Er hielt inne. »Und gleich, wie enttäuscht man auch sein mag, man wird niemals zurückkehren.«

Ich stand da, stützte die Hände auf die Hüften und sah westlich über die scheinbar endlose Savanne, die durchsetzt war von Akazienbäumen, und das hohe Gras schwankte im Wind. »Eine wunderschöne Gegend«, sagte ich schließlich.

»Ja«, erwiderte er. »Einst, vor Jahrtausenden, streiften in der Serengeti zwischen drei und vier Millionen Tiere umher. Ihr alljährlicher Zug war ein Anblick, den man niemals mehr vergaß, wenn man ihn einmal gesehen hatte.« Er seufzte. »Jetzt ist nichts mehr geblieben als Gras und Insekten – nicht einmal ein Vogel oder eine Maulwurfsratte.«

»Ich frag mich, was den Tieren zugestoßen ist?« meinte ich.

»*Wir* sind ihnen zugestoßen, Herr Rojas«, entgegnete Mandaka grimmig. »Sie geben das Buch heraus; Sie wissen, wann jede einzelne Art ausgestorben ist.«

»Es in einem Buch zu sehen, ist eine Sache«, sagte ich. »Aber hier draußen zu stehen und fünfzig oder sechzig Kilometer weit über die Serengeti zu blicken – da geht einem wirklich die Größe dessen auf, was wir diesem Land antaten; daß nichts Lebendes mehr übriggeblieben ist.« Ich wandte mich um und sah zum Gipfel des Kilimandscharo hinauf, der in den Wolken verborgen war. »Allein die Vorstellung, daß Löwen und Leoparden und Elefanten und Nashörner und alle möglichen Arten von Pflanzenfressern einst auf diesem Berg lebten ...«

»Und *Menschen,* Herr Rojas«, fügte Mandaka hinzu. »Der Mensch lebte gleichfalls hier. Nun sind nur noch die Insekten übriggeblieben.«

»Vielleicht werden wir's das nächste Mal besser machen.«

Er schüttelte den Kopf. »Es wird kein nächstes Mal geben«, sagte er. »Nicht hier.«

»Dann irgendwo anders.«

»Vielleicht«, sagte er zweifelnd.

Dann gingen wir den überwucherten Pfad entlang, der zu der verlassenen Stadt führte.

Nyerere begann etwa 200 Meter den Berg hinauf, und man konnte sagen, daß es eine sorgfältig geplante Stadt gewesen war, mit großen öffentlichen Parkanlagen; von jedem Haus hatte man einen Blick über die Serengeti sowie auf Geschäftsviertel, die sorgfältig in die Wohnbereiche integriert worden waren. In 400 Metern Höhe kamen wir an einem kleinen Privatflugplatz vorüber, aber die Gebäude zerfielen allmählich, und die Landebahnen waren den Berg hinuntergewaschen worden. Ich hatte schon zuvor verlassene Städte gesehen, aber sie waren stets durch Krieg oder Seuchen entvölkert worden; diese hier war die erste, die ich je gesehen hatte, deren Bevölkerung einfach ihre Sachen gepackt hatte und gegangen war, und das war mir unheimlich. Eine Anzahl Häuser befand sich noch immer in gutem Zustand, und in einigen davon waren Türen und Fenster noch immer funktionsfähig, aber während wir durch die leere Stadt gingen, lag über allem ein Hauch von Verlassenheit, der nahezu greifbar war. Es war wie die Steppen unten: einst wimmelte es in diesen Straßen von Verkehr und Handel, einst hatten diese Häuser Millionen von Seelen Zuflucht geboten; jetzt gab's nur noch Staub, Gras und Insekten.

In 2000 Metern Höhe entschlossen wir uns, das Lager aufzuschlagen, und wir verbrachten die Nacht im Foyer eines einstmals stinkvornehmen Hotels. Der Swimmingpool war zerbrochen und leer, und die Wände des Kasinos waren verrottet; das Foyer aus Stein und Glas war relativ intakt geblieben, und wir schliefen dort. Die ganze Nacht über sank die Temperatur; als ich am Morgen vor Kälte zitternd aufstand, sah ich, daß Mandaka noch immer wie ein Baby schlief, völlig unempfindlich gegen den jähen Temperatursturz.

Wir machten uns auf den Weg, gerade nachdem die wärmenden Strahlen der Sonne den Dunst auf dem Gipfel des Berges weggebrannt hatten, und ich sah endlich die funkelnden Gletscher. Wir überquerten einen großen öffentlichen Platz, wo eine Anzahl Plaketten die weltberühmte Wegekreuz-Skulptur beschrieb, aber als ich Mandaka fragte, was die Skulptur sei, hob er die Schultern und sagte, sie sei viele Jahrhunderte vor seiner Geburt geraubt worden.

Gegen Mittag hatten wir die Stadt verlassen, und wir umkreisten jetzt langsam den Berg, wobei wir unsere Antigrav-Schlitten lenkten und uns mit Laserwaffen einen Weg durch die dichte Vegetation bahnten. Wir schliefen erneut in unseren beheizbaren Schlafsäcken, und trotz der Tatsache, daß ich meinen Schlafsack auf 28 Grad Celsius eingestellt hatte, verbrachte ich eine weitere ungemütliche Nacht, als die Temperatur unmittelbar nach Sonnenuntergang ins Bodenlose fiel.

Am Morgen des dritten Tages wurde mir der Atem

knapp, was, Mandakas Warnung zufolge, geschehen konnte, sobald wir die 3000-Meter-Marke überschritten. Wir brauchten ungefähr vier Stunden, um den nördlichen Hang zu erreichen, dem wir uns mehr als einen Tag lang indirekt genähert hatten, und schließlich blieb Mandaka stehen, und seine dunklen Augen suchten das Gelände ab.

»Wir kommen näher«, verkündete er.

»Wie nahe?« keuchte ich.

Er sah den Berg hinauf.

»Noch etwa weitere dreihundert Meter oder so.«

»Ganz bestimmt?«

Er nickte.

»Woher wissen Sie das?« beharrte ich, während ich nach Luft rang. »Niemand hat Fotos oder Vermessungen gemacht. Vielleicht wurde er genau dort getötet, wo Sie stehen.«

»Das glaube ich nicht«, sagte Mandaka, während er weiter den Berg hinaufsah.

»*Warum* nicht?«

»Hier ist nur wenig Deckung. Er wäre höher gegangen.«

»Aber vor siebentausend Jahren hätte es hier Deckung geben können!«

»Höher, Herr Rojas«, sagte Mandaka, beugte sich vor und kletterte den Hang hinauf. »Oder haben Ihnen all Ihre Nachforschungen nichts über ihn erzählt? Er war jemand, der überlebte, und so jemand wäre den Berg weiter hinaufgeklettert.«

Ich hatte nicht die Kraft für eine Antwort, also nickte ich bloß ergeben und trabte hinter ihm her.

Es war später Nachmittag, als wir eine kleine Lichtung neben einem Wäldchen aus Weißdornbäumen erreichten. Ein Felsvorsprung in der Nähe überblickte die Ebenen unten. Mandaka blieb stehen, drehte sich einmal um sich selbst, schnüffelte und nickte.

»Wir sind angekommen«, verkündete er leise.

»Ganz sicher?«

»So sicher, wie ich nur sein kann«, erwiderte er. »Vielleicht irre ich mich, aber ich habe mein Bestes getan. Gott wird das verstehen müssen.«

»Und jetzt werden Sie sich umbringen?«

»Später«, sagte er, während er die Antigrav-Schlitten abschaltete. »Bei vollem Mond.«

»Soll ich uns etwas zu essen bereiten?« fragte ich und suchte in meinem Packen nach der transportablen Küche.

»Nein«, sagte er. »Es wäre ein Sakrileg, irgend etwas auf diesem Heiligen Berg zu essen – außer der Milch und dem Blut meines eigenen Viehs.« Er hielt inne. »Sie können essen, falls Sie es wünschen.«

»Nur ein Sandwich«, sagte ich entschuldigend und holte mir eines aus dem Proviantpacken. Ich nahm einen Bissen, und während ich daran kaute, sah ich hinaus in die Ferne.

»Ein wunderschöner Anblick, stimmt's?« meinte ich.

»Ja«, erwiderte er.

»Wo sind Sie aufgewachsen?«

»Sie können's von hier aus nicht sehen«, entgegnete er. »Aber«, fuhr er fort und zeigte dabei nach Nordwesten, »es war ungefähr einhundertdreißig Kilometer in dieser Richtung.«

»Haben Sie als Kind je den Kilimandscharo bestiegen?« fragte ich.

Er schüttelte den Kopf. »Er ist ein Heiliger Berg, jener Handlung vorbehalten, welche die Ehre der Rasse der Massai wiederherstellen wird.«

»Es muß über die Jahre hinweg eine Last gewesen sein zu wissen, daß Sie der Mann sein würden, der jene Handlung zu begehen hätte.«

»Das war es.«

»Waren Sie irgendwann einmal in Versuchung, der ganzen Angelegenheit den Rücken zu kehren?« fragte ich. »Immerhin besaßen die Massai die Stoßzähne dreitausenddreihundert Jahre lang. Jeder von ihnen hätte die Zeremonie vollführen können, und keiner von ihnen hat's getan.«

»Keiner von ihnen mußte es tun«, sagte Mandaka. »Ich bin der letzte; ich kann meinem Schicksal nicht entrinnen.«

»Sie werfen ihnen das nicht vor?«

Er sah mich direkt an. »Natürlich tu ich das. Ich tu dies hier, weil ich's tun muß; ich hätte es lieber nicht getan.«

»Warum wenden Sie der Sache dann nicht den Rücken zu?« beharrte ich.

»Ich kann's nicht.«

»Warum? Sie haben nichts weiter als das Wort eines alten Medizinmannes, der vor mehr als siebentausend Jahren starb.«

»Und die Geschichte der vergangenen siebentausend Jahre«, erwiderte er. »Ich hab' Ihnen schon einmal gesagt, Mister Rojas: es ist nicht nötig, daß Sie an das glauben, woran ich glaube. Es reicht aus, wenn *ich* es glaube.«

»Es gefällt mir nur überhaupt nicht, Sie grundlos sterben zu sehen«, sagte ich.

»Ich werde für meinen Glauben sterben«, antwortete er. »Welchen besseren Grund könnte ein Mann haben?«

»Keinen«, gab ich zu.

»Und welchen besseren Ort als diesen hier?« fuhr er fort. »Hier hat alles angefangen, Mister Rojas. Weniger als einen Tagesmarsch von hier, am Fuß des Berges, liegt die Olduvai-Schlucht, wo der Mensch seine ersten aufrechten Schritte tat. Dieser Berg hier wurde meinem Volk geschenkt, und von hier uns gingen wir nach Norden und Westen und eroberten alles, was uns entgegentrat. Große Männer haben diesen Berg bestiegen, Mister Rojas – Dichter und *Laibons*, Jäger und Forscher, Schriftsteller und Krieger. Und das größte aller Tiere ist hier gestorben.« Er hielt inne, sah hinaus über die Savanne und seufzte. »Nein, es kann keinen besseren Ort für meinen Tod geben.«

Ich fühlte mich fast beschämt, eine Erklärung verlangt zu haben, und ich stellte daher rasch eine weitere Frage, um meine Verlegenheit zu übertünchen.

»Haben Sie keine Angst?«

Er überdachte meine Frage eine Weile und schüttelte dann den Kopf. »Ich habe keinen Gefallen an meinem Leben gefunden, Mister Rojas«, sagte er ernst. »Die einzig sinnvolle Tat kann nur darin bestehen, es zu beenden; davor habe ich keine Angst.«

»*Ich* hätte Angst«, gestand ich.

»Jede Lebensform bildet eine Kurve, die unausweichlich im Tod endet«, sagte Mandaka. »Der einzige Unterschied besteht darin, daß ich erzogen worden bin, jene Bahn anzuerkennen und ihr zu folgen, und Sie sind dazu erzogen worden, sie nicht zu sehen und sie zu meiden.«

»Vielleicht«, stimmte ich widerwillig zu, wobei ich mir sicher war, daß es weitere Unterschiede zwischen uns geben mußte, weil wir solch verschiedene Ansichten hatten. Mir wollte jedoch kein weiterer Unterschied einfallen. »Aber selbst wenn ich wie Sie erzogen worden wäre, bin ich mir noch immer nicht sicher, daß ich's vollenden könnte.«

»Wenn Sie wüßten, daß jede Person, um die Sie sich je sorgten, jeder Vorfahr, den Sie je verehrten, für alle Ewigkeit verdammt bliebe, falls Sie das Ritual nicht vollendeten, würden Sie die Kraft finden.«

»Ich glaube nicht, mich selbst von der Wahrheit dessen überzeugen zu können.«

»Das ist keine Sache der Logik, sondern des Glaubens«, sagte Mandaka.

»Aber falls Sie sich irren …«

»Dann geschieht lediglich folgendes: ein unglücklicher Mann wird ein weniger früher in den Tod gehen, was weder eine persönliche noch kosmische Tragödie ist.«

Ich überdachte seine letzten Worte und stellte fest, daß ich darauf keine Antwort hatte, daher saßen wir einige Minuten schweigend beieinander. Schließlich bemerkte ich, daß es allmählich kalt wurde, und Mandaka sammelte ein wenig Holz und entzündete ein kleines Feuer.

»Setzen Sie sich näher heran, Mister Rojas«, forderte er mich auf, und ich tat's. »Besser?«

»Ja, vielen Dank«, sagte ich, als das Feuerholz zu prasseln begann und mir der stechende Geruch nach Rauch in die Nase drang.

»Wissen Sie«, sagte er nachdenklich, »ungezählte Äonen lang saßen die Menschen bei einem solchen Feuer, und sie kochten ihr Essen darauf und wärmten sich und hielten damit die Raubtiere des Dschungels fern. Jetzt erschaffen wir uns unsere eigene Umgebung und stellen Nahrung aus chemischem Abfall her und schlachten die Lebewesen um uns herum, seien sie bewußt oder nicht. Unsere Methoden haben sich geändert, aber haben *wir* uns verändert, frage ich mich?«

»Wir sind sicherlich weiter fortgeschritten«, sagte ich.

»Danach habe ich nicht gefragt«, erwiderte er. »Gibt es denn wirklich etwas Wichtigeres, als warm und trocken und satt zu bleiben? Und ist es so viel einfacher, es dort oben zu tun« – er wies auf die Sterne, die sich über uns versammelt hatten – »als genau hier, in der Wiege der Rasse, neben einem Feuer wie diesem hier?«

»Muß wohl«, entgegnete ich, »oder wir wären nicht dort.«

»Warum *sind* wir dort, frage ich mich?«

»Die Herausforderung.«

»Hat sich ein Mann je einer größeren Herausforderung gegenüber gesehen als Butamo, der Sklave, genau hier vor sieben Jahrtausenden?«

Darüber dachte ich nach und brachte schließlich eine Antwort zustande: »Ja«, sagte ich. »Sie sehen sich heute nacht einer größeren Herausforderung gegenüber.«

»Wenn das stimmt, hätte ich nicht zu den Sternen gehen müssen, um ihr zu begegnen.«

»Sie mußten dem Elfenbein folgen«, bemerkte ich.

»Dann wollte Gott vielleicht, daß ich das All durchquere, wenn vielleicht auch nur, um zu verstehen, daß das einzig Wichtige sich genau hier befindet.«

»Und seinem Ende entgegengeht«, sagte ich.

»Und seinem Ende entgegengeht«, stimmte er zu.

Einen langen Augenblick sah ich nachdenklich ins Feuer, sah, wie die Flammen im sterbenden Tageslicht flackerten. Noch nie zuvor hatte ich vor einem offenen Feuer gesessen, und ich stellte fest, daß es mir gefiel.

»Was liegt Ihrer Ansicht nach vor Ihnen?« fragte ich schließlich.

»Nach meinem Tod?«

»Ja.«

Er hob die Schultern. »Es ist mir noch nicht bestimmt, das zu wissen.«

»Das Nichts?« fragte ich.

»Vielleicht.«

»Dann haben vielleicht alle übrigen Mitglieder der Massai das Nichts gefunden.«

»Oder vielleicht suchten sie nur alle das Nichts«, erwiderte er.

»Wenn nicht das Nichts, was dann?«

Er hielt einen Augenblick lang inne. »Vielleicht werde ich mich in jenen Tagen wiederfinden, ehe der Elefant starb, in Harmonie mit meiner Umgebung lebend.«

»Das klingt für mich nicht sehr wie der Himmel«, sagte ich.

»Nein?« erwiderte er. »Sehen Sie sich um, Mister Rojas. Für jede Welt, die wir erobern, finden wir tausend weitere. Für jede Rasse, die wir befrieden, zerstören wir tausend weitere. Für jede Seuche, die wir zu bekämpfen vermögen, erliegen wir tausend weiteren. Für jede Errungenschaft, die wir erhalten, werden uns tausend weitere verwehrt. Vielleicht war Ihr Garten Eden kein Ausgangspunkt, sondern ein Ende in sich selbst.«

»Sie hören sich an, als seien Sie zum Sterben bereit, das garantiere ich Ihnen«, sagte ich und rückte näher zum Feuer, als ich mir der Kälte stärker bewußt wurde.

»Alles stirbt«, sagte er. »Mein Tod wird zumindest etwas bedeuten.«

»Das hoffen Sie.«

»Das weiß ich.«

»Aber wenn sich Sendeyo geirrt hatte …«

»Dann wird er *noch immer* etwas bedeuten«, sagte er mit einem Lächeln. »Sehen Sie doch, wie Sie versuchen, mir das auszureden!« Er hielt inne. »Er wird *Sie* bewegt haben, und ich habe den Verdacht, daß nichts in Ihrer Erinnerung Sie je zuvor bewegt hat.«

»Das stimmt«, gab ich widerwillig zu. »Aber ist es das wert, dafür zu sterben?«

»Das weiß ich nicht«, antwortete Mandaka. »Ich hoffe es.«

»Ich zöge es vor, unbewegt zu bleiben«, sagte ich nach einem kurzen Schweigen.

»Ich zöge es vor, ein früheres Mitglied meiner Rasse hätte das getan, was ich heute nacht tun muß«, erwiderte er. »Es scheint, daß keiner unserer Wünsche erfüllt wird.«

»Das ist nicht fair«, sagte ich.

»Das Leben ist selten fair.«

»Ich fand das Elfenbein. Ich tat meinen Job. Es hätte dort enden sollen.«

»Es konnte niemals dort enden«, sagte er. »Nicht für einen Mann wie Sie. Es wird erst dann enden, wenn das letzte Kapitel des Elfenbeins geschrieben ist.«

Ich überdachte seine Worte. »Ich nehme es dennoch übel«, sagte ich.

»Während Ihres gesamten Berufslebens haben Sie es mit Aufzeichnungen toter Tiere zu tun gehabt«, sagte Mandaka. »In wenigen Stunden werde ich einfach ein weiteres davon sein, und Sie können in die gefühllose Welt der Forscher zurückkehren.« Er hielt inne. »In der Zwischenzeit können Sie über den Kilimandscharo-Elefanten selbst nachdenken.«

»Er ist bereits seit fast achttausend Jahren tot«, sagte ich. »Was gibt's darüber nachzudenken?«

»Wenn die Massai dazu bestimmt waren, ziellos durch die Abgründe zu wandern, in welcher Vorhölle mag er sich selbst aufhalten?« Er hielt inne. »Ruht er bewußtlos und zufrieden, oder schreit seine Seele nach jenem Teil von ihm, den Sie aus den äußersten Bereichen der Galaxis gerettet haben? Denken Sie gut über ihn nach, Mister Rojas – wenn meine Tat meinem Volk keine ewige Ruhe bringen wird, wird vielleicht *Ihre* Tat jenem größten aller Lebewesen ewige Ruhe bringen.«

»Es wäre beruhigend, wenn ich das glauben könnte«, sagte ich.

»Aber sie glauben's nicht?«

Ich schüttelte den Kopf.

»Sie tun mir sehr leid, Mister Rojas«, sagte er. »Es muß sehr tragisch sein, nur an das zu glauben, was man sehen und messen, sezieren und aufzeichnen kann.«

Er lachte tief aus der Kehle heraus und sah dabei hinaus über die fernen Steppen.

»Was können Sie dort wohl sehen?« fragte ich und spähte in die Dunkelheit.

»Die Vergangenheit«, sagte er. »Die Gegenwart. Vielleicht die Zukunft.«

»*Ihre* Zukunft?« fragte ich, weil ich nicht verstand.

Er schüttelte den Kopf. »Meine Zukunft war sieben Jahrtausende lang vorherbestimmt und währt noch weniger als eine Stunde. Sehen Sie?« fragte er und wies zum Himmel. »Der Mond ist aufgegangen, fett und wohlgenährt, um mich zu sich zu rufen, ehe die Regen kommen werden.«

»Ich sehe keine Wolken«, sagte ich und schaute zum Himmel.

»Die Regen werden nichtsdestoweniger kommen«, sagte er, stand auf und ging zu den Antigrav-Schlitten hinüber. »Es ist an der Zeit zu beginnen.«

Er lenkte die Schlitten zu dem Felsvorsprung, der die Steppe überblickte, etwa zehn Meter vom Feuer entfernt, legte dann das Elfenbein vorsichtig zu Boden und befahl den Schlitten, zu ihrem ursprünglichen Parkplatz zurückzukehren.

»Ich werde das Ritual hier vollziehen, wo ich die alten Länder meines Volkes überblicken werde und wo keine überhängenden Zweige Gott die Sicht versperren werden.«

»Ich dachte, Sendeyo hätte die Massai angewiesen, einen Altar aus dem Elfenbein zu bauen«, bemerkte ich.

»Sie befinden sich auf dem Heiligen Berg, der uns von Gott geschenkt wurde«, erwiderte Mandaka. »Sie liegen auf Seinem Gras und Seinen Pflanzen, Seinen Zweigen und Ästen. Welcher von Menschen geschaffener Altar könnte sich mit jenem vergleichen?«

Er zog ein Netz handgewebten Grases, etwa drei Meter lang und anderthalb Meter breit, aus seinem Packen hervor.

»Dieses Netz«, sagte er, während er es zwischen dem Elfenbein ausspannte, »wurde aus dem Gras all jener Welten gefertigt, die das Elfenbein besucht hat. Zumindest all jener Welten, die ich finden konnte.«

Als er fertig war, trat er zurück und überblickte seine Arbeit, sammelte dann eine große Menge Feuerholz und ein Dutzend fester Stämme und legte sie auf das Netz.

»Nachdem ich tot bin«, sagte er, »bedecken Sie meinen Körper mit weiterem Feuerholz und Ästen und entzünden Sie es.«

»Wenn Sie es wünschen«, sagte ich.

»Ich wünsche es. Und denken Sie daran, meine Knochen zu zerstreuen.«

»Ich werde daran denken.«

»Ich weiß, es wird Sie anekeln, aber der Gedanke wird Sie vielleicht etwas beruhigen, daß ich nichts mehr spüre.«

»Ich sagte, daß ich's täte, und ich werd's tun.«

»Das weiß ich«, erwiderte Mandaka.

Er blickte zum Himmel auf. »Noch fünf Minuten«, verkündete er.

Während ich die Hände dem Feuer in dem Versuch entgegenstreckte, etwas von dessen Wärme aufzunehmen, zog er sich langsam die Kleider aus, bis er schließlich nackt dastand, stolz und nackt, im diffusen Licht des Mondes, das durch die Zweige auf uns herabsickerte. Dann griff er wieder in seinen Packen und zog langsam eine Haube aus einer Löwenmähne hervor. Nachdem er sie sich über den Kopf gestreift hatte, hängte er sich ein Halsband aus Löwenklauen um und verbrachte die nächsten paar Minuten damit, sich das Gesicht mit seltsam kalkweißer Farbe zu bemalen.

Schließlich zog er ein langes, gefährlich aussehendes Messer hervor.

»Dieses Messer gehörte Sendeyos Bruder Lenana, dem obersten Häuptling aller Massai«, sagte er.

»Es ist sehr beeindruckend«, sagte ich ohne Begeisterung.

»Ein letztes muß ich noch tun«, sagte er und näherte sich mir.

»Ja?«

Er nickte. »Bitte strecken Sie mir die Hand entgegen.«

»Warum?«

»Tun Sie's einfach«, befahl er.

Ich streckte die Hand aus, und er packte sie fest mit der Linken, während er mir zugleich mit dem Messer in den Daumen schnitt, den er mit der rechten Hand festhielt.

Vor Schmerz und Überraschung stieß ich ein Ächzen aus. »Was, zum Teufel, sollte *das* denn?« wollte ich wissen und riß die Hand zurück.

»Die Zeremonie kann nur von einem Massai ausgeführt werden«, erwiderte er, während er sich selbst in den Daumen schnitt und ihn gegen meinen Daumen drückte. »Sollte ich aus irgendwelchen Gründen fehlgehen, und sollte es erforderlich sein, daß Sie mir den Gnadenstoß versetzen müssen, müssen Sie zunächst ein Massai werden. Darum muß sich unser Blut vereinen und vermischen.«

Er drückte den blutenden Daumen einen weiteren Augenblick lang gegen meinen Daumen, nickte daraufhin und zog ihn zurück.

»Und jetzt bin ich ein Massai?« fragte ich, steckte den Daumen in den Mund und lutschte daran.

»Nein«, erwiderte ernst. »Aber Sie sind jetzt so sehr ein Massai, wie ich Sie dazu machen kann, und Gott wird Verständnis zeigen müssen.« Er blickte mich einen langen Augenblick an. »Sie müssen gleichfalls dabei helfen.«

»Wie?«

»Nehmen Sie den Daumen aus dem Mund! Die Massai sind unempfindlich jedem körperlichen Schmerz gegenüber.«

»Das schließt den Schmerz ein, den Sie erleiden werden?« fragte ich.

»Ich werde tun, was getan werden muß«, entgegnete er. »Aber sollte ich mich als schwach erweisen ...«

»Ja?«

»Dann müssen Sie mich töten, ehe ich aufschreie.«

»Nein!« sagte ich und wich zurück, bis das Feuer zwischen uns lag. »Das war kein Teil der Abmachung!«

»Ich weiß«, sagte er leise. »Und ich hoffe, Sie werden's nicht tun müssen.« Er hielt inne. »Aber Sie sind mein einziger Freund, und jetzt sind Sie mein Bruder, und wenn es Ihnen so vorkommt, als wollte ich gleich aufschreien, müssen Sie mir die Kehle durchschneiden, ehe der Schrei meine Lippen erreichen und ihnen entrinnen kann.«

»Das kann ich nicht tun!« protestierte ich.

Er blickte mich lange und hart an, und schließlich nickte er als Einverständnis. »Sie sind mein Freund und mein Bruder, und Sie werden tun, was nötig ist«, sagte er zuversichtlich.

Ich öffnete den Mund und wollte diskutieren, aber er wandte mir bereits den Rücken zu und näherte sich dem Elfenbein. Er stand einen langen Augenblick davor, wobei er einen Gesang in einer Sprache murmelte, die ich noch nie zuvor gehört hatte, und legte sich dann auf den Scheiterhaufen, und die Stoßzähne auf dem Boden rahmten ihn ein.

Dann rezitierte er eine Reihe von Namen, die ich für die obersten Häuptlinge und größeren *Laibons* der Massai hielt. Während er das tat, hob sich seine Hand, und das Mondlicht glänzte auf Lenanas altem Messer.

»Sendeyo«, sagte er schließlich, als die Klinge ihren Scheitelpunkt erreicht hatte, »es ist vollbracht! *Fezi Nyupi*, es ist vollendet!«

Und dann stieß er sich das Messer in die Brust.

Sein Körper versteifte sich, die Klinge fiel ihm aus der Hand, und die Finger schloßen sich um die beiden Säulen aus Elfenbein. Er öffnete den Mund, aber kein Laut drang hervor.

Ich sah zu, wie er sich weitere zwanzig Sekunden vor Schmerzen wand. Dann konnte ich's nicht mehr länger aushalten, und ich lief hinüber und kniete neben ihm nieder. Er sah zu mir auf, das Gesicht zu einer schrecklichen Grimasse verzerrt, und er versuchte, seine Lippen zu einem Lächeln zu zwingen. Ich ließ ihn meine Hand ergreifen, war unempfindlich gegen den Schmerz, als sich seine kräftigen Finger in meine Haut gruben.

Einen Augenblick lang entspannte er sich, spannte sich dann erneut an, und ich nahm das Messer, hielt es außerhalb seines Sichtfelds, und hoffte gegen jede Hoffnung, daß ich's nicht würde gebrauchen müssen, war jedoch gegen meinen Willen bereit, ihm dabei zu helfen, sein seltsames Schicksal zu erfüllen.

Seine Augen wurden matt, und ich fühlte, wie sein Griff sich mit jeder verstreichenden Sekunde lockerte, dennoch atmete er noch immer, und hier und da krümmte sich sein Körper vor Schmerz. Dann entspannte er sich endlich ein letztes Mal.

»Nach sieben Jahrtausenden ist es vollbracht«, flüsterte er und starb.

Ich kämpfte den Drang nieder, mich zu übergeben, stellte fest, daß ich den Drang zu weinen nicht niederkämpfen konnte, und ich bedeckte ihn, noch immer weinend, mit Feuerholz und einem Dutzend kräftiger Baumstämme und entzündete dann seinen Scheiterhaufen.

Ich zog mich zum Lagerfeuer zurück, und ich zitterte, als ich sah, wie die Flamme höher und höher wuchs und dabei den elfenbeinernen Rahmen verzehrte. Von Zeit zu Zeit warf ich weitere Äste darauf, und bei Anbruch der Morgendämmerung war nichts mehr übrig als die verkohlten Gebeine von Bukoba Mandaka und das verkohlte Elfenbein des Kilimandscharo-Elefanten.

Dann, als die Sonne aufging, ertönte ein betäubender Donnerschlag, und der Berg war jäh in ein Unwetter gehüllt. Ich streifte ein Paar Handschuhe über, ging zu den zischenden Stämmen hinüber und zerstreute Mandakas Gebeine, wie er mich angewiesen hatte.

Der Regen wurde schlimmer, und ich war gezwungen, eine Hütte zu errichten, um mich davor zu schützen. Es goß weitere zwei Stunden, und als alles vorüber war, trat ich hinaus in die kalte, klare Luft des Kilimandscharo, um die Arbeit zu beenden.

Es war nichts mehr übrig. Der Vorsprung, worauf sein Körper gelegen hatte, war abgebrochen und den Berg hinabgespült worden, wobei er die Gebeine und das Elfenbein mit sich genommen hatte. Ich stellte mich so nah an die Kante, wie ich mich getraute, sah hinab und suchte nach einem Hinweis auf sie, aber ich vermochte lediglich das frische Blattwerk zu erkennen, das feucht im Licht der afrikanischen Sonne glitzerte.

Eine weitere Stunde blieb ich an Ort und Stelle, packte dann die Antigrav-Schlitten und begann den Abstieg von den Hängen des Kilimandscharo.

Elftes Zwischenspiel

(6404 G.A.)

Zwei Wochen später kehrte ich nach einem kurzen Besuch meines Appartements ins Büro zurück. Beides kam mir fremd vor. Das Büro schien besonders stickig und einengend. Ich befahl dem Computer, Frischluft hereinzulassen, und als das nichts half, befahl ich ihm, die Wände durchsichtig zu machen, um den Raum mit Sonnenlicht zu durchfluten.

Daraufhin nahm ich eine Trockendusche und zog frische Kleidung an, bestellte zwei Stück Gebäck und Kaffee zum Frühstück und setzte mich auf den Sessel.

»Computer?«

»Ja, Duncan Rojas?«

»Ich möchte, daß du in die 409. terranische Auflage von Braxton's *Records of Big Game* eine Fußnote einfügst.«

»Ich warte ...«

»Die Stoßzähne des Kilimandscharo-Elefanten existieren nicht mehr länger. Sie befanden sich auf Bortai II, als dessen Sonne zur Nova wurde. Nichts davon ist übriggeblieben.«

»Eingefügt.«

»Schick das allen Bibliotheken und Museen als Addendum!«

»Ich arbeite ... fertig.«

Die nächsten paar Minuten verbrachte ich damit, meine Korrespondenz aufzuarbeiten und verschiedene

Berichte meiner Mitarbeiter zu überfliegen. Dann öffnete sich die Tür, und Hilda Dorian betrat das Büro.

»Ich hörte, daß du zurückgekehrt seist«, sagte sie.

»Ich bin vergangene Nacht angekommen.«

»Danke für deinen Anruf«, sagte sie sarkastisch.

»Ich war müde.«

Sie schoß mir einen völlig ungläubigen Blick zu.

»Darf ich mich setzen?«

Ich hob die Schultern. »Mach's dir bequem.«

Sie rief einen Sessel heran und ließ sich darin nieder, als er gerade über dem Boden schwebte.

»Wo ist dein Mentor?« fragte sie.

»Mein Mentor?«

»Mandaka.«

»Er ist tot.«

»Auf der Erde?«

Ich nickte.

»Hast du das den Behörden gemeldet?«

»Ja.«

»Woran ist er gestorben?«

»Herzschlag.«

»Hast du die Leiche für eine Autopsie zurückgebracht?«

»Nein«, erwiderte ich. »Er hatte keine Familie, und seine letzte Bitte war, auf der Erde begraben zu werden.«

Hilda warf mir erneut einen ungläubigen Blick zu, der zu ihrem ersten paßte, und blickte mich daraufhin nachdenklich an. »Du bist irgendwie anders.«

»Ach ja?«

Sie nickte. »Du bist stärker in dich gekehrt als gewöhnlich.«

»Das ist mir nicht aufgefallen.«

»Und schweigsamer.«

»Frag mich alles, was du möchtest!« bot ich ihr an.

»Warum sich die Mühe geben?« fragte sie. »Du würdest mich ja doch nur anlügen.«

»Warum solltest du so etwas sagen?« fragte ich, ohne mir die Mühe zu geben, es abzustreiten.

»Duncan, ich weiß von deiner Rückkehr, weil ich gesehen habe, was du deinem Computer zu tun befohlen hast.«

»Frischluft hereinlassen?« fragte ich.

»Zu sagen, daß das Elfenbein verlorenging, als Bortai zur Nova wurde.«

»Oh!«

»Ich dachte, du hättest mir gesagt, es befinde sich auf Himmelsblau.«

»Ich habe mich geirrt«, sagte ich.

»Und du bist ohne das Elfenbein zur Erde gefahren, weil dein Freund Mandaka seinen alten Lieblingsplatz besuchen wollte«, schloß sie ätzend.

»Das Elfenbein ist verloren«, sagte ich. »Ich möchte nicht, daß irgend jemand wieder danach sucht.«

»Ist das deine Entscheidung?«

»Es gibt niemanden sonst, der sie treffen kann«, erwiderte ich.

»Mandaka ist wirklich tot?« fragte sie.

»Er ist wirklich tot.«

Plötzlich runzelte sie die Stirn. »Du hast ihn nicht getötet?« fragte sie scharf.

»Nein, ich habe ihn nicht getötet«, erwiderte ich. »Aber ich war dazu bereit.«

»Das versteh' ich nicht.«

»Das dachte ich mir.«

»Ich glaubte, er war dein Freund«, fuhr sie fort.

»Er war es«, entgegnete ich ernst.

Einen langen Augenblick blickte sie mich an und sprach dann etwas mitfühlender weiter. »Dann tut es mir sehr leid für dich, Duncan«, sagte sie. »Ich weiß, wie schwer es dir fällt, dich jemandem so nahe zu fühlen. Ich hoffe, du wirst einen anderen Freund finden.«

»Das hoffe ich auch«, log ich.

Wir redeten ein paar weitere Minuten miteinander, und ich erinnerte sie daran, daß ich ihr und Harold einen Abend in der Stadt schuldete, und dann kehrte sie in ihr Büro zurück, und ich war wieder allein und saß da und sah hinaus in den Dreck des Vormittags und versuchte, meine Gefühle zu sortieren.

Aber Gefühle sind nicht wie Tatsachen, und je stärker ich versuchte, sie zu ordnen, desto weniger wollten sie reagieren. Am Ende kam ich nur zu dem Schluß, daß Mitleid ein Gefühl war, das man besser Leuten wie Hilda überließ, die es tatsächlich als Tugend ansah. Ich hatte es schließlich versucht und es als ziemlich unangenehm empfunden, und ich war entschlossen, mich ihm niemals mehr hinzugeben.

Am Nachmittag spürte ich mich allmählich wieder. Am Abend nahm ich Hilda und Harold mit in die ›Alten Tage‹, die sowohl mit einem Mahl als auch mit einer Theatervorführung aufwarteten. Nachdem ich damit meine Verpflichtungen erfüllt hatte, kehrte ich für die Nacht ins Büro zurück und versuchte, die Flügelspannweite einer kürzlich getöteten Teufelseule zu beglaubigen. Als ich dann die einander widersprechenden Zeugnisse abwog, waren alle Gedanken an Mandaka und das Elfenbein für immer aus meinem Bewußtsein verbannt.

Der Morgen graute schon, als ich endlich einschlief.

12

Elfenbein

(6304 G.A.)

Ich sah, wie das Elfenbein – mein Elfenbein – die Hänge des mächtigen Kilimandscharo hinabgewaschen wurde, um sich schließlich mit dem Rest meiner Selbst unter dem Schlamm und der Erde zu vereinigen, und schließlich war das Warten vorüber.

Ich bin sehr alt, und ich habe viele Dinge gesehen. Ich habe das schwach erleuchtete Innere einer Höhle auf Belamone XI gesehen, und die weltenerschütternden Stürme, die auf der fernen Athenia wirbeln. Ich wurde von Jägern beschlichen, und von Dieben, und von religiösen Eiferen, von guten Menschen und von schlechten.

Selbst jetzt, obgleich sich mir der Blick allmählich trübt, vermag ich noch immer die Tapisserie der Ereignisse zu überblicken, die Bukoba Mandaka zum Heiligen Berg gebracht haben. Ich vermag Tembo Laibon zu sehen, der die Einsätze bestimmt und seine Prozente nimmt; ich vermag Amin Rashid XIV. zu sehen, wie er über die schweigenden Straßen von Plantagenet II schreitet, keiner Gefahr sich bewußt; ich vermag Hannibal Sloane von weitem zu sehen, wie er Staub zwischen den Fingern zerreibt, um die Windrichtung zu prüfen. Ich vermag die zierlichen Tendrillen der fremdartigen Feuerauge zu verspüren, die die Geschichte ihrer Rasse mir einschreibt, und den rohen Stein von Rakanja, als er das Elfenbein abhieb.

Viele Jahrtausende sind gekommen und wieder gegangen, und ich habe stets hier oben auf meinem Berg gewartet. Ich habe Sendeyo meine Unrast zugeflüstert, und Massai Laibon, und Leeyo Nelion und Bukoba Mandaka, der starb, arrogant und schweigend, wie es ihm bestimmt war zu sterben. Reiche sind aufgestiegen und gefallen, Planeten wurden entdeckt und kolonisiert und verlassen, Generationen von Menschen sind gekommen und gegangen, und über alles hinweg habe ich mich behauptet.

Ich sah die Geburt von Sternen, den Tod von Welten, und ich sah, wie der letzte meiner Art den einsamen Tod eines gefangenen Tieres starb – und während all das geschah, habe ich darauf gewartet, daß die Odyssee ihr Ziel erreichte.

Und jetzt, endlich, ist die Unruhe dahin, die Einsamkeit ist verschwunden, die Qual gegangen. Die galaktische Tapisserie läuft weiter, aber sie wird ohne mich fortlaufen, denn jetzt schwinden mir die Sinne, die Echos verstummen, und das Vergessen sinkt herab.

Ich bin wieder ganz.

Anmerkung des Autors

Ja, er hat wirklich existiert. Er ist in *Rowland Ward's Records of Big Game* aufgelistet. Seine Stoßzähne befinden sich in den Lagerräumen des Britischen Museums für Naturgeschichte. Zwei Fotografien seines bemerkenswerten Elfenbeins sind noch immer vorhanden. Seine Stoßzähne wurden während einer Auktion in Sansibar im Jahre 1898 registriert und verkauft. Obgleich ihm niemand je persönlich begegnete, taucht er nichtsdestoweniger in den Erinnerungen solch berühmter Jäger wie Karamojo Bell, Denis D. Lyell, T. Murray Smith und Commander David Enderby Blunt auf.

Während meiner letzten beiden Reisen nach Afrika entdeckte ich, daß fast jeder der alten Jäger und Kolonisten, denen ich begegnete, etwas von ihm wußte, und ich verbrachte viele faszinierende Abende damit, den verschiedenen wilden Spekulationen darüber zu lauschen, wo er gelebt hatte und wie er starb.

Aus solchem Stoff sind die Legenden gemacht.

HEYNE BÜCHER

Top Hits der Science Fiction

Man kann nicht alles lesen – deshalb ein paar heiße Tips

Ursula K. Le Guin
Die Geißel des Himmels
06/3373

Poul Anderson
Korridore der Zeit
06/3115

Wolfgang Jeschke
Der letzte Tag der Schöpfung
06/4200

John Brunner
Die Opfer der Nova
06/4341

Harry Harrison
New York 1999
06/4351

Wilhelm Heyne Verlag
München